Elisabeth Sandmann

Porträt auf grüner Wandfarbe

Elisabeth Sandmann

Porträt auf grüner Wandfarbe

Roman

PIPER

Mehr über unsere Autorinnen, Autoren und Bücher:
www.piper.de

Wenn Ihnen dieser Roman gefallen hat, schreiben Sie uns unter Nennung des Titels »Porträt auf grüner Wandfarbe« an *empfehlungen@piper.de*, und wir empfehlen Ihnen gerne vergleichbare Bücher.

Unser Versprechen für mehr Nachhaltigkeit
Klimaneutrales Produkt
FSC®-zertifiziertes Papier
Hergestellt in Deutschland

FSC
www.fsc.org
MIX
Papier | Fördert gute Waldnutzung
FSC® C014496

ISBN 978-3-492-07198-7

Redaktion: Barbara Raschig
Satz: Satz für Satz, Wangen im Allgäu
Gesetzt aus der Minion Pro
Druck und Bindung: GGP Media GmbH, Pößneck
Printed in Germany

Für meinen Sohn Philipp

Für meine Freundin Laura

Der Anruf

London, 1992

Die Schuhe waren völlig durchnässt. Gwen zog sie vor der Haustür aus und hörte schon den Kater miauen. Sie hatte vergessen, sein Näpfchen zu füllen, und nun war er in seiner Ungeduld nicht mehr zu bremsen. Er würde dennoch warten müssen, sie wollte erst duschen, denn ihr war kalt vom Joggen durch den lausigen Regen. Da klingelte das Telefon, und Gwen sah auf die Uhr. Es war halb neun, der Verlag konnte es nicht sein. Als es hartnäckig weiterläutete, nahm sie etwas genervt den Hörer ab.

»Hallo, Gwenny Love, hier ist Lily. Störe ich dich? Aber du bist ja sicher noch nicht am Schreibtisch.« Noch bevor Gwen antworten konnte, redete ihre Tante weiter.

»Hör zu, Gwenny, ich möchte zu Lotte nach Berlin, dort ein paar Tage bleiben und dann gemeinsam mit ihr weiter in die DDR, also das, was davon übrig geblieben ist, und dann nach Polen. Man kann jetzt überallhin reisen. Du weißt ja. Man kann sich ein Auto leihen und dann einfach losfahren, habe ich gehört.«

»Lily, ich muss unter die Dusche, ich bin pitschnass.«

»Entschuldige, ja, aber in zwei Wochen möchte ich fahren – und zwar mit dir. Allein kann ich das nicht mehr, und Lotte ist so alt wie ich. Du hast doch Zeit? Sag Ja!«

Gwen hatte sich nach dem grauen Winter in London auf zwei Wochen im Süden Italiens gefreut und war wenig begeistert von der Idee, mit ihrer alten Tante und deren kommunistischer Freundin in die ehemalige DDR und weiter nach Polen zu reisen. Sie stellte sich vor, wie sie bei schlechtem Wetter auf misstrauische Menschen traf, die mehr oder weniger berechtigt Angst davor hatten, die ehemaligen Besitzer wollten nun ihre heruntergekommenen Gutshöfe zurückhaben.

»Lily, ich überlege es mir, ich rufe dich wieder an.«

»Ruf mich heute Abend zurück, ich bin vorher unterwegs. Bitte lass uns diese Reise zusammen machen. Heute kann ich das noch, morgen womöglich schon nicht mehr«, meinte Lily bestimmt. Und Gwen wusste genau, was jetzt kam, weil sie das immer sagte. »Gwenny, du weißt: Der Regen kehrt nicht mehr nach oben zurück.«

Lily hatte ihr Vorhaben mit solchem Nachdruck vorgebracht, dass Gwen geneigt war, über eine Reise, zu der sie gerade überhaupt keine Lust verspürte, nachzudenken. Sie füllte das Näpfchen von Sloppy und ging unter die heiße Dusche.

Der Urlaub mit Laura nach Italien war längst geplant. Sie wollten nach Neapel fliegen und von dort aus mit dem Schiff nach Ischia und an der Amalfiküste entlang zurück. Laura war ihre beste Freundin, sie hatten sich während des Studiums kennengelernt. Als Musikwissenschaftlerin hatte Laura über einen Komponisten aus dem 17. Jahrhundert promoviert. Sie hatte seine italienischen und lateinischen Texte transkribiert, war zu Forschungszwecken immer wieder in Italien gewesen und sprach die Landessprache fließend. Außerdem verstanden sie sich ausgezeichnet auf gemeinsamen Reisen, hatten die gleichen Interessen an Kunst und Kirchen, aber auch immer große Lust auf analytische Tauchgänge in die Untiefen der Psyche ebenso wie auf etwas Tratsch über Familienmitglieder und Ex-Freunde, am liebsten bei einem kleinen Aperitivo.

Die Liebe zu Italien hatte Gwen von ihrer Mutter geerbt. Häufig waren sie in den Ferien in die Toskana gereist, und von jeder dieser Reisen brachte ihre Mutter Oliven- oder Zitronenbäumchen mit, die sie dann auf ihrer Terrasse in Terrakottakübel einpflanzte. Auch hatte sie die Kochbücher von Elizabeth David verschlungen, die in den Fünfzigerjahren versucht hatte, den Engländern mediterrane Genüsse näherzubringen.

Gwen fragte sich, wie sie Laura erklären sollte, dass sie jetzt mit ihrer betagten Tante und deren Freundin in die ehemalige DDR und nach Polen reisen würde, wo es weder guten Wein noch Bruschetta oder Sardellen in Olivenöl gäbe.

Die Sache ließ sie dennoch nicht los, und so suchte sie im Regal nach den alten Baedekern, die ihr Großvater gesammelt hatte, und wurde fündig. Wo genau war dieser Gutshof überhaupt? Sie erinnerte sich, dass er sich in der Nähe von Köslin befand, dem heutigen Koszalin.

Ihr Großvater Jakob, der als Kaufmann zu Wohlstand gekommen war, hatte das Anwesen einst in Pommern an der Ostsee erworben. Gwen hatte ihn nicht mehr kennengelernt, er war in der Emigration gestorben. Sie kannte zwar einige Geschichten vor und nach seiner Flucht, aber immer hatte sie den Eindruck gehabt, als würde eine hermetische Kruste der Verdrängung auf allen Erinnerungen liegen. Auf den ohnehin spärlichen Familientreffen war selten von früher die Rede gewesen, und auf Beerdigungen beließ man es dabei, sich etwas oberflächlich über den Ehrgeiz des Alltags auszutauschen.

Sie hatte Köslin auf der Karte gefunden. Die Karten waren aus hauchdünnem Papier, das mehrfach zusammengefaltet war und in ausgeklapptem Zustand eine präzise Orientierung vermittelte. Der Baedeker beschrieb, wie man 1920 von Berlin mit der Eisenbahn an die Ostsee reisen konnte, wie lange die Fahrt dauerte und was die Fahrkarte kostete. Wie zivilisiert das alles klang und wie unkompliziert.

Gwen machte sich einen starken schwarzen Tee, für den sie vorher die Kanne mit heißem Wasser ausgespült hatte. Das Silber speicherte die Wärme, so wie die Morgensonne ihren Backsteinboden im Wintergarten noch wärmte, nachdem der Schatten die

Luft bereits merklich abgekühlt hatte. Der Tee musste eine ganz bestimmte Temperatur haben, wenn sie nachher einen Schuss kalte Milch in ihren Becher gab, damit Tee und Milch sich vermischten wie die Farbreste von Pinseln, die man in einem Glas Wasser auswusch.

Sie nahm ihren Earl Grey mit zum Schreibtisch und wollte an einer Übersetzung weiterarbeiten, von der sie froh war, wenn sie abgeschlossen sein würde. Es war ein schwieriger Text, den sie aus dem Deutschen ins Englische übertragen sollte. Sie war fast fertig, und die Arbeit an diesem Buch hatte ihr keine große Freude bereitet. Es fiel ihr schwer, sich zu konzentrieren – ihre Gedanken wanderten unfreiwillig immer wieder zu Lilys Vorschlag zurück.

In gewisser Weise hatte ihre Tante recht, sie jetzt mit Nachdruck auf die Fährte ihrer Vorfahren zu schicken. Sie suchte das Fotoalbum, das sie von ihrer Mutter geerbt hatte: ein schmales Büchlein mit kleinen Schwarz-Weiß-Aufnahmen, von denen manche gestochen scharf waren und andere stark verblichen. Irgendjemand hatte das Album begonnen und weitergeführt, aber nicht, bis kein Blatt mehr frei gewesen wäre, sondern die Bilderseiten hörten plötzlich auf. Auf den frühen Fotografien, die wohl um 1900 entstanden sein mochten, gruppierten sich fein gekleidete Damen und Herren vor einem Gebäude, das die Engländer untertrieben als Country House bezeichnen würden. Auf einem Foto, das Gwen schon immer sehr imponiert hatte, sah man eine schöne Frau im Damensitz auf einem prächtigen schwarzen Pferd. Es war Ruth, die erste Frau ihres Großvaters Jakob, die nach der Geburt ihres jüngsten Kindes, Gwens Tante Lily, an einer Streptokokkeninfektion gestorben war. Von Penizillin wusste man damals noch nichts.

Weitere Bilder zeigten Ruth und ihre Freundinnen, oder waren es Cousinen, in mädchenhaften dünnen Musselinkleidern mit Spitzenkragen und weiten Ärmeln. Ruth trug einen großen Hut, unter dem die Haare hochgesteckt und doch locker fallend reizvoll und anmutig zugleich wirkten. Auf einer weiteren Aufnahme blickte Jakobs stattlicher Vater selbstbewusst in die Kamera. Er trug einen Sommerhut zu einem hellen Leinenanzug und hielt die Gerte in der Hand, wahrscheinlich kam er von einem Reitausflug und würde sich im nächsten Moment in einen der geflochtenen Korbsessel fallen lassen, die man im Garten kunstvoll verstreut platziert hatte.

Pferde zu haben, war ein Statussymbol, das bald schon von Automobilen abgelöst wurde, und so sah man denn auch die Familie auf späteren Aufnahmen um eine geräumige Limousine gruppiert. Jakobs zweite Frau Ilsabé, Gwens Großmutter, galt als verwegene Autofahrerin, die, wenn sie Lust darauf hatte, einfach losfuhr, um dann von Berlin, Prag oder Paris ein Telegramm zu schicken, dass sie gut angekommen war.

Auf einem Bild, es war das letzte in dem kleinen Album, war Ella zu sehen. Ach, Ella. An Ella hatte Gwen immer wieder gedacht, und jeder Gedanke an sie hatte ihr einen kleinen Stich versetzt. Für Marga war Ella die »Ellamammi« gewesen, im Unterschied zu ihrer leiblichen Mutter Ilsabé, die sie stets nur mit Vornamen erwähnt hatte. Die Fotografie zeigte Ella zusammen mit einem kleinen Mädchen, das in ein Handtuch gewickelt war und sich ausschüttete vor Lachen. Ein Schnappschuss, den jemand während der Sommermonate an einem See oder Badestrand aufgenommen haben musste. Es gab keine Ortsangabe, nur die Jahreszahl 1938. Das kleine Mädchen war Marga.

Gwen konnte sich nicht erinnern, ihre Mutter so fröhlich erlebt zu haben, nicht einmal mit Robert, Gwens Vater. Ihre Eltern hatten sich bei ihrem Onkel Theo kennengelernt, das wusste sie aus Erzählungen. Theo war in den Zwanzigerjahren zum Studium der Altphilologie nach Oxford gegangen und dort geblieben. Nach dem Krieg hatte er bemerkt, wie unglücklich seine jüngere Halbschwester Marga in Deutschland war, und sie zu sich nach England eingeladen. In seinem viktorianischen Reihenhaus trafen sich regelmäßig Studenten, darunter Robert. Hin und wieder aber waren auch Damen eingeladen, und dann durfte Marga dabei sein, die mit Theos Hilfe in der Bodleian Library eine Aushilfsanstellung gefunden hatte.

Robert zählte zu jenen Studenten, die mit besonders vielen Begabungen gesegnet waren und in die man sich einfach verlieben musste. Er konnte Dramentexte von Shakespeare bis Oscar Wilde deklamieren, war ein blitzgescheiter und witziger Diskussionspartner, und er gehörte auch noch dem Team von acht Ruderern an, die ausgewählt worden waren, um im Wettkampf gegen Cambridge den Pokal zu holen. Aber Roberts Stimmungen konnten schnell wechseln, und so zeigte er an manchen Tagen eine nicht zu bremsende Energie und lag an anderen Tagen im verdunkelten Zimmer. Damals sprach man nur selten von Depressionen, man wusste einfach zu wenig.

Gwen sah auf die Uhr. Kurz nach zehn. Jetzt würde er bereits gefrühstückt haben. Sie wählte seine Nummer, und Roberts Lebensgefährtin Sue nahm ab. Nach einem freundlich-oberflächlichen Wortwechsel gab Sue den Hörer weiter.

»Gwen, Darling, wie schön, dass du dich meldest. Wie geht es dir?«, fragte ihr Vater, hörbar erfreut.

Etwas umständlich erzählte Gwen von ihrer Arbeit und der mühevollen Übersetzung, um schließlich zum Punkt zu kommen.

»Lily hat mich angerufen, sie möchte, dass ich mit ihr nach Deutschland und weiter nach Polen reise. Sie will unbedingt, dass ich mitfahre. Sie hat sich mit Lotte in Berlin verabredet.«

»Mit der Kommunistin?«

»Ja, genau die. Sie ist doch Lilys beste Freundin.«

»Da kommen ja zwei zusammen. Wenn ich nicht so alt wäre, käme ich sofort mit. Das klingt nach einer vergnüglichen Landpartie. Aber wahrscheinlich wird das Essen miserabel sein, und guten Wein gibt es ohnehin nicht. Andererseits machen die Polen prima Schnäpse.«

»Sehr witzig.«

Wie immer schaffte es ihr Vater, seine Alkoholsucht in seinem eigenen Charme buchstäblich zu ertränken.

»Ich habe mir das kleine Album noch einmal angesehen und mich gefragt, ob du noch irgendwelche Fotos, Briefe oder Aufzeichnungen von Mum hast. Lily hat mit ihrem Anruf etwas in mir ausgelöst, und vielleicht ist es jetzt tatsächlich die letzte Gelegenheit, um mit ihr nach Pommern zu reisen.«

Gwen sprach mit ihrem Vater Englisch, aber »Pommern« hatte sie nicht übersetzt. Es gab Wörter, die in ihrer Familie immer auf Deutsch ausgesprochen wurden. Und auch ihr englischer Vater hielt sich an dieses ungeschriebene Gesetz.

»Deine Mutter hat sich ja irgendwann nicht mehr mit der Vergangenheit beschäftigen wollen, was ihr nicht wirklich gelungen ist, aber ich erinnere mich, dass Ella ihr einiges überlassen hat.«

»Was denn zum Beispiel?«

»Na ja, ich weiß nichts Genaues, aber Marga hat einmal erzählt, wie überladen das Auto war, als sie von der Ostsee nach Oberbayern fuhren.«

»Die Geschichte kenne ich gar nicht, aber schau doch mal nach, was du so findest, dann komme ich am Wochenende zum Tee, wenn es dir passt.«

»Darling, das wäre schön. Du kannst natürlich auch Theo anrufen, er weiß sicher mehr. Und bring doch eine Flasche von dem alten College-Port mit, wenn du noch eine hast.«

Als Gwen auflegte, dachte sie, dass es tatsächlich eine gute Gelegenheit wäre, sich wieder einmal bei ihrem alten Onkel Theo zu melden. Als emeritierter Professor lebte er noch immer in seinem schönen Haus in Oxford. Es war in den letzten Jahren schwierig geworden, mit ihm in Verbindung zu bleiben. Er telefonierte nicht gerne und freute sich über wenig Besuch, anders als andere Menschen in seinem Alter. Immerhin aber beantwortete er in seiner kalligrafisch anmutenden Handschrift jeden Brief sofort. Sie beschloss, ihm im Laufe der Woche ein Lebenszeichen zu schicken. Vorher aber wollte sie Laura anrufen und heraushören, ob sie sehr enttäuscht wegen der Italienreise wäre.

Sie verbrachte den Nachmittag mit der mühseligen Übersetzung. Als es anfing zu dämmern, fand sie, dass sie eine Tasse Tee verdient habe und auch ein Stückchen des köstlichen Sponge Cake, den ihre Nachbarin mit der extra feinen Himbeermarmelade gebacken hatte. Sie ließ Sloppy in den Garten, obwohl es geregnet hatte und er vorwurfsvoll miaute, weil er seine sanften Pfoten nicht in den nassen Rasen setzen wollte.

Laura war sofort am Telefon. Sie hatte die glockenhelle Stimme eines jungen Mädchens, dabei war auch sie schon Mitte dreißig. Sie arbeitete für ein internationales musikwissenschaftliches Journal, und gerade quälte sie sich mit einem mittelmäßigen Essay, den ein hochrenommierter Professor aus den USA verfasst hatte, der es nicht ertrug, von einer Frau korrigiert zu werden.

»Laura, ich muss dir etwas sagen – Lily hat mich gefragt, ob ich sie auf eine Reise nach Berlin und weiter nach Polen begleiten würde. Sie möchte den Gutshof noch einmal sehen, wo sie aufgewachsen ist. Oder was davon übrig ist. Sie will mir unbedingt alles zeigen. Jetzt, wo die Grenzen offen sind. Sie klang so bestimmt, du kennst sie ja. Es scheint ihr sehr viel zu bedeuten.« Gwen machte eine kurze Pause, um Laura Gelegenheit zu geben, diese Neuigkeiten zu verarbeiten, doch Laura reagierte prompt.

»Na ja, sie ist in einem Alter, in dem man solche Reisen nicht jedes Jahr wiederholen kann. Und jetzt, wo es möglich ist – Berlin nach dem Mauerfall, das würde mich selbst interessieren.«

»Dann komm doch mit!«, rief Gwen euphorisch.

»Ja, warum nicht, nach Italien können wir auch noch im September. Ich schau mir alles mal auf der Karte an. Ich kenne einen Bach-Forscher, den ich gerne treffen würde und mit dem ich mir seit Jahren schreibe. Vielleicht könnte ich von Berlin aus einen Abstecher nach Leipzig unternehmen. Und dir wird die Reise sicher guttun. Wir haben in den letzten Jahren so oft über deine

Mutter gesprochen. Das ist doch eine gute Gelegenheit, mehr zu erfahren.«

Gwen war geradezu beglückt darüber, dass Laura mit von der Partie sein würde. Sie könnten sich nicht nur auf den langen Strecken im Auto ablösen, es würden sich gewiss auch manche Schrulligkeiten der alten Damen besser ertragen lassen.

Jetzt musste sie nur noch Lily erreichen, die immer und besonders für ihr Alter sehr beschäftigt war. Ihre Tante besuchte fast jede Aufführung der Royal Shakespeare Company, die sie für das beste Ensemble der Welt hielt; sie verpasste kaum eine Ausstellungseröffnung, zu der sie eingeladen wurde; sie leistete sich Mitgliedschaften in diversen Freundeskreisen namhafter Museen und immer wieder eine der sündhaft teuren Karten für Opernabende in Covent Garden.

»Lily, ich bin's, Gwen. Also, ich komme mit. In drei bis vier Wochen kann ich los, bis dahin bin ich mit meiner Übersetzung fertig und Laura mit ihren Aufträgen«, brachte Gwen entschieden hervor, als ihre Tante endlich ans Telefon ging.

»Wie schön, Gwenny Darling, aber was hat Laura denn damit zu tun?«, fragte Lily etwas argwöhnisch.

»Laura fährt mit.« Und als würde sie die Gedanken ihrer Tante ahnen, fügte sie hinzu: »Wir werden trotzdem genug Zeit für uns haben. Du weißt ja, wie einfühlsam sie ist. Für mich ist es viel angenehmer, wenn mich jemand begleitet, der mir beim Kartenlesen helfen kann und immer guter Laune ist. Außerdem kennt sie ja die ganze Familiengeschichte.«

»Na ja, die ganze Familiengeschichte kennst ja noch nicht einmal du, aber deshalb fahren wir ja zusammen hin«, bemerkte ihre Tante spitz. »Ich mag Laura. Sie hat diesen trockenen Humor, und sie ist doch so sprachbegabt, kann sie denn Deutsch?«

»Motetten-Deutsch!«

»Was ist das denn?«

»Sie kennt die Texte von Bachs Motetten und vom *Weihnachtsoratorium.*«

»Na, das wird lustig, wenn die eine Bach-Kantaten summt und die andere Marx zitiert.«

»Das meinte Robert auch. Ich fahre nächstes Wochenende übrigens nach Suffolk. Ich war lange nicht da. Ich habe ihn auch gefragt, ob er noch etwas von Mummy hat, und er meinte, dass das gut möglich wäre, es gäbe noch irgendeine Kiste mit Erinnerungskram, wie er es nannte.«

»Aha«, sagte Lily nur, und beim Verabschieden klang ihre Stimme ungewohnt angespannt. Warum, konnte sich Gwen nicht erklären, aber sie schob den Gedanken schnell beiseite.

Bis zur Abreise war nun einiges zu tun. Sie musste die Übersetzung abschließen und vorzeitig dem Verlag schicken, denn sie wollte sichergehen, dass es keine Rückfragen gab. Vielleicht würde sie auch noch bei Marks & Spencer ein paar leichte Schuhe und eine dünne Jacke für die Reise kaufen. Für schlechtes Wetter waren sie ja hier auf der Insel bestens ausgerüstet. Außerdem wollte sie Tee mitnehmen, Earl Grey und English Breakfast erwiesen sich immer als beliebte Mitbringsel. Sie würde einige Stunden ihres Italienischkurses ausfallen lassen müssen, was ihr leidtat, denn Theresa, ihre römische Lehrerin, hatte ein mitreißendes Temperament.

Plötzlich erschienen ihr die verbleibenden Wochen bis zur Abreise als sehr kurzer Zeitraum, zumal sie ja auch noch den Sonntagsausflug zu ihrem Vater geplant hatte. Und Theo wollte sie unbedingt noch schreiben, er würde es ihnen übel nehmen, wenn er hinterher erfuhr, dass Lily und seine Nichte in seiner alten Heimat gewesen waren. Das würde sie am besten gleich erledigen, bevor sie es vergaß.

Gwen suchte in ihrer kleinen Sammlung eine Kunstpostkarte mit einem seltenen Motiv. Sie wusste, dass ihr Onkel solche Gesten schätzte. Sie fand ein Porträt, das Franz von Stuck von seiner schönen Tochter im Jahr 1915 gemalt hatte. Es fiel ihr ein bisschen schwer, sich von der Postkarte zu trennen, die sie vermutlich einmal in München in der Villa Stuck gekauft hatte, aber Theo würde sich freuen. In wenigen Sätzen teilte sie ihm mit, dass sie mit Lily nach Polen reisen und den Gutshof aufsuchen würde und ihn gerne vorher kurz gesprochen hätte.

Besuch in Ipswich

Gwen nahm den Zug bis Ipswich, wo ihr Vater sie abholen wollte. Sie freute sich darauf, die Fahrt allein mit ihm zu verbringen. Umso enttäuschter und zugleich auch besorgter war sie, als nicht Robert, sondern Sue am Bahnsteig stand.

Robert sei seit zwei Tagen in einer sehr trüben Stimmung und könne sich nicht aufraffen aufzustehen, erklärte Sue die Situation. Hoffentlich wäre es am Nachmittag schon besser. Gwen müsste also doch übernachten, was sie nur im Notfall vorgehabt hatte. Sue, die sonst nicht durch analytische Beobachtungen hervorstach, war sich sicher, dass Roberts innere Unruhe mit Gwens Reiseplänen zu tun haben musste. Die verdrängte Erinnerung an Marga sei mit voller Wucht aufgebrochen. Er habe viel getrunken und dann alle Schubladen durchsucht und ausgeleert, um ihre Briefe zu finden.

»Er hat eine Schachtel gefunden«, schloss Sue ihre etwas vorwurfsvoll klingenden Ausführungen. »Er hat sie dir in dein Zimmer gestellt. Dein Vater muss seinen Rausch ausschlafen, und wenn er hört, dass du da bist, geht es ihm hoffentlich besser. Ich habe nicht gedacht, dass es ihn so mitnehmen würde.«

»Danke, Sue, auch fürs Abholen. Ich kann mir vorstellen, dass das alles nicht immer leicht für dich ist«, bemühte sich Gwen einfühlsam hervorzubringen.

»Ich habe gewusst, auf was ich mich einlasse«, meinte Sue trocken, »und Robert ist trotz allem das Beste, was mir passieren konnte. Ich muss mit den grauen Wölfen leben, die ihn immer wieder aufsuchen und bedrängen.«

Sue war klein, drahtig und patent und hatte stets alles im Griff. Sie wusste, was am besten gegen Schnecken im Garten half und wann man bestimmte Zwiebeln setzen musste, sie organisierte den Gemeindechor und kümmerte sich um die alten Damen im Dorf, vor allen Dingen aber bewahrte sie in der Regel ihren Vater vor größeren Abstürzen.

Das Cottage, in dem die beiden lebten, war dreihundert Jahre alt. Sie hatten es gemeinsam liebevoll renoviert, die Balken freigelegt, die alten Holzböden abgeschliffen, die Wände vom Putz der Jahrhunderte befreit und jedes Zimmer in einer anderen, pudrigen Farbe gestrichen. Der große Kamin im Wohnzimmer konnte wieder benutzt werden, und eine Heizung wärmte zusätzlich, die allerdings nur waschechte Engländer als ausreichend empfinden konnten. Das alte Haus war schön und romantisch, aber zugig und kalt, und man war gut beraten, mit einer Wärmflasche und einer dicken Jacke anzureisen. Ein mit Weidezäunen eingefasster Garten säumte das Anwesen, in dem schon bald prachtvolle Rosen und Klematis blühen würden. Keiner, der das Cottage zum ersten Mal sah, hätte sich gewundert, wenn Jane Austen persönlich aus der Tür getreten wäre und zum Tee eingeladen hätte.

Sue hatte einen kleinen Blumenstrauß in Gwens Zimmer gestellt und frische Handtücher auf ihr Bett gelegt. Sie war eine sehr gute Gastgeberin, musste Gwen unumwunden zugeben. Auf dem alten Waschtisch stand tatsächlich die erwähnte Kiste, die noch zugeklebt war. Ihr Name war groß und deutlich in der Handschrift ihrer Mutter zu lesen. Sie fand es seltsam, dass ihr Vater all die Jahre nach Margas Tod nicht mehr an diese Schachtel gedacht hatte. Sie musste ihm doch spätestens beim Umzug aus dem alten Haus in die Hände gefallen sein. Aber ebenso merkwürdig fand sie es, dass ihre Mutter zwar ihren Namen auf die Schachtel geschrieben, sie ihr aber nie persönlich überreicht hatte. Vielleicht hatte sie vorgehabt, zu einem späteren Zeitpunkt mit ihr über den Inhalt zu sprechen, war aber nicht mehr dazu gekommen.

Gwen war aufgeregt und löste vorsichtig die Klebstreifen, die so getrocknet waren, dass sie wie von selbst abfielen. Auf den ersten Blick waren es Fotografien, Briefe, einige offizielle Dokumente, dann aber entdeckte sie einen Stapel identisch aussehender Schreibhefte, die mit einer roten Schleife zusammengebunden waren. Sie waren beschriftet mit Jahreszahlen und Ortsangaben. Auf dem Etikett des ersten Heftes war zu lesen »Bad Tölz und München 1911–1918«, auf dem nächsten »Schloss Elmau 1918–1919«, dann »Köslin und Florenz 1923–1925« und so weiter. Die Hefte hatten einen festen roten Einband mit einem ebenfalls roten Farbschnitt. Zuoberst lag ein bereits geöffneter Umschlag. Gwen zog den Brief darin vorsichtig heraus und erkannte Ellas Handschrift. Sie las:

5. September 1948

Meine liebe Marga,
ich hoffe, es geht Dir gut in Oxford bei Theo. Du schreibst, dass Du in einer Bibliothek arbeitest. Weißt Du, dass ich noch nie in einer öffentlichen Bibliothek war? Was genau musst Du denn dort machen, und bereitet Dir die Tätigkeit Freude? Hast Du schon Freundinnen gefunden?
Es ist für uns alle eine schwierige Zeit, die Währungsreform hat hier allerdings überall die Versorgung verbessert. Es waren so viele Städter noch bis vor Kurzem hier draußen, die tauschen oder hamstern wollten. Das hat sich jetzt fast über Nacht gelegt. Ich glaube, es gibt keinen Bauern hier im Tölzer Land, der jetzt nicht ein Geschirr mit Goldrand oder alten Familienschmuck hat.
Ich wollte Dir schreiben, dass Du bitte nicht so sehr mit Deiner Mutter ins Gericht gehen darfst. Ich kenne Ilsa nun schon so lange und weiß, wie schwer sie es selbst hatte. Wir werden alle in eine bestimmte Zeit hineingeboren, und Deine Mutter hat in schlimmen Zeiten gegeben, was sie

geben konnte. Sie wusste, dass sie nicht zu mehr fähig war, und darum hat sie Dich auch später in meine Obhut gebracht. Das hat sie nicht aus Verantwortungslosigkeit getan, sondern, im Gegenteil, weil sie Dich liebt. Nicht jede Frau ist eine geborene Mutter. Das Schicksal wollte es, dass ich keine Kinder habe, aber gerne welche bekommen hätte, und Deine Mutter hat mir Dich als kleines Mädchen in den Arm gedrückt und mir damit ein Lebensglück beschert. Das wollte ich Dir sagen. Außerdem hast Du mich gebeten, dass ich Dir ein bisschen von meinem Leben erzählen solle, weil du so wenig wüsstest über meine frühen Tölzer Jahre. Nun, ich habe die letzten Monate damit verbracht, meine Tagebuchaufzeichnungen zu sichten und aufzuschreiben, was in den vergangenen fünfzig Jahren geschehen ist.
Es war eine gleichermaßen schmerzvolle und beglückende Reise in die Vergangenheit, meine liebe Marga. Ich habe viel Schönes erlebt, ebenso wie Verluste und enttäuschte Hoffnungen.
Ich habe auch ein paar alte Fotografien in das Buch hineingeklebt. Sie sind nicht besonders gut, aber man erkennt doch die Menschen und die Umgebung. Ich hoffe, es freut Dich, und Du kannst dann, wenn Du dies alles gelesen hast, auch unsere Zeit, in der wir aufgewachsen sind, besser verstehen. Unsere Generation hat viel erlebt, und am wenigsten selbstverständlich war, dass wir überlebt haben. Besonders wir Frauen hatten es schwer, und dabei spielte es oft keine Rolle, ob man arm oder reich war.
Schick mir doch bitte ein Foto von Dir, und erzähl mir, was es bei Theo zu essen gibt. Ihr habt ja sogar eine Köchin. Vielen Dank auch für den guten Tee, der hier eingetroffen ist wie ein Wunder, und auch für die schöne Dose, in der er verpackt war. Das sind hier Kostbarkeiten.
Ich soll Dich von allen grüßen. Anton vermisst Dich und fragt jeden Tag nach Dir. Er ist gewachsen und eine Freude.

Stell Dir vor, Nücki hat geschrieben, sie hat sich zusammen mit Knüvel in den Westen retten können. Das Haus duftet gerade nach Jolas Apfelstrudel.
Bitte schreib bald, und grüß Theo recht herzlich.
Sei Du fest umarmt, von allen hier im Gästehaus,
Deine Ellamammi

Was für ein unglaublicher Schatz lag in ihren Händen. Ella hatte sich die Mühe gemacht, für Marga, ihre geliebte Ziehtochter, ihr eigenes Leben aufzuschreiben. Und Marga hatte diesen Schatz wiederum für ihre Tochter aufgehoben, damit sie, Gwen, einmal in den Besitz dieser Erinnerungen kommen würde. Marga schien aus Sprachlosigkeit, Trauer und heftigen Selbstzweifeln nie herausgefunden zu haben, und dann war sie auch noch so unerwartet früh gestorben.

Gwen öffnete behutsam das erste Heft. Ellas Handschrift war klein und dennoch gut lesbar. Die Seiten waren eng beschrieben, und Gwen glaubte zu erkennen, wann sie eine Pause eingelegt und den Füllfederhalter neu befüllt hatte, denn die blauschwarze Tinte hatte dann eine andere Färbung und der Schriftzug eine sich verändernde Stärke. Immer wieder gab es Seiten, auf denen Ella Fotografien, Eintrittskarten oder Postkarten eingeklebt hatte. Das Datum auf dem ersten Heft reichte in Ellas Kindheit zurück. Gwen rechnete nach, 1911, da musste Ella dreizehn Jahre alt gewesen sein. Das war nun über achtzig Jahre her.

Die roten Hefte

»Sie hat rote Haar, feuerrote Haar sogar«, schmetterten fünf etwa zwölfjährige Buben und verfolgten dabei zwei Mädchen, die so schnell davonliefen, wie sie nur konnten. Ihre Zöpfe, die mit großen Schleifen zusammengebunden waren, wurden mit jedem Schritt rhythmisch in die Höhe geworfen und fielen wieder schwer auf die Schultern der Mädchen herab. Unter ihren Kleidern sah man rutschende Wollstrümpfe, sie hatten die langen Röcke nach oben gerafft, um schneller rennen zu können.

»Sie hat rote Haar, feuerrote Haar sogar«, begann der Kräftigste von Neuem, der den beiden Mädchen immer näher kam. Doch völlig unerwartet blieb eines der Mädchen plötzlich stehen, sodass es fast mit ihm zusammenprallte, boxte ihn mit voller Wucht in den Magen und rief dabei: »Wenn du nicht aufhörst, mich und die Franzi zu ärgern, kannst du was erleben.«

Was das sein würde, erklärte es nicht. Den anderen Jungen blieb der Mund offen stehen. Hatten sie gerade richtig gesehen, da hatte die Ella dem Quirin furchtlos einen Schlag versetzt, den sie sich selbst nicht zugetraut hätten? Und noch unglaublicher war, dass der Quirin stehen geblieben war und keinen Mucks machte. Vermutlich ahnte er, dass das eine Schmach war, von der er sich lange nicht erholen würde. Ein Mädchen hatte ihn, ausgerechnet ihn, vor den anderen geboxt und damit bloßgestellt.

»Du hast ihm richtig eine verpasst«, meinte Franzi später anerkennend. »Pfundig war das. Das erzähl ich dem Vater.« Dabei sprach sie Vater aus, als würde es mit zwei dd und ohne e geschrieben.

Franzi hieß eigentlich Franziska Gumpelmayer und war die einzige Tochter des ortsansässigen Metzgermeisters und Schlachters. Ihre Haare leuchteten rot, und ihre helle Haut war mit Sommersprossen übersät. Über Mädchen mit roten Haaren wurde überall ausgiebig gespottet, aber die Franzi war die beste Freundin von der Ella, und das schützte sie vor schlimmeren Übergriffen. Franzis Vater steckte der treuen Freundin daher immer mal wieder eine Wurst zu, die in Ellas Familie dankbar angenommen wurde.

Ellas Eltern Sepp und Maria lebten nämlich in großer Bescheidenheit, man könnte auch sagen Armut. Vier Kinder, drei Buben und ein Mädchen, mussten versorgt werden. Der Vater hatte eine Arbeit am Bahnhof gefunden, wo er half, die Isartalbahn mit Flößerhölzern oder anderen Gütern zu beladen. Seine eigenen Wünsche hatte er längst begraben. Dabei hatte es zunächst so ausgesehen, als läge eine passable Zukunft vor ihm. Ein Stipendium hatte dem kleinen Sepp Blau den Besuch einer Klosterschule ermöglicht, in der musiziert und die Begabungen der Schüler in bescheidenem Rahmen gefördert wurden. Als dann der Vater starb, brachen die schulischen Leistungen ein, das Stipendium wurde aufgekündigt, und der vierzehnjährige Bub musste plötzlich Geld verdienen. Nun ging es nicht mehr um Neigungen, sondern darum, die Notlage der verwitweten Mutter und der jüngeren Geschwister zu lindern. Als Sepp später heiratete, hatte dies mehr mit dem kleinen Hof zu tun, den seine Braut Maria mit in die Ehe brachte, als mit echter Zuneigung.

Auch für Maria waren die Träume früh ausgeträumt, dabei hatte sie sich viel von der Ehe mit Sepp versprochen, der ihr gut gefiel in seiner für einen Mann selten sensiblen Art. Aber nachdem das erste Kind gestorben war und danach das zweite und dritte, entwickelte Maria eine Härte, die sich zunächst gegen sie selbst und dann gegen die ganze Familie richtete. Das mochte auch daran gelegen haben, dass es in ihrer Umgebung niemanden gab, der für ihre Trauer, Verzweiflung und Einsamkeit Verständnis gezeigt hätte. Es wurde ja ständig gestorben und geboren, und so quittierte man ein Zuviel an Empfindlichkeit eher mit Häme.

Maria kümmerte sich um die kleine Landwirtschaft, die der Selbstversorgung diente. Nur hin und wieder kam es vor, dass sie etwas Gemüse oder Fleisch auf dem Markt verkaufen konnten, aber selten genug. Sie hatte sich eine profunde Kenntnis über heilende Pflanzen angeeignet, mit der sie ihre kleine Tochter Ella begeisterte, die mit ihrem Weidenkörbchen nur zu gerne auf die Almwiesen ging, um mit der Mama seltene Kräuter zu suchen.

Maria sprach wenig, lachte nie, aber erfüllte ihre Pflichten zuverlässig wie ein Uhrwerk. Schließlich mussten die Schulgebühren bezahlt werden. An Kleidung herrschte Dauermangel, und nur zwei Kinder hatten einigermaßen brauchbare Schuhe, die anderen liefen im Sommer barfuß. Ella konnte nicht die Hosen und Hemden ihrer Brüder auftragen, obwohl sie das gerne getan hätte, sodass für sie, selten genug, ein Stück Stoff erworben werden musste, aus dem die Mutter dann ein einfaches Dirndlkleid nähte. Es waren Festtage, wenn so ein Kleid endlich nach all dem Stillstehen, Maßnehmen und Anprobieren fertig war.

Nachdem Ludwig Gumpelmayer von Ellas Fausthieb in Quirin Wachtveitls Magengrube gehört hatte, fragte er sie, ob sie einen Wunsch habe. Er war zutiefst beeindruckt vom Schneid dieses kleinen Mädchens.

Ja, einen Wunsch hatte sie. »Ich wünsche mir ein paar Stiefel zum Schnüren«, antwortete Ella gedehnt, so als würde sie es genießen, diesen Wunsch erstmals in Worten laut auszusprechen und sich dabei selbst zuzuhören, »so welche, wie sie die Franzi hat«, ergänzte sie.

Das war ein ziemlich großer Wunsch, und Ella hatte für einen Moment das Gefühl, ihr Glück doch zu stark herausgefordert zu haben. Schuhe aus Leder waren unerreichbarer Luxus. Aber Franzis Vater nickte nur und meinte, sie solle sich auf einen Pappdeckel stellen. Dann zeichnete er die Umrisse ihrer Füße ab und versprach, sich um die Stiefel zu kümmern.

Für Ella waren die Schuhe von außerordentlicher Wichtigkeit und ein elementarer Bestandteil ihres Plans, den sie in jungen Jahren heimlich für sich geschmiedet hatte. Bald würde sie die Schule verlassen müssen, und sie wollte auf gar keinen Fall auf einem Bauernhof als Magd arbeiten. Das Schulgeld konnte nicht länger bezahlt werden, obwohl sie besser lesen und rechnen konnte als alle in ihrer Klasse. In ein Mädchen zu investieren, galt zudem ohnehin als Verschwendung.

Ihren Eltern gegenüber hatte sie sich nicht getraut, den Wunsch nach Schuhen zu äußern. Es war nicht erlaubt, sich etwas zu wünschen, was jenseits der Möglichkeiten lag. Und Schuhe gehörten in diese Kategorie. Eigentlich lag alles jenseits der Möglichkeiten, und Wünsche laut auszusprechen, war daher immer ein gefährliches Unterfangen, das der Vater vielleicht mit einer Watschn quittieren würde. Jedenfalls war das ihren Brüdern oft so ergangen. Gefühle und Sehnsüchte, Freude und Vorfreude waren in ihrer Familie irgendwann verschwunden, wie die Murmeln eines Spiels. Niemand wusste mehr, wer wann und wo die Kugeln verloren hatte.

Aber Ella ließ sich vom Wünschen nicht abbringen, und wenn sie in ihrem Bett lag, träumte sie davon, einmal eigenes Geld zu verdienen und so unabhängig zu sein, dass sie niemanden mehr um Erlaubnis würde bitten müssen. Ihr Vater hatte eines Abends erzählt, dass immer mehr Städter mit der Isartalbahn von München nach Tölz reisten, um Erholung zu finden. Ella hatte seine Schilderungen mit großem Interesse verfolgt, und obwohl sie dies in jenem Moment noch nicht bewusst fassen konnte, formierte sich in ihr ein Vorhaben.

Seit einigen Jahren durfte sich das kleine Städtchen Tölz nun schon als Kurort bezeichnen und den Titel »Bad« führen. Man hatte heilende Jodquellen gefunden, die Reisende aus der näheren und weiteren Region anzogen. Der Schriftsteller Thomas Mann hatte sich eine moderne Villa erbauen lassen und verbrachte die Sommer mit seiner Frau Katia und den Kindern im Voralpenland. Der renommierte Architekt Gabriel von Seidl liebte das kleine Tölz. Seine Pläne, die Fassaden der heruntergekommenen Häuser in der Marktstraße umzugestalten oder sie gleich neu zu bauen, hatte man aufgegriffen, und nun wirkte es, als hätte jemand ein verblichenes Sepiafoto in leuchtenden Farben aquarelliert. Der alte Muff war verschwunden, und das Städtchen sah wie frisch gewaschen aus. Erste Kurhotels eröffneten ebenso wie kleinere Pensionen, in denen vor allem die Sommerfrischler Kost und Logis suchten, um von dort aus Spaziergänge an der Isar oder Wanderungen in die Voralpen zu unternehmen.

In solch einem Gästehaus wollte Ella arbeiten, aber dafür brauchte sie drei Dinge, zumindest behauptete das ihr älterer Bruder Gustl: Man sollte nach der Schrift sprechen können, also Hochdeutsch, wenigstens einigermaßen; man brauchte unbedingt vorzeigbares Schuhwerk, was die kleine Schwester so schnell nicht bewerkstelligen würde; und man musste die Wünsche der feinen Gäste kennen. Gustl gab kräftig an mit seinem Wissensvorsprung, denn er half am Bahnhof, das Gepäck der Reisenden zu tragen, und kam so ins Gespräch mit Kurgästen und Wanderern.

Die Lederschuhe

Als Ella eines Tages mit ein paar neuen Schnürstiefeln nach Hause kam und ihr Glück selbst kaum fassen konnte, staunte ihr Bruder nicht schlecht. Es waren Schuhe aus hellem, weichem Leder, aber das Besondere an ihnen war der Schaft aus einem dünnen und durchlässigen Stoff, der aussah wie gehäkelt. Mit einem Lederband musste man die Häkchen links und rechts über Kreuz zubinden. Ella kannte keinen besseren Vergleich, aber es war, als ob man mit der Fußsohle in einen noch warmen Kuhfladen treten würde. So weich und angenehm fühlten sich diese Schuhe an, wenn sie mit der Hand die innere Form erkundete. Gustl nahm sie das Versprechen ab, den Eltern nichts von den Schuhen zu verraten, dabei sollte er aufstehen und schwören. Ella musste im Gegenzug den Stalldienst für zwei Wochen übernehmen. Weil das eine ziemlich lange Zeit war, zeigte sich Gustl entgegenkommender als gewöhnlich und erzählte seiner Schwester, dass Frau Huber neuerdings auch Sommergäste aufnahm. Ella schloss daraus, dass man dort vielleicht eine Hilfe brauchte.

~

Gwen wurde sofort in Ellas Geschichte hineingezogen. Die Hefte waren für Marga, ihre Mutter, geschrieben worden, und nun kam es ihr vor, als säße sie in einem Film, dessen Sequenzen sich mit ihren eigenen Erinnerungen oder vielmehr Bruchstücken aus Erzählungen ihrer Familie anfüllten. Gebannt las sie weiter.

~

An einem Sonntag im Frühjahr 1911 beschloss Ella, ihr Schicksal in die Hand zu nehmen. Sie wusch sich die immer etwas nach Stall riechenden langen Haare besonders gründlich, flocht sie sich zu dicken Zöpfen und band aus ihren schönsten Bändern Schleifen. Sie zog das Sonntagsdirndl an und die neuen Schuhe. Nun wollte sie zur Frau Huber gehen, es war etwa eine halbe Stunde Fußweg, um nach einer Stellung für sich zu fragen. Ihren Eltern hatte sie nichts von ihren Plänen verraten, sie fürchtete, man würde sich über sie lustig machen und ihr den Mut nehmen.

Josefa Huber hatte die Anteile an einer Brauerei verkauft, die ihr von ihrem verstorbenen Mann, dem Doktor der Medizin

Herrn Alois Huber, vererbt worden waren. Mit dem Geld hatte sie das bäuerliche alte Haus abreißen und ein neues im hochaktuellen Jugendstil erbauen lassen. Sie träumte davon, dass die Sonne durch größere Fenster ins Innere dringen würde. Auch hatte sie konkrete Vorstellungen von der Gestaltung des Gartens. Das Walmdach zog sich über die zweite Etage, und die Gauben wurden flankiert von blauen Fensterläden und Faschen. Hellgraue Holzpaneele waren der Länge nach auf die Vorderseite vom zweiten Stock bis unter das Dach angebracht worden und ergaben einen interessanten Kontrast zu dem sandfarben gestrichenen Sockel im Erdgeschoss. Ein Bauerngarten und ein Kräuterbeet hinter der Küche waren angelegt worden, und unter den Obstbäumen standen einzelne Tische und Korbmöbel.

Das Haus war mit allem Komfort ausgestattet, es gab sogar Zimmer mit Badewanne und Toilettenwasserspülung. Eine mit Glas überdachte Loggia ermöglichte den Gästen auch bei schlechtem Wetter einen Aufenthalt fast wie in der freien Natur. Außerdem hatte Frau Huber eine exzellente Köchin eingestellt, deren Entenbraten mit Rotkraut und Knödeln ebenso wie ihre Hefebuchteln bereits nach kurzer Zeit einen legendären Ruf genossen. Das Huber'sche Gästehaus war zu einem Geheimtipp avanciert und zog wohlhabende Städter an, die in der Natur Erholung suchten.

Im Garten sah Ella einen Jungen, der gerade den Zaun reparierte. Selbstbewusst fragte sie, ob sie die Frau Huber sprechen könne.

»Was willst du denn von ihr?«

»Das will ich dir nicht sagen«, meinte Ella bestimmt.

»Aha, ein Geheimnis«, spöttelte der Junge.

»Nein, aber ich muss es dir ja nicht gleich sagen.«

Der Junge war mit seinen achtzehn Jahren eigentlich ein junger Mann, und er sah aus wie ein Handwerksbursche. Er trug ein kariertes Hemd, das ihm viel zu groß war, und eine verbeulte Leinenhose mit Hosenträgern. Er war groß und dünn, hatte dunkelblondes, zerzaustes Haar und einen etwas schlaksigen Gang. Er war nicht so leicht zu beeindrucken, aber Ella gefiel ihm.

»Ich hole meine Mutter«, sagte er und lächelte amüsiert.

Ella versank, sie hatte nicht damit gerechnet, so unvermittelt mit dem Sohn der Pensionswirtin zusammenzutreffen.

»Was willst du?«, fragte Frau Huber kurz angebunden, denn sie hatte sich gerade hingesetzt, um eine Handarbeit wiederaufzunehmen. Sie war eine resolute Frau und erahnte sogleich, was dieses junge Ding von ihr wollte. Man musste dem Mädchen sicher alles erklären, weil es doch aus recht einfachen Verhältnissen zu kommen schien.

»Ich heiße Ella Blau und bin die Tochter vom Sepp Blau, ich bin dreizehn Jahre alt und sehr gut in der Schule, aber da darf ich jetzt bald nicht mehr hingehen, weil das Schulgeld zu teuer ist. Ich möchte fragen, ob Sie jemanden brauchen, der Ihnen hilft, wenn Sie jetzt so viele Gäste haben«, erläuterte Ella ihr Anliegen, das sie sich immer wieder vorgesagt und fast auswendig gelernt hatte.

»Was kannst du denn?«, fragte Frau Huber etwas freundlicher.

»Ich kann alles, was man mir aufträgt. Ich bin schnell und geschickt. Ich kann in der Küche helfen oder im Garten oder im Stall«, antwortete Ella selbstbewusst.

»Na ja, einen Stall haben wir hier nicht, aber du kannst vielleicht wirklich in der Küche helfen, und wenn dort nichts zu tun ist, müsstest du in der Waschküche mitarbeiten oder wo halt sonst jemand gebraucht wird. Und es gibt nur Arbeit während der Saison. Im Winter brauche ich niemand«, betonte Frau Huber mit Nachdruck, überrascht über ihr eigenes so schnelles Einlenken.

Was eine Saison war, wusste Ella nicht. Frau Huber sprach es aus wie Säsong. Ella sah auf den Kräutergarten und hatte einen Blitzgedanken. »Ich kenne mich auch gut mit Kräutern aus und mit Pflanzen, und wenn jemand krank ist, weiß ich auch Bescheid.«

Der Sohn von Frau Huber nickte seiner Mutter aufmunternd zu, und sein Blick sagte: Nimm die!

»Also gut. Du kannst auf Probe anfangen, und dann schau'n wir weiter. Ich muss erst sehen, ob du eine Hilfe und keine Last bist. Und bring eine Bescheinigung von deinem Vater mit, oder er soll selbst vorbeikommen. Du bist ja noch ein halbes Kind.«

Frau Huber verschwand, und Ella blieb unschlüssig im Garten stehen, als der junge Mann sich ihr vorstellte: »Ich bin der Korbinian, und mich interessieren übrigens auch alle Kräuter und Heilpflanzen. Ich will nämlich Medizin studieren und später Arzt werden.«

»Ach wirklich?«, meinte Ella bewundernd, und dann fügte sie hinzu: »Ich habe ein ganzes Album mit getrockneten Heilpflanzen. Das zeig ich dir, wenn ich jetzt zu euch ziehe. Ich muss nur in der Schule Bescheid geben, dass ich nicht mehr komme, die werden staunen.«

Und dann hüpfte Ella mit ihren Lederstiefelchen davon.

So kam es, dass Ella bei Josefa Huber eine Anstellung fand. Ihre Eltern waren erstaunt, aber zufrieden, denn nun gab es eine Esserin weniger am Tisch. Bevor Ella mit ihrem kleinen Koffer aufbrach, in dem nicht viel mehr als ein Nachthemd, wenig Wäsche, ein Rock und eine warme Jacke lagen, bürstete Maria ihrer Tochter zart und kräftig zugleich die glänzenden dunkelbraunen Haare. Sie hatte dies ein ums andere Mal getan, wenn sie ihre Zuneigung zeigen wollte.

Bald schon trafen die ersten Sommergäste ein und erfreuten sich an Zimmern mit Aussicht, an einem weit überdurchschnittlichen Komfort, einer besonders guten Küche und an Josefa Hubers großer Gabe, Probleme zu lösen, statt sie zu schaffen.

Jola

Das Zimmermädchen wies Ella an, wie man die Betten bezog, dass die Laken stramm auf der Matratze lagen, und wie man die Kissen aufschüttelte. Frau Huber selbst unterrichtete sie im Tischdecken, Besteckauflegen, Serviettenfalten und wie man, ohne mit dem Geschirr zu klappern, wieder abräumte. Ella hatte in ihrem jungen Leben noch keine Stoffserviette in der Hand gehabt und keine Vorstellung, wie kompliziert es sein konnte, Messer, Gabel und Löffel in der richtigen Reihenfolge aufzulegen. Bei ihnen zu Hause hatte man oft genug aus einer Schüssel gegessen.

Die Köchin Jola hatte Ella sofort ins Herz geschlossen. Sie brachte ihr nicht nur bei, wie man Mehlspeisen zubereitete, die Wäsche und sich selbst wusch, sondern sie erzählte ihr auch, woher sie kam.

»Du klingst irgendwie seltsam, wenn du redest. Du kommst nicht von hier, oder?«, fragte Ella, denn Jola sprach keine Umlaute, und so wurden aus Söckchen Sockchen und aus einem Süppchen ein Suppchen.

»Ich komme aus Westpreußen. Aus einem kleinen Dorfchen mit einem kleinen Bahnhof namens Boguschau. Wir sind Kaschuben, wir haben eigene Sprache und eigene Traditionen. Wir haben auch eine sehr gute Kuche«, erklärte Jola in ihrer warmherzigen Art.

»Wo ist denn dieses Boguschau und wo ist Westpreußen?«, fragte Ella, die von beidem noch nie gehört hatte.

»Ist sehr weit weg und Berge sind niedriger, aber dafür haben wir viele Seen und einen Fluss, die Weichsel. Ist fruchtbare Erde und die Hauptstadt ist Danzig an der Ostsee«, beschrieb Jola mit einer gewissen Rührung in der Stimme ihre alte Heimat.

»Aber wieso bist du jetzt hier in Tölz?«, fragte Ella aufgeregt, die gerne mehr erfahren wollte von diesem fernen Westpreußen am Meer.

»Die Liebe«, antwortete Jola kurz angebunden.

Ella kümmerte sich mit Hingabe um den Kräutergarten. In der reichen Flora des Voralpenlandes suchte sie wilde Heilpflanzen, um sie dann auszugraben und in Frau Hubers Garten wieder einzupflanzen. Sie hatte herausgefunden, dass man Samen auch postalisch beziehen konnte, und so bestellte sie hin und wieder von ihrem ersparten Geld bei einem Händler und war überglücklich, wenn die mit Hand beschrifteten kleinen Tütchen eintrafen. Sie fand in der Bibliothek des verstorbenen Doktor Huber ein Buch über die alte Klosterheilkunde, das sie verschlang. Bald wusste sie alles über heilende Teemischungen und dass Lavendelblüten Frau Hubers Schlafstörungen lindern, ein Hopfentee bei Jolas Verdauungsproblemen und eine Mischung aus Kamillenblüten, Schafgarbe und Johanniskraut bei Unterleibsschmerzen halfen. Korbinian war fasziniert davon, wie Ella die Kräuter trocknete, Mischungen und Wickel ausprobierte, Salben anrührte, die Gläser ordnete und beschriftete, und wie so im Laufe der Zeit eine kleine Apotheke entstand. Gemeinsam suchten sie in alten Büchern nach Rezepten und Rezepturen und überraschten sich gegenseitig mit ihren Entdeckungen.

Anders als zunächst geplant, blieb Ella auch über die Herbst- und Wintermonate bei Frau Huber im Gästehaus. In dieser Zeit wurde genäht und gestopft, gestrichen und repariert, Vorräte gekocht und eingeweckt. Ella schlief in einer kleinen Kammer unter dem Dach mit Blick auf den Kalvarienberg. Bescheiden zwar, und dennoch hatte sie nie schöner gewohnt. Im Winter wurde es sehr kalt, aber mit der Bettflasche aus Kupfer, den wollenen Socken und dem warmen Flanellnachthemd, das ihr Frau Huber aus ihrem eigenen Bestand überlassen hatte, ließ es sich aushalten.

Gegenüber von ihrer Kammer befand sich das sehr viel geräumigere Zimmer von Jola, in dem sogar eine kleine Sitzgruppe Platz gefunden hatte. Unter der Glasplatte des Tischs lag ein von Hand feinmaschig gehäkeltes Deckchen. Die Sessel hatten eine Polsterung aus dunkelviolettem Samt, wobei die Rückenlehne aus Peddigrohr geflochten war. Auf einer Kommode hatte Jola

Fotografien aufgestellt, die Ella immer wieder gerne betrachtete. Sie traute sich jedoch nicht zu fragen, wer die Menschen in den Bilderrahmen waren.

Jola war füllig, kleiner als Ella und schien alterslos. Oft trug sie ihre flachsblonden Haare zu einem festen Zopf gebunden, den sie einmal einschlug und dann mit Haarnadeln feststeckte. Sie war, wie Frau Huber kommentierte, stets tadellos frisiert. Jola war herzlich, lustig und großzügig, sie hatte aber auch Tage, an denen sie irgendeine große Traurigkeit mit sich herumschleppte. Hin und wieder erreichte sie ein Brief aus der fernen Heimat, der sie zunächst beglückte und dann vollkommen kraftlos zurückließ. Josefa Huber kommentierte diese Gefühlsausbrüche dann nüchtern mit: »Die Jola hat's nicht leicht gehabt.« Was auch immer das heißen mochte.

Ella war in den letzten Jahren gewachsen. Ihre dunklen Brauen, graublauen Augen, die schönen, dichten Haare, das ovale Gesicht und ihre schlanke Figur, aber vor allem ihr fröhliches und einnehmendes Wesen hatten sie in ein junges Mädchen mit einer ganz eigenen Ausstrahlung verwandelt.

Kriegsausbruch

Korbinian hatte unterdessen die Aufnahmeprüfung zum Medizinstudium bestanden und in München im Haus von Otto Pachmayrs Mineralwasservertrieb in der Theresienstraße ein kleines Zimmer angemietet. Er kam nun nicht mehr so oft nach Hause.

Im Juli 1914 brach der Erste Weltkrieg aus und veränderte das Leben für alle. Selbst auf dem Land jubelten die jungen Burschen über das bevorstehende Abenteuer, auch wenn in Preußen noch nie etwas Gutes für Bayern entschieden worden war. Militärkonzerte sollten die erhabene siegesgewisse Stimmung steigern. Jola meinte indes nüchtern, man müsse jetzt einen Stall bauen, um vorzusorgen.

»Aber Jola, alle außer dir glauben, dass der Krieg in ein paar Monaten gewonnen ist. Was sollen wir mit einer Kuh hier auf dem Land?«, entgegnete Frau Huber.

»Krieg ist Krieg. Und wenn alles so schnell vorbei, können wir Kuhchen wieder verkaufen. Außerdem haben wir dann eigene Milch, eigene Butter und bauen am besten noch einen Stall für Schafchen und Schwein«, beharrte Jola.

Das fand Frau Huber nun wirklich »gspinnert«, aber sie ließ im Herbst tatsächlich einen Stall bauen, kaufte zwei Kühe und zwei Schafe, ein Schwein wollte sie nicht. Allerdings mussten Jola und Ella hoch und heilig versprechen, sich um die Tiere zu kümmern, ohne die andere Arbeit zu vernachlässigen.

Es gab niemanden in Tölz, der Josefa Huber, die Witwe des verstorbenen Landarztes, nicht für verrückt gehalten hätte. Die Huberin war jetzt also eine Landfrau und roch nicht mehr nach gestärkter Wäsche und Lavendel, sondern nach Odel und Mist. Ein paar Monate später bereits lachte niemand mehr.

Korbinian war zur Sanitätsausbildung in einem Militärkrankenhaus verpflichtet worden, Gott sei Dank nicht in einem Lazarett an der Front. Das erste Weihnachtsfest sollte ohne ihn stattfinden, denn er hatte keinen Urlaub bekommen. Frau Huber wollte ihrem Sohn aber ein Weihnachtspaket bringen und dafür mit dem Zug nach München fahren.

Sie packte einen großen Korb mit Wurst, Käse, Marmelade und Brot zusammen. Ellas erster selbst genähter Schal war gerade noch rechtzeitig fertig geworden, auch wenn ihr die Monogrammstickerei nicht richtig gut gelungen war. Sie hatte noch kleine Tütchen mit Teemischungen abgefüllt und eine Karte geschrieben, darüber würde sich Korbinian gewiss freuen. Jola, die viel mehr Geschick in der Handarbeit besaß, hatte eine Jacke gestrickt und ein Paar Sockchen.

Schwer bepackt, aber voller Vorfreude, fuhr Frau Huber mit der Vicinalbahn von Tölz über Holzkirchen nach München. Vom Bahnhof lief sie zu Fuß zum Odeonsplatz, wo ihr Sohn auf sie wartete. Zwei Stunden blieben ihnen, und in diesen Stunden erzählte Korbinian seiner Mutter, die bereits einiges bei ihrem Mann in der Praxis gesehen hatte, von den schweren Verletzungen der meist sehr jungen Männer. Aber schlimm seien nicht nur die körperlichen Wunden, sondern die panischen Angstattacken und überhaupt die seelischen Leiden. Manche würden heftig zittern, und es gäbe Ärzte, aber auch Vorgesetzte, die glaubten, die Soldaten seien Simulanten. Dabei habe er noch längst nicht das Schlimmste gesehen, endete Korbinian, denn in den Lazaretten an der Front, so habe er gehört, würde es furchtbar zugehen.

Sie verabschiedeten sich in der Hoffnung auf ein baldiges Wiedersehen. Mutter und Sohn verband ein inniges Verhältnis, und als Frau Huber die schwere Tür der Theatinerkirche, die sie immer so gerne besuchte, öffnete und allein auf die Kirchenbank sank, weinte sie so leise, wie es ihr möglich war. Sie zündete eine Kerze für ihren Sohn an, kniete nieder und betete für ihn und für all die anderen Söhne, die man bereits in den Heldentod geschickt hatte oder noch schicken würde. Der Krieg, so fand sie, war eine Erfindung geltungssüchtiger Männer, die den ahnungslosen Jungen ein großes Abenteuer versprachen, dem sie sich selbst meist nicht aussetzen wollten.

Das Weihnachtsfest rückte näher, und Frau Huber hatte Ella überraschend vorgeschlagen, ihre Eltern und Brüder für den 24. Dezember zum Essen einzuladen. Sie würden unten im großen Speisesaal den Tisch schön decken. Ein Weihnachtsbaum sollte geschlagen und geschmückt werden, und Jola würde ihren Entenbraten »mit Knodelchen« zubereiten. Nächstes Weihnachten, so waren sich noch immer alle einig, würde man bereits wieder in Frieden feiern können. Nur jetzt müssten diese schweren Stunden gemeinsam überstanden werden.

Ella war ein wenig nervös und unsicher, ob ihre Eltern sich nicht zu sehr ihrer Einfachheit schämen und gar nicht kommen würden. Gustl war eingezogen und nach Westflandern abkommandiert worden, sodass nur die zwei kleineren Brüder Seppi und Franz mitfeiern konnten. Vor allem aber für die Buben freute sich Ella, denn sie würden erstarren, wenn sie das Haus und den Lichterbaum sahen. Wider Erwarten zeigte sich ihre Mutter dankbar, und selbst die angespannten Züge ihres Vaters schienen sich für einen Moment zu lösen, als sie die Einladung überbrachte.

Im ersten Kriegswinter trafen also die Eltern Blau mit den beiden Söhnen bei Josefa Huber ein, um den Heiligen Abend gemeinsam zu feiern. Sie staunten über das schöne und komfortable Haus, das nach Entenbraten und Tannenzweigen roch. Sie zogen als Erstes ihre nassen Schneeschuhe aus und ihre Wollsocken an. Die sonst schwer zu bändigenden Brüder schlichen eingeschüchtert durch die Räume, staunten, rempelten sich an, um auf etwas zu zeigen, und als fürchteten sie, ihre Stimmen könnten das feine Kristall zum Platzen bringen, flüsterten sie leise.

Frau Huber hatte die weiße Damastdecke, Leinenservietten und das beste Geschirr aufgelegt. Der Tisch war mit kleinen Tannenzweigen und Nüssen geschmückt, und die brennenden Kerzen verbreiteten eine festliche Atmosphäre. Die anfängliche Steifheit wich einer zunehmenden Fröhlichkeit, auch weil Jola mit Ellas Vater in einer Ungezwungenheit umzugehen verstand, die ihn selbst erstaunte. Seppi und Franz waren längst aufgetaut und im Haus unterwegs, um sich die Wasserspülung des Klosetts einmal genauer anzusehen. Sie sprachen das Wort aus, als würde es sich um eine vornehme französische Gouvernante handeln, und kicherten um die Wette. Ella war auch ein bisschen stolz auf sich, und sie spürte, wie sehr sie sich bereits selbst verändert hatte und nicht mehr das einfache Landmädel war, das von Tischkultur und verfeinerter Küche so gar keine Vorstellung gehabt hatte.

Nachdem der Nachtisch serviert war, wünschte sich Frau Huber, dass der kleine Kreis gemeinsam *O du Fröhliche* singen würde. »Der Korbinian hat jetzt immer die Zither gespielt oder sich ans Klavier gesetzt. Und wir haben dann dazu gesungen.« Bei diesem Gedanken liefen Frau Huber Tränen über die Wangen, und auch Jola erfasste ein heftiger Gefühlsausbruch. Sepp Blau, der mit solch seelischen Eruptionen noch nie konfrontiert gewesen war, wusste sich nicht anders zu helfen, er setzte sich ans Klavier und spielte *O Tannenbaum*, dass die Tasten bebten. Alle erstarrten, und allen blieb der Mund offen stehen, weil niemand auch nur geahnt hatte, welche musikalische Leidenschaft in Sepps Adern pulsierte. Er spielte, als wären seine schwieligen Hände, die sonst schwere Hölzer schleppten, durch einen wundersamen Zauber verwandelt und gleichsam geheilt worden. Lange Finger glitten mit einer Leichtigkeit über die Tasten, als wäre Mühelosigkeit Sepps Lebensmotto.

Danach gab es kein Halten mehr, ein Weihnachtslied nach dem anderen wurde gesungen, und Frau Huber öffnete eine weitere Flasche Rotwein. Später kredenzte sie noch einen Schnaps, an dem die Buben nippen durften. Wehmütig, aber glückselig verabschiedeten sich zu später Stunde Sepp und Maria Blau mit den beiden Söhnen und machten sich auf den Weg durch den hohen Schnee nach Hause. Ein so schönes Fest hatten sie noch nie erlebt.

Zukunftspläne

Sie mussten aber nicht nur das Weihnachtsfest ohne Korbinian überstehen, was ihnen letztlich unerwartet gut gelungen war, sondern auch noch Geduld bis in das Frühjahr hinein haben, bis Korbinian endlich wieder ein paar Tage Urlaub bekam. Ella freute sich auf seine Rückkehr und die Zeit, die sie miteinander verbringen würden. Lange Wanderungen in die Berge schienen ihm gutzutun. Er war ernst geworden, hatte Zuflucht in der Literatur gefunden, die ihn, wie er Ella erklärte, von dem ablenkte, was er täglich zu sehen bekam. Ella hatte von den Schriftstellern, die er nannte, noch nie gehört, mit Ausnahme von Thomas Mann, dessen Haus in Tölz ja nicht weit entfernt stand, geschweige denn eine Zeile gelesen.

Eines Tages fragte Korbinian, ob sie mit ihm hinauf zum Blomberg gehen würde. Frau Huber war einverstanden, und sie zogen los. Beide empfanden eine große Vertrautheit und eine unbeschwerte Verliebtheit, und dabei sollte es, wenn es nach Ella ginge, vorerst auch bleiben. Zu mehr war sie mit ihren nunmehr siebzehn Jahren noch nicht bereit, so gerne sie ihn hatte. Umso erleichterter war sie, als Korbinian das Gespräch mit einem für sie überraschenden Satz begann.

»Ella, du kannst nicht immer hier bei meiner Mutter bleiben. Es verändert sich gerade alles. In München sitzen jetzt die Frauen im Fahrerhäusl und steuern die Trambahn, stell dir das mal vor, sie tragen Uniform; andere arbeiten bei der Post oder im Telegrafenamt. Sie machen jetzt die Arbeit, die die Männer nicht mehr machen können. Du siehst es ja auch hier auf dem Land, plötzlich sind die Frauen gut genug, um auf den Höfen allein das Sagen zu haben. In den Lazaretten versorgen sie eiternde Geschwüre und ersetzen die fehlenden Ärzte. Nach dem Krieg wird alles anders werden, und deshalb kannst du nicht ewig hier Mädchen für alles sein.«

Bevor Ella etwas einwenden konnte, fuhr er fort und strich sich dabei durch die strubbeligen Haare. »Genau gegenüber von mir, in der Theresienstraße, ist ein neues Institut, in dem man Stenografie lernen kann und mit einer Maschine zu schreiben. Es gibt da eine spezielle Technik, sie wird die Zukunft sein.« Korbinian brachte alles sehr entschlossen hervor, so als ob er seit einiger Zeit bereits darüber nachgedacht hätte.

»Was ist das denn, Ste-no-gra-fie?«, fragte Ella belustigt, indem sie jede einzelne Silbe betonte.

»Das ist eine Art Kurzschrift. Es gibt Kürzel für Wörter, und damit kann man sehr schnell einen diktierten Text mitschreiben«, antwortete Korbinian.

»Aber was kostet so was, und wo soll ich wohnen, und überhaupt weiß ich gar nicht, ob ich das kann, mit dem Stenodings schreiben.«

Sie mussten beide lachen.

»Wenn das jemand versteht und schnell lernt, dann DU! Und wohnen kannst du bei mir im Haus. Da gibt es Zimmer, die an junge Damen vermietet werden. Ich habe schon gefragt.« Korbinian schien an alles gedacht zu haben, und es war ihm ernst.

»Ich bin doch gar keine Dame. Und deine Mutter, was wird die sagen?«, erwiderte Ella, nun doch unsicher geworden.

»Du wirst immer die Ella bleiben, aber auch eine Dame werden, nur nicht so eine verwöhnte, die sich bedienen lässt, sondern eine, die weiß, was sie will. Und ich rede mit meiner Mutter, sie wird das verstehen. Du willst doch unabhängig sein und dein eigenes Geld verdienen«, erwiderte er leidenschaftlich und fuhr sich dabei erneut durch die Haare. »Aber wenn du später dann«, und nun machte er eine längere Atempause, »die Frau eines Landarztes werden möchtest, dann sag mir bitte zuallererst Bescheid.«

Dabei lächelte er sie verschmitzt an und küsste sie auf die Wange. Ella ahnte in diesem Moment vielleicht, dass sie niemals einem feinfühligeren Mann begegnen würde, der noch dazu nur ihr Bestes im Sinn hatte.

Während sie den Ausblick genossen, überschlugen sich Ellas Gedanken. In ihrer Fantasie reiste sie bereits mit ihrem kleinen Koffer nach München und sah sich in einem Raum mit anderen jungen Frauen vor diesen fremdartigen schwarzen Maschinen aufrecht sitzen. Sie stellte sich vor, wie sie sich einen kleinen Hut und neue Schuhe kaufen würde, die sie in einem echten Schuhgeschäft anprobieren wollte.

»Ella, du träumst ja. Was sagst du dazu?«, fragte Korbinian, der sich auf Ellas verklärtes Gesicht keinen Reim machen konnte.

Ella erfasste eine nie gekannte Sehnsucht nach Leben. Sie erinnerte sich an Momente des Glücks in ihrer Kindheit, wenn sie im Sommer in den Kirchsee gesprungen war und das zarte Schilf ihren Körper leicht berührt oder wenn im eisigen Winter ihr warmer Atem sich in der kalten Luft in einen Nebelhauch verwandelt hatte. In diesen Momenten hatte sie sich selbst gespürt. Aber dieses Gefühl jetzt war anders, es war größer als sie selbst.

»Ich überleg's mir«, antwortete Ella und drückte Korbinians Hand fest. Aber insgeheim wusste sie, dass sie sich bereits entschieden hatte.

Familiengetuschel

Es klopfte leise an die Tür. »Ich habe Tee gemacht, Robert ist ansprechbar und sogar ganz guter Dinge. Kommst du herunter?«

Gwen war dankbar für die Unterbrechung. Sie sehnte sich nach einer Tasse Tee. Vieles von dem, was sie gerade gelesen hatte, erinnerte sie an ihre eigenen Aufenthalte im bayerischen Oberland. Sie kannte das Gästehaus von ihren Besuchen dort, und sie selbst hatte in Ellas Jungmädchenzimmer unter dem Dach übernachtet. Ihre Eltern hatten oft auf dem Weg nach Italien eine längere Pause eingelegt, und besonders ihre Mutter ging dann gerne in die Berge zum Wandern.

Sie spürte, dass Lily mit ihrer Idee, der Vergangenheit in Polen nachzuspüren, etwas Großes angestoßen hatte und dies der Beginn einer sehr emotionalen Reise werden würde.

Sue hatte Scones vom Bäcker geholt, und die gab es nun mit Erdbeermarmelade und der traditionellen Clotted Cream.

»Darling, es ist so schön, dass du da bist. Bitte entschuldige, dass ich dich nicht selbst in Ipswich abholen konnte, aber es ging mir heute Morgen nicht so gut«, bemerkte Robert gut gelaunt und machte es sich in seinem angestammten Ohrensessel bequem. Dabei sah er ein klein wenig schuldbewusst aus.

»Wie geht es Sloppy?«, fragte er, und Gwen dachte sich, dass er erst einmal über belanglose Dinge sprechen wollte, vor allem in Gegenwart von Sue. Also erzählte sie ihm von ihrer schwierigen Übersetzung, den Reparaturen auf der Terrasse und ihren zu früh eingepflanzten Hortensien. Robert fragte nicht nach Ed, denn er wusste, dass Gwen und Ed sich im Moment nicht sahen, und Gwen war dankbar für die erstaunlich rücksichtsvolle Diskretion ihres Vaters.

Als es Abend war, verabschiedete sich Sue. »Ich habe eine Chorprobe. Das Essen steht in der Küche. Ihr müsst nur die Suppe warm machen und das Brot noch mal aufbacken. Der Käse und die Trauben sind im Kühlschrank. Für Getränke kannst sicher du sorgen«, meinte sie spitz zu Robert. Der grummelte vor sich hin, war aber froh, jetzt mit Gwen allein zu sein. Das letzte Stichwort nahm er indes bereitwillig auf. »Möchtest du einen schönen Chardonnay oder lieber einen leichten Pinot Noir?«

»Gerne einen Rotwein, und vielen Dank, dass du mir die Schachtel hochgelegt hast. Ich hatte keine Ahnung, dass es all diese Andenken und Aufzeichnungen noch gibt.«

»Ich hätte sie dir früher geben sollen, aber nach Mummys Tod konnte und wollte ich mich nicht mehr mit ihrer Familie beschäftigen. Irgendwann habe ich diese Schachtel schlicht vergessen. Hast du sie denn schon geöffnet?«

»Ja, ich habe darin einige Hefte entdeckt, in denen Ella ihre Lebensgeschichte niedergeschrieben hat. Ich wusste nicht, dass sie aus so armen Verhältnissen kam«, antwortete Gwen nachdenklich.

Während sie die Suppe erwärmte und das Landbrot in den Ofen schob, öffnete Robert die Rotweinflasche und roch an dem Korken. »Das ist ein Guter«, meinte er anerkennend und schenkte sich einen kleinen Schluck ein, mit dem er gekonnt das Glas ausspülte. Dann ließ er Gwen probieren, die zufrieden nickte.

»Sie ist Ende des vorigen Jahrhunderts geboren, als es überall noch viel Armut gab und kaum soziale Fürsorge«, nahm Robert den Faden wieder auf, »und man kam schwer raus aus der Armut, in die man geboren wurde. Ella hat das geschafft. Sie war sehr willensstark.«

»Wann hast du sie eigentlich zuletzt gesehen?«

»Ich hatte vor, nach Mummys Tod mit dir zusammen zu Ella zu fahren, um sie zu besuchen und um mit ihr über Theo, Lily und Heinrich – oder Henry – zu sprechen, aber wie es oft so ist, habe ich zu lange gewartet.«

Gwen erinnerte sich, wie auch sie geglaubt hatte, Ella würde ewig leben, aber dann war sie nach einem einfachen Routineeingriff völlig überraschend gestorben.

»Ich weiß gar nicht mehr, worum es bei dem Streit überhaupt ging«, bemerkte Gwen fragend, die einmal eine Verstimmung unter den Geschwistern mitbekommen hatte.

»Das ist so lange her, und ich habe es ohnehin nie richtig verstanden oder wissen wollen, aber es hat sie aufgewühlt, und alle haben sich plötzlich misstraut, dabei mochten sich die Geschwister eigentlich. Dein Großvater hat vor seiner Flucht wohl wertvolle Gegenstände vor dem Zugriff der Nazis verstecken und Lily anvertrauen wollen. Lily geriet aber ins Visier der Gestapo und konnte nichts mehr in Sicherheit bringen. Angeblich hat sie Ella gesagt, wo was ist, aber die hat garantiert nichts weggenommen oder irgendwo deponiert, ohne den anderen ein Wort davon zu sagen.«

»Und seither ist das alles unauffindbar?«, fragte Gwen. »Vielleicht hat Lily vergessen, dass sie etwas versteckt hat, wenn sie jetzt so darauf drängt, in das Haus zu fahren«, grübelte Gwen, die fand, dass das zu Lily passen würde.

»Nein, das glaube ich nicht. Sie will dir sicher nur zeigen, wo dein Großvater und die Gräfin gelebt haben und deine Mutter geboren ist und wo sie selbst ihre Kindheit verbracht hat. Der Gutshof hatte auch für Marga eine sehr große Bedeutung. Wir waren ja sogar einmal zusammen da. Die Reise hat ihr schwer zugesetzt.«

Wie immer weigerte sich Robert, den Namen seiner Schwiegermutter Ilsabé in den Mund zu nehmen, und nannte sie daher nur »die Gräfin«.

»Ja, was ist eigentlich mit Ilsabé?«

»Bei mir hat sie sich nie gemeldet. Ich mich aber auch nicht bei ihr. Der Einzige, der Kontakt zu ihr hat, ist wahrscheinlich Theo. Die beiden haben sich glänzend verstanden. Es gab da immer mal wieder Getuschel.« Roberts Stimme klang jetzt ein wenig spöttelnd.

»Was denn für Getuschel?«, fragte Gwen.

»Ich weiß nichts Genaues«, wiegelte Robert ab.

»Dann hast du Ilsabé zuletzt auch auf Mummys Beerdigung gesehen?«

»Vermutlich, und weißt du noch, wie sie mit offenem Verdeck im silbergrauen Porsche in Bad Tölz vorfuhr? Die ganze Trauergesellschaft war in Schockstarre, als sie aus dem Auto stieg: mondän wie immer. Sie trug einen auf Maß geschneiderten schwarzen Mantel und dazu das passende Kleid, hohe Schuhe und einen riesigen Hut. Sie sah aus, als hätte Francis Ford Coppola persönlich ihr eine Hauptrolle in *Der Pate* angeboten«, erinnerte sich Robert. Die Szene schien ihm noch immer zu gefallen.

»Na ja, ich erinnere mich auch, dass du einen ziemlich auffälligen groß karierten Anzug getragen hast, Henry mit seinen Ferragamo-Schuhen durch den Kies knirschte und Lily und Theo aussahen, als wüssten sie nicht einmal, dass sie zu einer Beerdigung gingen. Alle Steins und du sahen exzentrisch aus.«

Gwen dachte daran, wie peinlich berührt sie damals gewesen war, als sie ihre Verwandtschaft sah, die inmitten der dunkel gewandeten Trauergemeinde aufblitzten wie Paradiesvögel aus dem Regenwald.

»Die beiden haben sich immer schnell in die Haare bekommen«, wechselte Robert das Thema, »weil Marga das Gefühl hatte, ihre Mutter verheimliche ihr etwas, frag mich nicht, was.« Robert nahm einen ziemlich großen Schluck Wein, so als müsste er den Nachgeschmack an eine unangenehme Erinnerung herunterspülen. »Die Gräfin war sicher keine Mutter, wie man sie sich vorstellt, aber es war ihr doch wichtig, dass es Marga an nichts fehlte. Und da sie selbst keine Lust hatte, sich wegen eines Kindes einzuschränken, tat sie das, was in ihrer Familie alle Generationen vorher getan hatten: Sie gab das Kind in andere Hände. Wir hier in England sind als Kinder auf Internate geschickt worden und haben unsere Eltern nur selten gesehen. Das sollte abhärten für das Empire, und deswegen haben wir heute alle einen Spleen, auch wenn wir im Parlament sitzen, oder brauchen einen Psychiater, mich eingeschlossen.«

Robert schwieg nachdenklich, und Gwen ging durch den Kopf, dass auch sie ihrer Mutter insgeheim vorwarf, trotz ihrer physischen Anwesenheit abwesend geblieben zu sein.

»Deine Mutter wurde im Alter von etwa neun Jahren von Pommern nach Bayern verfrachtet und verstand weder den Dialekt noch die Mentalität«, setzte Robert seinen Monolog fort. »Sie hat aber die Bedrohung durch die Nazis noch sehr wohl mitbekommen und auch die plötzliche Abreise ihres Vaters, zu dem sie ein inniges Verhältnis hatte. Wenig später musste sie ihre Freundinnen und ihr geliebtes Pony zurücklassen und sich von allen verabschieden, die auf dem Hof gearbeitet und sie immer verwöhnt hatten. Als wir uns kennenlernten, dachte ich, ich könnte ihr Halt geben. Und das war auch eine Weile der Fall. Aber dann hat die Gräfin ihr, nach Jahren des Schweigens, wieder Briefe geschrieben, und das hat sie aus dem Gleichgewicht gebracht.«

»Wo sind denn diese Briefe? Ich weiß nicht, ob ich sie lesen möchte, aber vielleicht würde auch ich manches besser verstehen.«

»Keine Ahnung. Ella hat jedenfalls alles, was noch aus dem Besitz der Steins war, Mummy gegeben. Aber wo Marga die Briefe aufbewahrt hat – wirklich keine Idee. Wer weiß, ob sie sie nicht vernichtet hat.«

Beide schwiegen, und Gwen hing ihren Gedanken nach. Ihr Vater hatte nach Margas Tod zunächst einige Jahre weiter in dem gemeinsamen Haus gelebt, aber erst als er Sue kennenlernte, konnte er sich dazu entschließen, in eine ganze andere Gegend zu ziehen. Hatte Sue nicht bei dem Umzug geholfen? Was, wenn sie die Briefe und Fotografien entsorgt und die wertvolleren Objekte im nächstbesten Antique Shop verkauft hatte? Robert pflegte die Erinnerung an seine verstorbene Frau, indem er immer wieder von ihr sprach, so als würde sie noch leben. Daran konnte Sue nichts ändern, aber daran, dass er durch Fotos oder Gegenstände in eine vermeidbare Depression bugsiert werden würde, schon. Gwen spürte, wie sie Gefahr lief, sich in diesem Gedankengeflecht zu verheddern, und ihrem Vater gegenüber wollte sie Sue nicht beschuldigen.

Es war spät geworden, und sie beschlossen, schlafen zu gehen. Gwen hatte einiges erfahren, und wer weiß, was die Schachtel noch so alles hervorbrachte.

Gwen wurde vom Gezwitscher der Vögel geweckt, zog ihre Laufsachen an und schlich aus dem Haus. Hinter dem Cottage wuchs eine alte Eiche, und auf einer angrenzenden Koppel tobten sich drei Pferde aus, die unvermittelt losgaloppierten, um dann vom einen zum anderen Moment wie verabredet stehen zu bleiben. Der Hund der Nachbarn scheuchte die Rebhühner auf, verspürte aber keine Lust, ihnen nachzujagen. Die Wolken hatten sich zu mächtigen Formationen aufgebauscht, so als hätte sie Thomas Gainsborough noch einmal zum Porträt gebeten. Nicht weit entfernt gab es ein kleines Dorf mit einem Coffeeshop, einem Postoffice, einem Pub, zwei Antiquitätenläden, einer Buchhandlung, einem indischen Restaurant, einer kleinen Gärtnerei und einem Tante-Emma-Laden. Schmale, krumme Häuser, jedes in einer anderen Farbe gestrichen und manche mit Reet gedeckt, säumten die Hauptstraße. Gwen wollte ins Dorf joggen, dort einen Kaffee trinken und eine Zeitung kaufen. Das hatte sie schon öfter getan, und sie liebte es, den schmalen Weg durch die Felder entlangzulaufen.

Als sie zurückkam, toastete Sue gerade das Weißbrot. »Warst

du schon im Dorf? Ach, du hast sogar die Zeitung mitgebracht. Hast du gut geschlafen?«, fragte sie höflich.

»Danke, ja, ich habe sehr gut und tief geschlafen. Hier draußen hört man ja gar nichts. Ich hoffe, ich habe euch nicht geweckt.«

»Nein, wir haben nichts gehört. Möchtest du ein Ei?«

»Gerne, ich dusche nur schnell, bin gleich da.«

Als sie nach unten kam, las Robert bereits in der Zeitung, wodurch Gwen die Gelegenheit erhielt, mit Sue eine Plauderei zu beginnen. Sie fragte sie nach ihrem Chor, was sie gerade einstudierten und wann sie das nächste Mal auftreten würden. Wahrscheinlich war Sue ein wenig überrascht von Gwens plötzlichem Interesse an ihrem Leben. Gwen wusste einfach nicht genau, wie sie es am geschicktesten anfangen und das Gespräch in die passende Richtung lenken konnte, und so platzte es dann doch recht direkt aus ihr heraus: »Du weißt ja, dass ich mit Lily nach Polen fahren möchte, und durch die Beschäftigung mit der Reise habe ich begonnen, nach Fotos und Briefen zu suchen«, sagte sie. »Erinnerst du dich daran, ob dir beim Umzug oder beim Ausräumen von unserem alten Haus irgendwelche persönlichen Erinnerungsstücke untergekommen sind?«

Robert schaute entgeistert von der Zeitung auf, als Sue wie selbstverständlich antwortete. »Doch, ich erinnere mich. Theo ist am letzten Abend vorbeigekommen, weil er zu einem Vortrag im British Museum eingeladen war. Ich habe ihm einen Umschlag, eigentlich war es eine blaue Samtmappe mit einem Wappen, mitgegeben und ihm gesagt, er könne sie ja dir bringen.« Als Sue das sagte, klang es, als würde sie noch heute unter der Last dieser Mappe jeden Moment zusammenbrechen.

Nun mischte sich Robert ein.

»Warum hast du mir denn nichts von dieser Mappe gesagt? Das war wahrscheinlich das Wappen der Steins. Wie konntest du sie denn so einfach weggeben?«, fragte er vorwurfsvoll.

»Weil du an diesem Abend nicht mehr ansprechbar warst, so

wie auch die anderen Tage und Abende zuvor. Und außerdem wollte ich den alten Kram nicht in unserem neuen Haus.«

Das war ehrlich, dachte Gwen und beließ es dabei, bevor die Stimmung zu kippen drohte.

Nach dem Frühstück packte Gwen ihre Reisetasche, in der sie auch die Schachtel mit den Ella-Heften und den Briefen verstaute. Robert brachte Gwen nach Ipswich zum Bahnhof. Er wirkte ein wenig nachdenklich, und als sie schon ausgestiegen war, sagte er: »Vielleicht weiß Theo doch mehr. Er ist der Älteste der Geschwister, und er hatte immer einen besonderen Draht zu deiner Mutter. Du solltest ihn besuchen, am besten noch vor deiner Abreise. Er ist ja nicht mehr der Jüngste, und er ist ein feiner Kerl.«

»Daran habe ich auch schon gedacht«, murmelte Gwen und umarmte ihren Vater zum Abschied.

Der Code

Wieder zu Hause, traf Gwen, wie vermutet, auf einen beleidigten Kater, der, seinen eigenen Prinzipien folgend, sich auch von den guten Leckerlis nicht bestechen ließ, zumindest vorerst. In ihrer Abwesenheit waren einige Briefe durch den Türschlitz geworfen worden. Gwen erkannte sofort Theos geschwungene Handschrift. Er benutzte sehr kleine Umschläge, und damit er nicht viel schreiben musste, lagen darin ebenso kleine Karten.

Meine liebe Gwen,
wie schön, dass Du in meine alte Heimat reist. Es wäre mir wichtig, wenn Du vorher noch in Oxford vorbeikommen würdest. Ich möchte Dir ein paar Dinge zeigen, die Dich sicher interessieren. Wie

wäre der kommende Samstag zum Lunch? Ich würde Dich um 1 Uhr im Randolph erwarten.
Herzlich, Dein Theo

Sie freute sich über Theos so schnelle Antwort und die Aussicht, ihn zu sehen. Am Samstag würde sie also mit dem Zug nach Oxford reisen und am gleichen Tag zurück. Morgen hatte sie sich mit Lily verabredet, und im Anschluss wollte sie im Reisebüro nach den Flugtickets fragen: London–Berlin und zurück. Bis zum Wochenende musste auch die Übersetzung so gut wie abgeschlossen sein, die Zeit schien zu rasen.

Sie räumte ihre Reisetasche aus, als das Telefon klingelte.

»Gwenny, es ist noch so viel zu besprechen. Aber wir sehen uns ja morgen?«, zwitscherte Lily ihr Anliegen mit einer gewissen Atemlosigkeit ins Telefon.

Es passte nicht, aber es war tatsächlich viel zu besprechen. Gwen wollte Lily von dem Besuch in Suffolk berichten und davon, wie schön das Haus war, aber vor allem von Ellas roten Heften. Dass Sue Theo nach dem Umzug eine Mappe mit persönlichen Familienerinnerungen gegeben hatte, wollte sie hingegen vorerst nicht erwähnen und sich erst ein Bild von der ominösen Mappe machen, falls Theo sie noch besaß.

Sie verabredeten sich in Valerie's Tea Shop, ein paar Gehminuten von der U-Bahn-Station Hampstead entfernt zum Fünf-Uhr-Tee. Nicht nur, weil es praktisch war, auch, weil es dort den besten Früchtekuchen gab.

Lily war pünktlich auf die Minute. Sie sah gut aus, und für ihr Alter war sie körperlich noch sehr beweglich und von sportlicher Eleganz. Da sie nicht gerne sparte, kaufte sie »Qualität«, wie sie es nannte, und kein billiges Zeug. Warum sollte man Lambswool tragen, wenn es Kaschmir gab?

Schwungvoll ließ sie sich auf einem der rot gepolsterten Sessel nieder und kam gleich zur Sache: »Gwenny, es ist mir wichtig, dass du in dieser Schachtel, die du jetzt von Robert bekommen hast, nachsiehst, ob es darin Briefe gibt, die von Annemie oder Fritz Hippe, also unmittelbar vor und nach Kriegsende, geschrieben wurden. Das sind die beiden, die den Hof als Letzte verlassen haben. Fritz war doch der Verwalter«, ergänzte Lily ungeduldig, als sie in Gwens fragendes Gesicht blickte. »Ich habe nur einen solchen Brief entdeckt, aber es muss mehrere geben. Annemie war mit Ella in ständigem Kontakt, zumindest solange das möglich war.«

»Was könnte denn in den Briefen stehen, was so wichtig ist?«

»Na, was wohl? Jeder von uns sucht seit Jahrzehnten nach Dokumenten deines Großvaters.«

Gwen hatte das Gefühl, dass sich außer Lily niemand mehr wirklich für das verschwundene Zeug interessierte, aber sie sagte nichts dergleichen.

»Nur Dokumente? Oder was könnte sonst noch so wertvoll gewesen sein, dass sich die ganze Familie deswegen entzweit hat?« Gwen beschloss, ihrer Tante genauer auf den Zahn zu fühlen. Lily zögerte und fühlte sich ertappt, gleichzeitig ahnte sie, dass sie vor Gwen in dieser Angelegenheit jetzt keine Geheimnisse mehr haben durfte.

»Es geht um eine wertvolle Figur, die dein Großvater Jakob aus Ägypten mitgebracht hat und die sein ganzer Stolz war. Du weißt ja, dass sein Herz für die Orientalistik schlug, er gehörte ja sogar zu den Pionieren, die an Ausgrabungen teilnahmen«, brachte Lily noch immer beeindruckt hervor. »Sein besonderes Vorbild war ein Georg Steindorff, der an dem herausragenden Ägypten-Baedeker mitgearbeitet hat, aber den haben sie als Juden auch aus dem Land gejagt. Jedenfalls sind Papas wissenschaftliche Arbeiten verschwunden und frühe Fotografien, die er zum Teil sogar selbst gemacht hat. Und ein wertvolles Bild ist weg, also genau genommen der Renoir, der aber ohnehin Ilsa gehörte. Und Dokumente fehlen, die zum Beispiel belegen könnten, dass es einen Safe in der Schweiz gab. Das Haus war praktisch leer, als ich kurz nach Papas Flucht noch einmal auf dem Gutshof war.« Lily machte eine Pause, als hinge sie den Gedanken an ihren Vater nach. Gwen gefiel, wie sie von ihm als »Pa-pa« sprach, es klang vornehm und beinahe französisch, aber vor allem war sie beeindruckt von Lilys gutem Gedächtnis.

»Aber bitte erzähl das niemandem, auch nicht Theo«, sagte Lily nun unvermittelt.

»Aber Theo weiß das doch, oder?«, fragte Gwen irritiert.

»Theo ist aber schnell nervös und außerdem so früh nach England, er weiß nur das, was Ilsabé ihm erzählt hat oder erzählen wollte.«

»Und warum weißt du mehr?«

»Weil Papa mir einiges zur Aufbewahrung geben wollte, aber ich konnte es vor seiner Flucht nicht mehr mitnehmen, und einer muss die Sachen dann genommen oder versteckt haben.«

Gwen fand Lilys Andeutungen verwirrend, ließ sich aber nichts anmerken. Sie hatte den Eindruck, dass Lily gerne Dinge verschwieg, die sie besser hätte erzählen sollen, und Dinge erzählte, über die sie besser geschwiegen hätte.

»Ich schaue alles durch, was in der Schachtel ist, und werde berichten.«

Aber Lily war schon beim nächsten Thema. »Ach so, Gwenny, und dann wollte ich dir noch sagen, dass Lotte ein Auto aufgetrieben hat, mit dem wir von Berlin aus starten können.«

»Du meinst aber jetzt nicht so einen hellblauen Trabi, wie man sie gerade überall im Fernsehen sieht? Lily, wir fahren bitte nicht zu viert in einem muffeligen kleinen Trabi stundenlang durch Ostdeutschland und weiter nach Polen.« Gwen sah sich bereits in einem scheppernden Auto mit Tempo fünfzig über marode Autobahnen an die Ostsee zuckeln. Auf den Hintersitzen die sparsame kommunistische Lotte, daneben die eher dem Kapital zugeneigte Lily und vorne Laura, die entnervt versuchte, eine von der Stasi manipulierte Straßenkarte zu lesen (davon hatte man ja immer wieder gehört), während sie, Gwen, auf den mit Kopfsteinpflaster ausgelegten Landstraßen jede einzelne Feder ihres Fahrersitzes spüren würde.

»Lotte meint es ja nur gut, sie denkt, wir würden eine Menge Geld sparen. Aber ich sage ihr, dass du dich um das Mietauto selbst kümmerst, du musst ja schließlich auch die lange Strecke fahren«, lenkte Lily ein.

Damit war das Thema vom Tisch. Sie bestellten sich je ein Stück Früchtekuchen, denn Lily teilte nicht gerne, und Gwen erzählte von Ellas Aufzeichnungen. Lily wollte darüber alles erfahren und am liebsten gleich selbst mit der Lektüre beginnen, aber Gwen beschloss insgeheim, ihre Tante nur wohldosiert am Inhalt der Hefte teilhaben zu lassen.

Auf dem Nachhauseweg dachte sie, dass es das erste Mal gewesen war, dass jemand in der Familie konkret erwähnt hatte, wonach sie eigentlich alle suchten oder gesucht hatten. Es klang nebulös, unwirklich und wie die Geschichte eines verlorenen Schatzes aus einem Kinderbuch von Edith Nesbit.

Die Liste

Am Samstag brach Gwen zeitig auf, um einen frühen Zug nach Oxford zu nehmen und noch Zeit für sich zu haben. Sie erinnerte sich, wie sie damals den Studienplatz für Englische und Deutsche Literatur an einem der traditionsreichen Colleges erhalten hatte. Nach dem Bewerbungsgespräch war sie in den Garten gegangen und hatte sich verbotenerweise auf den Rasen gestellt, den Blick auf die Fassade der alten Bibliothek gerichtet und leise und innerlich doch sehr laut zu sich gesagt: »Hier will ich hin!« Als dann der Umschlag mit der Zusage im Briefkasten lag, konnte sie vor Freude kaum atmen. Ihr Vater war sehr stolz auf sie gewesen, und ebenso ihr Onkel, den sie in dieser Zeit oft gesehen hatte. Sie aßen regelmäßig zusammen zu Mittag, am liebsten Indisch im Jaipur. Theo hatte ihr auch immer mal wieder einen Schein zugesteckt und gesagt: »Kauf dir was Schönes.« Er war großzügig, wie alle Steins. Und dann hatte Gwen nach dem Studium ein neues Leben in London begonnen, und Theo hatte sich in eine Frau verliebt, die er sogar heiraten wollte. Sie war aber nur ein Jahr später erkrankt, und Theo hatte sich nach ihrem Tod zurückgezogen.

Ziemlich genau gegenüber von St. John's, dem College, an dem ihr Onkel gelehrt hatte, lag das Randolph. Es war das beste Hotel am Platz, dabei altmodisch und renovierungsbedürftig. Aber Theo liebte es, denn es war ruhig, gepflegt und das Essen nicht so experimentell wie neuerdings üblich, sondern eher »old English«.

Er hatte einen Tisch reserviert, wartete aber in der Eingangshalle auf sie. Er war noch immer groß und schlank, hatte volles Haar. Seine Anzüge hatte er sich vermutlich in jungen Jahren gekauft und sie seither nie durch neuere Anschaffungen ersetzt. Warum auch, der gute Tweed war von bester Qualität. Auch seine Schuhe ließ er schon während des Studiums bei Ducker & Son auf Maß anfertigen und brachte sie nur dorthin, wenn sie eine neue Sohle brauchten. Das Schuhgeschäft, eigentlich eine Werkstatt, bewahrte die Maße seiner Kunden in einer Art Kartei auf und hatte unzählige Zeichnungen von Füßen aufbewahrt, die längst unter der Erde lagen.

»Es ist schön, dich zu sehen«, begrüßte Theo sie und deutete eine Umarmung an. »Hast du schon einen Blick in den Garten von St. John's geworfen? Es blüht bereits einiges, und sie haben den Steingarten neu angelegt. Du siehst gesund aus, na ja, das solltest du auch, wenn du jetzt in den kalten Osten fährst«, bemerkte er leicht ironisch.

Gwen lächelte, und sie hätte Theo gerne umarmt, aber etwas, von dem sie nicht wusste, was es war, hinderte sie daran.

»Ich bin tatsächlich mit einem früheren Zug gekommen und noch ein bisschen durch die Stadt geschlendert. Ich freue mich, dich zu sehen, und du siehst auch so aus, als würdest du noch immer jeden Tag deinen Porridge mit zwei eingeweichten Pflaumen essen«, antwortete Gwen vergnügt.

»Lass uns zum Tisch gehen und ein schönes Gericht bestellen«, schlug Theo in seiner gediegenen Art vor, und Gwen merkte, dass es ihrem Onkel sichtlich Freude bereitete, sie in diesem ehrwürdigen Hotel zu verwöhnen. Sie bestellten Spargelcremesuppe und Roastbeef mit Remouladensoße und Kartoffeln. Theo trank dazu ein Glas Sancerre. Dann kam er auf den Punkt.

»Ich habe, als dein Vater und Sue das Haus ausräumten, eine Mappe mitgenommen, die Ella für deine Mutter aufbewahrt hat. Ich kam an dem Tag des Umzugs zufällig vorbei, und Sue drängte mir die Mappe förmlich auf. Sie ist übrigens sehr schön und hat sogar das alte Familienwappen. Ich habe sie dir mitgebracht und gebe sie dir gleich nachher, aber ich habe noch ein anderes Anliegen. Nach deinem Anruf ist mir nämlich etwas eingefallen.«

Theo sprach sehr konzentriert und vergaß dabei sein Essen.

»Papa ist ja über Triest nach Haifa gelangt. Ich war damals schon in England, und es war mir zu gefährlich, ihn noch einmal in Deutschland zu besuchen, also bin ich mit dem Zug nach Paris und dann weiter nach Triest. Wir haben uns im August 1938 in einem k.-u.-k.-Restaurant, es hieß Dreher, getroffen, und man hätte meinen können, vor uns lägen erholsame Wochen des Urlaubs. Ich sehe es noch vor mir, das Restaurant verfügte über einen Aufzug und einen Dachgarten, von dem aus man einen herrlichen Blick auf die Stadt und auf den Golf von Triest hatte. Papa nahm sich aber ein Zimmer in einem bescheidenen Hotel, weil er fürchtete, die Gestapo würde im Savoia oder im Riva nach vermeintlich reichen Juden Ausschau halten, denen sie noch zu wenig abgepresst hatten. Ilsabé hatte ihn bis nach Italien begleitet, sie wollte sichergehen, dass ihm auf der Strecke durch Deutschland und Österreich nichts widerfuhr. Sie ist dann an dem Tag zurückgefahren, an dem ich ankam.« Theo hielt inne, als müsse er über etwas nachdenken. Dann fuhr er unvermittelt fort: »Papa hat mir, als wir auf einer Bank saßen, einen Umschlag in die

Hand gedrückt und gesagt, darin seien alle Kunstwerke und Wertsachen aufgeführt. Alle Gemälde und Skulpturen, Möbel, Schmuckstücke sowie antike Kleinkunst aus seiner ägyptischen Sammlung. Ich habe die Liste damals nur überflogen und eingesteckt. Er meinte: ›Du musst gut auf die Liste aufpassen, denn wenn diese Mörderbande aus dem Amt gejagt ist, müssen wir beweisen können, dass uns diese Dinge gehört haben, die sie uns wegnehmen werden. Das werden sie tun, es ist nur eine Frage der Zeit.‹ Und tatsächlich waren kurz nach seiner Flucht die Kunsthändler im Haus und haben sich bedient. Aber zurück zu deinem Großvater. Sein Schiff sollte am frühen Abend auslaufen, und wir beide waren hochgradig nervös. Es konnte ja im letzten Moment noch sehr vieles schiefgehen. Schließlich haben sie Passagiere nicht selten ganz kurz, bevor die Schiffe ablegten, aus den Kabinen geholt. Dann sind wir in der Sommersonne zum Hotel gegangen, haben sein Gepäck geholt und sind weiter zum Hafen, wo sich schon eine lange Schlange am Kai gebildet hatte. Ich wartete mit ihm, bis er die Zugangsbrücke passieren durfte. Dort mussten wir uns verabschieden, es war nicht erlaubt, das Gepäck auf die Kabine zu tragen.«

Theo schob sich eine Gabel mit Roastbeef und Remouladensoße in den Mund und machte eine kleine Pause. Seine Schilderungen nahmen ihn sichtlich mit.

»Papa war damals dreiundsechzig Jahre alt, und bis vor Kurzem hatte er noch jeden Morgen einen kleinen Ausritt unternommen und sich den Kaffee im Herrenzimmer servieren lassen. Er war ein geachteter, großzügiger Mann, er wurde nicht nur für sein Wissen weithin geschätzt. Als Mäzen unterstützte er so viele Projekte, und dann wollten ihm die Nazis seine ganze ägyptologische Sammlung stehlen und seine wissenschaftlichen Aufsätze, und das ist ihnen ja wohl auch gelungen. Alles ist weg.«

Theo legte wieder eine Pause ein, strich seine Serviette glatt und bestellte eine zweite Flasche Wasser.

»Was habe ich gerade erzählt? Ja, ich wollte von seiner Abreise berichten. Also, ich habe ihn zum Schiff begleitet, und nun stand Papa da an der Mole in Triest als gebrochener Mann und musste sich davonstehlen wie ein Verbrecher. Wir haben alle versucht, ihn davon zu überzeugen, zu mir nach England zu übersiedeln, er wollte aber wohl von Haifa aus nach Ägypten. Nur konnte man sich die Reiseroute '38 nicht mehr unbedingt aussuchen«, bemerkte Theo bitter. »Du hast sicher von der Konferenz in Évian gehört, die im Juli stattfand und wo ich weiß nicht mehr wie viele Staaten über das Schicksal der jüdischen Flüchtlinge beraten und Lösungen finden wollten, aber die Juden wollte niemand. Und so war es alles andere als selbstverständlich, dass Papa nach Palästina einreisen durfte. Na, was soll ich dir sagen: Wir haben uns fest umarmt, und wir haben beide geweint. Und dann hat er noch eine Bemerkung gemacht, er wusste genau, was er sagte: ›Die Ella soll sich um Marga kümmern, Ilsabé kann das nicht, und kümmere du dich auch, bitte.‹ Das habe ich ihm natürlich versprochen. Wir haben uns dann gewinkt, bis ich seinen Hut nicht mehr von all den anderen winkenden Hüten unterscheiden konnte.«

Theos Stimme war dünn geworden. Gwen wusste, dass er seinen Vater danach nicht mehr wiedergesehen hatte.

»Danke, dass du mir das alles erzählst«, sagte Gwen gerührt. Sie war erschrocken, wie wenig sie über ihren Großvater und den Umstand seiner Flucht wusste. »Das muss sehr schwer für dich gewesen sein, aber auch Marga kam nie damit klar, dass ihr Vater von heute auf morgen verschwand. Das weiß ich nicht von ihr, sie hat ja wenig erzählt, sondern von Robert. Bei ihm habe ich übrigens Aufzeichnungen von Ella gefunden, jetzt, als ich in Suffolk war. Ich bin erst am Anfang, sicher hat sie auch über Großvater geschrieben.«

»Ganz bestimmt«, bestätigte Theo. »Die beiden mochten sich sehr. Ohne dir zu nahe treten zu wollen, schließlich ist Ilsabé deine Großmutter, aber es wäre für ihn besser gewesen, wenn er Ella geheiratet hätte. Sie hat ihn geradezu verehrt. Sie hat ihn in seinen Forschungen unterstützt, seine Aufsätze abgeschrieben, die Reisen vorbereitet. Dein Großvater liebte ihre unkomplizierte Art, ihre Fröhlichkeit, dabei war sie so praktisch und entschlossen. Heinrich und ich haben uns als Jungen immer gesagt, wenn Papa sie nicht nimmt, fragen wir sie später. Wir hatten wohl die Idee, dass wir sie beide gemeinsam heiraten könnten.«

Theo schmunzelte jetzt ein kleines bisschen, und Gwen war froh, dass sich die Schwere des Gesprächs ein wenig gelegt hatte. Der Kellner fragte nach einem Kaffee, und sie entschieden, sich dazu eine Portion Trifle zu teilen.

»Ich habe mir die Liste noch einmal angesehen«, sagte Theo nach einer Weile, »und mir ist erst jetzt aufgefallen, dass manche der aufgeführten Kunstwerke gesondert mit Buchstaben und Nummern gekennzeichnet sind. Es sieht aus wie ein Code. Ich weiß leider nicht, was diese Zahlen und Nummern bedeuten könnten, aber ich glaube, dass sie eine Bedeutung haben. Ich habe das Blatt kopiert und für dich dabei. Bitte zeig es Lotte.«

Gwen blickte ihn verständnislos an, weil sie sich nicht vorstellen konnte, was Lotte mit Jakobs Liste zu tun haben konnte.

»Lotte war bei der Komintern in Moskau und hatte eine Verbindung zum KGB«, führte Theo aus, »ihr ist zuzutrauen, dass sie weiß, was sich hinter den Kürzeln verbirgt. Im Ernst. Ich wüsste nicht, wer sonst etwas von Verschlüsselungen versteht.« Theos Stimme war jetzt wieder sehr fest geworden.

Das wurde ja immer abstruser, und Gwen fantasierte bereits, wie sie alle vier bei helllichtem Tag in die ehemalige KGB-Zentrale nach Berlin-Karlshorst verschleppt werden würden, wo sie leider niemand mehr suchen, geschweige denn finden würde.

»Das ist eine gute Idee«, antwortete sie nicht besonders überzeugt.

»Und noch ein Gedanke«, ergänzte Theo. »Wir haben damals ja nur sehr wenige Kunstwerke zurückbekommen. Jetzt, nach dem Fall der Mauer, bin ich zu alt, aber du findest vielleicht den schönen Liebermann, der bei Papa im Studierzimmer hing. Und wenn du in Berlin bist, fahrt doch unbedingt nach Charlottenburg. Dein Großvater hatte dort in der Fasanenstraße eine schöne herrschaftliche Mietwohnung, in der er wohnte, wenn er Tagungen besuchte oder Geschäftspartner traf«, ergänzte Theo ein wenig stolz. »Wir Kinder durften manchmal mit und spielten dann Verstecken im Treppenhaus oder fuhren verbotenerweise mit dem Aufzug.« Er hielt inne, und seine Gedanken schienen weit in die Vergangenheit zu reisen.

Gwen war wie gebannt von allem, was sie gerade gehört hatte, das würde sie auf der Rückfahrt noch einmal rekapitulieren müssen. Dann fiel ihr ein, dass sie Theo nach Ilsabé fragen wollte.

»Weißt du, wie es Ilsa so geht?«

Gwen schämte sich für einen Moment, immerhin war sie die Enkelin, und sie wusste so gut wie nichts über die eigene Großmutter.

»Als ich sie das letzte Mal gesprochen habe, war sie noch guter Dinge. Na ja, sie lebt in einer Residenz für, wie sie immer sagt, vergessene Alte in Chile, da wohnen Nazis und Juden Tür an Tür. Sie hat mir darüber einige köstliche Briefe geschrieben in ihrem unvergleichlich sarkastischen Humor. Sie würde sich bestimmt sehr freuen, wenn du dich meldest. Aber wenn du anrufst, nenne sie bitte Ilsabé und nicht Ilsa.«

Gwen notierte die Nummer und beschloss, diesen Anruf auf später zu verschieben und in jedem Fall erst zu tätigen, wenn sie von der Reise aus Pommern zurück sein würde.

Beim Abschied umarmte Theo seine Nichte und brachte schüchtern hervor, dass er sich über ein Wiedersehen freuen würde.

Während Gwen mit der Mappe im Gepäck im Zug zurück nach London saß und das Rattern eine beruhigende Wirkung auf ihre aufgeladene Stimmung hatte, kam es ihr vor, als sei ihre Familie in alles verstrickt, was die erste Hälfte des 20. Jahrhunderts zu bieten hatte.

Bei Fräulein Schönlein

Gwen dachte darüber nach, was sie bereits alles über ihre komplizierte Familie erfahren hatte. Theos Idee, dass Lotte den angeblichen Code der Bilderliste knacken würde, weil sie mit dem KGB in Moskau in den Zwanzigerjahren in Berührung gekommen war, hielt sie für ziemlich weit hergeholt. Wahrscheinlich hatte ihr Onkel doch zu viele John-le-Carré-Romane gelesen. Und dass ein Brief der ehemaligen Gutsverwalter Annemie und Fritz Hippe das große Rätsel der verschollenen Gegenstände auflösen würde, erschien ihr ebenfalls wenig realistisch. Aber was sich auch immer noch ergeben würde, sie hatte schon jetzt so viel in so kurzer Zeit über ihre Familiengeschichte erfahren, wie sie es nie für möglich gehalten hätte. Vielleicht würde sie nun manches besser verstehen und einen anderen Zugang zu jenen Familienmitgliedern finden, die noch am Leben waren. Ihr Onkel Heinrich war bereits verstorben, ihre Tante Lily und ihr Onkel Theo waren alt, und ihre Großmutter Ilsabé, von der sie bis vor ein paar Stunden noch nicht einmal sicher wusste, ob sie überhaupt noch lebte, war älter als das gegenwärtige Jahrhundert. Viel Zeit blieb nicht.

Heute würde sie früh zu Abend essen, um anschließend noch ein wenig in Ellas Aufzeichnungen zu lesen. Sie kochte Wasser für eine Kanne Kräutertee, dachte dabei an Ellas Teemischungen und machte es sich auf ihrem gemütlichen Sofa bequem, auf dem sich Sekunden später Sloppy direkt unter ihrer Nase rekelte, sodass an Lesen nicht mehr zu denken war. Gwen schob ihn behutsam nach unten, und er ließ es schnurrend geschehen.

~

Die Idee, dass Ella nach München gehen würde, hatte Frau Huber zunächst verstimmt. Sie war mit einem ausgeprägten Sinn für Gerechtigkeit gesegnet, fühlte sich nun aber übergangen, zumal auch noch Korbinian »den Floh« in Ellas Ohr gesetzt hatte. Jola konnte jedoch geschickt vermitteln, und so dauerte es nicht lange, bis sich alle an Ellas Überschwang erfreuten.

Einige Monate später war es dann so weit, und Ellas Abreise stand bevor. Frau Huber lieh ihrer Ziehtochter die gute bestickte Reisetasche mit dem soliden Ledergriff. Ein großes Glas Honig und noch allerlei andere brauchbare Dinge konnten darin mühelos verstaut werden. Jola steckte Ella einen Umschlag zu und meinte, sie solle sich davon ein Stadtkleid kaufen, wie sie es in einem Magazin gesehen hatte und von dem sie so geschwärmt habe. Ella protestierte, denn das war über die Maßen großzügig, aber Jola bestand darauf. Sie bräuchte das Geld ohnehin nicht, und es sei besser in die Zukunft einer jungen Frau angelegt als unter der Matratze einer alten. Dabei war Jola noch gar nicht alt.

Die beiden Frauen brachten Ella zum Bahnhof und verabschiedeten sie, als hätte sie gerade eine Schiffspassage nach Amerika gebucht. Aber in Zeiten wie diesen, das dritte Kriegsjahr war angebrochen, lag in jedem Abschied die Ungewissheit eines Wiedersehens.

Vor ihrer Abreise hatte Ella noch ihre Eltern für eine Stunde besucht. Ihr Bruder Gustl war wieder daheim, man hatte ihm das Bein zerschossen, aber er lebte. Was nun allerdings aus ihm werden sollte, wusste niemand, einen Krüppel wie ihn würde ja keiner beschäftigen wollen. Erfreut stellte Ella fest, dass er selbst weniger unglücklich schien als vermutet. Ihre alte Freundin Franzi saß bei ihm, und es hatte den Anschein, als würde ihr ein kriegsversehrter Mann nichts ausmachen. Einen kerngesunden, so tratschte man im Dorf, hätte sie mit ihren roten Haaren wahrscheinlich sowieso nicht bekommen. Dass Ella einen Schreibmaschinenkurs machen wollte, nahmen ihre Eltern und Geschwister erstaunt zur Kenntnis. Es kam ihnen vor, als würde da jemand sein Glück aufs Spiel setzen, aber Ella kannte diese von anderen gesetzten Grenzen bereits aus ihrer Kindheit und wusste, dass man sie sprengen konnte, schließlich war ihr dies mit der Anstellung im Gästehaus bereits gelungen.

Als Ella am Bahnhof in München ankam, ging sie zu Fuß in Richtung Theresienstraße. Da sie noch nie in so einer großen Stadt gewesen war, brauchte sie über eine Stunde für den ansonsten knapp zwanzigminütigen Fußweg, so sehr nahm sie alles gefangen, was sie sah. Es gab Pferdedroschken, Trambahnen, Automobile und so viele Menschen. Gegenüber vom Bahnhof entdeckte sie das sich über mehrere Gebäude erstreckende Warenhaus Tietz, das sie magisch anzog. Sie musste einfach auf die andere Seite wechseln, um die Schaufenster anzusehen, die durch den Bogenschwung einer Arkade noch großzügiger wirkten. Das Kaufhaus zu betreten traute sie sich nicht, aber in den Auslagen sah sie lebensgroße Figuren, die man mit luftigen Stoffen und bestickten Seidenblusen kunstvoll drapiert hatte und auf deren Köpfen üppige Hüte thronten. Ella konnte sich kaum losreißen, musste aber weiter. Sie lief zum Königsplatz, bewunderte die Großzügigkeit der Anlage und die mächtige Treppe zur Glyptothek, bog in die Brienner Straße ein und freute sich, dass die Pinakotheken, von denen Korbinian ihr bereits so viel erzählt hatte, nur ein paar Gehminuten von ihrer Unterkunft entfernt waren.

Die Vermieterin, Creszenzia Gruber – eine kleine, untersetzte Person mit einer hohen Stimme –, war in heller Aufregung, denn sie hatte sie bereits viel früher erwartet.

Ellas Zimmer war mit einem schmalen Bett, einem Schrank

und einem kleinen Tisch einfach eingerichtet. Das Bad befand sich auf der Etage und musste mit vier weiteren weiblichen Pensionsgästen geteilt werden. Frau Gruber erzählte Wichtiges und weniger Wichtiges, und das sehr schnell, und brachte schließlich fast atemlos hervor, dass eine der jungen Frauen Chemie studierte, zwei Schwestern die Riemerschmid'sche Wirtschaftsschule besuchten und ihre Zimmernachbarin Charlotte ebenfalls das Schreibmaschinen- und Stenografieseminar gebucht habe. Herrenbesuch sei selbstredend nicht gestattet und die Essenszeiten pünktlich einzuhalten.

Charlotte war aus Augsburg angereist und über die Angebote am Institut bestens informiert. Von ihr erfuhr Ella, dass man sich zusätzlich zu den von ihr ausgewählten Fächern Stenografie, Schreibmaschine und amerikanische Buchführung auch noch für den neuen Lehrgang Englisch inskribieren könne. Korbinian hatte bereits die Logiskosten übernommen, und so hatte sie Geld übrig, und Zeit hatte sie auch. Ja, das mit dem Englischkurs würde sie machen. Allein die Vorstellung, eine Fremdsprache zu lernen, verströmte in Ella das aufregende Gefühl, eine Weltreise anzutreten.

Um acht Uhr morgens ging es mit Schreibmaschine und Stenografie los, um zwölf Uhr war Pause – mittags würde sie von Frau Gruber verköstigt werden –, der Englischunterricht fand zweimal die Woche statt, an den anderen Tagen wurde Buchhaltung unterrichtet. Es würde ihr also auch noch Zeit bleiben, um Museen zu besuchen, sich die Residenz anzuschauen oder durch den Hofgarten zu schlendern, dachte Ella genüsslich. Sie konnte kaum glauben, dass sie, das Mädchen vom Land, nun in der Landeshauptstadt war und eine Ausbildung machen durfte, womit sich vielleicht sogar der eigene Lebensunterhalt verdienen ließ.

Die Institutsleiterin, Fräulein Else Schönlein, war groß gewachsen und in den besten Jahren, was nichts anderes heißen sollte als nicht mehr jung und noch nicht alt. Ihren üppigen Busen verbarg sie unter lose fallenden, bodenlangen Reformkleidern. Sie hatte den Hang, Sätze zu wiederholen, so als ob sie sich selbst von der Bedeutung des gerade Gesagten überzeugen müsse. Sie wirkte kompetent und entschlossen, aber ebenso fahrig und sogar unorganisiert, sodass der Scherz kursierte, das Fräulein Direktor bräuchte dringend eine Sekretärin. Mitunter rutschte ihr eine Strähne aus ihrer Frisur, die sie mehr praktisch und schnell als nach Kriterien der Schönheit hochgesteckt hatte.

In ihrer Begrüßungsrede beschwor sie ihre weiblichen Zöglinge, sich nicht auf Männer zu verlassen, sondern auf den eigenen Kopf. Sie selbst habe als junge Frau ein Lehrerinnenseminar besuchen und eine Weile bei den Englischen Fräulein in der Klosterschule unterrichten dürfen, bevor sie ihr eigenes Institut gründete. Sie habe nie die Neigung zu heiraten verspürt, obgleich sie freilich wusste, dass den meisten keine Wahl blieb, denn sie waren von Männern vollkommen abhängig und wurden auch juristisch wie unmündige Kinder behandelt. Während sie so sprach, geriet Fräulein Schönlein in eine kämpferische Stimmung. Frauen dürften nicht wählen gehen und im Falle einer Scheidung oft noch nicht einmal ihre eigenen Kinder behalten. Der Krieg würde ja gerade zeigen, wie schlecht ausgebildet die Mädchen und Frauen seien und dass sogar die Witwen nicht versorgt würden. Ein Hohlsaum sei ja schön und gut, aber Englischkenntnisse sinnvoller.

Charlotte fand das alles übertrieben, aber Ella hatte selbst erfahren, wie sich die Überzeugung, Mädchen seien weniger wert, über Generationen hielt. Auch hatte sie erlebt, wie schwer es war, der Armut zu entkommen. Wenn Frau Huber und Jola ihr nicht so viele Dinge beigebracht und ermöglicht hätten, nicht nur ganz praktische, wäre auch sie nicht so weit und schon gar nicht bis nach München gelangt. Sie war im Huber-Haus mit Musik und Büchern in Berührung gekommen sowie mit Tischmanieren und Umgangsformen, aber sie hatte auch von Jola viel über die Menschen und die Landschaft in Westpreußen erfahren. In Gedanken war sie sogar schon in Danzig an der Ostsee gewesen und mit

Frau Huber auf Hochzeitsreise in Venedig. Korbinian hatte ihr fremde Länder in seinem Atlas gezeigt ebenso wie Fotografien von Einheimischen in ihren Landestrachten. Sie erinnerte sich, wie er ihr von Eskimos, tanzenden afrikanischen Männern oder Frauen in indischen Saris erzählt und sie ein Gefühl dafür entwickelt hatte, dass die Welt groß war. Korbinian war zu einem Mentor geworden, der sie sanft aus dem Haus schubste, damit sie etwas lernen und erleben konnte. Überhaupt war er in allem so anders, so empfindsam und so fürsorglich, dachte Ella, während Fräulein Schönlein mit der Unterrichtsstunde in Blindschreiben begann.

Mit den ungeübten Fingern die richtigen Tasten herunterzudrücken, bereitete Ella Schwierigkeiten. Sie mühte sich, auch weil sie nicht fehlerfrei Hochdeutsch schreiben konnte. Zwar sprach sie mittlerweile sehr gut nach der Schrift, aber sie war doch mit der oberbayrischen Mundart aufgewachsen, und die hatte mit dem Hochdeutschen gar nichts gemein. Manche Wörter kannte sie einfach nicht. In Stenografie gelang es ihr besser, die Kurzschrift zu erlernen, aber auch in diesem Fach zeigten ihre Mitschülerinnen mehr Geschick. Nicht viel besser erging es Ella im Englischunterricht, denn sie hatte noch nie eine Fremdsprache erlernt. Die anderen jungen Frauen konnten auf eine profunde Schulbildung vertrauen, manche hatten den Latein- oder Französischunterricht besucht, und die meisten von ihnen wussten, was Adverbien und Präpositionen waren. Ella hatte keine Ahnung. Fräulein Schönlein gab sich Mühe, damit Ella den Anschluss nicht verpasste, und blieb manchmal noch nach Unterrichtsschluss bei ihr sitzen, um mit ihr zu üben. Ella bot im Gegenzug an, bei der Organisation des Stundenplans behilflich zu sein, denn sie hatte bei Frau Huber gesehen, wie geschickt diese die Gästebelegung verwaltete.

Charlotte und sie wurden bald beste Freundinnen, und sie übten nicht nur miteinander Stenografie oder fragten sich englische Vokabeln ab, sie schlenderten auch mit der größten Selbstverständlichkeit und ebenso großem Vergnügen durch das Warenhaus Tietz. Charlottes markante Wangenknochen, ihre feine Nase und die dunkelgrünen Augen ließen sie apart aussehen. Ihr langer Zopf war kunstvoll nach oben gesteckt, sodass er wie eine Krone auf ihrem Kopf anmutete. Sie war stets guter Laune und sprühte vor Ideen. Sich in das so famose Warenhaus Tietz zu trauen, war für sie keine besondere Mutprobe, obgleich beide noch nie zuvor eine so beeindruckende innenarchitektonische Opulenz und ein solches Warenangebot gesehen hatten. Adrette Frauen legten dort mit anmutigen Gesten Handschuhe auf die Glastische, breiteten in Schachteln gefaltete Hemden oder Blusen vor der Kundschaft kunstvoll aus oder ließen Stoffbahnen gekonnt über ihre Ellbogen gleiten. Staunend beobachteten die Freundinnen die feinen Damen, die sich hier beraten ließen und deren Einkäufe von Fahrern oder Dienstmädchen nach Hause gebracht wurden.

An ihren freien Nachmittagen besuchten die beiden Freundinnen die Jahresausstellung im Glaspalast, wo sie eine Mark Eintritt zahlten. Die Vielzahl an Gemälden war fast erdrückend, und Ella fragte sich, was die Künstler so spannend an Landschaften mit Gewitterwolken oder grasenden Kühen fanden. Am besten gefiel den beiden das Motiv zweier im Kaffeehaus sitzender distinguierter Damen mit großen Hüten, die der Künstler als Rückenansicht so gemalt hatte, als würde er sich dem intimen Frauengespräch unbemerkt nähern. Charlotte und Ella waren sich einig darin, gerne wissen zu wollen, über was die beiden wohl geplaudert haben mochten.

An einem anderen Tag besuchten sie die Alte Pinakothek und standen bewundernd vor den »Vier Aposteln« von Albrecht Dürer, sie nahmen sich Zeit für die griechischen und römischen Plastiken in der Glyptothek, und sie flanierten durch den Englischen Garten bis zu dem kuriosen Chinesischen Turm. Am allerliebsten jedoch gingen sie zum Marienplatz, wo sich zweimal am Tag die Figuren des Glockenspiels im Mittelturm drehten, um anschließend noch einen Kaffee im Luitpold zu trinken, das ihnen Fräulein Schönlein so empfohlen hatte. Schließlich wurde hier der Erste Bayerische Frauenkongress abgehalten.

Während der vielen gemeinsamen Stunden erzählte Ella von ihrem Elternhaus auf dem Land, ihrer Freundin Franzi und dem Gästehaus mit Josefa Huber und Jola, die ihre neue Familie geworden waren. Auch von Korbinian berichtete sie und wie sehr sie ihm verdankte, hier zu sein. Dass er sie auf die Wange geküsst hatte und sie sich oft abends, wenn sie allein im Bett lag und Zeit zum Nachdenken hatte, nach einer Berührung von ihm sehnte, erzählte sie nicht.

Charlotte ließ Ella teilhaben an ihrem »Geheimnis«, wie sie es nannte, denn sie hatte sich in einen verheirateten Mann namens Carl verliebt. Dieser Carl war Dentist in Augsburg und mehr als zwanzig Jahre älter als sie, aber er hatte angeblich vor, sich scheiden zu lassen. Das klang nicht gut, dachte Ella und sprach es gegenüber Charlotte auch ohne Umschweife aus. Die aber war ohne jeden Zweifel. Im Anschluss an ihre Zeit hier in München würde Carl ihr einen Aufenthalt in Salzburg ermöglichen, damit sie dort eine Hauswirtschaftsschule besuchen könne und nicht, wie in Augsburg, den ständigen Vorwürfen ihrer Mutter ausgesetzt wäre, die allem Anschein nach Ellas Bedenken teilte.

Was Ella denn vorhabe, wenn der Kurs vorbei sei, wollte Charlotte unvermittelt wissen.

»Ich gehe wieder zurück nach Tölz, obwohl im Gästehaus jetzt durch den Krieg nicht mehr viel zu tun ist. Hierbleiben kann ich aber auch nicht, weil mir das Geld fehlt.«

»Es sei denn, du würdest eine Arbeit finden. Es wird doch jetzt gesucht, wo die Männer alle im Krieg sind.«

»In den Fabriken und in den Krankenhäusern gibt es Arbeit, aber da will ich nicht hin. Ich möchte doch jetzt gerne meine neuen Kenntnisse anwenden.«

»Frag doch mal unser Fräulein Schönlein. Vielleicht schickt sie dich aber auch direkt zu den sozialistischen Pazifistinnen oder den radikalen Stimmrechtlerinnen«, spöttelte Charlotte. Beide lachten bei der Vorstellung.

Immer häufiger aber blieb den Freundinnen das Lachen im Halse stecken, denn auf ihren Streifzügen durch die Stadt begegneten sie jungen Männern, die Arm, Bein oder Auge verloren hatten oder mit schweren Kopfverletzungen gerade noch davongekommen zu sein schienen. Eine ganze Generation drohte in den Schützengräben für die Vaterlandsehre zu sterben, während zu Hause die Mütter und Kinder Not litten. Die Front mochte in Flandern oder Nordfrankreich sein und dort ganze Landstriche verwüsten, längst aber waren auch hierzulande die Folgen des Krieges täglich spürbar geworden. Die von Großbritannien verhängte Seeblockade verschärfte die Versorgungsengpässe und schnitt das Land von wichtigen Importgütern und Rohstoffen ab.

Charlottes Carl hatte sich neuerdings um zertrümmerte Kiefer zu kümmern, und Korbinian tat seit einiger Zeit Dienst in einem Frontlazarett. Die Schilderungen in seinen Briefen waren verhalten und doch erschreckend genug, denn seit fast einem Jahr wurde in den Kampfhandlungen nun schon Chlorgas eingesetzt, dessen Entwicklung in einem deutschen Labor vorangetrieben worden war. Weitere Kriegsparteien ließen nicht lange auf sich warten und produzierten ebenfalls chemische Waffen mit katastrophalen Folgen auf allen Seiten. Es gab bald niemanden mehr, der nicht einen nahen Verwandten hatte oder jemanden kannte, der an der Front Dienst tat, schwer verletzt wurde oder bereits gestorben war.

Wie von Charlotte vorgeschlagen, bat Ella Fräulein Schönlein um ein Gespräch und fragte, ob diese vielleicht von einer Anstellung wisse. Sie müsse ausreichend Geld verdienen, um Kost und Logis bei Frau Gruber bezahlen und ein paar Mark sparen zu können, erklärte sie ohne rechte Hoffnung auf eine Lösung. Else Schönlein überlegte laut, während sie von ihrem Bürofenster auf die Straße schaute und dabei beobachtete, wie bei Pachmayrs gerade eine neue Ladung Bierflaschen angeliefert wurde.

»Wer soll das nur alles trinken?«, murmelte sie, um dann schwungvoll fortzufahren: »Fräulein Ella, Sie sind wirklich nicht die Begabteste, aber Sie haben einen reifen Charakter und eine seltene Ernsthaftigkeit. Daher möchte ich Ihnen gerne helfen.« Sie machte eine Pause, als ob sie noch einmal überlegen müsste, aber dann fuhr sie fort: »In der Nähe von Garmisch hat eine Art Sanatorium eröffnet, und dort wird eine Schreibkraft gesucht. Unterkunft und Verpflegung werden mit dem Lohn verrechnet. Ich kenne Herrn Dr. Müller, den Gründer, persönlich und bewundere seine ungewöhnlichen Ansichten, die uns gerade jetzt, in diesen schweren Zeiten, Trost geben können. Er hat dieses Schloss Elmau als einen Rückzugsort für Feingeister gegründet. Es ist nicht wirklich ein Schloss, wie Sie es sich vorstellen, aber«, und nun schaute Fräulein Schönlein Ella eindringlich in die Augen, »Sie sind noch nicht so weit, als dass ich Sie jetzt bereits uneingeschränkt empfehlen könnte.«

Ella hatte gespannt zugehört, denn das klang doch recht verlockend, eine Stelle als Schreibkraft in einem Schloss in den Bergen. Echt oder nicht echt, war erst einmal egal, nur von Feingeistern hatte sie keine rechte Vorstellung.

»Was halten Sie davon, wenn Sie mich übergangsweise weiter in der Organisation und Korrespondenz hier im Büro unterstützen und Erfahrung sammeln? Ich brauche dringend Hilfe, und in der Stundenbelegung sind Sie sehr geschickt. Hinzu kommt«, sagte sie mit gesenkter Stimme, »dass ich mich seit Jahren im Verein für Frauenstimmrecht engagiere und sich an unserem Ziel ›Wahlrecht für Frauen‹ auch jetzt im Krieg nichts geändert hat. Im Gegenteil, wenn wir nicht weiterkämpfen, stehen wir nach dem Krieg wieder da, wo wir bereits Anfang des Jahrhunderts nicht weitergekommen sind.«

Ella schmunzelte in sich hinein. Es war ja fast so, wie Charlotte vermutet hatte. Fräulein Schönlein war eine echte Frauenrechtlerin, oder wie hieß doch gleich das Wort, das die Englischlehrerin benutzt hatte. Die Schönlein war eine »Suffragette«. Aber das war jetzt erst einmal Nebensache.

»Sehr gerne würde ich noch bei Ihnen bleiben und lernen. Ich weiß, dass ich recht langsam bin im Schreiben, aber wenn ich Gelegenheit zum Üben habe, werde ich Fortschritte machen. Ich muss halt die Unterkunft bei der Frau Gruber bezahlen können«, erwiderte Ella.

»Sie könnten doch der Frau Gruber für das Logis Kartoffeln und Butter im Tausch anbieten. Auf dem Land sieht es ja besser aus als bei uns in der Stadt. Die Preise haben sich mehr als verdoppelt seit Kriegsbeginn. Es gibt durch die Rationierungen nur noch Steckrüben, kein Gramm Fett, keine Eier.«

Das war eine gute Idee, und Ella sah sich schon in Gedanken nach Bad Tölz ins Gästehaus fahren, um von dort Vorräte mit zurückzunehmen. Frau Gruber würde sich bestimmt darauf einlassen, denn tatsächlich konnte sie seit Kurzem nur noch einen morgendlichen Kräutertee und Hirsebrei anbieten. Sie würde Josefa Huber schreiben und hoffte, dass man im Gästehaus noch immer einen kleinen Anteil aus der Selbstversorgung entbehren konnte.

»Ich bin Else. Sagen Sie Else zu mir«, schlug Fräulein Schönlein überraschend vor. »Und wenn Sie nach Tölz fahren, würde ich gerne mitkommen. Zu zweit können wir mehr tragen.«

Na hoffentlich, dachte Ella. Und so schnell konnte man also an eine Anstellung kommen. Charlotte würde staunen.

Mit Elses Beistand verfasste Ella den Brief an den Direktor des Sanatoriums Schloss Elmau, den Ella nervös, aber fehlerlos abtippte. Sie staunte immer wieder, wie geschraubt man sich schriftlich ausdrücken musste. Nun durfte sie also einen Monat länger hierbleiben, und sie war auch schon gespannt auf die Damen vom Verband für Frauenstimmrecht. Else hatte angekündigt, dass das nächste Treffen in einem privaten Salon stattfinden würde, man müsse vorsichtig sein, wo man sich träfe. Konspirativ wirkende Zusammenkünfte würden in Kriegszeiten schnell als staatsfeindlich angesehen. Anschließend schrieb Ella auch noch einen Brief an Frau Huber, in dem sie berichtete, dass sie noch einen weiteren Monat bleiben wolle, dies aber nur mit ihrer, Frau Hubers, Unterstützung möglich wäre, und erklärte die Gründe. Ella wollte die Antwort abwarten und dann erst den Besuch von Fräulein Schönlein und ihr ankündigen.

An einem Freitagabend nahm Else Ella wie angekündigt mit zu einer Sitzung des Frauenverbands für Stimmrecht. Das Treffen fand in einer Wohnung statt, wie sie Ella noch nie gesehen hatte. Bücher und Hefte stapelten sich auf einem Schreibtisch, Notenblätter lagen verstreut auf dem Klavier, auf einer Chaiselongue rekelte sich eine Katze, in einem weiteren Zimmer entdeckte Ella eine Staffelei mit einer Leinwand, auf der man einen halb fertigen Frauenakt erkennen konnte. Auch hier lagen Bücher auf dem Boden, aber ebenso Skizzenblätter, Leinöl und Terpentinflaschen, Pinsel, Pigmente und Paletten mit Farbresten. An der Wand hing ein mit Farbflecken übersäter Kittel. Offensichtlich lebte hier eine Malerin. Das war sie also, die berühmt-berüchtigte Schwabinger Boheme.

Es gab Tee und – welche Köstlichkeit – ein kleines Stück mit echter Butter gebackenen Kuchens für alle. Zehn Damen waren eingetroffen, die sich seit Jahren zu kennen schienen und sehr ungewöhnlichen Berufen nachgingen. Zwei von ihnen besaßen ein Fotoatelier und trugen die Haare auffällig kurz, eine Dame war Tragödin am Schauspielhaus, eine führte eine Brauerei, eine andere verfasste »lyrische Experimente«, weitere verwirklichten sich als Malerinnen oder, indem sie heimlich oder offen politisierten. In so einer bunten Gesellschaft unangepasster Frauen hatte sich Ella noch nie befunden, ja, sie hatte nicht einmal geahnt, dass es solche Kreise überhaupt gab.

Ella sollte die Gespräche des Abends stenografisch notieren, dann zu einem Protokoll zusammenfassen und auf der Maschine abtippen. Aber Ella war so hingerissen von dem, was da vorgetragen, diskutiert, verworfen und bejaht wurde, dass sie immer wieder vergaß mitzuschreiben und schließlich von Else Schönlein sanft angerempelt wurde. Die anwesenden Damen berichteten von mittellosen und zunehmend verzweifelten Frauen, die kriegsbedingt ihre Kinder und alten Eltern nicht mehr ernähren könnten. Ella hörte zum ersten Mal von ehemaligen Dienstmädchen, die jetzt in der Rüstungsindustrie arbeiteten und bis zu zwölf Stunden am Stück schuften mussten, bei ungleichem Lohn, verstand sich. Die Frauen produzierten nun in allen Ländern die Munition, mit der ihre Männer und Söhne zu Krüppeln geschossen würden, brachte eine der Mitstreiterinnen aufgebracht hervor. Andere sahen das Unheil des Krieges nicht allein im Patriarchat, sondern im Kapitalismus und die Rettung im Kommunismus oder Sozialismus. Wieder andere widersprachen heftig und plädierten für weniger militante und bürgerlichere Positionen. Ella schwirrte der Kopf. Sie wusste nichts über die Ziele der unterschiedlichen politischen Strömungen, viele Wörter, Begriffe oder Namen hörte sie hier zum ersten Mal. Sie hatte das wenigste verstanden, aber sie war doch innerlich aufgewühlt und so fasziniert zugleich, dass sie mehr wissen und verstehen wollte.

Bisher hatte sie nur zugehört und mitgeschrieben, aber nun musste sie unbedingt eine Frage loswerden. »Entschuldigung, aber ist das Frauenwahlrecht dann für alle Frauen? Auch für die Bäuerinnen, Landfrauen und armen Frauen?«, fragte Ella ungläubig, denn das konnte sie sich nicht vorstellen, dass ihre Stimme genauso viel zählen sollte wie die einer Wittelsbacher Prinzessin.

Auch dazu gab es unterschiedliche Positionen, aber die Mehrheit im Kreis war der Auffassung: Wahlrecht für alle hieß Wahlrecht für alle. Aber, so schärften ihr die Verbandsfrauen ein, es ginge einher mit der Pflicht, sich politisch zu informieren und nicht den Männern dann wieder eine Gesetzgebung zu überlassen, deren Folgen die Frauen ausbaden müssten. Verstehen, mitbestimmen, ändern, sei die Devise.

Josefa Huber antwortete postwendend und schrieb, sie würde gerne helfen, und ja, sie hätten Vorräte abzugeben und ob sie nicht jemand begleiten könne, die Kartoffeln seien ja schließlich schwer und das Alleinereisen unsicher geworden.

Frau Huber war ein wahrer Engel, und wenige Tage später saßen Ella und Else mit leeren Taschen, die sie gefüllt mit nach München zurückzubringen gedachten, im Zug nach Tölz. Die Abteile waren voll besetzt mit Frauen und Kindern auf dem Weg aufs Land. Sie alle wollten hamstern oder verbotenerweise auf den Feldern einsammeln, was dort noch liegen geblieben war, und die Kinder schickten sie los, um Eier aus den Hühnerställen zu stehlen. Es waren keinesfalls nur einfache Arbeiterinnen, sondern auch Frauen aus bürgerlichen Schichten, die sich die völlig überteuerten Lebensmittel nicht mehr leisten konnten, wenn es sie überhaupt noch gab, und die nun ihre letzten Wertsachen gegen Essbares eintauschten. Auch ihre Männer waren an der Front, verwundet oder gestorben. Zumindest in dieser Hinsicht behandelte der Krieg alle gleich – schlecht.

Die Wiedersehensfreude war riesengroß, und natürlich mussten Ella und Else ein paar Tage bleiben. Else war gerührt, als Frau Huber sie in das schöne helle Gästezimmer führte. Noch nie war sie in einem Haus, in dem keiner sie kannte, so herzlich aufgenommen worden.

Jola hatte zu Ehren ein Huhn geschlachtet, Kartoffeln wurden in Schmalz gebraten, dazu gab es Möhrengemüse mit Kräutern aus dem Garten. Man hätte meinen können, eine Hochzeit oder Taufe würde gefeiert. Else und Ella waren so satt wie lange nicht. Nach dem Abendessen machten sie es sich alle gemeinsam im Kaminzimmer bequem. Gäste waren keine im Haus, sodass sich die Damenrunde ausgelassen geben und einen Schnaps genehmigen konnte. Frau Huber und Jola wollten wissen, was Ella in München gesehen und erlebt hatte, und mehr aus Elses Leben und Alltag erfahren. Der Abend ging viel zu schnell zu Ende.

Josefa Huber machte mit Else Schönlein ausgedehnte Spaziergänge an der Isar entlang. Sie hatte so lange nicht mehr so viele aufregende Dinge gehört. Unter den Sommergästen waren mitunter gebildete Damen aus der Stadt gewesen, die von Theateraufführungen, Ausstellungen, gesellschaftlichen Entwicklungen und auch ein bisschen Tratsch und Klatsch berichtet hatten, aber das war vor dem Krieg gewesen. Nun bekamen sie doch hier auf dem Land kaum noch etwas mit. Da war der Besuch einer so kultivierten Frau wie Else, mittlerweile waren sie beim Du, ein, wie Josefa betonte, »himmlisches Vergnügen«.

Jola und Ella saßen derweil in der Teestube. So hatten sie den Raum genannt, in dem die Kräuter getrocknet, die Tees gemischt und die Tütchen beschriftet wurden. Es ergab sich ein vertrautes Gespräch, und Ella fragte, was aus Jolas Liebe geworden sei und wie es sie aus Westpreußen habe hierher verschlagen können. Diesmal war es Jola möglich zu antworten.

»Habe ich bei guten Menschen gearbeitet, kamen aus Westfalen auf Rittergut nach Boguschau. Sind damals viele aus dieser Region gekommen, weil Land bei uns fruchtbar ist und weil es genügend Hofchen gab. Eines Tages ist gekommen Landvermesser aus Tegernsee, der sehr stark Dialekt redete. Konnte ich kaum verstehen, aber wir haben uns auch so sofort verstanden. Er sollte Felder anschauen, die man für Landwirtschaft nutzen konnte, und trug er eine Lederhose und Hut mit Feder und um die Waden herum einen Wollrand. Sah lustig aus. Das Lederhoschen war ausgebeult und dachten wir, er hat nie andere Hose getragen. Er sagte: ›Ich bin der Balthasar, und du kannst mich Haserl nennen.‹ Haben wir sofort Liebe gespürt, aber war er doch verlobt mit Agnes, die er aber nicht heiraten wollte. War sie ihm zu mager, zu übel gelaunt und konnte sie nicht kochen. Nur Weißwurstchen. Als er musste wieder fahren, versprach er Verlobnis zu lösen und wiederzukommen. Hat niemanden daran geglaubt, außer mir. Ein Vierteljahrchen später stieg er in Boguschau aus, fragte nach mir und hielt um meine Hand an. Er hatte Ringchen dabei, ein sehr schönes Kettchen mit Granatsteinen und Dirndlchen. Haben wir dann geheiratet. Er in Lederhose und ich in kaschubischer Tracht. Meine Mutter strickte lange Strumpfchen, damit er nicht mehr nur Wollrand musste tragen um seine strammen Waden. Mein Vater hat ihm überreicht lange Männerweste und weiße Hosen, wie man bei uns so trägt. Ich habe enges Dirndlchen angezogen und er Westchen und Hose, die zu weit waren. Haben wir so viel gelacht, dass Bäuche sich gebogen haben. Haben wir drei Tage gefeiert frohliches Fest mit Musik und großen Speisen. Dann kam Abschiedstag, und haben wir alle sehr geweint, und bin ich so mit dem Haserl nach Bayern. In Tegernsee gab es ein kleines Haus, direkt am See, und da sind wir eingezogen. Wollten wir mindestens drei Kinder haben, aber dann hat Haserl auswechseln wollen alten Fensterrahmen und hat sich rostigen Nagel in den Arm gerammt. Haben wir Wunde gleich mit Alkohol desinfiziert, aber hat sie sich schwer entzündet, und der Haserl hat bekommen eine Blutvergiftung mit hohem Fieber. Habe ich noch Arzt gerufen, aber Zustand verschlechterte sich mit Zusehen. Nach ein paar Tagen ist Haserl dann gestorben. Da waren wir vier Jahre verheiratet.« Jola konnte kaum weitersprechen, so sehr erfüllte sie die Erinnerung mit Trauer, aber sie wollte ihre Geschichte zu Ende erzählen. »Wusste ich nicht, was zu tun, und dachte zuerst, wieder zurück nach Boguschau zu gehen, aber dann gefiel mir Haus am See. Auch hatte Haserl wunderbare Schwester, die Resi, die hat mir sehr geholfen, und so bin ich geblieben.«

»Was ist denn aus dem Haus geworden?«, fragte Ella neugierig. Es fiel ihr gerade keine bessere Frage ein.

»Haus habe ich vermietet an einen Maler. Er zahlt nicht viel, aber er passt auf, und er ist dort glucklich. Ich wollte irgendwann nicht alleine mehr leben«, erklärte sie. »War es zu einsam und zu traurig. Der Haserl war der beste Mensch, den man sich vorstellen kann, und hat er für mich gut gesorgt. Es wollten nach seinem Tod ja einige um den Bürgermeister herum mir das Hauschen abspenstig machen, aber der Haserl hatte an alles gedacht. Der kannte die Spezln vom See. Irgendwann habe ich gehört, dass Frau Huber Kochin suchte, da bin ich, Gott habe ihn selig«, sagte sie und bekreuzigte sich dabei, »noch zu Lebzeiten vom Doktor Huber hierhergekommen. Korbinian war noch klein, und dann ist auch gestorben der Herr Doktor. Die Frau Huber hat dann neu gebaut und das Gästehauschen geöffnet, und dann bist aufgetaucht du, und das war, als ob jemand nach langem Winter Fenster aufgemacht und geluftet hat.«

Ella freute sich darüber, was Jola über sie sagte, und noch mehr, dass sie die düstere Stimmung damit ein wenig verscheucht hatte. Sicherheitshalber hatte sie einen Baldriantee mit Pfefferminze gemischt, einen Löffel Honig dazugegeben und Jola serviert. Dennoch berührte sie das, was Jola da gerade erzählt hatte, sehr und stimmte auch sie traurig. Ella wurde in diesem Moment erst klar, welche Einsamkeit und welchen Schmerz Jola erfahren hatte und noch immer empfinden musste. Sie umarmte die vertraute Freundin und sagte, als ob sie es bestimmt wüsste: »Eines Tages reisen wir zusammen nach Boguschau und nehmen in Gedanken den Haserl mit.«

Als es Zeit war aufzubrechen, weinten alle. Ella und Else waren bepackt mit Kartoffeln, Speck, Käse, Eiern, Äpfeln, Butter und Brot. Wie froh waren sie um die Milch und den Käse und um die Tiere im Stall. Sie mussten versprechen, sehr bald wiederzukommen.

In München wurden die sehnsüchtig erwarteten Lebensmittel gerecht verteilt. Es war nicht viel, aber genug, um doch allen eine kleine Freude zu machen. Ella teilte neuerdings ihr Zimmer mit Charlotte, die sie freudig begrüßte und auf einen Brief zeigte, der für sie in ihrer Abwesenheit gekommen war. Sie öffnete den Umschlag und erkannte sofort, dass der Brief mit einer »Original

Underwood« getippt worden war. Die Typografie der Schreibmaschine war ihr mittlerweile sehr vertraut.

Sehr geehrtes Fräulein Blau,
wir bedanken uns für Ihr Anschreiben vom 25. August 1917. Leider ist die von Ihnen angefragte Stellung als Schreibkraft bereits anderweitig besetzt. Wir möchten Sie dennoch höflichst um Geduld ersuchen. Direktor Dr. Müller benötigt allenfalls zu einem späteren Zeitpunkt eine weitere Bürokraft. Aufgrund ihrer Empfehlung durch das von uns geschätzte Fräulein Schönlein würden wir uns gestatten, im Spätherbst noch einmal mit Ihnen in Verbindung zu treten.
Mit vorzüglichen Grüßen,
gez. Metzler

Das war eine Absage mit Aussicht, und Ella wollte fest an die Aussicht glauben. In den nächsten Wochen war im Institut viel zu tun, Korrespondenzen mussten erledigt und ein Aufsatz, eigentlich war es eine Kampfschrift für die Frauenrechtlerinnen, abgeschrieben werden. Die neuen Schülerinnen warteten auf ihre Stundenpläne, die Englischlehrerin hatte sich krankgemeldet. Der Monat verflog, und Ella hatte sich durch das tägliche Üben verbessern können, wenn ihr auch die amerikanische Buchführung ein Rätsel blieb.

Else Schönlein war mit den Fortschritten ihrer mittelmäßigen Schülerin dennoch zufrieden. Sie würde Ellas aufrechte Art und ihr Organisationstalent schon jetzt vermissen. Man versprach, sich gegenseitig zu schreiben und zu besuchen. Beim Abschied schärfte Else ihrem Zögling ein, sich vor einer zu frühen Ehe zu schützen. Ella hatte dergleichen ohnehin nicht vor. Was wusste sie schon, wie schnell man sich wirklich verliebte und nicht nur einbildete, es zu sein? Charlotte, die in der Liebe bereits bewandert war, sah sich in naher Zukunft verheiratet und zwitscherte, Ella müsse zu diesem großen Fest unbedingt kommen und den Brautstrauß fangen. Ella mühte sich um einen halbwegs überzeugten Gesichtsausdruck und wünschte ihr das Allerbeste. Charlotte schenkte ihr als Erinnerung an die gemeinsame Zeit eine bestickte Stola aus dünner Wolle, die Ella immer sehr an ihr bewundert hatte. Und Ella überreichte Charlotte ein Buch mit dem bezeichnenden Titel *Irrgarten der Liebe*, das Gedichte von Otto Julius Bierbaum enthielt. Charlotte lachte über die Anspielung und umarmte die Freundin.

Ella dankte Frau Gruber für die höfliche Aufnahme in so schwierigen Zeiten. Dann ging sie zu Fuß zum Bahnhof, warf noch einmal einen Blick in die Auslagen des Warenhauses Tietz, um sich von einer Stadt zu verabschieden, die sie lieben gelernt hatte.

Josefa Huber und Jola waren überglücklich, als Ella im Gästehaus ihr altes Zimmer bezog. Gemeinsam nahmen sie die eingespielte Routine wieder auf. Jola und Ella kümmerten sich um Kühe, Schafe und Hühner. Das Obst musste verarbeitet und eingeweckt werden. Im Dach war eine Stelle undicht, und zwei Wanderer hatten sich unverhofft für einen Monat einquartiert.

Die Frauen warteten auf Nachricht von Korbinian, der auch Ella einige Feldpostkarten nach München geschrieben hatte. Aber sie hatte nicht recht gewusst, was sie antworten sollte, denn das normale Leben kam ihr so banal vor im Vergleich zu dem, was all die Männer an der Front durchmachen mussten. Sie schämte sich fast dafür, dass sie ausgelassen mit Charlotte durch München geschlendert oder im Müller'schen Volksbad schwimmen gegangen war, während die Soldaten in den Schützengräben lagen.

Gustl hatte sich mit Franzi verlobt, die Hochzeit sollte im kommenden Jahr sein. Der alte Gumpelmayer fand ein zerschossenes Bein weniger schlimm als eine von Gift verätzte Lunge und schien zufrieden mit der Wahl seiner Tochter.

Das Schreiben aus Schloss Elmau hatte Ella Josefa Huber und Jola vorgelesen. Jola äußerte Bedenken, ob dieses obskure Sanatorium auch wirklich ein guter Ort für »unsere« Ella wäre. Sie habe so allerlei Gerüchte gehört. Na ja, meinte Frau Huber, wenn dort der Prinz Max von Baden logierte, dann sei es ja wohl auch für die Ella gut genug. Jola erwiderte, gerade vor dem Adel müsse man sich hüten, das sähe man jetzt im Krieg. Sie habe gelesen, dass Kaiser Wilhelm, der Cousin von König George, in England sei, und auch der Cousin vom Zaren Nikolaus in Russland. Das sei ja eine schöne Verwandtschaft, die alle die gleiche Großmutter hätten und sich jetzt mit Inbrunst Löcher in den Bauch schössen. Darauf war nichts mehr zu sagen.

Schon bald danach trafen zwei Briefe in derselben Woche ein. Korbinian kündigte seinen Heimaturlaub für Oktober an, was alle in eine Festtagsstimmung versetzte, und Fräulein Schönlein informierte Ella, dass sie eine Nachricht aus Schloss Elmau erreicht habe, wonach ab Januar 1918 eine Schreibkraft und »Mädchen für alles« gesucht würde. Das waren sehr gute Nachrichten in einer ansonsten täglich düsterer werdenden Welt.

Die Metamorphose

Gwen hatte den ganzen Morgen am Telefon verbracht. Eigentlich hatte sie Abigail, der Verlagsassistentin, nur mitteilen wollen, dass die Übersetzung fertig sei, und hatte darum gebeten, dass die Arbeit rasch geprüft werde, da sie zwei bis drei Wochen nicht erreichbar wäre.

Abigail hatte blond gefärbte Korkenzieherlocken und einen unangenehmen, breit gezogenen nasalen Tonfall. Gwen und Laura nannten Abigail vor allem wegen ihrer Löckchen nur »das Schaf«. Gwen wusste, dass ihre Arbeit im Verlag geschätzt und sie deshalb immer wieder gerade auch für schwierigere Übersetzungen angefragt wurde. Umso überraschter war sie, als Abigail ihr einen Satz durchs Telefon schleuderte, mit dem sie so gar nicht gerechnet hatte.

»Sie können jetzt nicht in Urlaub fahren. Die Arbeit ist noch nicht abgeschlossen«, meinte sie forsch.

»Wie, noch nicht abgeschlossen? Alles ist fertig, ich möchte noch einmal lesen, und dann drucke ich aus und schicke Ihnen die Diskette zusammen mit dem Ausdruck«, antwortete Gwen entschieden.

»Nein, es ist noch nicht fertig, es fehlt der Anhang.«

»Welcher Anhang? Es war kein Anhang dabei. Wie umfangreich ist er denn?«

Gwen dachte für einen Moment, dass sie ein paar Seiten doch noch einplanen könne.

»Nun, Sie haben ja ganz sicher das Manuskript mit dem Anhang bekommen. Das war alles in den Unterlagen, die wir geschickt haben. Es sind siebzehn Seiten. Das ist dann Ihr Fehler, wenn Sie das übersehen haben«, blaffte Abigail.

Das war typisch. Das Schaf hatte vergessen, den Anhang mitzuschicken, für den Gwen mindestens weitere zehn Tage am Schreibtisch sitzen würde, und nun wollte sie ihr das Versäumnis in die Schuhe schieben.

Aber Gwen war noch in Gedanken bei Ella, Josefa Huber, Jola und den Frauenrechtlerinnen, die sich nichts hatten gefallen lassen, und das in sehr viel schwierigeren Zeiten, weshalb sie mit fester Stimme erwiderte: »Nein, der Anhang war nicht dabei, und jetzt kann ich ihn auch nicht mehr übersetzen, weil ich verreise und vorher noch einiges vorbereiten muss. Im Übrigen möchte ich nicht, dass Sie mir unterstellen, ich hätte meine Arbeit nicht vereinbarungsgemäß erfüllt.«

Sie hörte ein Schnaufen und eine anschließende Verunsicherung in der Stimme, dennoch gab Abigail noch nicht auf.

»Dann müssen Sie Ihre Vorbereitungen eben verschieben, der Anhang muss übersetzt werden. Wir sind schon im Verzug, der Drucktermin steht.«

»Dann müssen Sie jemand anders fragen. Ich kann jedenfalls nicht«, erwiderte Gwen zunehmend erregt.

»Wenn Sie so wenig kooperativ sind und uns in einer so schwierigen Phase im Stich lassen, dann kann ich mir vorstellen, dass die nächsten Aufträge in der Tat …«, und das »in der Tat« betonte sie mit einer Stimme, als hätte sie gerade Helium eingeatmet, »anderweitig vergeben werden.«

Gwen war entschieden, jetzt nicht nachzugeben. »Ich habe Sie noch nie im Stich gelassen. Im Gegenteil. So oft habe ich Nachtschichten eingelegt, um Übersetzungen abzuliefern, die den Originaltext um ein Vielfaches verbessert haben und meistens lausig bezahlt wurden. Und wenn ich dann, weil es wirklich sehr viel mehr Arbeit war als gedacht, bei Ihnen nachfragte, ob ich ein paar Stunden mehr abrechnen könne, haben Sie bis auf ein einziges Mal immer abgelehnt. Ich bin nicht Ihre Leibeigene und habe auch nicht vor, es zu werden!«, rief Gwen in den Hörer und legte auf.

Sie war überrascht und ebenso zufrieden mit sich selbst. Immerzu hatte sie diese Abigail ertragen, weil sie tatsächlich geglaubt hatte, sie bräuchte die Aufträge, um zu überleben. Ausgerechnet sie traute sich nun schon seit Jahren nicht zu, eine neue Aufgabe zu finden, die sie mehr erfüllen würde als die einer Übersetzerin mittelmäßiger Texte. Dabei hatte sie eine gute Ausbildung und bereits einiges an Erfahrung gesammelt. Gleich nach der Schule war sie mit ein paar Freunden für einige Monate durch das politisch unruhige Indien gereist und hatte im Anschluss an ihre Rundreise in einem Internat in dem kleinen Bergstädtchen Landour am Fuß des Himalaja als Aushilfslehrerin unterrichtet. Wieder zu Hause, begann sie ihr Studium in Oxford. Nach dem Examen wusste sie nicht recht, wo sie arbeiten wollte, entdeckte dann aber eine Stellenanzeige in der Zeitung, auf die sie sich bewarb, und so hatte sie in der Londoner Buchhandlung Foyle's begonnen, die sich damit brüstete, die größte Buchhandlung der Welt zu sein. Gwen fing dort mit Übersetzungen an, die ihr Freude und keine große Mühe bereiteten. Es gab eine intensive internationale Korrespondenz – man schickte Bücher in die ganze Welt, zahlreiche Veranstaltungen mussten zudem organisiert werden. Berühmt waren die Lesungen zur Mittagszeit im Dorchester Hotel, zu denen alle erschienen, die Rang und Namen hatten. Sie liebte diese vielseitige Arbeit, und sie verstand sich sogar mit ihrer forschen und gefürchteten Chefin, aber nach vier Jahren war es dennoch an der Zeit, sich etwas Neues zu suchen, und so kündigte sie, um sich bei einer Agentur für Übersetzer zu registrieren. Sie spezialisierte sich auf wissenschaftliche Sachbücher zu historischen Themen, von denen einige eine große Freude, Bereicherung und Herausforderung waren, aber es blieben doch die wenigsten. Wie oft hatte sie sich geärgert, wenn angebliche Koryphäen schlecht recherchierte Manuskripte abgegeben hatten oder man sofort ahnte, dass die Texte gar nicht erst von ihnen selbst geschrieben sein konnten.

Wie sehr interessierte sie sich stattdessen für Lebensgeschichten und Biografien, wie sie ihr in Lilys Freundeskreis immer wieder begegneten. In ihrem Viertel wohnten viele jüdische Emigranten. Die älteren unter ihnen waren zwischen siebzig und neunzig Jahre alt, die jüngeren Anfang, Mitte sechzig, darunter einige, die 1938 von ihren Eltern aus Deutschland, Österreich oder der Tschechoslowakei nach England geschickt worden waren, um sie vor der Verfolgung der Nazis zu retten. Die wenigsten dieser über 10 000 Kinder sahen ihre Eltern wieder. Einige der betagteren Damen waren in das jüdische Clara-Nehab-Altenheim übersiedelt, wo sie Bridge spielten, Tee tranken, lachten und stritten und einander ohne Worte verstanden, zumindest, wenn es um Verluste ging. Darin hatten sie es alle zu ungewollter Meisterschaft gebracht.

All das ging Gwen durch den Kopf, als das Telefon klingelte. Es war Abigail.

»Gwen, ich möchte mich bei Ihnen entschuldigen, es ist gerade so viel los. Ich war ein wenig ungehalten«, brachte sie in ihrer Schmeichelstimme hervor. »Selbstverständlich würden wir für den Anhang mehr Honorar zahlen. Es wäre nur wichtig, wenn Sie ihn noch bearbeiten könnten, Sie sind ja im Thema und auch eine so ausgezeichnete und stets zuverlässige Übersetzerin.«

»Ich möchte mich auch bei Ihnen entschuldigen«, antwortete Gwen und hörte das Aufatmen am anderen Ende, »aber ich möchte den Auftrag nicht annehmen, und ich möchte auch keine weiteren Anfragen. Bitte nehmen Sie mich aus Ihrer Kartei. Und ich danke Ihnen für die Erfahrungen, die ich über so viele Jahre machen durfte. Haben Sie noch einen sehr schönen Tag.«

Als sie den Hörer aufgelegt hatte, durchströmte Gwen ein Glücksgefühl. Das war ein Befreiungsakt. Laura würde begeistert sein. Wie oft hatte sie sich ihr gegenüber beklagt. Es war, als würde sie eine schwere Tasche ablegen und erst jetzt die wund geriebenen Stellen auf ihren Schultern spüren. Sie speicherte die Übersetzung ab, druckte sie aus, legte die Rechnung dazu und wollte später den Umschlag zur Post bringen. Vorher rief sie Laura an.

»Hallo, Laura, störe ich dich? Ich muss dir unbedingt das Neueste erzählen.«

»Nein, gar nicht. Du nie. Ich mache mir gerade eine Tasse Tee. Du klingst aufgeregt. Was ist passiert?«

Und nun erzählte Gwen von ihrem Telefonat mit Abigail, und Laura war begeistert.

»Du hast dem Schaf den Laufpass gegeben? Wie herrlich. Gratulation. Wie kam es denn dazu?«

Gwen erzählte von dem, was sie in Ellas Heften gelesen hatte und wie sehr sie die Schilderungen über die durchsetzungsstarken Frauen aufgewühlt, aber auch ermutigt hatten.

»Na, dann hat die Reise ja schon begonnen, bevor wir überhaupt gestartet sind«, meinte Laura schwungvoll und beglückwünschte ihre Freundin noch einmal zu diesem Schritt.

Als Gwen auflegte, fühlte sie, wie sie eine Aufbruchsstimmung erfasste. So war es Ella auch gegangen, als ihr plötzlich bewusst wurde, welche Möglichkeiten das Leben für sie bereithielt. Gwen war mit fast Mitte dreißig noch jung genug, und ein großer Teil des Lebens lag hoffentlich noch vor ihr. Diese Entdeckungsreise in ihre Vergangenheit könnte jedenfalls einen neuen Anfang markieren. Sloppy schien das auch zu bemerken, er strich um sie herum und schnurrte. Sie kraulte ihn unter dem Kinn und gab ihm ein paar Leckerlis zur Feier des Tages.

Sie beschloss, sich bei Marks & Spencer etwas zu gönnen und sich am Abend mit einem Teller frischer Pasta zu verwöhnen. Seit Ed und sie sich getrennt hatten, kochte sie für sich und tat dies mit zunehmendem Vergnügen.

Sie nahm den Bus ins Zentrum. Sie liebte es, im Doppeldecker oben zu sitzen und den Platz ganz vorne zu ergattern, wo sie einen ungestörten Panoramablick hatte. Am Oxford Circus stieg sie aus, und entgegen ihrem Plan ging sie nicht zu Marks & Spencer, wo man doch eher die älteren Kundinnen im Blick hatte, sondern zu Liberty's. Die Fensterdekoration dieses ehrwürdigen Kaufhauses erinnerte sie an Ellas Staunen über die Wachspuppen im Warenhaus Tietz. Auch hier in London brachten die Schaufensterdekorateure wahre Inszenierungen hervor und übertrafen sich in ihrer Kreativität. Und auch bei Liberty's berieten eloquente und adrette Damen und Herren ihre Kundschaft. Es gab eigene Abteilungen für Handschuhe, Schals, Taschen, Schuhe und Kleidung jeden Bedarfs. Das Interieur war mit keinem anderen Kaufhaus zu vergleichen und wirkte mit seinen schwarzen Balken und schweren Holztreppen wie ein überdimensioniertes Tudorhaus aus dem späten Mittelalter.

Gwen hatte sich nie viel gegönnt. Sie war eher der sportliche Typ und trug gerne Hosen, Pullover und flache Schuhe. In ein so teures Warenhaus ging sie eigentlich nur, wenn sie ein besonderes Geschenk suchte. Nun aber hatte sie den Wunsch, sich in der Damenabteilung umzusehen, und eine freundliche Verkäuferin fragte, ob sie ihr helfen könne.

»Ich trage immerzu Hosen. Ich würde gerne einen Rock kaufen und eine Bluse dazu. Vielleicht auch einen Blazer, und dieses Wickelkleid gefällt mir«, antwortete sie und wunderte sich dabei über sich selbst. Die Verkäuferin hatte einen guten Blick für das, was Gwen gefallen könnte, und brachte eine kleine Auswahl. Nicht zu viel, gerade so, dass Gwen sich nicht überfordert fühlte. Am Ende kaufte sie zwei Röcke, drei Blusen, das Wickelkleid, einen Blazer und eine italienische Strickjacke. Sie ging weiter in die Schuhabteilung und entdeckte ein Paar Stiefelchen aus weichem Leder, die man schnüren musste und die sie sofort an Ellas Wunschschuhe erinnerten. Gwen hatte das Gefühl, als müsste sie ihre Garderobe komplett auswechseln, um ein neuer Mensch zu werden. In der Handtaschenabteilung konnte sie nicht widerstehen und erwarb eine Tasche von Mulberry, die ihr schon lange gefallen hatte. Vor der Abreise wollte sie zum Friseur gehen und sich auch noch einen neuen Schnitt verpassen lassen.

Sie bezahlte und trödelte Richtung Piccadilly Circus, wo sie bei Criterion's einen High Tea nehmen und an die Suffragetten denken wollte, die sich in diesem opulent dekorierten Restaurant oft zum Tee getroffen hatten.

Ihre Einkaufstüten wurden ihr gleich im Eingangsbereich abgenommen, und ein Kellner geleitete sie zum Tisch. Gwen aß die Gurkensandwiches und Scones genüsslich und trank dazu ihren geliebten Earl Grey. Wie herrlich, warum hatte sie sich das nicht schon sehr viel früher gegönnt? Sie blickte sich um und ließ den Raum auf sich wirken. Hier also hatten sich die Aktivistinnen für das Frauenwahlrecht Anfang des 20. Jahrhunderts getroffen. Sie dachte an Ella und spürte, wie sich ihrer beider Leben berührten.

Eigentlich wollte sie noch ein paar Postkarten kaufen und bei Foyle's stöbern, aber sie war plötzlich müde und entschied, die U-Bahn zurück zu nehmen, bevor die Rushhour begann.

Die Nachmittagssonne beleuchtete die Häuser in Hampstead und tauchte sie in ein warmes Licht. Manche hatten blau oder rot gestrichene Türen, andere waren mit Efeu bewachsen. Viele berühmte Männer und Frauen hatten hier gelebt oder lebten noch immer hier. Sigmund Freud war 1938 nach seiner Vertreibung aus Wien mit seiner Tochter Anna hierhergezogen. Die erfolgreiche Kinderbuchillustratorin Kate Greenaway hatte sich 1885 ein Haus bauen lassen, ebenso wie einige berühmte Maler des 18. Jahrhunderts. Diese unkonventionellen Künstlerhäuser gaben diesem Stadtteil ein so besonderes Flair. Und der nahe gelegene Park, Hampstead Heath, in dem Gwen morgens gerne joggte, mit dem eleganten Herrenhaus Kenwood zählte zu den Lieblingsausflugszielen der Londoner. Es gab viele individuelle Geschäfte und Cafés. Hampstead hatte eine beinahe kontinentale Atmosphäre, und Gwen schätzte sich glücklich, hier zu leben.

Sloppy schien schon auf sie gewartet zu haben und forderte umgehend sein frisch gefülltes Näpfchen ein. Kaum hatte sie es ihm hingestellt, klingelte auch schon das Telefon. Es war natürlich Lily.

»Gwenny, Darling, störe ich? Hast du schon gegessen?« Gwen erhielt keine Chance zu antworten. »Hör zu, ich habe mir überlegt, ein paar Tage früher zu fliegen, um mit Lotte mehr Zeit in Berlin zu verbringen. Du kannst die Flugtickets doch sicher ändern.«

»Lily, ich bin mit allem einverstanden. Sag mir einfach genau, für welchen Tag ich umbuchen soll. Wahrscheinlich komme ich selbst ein paar Tage später, denn es ist gerade noch so viel zu tun.«

»Bist du immer noch nicht fertig mit der Übersetzung?«

»Doch, die habe ich abgegeben und bei dieser Gelegenheit auch gleich gekündigt.«

»Bei dieser Abigail Sheep?«

»Sie heißt nicht direkt Sheep«, meinte Gwen und hätte am liebsten losgeprustet.

»Schaf hin oder her, nun such dir endlich eine Arbeit, die dir Freude bereitet! Deine Mutter hat auch immer Dinge gemacht, die sie eigentlich nicht wollte. Es ist sehr gut, wenn du aus diesem Muster aussteigst.«

Das saß, dachte Gwen. Wieder einmal hatte ihre Tante wie ein Revolverheld den Colt gezogen und eines ihrer gefürchteten tiefenpsychologischen Geschosse abgefeuert. War es so, dass ihre Mutter nie zufrieden gewesen war? Tatsächlich war sie als Aushilfskraft in einer Bibliothek beruflich weit unter ihren Möglichkeiten geblieben – und privat hatte sie einen zwar begabten, aber doch auch sehr labilen Mann geheiratet, der hauptsächlich mit sich selbst beschäftigt gewesen war. Der Gedanke an den so frühen Tod ihrer Mutter versetzte Gwen einen Stich. Sie war damals erst neunzehn Jahre alt gewesen. Ilsabé hatte Marga wohl einen Brief mit verstörendem Inhalt geschrieben, worauf Marga allein in die Berge gegangen war, und das, obwohl heftige Gewitter vorhergesagt waren.

Gwen hatte nie das Verlangen verspürt, die Hintergründe des Unfalls, oder was es auch immer war, aufzudecken. Sie musste akzeptieren, zumindest dachte sie das lange, dass die Türen in die Erinnerungsräume versiegelt worden waren. Es hatte niemanden in ihrer Umgebung gegeben, der sie darin unterstützen wollte oder konnte, das Schweigen aufzubrechen. Jetzt war die Zeit gekommen, jetzt, nach all den Jahren. Vielleicht sollte sie doch noch vor der Abreise nach Polen mit ihrer Großmutter telefonieren. Wenn jemand mehr über die Ursache der plötzlichen Verzweiflung ihrer Mutter wusste, dann war es vermutlich die Gräfin.

Ankunft in Elmau

Gwen hatte die Telefonnummer ihrer Großmutter auf die Kühlschranktür geklebt, damit sie nicht verloren gehen würde. In welcher Zeitzone lag Chile überhaupt, und wo würde sie das erfragen können? Bei der Auskunft sicherlich, der englische Operator wusste alles, oder es stand im Telefonbuch, wo die ausländischen Vorwahlnummern aufgelistet waren. Es waren vier Stunden, aber Gwen verwarf den Gedanken eines Anrufs. Sie wusste nicht, wie sie das Gespräch hätte beginnen sollen. »Hallo, Granny, ich wusste gar nicht, dass du noch lebst. Was machst du in Chile?« oder: »Hallo, Granny, kannst du mir die Kopien deiner Briefe schicken, die meine Mutter in die Verzweiflung getrieben haben?« oder: »Hallo, Ilsa, hast du vielleicht die wertvolle Skulptur und alles andere, was seit Jahrzehnten verschollen ist, mitgehen lassen?« Nein, der Anruf würde noch warten müssen.

Stattdessen wollte sie in den Aufzeichnungen weiterlesen und freute sich auf Ellas Schilderungen, zumal das nächste Heft mit »Schloss Elmau 1918–1919« überschrieben war. Auch sie hatte Erinnerungen an Sommer- oder Winterferien dort, wobei nicht alle angenehm gewesen waren.

Am Tag der Abreise herrschte große Aufregung bei Josefa und Jola. Ella musste versprechen, sofort und ausführlich zu schreiben, wie man sich so ein neu gebautes Schloss in den Bergen vorzustellen hatte. Jola hatte als Reiseproviant ein Butterbrot mit zwei gekochten Eiern eingepackt und noch ein Stück Napfkuchen dazugelegt. Frau Huber trennte sich von ihrem vorletzten Glas Honig und auch von einem ihrer warmen Flanellnachthemden.

Am Bahnhof in Tölz hatten sie zuvor die Reisemöglichkeiten erfragt, und nun fuhr Ella mit dem Zug über München bis nach Garmisch, um dann in die elektrifizierte Lokalbahn Richtung Mittenwald umzusteigen. Die Verbindung war erst seit einigen Jahren eröffnet und hatte überregionale Bekanntheit erlangt durch ihre Ingenieurskunst und waghalsige Streckenführung. Im Reiseführer hatte sie gelesen, das Werdenfelser Land biete all seinen Gästen Reize von unvergleichlicher Schönheit. Es finde hier jeder, was er suche.

Während der Fahrt dachte Ella an die letzten Monate in Tölz und das zurückliegende Weihnachtsfest. Sie hatten es zu viert verbracht, diesmal ohne ihre Familie, die mit Gustl und Franzi bei Gumpelmayers feierte, dafür hatte Korbinian frei bekommen. Ella hatte bereits im Sommer an die Weihnachtsgeschenke gedacht und in München eine Neuerscheinung über Anatomie mit Zeichnungen und Details des menschlichen Körpers entdeckt. Der Buchhändler, dem sie von Korbinians Interesse an Medizin und seelischen Erkrankungen berichtete, empfahl ihr das Werk eines, wie er meinte, bahnbrechenden Arztes in Wien über Traumdeutung. Korbinian hatte sich darüber gefreut, denn er verfolgte zunehmend die Erkenntnisse einer neuen Wissenschaft, die sich Psychoanalyse nannte. Korbinian seinerseits hatte Ella ein Buch über Schmetterlinge mit handkolorierten Zeichnungen geschenkt. Auf dem Titelbild war ein Perlmuttfalter abgebildet, dessen Flügel nach oben zusammengeklappt waren, sodass man nur die silbrige Unterseite sehen konnte. Sie hatte sich sehr über die schönen Illustrationen gefreut und ihm sogar einen Kuss auf die Wange gedrückt; dabei konnte sie aus einem Augenwinkel beobachten, wie dies Josefa beglückte. Als Widmung hatte Korbinian hineingeschrieben: »Auf einer Reise von mir weg und doch hoffentlich bald wieder mir entgegen. Weihnachten 1917, in Zuneigung, Korbinian.« Es gab keinen Zweifel daran, dass Jola und Josefa inständig hofften, die beiden würden heiraten. Aber anders als andere Mädchen in ihrem Alter dachte Ella nicht ans Heiraten, und schon gar nicht jetzt, wo sie gerade dabei war, die Welt zu erkunden.

Am kleinen Bahnhof in Klais wurde Ella von einem Pferdeschlitten abgeholt. Der Kutscher half ihr in den Wagen und legte ihr eine dicke Decke auf den Schoß. Sie hatte sich vorsorglich warm angezogen und war glücklich über die Fellsohlen in ihren Schuhen, die ihr die Mutter bei der Abreise geschenkt hatte.

Die Sonne ließ das Wettersteingebirge in einem verwegenen Violett-Rosa erscheinen, das der frische Schnee reflektierend verstärkte. Ella musste den Blick senken, so stark war die Leuchtkraft. Nach einiger Zeit passierten sie ein wunderliches Schlösschen, das, so erklärte der Kutscher kundig, eine englische Adelige für sich hier in Kranzbach hatte erbauen lassen, die aber kriegsbedingt Deutschland verlassen hatte. Na ja, wenn das »das kleine Schloss« war, dachte Ella, was würde da wohl als Nächstes kommen? Sie fuhren vorbei an einer Weide, auf der Pferde im Schnee tobten und ein junger Bauer gerade den Stall ausmistete. Als er die Kutsche sah, blickte er auf und deutete einen Gruß an. Auf diesem Weg sei schon der König Ludwig mit seinem Schlitten zur berühmten Schachenhütte gefahren, erklärte der Kutscher, und es schien, als sei er noch immer tief beeindruckt davon, nun auf ebendieser Straße, die nur für den verrückten König angelegt worden war, fahren zu dürfen.

Es ging weiter durch einen dichten, schneebedeckten Wald, der abrupt endete und den Blick freigab auf eine weite Lichtung. Ella erschrak, als plötzlich ein riesiges Anwesen vor ihr auftauchte. Es war kein Schloss im üblichen Sinne, eher eine Mischung aus Kloster und Landgut, schnörkellos, schlicht, und doch hatte es mit seinem spitz zulaufenden Turm, der über alles hinwegragte, etwas im wahrsten Sinne Erhabenes.

Dort angekommen, folgte sie dem Kutscher zögerlich in die große Eingangshalle, in der zwei sich nach oben leicht verjüngende dicke Säulen einen auseinandergezogenen Bogen stützten. Dahinter führte eine breite Holztreppe mit einem massiven Geländer nach oben. Ella staunte über die Großzügigkeit der Architektur. Hier war offenkundig nicht an Platz gespart worden.

»Sie sind sicher das Fräulein Blau«, erkundigte sich ein freundlicher junger Mann, der leicht mit den Füßen wippte, als Ella mit einer vor Kälte roten Nase vor ihm stand.

»Ja, ich bin Eleonora Blau, genannt Ella, und komme auf Empfehlung von Fräulein Else Schönlein, und ich möchte bitte gerne mit Fräulein Metzler sprechen.«

»Das Fräulein Metzler bin ich«, antwortete der junge Mann amüsiert und wippte dabei noch stärker. »Schön, dass Sie da sind, Sie bekommen gleich einen heißen Tee zum Aufwärmen«, entgegnete er, als wäre Ella ein Gast aus der gehobenen Gesellschaft. »Sie werden das Zimmer mit einer jungen Dame teilen, die ebenfalls kürzlich angereist ist. Wenn Sie ausgepackt haben, wird Sie jemand durch unser Haus führen und Ihnen alles erklären. Im Anschluss kommen Sie doch bitte wieder bei mir vorbei.«

Paul Metzler war von großer, sportlicher Statur. Er hatte die dunkelblonden Haare nach hinten gekämmt und mit Pomade eingerieben, wahrscheinlich, damit sie besser in Form blieben und auch leicht glänzten. Er sprach tadelloses Hochdeutsch. Mit einer leichten und überaus sympathischen Berliner Klangfärbung. »Anna, könnten Sie Fräulein Blau bitte den Weg zeigen?«, forderte er eine junge Kollegin freundlich auf und wies dabei mit seinen langen Armen Richtung Treppenaufgang.

Ella bedankte sich. Sie war amüsiert über Paul Metzlers Sprache und Gesten. Alles an ihm schien so rund zu sein, nur nicht seine schlanke Figur. Seine Formulierungen waren formvollendet, wenn er wippte, ging eine Bewegung in die andere über, wenn er lief, rollte er die Füße ab, und sogar seine Handbewegungen formten Kreise.

Ella freute sich schon auf den späteren Rundgang. Anna, die bereits seit über einem Jahr im Schloss war und aus dem nahen Mittenwald kam, führte sie durch lange Gänge und verschiedene Treppenhäuser, bis sie ihr Zimmer erreichten, das klein, aber kommod eingerichtet war. Von hier aus konnte man in den schönen Innenhof sehen und bekam einen Eindruck von der Anlage des Hauses. Das Bett an der gegenüberliegenden Wand war unordentlich zugedeckt, man sah, dass eine zweite Person hier wohnte und sich bereits ausgebreitet hatte, was Anna zu der Bemerkung veranlasste: »Eventuell sollten Sie Ihre Zimmerbewohnerin darauf hinweisen, dass Sie sich die Stube teilen.«

Ella warf einen bewundernden Blick auf das Kleid, das auf einem Bügel am Schrank hing. Hier war kein einfaches Mädchen vom Land eingezogen, wie sie eines war.

Anna schien Ellas Gedanken zu erraten: »Ja, es sind viele junge Damen hier aus begüterten Familien. Die Haustöchter bekommen bei uns einen Einblick in einen Hotelbetrieb und die Hauswirtschaft. Nebenbei …«, und nun sprach Anna leiser, »ist damit aber auch die Hoffnung nach einer vorteilhaften Partie verbunden. Sie zahlen sogar für den Aufenthalt.«

»Und meine Zimmerbewohnerin ist sicher auch eine von den Vornehmen, wenn ich mir die Garderobe so anschaue«, bemerkte Ella.

»O ja, da können Sie sich auf etwas gefasst machen.«

»Das klingt ja sehr spannend. Wegen mir können wir auch Du sagen«, meinte Ella, die es nicht gewohnt war, von einer gleichaltrigen Person gesiezt zu werden.

»Im Büro müssen wir den Vornamen und ›Sie‹ sagen, sonst gerne. Ich zeige dir jetzt noch das Haus, aber du wirst dich nicht gleich zurechtfinden. Es ist alles ziemlich groß. Du kannst ja nachher auspacken.«

Ella war dankbar, in Anna einer so freundlichen und praktischen Person zu begegnen. Sie mochte sie auf Anhieb.

Die Hoteltour führte durch den Speiseraum, in den sonnendurchfluteten Teesaal mit Terrasse und weiter durch das Trinkstüberl, das mit seinen holzgetäfelten Wänden, dem großen Kachelofen und den rustikalen Möbeln einer gediegenen bayrischen Wirtschaft ähnelte. Von hier aus gelangte man hinauf in den geräumigen Konzertsaal. Ella hatte noch nie einen Konzertsaal gesehen und war erstaunt über die Höhe und Weite dieses Musizierraumes – und das auch noch ausgerechnet hier, am Ende der Welt. Besonders beeindruckten sie die überdimensionierten, riesigen, sich gegenüberliegenden Fenster, die den runden Bogen aus der Eingangshalle wiederaufzunehmen schienen.

Das Haus verfügte über fast hundertfünfzig Gästezimmer unterschiedlicher Größe, die schlicht und wertig eingerichtet waren. Die Aufenthaltsräume waren so angelegt, dass die Natur in den Innenräumen stets als unmittelbare Erfahrung sichtbar blieb. Anna schloss ihre Führung ab, indem sie erklärte, dass es dem Hausherrn, dem Direktor Dr. Müller, nicht auf Luxus ankomme – im Gegenteil. Hier sollten Gleichgesinnte in dieser kraftspendenden Natur ihr »Ich« vergessen und zur Gemeinschaft finden.

Der junge Paul Metzler hatte netterweise an den Tee gedacht, als Ella zurückkam. Von Anna hatte sie erfahren, dass Pauls Asthmaerkrankung vermutlich für ihn lebensrettend gewesen sei, denn er war nicht zum Militärdienst eingezogen worden. Sie würde morgens um sieben Uhr im Büro erwartet, erklärte er. Es gäbe diverse Korrespondenzen, natürlich auch Diktate, Stenografie sei unerlässlich. Der Hausherr selbst schreibe sehr viele Vorträge, es seien aber auch Anfragen einzelner Gäste möglich. In diesem Fall solle sie bitte die Stunden notieren. »Selbstverständlich ist Diskretion alles«, beendete Ellas künftiger Kollege seine Ausführungen.

Am Abend des ersten Tages war Ella im Dämmerlicht eingenickt, als die Tür heftig aufgerissen wurde und eine junge Frau hereinrauschte, als würde das Zimmer unzweifelhaft ihr allein gehören. Sie war groß, schlank und mit ihren dunklen Augen und feinen Gesichtszügen ungewöhnlich hübsch. Sie hatte ihre langen braunen Haare lässig, fast eine Spur unordentlich, zu einem Pferdeschwanz gebunden. So stand sie nun da, die Hände in die Hüften gestemmt. »Ach so, ja, wir sind ja zu zweit hier. Entschuldige bitte«, meinte sie gedehnt, als würde sie diese plötzliche Unannehmlichkeit furchtbar ermüden, »ich hatte erst in ein paar Tagen mit dir gerechnet. Ich bin Ilsabé Isolani und hier als Haustochter im Speisesaal tätig und du in der Waschküche, oder?«

Ilsabé beäugte die einfachen Kleidungsstücke, die Ella besaß, und war sogleich zu der Überzeugung gelangt, hier würde vermutlich ein eher schlichtes Gemüt eingezogen sein – und eine leichte Beute.

»Ich bin Ella und arbeite im Büro als Schreibkraft.«

O je, dachte Ilsabé, das war ja noch schlimmer. Eine von den Langweiligen, Ehrgeizigen, aber vermutlich Gutmütigen, die man ein bisschen für sich arbeiten lassen konnte.

»Ich habe deine Sachen im Schrank auf deine Seite geräumt, damit ich meine für mich habe. Und noch etwas, mach bitte die Tür leise auf und zu. Ich kann es nämlich nicht leiden, wenn jemand rücksichtslos ist«, sagte Ella und sah der jungen Frau dabei direkt ins Gesicht.

»Viel Platz scheinst du im Schrank aber nicht zu brauchen, oder hast du noch nicht alles ausgepackt?«

»Doch, habe ich, aber im Unterschied zu dir bekomme ich ein Salär, ich habe nämlich eine Ausbildung«, erwiderte Ella selbstbewusst.

Ilsa war verblüfft, lachte jedoch anerkennend: »Du bist ja um keine Antwort verlegen. Hast du schon zu Abend gegessen, oder sollen wir zusammen nach unten gehen?«, fragte sie nun bereits in einer ganz anderen Tonlage.

Gut gemacht, dachte sich Ella. Das hatte sie sich bei Frau Huber abgeschaut, die sich gegen die vornehmen Städterinnen höflich, aber bestimmt durchzusetzen wusste.

»Ich würde gerne mitkommen und habe Riesenhunger«, antwortete Ella guter Dinge.

Nachdem Ella einige Wochen im Schloss verbracht und sich eingelebt hatte, wurde sie dem Herrn Doktor vorgestellt, der den Ruf genoss, sich auch um Dinge zu kümmern, die aus Sicht seiner Angestellten ebenso gut von seinem Personal selbst hätten erledigt oder beaufsichtigt werden können. Immer wieder hatte er aber die Meinung vertreten, dass es nicht genüge, das Schloss »einzurichten«, man müsse es auch »verstehen« und bestimmte Abläufe darum kontrollieren. »In jeder Kleinigkeit äußert sich sein Wesen!« – so sein Credo. Direktor Johannes Müller war Mitte fünfzig, hatte einen üppigen Schnurrbart, der früher einmal dunkel gewesen war, und wenig Kopfhaare. Zwei tiefe Linien, die als Stirnfalten von der Nase senkrecht nach oben führten, ließen ihn streng aussehen, was er vermutlich auch war.

Er musterte Ella ernst und fragte sie nach ihrer Ausbildung und ihren praktischen Erfahrungen. Ella berichtete, dass sie auf dem Land und in der Natur aufgewachsen sei, dann im Gästehaus Huber eine Anstellung gefunden habe, bei der sie sich um hauswirtschaftliche Dinge ebenso wie um die Gästebetreuung kümmern konnte. Der Hausherr, der ebenfalls aus einer Familie von Kleinbauern stammte, schätzte ein offenes Auftreten und mochte keine Schmeichelei. Er fand Gefallen an der unverstellten Art dieser jungen Frau. Er würde häufig auf Reisen sein und viele Vorträge halten, und sie könne ihm gewiss helfen, diese abzuschreiben. Außerdem sei im Schloss stets so viel zu tun, dass eine helfende Hand in der Küchenwirtschaft oder Unterstützung der Gästebetreuung gerne gesehen wäre.

Im Büro wurde Ella, wie vom Herrn Direktor angekündigt, die Aufgabe übertragen, seine von Hand geschriebenen Blätter abzutippen. Nicht jedes Wort war sofort zu entziffern, geschweige denn zu verstehen. Doch Paul stand ihr zur Seite. Er war immer bereit, ihr ein unbekanntes Wort zu erklären, und wenn er Ella die Texte in seiner deutlichen Aussprache diktierte, konnte Ella sie schon bald fast fehlerfrei schreiben.

Die Tage waren angefüllt mit vielen neuen und überraschenden Eindrücken, sodass Ella abends oft erschöpft in ihr Bett sank. Sie dachte immer wieder an Korbinian. Zum letzten Geburtstag hatte er ihr ein Lehrbuch der Botanik mit wunderschönen Farbzeichnungen geschenkt. Wenn der Winter vorbei war, würde sie botanisieren und ihre Funde dann anhand der Illustrationen bestimmen können. Hier würde sie sicher eine ganz andere Flora und ebenso andersartige Schmetterlinge entdecken als im Tölzer Umland. Wie es Korbinian wohl ging in diesem nun schon vierten Kriegsjahr – und ob er noch an sie dachte?

Ella lernte schnell die anderen Helferinnen kennen. Die jungen Frauen kamen meist, wie Anna es bereits angedeutet hatte, aus Familien, in denen Wert auf Bildung und gesellschaftlichen Umgang gelegt wurde. Wie gut, dass sie durch Frau Hubers und Fräulein Schönleins strenge Schule gegangen war. Als sie eines Tages im Esssaal Platz nahmen, erklärte ihr Ilsabé, dass hier die Gäste nicht selbst bestimmten, neben wem sie sitzen wollten. Die Tischordnung dürfe nicht durch die Gäste »sabotiert« werden, ermahnte der Herr Müller immer wieder. Durch den herbeigeführten Wechsel sollte vielmehr das Gemeinschaftsgefühl gestärkt werden ebenso wie durch die Tanzabende und die regelmäßigen Konzerte. Am wichtigsten jedoch schienen die Vorträge und sogenannten »Fragebeantwortungen« des Hausherrn zu sein, der über Gott und die Welt philosophierte und dessentwegen sich die meisten Gäste überhaupt eingefunden hatten. Er sprach von Gerechtigkeit, Menschlichkeit, Wahrheit und dass alle aufgerufen seien, diese Werte gerade in Zeiten der Aussichtslosigkeit zu suchen. Es ginge nicht um die Selbstsucht, sondern um das Wir. Ella erschien das reichlich kompliziert, aber sie verstand doch so viel, als dieser Ort in jeder Hinsicht etwas Besonderes sein musste.

Wenn Ella und Ilsabé abends zusammen auf ihrem Zimmer waren, ging es weniger philosophisch zu, dann erzählten sie sich gegenseitig von ihrem bisherigen Leben.

»Warum bist du eigentlich hier, und woher kommst du?«, wollte Ella wissen.

»Ich suche einen Mann, der mich weitgehend in Ruhe lässt, aber reich genug ist, um mit ihm unbeschwert zu leben«, erklärte sie lachend, um dann weiter auszuführen: »Ich liebe meine Freiheit, aber meine Eltern möchten mich zu gerne schnellstmöglich verheiraten. Sie finden, ich wäre schon bald zu alt, um überhaupt noch eine gute Partie zu machen, und das stimmt ja womöglich sogar. Deswegen bleibe ich jetzt erst einmal hier.«

Ella erfuhr, dass die Isolanis einem alten, ursprünglich aus Italien stammenden Adelsgeschlecht entsprangen, von denen ein Teil in Österreich lebte.

»Dann bist du also eine Gräfin?«, fragte Ella beeindruckt.

»Ja, aber das muss dir nicht weiter imponieren. Ich wäre lieber wie du auf dem Land aufgewachsen und hätte in einem Stall die Kühe gemolken.«

»Das sagst du so, weil du es nicht kennst, aber wenn man keine Schuhe hat, um in die Schule zu gehen, oder es immer an irgendetwas fehlt, dann sehnt man sich nach einem besseren Leben. Sich einmal ein Kleid oder einen Hut kaufen zu können ist nämlich auch Freiheit. Im Übrigen gibt es auch bei uns auf dem Land keine freie Wahl, weil immer jemand bestimmt, was zu tun ist. Selbst wenn du deinen eigenen Hof hast, bist du nicht frei.« Ella geriet in Fahrt und klang gerade beinahe wie Fräulein Schönlein. »Und wenn es ums Heiraten geht, musst du noch mehr Glück haben, damit du auf einen Mann triffst, der nicht wieder alles zerdeppert, was du an kleiner Freiheit gewonnen hast. Also, ich habe nicht vor, so schnell zu heiraten. Ich möchte gerne ein eigenes Geld verdienen und noch mehr lernen. Der

Korbinian sagt immer, man hat ja gesehen, wie die Frauen jetzt im Krieg plötzlich dastehen ohne Ausbildung«, beendete Ella ihren Vortrag.

»Wer ist denn der Korbinian?«, fragte Ilsabé interessiert.

Ella schwärmte von ihrer Zeit im Gästehaus und ihrer Ersatzfamilie und erzählte, dass alles, was ihr bisher ermöglicht worden war, auf die Förderung dieser drei Menschen dort zurückging, von den Teemischungen bis zum Maschineschreiben, Korbinian, Frau Huber und Jola hatten sie in allem ermutigt.

»Na, das klingt ja, als wäre dieser Korbinian ganz schön verknallt in dich.«

Ella widersprach heftig und erklärte umschweifig, warum das nicht sein konnte. Aber Ilsabé konterte, wenn er so wenig Interesse an ihr hätte, würde er ihr doch sicher nicht so eine Widmung in ihr Buch geschrieben haben.

»Hast du die etwa gelesen?«, fragte Ella entrüstet.

»Ja, das Buch lag auf deinem Bett und ich wollte es mir ansehen, da konnte ich nicht anders. Übrigens sehr schöne Schrift. Also, den jungen Mann solltest du im Auge behalten.«

Ella wusste nichts mehr zu antworten.

Als Ilsa bemerkte, dass Ellas Stimmung umzuschlagen drohte, rief sie: »Lass uns zum Tanzen gehen. Wir tanzen Quadrille mit Klavierbegleitung. Es gibt hier nicht so eine strenge Trennung zwischen Personal und Gästen.«

»Ich kann gar nicht tanzen, und Schuhe habe ich auch keine. Und was ist bitte eine Quadrille?«, wollte Ella wissen und blickte dabei an sich herunter und auf ihre dicken Wollsocken.

»Du brauchst keine Schuhe, einige tanzen barfuß, und die Quadrille erkläre ich dir unten. Es sind immer vier Paare, die zusammen in einer bestimmten Schrittfolge tanzend aufeinander zugehen«, munterte Ilsa sie auf.

Sie zogen sich schnell um, frisierten sich, und Ilsa legte einen Hauch »Rouge«, wie sie es nannte, auf. Der Puder befand sich in einem mit Strasssteinen besetzten Döschen, das aussah wie eine

Kostbarkeit. Ilsa wählte einen hellblauen Rock aus Wollgeorgette und eine farblich passende Mohairjacke, die man raffiniert wickeln musste. Ella zog den dunkelblauen Baumwollrock an, den ihre Mutter ihr zum Glück noch genäht hatte, und eine weiße Leinenbluse. Sie sah auf ihre sehr eigene Weise bezaubernd aus.

Dennoch fühlte sich Ella zunächst unwohl, aber als sie sah, dass sie nicht die einzige Anfängerin war, gewann sie Gefallen an der ungezwungenen Art der Begegnung. Es gab einige sehr erfahrene Tänzer und Tänzerinnen in ihrer Gruppe, aber auch einige, die sich mit der Figurenfolge schwertaten und nicht recht wussten, wann sie mit welchen Schritten an der Reihe waren. Ein Tanzlehrer rief darum mitunter beinahe ungeduldig: »Eins, zwei drei und drehen und grüßen und Platz wechseln.« Eine ältere Dame saß am Klavier und spielte Walzer oder Tänze von Mozart, Beethoven oder Chopin. Ella, die noch nie ein Konzert besucht oder je getanzt hatte, überkam eine tiefe Freude. Sie spürte, wie die Musik in ihr etwas löste und befreite. Der Kopf hörte wie von selbst auf zu grübeln, bemerkte sie erstaunt. Der Hausherr hatte angeordnet, dass beim Tanzen nicht gesprochen werden durfte, um sich so ganz auf die Klaviermusik und die Bewegungsabläufe zu konzentrieren. Der junge Paul Metzler gehörte zu ihrer Vierergruppe, und sie hatte den Eindruck, dass er fast ein wenig errötete, wenn die Figurenfolge ihm wieder eine Möglichkeit gab, Ellas Hand zu berühren.

Als Ella abends im Bett lag und den für sie so erfüllten Spätnachmittag Revue passieren ließ, nahm sie sich vor, endlich Frau Huber und Jola und natürlich auch Korbinian von ihren Erlebnissen zu berichten.

An einem der nächsten Tage hatte sie in der Küche einen Kräutertee aufgebrüht – draußen schneite es heftig – und sich an den kleinen Tisch unter dem Dachfenster in ihrer gemütlichen Stube gesetzt, um mit den Briefen zu beginnen.

Sie versuchte, das Hotel mit seinen geräumigen Sälen und in

seiner eleganten Schlichtheit zu beschreiben, ebenso wie die Stille der Natur, die hier alles umgab. Sie dachte daran, wie sich mitunter tiefer Nebel über die Elmau legte und auf die Stimmung drückte, dann aber unerwartet die Sonne hervorbrach und die Räume mit Licht flutete. Mal erschien das Bergmassiv so nah, als könne man die scharfen Konturen ertasten, dann wieder war es unerreichbar weit weg; manchmal zeigten sich die Bergkuppen zart und filigran, dann wieder bedrohlich und beinahe grob.

Ella erzählte von ihrer Arbeit im Büro und dem freundlichen Paul Metzler, der ihr so umsichtig beim Diktat half, und vom Direktor Johannes Müller. Sie versuchte, die Philosophie des Hauses zu erklären und welch große Bedeutung der Gründer dem eigenen und ursprünglichen Empfinden zumaß, weil der Mensch nur dann empfänglich sei für den schöpferischen Eindruck. Sie gab ihrer Verwirrung darüber Ausdruck, dass die Gäste auf Schloss Elmau gesegnet seien mit vielerlei Begabungen, Bildung und meistens auch finanziellen Mitteln, aber obwohl sie so viel wussten und konnten, doch beständig nach Erkenntnissen suchten wie Lebenssinn und innerem Frieden. Sie beschrieb die schöne und selbstbewusste Ilsabé, mit der sie das Zimmer teilte und mit der sie sich nun gut verstand. Sie schwärmte von dem Tanzabend und der Klavierbegleitung, und sie porträtierte einige der Gäste, die aus ganz Deutschland angereist waren, um körperliche Ruhe und geistige Anregung zu finden. Zum Schluss fragte sie nach Jolas und Frau Hubers Befinden, wie es den Tieren ginge und was es Neues im Dorf gab. Danach schrieb sie einen Brief an Korbinian, der ihr schwerer fiel, denn Ilsabés Bemerkungen über Korbinians Verliebtheit hatten sie verunsichert.

Auch ihn ließ sie teilhaben an ihren Erlebnissen und Begegnungen, ihren Verwirrungen und Erkenntnissen, ihren Erfolgen und kleineren Ungeschicklichkeiten. Sie hatte unlängst eine Tasse Tee über einen gerade abgeschriebenen Aufsatz gekippt und musste anschließend von vorne beginnen. Anna hatte sie getröstet, aber Paul hatte streng und tadelnd geblickt, denn bei der

Arbeit solle man eben »aus gutem Grund«, wie er meinte, weder essen noch trinken. Sie endete ihren Brief mit einer fast schon allgemeinen Aussage über die Möglichkeit eines baldigen Wiedersehens.

Als sie den Brief bei der Poststelle im Hotel abgegeben hatte und ihn am nächsten Tag zurückholen wollte, weil sie sich doch unwohl fühlte mit einer Formulierung, die ihr im Nachhinein zu kühl erschienen war, war er bereits abgeholt worden.

Mitte März schmolz der Schnee. Überall brachen zarte grüne Blättchen hervor, und bald waren die Wiesen übersät mit blauem Enzian. Mit dem wärmer werdenden Wetter verabschiedeten sich die Wintersportler, und es reisten neue Gäste an.

Die Begegnung

Eines Tages berichtete Paul von der bevorstehenden Ankunft eines Herrn, der sich überarbeitet fühle und Erholung suche. Dennoch wolle er, um zur Ruhe zu kommen, vorher noch einen wissenschaftlichen Aufsatz diktieren und hoffe, dass ihm eine der Damen dabei behilflich sein könne. Er habe dies schriftlich so angefragt. Der Baron Jakob von Stein käme auf Empfehlung eines Gastes und sei zum ersten Mal auf Schloss Elmau. Er würde von Pommern anreisen, wo er einen Gutshof habe, seine Passion aber sei nicht die Landwirtschaft, sondern die Ägyptologie.

»Und warum erzählst du mir das so ausführlich?«, fragte Ella und bemühte sich, gelangweilt zu wirken.

»Weil du den Aufsatz schreiben sollst, und zwar wird ihn dir der Baron höchstpersönlich diktieren«, antwortete Paul lachend, als er Ellas verdutztes Gesicht sah.

»Aber ich werde nichts verstehen von dieser Ägyptologie. Kann das nicht die Anna übernehmen?«

»Die ist für ein paar Tage nach Hause gefahren, und falls du mich jetzt gleich fragen solltest, ich kann nicht tippen. Aber der

Korrespondenz nach zu urteilen, macht der Baron einen angenehmen Eindruck.«

»Kannst du ihm nicht die Tour zur Schachen-Hütte schmackhaft machen? Dann ist er vielleicht zu müde fürs Diktat.«

»Und morgen soll er den Wetterstein erklimmen und übermorgen dann die Zugspitze?«, lachte Paul, und beide fanden die Vorstellung komisch, wie der Baron nach langen Wanderungen vor Erschöpfung kein Wort mehr herausbringen würde.

Während sie so herumalberten, hatte sich unbemerkt ein Gast eingefunden. Paul drehte sich wie vom Blitz gerührt um, als er den vornehmen Herrn erblickte. Ganz offensichtlich war der Baron von Stein bereits früher als geplant angekommen.

Der Baron hatte den schweren, mit Pelz gefütterten Lodenmantel lässig um die Schulter gelegt. Er trug einen modischen, kurz rasierten und bereits leicht melierten Bart. Nachdem er den Hut abgenommen hatte, sah man, dass sein Haar am Hinterkopf licht geworden war. Seine hellwachen Augen und sein freundliches Lachen ließen ihn sympathisch erscheinen. Seine Kleidung und sein Reisegepäck waren von bester Qualität, und sein Auftreten ließ keinen Zweifel aufkommen, dass hier einer wusste, wer er war und was er wollte.

Bevor der neue Gast auf seine Suite geleitet werden sollte, brachte der Baron noch einmal sein bereits schriftlich angekündigtes Anliegen hervor: »Nun, junger Mann, Sie hatten mir ja freundlicherweise angeboten, dass eine der Damen für mich auf der Maschine Diktate schreiben könne. Es geht um einen nicht sehr komplizierten Text über ägyptische Baukunst.«

»Selbstverständlich, Herr Baron, das wird Fräulein Blau für Sie erledigen können. Fräulein Ella, kommen Sie doch bitte einmal.«

Ella, die sich abseits gehalten hatte, bemühte sich, dem neuen Gast mit gerader Haltung und kompetentem Ausdruck gegenüberzutreten.

»Ich kann mir vorstellen, dass Sie sich unter Ägyptologie nichts vorstellen können, aber glauben Sie mir, es ist weniger langweilig, als Sie denken. Es ist eine spannende Reise, und vielleicht können Sie mir bei einer Tasse Kaffee und einem Stück Kuchen, zu dem ich Sie einlade, dabei behilflich sein. Ich nehme an, Sie waren noch nie am Nil.«

Das klang ja alles wesentlich vergnüglicher als vermutet. Und ja, natürlich würde sie sehr gerne die Abschrift übernehmen. Ella hatte dabei fast ein wenig schwärmerisch geklungen. Der Baron schlug vor, unverzüglich zu beginnen, und so verabredete man sich bereits für den Nachmittag im Büro.

Als Ella später auf ihr Zimmer kam, berichtete sie Ilsabé aufgeregt von dem neuen Gast.

»Wie alt ist er denn?«, fragte sie und wollte beiläufig klingen, aber Ella hatte sie durchschaut.

»Möchtest du wohl gerne wissen. Im besten Alter, würde Frau Huber sagen, Ende vierzig, Anfang fünfzig. Er ist aber verheiratet, hat zehn Kinder, und sein Gut ist bereits verpfändet.«

»Nein, nicht wahr! Du schwindelst?«

»Du kannst ihn ja selbst fragen. Er wird dir gleich auffallen. Ich treffe ihn jedenfalls heute Nachmittag, und vielleicht erfahre ich dann ein bisschen mehr.« In Ellas Stimme konnte man einen leichten Triumph heraushören.

Pünktlich um vier Uhr nachmittags erschien der Baron, und eine der Helferinnen brachte Tee und Kuchen in das kleine Bürozimmer. Bevor es mit dem Diktat losgehen sollte, wollte der Baron Ella nur ganz kurz, soweit das möglich war, in die ägyptische Kultur einführen und das für das spätere Diktat Wichtigste skizzieren. Dann wurden seine Ausführungen, auch durch die vielen Fragen, die Ella stellte, sehr viel ausführlicher, und er berichtete von seinen wiederholten Reisen nach Kairo, Luxor und Alexandria, der über 3000 Jahre alten Kultur, den Pharaonen und Pyramiden, den Ausgrabungen und Fundorten, von Baukunst und

Malerei, der Hieroglyphenschrift und der ägyptischen Religion sowie von Ackerbau, Vegetation und Bewässerung. Ella sollte sich jeden Begriff, den sie nicht kannte, auf einen Zettel notieren und, wie der Baron meinte, »memorieren«. Beinahe drei Stunden vergingen wie im Flug, und Ella hatte keinen einzigen Satz getippt. Der Baron, der nicht mit einer so eifrigen Schülerin gerechnet hatte, beantwortete alle Fragen mit großer Geduld und ebensolcher Leidenschaft. Er schlug vor, sich am kommenden Tag zur selben Stunde erneut zu treffen, um mit der Abschrift zu beginnen. Es hatte ihm offensichtlich Freude bereitet, diese junge Frau, die eine so angenehme, natürliche und doch auch unerschrockene Art hatte, an seiner Passion teilhaben zu lassen.

Ella überfiel Ilsabé geradezu mit ihrer Begeisterung und schwärmte in höchsten Tönen von der schönen Stimme des Barons, seinem ungeheuren Wissen, seiner Bescheidenheit und seinem Lächeln, bei dem er nur auf einer Seite ein Grübchen zeige.

»So kenne ich dich ja gar nicht, du bist ja ganz entrückt. Womöglich entdecke ich ihn ja morgen beim Essen, deinen Pharao«, spöttelte Ilsabé.

Ilsabé hatte am nächsten Mittag Dienst und trug das Essen auf. Sie bemerkte den Baron sofort, er sah genauso aus, wie ihn Ella beschrieben hatte, und obwohl sie für seinen Tisch nicht eingeteilt war, brachte sie ihm das Menü, was zu einem völligen Durcheinander im Service führte. Sie sah dem Baron dabei direkt in die Augen, und er erwiderte ihren Blick. Sie plauderten ein wenig, und der Baron fragte sie nach einem kurzen Wanderweg. Ilsabé erbot sich, ihm später den Weg zu weisen. Als ihre Arbeit im Speisesaal beendet war, zeigte sie dem neuen Gast die Richtung, in die er gehen musste.

Ella wiederum freute sich auf das Treffen am Nachmittag, das zur vereinbarten Uhrzeit begann. Aber anders als am Tag zuvor war der Baron zwar höflich, schien aber mit seinen Gedanken abwesend zu sein. Er diktierte Passagen aus seinem Aufsatz über ägyptische Bauformen, erklärte das eine oder andere über die Königspaläste und bat nach einer knappen Stunde darum, die Arbeit am übernächsten Tag fortzusetzen. Ella fragte sich, ob sie eine Enttäuschung für ihn gewesen sei.

Am Abend berichtete sie Ilsabé von ihrer Verunsicherung, doch die versuchte, dem Gespräch eine andere Richtung zu geben. Ihre Begegnung mit dem Baron während des Mittagessens erwähnte sie mit keinem Wort.

Als ein erneutes Treffen anstand, war der Baron wieder bester Stimmung und wirkte sehr aufgeräumt. Er hatte ein kleines Buch über Ägypten mitgebracht und zeigte Ella auf der Karte darin den Verlauf des Nils und wo die Städte Alexandria und Kairo lagen.

»Fräulein Ella, so ein Baedeker ist ein Wunderwerk. Schauen Sie sich nur diese präzisen Karten an, die sich auch noch herausklappen lassen. Ein Baedeker ist die beste Vorbereitung für jede Reise, egal ob weit oder kurz, denn wissen Sie, Fräulein Ella: Man sieht nur, was man weiß«, meinte er zufrieden und strich sich dabei über die Bügelfalte seiner Hose. Er war, während er sprach, immer wieder aufgestanden, hatte sich dann wieder hingesetzt und an seinem Tee genippt. Ein unruhiger Geist, würde Jola sagen.

»So wie Sie es beschreiben, habe ich das Gefühl, selbst im Tal der Könige unterwegs zu sein. Ich sehe die Pyramiden geradewegs vor mir und würde gerne einmal in eine hineingehen«, gab Ella beflissen zum Besten.

»Vielleicht müssen Sie nicht so weit reisen. Es sind einige sehr schöne Fundstücke nach Deutschland gebracht worden. Möglicherweise können Sie schon bald die Königin Nofretete in Berlin bewundern.«

»Nun, das wäre schön. Ich war bisher nur in München. Wenn der Krieg vorbei ist, kann man sicher wieder mehr reisen, aber man muss es sich doch auch leisten können.«

Nun war auch der Baron nachdenklich geworden. Seit Ausbruch des Krieges war es undenkbar, nach Ägypten zu reisen, und erst recht, solange das Land unter britischem Protektorat stand. Aber irgendwann würde dieser Krieg doch zu Ende gehen, und es würden Begegnungen zwischen Briten, Franzosen und Deutschen erneut möglich sein, bei denen es nicht um Politik, sondern um Kultur und Wissenschaft ging.

Ella traf sich mit Jakob von Stein noch weitere Male. Immer wieder hatte der Baron sich während des Diktats selbst korrigiert, sodass Ella anbot, den Aufsatz noch einmal komplett abzuschreiben. Sie hatte sehr viel durchstreichen müssen, so konnte man ihn auf keinen Fall irgendwohin schicken. Der Baron hatte ihr einen Geldschein zustecken wollen, den sie aber nicht annahm. Und dann hatte er noch gesagt: »So jemanden wie Sie, Fräulein Ella, suche ich schon so lange. Jemand, der wissbegierig ist, mitdenkt und gewissenhaft seine Arbeit erledigt. Ich glaube, dass auch meine Kinder Sie mögen würden.«

Dieses persönliche Lob hatte Ella sehr gefreut.

Über die Zusammentreffen mit dem Baron hatte sie jeweils am Abend Ilsabé berichtet. Sie war so erfüllt von der Bereitschaft dieses kultivierten Mannes, sein Wissen mit ihr zu teilen. Dabei schwärmte sie von seiner Ernsthaftigkeit und seinem Humor, seiner Großzügigkeit und seinem Charme. Ilsabé hörte stets aufmerksam zu.

»Übrigens hat er drei Kinder und ist seit einigen Jahren leider verwitwet. Er hat einen großen Gutshof in der Nähe von Köslin, das ist am anderen Ende der Welt, an der Ostsee.«

»Weißt du, womit er sein Vermögen gemacht hat?«

»Keine Ahnung, aber ich glaube, mit Kartoffeln.«

»Klingt ja spannend. Und weißt du, wie alt die Kinder sind?«

»Die Kleinste ist fünf, die beiden Buben sind älter.«

»Und wie lange bleibt er?«

»Ich weiß nicht genau, aber schon noch eine Weile. Du bist ja ganz schön neugierig.«

Aber Ilsa lachte nur, so wie sie ihr Leben lang lachte, wenn sie vorhatte, sich etwas zu nehmen, das nicht für sie bestimmt war.

Der Baron war bereits seit einigen Wochen auf Schloss Elmau. Die Wanderungen schienen ihm gutzutun, und er sah täglich erholter aus. Ella traf ihn nun, nachdem sie den Aufsatz fertig geschrieben hatte, leider nur noch selten. Als im Büro gerade weniger zu tun war und Unterstützung gesucht wurde, um die frisch gewaschene Wäsche zusammenzulegen, die vor allem dann reichlich anfiel, wenn wieder mehr Gäste im Haus waren, bot Ella ihre Hilfe an. Die Arbeit war eine willkommene Abwechslung.

Von den Wirtschaftsräumen aus konnte man den Weg auf der Rückseite des Hauses einsehen. Während Ella mit anderen Helferinnen die Bettlaken, Tischdecken und Handtücher fein säuberlich zusammenfaltete und in verschiedene Weidenkörbe legte, entdeckte sie den Baron in seinen Kniebundhosen mit Stock und Hut. Sie freute sich, ihn zu sehen, und wollte schon hinauslaufen, um ihn zu begrüßen, da tauchte eine junge Frau auf, die zielgerichtet auf ihn zuging. Die beiden schienen sich besser zu kennen und waren offenkundig verabredet. Es war Ilsabé.

Ruths Geschichte

So hatte die Gräfin also ihren Großvater kennengelernt, dachte Gwen. Was für ein Zufall, dass diese beiden jungen Frauen, die kaum unterschiedlicher hätten sein können, zur gleichen Zeit am gleichen Ort eintrafen und ein Zimmer teilten. Sie wusste nicht viel über ihre schillernde Großmutter, nur dass sie als Mädchen vorteilhaft verheiratet werden sollte. Die Isolanis hatten zwar Landbesitz, aber Geld war knapp. Doch Ilsabé hatte sich wohl energisch gegen die Pläne ihrer Eltern gewehrt und so manchen Aspiranten brüskiert. Ohne dass Gwen in dem Heft weiterlesen musste, war ihr ja bekannt, dass Ilsa den Mann, den sie sich gewünscht hatte, am Ende bekam. Ihr Großvater war gut aussehend, großzügig, gebildet, und er liebte vielleicht sogar die Kapriolen seiner jungen Frau. Doch Gwen war neugierig zu erfahren, ob Ella auch Details über ihre eigenen Empfindungen gegenüber dem Baron preisgeben würde. Denn auch das war kein Geheimnis, dass Ella sich durchaus mehr erhofft hatte, als Jakob von Steins Aufsätze abzutippen. Irgendwann musste es einen Bruch zwischen Ella und Ilsa gegeben haben, denn Ella verließ ziemlich überstürzt den Stein'schen Hof, zumindest hatte Gwen das einmal aufgeschnappt.

Aber noch bevor sie weiter darüber nachdenken konnte, klingelte wieder das Telefon, und sehr zu ihrer Überraschung war es Theo.

»Hallo, Gwen Love, es ist kurzfristig, aber ich bin übermorgen im British Museum, es gibt dort einen Vortrag, der mich interessiert. Hättest du mittags Zeit? Lass uns im Members Room treffen, das Essen ist einfach, aber wir sitzen ruhig. Passt dir ein Uhr?«

Wie konnte sie ihrem Onkel Theo etwas abschlagen? Vielleicht hatte er den Code geknackt oder eine weitere Verschwörungstheorie parat. Natürlich würde sie kommen. Das warf zwar ihre Pläne durcheinander, aber es machte ihr nichts aus.

Theo war, wie immer, bereits da und erwartete sie. Wieso hatte sie den Kontakt zu ihm nicht viel früher gesucht?

»Gwen, Liebes, lass uns gleich eine Kleinigkeit essen. Wie viel Zeit hast du?«, fragte Theo und schob Gwen sanft in Richtung Garderobe.

»Ich habe nichts vor, außer bei Stanfords nach Reiseführern und Karten zu suchen und noch einen Abstecher zu Foyle's zu machen. Theo, ich bin noch gar nicht dazugekommen, mir die blaue Mappe genauer anzusehen.«

»Kein Problem, ich wollte ohnehin über eine andere Sache sprechen.« Sie hatten einen Tisch im Eck gefunden, und Theo begann ohne Umschweife: »Zum einen wollte ich mich hier mit dir treffen, weil dein Großvater diesen Ort liebte. Er war einige Male in England, auch um mich zu besuchen, und dann kam er immer hierher ins British Museum, weil ihn die ganze Orientalistik so fasziniert hat. Es gab ja eine Reihe namhafter Engländer, die an erfolgreichen Ausgrabungen beteiligt waren. Von Howard Carter hast du ja sicher gehört. Er hat das Grab von Tutanchamun gefunden. Na ja, ich schweife ab.« Und tatsächlich hatte Theo bei seinen Ausführungen durch Gwen hindurchgeschaut, als würde er in Gedanken mit seinem Vater durch einen der ägyptischen Flügel des Museums spazieren. »Zum anderen wollte ich dir etwas mitteilen, das, wenn ich es dir jetzt nicht erzähle, niemand mehr weiß, außer Lily natürlich. Dazu muss ich aber ein wenig ausholen. Wollen wir uns erst eine Kleinigkeit zu essen organisieren? Es ist Selbstbedienung.«

Gwen und Theo wählten beide eine Quiche mit Salat und tranken dazu ein Glas Sancerre. Sie hatten den gleichen Geschmack.

»Ich wollte dir von meiner Familie mütterlicherseits erzählen, und ich wollte dich bitten, auf eurer Reise einen Abstecher nach Kolberg (Kołobrzeg) zu machen. Es ist mit dem Auto knapp über eine Stunde vom Gutshof entfernt.«

»Kolberg ist fest eingeplant. Ich habe auch schon ein wenig darüber gelesen, aber viel habe ich nicht gefunden.«

»Das war bereits um die Jahrhundertwende ein beliebter Badeort an der Ostsee, und wir waren als Kinder gerne dort. Meine Mutter Ruth stammte aus einer sehr religiösen Familie, die in Kolberg beheimatet war. Ihr Vater Ephraim legte einerseits Wert auf eine gute Ausbildung seiner Kinder, auch seiner Töchter, und eröffnete ihnen damit den Zugang zu einer bürgerlichen Welt, andererseits aber wollte er unbedingt die Tradition wahren und wehrte sich gegen, aus seiner Sicht, anbiedernde Assimilationen. Er lehnte es ab, wenn Juden nicht aus religiöser Überzeugung konvertierten, sondern aus sozialen und gesellschaftlichen Gründen.« Theo trank einen Schluck Wein und behielt ihn einen Moment lang im Mund, bevor er ihn hinunterschluckte. »Nun war es aber so, dass seit 1871 die Juden im Deutschen Reich rechtlich gleichgestellt worden waren, und das hat in vielen Bereichen ihren wirtschaftlichen Aufstieg in das gehobene Bürgertum begünstigt. Damit war aber nicht zugleich und automatisch eine gesellschaftliche Anerkennung verbunden. Mein Vater, dein Großvater Jakob, ist vier Jahre später, also 1875, geboren, und er wurde bereits christlich getauft, und zwar zusammen mit seinem Vater Menachem, der gleichzeitig konvertierte und sich seither Max nannte.«

Gwen versuchte ihrem Onkel zu folgen, das waren ja doch ziemlich viele Namen und Großväter auf einmal.

»Mein Großpapa Max wollte sich befreien aus der engen traditionell-religiösen Lebensführung. Er wollte nicht mehr als vier Kinder, und statt den Talmud zu studieren, sollten seine Kinder wie die christlichen Kinder den normalen Schulunterricht besuchen, der auch am Samstag stattfand. Damit fiel aber der Schabbat weg, denn am Samstag wurde bei den Christen ja gearbeitet.«

Gwen hatte sich nie mit ihren jüdischen Vorfahren beschäftigt, und so interessant Theos Erzählung war, so sehr sehnte sie sich nach einem zweiten Glas Wein, denn sie hatte das Gefühl, Theos Ausführungen könnten länger dauern. Der junge Student hinter dem Tresen hatte ihren Blick verstanden, eilte zum Tisch und unterbrach Theo höflich.

»Das ist ja ganz ungewöhnlich«, freute sich Theo, »sonst muss man hier alles selbst holen.« Auch er war nicht abgeneigt, ein zweites Glas Sancerre zu trinken, wobei er in den Wein gerne einen Schuss »Mineral«, wie er zu sagen pflegte, gab.

»Wo war ich stehen geblieben? Ah ja, bei Max. Also, das waren die säkularen Steins – und auf der anderen Seite gab es die orthodoxen Haims. Für meinen anderen Großvater Ephraim stand es außer Frage, dass seine Lieblingstochter Ruth einen praktizierenden Juden heiraten würde, und er tat alles, damit sie denen, die dem Talmud abgeschworen hatten, gar nicht erst begegnete.«

Gwen drohte den Überblick zu verlieren. Von Ephraim und Menachem hatte sie noch nie gehört, und sie konnte sich auch nicht vorstellen, worauf Theo hinauswollte.

»Nun war es aber so, dass Ruth deinem Großvater Jakob zufällig, oder eben auch nicht zufällig, geradewegs in die Arme gelaufen ist und sich sofort in ihn verliebte. Die Liebe beruhte auf Gegenseitigkeit, aber sie musste geheim gehalten werden, denn es war so, dass von allen konvertierten Familien im Umkreis von Kolberg Ruths Vater Ephraim die Steins besonders heftig anprangerte. Sie waren nicht nur konvertiert und hatten ihren Namen von Goldstein in Stein geändert, zu allem Überfluss waren sie auch noch in den Adelsstand erhoben worden, was Ephraim als Gipfel der Anbiederung wertete. Meine Mutter musste also, wenn sie meinen Vater heiraten wollte, mit ihren Eltern brechen und auch allen religiösen Ritualen, Brauchtümern und ihrem

Glauben entsagen. Ruth und Jakob wollten sich ein halbes Jahr Zeit geben, um zu prüfen, ob ihre Liebe stark genug sei. In dieser Zeit haben sie sich nicht getroffen, und meine Kolberger Großeltern taten alles, um Ruth von ihrer Entscheidung abzubringen. Nach einem halben Jahr haben sie sich in der Absicht wiedergesehen, sich zu trennen, doch als sie sich dann sahen, das haben sie beide immer wieder lachend erzählt, lagen sie sich sofort wieder in den Armen und beschlossen, baldmöglichst zu heiraten.«

Theo machte eine kleine Pause und schob die Garderobenmarke hin und her. Dann setzte er seine Schilderung fort.

»Ruth durfte ihre Mutter und auch ihre Geschwister nicht mehr sehen, und letztlich ist sie an ihrer Entscheidung zerbrochen, weil sie einen wesentlichen Teil von sich verleugnen musste. Als ich neun Jahre alt war, ist sie gestorben. Nach ihrem Tod ergab sich eine Annäherung über die beiden Großmütter. Meine Großmutter Liliane väterlicherseits wollte es nicht länger zulassen, dass die Enkelkinder die anderen Großeltern nicht kannten, und so wurden wir im Auto nach Kolberg kutschiert, wo unser Großvater uns jüdisches Brauchtum lehrte und unsere Großmutter uns sephardische und jiddische Lieder beibrachte. Sie haben nach Ruths Tod akzeptiert, dass wir anders waren. Auch haben wir unsere Tanten und Onkel kennengelernt und hatten plötzlich so viele lustige Cousins und Cousinen. Es war eine riesige Familie, und es war dort immer viel los. Alle waren musikalisch, konnten verschiedene Instrumente spielen und wunderbar singen. Unsere Großmutter, genannt ›Mammele‹, hatte einen kleinen Kolonialwarenladen unten im Wohnhaus. Sie hat uns oft eine Süßigkeit zugesteckt, bevor wir an den Strand gelaufen sind. Sie war ein sehr warmer Mensch, der die ganze Familie zusammenhielt.«

Gwen merkte, dass Theo erneut eine Pause brauchte, und sie holte Kaffee und zwei Stücke Kuchen. Theo liebte amerikanischen Käsekuchen. Sie erinnerte sich an die Fotografien von Ruth in dem kleinen Album. Das konnten also nicht die Cousins und

Cousinen gewesen sein, wie sie angenommen hatte, denn zu dieser Seite der Familie hatte Ruth ja keinen Kontakt mehr gehabt.

»1938 ist der Kolonialwarenladen kurz und klein geschlagen worden, wobei es auch die Jahre vorher bereits immer wieder Provokationen und Demütigungen gegeben hatte. Aber während der Novemberpogrome haben sie dann unseren alten, stolzen, klugen und aufrechten Großvater so schwer geprügelt, dass er kaum noch gehen konnte. Mammele und mein Opa Ephraim sind völlig entkräftet und psychisch schwer erschüttert zu uns auf den Hof gekommen, aber da war ja auch niemand mehr sicher. Vater war zu diesem Zeitpunkt bereits in Palästina, und ich lebte in England. Lily hielt sich in Berlin auf und musste selbst aufpassen, und Heinrich studierte in Florenz und konnte nicht zurück nach Deutschland. Annemie und Fritz – von ihnen hast du sicher auch schon gehört – haben versucht, die Großeltern zur Flucht zu überreden und sie über die Ostsee von Swinemünde aus nach Schweden zu schleusen, aber sie wollten entweder mit allen ihren Kindern gemeinsam oder gar nicht gehen. Das war natürlich nicht möglich. Nun, was soll ich dir sagen?« Theo holte ein Stofftuch aus der Tasche seines alten Tweedjacketts und schloss die Augen. Er war sichtlich mitgenommen. »Alle Familienmitglieder sind in Konzentrationslager verschleppt und dort umgebracht worden. Die Synagoge und alles jüdische Leben ist in Kolberg zerstört worden. Ich möchte gerne, dass du, wenn du jetzt nach Kolberg fährst, ans Meer gehst, wo meine Mutter immer so gerne an den Strand gegangen ist. Es kann sein, dass sie dort heimlich ihre Schwester gesehen hat, aber das ist nur eine Vermutung. Ich möchte dich bitten, auch am Haus der Haims vorbeizugehen.« Gwen wollte ihren Onkel unterbrechen, aber Theo machte eine Andeutung, dass er noch nicht ganz fertig war. »Ich habe dir eine alte Fotografie mitgebracht und eine Liste mit den Familiennamen, an die ich mich erinnere. Womöglich findest du ja das Haus, es ist ganz in der Nähe der Backsteinkirche, ich weiß, dass es noch steht.«

Er nahm Gwens Hand, womit sie überhaupt nicht gerechnet hatte, denn derlei emotionale Gesten waren in ihrer Familie äußerst rar, sah auf ihre Hände und sagte: »Geh bitte mit Lily allein dorthin, nur ihr beide, und denkt an sie alle.«

Gwen musste durchatmen. Was aus diesem Teil der Familie geworden war, hatte sie nie überlegt, schließlich war es Theos, Lilys und Henrys Familie. Theo hatte in einem verknitterten Umschlag einige Fotografien mitgebracht, die er nun auf dem Tisch ausbreitete. Auf einer konnte man das schmale Wohnhaus erkennen, in dem die Großmutter ihren kleinen Kolonialwarenladen führte; eine andere Aufnahme war in einem Atelier angefertigt worden und zeigte Mammele und Ephraim mit den sechs Kindern. Auf einer weiteren Fotografie erkannte Gwen Ruth gemeinsam mit ihrer Schwester Rachel. Die beiden jungen Frauen standen eng hintereinander und trugen identisch geschnittene dunkle Kleider. Für dieses Foto hatten sich die Schwestern sicher besonders hübsch angezogen. Rachel lächelte, und man konnte sehen, dass sie die körperliche Nähe zu ihrer Schwester als angenehm empfand. Theo betrachtete das Foto und hielt es nah an seine Brille.

»Sie war ein sehr liebevoller Mensch, die Tante Rachel.« Dann sah er Gwen lange an und sagte: »Du hast fast ein bisschen Ähnlichkeit mit ihr.«

Das fand Gwen seltsamerweise auch.

Theo gab Gwen den Umschlag mit den alten Fotografien, sie wollte sich die Aufnahmen später noch einmal in Ruhe ansehen. Sie tranken noch einen Tee und verabschiedeten sich dann. Für einen Rundgang durch das Museum fühlten sie sich beide zu erschöpft.

Am Abend rief sie bei ihrem Onkel an, um zu hören, ob er gut nach Hause gekommen war. Sie dankte ihm noch einmal für sein Vertrauen und versicherte ihm, dass sie mit Lily in Kolberg der ermordeten Familienmitglieder gedenken würde. Irgendetwas schien Theo, als er das Foto seiner Mutter mit ihrer Schwester Rachel betrachtet hatte, aufgewühlt zu haben. Gwen holte eine Lupe, um das Bild der beiden Schwestern genauer zu betrachten. Sie wollte prüfen, ob sich der intensive Eindruck, den sie gehabt hatte, bestätigen würde. Sie zog die Fotografie aus dem Umschlag und war noch erstaunter als beim ersten Mal. Es war, als würde sie in ihr eigenes Gesicht sehen.

Schonungslos

Ohne genau zu wissen, wonach sie suchte, breitete Gwen den Inhalt aus der blauen Mappe und der Schachtel, die ihr Robert gegeben hatte, auf ihrem Sofa aus. Sie sortierte die Fotografien, machte einen kleinen Stapel mit Briefen und einen weiteren mit Dokumenten. Unter den Fotografien fand sie leider kein weiteres Bild von Rachel. Aber unter den Briefen entdeckte sie einen Umschlag, dem sie zunächst keine Beachtung geschenkt hatte, weil er den Stempel einer deutschen Krankenversicherung trug. Sie hatte gedacht, darin würden sich irgendwelche offiziellen Unterlagen befinden, die über Jahrzehnte aufbewahrt worden waren, vermutlich weil auch die Generation ihrer Mutter nie die Furcht verlassen hatte, in einem bestimmten Moment nicht das entscheidende amtliche Schriftstück vorweisen zu können. Aus dem Umschlag zog sie einen handgeschriebenen Brief von Ilsabé an ihre Tochter Marga hervor. Er war datiert auf den 4. Juli 1977 und umfasste mehrere Seiten. Gwen setzte sich auf ihr Sofa, schob ein Kissen in den Rücken und fing an zu lesen.

Meine liebe Marga,
ich verbringe herrliche Tage in Saint-Tropez. Es ist jetzt natürlich durch die vielen Touristen nicht mehr so wie in den Fünfzigern, aber bei den Blumbergs ist man doch

sehr für sich. Die kennst Du gar nicht, es waren Freunde von Jakob, die sich über die Pyrenäen gerettet haben und jetzt hier ein herrliches Landhaus auf der Landzunge Les Salins besitzen. Wir gehen jeden Tag zum Wasserski oder spielen Tennis. Stell dir vor, mir ist ein Reifen geplatzt, aber ein junger Mann hat mir geholfen, und wie es der Zufall wollte, war es der Sohn von Clemence Bézieux. Erinnerst Du Dich, oder warst Du da gar nicht mit? Wie auch immer, die Welt ist klein.

Ich hoffe, Du hast Dich wieder beruhigt. Ich verstehe ja, dass es in diesem grauen und kalten London schwer für Dich sein muss. Allein der Gedanke daran würde mir schon die Laune verderben. Ich sitze mit Blick aufs Meer und will nun auf einige Deiner Anschuldigungen antworten, die bei unserem letzten Telefonat so unerwartet heftig aus Dir herausgebrochen sind. Du hast mir vorgeworfen, dass ich mich von Jakob habe scheiden lassen und dass ich mich zu wenig um Dich gekümmert und Dich schließlich weggegeben habe. Im Frieden ist man leicht ein guter und moralisch gefestigter Mensch, aber Du kennst nicht die ganze Geschichte. Die will ich Dir nun aber zumuten.

Die Ehe zwischen Jakob und mir war ein Arrangement, aber anders als die, von denen es zu meiner Zeit so viele gab. Jakob hat mich sehr verehrt, und ich mochte ihn. Ich habe ihm meine adelige Herkunft bieten können und er mir Halt in einer schweren Zeit. Er kam aus einer Familie konvertierter Juden. Ich weiß gar nicht, ob Du eine Vorstellung hast, was das damals bedeutete, jedenfalls war es ihm wichtig, seine gesellschaftliche Position zu festigen, und das ist ihm auch gelungen, und erst recht nach der Heirat mit mir. Wir hatten gute Jahre, Einladungen mit vielen Gästen, wir veranstalteten Maskenbälle, Tennismatches, Reitausflüge, Picknicks am Meer – es war eine Gaudi. Als du geboren wurdest, wollte ich mich vom Muttersein nicht einschränken

lassen. Das kannst Du mir vorwerfen, aber nicht jede Frau ist die geborene Mutter.
1933 veränderte sich alles. Mein Bruder Hubertus war ein überzeugter Antisemit, der die Ehe mit Jakob stets vehement abgelehnt hatte. Er kam eines Tages nach dem sogenannten Anschluss in unserem Haus am Mondsee vorbei, als wir dort ein paar Tage verbrachten, und drohte damit, dass uns und auch DIR etwas zustoßen könne, wenn ich mich nicht scheiden ließe. Ich wollte nicht abwarten, bis Jakob sicher emigriert war – und es hat ohnehin ewig gedauert, bis er sich dazu entschließen konnte –, wir mussten handeln, darum habe ich die Scheidung eingereicht und behauptet, das Kind, also DU, sei nicht von Jakob, sondern von Otto, einem wunderbar arisch aussehenden blonden Schönling. Natürlich hat Jakob die ganze Angelegenheit schrecklich mitgenommen. Ich habe ihm aber glaubhaft versichern können, dass Otto nicht der Vater seiner Tochter ist. Ich musste mich auf Otto verlassen können, aber damals konnte man sich auf niemanden verlassen, und weil das so war und Otto immer knapp bei Kasse, habe ich ihn bezahlt, nicht nur einmal. Dich hat diese Notlüge vermutlich gerettet.
Du hast mir auch vorgeworfen, dass ich Dich »abgeschoben« habe. Nun, ich habe Ella gebeten, Dich mit nach Bad Tölz zu nehmen. Das erschien mir aus verschiedenen Gründen sicherer. Ella wurde sofort Deine Vertraute und Deine Ellamammi, und für Ella schien es nichts Schöneres zu geben, als sich um ein kleines Mädchen zu kümmern. Du warst bei ihr sehr viel glücklicher, als du es mit mir je hättest sein können, und das weißt Du auch. Du hast das Leben auf dem Land geliebt, und vom Krieg habt ihr reichlich wenig mitbekommen. Ich hingegen schon, aber das ist ein anderes Kapitel.
So, und nun komme ich zu dem, was ich Dir doch vor allem mitteilen wollte. Ich weiß, das ist keine ganz einfache

Wahrheit, aber die Wahrheit ist selten ganz einfach. Es geht um Theo und mich.
Ich habe Theo kennengelernt, als ich Jakob 1925 heiratete. Er war zur Hochzeit aus England angereist. Vor mir stand ein fescher zwanzigjähriger Mann, der auch noch Schmäh hatte, Sportwagen liebte und ungeheuer geistreich und schlagfertig war. Wir haben uns auf Anhieb gemocht, und ich habe ihn dann in den darauffolgenden Jahren häufig besucht. Wir sind durch ganz England gefahren, haben bei Freunden in Country Houses oder billigen Bed & Breakfasts gewohnt – und bei einer dieser Reisen haben wir uns ineinander verliebt. Wir waren auch heimlich zusammen in New York und in Paris – und die Leidenschaft war groß. Da setzt die Vernunft aus, Schatzerl, und so bin ich 1929 schwanger geworden. Ich habe Theo erzählt, das Kind sei von Jakob. Er hätte es nicht verkraftet, seinen Vater dermaßen betrogen zu haben, also hielt ich es für besser, ihm die Wahrheit vorzuenthalten. Theo ist also Dein Vater, aber er weiß es nicht, und ich habe auch nicht vor, es ihm nach all den Jahren zu sagen. Und ja, du bist mit einer Lüge aufgewachsen. Und ja, es stimmt, dass ich meine Wünsche und Bedürfnisse zuweilen über die anderer gestellt habe, womit Du gelegentlich ebenfalls beginnen solltest. Dass ich Deinen moralischen Ansprüchen nicht gerecht werden konnte und noch immer nicht kann, ist schad, Schatzerl, aber damit kann ich leben. Und vielleicht ist es auch gut, wenn Du nicht alles weißt.
Ich bleibe den Sommer über in Südfrankreich, und Du kannst mich gerne besuchen, allein oder mit Gwendolyn. Würde Dir guttun, die schöne Umgebung!
Sei umarmt von Deiner Mama Ilsabé

Aufgewühlt legte Gwen den Brief zur Seite. Mit dieser Offenbarung hatte sie wirklich nicht gerechnet, niemand hatte je eine Anspielung gemacht. Oder doch? Es würden gewiss enge Freunde oder die Geschwister etwas von dieser Liebesgeschichte mitbekommen haben. Gwen stellte sich vor, mit welcher Wucht diese Wahrheit Marga getroffen haben musste. War dies also der Brief, der ihre Mutter derart aus dem Gleichgewicht gebracht hatte?

Es war hart gewesen, als Jakob die Familie verlassen musste, da war Marga erst acht Jahre alt, und sie verlor damals auch ihr Zuhause. Nach dem Krieg war Marga Theos Einladung gefolgt und zu ihm nach Oxford gezogen – doch sie war dabei nicht zu ihrem 25 Jahre älteren Halbbruder, sondern zu ihrem Vater gereist, ohne es im Entferntesten zu ahnen.

Puh, das war ja eine echte Bombe, die Ilsa da gezündet hatte, dachte Gwen, und sie fragte sich, ob die schmerzhaften Ereignisse und das Schweigen darüber ihre Mutter in die Depression getrieben hatten. Schließlich konnte es Marga, auch wenn sie ein kleines Mädchen gewesen war, nicht entgangen sein, wie sehr sich die Menschen mit der Machtergreifung 1933 um sie herum veränderten, man leise und sorgenvoll sprach und wie Jakob gedemütigt worden war. Sie hatte gewiss auch von Theo erfahren, wie die Kolberger Großeltern nach den Novemberpogromen mit letzter Kraft und zitternd vor Angst auf den Hof gekommen waren und wie sie schließlich verschwanden, ohne dass jemand noch einmal von ihnen gesprochen hätte. Aber am schlimmsten war vermutlich, dass Ilsa ihrer Tochter einbläute, sie solle niemandem gegenüber erwähnen, wer ihr Vater war. Wenn jemand fragte, solle sie einfach sagen, der Papa sei geschäftlich im Ausland. Auch die Nachnamen wurden nach der Scheidung geändert, ja, getilgt, und Mutter und Tochter hießen nun nicht mehr von Stein, sondern Isolani.

Und weil Marga nicht mehr wusste, was sie mitteilen durfte und was nicht, verstummte sie. Als der Krieg vorbei war, wollte sie nur weg aus diesem Land der Lügen, Verbrecher und Denunzianten. Nachdem sie Jahrzehnte später erfahren hatte, wer ihr wirklicher Vater war, behielt sie auch das für sich und erzählte weder Robert noch Theo von Ilsas Offenbarung. Niemand ahnte, was sie mit sich herumschleppte, als sie völlig leichtsinnig zu einer Bergwanderung aufbrach, vor der man sie gewarnt hatte.

Das fünffache Echo

Gwen hatte die ganze Nacht gegrübelt, wie sie mit Theo über diesen Brief sprechen könnte. War das überhaupt möglich? Wie würde er die ganze Geschichte aufnehmen? Und wie mochte es ihm all die Jahre ergangen sein? Welche Gefühle hatte er seinem Vater gegenüber gehabt, schließlich lag er mit seiner Frau im Bett. Gwen wollte auch den Rat von Laura einholen, denn der Brief war ein Schock gewesen. Sie hatte ihn mehrmals gelesen und fragte sich, was sich hinter der Anmerkung am Schluss verbarg, in der sie andeutete, dass es noch etwas gab, was Marga nicht wusste, ja, vielleicht sogar nicht wissen sollte. Auf was hatte sie sich da nur eingelassen, und was würde noch alles ans Licht drängen?

Gwen ging hinaus in den Garten, um den Rasen zu mähen. Nachdem sie das Gras aufgerechelt und die Fuchsien umgetopft hatte, wollte sie doch zu gerne wissen, wie und ob Ella ihre Zimmerbewohnerin Ilsabé zur Rede gestellt hatte, als sie sie mit dem Baron hatte davonwandern sehen. Sicherlich hatte sich Ella geärgert und auch hintergangen gefühlt. Sie schlug das Heft dort auf, wo sie zuletzt aufgehört hatte zu lesen.

Ella konnte es nicht fassen, dass Ilsabé ihr Vertrauen derart missbrauchen würde. Sie hatte ihr alles über den Baron erzählt – sie waren beide so neugierig gewesen, mehr über diesen attraktiven Mann herauszufinden –, und Ilsa hielt es nicht für nötig, ihr wenigstens mitzuteilen, dass sie ihn bereits kennengelernt hatte. Ella kam sich nun ausgenutzt vor, und sie vermied es darum, der Freundin im Lauf des Tages zu begegnen.

Sie hatte damit gerechnet, den Baron und Ilsa bei dem sich an das Abendessen anschließenden Konzert zu sehen, aber zu Ellas Verwunderung erschienen beide nicht. Als sie gegen neun Uhr abends auf ihr Zimmer ging und die Tür leise öffnete, war sie überrascht, ein abgezogenes Bett vorzufinden und einen leeren Schrank. Auch Ilsas Koffer war weg. Lediglich ihr cremefarbener Chiffonrock und die schöne Seidenbluse, die sie so gerne zum Tanzen trug, hingen noch auf einem Bügel hinter der Tür. Im Eck standen ihre Satinschuhe. Auf dem Tisch entdeckte Ella einen Brief. Sie konnte an der Schrift sehen, dass er hastig geschrieben worden war.

Meine liebe Ella,
ich habe ein Telegramm von meinem Vater erhalten und musste unerwartet abreisen. Albert ist an der Front schwer verletzt und nach Hause transportiert worden. Er befindet sich in kritischem Zustand, und ich bin in großer Sorge. Es ist ein Wunder, dass wir ihn überhaupt noch einmal lebend sehen dürfen. Da ich nicht weiß, wie lange ich bleiben werde, um mich um meinen Bruder zu kümmern, habe ich vorsorglich alles gepackt.
Ich war übrigens heute Mittag mit dem Baron auf einer Wanderung. Ich hatte es Dir beichten wollen und mir schon Dein verblüfftes Gesicht vorgestellt. Ich hätte Dir gerne mehr erzählt, denn ich habe einiges erfahren. Als wir dann aber im Hotel ankamen, überreichte mir Paul das Telegramm

mit der schrecklichen Nachricht. Jakob hat daraufhin geistesgegenwärtig den Fahrer eines anreisenden Gastes gebeten zu warten, bis ich gepackt haben würde, und vorgeschlagen, mich nach Salzburg zu begleiten. Während Du diese Zeilen liest, sitze ich also bequem in einem Automobil in Gesellschaft »unseres« Barons. Sobald ich absehen kann, wie sich alles Weitere entwickelt und ob ich noch einmal zurückkomme, schreibe ich Dir. Ich hoffe, wir sehen uns bald wieder.
Deine Ilsa, für Dich auch ohne bé.
PS: Der Rock, die Satinschuhe und die Bluse sind eine Leihgabe für die Tanzabende, und bitte grüße die anderen von mir.

Ella fühlte sich wie nach einer unvermutet abgesagten Geburtstagsfeier, die man wochenlang vorbereitet hatte. Ihr Ärger war sofort verflogen, und sie musste sich eingestehen, wie bereichernd die gemeinsame Zeit mit Ilsa doch gewesen war, die anfänglich kapriziös darauf bestanden hatte, Ilsabé genannt zu werden. Sie hatten fast jeden Abend oft bis spät in die Nacht geredet und sich für die völlig unterschiedlichen Lebenswege der jeweils anderen interessiert. Schon jetzt fehlten ihr Ilsas spontane Einfälle, ihr frecher Witz und ihre Schlagfertigkeit.

Ella hoffte, in den nächsten Tagen den Baron zu treffen, um so mit ihm eine »Konversation« zu führen, wie Ilsa das immer nannte, und ein bisschen mehr über die gemeinsame Reise nach Salzburg zu erfahren. Schließlich hatte Ilsa in ihrem Brief die intimere Anrede des Vornamens gewählt und einfach von »Jakob« geschrieben. Man konnte doch in so kurzer Zeit nicht derart miteinander vertraut werden, dachte sie und verspürte eine gewisse Eifersucht.

Im Büro war dieser Tage viel zu tun, da sich die Gäste für die Sommermonate anmeldeten ebenso wie für die Winterferien im Dezember. Es gab immer noch Menschen, die unabhängig vom Krieg Reisen planten und sich solche Aufenthalte auch noch leisten konnten. Sie schrieben Briefe, telegrafierten oder nutzten das noch wenig verbreitete Telefon. Sie hatten zahlreiche Fragen und Wünsche, die die Anreise und Abholung, Unterkunft und Ausstattung, Essenszeiten und Menüzusammenstellungen, Wanderwege und Bergtouren ebenso betrafen wie die Konzerte, Tanzabende oder die Anwesenheit des Dr. Johannes Müller, dessen Vorträge nach wie vor zahlreiche Gäste anzogen. Auf all diese Anfragen musste individuell, höflich, sachkundig und mitunter diplomatisch geantwortet werden. Es gab Gäste, die unter Heuschnupfen litten und wissen wollten, wann welcher Baum oder Strauch blühte, andere waren Vegetarier und baten um die Bestätigung eines fleischlosen Menüs, wieder andere benötigten ein regelmäßiges warmes Wannenbad, und die ganz Sportlichen verlangten nach Bergführern, die mit ihnen die Zugspitze besteigen sollten, oder nach erfahrenen Tennislehrern für Einzelunterricht. Eine Dame wollte ihre vier Pudel mitnehmen, ein Herr erkundigte sich nach der Qualität des Weinkellers, und ein anderer Gast bat um Auskunft, wie es sich mit der Kleiderordnung zu den Essenszeiten verhielte. Wer allerdings erwartet hatte, Schloss Elmau sei ein Ort, an dem man seinen Reichtum präsentieren konnte, war falsch beraten. Eine zu vornehme Garderobe oder neureiche Angeberei waren hier oben verpönt. Nach ein paar Tagen verzichteten selbst die älteren Damen auf geschnürte Mieder, und die Männer schlüpften in bequeme Leinenhosen. Man kam ja hierher, um sich geistig und körperlich von allerlei Ballast zu befreien.

Ella war gerade dabei, eine Antwort an die Dame mit den Pudeln zu schreiben, als Anna ihr mitteilte, Ende der Woche würde ein junges Fräulein anreisen, um als Haustochter zu beginnen. Sie solle bei Ella im Zimmer wohnen.

»Wie heißt sie denn, und woher kommt sie?«, fragte Ella verhalten, denn es störte sie doch ein wenig, dass sie so schnell eine neue Mitbewohnerin bekommen würde. Das hieße auch, sich von dem Gedanken einer baldigen Rückkehr Ilsas zu verabschieden.

»Sie heißt Gundel Avenarius, ist achtzehn Jahre alt, und sie reist aus Frankfurt am Main an.«

»Und wie lange bleibt sie?«, fragte Ella.

»Soweit ich weiß, auf alle Fälle das Jahr über.«

»Aha. Und was machen wir, wenn Ilsa zurückkommt?«

»Dann muss das Fräulein Isolani in ein anderes Zimmer. Aber nun warte doch erst mal ab, vielleicht ist diese Gundel sehr viel angenehmer, als du gerade vermutest.«

Man konnte Ella immer ansehen, wenn ihr etwas nicht behagte. Ella überlegte einen Moment und beschloss, das Beste aus der Situation zu machen.

»Du hast recht. Sicher ist sie nett, wenn man sie hier angenommen hat.«

»Und übrigens hat der Baron gefragt, ob du wieder für ihn Zeit hättest, er hat wohl dringliche Korrespondenz.«

Ella wollte es sich nicht eingestehen, aber sie hatte einer neuerlichen Verabredung mit dem Baron geradezu entgegengefiebert.

Wie vereinbart, erschien der Baron am Dienstag im Büro. Es mussten einige geschäftliche Briefe an verschiedene Gesellschaften und Banken geschrieben werden, weshalb der Baron Ella um Diskretion bat. Es waren komplizierte Anliegen, und weil Ella die Zusammenhänge verstehen wollte, fragte sie den Baron, was Aktien, Anleihen und Dividenden waren und warum sich der Baron am Sueskanal, der Deutschen Bank und einem Schweizer Speditionsunternehmen beteiligt hatte. Da ihre Neugierde so charmant vorgetragen war, gab der Baron bereitwillig Auskunft.

»Sie sind ja ganz schön interessiert an allem, Fräulein Ella, das gefällt mir. Nun, ich kann Ihnen sagen, dass es sehr bedeutsam ist, sich mit Ökonomie zu beschäftigen, wenn man sein Geld halten oder vermehren möchte. Auch ist es ratsam, nicht alles auf eine Karte zu setzen. Wir werden mit der hohen Kriegsverschuldung des Deutschen Reichs einer schweren Zukunft entgegensehen, zumal, wenn der Krieg verloren sein sollte. Gut möglich, wir erleben eine Geldentwertung, hohe Arbeitslosigkeit und Unruhen. Zustände wie in Russland können wir dann nicht ausschließen«, erklärte er und lief dabei im Zimmer hin und her.

Nachdem Ella das Diktat stenografiert hatte, fasste sie ihren ganzen Mut zusammen, denn sie übertrat damit die Grenze zum Privaten. Sie erzählte dem Baron, dass sie einen Brief von Ilsabé mit der Auskunft erhalten hatte, dass diese so schnell nicht nach Elmau zurückkehren würde. Ella hoffte, dass auch er ihr ein wenig erzählen würde, und tatsächlich berichtete der Baron, dass er vorhabe, »Komtesse« Ilsabé in Salzburg zu treffen und dort ein paar Tage zu bleiben, bevor er die Heimreise antreten werde. Ella musste schlucken, denn es schien ja doch etwas Ernsteres zwischen dem Baron und Ilsa zu sein, wenn er sie extra in Salzburg besuchte und diesen Umweg in Kauf nahm.

Und während Ella diesem Gedanken nachhing, kam der Baron auf das zu sprechen, was ihm am dringlichsten war. »Fräulein Ella, ich kann mir vorstellen, dass Sie sich hier sehr wohlfühlen, aber ich merke doch, über welch schnellen Geist Sie verfügen. Das wird hier auf Elmau auf Dauer nicht gefördert. Wollen Sie mich nicht unterstützen bei meinen Verpflichtungen in der Gutsverwaltung, meinen geschäftlichen Angelegenheiten und meiner Arbeit in der ägyptologischen Gesellschaft? Ich suche eine vertrauenswürdige Person, die mitdenkt und lieber zweimal nachfragt, als einmal nichts versteht. Ich halte schon so lange Ausschau nach jemandem, wie Sie es sind. Ich werde Ihnen ein gutes Salär zahlen und möchte Sie auch mitnehmen auf einige meiner Reisen. Überlegen Sie es sich bitte, und lassen Sie es mich bis Ende des Jahres wissen.«

Der Baron gab ihr dabei zu verstehen, dass er mit ihrer Zustimmung rechnete. Ella fühlte sich geschmeichelt und bedankte sich und versprach, es sich zu überlegen. Sie wusste nicht, was sie wollte, doch bis Dezember waren es noch sechs Monate, ausreichend Zeit, eine Entscheidung zu treffen.

»Würden Sie mich denn auch mitnehmen nach Ägypten?«, fragte sie in ihrem entwaffnenden Lachen.

Das Marterl

Unterdessen war Ellas neue Zimmerbewohnerin, Gundel, mit zwei so schweren Koffern angereist, dass man meinen konnte, sie habe vor, für immer zu bleiben. Sie hatte brünettes, welliges Haar, das sie hochgesteckt unter einem Strohhut trug, und einen sehr hellen Teint. Sie ging geradewegs auf Ella, Anna und Paul zu, und man musste sie sofort mögen. Mit ihrem dreiviertellangen Baumwollrock, der hellblauen Bluse, die an den Bündchen und am Kragen mit alpenländischen Blumenmotiven bestickt war, und dem festen Schuhwerk sah sie aus, als würde sie jeden Moment aufbrechen, um die Zugspitze zu erklimmen. »Zünftig«, würde Frau Huber zu Gundels Aufzug sagen.

Wenn Gundel sprach, wurde das ch zu einem sch, so sagte sie nicht ich, sondern isch. Es war kein Dialekt, aber doch eine eindeutige Klangfärbung, die auf ihre Heimatstadt verwies. Gundels Vater, Doktor Johann Avenarius, führte eine alteingesessene Apotheke in Frankfurt, in die er seine Tochter von klein auf mitgenommen hatte. Frau Avenarius wiederum teilte die pharmazeutische Begeisterung ihres Mannes nur bedingt und hatte darauf bestanden, Gundel einmal wenigstens in die Welt hinauszuschicken, statt, wie sie sagte, immerzu Warzensalben herstellen zu lassen. Gundel wiederum zog es schon immer in die Berge, und darum hatte sie sich in Schloss Elmau beworben. Nun stand sie überglücklich in Ellas Zimmer und räumte ihre Anziehsachen dorthin, wo noch vor Kurzem Ilsas Kleidungsstücke gelegen hatten.

Ella zeigte Gundel das Haus, erklärte ihr die Philosophie und alle Besonderheiten. Sie fing mit dem berühmten Gründer und seinen Vorträgen an, sprach über die Tanzabende und Konzerte und endete bei der ungewöhnlichen Tischordnung und dem Status der Haustöchter. Gundel war beeindruckt, aber nicht eingeschüchtert.

Der Zufall wollte es, dass Anna, Paul und Ella am Sonntag keinen Dienst und sich bereits verabredet hatten, eine Wanderung zu unternehmen. Da der Juni ungewöhnlich warm war, wollten sie zum Ferchensee gehen. Sie beschlossen, Gundel dazu einzuladen.

Der steinige Weg schlängelte sich kurz vor der Einfahrt zum Schloss in leichter Steigung nach oben. Gut gelaunt marschierten die vier, jeweils zu zweit hintereinander, denn der Weg war nicht breit genug. Ella erfreute sich an den in der Region so einzigartigen blühenden Buckelwiesen und der so üppigen alpenländischen Flora. Von Margeriten, Enzian, Arnika, Schafgarben, wilder Minze, Johanniskraut und Trollblumen schnitt sie je eine Blüte und ein Blatt ab und gab sie in ein Glas. Einige Pflanzen hatte sie sofort erkannt, andere wollte sie später in ihrem Buch nachschlagen.

»Du solltest in einer Apotheke arbeiten. Mein Vater wäre begeistert von deinem Wissen«, meinte Gundel beeindruckt.

»Es ist ein Steckenpferd, das mir viel Freude bereitet. Ich habe keine Ausbildung dafür. Ich bin froh, dass ich jetzt mit der Maschine schreiben kann und die Stenografie einigermaßen beherrsche«, erwiderte Ella und band sich dabei ihre Schnürsenkel zu.

»Du würdest schnell lernen. Du bist viel geeigneter als ich.«

Ella dachte an die Zeit, als sie mit Korbinian Pflanzen bestimmt und ihre Teemischungen zusammengestellt hatte und dabei eine beeindruckende Hausapotheke entstanden war.

Sie folgten dem Verlauf des Flusses, der an manchen Stellen leise vor sich hin plätscherte, sich an anderen aber in einen wilden und bedrohlich tosenden Gebirgsbach verwandelte. Auch kamen sie vorbei an einem Feldkreuz mit einer schön geschnitzten Christusfigur. Anna meinte, man müsse sich hier bekreuzigen und ein kleines Gebet sprechen, sonst würde das Unglück bringen. Paul hielt derlei Gedanken für Aberglaube, und Gundel entgegnete, sie sei nicht religiös. Anna bestand darauf, dass das nichts mit Aberglauben oder Religiosität zu tun habe. So ein Marterl solle daran erinnern, dankbar zu sein, und das könne man doch, egal ob man nun einen Glauben habe oder nicht.

Als der kristallklare Gebirgssee vor ihnen lag, hatte die Mittagssonne noch nicht ihren höchsten Stand erreicht und war längst nicht so warm, wie von allen erhofft. Es reichte der bloße Anblick, um zu ahnen, dass ein Bad bis zu den Knien bereits als Mutprobe durchgehen konnte. An einer Stelle schwammen Enten durch das Schilf, an einer anderen Tausende winziger Kaulquappen. Sie suchten eine geeignete Stelle und beschlossen, ein kleines Picknick am Ufer zu machen, und während sich Gundel über ein mit Alpenkäse belegtes Brot hermachte, schlug sie vor, jeder solle doch einmal sagen, wovon er oder sie insgeheim träume oder wo sie in ein paar Jahren sein wollten. Das fanden alle eine vergnügliche Idee, wobei Gundel hinzufügte, es sollten schon Wünsche sein, die zumindest theoretisch in Erfüllung gehen könnten. Paul antwortete, ohne zu zögern.

»Ich möchte in ein paar Jahren Direktor oder Chefconcierge in einem großen und sehr feinen Hotel sein, am liebsten im Hotel Adlon in Berlin. Das Hotel ist so exquisit ausgestattet, dass sogar der Kaiser dort regelmäßig übernachtet.«

»Ich weiß zwar nicht genau, was ein Chefconcierge so zu tun hat, aber du wärst sicher ein sehr guter Direktor. Du bist höflich, zuvorkommend, diskret, aber auch entschieden, wenn es sein muss, und du kannst den Gästen ihre Wünsche von den Augen ablesen, außerdem sprichst du so tadellos nach der Schrift«, stimmte Ella ihren Lobgesang auf Paul an.

Paul freute sich sichtlich über das Kompliment. »Ich werde noch ein bis zwei Jahre in Elmau bleiben, und dann versuche ich mein Glück in der Hauptstadt. Es muss ja nicht gleich das Adlon sein«, bemühte er sich um Bescheidenheit.

»Doch, doch«, widersprach Ella entschieden, »du solltest unbedingt nach den Sternen greifen. Sonst geht es nicht voran. Schau mich an. Ich bin ein Bauernmädel und jetzt schon in einem Schloss. Da wirst du es mit deiner Ausbildung und Herkunft ja wohl in dieses Hotel Adlon schaffen.« Alle lachten und freuten sich über die ausgelassene Stimmung.

Anna war die Nächste, die ihren Wunsch preisgeben sollte. »Ich würde gerne auf Schloss Elmau bleiben. Ich bin schon da, wo ich immer hinwollte.« Es war ihr sichtlich unangenehm, über ihre Wünsche zu sprechen, aber Gundel wollte sich damit nicht zufriedengeben.

»Wenn du jetzt einen Wunsch frei hättest, was würdest du denn dann machen? Etwas Ungewöhnliches!«, insistierte sie.

Nach einer ewig anmutenden Bedenkpause antwortete Anna schließlich: »Dann würde ich mit einem Seil in die Berge und auf einen Gipfel steigen, aber mit einer richtig guten Ausrüstung und nicht in einem so unbequemen Frauenrock. Ich würde auch gerne mit Skiern über den unberührten Schnee gleiten. Ich möchte die Bergwelt, in der wir hier leben, nicht nur immer von unten sehen, sondern einmal von ganz oben aus hinunter ins Tal schauen.« Alle staunten, und Paul war der Erste, dem eine Antwort einfiel.

»Hast du schon einmal von der Lilly Weyrauch gehört aus Garmisch, die hat bereits vor ein paar Jahren eine Ausbildung gemacht als Bergführerin. Also, es gibt auch Frauen, die hoch hinauswollen«, meinte Paul nun salbungsvoll und doppeldeutig, und alle fanden es komisch. »Na ja, und Skifahren kann dir doch der Franz beibringen.«

Franz war ein junger Bauernsohn und ein echter Pionier, der sich bereits als Bub von seinem Vater hatte einfache Bretter zurechtschneiden lassen, die er als Skier benutzte, um damit waghalsig den Berg hinunterzurasen. Im Sommer bot er Bergführungen an, und im Winter zeigte er den Gästen in der Region von Garmisch bis Mittenwald, was ein echter Stemmschwung war.

Anna war das alles ein bisschen peinlich, aber insgeheim beschloss sie, den Franz tatsächlich und bei nächster Gelegenheit zu fragen, ob er sie einmal in die Berge mitnehmen würde. Und von der Lilly Weyrauch hatte sie auch schon gehört. Es hatte sich schnell herumgesprochen, was diese junge Frau in einer reinen Männerdomäne der Bergsteiger gewagt hatte.

Als Nächstes wurde Ella aufgefordert, ihren Herzenswunsch zu offenbaren, die ohne zu zögern eine Antwort parat hatte.

»Ich würde gerne nach Italien und nach Ägypten reisen. Nach Italien möchte ich, weil ich einmal echte Orangen- und Zitronenbäume sehen will. Es gibt so viele verschiedene Arten, und in Italien kann man Orangerien mit über 500 verschiedenen Zitruspflanzen besichtigen. Das hat mir der Korbinian erzählt. Wusstet ihr, dass die Zitrone eine Kreuzung ist aus Zitronatzitrone und Bitterorange? Man kann mit den Zitruspflanzen kochen und heilen, außerdem sehen sie sehr schön aus, auch die Blüten.« Ella war in Fahrt. Sie war aufgestanden und hatte gestikulierend und in echter Begeisterung von ihren so geliebten Zitronenbäumen berichtet. »Ich will euch jetzt keinen Vortrag halten, aber Italien wäre mein Traum. Und nach Ägypten möchte ich, weil mir der Baron so viel von den Pharaonen erzählt hat, und am schönsten wäre es, er würde mich einmal mitnehmen.« Als Ella den letzten Satz ausgesprochen hatte, musste sie selbst lachen. Ein »Hirngespinst«, wie Josefa Huber Ellas hochfliegende Pläne mitunter kommentiert hatte.

Paul erwiderte nüchtern, sie könne die Orangerie in Erlangen besichtigen, und ägyptische Gräber gebe es auch in Berlin zu bestaunen.

»Also, wenn du Direktor vom Adlon werden willst, dann kann ich mir ja wohl auch einbilden, eines Tages in Florenz Orangenbäume anzuschauen oder die Pyramiden in Alexandria«, verteidigte Ella entschieden ihren Traum.

Nun war Gundel noch an der Reihe. Sie überlegte kurz, ob sie ihren neuen Freunden wirklich von ihrem Wunsch erzählen solle, aber sie hatte Vertrauen und fühlte sich in deren Gegenwart wohl, außerdem war dieses Spiel ja ihre Idee gewesen.

»Mein Vater möchte, dass ich ihn in der Apotheke unterstütze, und das werde ich vermutlich auch, denn ich kenne mich gut aus, und er hat keinen anderen Nachfolger. Am liebsten aber würde ich ein Kaffeehaus eröffnen mit feinen Kuchen, Torten und Pralinés. Es gäbe bei mir eine schöne Auswahl an Tee und Kaffee und Zeitschriften für die Dame und den Herrn. Am Opernplatz in Frankfurt, sodass man von dort aus die feine Gesellschaft beobachten kann.«

»Dafür müsstest du wahrscheinlich selbst gut backen können, sonst weißt du nicht, ob der Wareneinsatz stimmt und ob die Kuchen richtig gut sind. Kannst du das denn?«, fragte Anna.

»Ich habe ein bisschen Erfahrung mit Torten und Kuchen, aber nicht mit feineren Backwaren oder Patisserien.«

»Du könntest doch fragen, ob du nicht auch in der Küche aushelfen dürftest«, schlug Anna vor. »Wir haben auf Schloss Elmau einen sehr guten Koch und Konditor, den Alfons. Er erzählt oft, wie er vor dem Krieg im Bayerischen Hof die Kundschaft mit Marzipan, Buttercremes und Schokoladefüllungen verwöhnt hat.« Ein Stöhnen ging durch die Runde. Wer hätte sich nicht jetzt gerne ein Stück Schokolade auf der Zunge zergehen lassen.

Paul watete bis zum Knie im Wasser und hoffte auf Anerkennung seiner Begleiterinnen, die sich aber über ihn lustig machten. Gundel hatte sich indessen unbemerkt hinter einem Busch ein Badekleid angezogen, das aus einer knielangen schwarzen, engen Hose und einer Trikotage mit Rüschchen um die Hüfte bestand. Und ehe noch jemand eine Bemerkung äußern konnte, war sie in den See gesprungen. Dabei japste und rief sie laut, denn sie musste eine gefühlte Ewigkeit durch das flache und eiskalte Wasser waten, bis es tief genug war. Nach nur wenigen Zügen war sie wieder aus dem Wasser gestiegen, hatte ein Tuch aus ihrem Rucksack geholt, sich abgerieben und umgezogen. Das alles geschah in einer Selbstverständlichkeit, als würde sie täglich in Main oder Nidda baden. Wer so unerschrocken war, konnte vermutlich auch ein Café am Opernplatz in Frankfurt eröffnen, war die einhellige Meinung.

»Der Boden hier ist sandig und weich«, bemerkte sie verwundert, um dann aber, typisch Gundel, wieder ans Essen zu denken. »So, nun habe ich mir aber ein Stück Kuchen verdient, und ich werde mich in der Küche melden, das ist eine gute Idee. Danke dafür.«

Da sie alle am Abend wieder zurück sein mussten, machten sie sich am späten Nachmittag auf den Heimweg. Anna wusste, dass an einer bestimmten Stelle des Sees ein fünffaches Echo entstehen konnte. Paul schlug vor, dass sie dorthin gehen sollten, um an dieser Stelle das Wort zu rufen, das ihren jeweiligen Wunsch am stärksten versinnbildlichte. Als sie den Ort ausfindig gemacht hatten, stellten sie sich nebeneinander auf und waren für einen langen Moment andächtig und still. Der See lag nun im Schatten, und seine Oberfläche war ruhig und glatt. In der Mittagszeit hatte sich in ihm noch das Blau des Himmels mit seinen weißen Wölkchen gespiegelt, und er hatte geglänzt, als wäre er mit glasklarem Lack überzogen worden. Nun aber nahm er die Farbnuancen des Waldes an, und das tiefe Grün wirkte beinahe schwarz.

Anna war die Erste, die ihr Wort hinaus über den See schicken sollte, auf dass es von den Felswänden, die sie umgaben, zurückgeworfen werden würde. Sie atmete tief ein, aus und wieder ein, um dann mit lauter Stimme ihr Wort zu rufen. Die Wucht des Echos hatte etwas Magisches und zugleich Mahnendes, und man konnte glauben, sie hätte einen Bergdämon aus dem Schlaf geweckt.

Paul, Ella und Gundel riefen ebenfalls so laut sie konnten.

Da standen sie nun alle vier. Dünnhäutig durch ihre Offenbarungen, aber auch gestärkt durch das gemeinsame Erlebnis, das sie verband. Was würde aus ihren Träumen in vier, fünf Jahren geworden sein? Würde Anna bei Expeditionen in das Hochgebirge in bequemen Hosen und festen Schuhen an einem Seil und mit Steigeisen das Gipfelkreuz erreicht haben? Welchen Weg würde Paul einschlagen und würde er es schaffen, Direktor eines luxuriösen Hotels zu werden, womöglich sogar im Adlon in Berlin? Wie wahrscheinlich wäre es für Ella, nach Italien zu reisen, um dort Orangen- und Zitronenbäume zu bewundern, ganz zu schweigen von ihrem Wunsch, einmal die Gräber der Pharaonen zu besuchen? Und was würde Gundels Vater sagen, wenn sie ihm offenbarte, dass sie nicht vorhatte, die Apotheke zu übernehmen, sondern stattdessen ein Kaffeehaus zu eröffnen?

Sie beschlossen, sich gegenseitig immer wieder an diesen Tag zu erinnern, an dem sie ihre Wünsche in die unberührte Bergwelt gerufen hatten. Dabei waren die Wörter in Schwingungen und die Schwingungen in einen körperlich fühlbaren Sinneseindruck verwandelt worden, der sie im wahrsten Sinne des Wortes im Inneren berührte. Vielleicht ahnten sie, dass dieser Moment des Echos eine zentrale Bedeutung in ihrem Leben haben würde. Auf dem Rückweg blieben die drei Freundinnen bei dem kleinen Feldkreuz stehen, das Anna entdeckt hatte, um einen Moment innezuhalten. Paul war schon vorausgelaufen, er musste früher zum Dienst zurück sein.

Die Entscheidung

Zum ersten Mal seit Ilsas Abreise hatte Ella Lust, einen Tanzabend zu besuchen. Man hatte die großen Fenster im Saal geöffnet, sodass die klare Abendluft den Raum angenehm temperierte. Ella trug den Chiffonrock und die Satinbluse, die ihr Ilsa überlassen hatte. Die Haare hatte sie mit Gundels Hilfe raffiniert frisiert, und Paul fand, sie sehe ganz entzückend aus. Der luftige Seidenrock schimmerte, und man wurde in solchen Kleidern, wenigstens für einen Moment, doch ein anderer Mensch, dachte Ella.

Diejenigen, die nicht tanzen wollten, tranken auf der Terrasse ein Glas Wein. Einige der Herren rauchten schwere Zigarren, während sie politisierend versuchten, das Weltgeschehen zu deuten.

Auch der Baron hatte sich einen Platz unter freiem Himmel gesucht, und so traf ihn Ella später am Abend auf der Terrasse an. Sie wollte ihn nicht stören, aber er war sogleich aufgesprungen, als er sie bemerkte. Ein paar Tage zuvor hatte er an der Rezeption um seine Rechnung gebeten und seine Abreise avisiert.

»Ich habe Sie gar nicht erkannt. Sie sehen ja reizend aus«, meinte er charmant und deutete einen Handkuss an.

»Vielen Dank, Herr Baron. Ich wollte Ihnen eine gute Reise wünschen, falls wir uns nicht mehr sehen, und Ihnen anbieten, dass ich auch von hier aus für Sie schreiben kann.«

»Fräulein Ella, Sie wissen ja, ich würde Sie lieber bald bei mir in Hinterpommern begrüßen, als postalisch das kommende Jahr über mit Ihnen zu korrespondieren«, kokettierte nun auch der Baron.

»Was halten Sie von einem Walzer, ich kann ihn nämlich mittlerweile recht gut?«, fragte Ella unvermittelt.

Der Baron war verblüfft, aber nicht abgeneigt. Diese junge Frau war so herzerfrischend, dass er sich in ihrer Anwesenheit jedes Mal fühlte wie ein normaler Mensch und nicht wie ein reicher Gutsherr.

Gundel staunte nicht schlecht, als sie Ella ausgerechnet mit diesem Tanzpartner im Schlepptau eintreffen sah. Paul wippte und grinste. Es war ihr zuzutrauen, dass sie ihn sogar aufgefordert hatte, raunte er Gundel zu, die lachend nickte.

Der Baron war ein guter Tänzer, und Ella, die an diesem Abend in Ilsas Seidenrock und den kunstvoll hochgesteckten Haaren so besonders reizend aussah, machte sich nach Meinung Gundels gar nicht so übel an Jakob von Steins galantem Arm. Zum Abschied gab der Baron Ella einen Handkuss und erbat, ihr nach dem Frühstück Lebewohl sagen zu dürfen.

Ella schlief schlecht, weil sie nicht wusste, ob sie zu viel in diese Gesten hineindeutete. Wahrscheinlich war der Baron immer so charmant, aber was, wenn nicht? Wenn auch er mehr für sie empfinden würde? Dabei fühlte sie sich, als würde jemand ihre inneren Organe zart berühren, beinahe wie Saiten auf einem Zupfinstrument.

Am nächsten Morgen stand das Gepäck bereits in der Eingangshalle, als der Baron sportlichen Schrittes die Treppe hinunterlief. Er verabschiedete sich höflich und reserviert, dabei drückte er ihr ein Kuvert in die Hand. Ella bedankte sich enttäuscht und richtete Grüße an Ilsabé aus. In ihrem Zimmer öffnete sie den Umschlag und fand darin eine Visitenkarte und einen Geldschein. Der Baron hatte auf der Karte notiert, dass das Geld für die Reise an die Ostsee sei, und wenn sie doch nicht käme, sollte sie sich einen Wunsch erfüllen. Es war so viel Geld, dass man das eine tun konnte, ohne das andere zu lassen. Jakob von Stein war großzügig, dennoch fühlte sich Ella in diesem Moment wie eine bezahlte Angestellte, die nicht auf die Idee kommen sollte, einmal selbst zu dem Stand derer zu gehören, die sie bediente. All das hatte sie ja gewusst, aber als es ihr nun so unmittelbar vor Augen geführt wurde, spürte sie einen tiefen Schmerz, der sich anfühlte wie eine Mischung aus Heimweh, Liebeskummer und einer entsetzlichen Blamage.

Nach der Abreise des Barons wirkte Ella bedrückt. Der Liebeskummer hatte sie an manchen Tagen fest im Griff, sie konnte dem nichts entgegensetzen, sie musste immer an Jakob von Stein denken, seine sanfte Stimme und sein linkes Grübchen. Natürlich war ihr bewusst, dass er an Ilsabé Gefallen gefunden hatte, vielleicht sogar mehr als das – Ilsa faszinierte alle Männer, und in ihrer Anwesenheit wurde man schlagartig unsichtbar, dachte Ella. Der Baron aber hatte sie, Ella, wahr- und ernst genommen und sie nicht erziehen, belehren oder gar erniedrigen wollen. Das unterschied ihn so sehr von anderen Männern, denen sie früher oder auch hier im Schloss begegnet war. Immer wieder hatte es nämlich Gäste gegeben, die über Frauen spotteten, die studieren, einen Beruf ausüben oder wählen wollten. Für den Baron aber schienen Frauenwahlrecht und eine gute Ausbildung für Mädchen eine Selbstverständlichkeit zu sein. Auch hatte der Baron ihr nie das Gefühl gegeben, sie sei zu unwissend, obwohl sie das ja war. Er verstand es, im Gegenteil, ihre Begeisterung stets aufs Neue zu wecken und sich dann an dieser Begeisterung auch noch selbst zu erfreuen.

Nun aber war er abgereist, und Ella musste ihren Kummer aushalten. So oft schon hatte sie sich selbst bei irgendwelchen Malaisen helfen können, und sie kannte doch auch die Heilkraft von Johanniskraut und Melisseblättern. Morgens und abends eine Tasse Tee im Wechsel würden ihr guttun. Die Natur stärkte sie, und sie unternahm lange Spaziergänge, auf denen sie sich ihren Leidenschaften widmete und Schmetterlinge beobachtete oder Pflanzen sammelte. Immer wieder dachte sie dabei über das Angebot des Barons nach und blieb doch völlig unentschlossen. In einem Moment formulierte sie in Gedanken eine Zusage, dann wieder zauderte sie, um den Plan ganz zu verwerfen. Aber wie auch immer sie sich entscheiden würde, sie ahnte, dass sie die Zitronenbäume vermutlich nie im Land ihrer Herkunft würde sehen können, wenn sie den Sprung nicht wagte und die Elmau verließ. Ägypten schien ihr ein sehr fernes Ziel zu sein, aber Italien, wenigstens Italien.

Gundel versuchte, Ella so gut es ging aufzuheitern. Sie imitierte dann gelegentlich, wenn sie abends gemütlich beieinandersaßen, Hotelgäste, so die energische Frau Professor, die den von ihrer Schulter gleitenden Fuchsschwanz stets mit enormem Schwung zurückwarf und dabei bereits mehrere Male Anwesende mitten ins Gesicht getroffen hatte. Gundel erwies sich als geborene Schauspielerin, und Ella musste oft so lachen, dass sie sich fast verschluckte. Gundel war gerade überhaupt in bester Stimmung, denn sie hatte sich nach der gemeinsamen Wanderung gleich am nächsten Tag in der Küche vorgestellt und gefragt, ob sie dort tätig sein und lernen dürfe. Sie hatte Alfons direkt angesprochen, und der schimpfte vor sich, man könne im Krieg keine Haute Cuisine lernen. Er war das, was man in Bayern einen echten Grantler nannte. Wenig später hatte er aber doch Gefallen an der Hartnäckigkeit der jungen Frau gefunden, und angespornt durch Gundels Neugierde, gab es für die Gäste bald nicht mehr nur Rührkuchen, sondern die eine oder andere Torte, kleine Baisers, feines Buttergebäck oder sogar Schokoladenpralinen, gefüllt mit Mandelcreme. Wie und wo der Alfons die Zutaten in derart armseligen Kriegszeiten auftrieb, blieb sein Geheimnis.

Ende August hatte Ella Geburtstag, und Jola und Josefa kündigten ihren Besuch an. Sie hatten sich seit Januar nicht mehr gesehen, und Ella bekam die Erlaubnis, die Damen gegen ein kleines Entgelt im Schloss verköstigen und unterbringen zu dürfen. Als die Ankunftszeit des Zugs übermittelt worden war, holte sie der Kutscher ab. Ella konnte vom Büro aus das Traben der Pferde hören und war herausgesprungen, als sie den Zweispänner sah. Die Wiedersehensfreude war riesig. Paul begrüßte die Ankommenden formvollendet und stellte einmal mehr unter Beweis, dass er ein begnadeter Direktor eines erstklassigen Hauses sein würde. In kreisrunden Bewegungen beschrieb er, wo sich die Zimmer der Damen befanden, dabei wippte er und führte die Hände zusammen, als wollte er sie falten.

Jola und Frau Huber waren mit einigem Gepäck angereist, sie hatten Brot, Käse, Marmeladen und einen Hefezopf mitgebracht, man konnte ja nie wissen, hatte Jola noch immer skeptisch bei der Abreise aus Tölz gemurmelt. Nun musste sie zugeben, dass das Hotel einen mehr als ordentlichen Eindruck machte und der junge Paul Metzler sauber und adrett aussah und nicht wie einer dieser neuerdings vermehrt auftauchenden Vegetarier, die mit nacktem Oberkörper im Gebirge umherwanderten. Einen solchen Umgang hatte sie nämlich insgeheim in diesem Sanatorium befürchtet.

Die Damen bezogen zwei kleine Dachkammern mit Blick auf das imposante Hochgebirge. Ella hatte sich die Tage freinehmen können und so ausreichend Muße, Schloss und Umgebung zu zeigen. Jola wollte gerne die Küche inspizieren, denn, so meinte sie, diese sei nun einmal die Visitenkarte eines jeden Hauses, ob klein oder groß. Aber die Küche war nicht nur luftig und modern, sondern auch blitzblank poliert und aufgeräumt. Sie liefen dort Alfons direkt in die Arme, der Gundel gerade in seinem polternden Bayrisch erklärte, dass der Teig eines Apfelstrudels dünn sein müsse wie Pergament und nicht dick wie eine Scheibe Leberkäs. Gundel war aber keineswegs eingeschüchtert, sondern lachte und rollte den Teig auf dem Handtuch geschickt aus und bestrich ihn mit flüssiger Butter. Die Äpfel hatte sie in dünne Scheiben geschnitten und mit den eingeweichten Rosinen, Zucker und Zimt vermengt. Die Kunst bestand nun darin, das Handtuch mit dem Teig und den Zutaten aufzurollen, ohne dass der Teig riss. Als Gundel das fürs Erste gelang, lobte Alfons sie, so gut er das konnte, mit den Worten: »Nicht ganz übel.«

An Ellas Geburtstag wollten Anna und Gundel sie überraschen. Sie hatten auf der Wiese einen Tisch gedeckt, einen üppigen Strauß mit wilden Blumen in einem Steinkrug arrangiert und diesen auf die kleine Tafel gestellt. Tischkärtchen wiesen den Gästen den Platz, und auf Ellas Korbsessel türmten sich Geschenke. Gundel hatte mit Alfons' Erlaubnis einen Gugelhupf gebacken und mit Zuckerguss eingepinselt. Auf die noch warme Glasur ließ sie gemahlene Nüsse rieseln, und in die kreisrunde Öffnung des Kuchens stellte sie eine Kerze.

Ella war gerührt, und als ihre Elmauer Freundinnen und die Tölzer Damen zusammen mit Paul und Alfons dann noch *Viel Glück und viel Segen* sangen, war es um alle geschehen, so schön war der Augenblick.

Jola hatte für Ella eine eng anliegende ärmellose Weste in hellbrauner Wolle gestrickt. Sie war ein echtes Prachtstück und passte wie angegossen. Paul hatte eine Reiseroute nach Ägypten gezeichnet und Züge und Schiffe in die Karte gemalt. Er hatte sich dafür den Baedeker des Barons ausgeliehen, den dieser im Büro vergessen hatte. Natürlich hatte Paul das wertvolle Buch später gut verpackt dem Besitzer retourniert. Pauls kunstvolle Karte führte zu großer Bewunderung, aber auch Heiterkeit, denn niemand konnte sich vorstellen, dass jemals eine oder einer von ihnen bis zum Nil reisen würde. Jola fand es sogar ausgesprochen gruselig, in fremden Gräbern herumzulaufen. Frau Huber bat, ihr Geschenk lieber später auszupacken, denn es sei Wäsche in dem Päckchen, die ja nicht jeder sehen müsse. Wieder einmal wusste Josefa genau, woran es Ella wirklich fehlte, denn anders als Ilsa oder Gundel mangelte es Ella an Leibwäsche. Korbinian hatte ein quadratisches, in helles Leinen gebundenes Gedichtbüchlein mit dem Titel *Die Blume im Lied* mitgegeben. Der Umschlag war in einer blauen Farbe geprägt und mit einem ockerfarbenen Kranz aus winzigen Blumen verziert worden. Korbinian konnte ihre Gedanken selbst aus der Ferne noch erahnen, zumindest kam es Ella so vor, als sie seine Widmung las, die auf ein Gedicht im Buch verwies. Dieses trug den Titel *Mignon*. Die Strophe schmückte die Illustration eines nachtblauen Himmels, der überzugehen schien in das ebenfalls blaue Meer. Zypressen deuteten auf einen mediterranen Landstrich ebenso wie der üppige Orangenbaum, dessen Früchte aus dem Bild hinausragten.

Kennst du das Land, wo die Zitronen blühn,
Im dunkeln Laub die Goldorangen glühn,
Ein sanfter Wind vom blauen Himmel weht,
Die Myrte still und hoch der Lorbeer steht,
Kennst du es wohl?

Dazu hatte er geschrieben: »Für Ella, mit der ich gerne einmal ins Land der Zitronenbäume und Goldorangen reisen würde. In Zuneigung, Korbinian.« So ein Geschenk konnte nur Korbinian finden, dachte Ella. Ob sie nicht doch besser hierbleiben sollte?

Die Ausrede

Kurz bevor die beiden Frauen wieder nach Tölz zurückreisten, hatte Jola Gelegenheit, mit Ella allein einen Spaziergang zu machen. Sie fragte sie ganz direkt, ob sie etwas bedrücke, und Ella erzählte vom Angebot des Barons und davon, dass dies eine Reise ohne Wiederkehr sein könnte, verbunden mit einem Abschied von Korbinian. Jola sah das nüchterner.

»Musste ich auch schwere Entscheidung treffen und alles zurücklassen, große Familie und Freunde, aber wenn ich hätte nicht gemacht, hätte ich nicht besondere Menschen getroffen. Musst du wissen, man kommt nie als gleicher Mensch zurück, und auch die anderen wechseln sich in der Zeit. Wie lange Korbinian auf dich warten wird, weiß niemand, aber schon ein Jahr, so lange dauert noch Ausbildung. Musst du probieren und wiederkommen, wenn es nicht klappt«, war Jolas Fazit.

Ella fühlte sich erleichtert, endlich über ihre widerstreitenden Gefühle und ihre Ängste gesprochen zu haben. Im Grunde hatte Jola sie ermutigt, den Schritt zu wagen und die Stellung in Pommern anzunehmen. Und falls die Entscheidung falsch sein sollte, könnte sie ja tatsächlich wieder zurückkommen. Am Ende des Gesprächs aber fragte Jola: »Und möchtest du Stelle wirklich nur annehmen, weil du mehr sehen und lernen willst, und nicht, weil Mann dir gefällt?«

Ella musste nicht antworten, Jola wusste auch so Bescheid.

Der Spätsommer verging, die Tage wurden kürzer, die Nächte kühler. Im Herbst verdichteten sich die Nachrichten, dass eine baldige Kapitulation des Deutschen Reichs bevorstünde. Korbinians Reisepläne verzögerten sich, er kam erst an Allerheiligen an. Ella konnte ihn im Hotel unterbringen, wobei sich nun die Abläufe und Routinen völlig verändert hatten, denn ein großer Teil der Mitarbeiter und Helferinnen war abgereist. Von Anfang November bis zum 20. Dezember blieb das Hotel geschlossen. Einige der Angestellten würden erst im neuen Jahr wiederkommen, andere hatten den Dienst für die Weihnachtsfeiertage übernommen, wenn das Schloss wieder öffnete, darunter auch Ella.

Korbinian hatte sich diesen Erholungsort trotz Ellas ausführlicher Beschreibungen nicht recht vorstellen können. Nun war auch er überwältigt, aber weniger von dem Anwesen als von der Schönheit der Natur, die sich täglich in einer anderen Farbe präsentierte. Er konnte nachempfinden, wie glücklich gerade Ella hier in dieser unberührten Pflanzenwelt war. Die beiden unternahmen lange Wanderungen, spazierten zum Ferchensee, der nun dunkel wie ein Tintenfass vor ihnen lag. Ella erzählte nichts von dem Sommerausflug mit Paul, Gundel und Anna und dem Echo, das sie herausgefordert hatten.

Korbinian drängte es, Ella von seinen Plänen zu berichten. Er hatte vor, sein Studium in einem Jahr zu beenden und dann eine Ausbildung in Wien machen zu wollen, denn ihn interessierte doch zunehmend die Psychoanalyse. Er fragte Ella, ob sie sich nicht vorstellen könne, mit ihm nach Wien zu gehen und dort in einem Hotel zu arbeiten. Man müsse nichts überstürzen, aber ihm sei klar geworden, dass er nicht mehr so lange getrennt von ihr leben wolle. Das war ein sehr direktes Angebot und genau genommen eine Heiratserklärung.

Ella hatte damit gerechnet, dass Korbinian ihr vermutlich keinen rein freundschaftlichen Besuch abstatten wollte. Sie erzählte von der Arbeitsstelle, die ihr der Baron offeriert hatte, und davon, dass sie überlegen würde, das Angebot im kommenden Frühjahr für eine bestimmte Zeit anzunehmen. Korbinian musste schlucken. Er schätzte die Entfernung zwischen Wien und Köslin auf fast tausend Kilometer – und damit war es unmöglich, sich zwischendurch zu sehen. Gleichzeitig merkte er, dass Ella sich alles bereits gut überlegt zu haben schien.

Dennoch versuchte er sie umzustimmen. »Du würdest in Wien auch eine gute Stellung finden, und die Stadt soll sehr schön sein.«

Was sollte Ella darauf antworten? Dass sie sich in den Baron verliebt hatte und ihn wiedersehen wollte? Dass sie allen Ernstes glaubte, er würde sie auf seine Reisen und sogar nach Ägypten mitnehmen? Es erschien ihr ja selbst beinahe lächerlich. Stattdessen hörte sie sich sagen: »Ich habe in den Gesprächen mit dem Baron viel erfahren, sodass ich gerne noch mehr lernen möchte«, brachte sie hervor. »Es ist wie ein großer Hunger, den ich verspüre, verstehst du? Vielleicht gefällt es mir ja auch gar nicht da in Hinterpommern, dann komme ich wieder zurück, aber ich möchte es doch gerne probieren.«

Sie hatten sich an das Ufer des Sees auf eine Bank gesetzt, und Korbinian warf kleine Steine in den See. Er rang um Fassung, und Ella hätte ihn am liebsten umarmt, denn sie spürte, wie er litt.

»Du sollst wissen, dass ich meine Zukunft mit dir verbringen will. Dazu musst du jetzt nichts sagen, aber ich möchte eine Praxis aufmachen und als Arzt und Psychoanalytiker arbeiten. Wenn der Krieg zu Ende ist, wird es diese neue Form der Behandlung sehr brauchen, und ich hätte dich dann gerne an meiner Seite.«

Ella wollte so gerne der Versuchung nachgeben und zu allem Ja sagen, aber sie fürchtete, dass dies ein Fehler sein könnte. »Das verstehe ich, aber ich will so gerne jetzt auch meinen Weg gehen. Ich würde sonst vielleicht denken, etwas versäumt zu haben.«

Korbinian liebte ja gerade Ellas charakterliche Besonderheit und ihre Willensstärke. Sie wollte nicht sofort heiraten, Kinder und einen Mann, der ihr gesellschaftliches Ansehen bot. Sie wollte sich selbst entdecken und herausfinden, was die Welt ihr zu bieten hatte, und damit würde er, nachdem er das alles selbst angestoßen hatte, vorerst leben müssen.

Wie anders zeigte sich die Welt, wenn man die Elmau verließ. Die Ereignisse überschlugen sich im November 1918, und die Schlagzeilen waren schon hinfällig, wenn sie in großen Lettern auf der ersten Seite der Zeitungen standen. Nachdem in verschiedenen deutschen Städten Revolutionen ausgebrochen waren, so auch in München, hatte sich das Königreich in einen Freistaat Bayern verwandelt. Kaiser Wilhelm II., der es seinem Cousin, dem britischen König, so gerne gezeigt hätte, war nach der Schmach der Niederlage ins Exil nach Holland gereist. Max von Baden, der sich häufig in Elmau von Direktor Müller beraten ließ, hatte die Abdankung des Kaisers bekannt gegeben. Das Habsburgerreich war ebenfalls Vergangenheit, und Kaiser Karl I. war mit seiner Familie in sein niederösterreichisches Jagdschloss gezogen und zur Privatperson geworden. Der russische Zar und seine Familie waren bereits ein Jahr zuvor erschossen worden. Die über neun Millionen Toten, die dieser völlig unnütze Krieg auf allen Seiten gefordert hatte, überstiegen das Ausmaß jeder Vorstellung. Weite Teile der Bevölkerung waren ausgehungert und demoralisiert – und nun grassierte seit einigen Monaten auch noch eine schwere Grippe, die vor allem jüngere Menschen dahinraffte. Es waren düstere Aussichten, und es gab wohl kaum jemanden, der sich nicht um die Zukunft sorgte. Aber immerhin durften Fräulein Schönlein, ihre Freundinnen und alle Frauen jubeln, denn am 30. November 1918 war das Frauenwahlrecht in Kraft getreten.

Korbinian musste schon bald zurück nach München. Es würde dauern, bis sie sich wiedersahen, und entsprechend traurig war der Abschied. Er war Ellas Fels in der Brandung, und es gab nichts, was er nicht für sie getan hätte oder noch tun würde. Er war ein so verlässlicher, empfindsamer und gönnender Mensch. Dennoch, sie konnte es nicht ändern, aber wenn sie an den Baron dachte, fühlte sie ein anderes, nie gekanntes Verlangen.

Im Dezember heirateten Gustl und Franzi in der Tölzer Pfarrkirche. Das Fest richteten die Brauteltern aus, und alle, die eingeladen waren, kamen – auch Ella. Wer ließ sich schon einen ordentlichen Braten entgehen, den es doch vermutlich geben würde, wenn die einzige Tochter eines angesehenen Metzgers heiratete? Franzi trug ein langes Dirndlkleid mit einer hellen Seidenschürze. Sie hatte ein Kränzchen mit aus Batist gearbeiteten kleinen Blumen in ihr rotes Haar geflochten und sah sehr hübsch aus. Gustl war seine aufgestaute Wut selbst an diesem Tag anzumerken. Bis zum Schluss hatte er an die militärische Propaganda und den Sieg der Deutschen geglaubt. Nun waren sie alle Verlierer, und die Reparationsforderungen würden es in sich haben, polterte der Bruder.

Als die Gesellschaft am Abend bei Schweinsbraten und Semmelknödel beisammensaß und das dunkle Bier trank, hatte man die Schuldigen, auf die man die Demütigung abwälzen konnte, schnell gefunden. Es waren »die Juden« und »die Roten«. Die einen seien feige gewesen und hätten an der Front ihre Kameraden im Stich gelassen, die anderen mit den Kommunisten paktiert und das Vaterland verraten.

Frau Huber wagte den Einwand, Frau Silberberg habe auch ihren Sohn verloren, und der Alois Kohn sei für seine Tapferkeit ausgezeichnet worden. Da wurde es still im Raum. Frau Silberberg mochte ihren Sohn verloren haben, das ändere aber nichts an der großen Zahl jüdischer und sozialistischer Verräter, mokierte sich Gustl. Und nun sei »der preußische Jude Eisner« auch noch zum ersten bayerischen Ministerpräsidenten gewählt worden.

Ella schien es, als habe sich die noch in der Kirche anmutig dasitzende Schar betender Gläubiger in einen Haufen grunzender Wilder verwandelt, die jeder Krug Bier ungehobelter werden ließ. Sie war erschrocken über die Radikalität, mit der ihr Bruder seine Auffassung vortrug. Franzi hing derweil bewundernd an den Lippen ihres frisch angetrauten Ehemannes, und Ellas Mutter schien von ihrem so entschieden auftretenden Sohn ebenso beeindruckt wie die anderen Gäste. Der Gustl hatte Schneid, dachten wohl alle, auch der moralisch so gefestigte Herr Pfarrer. Der Krieg war zwar vorbei, aber am Ende würde vielleicht der viel größere Unfrieden noch bevorstehen, meinte Josefa Huber nachdenklich auf dem Weg nach Hause. Das Fest hatte einen bitteren Nachgeschmack hinterlassen.

Dennoch genoss Ella die verbleibenden Tage im Gästehaus. Sie hatte Jola geholfen, ein Gästezimmer zu streichen, im Stall einige Bretter erneuert und Wäsche geflickt. Sie hatten Teemischungen zusammengestellt und Salben zubereitet. Frau Huber kümmerte sich um Frauen, die durch den Krieg in Not geraten waren. Sie brachte Lebensmittel und Stoffreste oder aufgetrennte Wolle für Kinderkleidung.

Es hatte geschneit, und die Landschaft sah malerisch aus. Ella empfand es als Glück, in einer solch schönen Umgebung aufgewachsen zu sein. Sie wollte Franzi vor ihrer Abreise noch einmal sehen, und sich auch von ihrem Bruder verabschieden, und so lief sie hinunter in den Ort.

Ihre Freundin aus Kindertagen begrüßte sie flüsternd mit den Worten: »Bitte keine Politik.« Die Atmosphäre war angespannt und nicht, wie man sie bei einem verliebten jungen Paar erwarten würde. Gustl saß griesgrämig in der Ecke und las in einem Nachrichtenblatt. Ella fragte ihn, wie es ihm gehe, ob er Schmerzen habe und ob er im Betrieb seines Schwiegervaters weiterarbeiten könne. Er sei ein körperliches Wrack, aber er wolle nun mit ganzer Kraft »die Roten« vertreiben, notfalls mit Gewalt, antwortete er geladen. Er habe sich nicht sein Bein abschießen lassen, um jetzt von Juden und Kommunisten drangsaliert zu werden. Dabei war er mithilfe seiner Krücke energisch aufgestanden und hatte mit einschüchternden Gesten seinen Worten zusätzliches Gewicht verleihen wollen. Nun platzte Ella der Kragen.

»Du gehst einem mit deinem Selbstmitleid auf die Nerven. Überall herrscht Not. Die Frauen, die im Krieg die Höfe bewirtschaftet oder in den Fabriken für wenig Geld gearbeitet haben, bekommen keine Renten, von denen sie leben können, und da denkst du schon wieder an Gewalt. Und wer wollte denn den Krieg? Du bist doch mit Feuereifer dabei gewesen. In ein paar Monaten sollte alles vorbei sein, und was habt ihr gelacht, als die Huberin die Kühe anschaffte.«

Gustl schluckte und wagte keine Widerworte.

Und als ob das nicht schon ausgereicht hätte, legte Ella noch mal los: »Und ich sag dir noch etwas: Wenn du nicht begreifst, wie viel Glück du mit der Franzi hast, dann bist du ein ausgewachsener Trottel. Ich hab die Franzi schon als kleines Mädchen verteidigt, und glaub mir, das würde ich wieder tun.« Und zu ihrer Freundin gewandt, sagte sie: »Lass dir bloß nichts gefallen, und glaub diese Lügenmärchen nicht.« Und versöhnlicher fügte sie hinzu: »Du hast ein Pech gehabt, Gustl, und das tut mir wirklich sehr leid, aber du hast auch Glück gehabt. Und jetzt sei endlich dankbar, und komm wieder zur Vernunft.«

Franzi, die längst erfahren musste, dass ihr Gustl zu Aggressionen neigte, war insgeheim heilfroh über Ellas Ausbruch. Beim Hinausgehen umarmte sie ihre Freundin und hauchte: »Danke.«

Ella war außer sich. Wie konnte ihr Bruder nur so radikale Ansichten vertreten. Man musste ja nicht jeden, der einem nicht passte, gleich umbringen wollen. Sie war erleichtert, dass sie das alte Jahr auf Schloss Elmau beenden und das neue Jahr dort beginnen würde. Da ging es liberaler zu. Die vergiftete Stimmung hier im Kurort und in ihrer eigenen Familie hatten ihr zugesetzt. Gott sei Dank dachten Josefa und Jola wie sie.

Als sie sich beruhigt hatte und von Weitem das Gästehaus sah, hielt sie inne und atmete die kalte, klare Luft tief ein. Sie fragte sich, wo sie wohl nächstes Jahr um diese Zeit sein würde. Aber im Grunde wusste sie es bereits, denn sie hatte sich wieder einmal für einen Neuanfang entschieden.

Späte Offenbarung

Ellas Beschreibungen hatten nicht nur angenehme Erinnerungen in Gwen wachgerufen. Sie war ja selbst einige Male mit ihren Eltern in diesem ungewöhnlichen Hotel gewesen. Unter all den jungen Menschen, die dort mit ihrer Familie Urlaub machten oder die noch immer als Helfer oder Haustöchter tätig waren, kam sie sich vor wie ein Trampel vom Land. Sie konnte weder gut tanzen, noch hatte sie Lust auf schwingende Röcke oder klassische Konzerte – Small Talk war ihr ein Graus, und für intellektuelle Gespräche fehlten ihr Selbstbewusstsein und Wissen. Ihr Vater hingegen liebte den gesellschaftlichen Austausch. Von seinem englischen Witz und seiner Bildung konnten die anderen Gäste kaum genug bekommen. Manche wollten unbedingt ihr Englisch anbringen, andere ihre Weltoffenheit zeigen. Ihre Mutter Marga hingegen wurde in Begleitung ihres Mannes fast unsichtbar, zumindest hatte Gwen es damals so empfunden. Aber von ihr, Gwen, schien kaum jemand zu wissen, dass sie überhaupt existierte. Und wenn doch einmal jemand fragte und sie Auskunft gab, wer ihre Eltern seien, sah man sie mit einem Blick an, der zu besagen schien: Ach, so eine langweilige Tochter haben diese interessanten Engländer, womit vor allem Robert gemeint war.

Gwen wählte Lauras Nummer, aber sie war nicht zu Hause. Sie hatte das Gefühl, wie ein Gefäß unter einem aufgedrehten Wasserhahn überzulaufen. Sie konnte einfach nichts mehr aufnehmen. Das Treffen mit Theo im British Museum und sein emotionaler Appell an sie, mit Lily nach Kolberg zu fahren, waren so intensiv gewesen, aber noch schockierender war der Inhalt von Ilsas Brief. Sie musste mit einer vertrauten Person darüber sprechen.

Laura ging endlich ans Telefon.

»Gut, dass ich dich erreiche. Ich bin schon ganz aufgeregt, weil ich dir so viel zu erzählen habe. Ich habe mich mit Theo getroffen, der mir von seiner jüdischen Familie in Kolberg berichtete, und dann habe ich einen Brief von Ilsa gefunden, der es in sich hat, und das eine hat mit dem anderen zu tun, weil, und nun halt dich fest, die überraschenderweise nun auch meine Familie ist.«

»Das klingt irgendwie verworren, also jetzt mal der Reihe nach«, sagte Laura. Sie wollte Struktur in Gwens Schilderungen bringen und genau verstehen, wann wer was geschrieben oder gesagt hatte. Gwen erzählte ausführlich von Ilsabés Brief an ihre Tochter Marga und davon, dass Theo von alledem angeblich nichts wusste.

Laura hörte konzentriert zu. »Das ist ja ein Ding. Deine Großmutter ist echt für Überraschungen gut. Vermutlich ahnte Theo aber die ganze Zeit, dass Marga seine Tochter war, und wollte sie nach dem Krieg deshalb so rasch wie möglich zu sich holen. Das hast du doch erzählt.«

»Das kann natürlich sein«, grübelte Gwen, »aber seltsam ist auch, dass Marga später nie mit jemandem über den Brief gesprochen hat. Robert weiß sicher nichts, und Lily hätte doch bestimmt irgendwann eine unachtsame Bemerkung gemacht.«

»Vielleicht wollte Marga Theo schonen, so wie Ilsa ihn schützen wollte. Ich kann mir vorstellen, dass er verzweifelt war über den Betrug an seinem Vater, der dann auch noch so unglückselig im Exil gestorben ist. Aber was bedeutet das denn jetzt für dich? Schließlich ist Theo nun dein Großvater.«

»Irgendwie fühle ich mich betrogen, so wie Mum sicher auch. Wir haben gemeinsame Jahre verloren.«

»Darum solltest du mit Theo reden, und zwar bald. Es wird ihn wahrscheinlich befreien. Aber ich habe doch das Gefühl, es wird ihn nicht so überraschen wie dich jetzt.«

»Dann müsste ich eigentlich am kommenden Wochenende fahren, wenn Lily abgeflogen ist. Ich bin unruhig, wenn ich zu lange warte. Er sah gar nicht gut aus, als wir uns am Mittwoch verabschiedet haben.«

»Ja, mach das. Und danach nimmst du mit deiner Großmutter Kontakt auf«, riet Laura.

»Das habe ich vor, aber ich schiebe es ein bisschen vor mir her. Ich habe sie vor Jahren zuletzt gesehen.« Gwen machte eine kleine Pause und fragte dann: »Kannst du dir vorstellen, dass sich Marga wegen dieses Briefes umgebracht hat?«

»Nein, das glaube ich nicht«, meinte Laura bestimmt. »Du weißt ja nicht, was genau passiert ist. Außerdem war sie schon lange vorher depressiv, wobei ich mir vorstellen kann, dass auch sie etwas geahnt hat, aber ich will das nicht kleinreden, der Brief war sicher ein Schock. Das Gute ist doch, dass nach allem, was du erzählt hast, sich Theo und deine Mutter immer nahestanden. Vielleicht sind sie so viel unbefangener miteinander umgegangen, als wenn sie die Wahrheit gekannt hätten.«

»Kann sein, aber meine Mutter muss es doch sehr beschäftigt haben, so wie es mich auch sofort irritiert hat, dass sie mit den Kolbergern nun plötzlich verwandt war. Zu Hause bei Theo stehen überall die Fotografien von Ruth, Rachel, Mammele und wie sie alle hießen herum. Marga wusste also, dass Theos mütterliche Linie ausgelöscht wurde.«

»Vermutlich«, stimmte Laura zu. »Ich denke sogar, dass Marga bereits all die Jahre vorher eine ihr völlig unbekannte Schuld mit sich herumschleppte. Marga war Teil dieser Familie, nur tragischerweise wusste sie es nicht. Das muss sehr schwer für sie gewesen sein. Deine Mutter konnte sich darum auch selbst nicht verstehen, wie auch. Und Ilsa dachte wohl, sie könnte ihrer Tochter die Wahrheit nicht zumuten, und als sie es dann doch getan hat, verunglückte deine Mutter. Aber wer weiß, vielleicht hatte Ilsa auch ganz andere Motive.«

Mit ihrer psychoanalytischen Amateurbegabung hatte Laura wahrscheinlich wieder einmal ins Schwarze getroffen. Wie schade, dass Gwen damals zu jung gewesen war, um mit ihrer Mutter über das große Schweigen in ihrer Familie zu sprechen. Dieses Versäumnis tat ihr plötzlich sehr leid. Nun hatte sich aber eine Tür aufgetan, und es war an ihr, Theo und Ilsabé mit ihrer eigenen Geschichte zu konfrontieren, und zwar solange die beiden noch lebten. Sie nahm sich vor, Theo am Nachmittag anzurufen und ihn am Sonntag in Oxford zu treffen.

Das kleine Haus am See

Sloppy schlief tief und schnaufend auf dem Sofa, als die Post wie jeden Morgen so eingeworfen wurde, dass der Messingdeckel schepperte und die Briefe auf den Boden fielen. Er wachte vom Lärm auf, dehnte sich ausgiebig und war sofort hungrig. Gwen füllte sein Näpfchen, bevor sie die Post einsammelte. Ein Brief, auf dessen Umschlag ihre Adresse von Hand geschrieben war, erregte ihre Neugierde, und sie öffnete ihn sogleich.

Liebe Frau Farleigh,
wir möchten Ihnen mitteilen, dass unsere Mutter vor einigen Wochen friedlich eingeschlafen ist und wir daher das Haus jetzt ausräumen müssen. Die Miete werden wir noch bis einschließlich Juli zahlen. Wir nehmen an, dass Sie einen Nachmieter suchen. Der Alois Burger und seine Frau Maria vom Neuen Wirt würden das Haus gerne als Sommerhaus mieten und dort auch einige Renovierungsarbeiten durchführen. Der Zaun und die Haustüre müssen dringend gerichtet werden, und auch die Heizung ist nicht mehr in Ordnung.

Bitte sagen Sie uns doch, ob Sie mit diesem Vorschlag einverstanden sind.
Mit freundlichen Grüßen,
Hubert und Evi Mittermayr

Die alte Frau Mittermayr war also gestorben. Sie wohnte seit vielen Jahren in dem Haus, das Ella von Jola geschenkt worden war. Noch zu Lebzeiten hatte Ella das Haus an Marga überschrieben, und nach deren Tod hatte es Gwen geerbt, doch da es vermietet und so weit weg war, hatte sie sich bisher nicht sonderlich dafür interessiert.

Um das Haus rankten sich viele Erinnerungen, und es gab auch Fotografien, die während des Kriegs und danach dort entstanden waren. Darauf waren Jola, Ella, Josefa und Marga zu sehen, wie sie auf dem Steg in der Sonne lagen oder im See schwammen. Eines zeigte ihre Mutter in einem dunklen Badeanzug, da war sie fünfzehn oder sechzehn Jahre alt, an der Hand hielt sie einen kleinen Jungen.

Gwen erinnerte sich an die Geschichte, dass nach dem Krieg das Tölzer Domizil von einem auf den anderen Tag für die Amerikaner geräumt werden musste und alle froh um das kleine Haus waren, in das sie einziehen konnten. Josefa hatte während des Krieges noch einen Jungen aufgenommen, der über die Kinderlandverschickung vermittelt worden war. Schnell fühlte er sich im friedlichen Oberland und dem fröhlichen Gästehaus wohl. Marga sorgte sich um ihn wie eine ältere Schwester, und als seine Mutter bei einem Bombenangriff starb, war klar, dass er erst einmal bei Hubers bleiben würde, bis sich eventuell ein Verwandter meldete. Gwen überlegte, wie der Junge hieß, aber der Name wollte ihr nicht einfallen.

Sie machte sich eine Tasse Tee und war plötzlich ganz aufgeregt bei der Vorstellung, das Haus nach so vielen Jahren für sich nutzen zu können. Es musste renoviert werden, ja, und das würde sicher

Geld kosten, aber vielleicht hätte Robert Freude daran, dort den Sommer zu verbringen und gleichzeitig ein paar Dinge auszubessern. Auf keinen Fall wollte sie neue Mieter und schon gar nicht diesen Alois vom Neuen Wirt, den sie noch nicht einmal kannte.

Es war sonst gar nicht ihre Art, aber sie setzte sogleich einen Brief auf mit der Ankündigung, das Haus selbst nutzen zu wollen. Sie wunderte sich über ihre Entschlossenheit und war erstaunt, wie aufgebracht sie reagierte, nur weil der Sohn von Zenzi Mittermayr einen Nachmieter vorgeschlagen hatte. Vermutlich kam zu dem Eindruck der Übergriffigkeit auch ihr eigenes schlechtes Gewissen und das Gefühl, etwas geerbt zu haben, das sie nicht verdient hatte.

Nun aber verspürte sie große Lust, dort längere Zeit zu verbringen. Sie würde Wanderungen unternehmen, Ski laufen und die Umgebung erkunden können. Sie brannte darauf, ihrem Vater von dieser überraschenden Neuigkeit zu erzählen. Er fuhr so gerne in die Berge, und er kam erstaunlich gut zurecht mit einer lokalen Mentalität, die nicht selten das Gegenteil von englischer Höflichkeit hervorbringen konnte.

Anton hieß der Junge, jetzt fiel es Gwen wieder ein, der nach dem Krieg mit in das kleine Haus am See gezogen war und den Marga auf dem Foto an der Hand hielt. Er hatte damals auf der Trauerfeier mehr um Marga getrauert, als sie selbst es vermochte, und er hatte geschluchzt, als wäre seine Schwester gestorben. Der Junge hatte später Medizin studiert, die Praxis von Korbinian übernommen und war nach Josefas und Korbinians Tod im Gästehaus geblieben. Wahrscheinlich lebte er noch dort. Gwen rechnete nach. Wenn er 1945/46 sieben oder acht Jahre gewesen war, dann war er jetzt noch keine fünfzig Jahre alt. Gwen könnte ihm schreiben und ihn besuchen, wenn sie ohnehin in der Gegend war. Ja, das war eine gute Idee. Aber zuerst wollte sie ihren Vater anrufen.

Sie wählte seine Nummer und erzählte ihm aufgeregt von dem Brief, aber Robert war weit weniger enthusiastisch als sie.

»Ich fahre mit dir dorthin, klar, aber ich kann nicht mehr so anpacken wie in jungen Jahren. Die Zenzi ist einfach dreißig Jahre zu spät gestorben«, bemerkte er trocken, »und Sue wird nicht mitreisen wollen, schon gar nicht im Sommer, wenn im Garten alles blüht.«

»Es wäre mir aber wichtig, wenn du einmal wenigstens mitkommst, damit wir das ganze Haus von oben bis unten anschauen und entscheiden können, was man ausbessern muss«, insistierte Gwen.

»Du wirst eine Menge Geld investieren müssen. Vielleicht solltest du es verkaufen.«

»Verkaufen kommt gar nicht infrage, jetzt, wo wir es zum ersten Mal bewohnen können«, reagierte Gwen enttäuscht.

»Also sag mir, wann du da hinfahren möchtest, und dann plane ich es so, dass ich dich unterstützen kann.«

»Das klingt doch schon besser«, antwortete sie, »und wir können doch unterwegs in Frankreich übernachten.«

Die Aussicht, einen Ausflug nach Frankreich zu unternehmen, lockte Robert wiederum aus der Reserve, der sich vermutlich bereits unter einem Kastanienbaum mit einem Glas Pastis auf einem Marktplatz in einem idyllischen Dorf wähnte.

Seine Stimme klang jedenfalls schlagartig anders, als er Gwens Gedanken aussprach: »Ich würde gerne einmal wieder eine Runde Boule spielen und einen kleinen Pastis in der Abendsonne trinken.«

Gwen musste in sich hineinschmunzeln, so vorhersehbar war die Reaktion ihres Vaters. Sie redeten noch eine Weile weiter und waren plötzlich beide sehr heiter bei der Vorstellung, über Frankreich nach Süddeutschland zu reisen. Gwen erzählte ihrem Vater zum Schluss auch, dass sie vorhatte, Theo zu besuchen. Den Brief ihrer Großmutter erwähnte sie nicht, denn sie befürchtete, Robert würde sich aufregen, aber sie fragte ihn rundheraus, ob Marga sich ihm gegenüber je zu dem Verhältnis zwischen Theo und Ilsabé geäußert hatte.

»Marga hat sich später gewundert, als sie erfuhr, wie oft die Gräfin in England war, angeblich um Freunde zu besuchen. Als der Krieg ausbrach, war das nicht mehr möglich – man munkelte aber, dass sich Theo noch ein paarmal mit ihr in Frankreich getroffen hat.«

»Warum sagst du das so, als ob es verwerflich gewesen wäre? Sie war doch seine Stiefmutter.«

»Eben. Sei nicht naiv, Darling, jeder, der Augen im Kopf hatte, konnte noch Jahre später sehen, das Theo in die Gräfin verknallt war, und du weißt doch auch, dass deine Großmutter nichts anbrennen ließ«, gab Robert amüsiert zum Besten.

»Ich habe keine Ahnung, mir erzählt ja niemand etwas«, schmollte Gwen. »Meinst du, Jakob wusste von dem Verhältnis?«

»Er hat die Eskapaden seiner Frau geduldet und wahrscheinlich nichts weiter vermutet als einen harmlosen Flirt.«

»Und was vermutest du?«

Robert zögerte einen Moment.

»Wie gesagt, Theo war in Ilsa verschossen, und auch Ilsa verhielt sich ihm gegenüber völlig anders. Ich habe das selbst erlebt, sie war in seiner Anwesenheit fast ein normaler Mensch, aber so oft habe ich die beiden auch nicht zusammen gesehen. Ich kann mir sogar vorstellen, dass Theo Margas Vater ist.«

»Ach wirklich. Hat Mummy das auch gedacht?«

»Natürlich nicht. Ich habe deiner Mutter gegenüber einmal eine Bemerkung gemacht, aber sie wollte davon nichts wissen. Sie meinte, das sei mein abgründiger Humor.«

Gwen war überrascht von Roberts Ahnung.

»Wusstest du, dass Granny Marga einen Brief geschrieben hat und darin genau deine Vermutung bestätigt? Sie hat ihr mitgeteilt, dass Theo ihr Vater sei, und erklärt, warum dies ein Geheimnis bleiben sollte. Marga hat den Brief kurz vor ihrem Tod erhalten, und ich frage mich seitdem, ob es einen Zusammenhang gibt zwischen dem Brief und ihrem Unfall.«

»Woher weißt du das?«, fragte Robert, und seine Stimme klang plötzlich schwer.

»Ich habe diesen Brief gefunden. Sie schreibt darin übrigens auch, dass Theo nichts weiß, und sie auch nicht vorhabe, es ihm zu sagen.«

»Darling, das haut mich jetzt um, aber auf der anderen Seite ist es ja großartig für dich, denn du hast plötzlich statt einem toten einen lebenden Großvater, das ist doch fantastisch«, meinte Robert in seiner unnachahmlich einfühlsamen Art. »Und willst du Theo jetzt den Todesstoß geben und ihm alles erzählen?«

»Du bist wirklich ein Zyniker. Ja, ich wollte ihn am Sonntag besuchen und ihm von dem Brief erzählen.«

»Oh, wie großherzig. Da hast du dir ja ganz schön viel vorgenommen. Du willst deiner senilen Großmutter und deinem Onkel, der ja nun dein Großvater ist, ihre Laster auf einem Silbertablett servieren, so wie das Haupt des Holofernes, dann mit deiner alten Tante und ihrer kommunistischen Freundin in den Ostblock reisen, wo jeder bürgerliche Geschmack auf der Strecke blieb und man es ohne Schnäpse gar nicht aushält, um anschließend in Bayern dein Geld an eine marode Holzhütte zu verschwenden, die zugegebenermaßen sehr schön am See liegt. Wir sollten uns vorher unbedingt noch in Frankreich betrinken.« Robert geriet gerade in Fahrt.

»Sei doch mal ernst. Das ist tatsächlich ein Balanceakt für mich«, meinte Gwen nun wirklich eingeschnappt.

»Darling, verzeih mir, du weißt, wir Engländer müssen uns immer in den Witz flüchten, wenn es zu emotional wird. Zu viel Gefühl ist für uns eine physische Strafe.« Und nach einer kleinen Pause fügte er hinzu: »Mach das, und sprich mit den beiden. Sie sind jetzt ganz offenkundig alt genug, sich zu ihrer Sünde zu bekennen.« Dabei lachte er herzhaft.

Robert konnte seine Witzeleien nicht lassen. Das war ein typisches Gespräch mit ihrem Vater, man bekam ihn einfach schwer zu fassen. Dabei vergaß sie nicht, dass seine Depressionen nach

Margas Tod schlimmer geworden waren, denn er machte sich Vorwürfe. Er hatte Margas Schwermut nicht ausgehalten. Er musste immerzu den Clown spielen, und er war die beste Unterhaltung, die man sich vorstellen konnte, wenn man nicht gerade mit ihm verwandt oder verheiratet war.

Besuch bei Theo

Theos Haushälterin Debbie war am Telefon, die mit leiser Stimme sprach und ihr mitteilte, der Professor habe sich hingelegt. Er sei seit ein paar Tagen sehr müde, und sie mache sich Sorgen. Gwen bat Debbie, ihrem Onkel auszurichten, dass sie am Sonntag zum Mittagessen da sei und eine Kleinigkeit mitbrächte. Debbie wollte davon nichts wissen, denn sie war eine gute Köchin. Sie würde alles vorbereiten, und Gwen solle nur noch ein Stück Schokoladenkuchen kaufen und ihm dazu eine Tasse koffeinfreien Kaffee machen.

Als sie aufgelegt hatte, klingelte das Telefon, und Lily war dran. Gwen brachte sie auf den neuesten Stand.

»Theo ist zäh, wir sind alle zäh«, wiegelte Lily ab.

»Theo ist 87 Jahre alt«, insistierte Gwen.

»Es sind alle sehr alt geworden bei uns in der Familie«, wandte Lily ein.

»In welcher Familie? Die Kolberger Familienmitglieder waren zwischen zwei und fünfundsiebzig Jahre alt«, konterte Gwen und war hörbar geladen über Lilys oft so unbedachtsame Äußerungen.

»Warum erwähnst du das?«, brachte Lily nun besonnener hervor.

»Ich erwähne es, weil niemand mehr von ihnen spricht. Theo hat mit mir kürzlich ein langes Gespräch geführt, und das hat ihn sehr erschöpft. Er war danach so müde, dass ich mir Vorwürfe gemacht habe, ihn allein zurück nach Oxford fahren zu lassen.«

»Nun, es hat jeder seine Art, mit der Vergangenheit umzugehen. Weshalb, meinst du, möchte ich jetzt mit dir nach Pommern, wo wir genauso gut an den Gardasee hätten reisen können, um in einem schönen Hotel ein paar entspannte Tage zu verbringen?« Und bevor Gwen eine Antwort einfiel, fuhr Lily energisch fort: »Ich werde jedenfalls am Samstag nach Berlin fliegen, es sei denn, Theo stirbt, aber das würde er mir nicht antun. Er ist viel zu neugierig und möchte sicher wissen, wie die Reise war. Du kannst ihn am Sonntag besuchen, aber sei nicht zu sentimental. Es besteht kein Grund, er rappelt sich schon auf.«

Das war typisch Lily, sie konnte und wollte einfach nicht in die Tiefe gehen. Gewiss machte sie sich Sorgen um Theo, aber es passte ihr gerade partout nicht in den Kram, dass er ausgerechnet jetzt, so kurz vor ihrer Abreise, schwächelte.

»Lily, was weißt du über das Verhältnis zwischen Theo und Ilsabé?«, fragte Gwen unvermittelt.

»Ach du meine Güte, was holst du denn da aus der Versenkung?« Lily schien ehrlich überrascht. »Ich weiß nichts, was nicht jeder wusste. Theo hatte einen Narren an Ilsa gefressen. Vermutlich hat Ilsa ihn entjungfert.«

»Lily!«

»Na ja, das war Ilsas Spezialität. Und mehr weiß ich nicht. Aber wenn du darüber mit Theo sprechen willst, bekommt er sicher einen Schwächeanfall. Was ich aber eigentlich von dir wissen wollte: Braucht man ein Visum für Deutschland?«

»Aber Lily, Deutschland und Großbritannien sind doch beide in der Europäischen Gemeinschaft. Du brauchst nur deinen gültigen Reisepass, und den hast du doch? Geld kannst du dort tauschen oder hier, wie du willst.«

»Na ja, das Pfund ist gerade auf einem Tiefstand, da bin ich froh, dass ich noch ein paar deutsche Scheinchen habe.« So wie es Lily erzählte, klang es, als habe sie unter der Matratze Schwarzgeld gehortet.

»Wieso hast du denn so viel Bargeld?«

»Ach, ich habe einmal eine Kleinigkeit verkauft und das Geld dann in den Safe getan.« Lily schien die Bemerkung, die ihr da gerade herausgerutscht war, zu bedauern.

»Was hast du denn verkauft?«, fragte Gwen neugierig.

»Ich weiß nicht mehr, ist so lange her.« Ihre Tante wollte nun offenkundig das Thema wechseln und hatte es plötzlich sehr eilig. Angeblich musste sie noch zur Post. »Wir haben ja alles besprochen, und du holst mich dann wie vereinbart am Samstag bei mir ab«, beendete Lily das Telefonat.

Überall konnten Tretminen vermutet werden, die mehrere Generationen von Psychoanalytikern beschäftigt hätten, dachte Gwen. Auf was hatte sie sich da nur eingelassen?

Am Samstag brach sie frühzeitig auf, um pünktlich bei Lily zu sein, die auf Verspätungen stets eingeschnappt reagierte. Das Wetter war herrlich, und so beschloss sie, zu Fuß zu gehen. Zahlreiche Leute waren bereits am frühen Morgen unterwegs, um für das Wochenende einzukaufen oder einen ersten Cappuccino in einem der vielen Straßencafés zu trinken. Der kleine Blumenladen hatte seine Schnittblumen und Kübelpflanzen auf den Gehsteig gestellt. Rosen, Pfingstrosen, Nelken, Tulpen, Hortensien, Lavendel und eine üppige Auswahl an Kräutern machten diesen Stand zu einem der beliebtesten im ganzen Viertel. Die frischen Croissants dufteten, als sie bei der neuen französischen Boulangerie vorbeikam, während in einem anderen Café ein typisch englisches Frühstück mit Bacon, Pilzen, Tomaten, Bohnen und Eiern serviert wurde. Gwen kaufte die Wochenendausgabe der *Times*, damit sie später einen Blick in den Literaturteil werfen konnte.

Als sie bei Lily eintraf, hatte diese ihr Gepäck schon vor die Tür gestellt, und Gwen war beruhigt, dass sich ihre Tante für die Reise tatsächlich einen neuen Rollkoffer gekauft hatte, allerdings einen ziemlich großen. Lily wollte noch einmal durch die Wohnung gehen, um zu prüfen, ob sie auch alle Fenster zugemacht hatte, und bat daher ihre Nichte, einen Moment Platz zu nehmen. Auf dem Couchtisch lag ein älterer Katalog eines Kölner Auktionshauses, und Gwen blätterte darin. Auf einer Seite blieb ihr Blick hängen, denn dort war ein Gemälde abgebildet, von dem sie dachte, dass sie es schon einmal gesehen hatte. Sie konnte sich nur nicht mehr erinnern, wo. Aber es war nicht so lange her, sinnierte sie. Lily rauschte aufgeregt ins Zimmer, um zu verkünden, dass sie fertig sei. Bevor sie die Wohnung zuschloss und Gwen den Schlüssel gab für den Fall, dass sie etwas vergessen haben sollte, rekapitulierten sie, was man alles vergessen konnte, aber nicht sollte. Pass, Geld, Adressen, Telefonnummern und die Medikamente waren eingesteckt – es konnte losgehen.

Sie bekamen einen Sitzplatz in der U-Bahn, und Lily begann sofort in der Zeitung zu lesen, die Gwen für sich gekauft hatte. Aber Gwen konnte sich ohnehin nicht konzentrieren, denn sie dachte immer wieder an das Bild im Katalog. Es war dort in Farbe abgebildet gewesen, während sie sich sicher war, irgendwo eine Schwarz-Weiß-Abbildung gesehen zu haben. Als sie in Heathrow ausstiegen und zum Schalter von British Airways gingen, fiel es ihr ein. Das Gemälde im Katalog glich dem Bild, das hinter dem Schreibtisch ihres Großvaters gehangen hatte. Sie hatte Theo die alte Fotografie zeigen wollen, aber dann waren sie nicht dazu gekommen, darüber zu sprechen. Vielleicht hatte Liebermann mehrere Varianten eines Themas angefertigt. So musste es sein, denn wie sollte ein und dasselbe Bild in Köln versteigert worden sein?

Lily gab ihren Koffer auf, und Gwen begleitete sie noch bis zum Sicherheits-Check-in. Ihre Tante versprach, aus Lottes Wohnung gleich anzurufen, und Gwen schärfte ihr nochmals ein, dass sie die Uhr bei Ankunft in Berlin um eine Stunde weiter stellen musste. Lily wiederum erinnerte Gwen daran, den Tee und die anderen Geschenke nicht zu vergessen. Sie umarmten sich, und Lily verschwand fröhlich wie ein Schulmädchen mit Gwens Zeitung unterm Arm im Gewimmel der Menschen.

Gwen nahm die nächste U-Bahn zurück. Ihr Blick fiel auf ein Plakat, das in der Wölbung der Waggondecke oberhalb des Fensters angebracht war. Vor einiger Zeit war jemand auf die Idee gekommen, Gedichte auf Plakate zu drucken und diese in der U-Bahn zu platzieren. *Poems on the Underground* hieß diese Aktion. Manche Gedichte waren echte Fundstücke, und auch dieses von Elizabeth Bishop, in dem es darum ging, Verluste zu ertragen, war ein poetisches Kleinod und berührte Gwen sofort. Es gab so viele Verluste in ihrer eigenen Familie und so viele Katastrophen. Aber es hatte auch glückliche Fügungen gegeben – und das Vertrauen in die Kraft des Neubeginns.

Als sie in Hampstead ausstieg, hatte sie plötzlich die Idee, noch in ihrer Lieblingsbuchhandlung zu stöbern. Gleich im Eingangsbereich lag in Stapeln das Buch *Der englische Patient* von Michael Ondaatje, das den diesjährigen Booker Prize gewonnen hatte. Sie beschloss, es Theo mitzubringen. Ihr Blick fiel auf einen Tisch mit Neuerscheinungen des kleinen Verlags Virago Press, dessen Signet ein angebissener Apfel war. Sie mochte das Programm, erschienen dort doch vor allem vergriffene Bücher von Schriftstellerinnen, die man vergessen hatte und die nun wiederentdeckt wurden. Sie kaufte ein Buch von Edith Wharton, die so gerne nach Italien gereist war.

Zurück zu Hause, fand sie in der Post eine Karte von Theo, in der er mitteilte, dass er sich auf ihren Besuch am Sonntag freue. Gwen ließ Sloppy in den Garten, der schon ungeduldig gewartet hatte, und suchte anschließend das Foto, das ihren Großvater am Schreibtisch zeigte, denn sie wollte es Theo zeigen und ihn nach dem Liebermann fragen. Als sie es gefunden und mit der Lupe genauer betrachtet hatte, war sie sich sicher, dass es sich um dasselbe Bild handeln musste, das in dem Katalog des Auktionshauses abgebildet gewesen war. Wie war das nur möglich?

Der Zehn-Uhr-Zug war pünktlich und Gwen freute sich auf die Reise. Das Wetter war fast sommerlich warm, und als sie in Oxford ankam, beobachtete sie Studentinnen, die hinunter zum Bootshaus des Ruderclubs joggten, wo sie gleich trainieren würden. Junge Paare hatten sich einen Kahn gemietet und stakten nun den Fluss entlang. Stolze Eltern besuchten ihre an dieser ehrwürdigen Universität studierenden Kinder und führten sie zum Essen aus. Es war eine Atmosphäre, die an ausgelassene Kindheitstage erinnerte, an denen man einen Luftballon geschenkt bekam oder ein Eis oder ein bisschen Geld für das Sparschwein; an dem die Erwachsenen für einen Moment ihre Anspannung verloren und großzügig auf eine Ungeschicklichkeit reagierten. Die heitere Stimmung hob Gwens Gefühlslage, denn sie war doch auch nervös, wenn sie daran dachte, was sie mit Theo besprechen wollte.

Theo öffnete schwungvoll die Tür und schien guter Dinge zu sein. Er freute sich sichtlich über ihren Besuch. »Ich muss die Musik leiser drehen, aber komm doch schon mal herein, und leg ab.« Vor ein paar Jahren hatte sich ihr Onkel eine moderne CD-Anlage gekauft. Er benutzte das deutsche Wort »fabelhaft«, wenn ihm etwas sehr gefiel. Gerade hatte er von Chopin das zweite Klavierkonzert mit der rumänischen Pianistin Clara Haskil aufgelegt und meinte, es sei »fabelhaft«.

Debbie hatte das Essen so vorbereitet, dass sie es tatsächlich nur noch wärmen musste, selbst der Tisch im Esszimmer war bereits gedeckt. Sie war lange nicht da gewesen. Außer in Theos Arbeitszimmer herrschte überall eine angenehme Unordnung.

»Sei doch so gut, und hol den Sancerre aus dem Kühlschrank. So ein kleiner Schluck am Sonntag ist doch erlaubt, nicht wahr? Du auch?«

»Ja, ein Gläschen trinke ich gerne«, antwortete Gwen und stellte die Flasche auf den Tisch. Sie servierte den frischen Spargelsalat und anschließend das rote Curry mit Reis, das Debbie vorbereitet hatte. Es schmeckte vorzüglich. Während sie aßen, erzählte Theo, dass es ihm in letzter Zeit nicht gut gegangen sei, er habe sich so schwach gefühlt, sei nun aber auf dem Weg der

Besserung. Sogar Lily habe ihn vor ihrem Abflug noch angerufen, aber nicht, um ihn zu bemitleiden, sondern um ihn daran zu erinnern, dass er sich nicht anstellen solle, schließlich seien die Steins von zäher Sorte. So kannte er seine Schwester, er musste darüber selbst schmunzeln. Gwen räumte den Tisch ab und brühte anschließend den Kaffee auf. Theo wollte auf keinen Fall den schlappen koffeinfreien trinken und zeigte ihr, wo er die starke Sorte vor Debbie versteckt hielt. Die Schokoladentorte verteilte Gwen auf zwei Teller.

Sie setzten sich in das Kaminzimmer, und Gwen begann ohne weitere Umschweife, Theo von Ilsabés Offenbarung an Marga zu erzählen. Anschließend nahm sie den Brief aus ihrer Tasche und gab ihn Theo selbst zu lesen. Sie konnte nicht voraussehen, wie er reagieren würde.

Nach einer langen Pause sagte er: »Schade, dass sie mir nicht auch so einen Brief geschrieben hat. Sie konnte ja recht rücksichtslos sein. Es überrascht mich nicht so sehr der Inhalt, nur die Tatsache, dass sie es gegenüber Marga zugegeben hat. Vermutlich wollte sie meinen Vater wirklich schonen und mich auch. Ich war so verliebt in sie und so unglücklich wie der junge Werther.« Zum ersten Mal sprach er aus, was er vermutlich schon so lange ahnte. Wie musste sich das für ihn anfühlen nach so vielen Jahrzehnten?

Gwen ließ Theo teilhaben an Lauras Vermutung, Marga habe den Verlust der Großeltern und der ganzen Kolberger Familie geradezu körperlich gespürt – und der seelische Schmerz sei dann die Ursache für ihre Depression gewesen.

Theo wurde jetzt sehr nachdenklich: »Weißt du, dass meine Kolberger Großeltern ganz verrückt waren nach diesem Nachzügler, obwohl Marga ja, wie sie dachten, nicht mit ihnen verwandt war. Meine Großmama Mammele hat aber in ihrem untrüglichen Mutterinstinkt einmal gesagt, das Kind habe die Augen von Ruth. Oder war es Rachel? Ich erinnere mich jetzt, dass Ilsa die kleine Marga, da war sie etwa drei Jahre alt, einige Wochen in Kolberg abgegeben hat, um mit Jakob die große Ägyptenreise zu machen.« Theo war aufgestanden, um sein Glas vom Tisch zu holen und es sich auf seiner neuen Couch bequem zu machen, die er in einem Conran Shop gekauft hatte. »Marga hatte eine viel engere Beziehung zu diesen Großeltern als zu den Eltern von Papa oder gar zu Ilsas Familie. Mir wird jetzt so vieles klar, und es macht mich traurig, dass ich nicht mehr mit Marga über diesen Teil der Familie gesprochen habe«, bemerkte Theo resigniert.

Sie hatte Theo noch nie weinen sehen, aber nun saß er da, und die Tränen liefen ihm die eingefallenen Wangen herunter. Gwen umarmte ihn fest, sie roch sein Rasierwasser, das er seit Jahrzehnten benutzte und immer bei Boots kaufte. Dann schien er sich einen inneren Ruck zu geben und sagte: »Es ist schön, dass ich dich habe. Ich bin jetzt dein Großvater, und ich bin der Vater einer Tochter, deren Tochter so viel Ähnlichkeit hat mit meiner verstorbenen Tante Rachel, und ich bin froh, dass du mir von dem Brief erzählt hast.«

Gwen musste nun auch weinen, und so saßen sie eine Weile schweigend da. Sie fühlten sich beide erschöpft, und Gwen schlug vor, Theo solle sich hinlegen. Sie würde in der Zeit einen kleinen Spaziergang machen und zum Tee zurück sein.

Theo war bereits aufgestanden, als sie zurückkam. In einem Schrank entdeckte sie ein Teeservice, das nur aus Deutschland stammen konnte. Es hatte einen hellblauen Rand und ein goldenes Blümchen in der Mitte eines jeden Tellers. Es war Nymphenburger Porzellan.

»Jakob hat es in München gekauft, weil es Ilsa so gut gefallen hat, aber Ilsa wollte es nicht mehr, und so habe ich es von Ella bekommen. Die Tassen sind klein, aber es ist komplett. Stell dir vor, es hat den Krieg überlebt und den Transport nach England. Wenn ich gestorben bin, wirst du es bekommen. Aber darüber würde ich gerne an einem anderen Tag mit dir sprechen, heute ist mir das zu viel.«

Um das Thema zu wechseln, holte Gwen das Foto heraus, das sie Theo zeigen wollte.

»Das ist dein Vater an seinem Schreibtisch und dahinter dieses Gemälde, das ist der Liebermann, nicht wahr?«

»Ja, eine sehr feine Arbeit. Papa hat Liebermann sehr bewundert und ihn auch ein paarmal in Berlin besucht. Er war ein bisschen direkt, sehr berlinerisch, aber herzlich. Seine Frau Martha muss eine besondere Persönlichkeit gewesen sein. Er hat sie ja oft gemalt, eine ausdrucksstarke Frau. Sie hat sich umgebracht, bevor die Nazis sie abholen konnten. Schrecklich. Liebermann hatte sein Haus am Pariser Platz, direkt neben dem Brandenburger Tor. Ist nichts davon übrig geblieben nach dem Krieg«, antwortete Theo nun wieder ganz vital, während er sich eine Gabel mit Schokoladentorte in den Mund schob. »Das Bild ist verschwunden. Es kann sein, dass es die Nazi-Kunsthändler mitgenommen haben, die sollten für ihre Auftraggeber natürlich andere Kunst rauben und keine von jüdischen Malern, aber sie selbst hatten eben oft echten Kunstverstand und wussten, wo sich ihre Abnehmer aufhielten. Verschwunden ist auch das kleine Gemälde, von dem du auf dem Foto nur noch ein Stück des Rahmens siehst. Schau, hier.« Theo deutete auf einen angeschnittenen Rahmen, von dem Bild selbst konnte man wenig erkennen. »Ein Renoir, den Papa auf einer Reise in Paris entdeckte und für den er damals schon viel Geld bezahlte. Er hat das Bild Ilsa geschenkt, er hat sie mit Geschenken überschüttet, nur Ilsa mochte es, glaube ich, nicht, sie hatte ihren eigenen Geschmack.«

Gwen erzählte nichts von dem Katalog in Lilys Wohnung, aber sie nahm sich vor, auf dem Rückweg bei ihr vorbeizuschauen, um das Foto mit der Abbildung zu vergleichen. Als sie sich verabschiedete, musste sie Theo versprechen, ihn gleich nach ihrer Rückkehr aus Pommern zu besuchen, denn er wolle alles genau wissen.

»Wirst du Ilsa anrufen?«, fragte Gwen ihn zum Abschied.

»Nein, das solltest du tun.«

Gwen hatte bereits die Türklinke in der Hand, als Theo zu ihr sagte: »Darling, ich bewundere, wie du in so kurzer Zeit so viel herausgefunden hast. Marga hat über dich gesagt, da warst du noch klein: ›Die Gwenny ist so analytisch.‹ Man musste dir stets alles genau erklären, und du hast sofort gespürt, wenn jemand unsicher wurde und doch nicht genau Bescheid wusste. Aber was ich eigentlich sagen wollte, ist, ich hoffe, dass dich die Beschäftigung mit der Familie auch selbst befreit und du anders als Marga in dein eigenes Leben findest.«

»Was meinst du?« Gwen war erstaunt über Theos seelenkundliche Betrachtungen, die er gerade zwischen Tür und Angel präsentierte.

»Dein Vater und deine Mutter haben auf ihre Art viel Aufmerksamkeit gebraucht. Robert als exaltierter Intellektueller und noch dazu mit seiner Neigung, zu viel zu trinken, du weißt schon, ich kenne ihn ja noch als ganz jungen Mann, und deine Mutter, die doch oft so kraftlos und fahrig wirkte. Wenigstens kochte sie gerne. Na ja, das war nicht leicht für dich. Da blieb dir vermutlich nur die Rolle des angepassten Mädchens. Es war gut, dass du nach der Schule allein nach Indien gereist bist. Aber danach ist deine Mutter zu schnell gestorben, und so konntet ihr die Entfremdung nicht mehr auflösen.«

»Hat Marga mit dir darüber gesprochen?«

»Ja, das hat sie, sie war unglücklich, weil sie mit ihrer Rolle als Mutter nicht zurechtkam. Sie hatte das Gefühl, nicht genug geben zu können. Ich habe mich in den letzten Jahren immer wieder gefragt, was sie eigentlich so belastet hat.«

»Dann habt ihr ja doch ziemlich vertraute Gespräche geführt.«

»Hin und wieder, ja. Aber viel wichtiger ist mir, dass du, als meine Enkelin, jetzt das tust, wozu du Lust hast, und wenn ich alter Knochen dir dabei helfen kann, tue ich das mit Vergnügen.«

Sie umarmten sich fest, und Gwen fuhr schweren Herzens zum Bahnhof. In Theos Alter wusste man nicht, ob man sich je wiedersehen würde, aber vermutlich war es ja, wie Lily behauptet hatte: Die Steins waren von der zähen Sorte – und Theo hatte gerade heute einen ausgesprochen fidelen Eindruck hinterlassen.

Das Bild im Katalog

Lily hatte am Abend zuvor noch angerufen und ihr mitgeteilt, dass sie gut in Berlin angekommen war und Lottes Wohnung in einem Jahrhundertwendehaus im Prenzlauer Berg reizend sei. Allerdings habe sich dort vermutlich seit Kriegsende nichts geändert, zugige Fenster, Kohleheizung, aber dafür ein herrlicher Dielenboden, viele Bücher, ein winziges Arbeitszimmer mit Lottes Biedermeiermöbeln. Alles sehr gemütlich. Lily klang rundum zufrieden, ja, geradezu aufgekratzt. Die beiden Freundinnen hatten den Kontakt über die Jahrzehnte gehalten, wobei es schwierig gewesen war, sich zu sehen. Lotte durfte erst aus der DDR ausreisen, als sie das Pensionsalter erreicht hatte, aber Lily war hin und wieder nach Westberlin geflogen und dann mit der S-Bahn in den Osten der Stadt gefahren. Mit ihrem britischen Pass war die Einreise kein großes Problem. Sie schickte Lotte zudem regelmäßig Pakete mit Bohnenkaffee, Strumpfhosen und Schokolade. Einmal war sie sogar im Mietauto nach Ostberlin gefahren, einem riesigen Mercedes, denn sie hoffte, dass ein so schönes kapitalistisches Auto den Grenzern imponieren würde. Auf die Rückbank hatte sie eine Waschmaschine gezwängt, auf die Lotte sonst noch bis zum 100. Geburtstag hätte warten müssen. Und nun konnten sie sich also nach dem Fall der Mauer zum ersten Mal sehen, ohne von irgendeinem Grenzbeamten schikaniert zu werden. Sie durften in den Osten der Stadt und wieder zurück in den Westen, so wie es ihnen gerade gefiel.

Gwen überkam ein schlechtes Gewissen, als sie die Tür zu Lilys Wohnung aufschloss, schließlich war sie nicht da, um Blumen zu gießen. Ihre Tante war vor ein paar Jahren in ein modernes Appartement gezogen. Im Wohnzimmer hatte sie skandinavische Bücherregale aufgestellt, in denen große Kunstkataloge Platz fanden. Alles, was sie besaß, hatte Qualität und Stil. Die Chaiselongue der französischen Designerin Charlotte Perriand, die sie für wenig Geld in Paris erstanden hatte, bildete einen interessanten Kontrast zu dem kleinen antiken Sekretär. Auch die wenigen Bilder zeigten eine interessante Mischung aus zeitgenössischer Malerei und Gemälden des 19. Jahrhunderts. Die Vorhänge aus einem leichten hellblauen Gewebe schützten nur wenig vor der Sonne, die den ganzen Tag durch die großen Fenster geschienen hatte. Die Luft war stickig, und Gwen öffnete die schwere Schiebetür zum Balkon. Nein, die Blumen brauchten wirklich noch kein Wasser.

Der Katalog lag an der gleichen Stelle, wo ihn Gwen zuletzt hingelegt hatte, und sie fand schnell die Seite, auf dem das Kunstwerk beschrieben war. Gwen verglich die beiden Abbildungen, wobei auf dem alten Foto das Gemälde nicht besonders gut zu erkennen war. Als Herkunftsbezeichnung wurde »Provenienz Privatsammlung« angegeben. Der Katalog war aus dem Jahr 1989. Gwen erschrak bis ins Mark, denn es klingelte an der Tür. Sie fühlte sich ertappt, als wäre sie eine Einbrecherin, die am helllichten Tag die Wohnung ausräumte. Sie sah durch den Spion in der Tür und erkannte Jane, die Nachbarin.

»Ach, Gwen, Sie sind es. Ich habe ein Geräusch gehört, und da wollte ich nachsehen. Ihre Tante ist ja verreist. Wir achten hier sehr darauf, wer ins Haus kommt. Sie wissen ja, es passiert doch immer wieder etwas.«

»Ich habe gedacht, ich hätte mein Brillenetui hier vergessen«, log Gwen. »Aber hier ist es nicht.«

»Ihre Tante ist ja lange nicht nach Deutschland gereist«, brachte Jane eilfertig hervor, um das Gespräch möglichst lange aufrechtzuerhalten.

»Ja, es muss Ewigkeiten her sein«, antwortete Gwen so kurz angebunden wie möglich.

»Genau drei Jahre«, meinte Jane bestimmt, und man konnte

ihr ansehen, wie sehr sie ihren Wissensvorsprung auskostete. »Da hat sie sich mit ihrem Bruder getroffen, glaube ich.«

»Ach, das weiß ich gar nicht mehr. Wo sind die beiden denn damals hin?«, fragte Gwen bemüht, als würde es sie nur mäßig interessieren.

»Ich glaube, es war Köln, sie hat mir damals diesen Duft mitgebracht – Eau de Cologne. Ja, ich erinnere mich, sie ist mit dem Zug gefahren«, plauderte Jane, erfreut über ihr gutes Gedächtnis.

»Und da ist sie mit Henry hin?«, fragte Gwen nun ungläubig. Heinrich hatte seinen allzu deutschen Namen in Paris abgelegt und sich seither Henry genannt, was auf Englisch wie auf Französisch gleichermaßen gut klang.

»Ja, das weiß ich sicher, weil doch ihr Bruder dann ein Jahr später verstorben ist.«

»Dann hat sich Lily wahrscheinlich damals schon den Rollkoffer gekauft«, murmelte Gwen vor sich hin.

»Den Rollkoffer hat ihre Tante bei Marks & Spencer im Sale gekauft. Ich fand ihn übertrieben groß für eine so kurze Reise, denn sie blieb doch nur ein paar Tage, aber nun ist er ja genau richtig.«

Jane schien über alles bestens Bescheid zu wissen, und sie würde Lily sicher sofort erzählen, dass sie Gwen in der Wohnung angetroffen hatte. Glücklicherweise klingelte das Telefon bei Jane, die sich nun hastig verabschiedete und verschwand. Gwen sperrte die Wohnung zu und fuhr nachdenklich nach Hause. Sie konnte sich Lilys Geheimnistuerei beim besten Willen nicht erklären, aber in jedem Fall musste es einen Zusammenhang zwischen dem Liebermann, dem Auktionshaus und der Reise der Geschwister nach Köln geben.

Am nächsten Morgen duschte sie heiß und anschließend eiskalt. Sie hatte unruhig geschlafen und war in ihrem Traum mit Onkel Henry nach Ostberlin gereist, wo Lotte in einem Kaffeehaus einen Aufstand probte und Jane Koffer in allen Größen feilbot. Als der Wecker klingelte, sollte Lotte gerade verhaftet werden, während Lily ein großes Bild in eine Tasche quetschte. Gwen brühte sich, was selten vorkam, eine Tasse Kaffee auf. Danach ging es ihr besser.

Sie dachte plötzlich an ihren Onkel Henry, über den in der Familie wenig Schmeichelhaftes erzählt worden war. Er galt als blasiert, aber war er das wirklich, nur weil er gut geschnittene Anzüge trug und am kleinen Finger einen Siegelring mit dem Wappen der Familie? Er war ein kompromissloser Kunstkenner, der nur die beste Qualität gelten ließ und sein Gesicht verzog, wenn er bemerkte, dass sein Gegenüber bedauerlicherweise keine Ahnung hatte. So war es Gwen einmal ergangen. Sie war in Italien gewesen und hatte im Dom von Arezzo ein Fresko von Piero della Francesca nicht angesehen und, was noch schlimmer war, nicht einmal gewusst, dass es sich dort befand. Henry hatte einen kleinen Schrei des Entsetzens ausgestoßen und ihr dann in einer Mischung aus Missachtung und Mitleid erklärt, es befinde sich im linken Seitenschiff. Er konnte aber auch über sich selbst und seine Pedanterie lachen und war ein guter Erzähler, dessen Geschichten stets mit einer originellen Pointe endeten, zumindest hatte das Robert erzählt, der sich gut mit ihm verstand. Von ihm wusste sie auch, dass Henry mit neunzehn Jahren ein Studium der Kunstgeschichte in Florenz begonnen hatte und während dieser Zeit durch ganz Italien gereist war. Als auch in Italien die Judenverfolgung einsetzte, zog er nach Paris, wo er eine Stelle als Kurator an einem großen Museum übernahm. Sie hatte allerdings keine Ahnung, wie und wo er dann die Jahre der deutschen Okkupation überlebt hatte. Aber Henry konnte Polnisch, Italienisch und Französisch akzentfrei, das hatte ihm wohl das Überleben gesichert. Er war unverheiratet geblieben, und man munkelte, er sei Männern zugetan. Als er vor ein paar Jahren in Paris starb, konnte Gwen nicht zur Beerdigung kommen, sie erinnerte sich aber an eine Bemerkung Lilys, die sie nach ihrer Rückkehr ihr gegenüber gemacht hatte. Lily hatte nämlich gesagt: »Wir haben alles getan, was man tun konnte.« Damals hatte sie nicht weiter darüber nachgedacht, aber jetzt wollte sie zu gerne wissen, was genau sie wohl gemeint hatte.

Sie rief bei Theo an, um ihm zu sagen, dass sie gut nach Hause gekommen war. Nach einem kurzen Austausch über das gegenseitige Befinden fragte sie ihn, woran Henry eigentlich gestorben war.

»Wie kommst du denn auf Heinrich?« Theo klang überrumpelt.

»Ich weiß nur, was Robert mir von ihm erzählt hat, also nicht viel. Wie war eigentlich das Verhältnis zwischen Lily und Henry?«

»Ich habe ihn ein- oder zweimal in Italien getroffen und später in Paris, das war aber noch vor dem Krieg. Aber irgendwie haben wir uns auseinandergelebt. Nach dem Krieg ging jeder dann weiter seiner Wege. Und dann haben wir uns auch noch wegen dieser dummen Kunstwerke und Papas ägyptischer Sammlung zerstritten. Als ob es das wert gewesen wäre.«

»Und Lily?«

»Lily hat Henry während des Krieges nicht gesehen, meine ich. Sie war in Schweden und war ohnehin nicht so eng mit ihm. Ilsabé hatte mit ihm Kontakt, sie war ja oft in Paris.«

»Hattest du denn das Gefühl, dass er am Ende seines Lebens Hilfe brauchte?«

»Das ist eine längere Geschichte.« Theo machte eine Pause, als ob er sich überlegen müsste, so tief in die dunklen Verliese der Vergangenheit hinabzusteigen. Dann schien er sich aber einen Ruck zu geben: »Kurz zusammengefasst war es so, dass Henry noch mit über siebzig ein sehr attraktiver Mann war und als älterer Herr an so einen Bonvivant geriet, der es vor allem auf sein Vermögen abgesehen hatte. Henry war völlig vernarrt in ihn und hat ihm sogar die große Wohnung in der Rue du Bac überschrieben, und als er dann an Aids erkrankte, war er quasi mittellos. Lily hat ihm die teure Behandlung bezahlt, und dafür mussten sie wohl einige Male zu einem Spezialisten nach Köln.«

»Wer war mittellos, Henry oder der Liebhaber?«

»Henry.«

»Dann ist Henry an Aids gestorben. Davon hat ja auch niemand gesprochen.«

»Nun, das war allen peinlich, und so hat man erzählt, er habe einen Tumor.«

»Hast du ihn denn vor seinem Tod noch einmal gesehen?«

»Ja, das war traurig, er sah elendig aus, ganz abgemagert, aber Lily hatte ein Haus in einem Dorf namens Bretagnolles in der Normandie für ihn gefunden. Er musste ja schwerkrank aus seinem Appartement ausziehen, da sein Ex-Liebhaber es nicht abwarten konnte, dort mit seinem neuen Lover einzuziehen. Lily wollte diesen jungen Mann eigentlich ernsthaft umbringen, aber ihr ist dann etwas Besseres eingefallen.«

Gwen war nun sehr gespannt, was Lily sich als Rache ausgedacht hatte, aber es war beruhigend zu wissen, dass es wenigstens noch keinen Mordfall in ihrer Familie gab.

»Ich habe vergessen, wie dieser Gigolo hieß, aber er hatte eine Galerie und verkaufte alte Meister. Lily hat ihn kaltblütig bei der Steuerbehörde angezeigt. Ich habe sie damals gefragt, ob sie von einem Steuervergehen wüsste, aber sie sagte nur, die Wahrscheinlichkeit bei einem solchen Typen sei sehr hoch. Und stell dir vor …«, Theo amüsierte die Geschichte zunehmend, »sie haben die Galerie auseinandergenommen, alles geprüft, jeden Beleg eingefordert. Da wird ja viel Bargeld hin und her geschoben und auch Geld gewaschen, weißt du«, erklärte Theo, als wäre er ein Spezialist auf diesem Gebiet, »und er musste einen hohen Betrag nachzahlen. Die ganze Geschichte stand sogar hier in der Zeitung.« Theo klang gerade, als wäre er sehr stolz auf seine Schwester.

Gwen hatte Theo nichts von dem Bild im Katalog erzählen wollen, weil sie nicht wusste, ob ihn eine solche Information beunruhigen würde. Die Geschwister hatten das Bild ja jeden Tag im Arbeitszimmer ihres Vaters gesehen, und ein jeder würde seine Erinnerung daran haben. Dann war es verschwunden. Nun hatte Gwen aber immerhin eine Vermutung und auch eine erste Spur. Lily war also mit Henry nach Köln gereist, in dem Jahr, als der Liebermann versteigert wurde. Vielleicht hatte sie das Bild, das mit 71 × 91 Zentimetern, diese Maße waren im Katalog angegeben, nicht gerade klein war, in ihren Rollkoffer gepackt, und dann war sie mit Schiff und Zug hin- und zurückgereist. Mit dem Flugzeug wollte sie gewiss nicht fliegen, dann hätte sie den Koffer aufgeben müssen – und wer gibt schon einen Koffer mit einem wertvollen Bild auf? Aber wie war sie in den Besitz des Bildes gelangt, und warum nur wusste niemand von der ganzen Aktion?

Die neue Frisur

Es gab diese Tage, an denen man sich von heute auf morgen nicht mehr leiden konnte. So erging es Gwen, als sie sich am Morgen im Spiegel betrachtete. Sie brauchte dringend einen neuen Haarschnitt und machte darum gleich in ihrem angestammten Friseurladen in Camden Town einen Termin aus. Nicht die schickste Adresse, aber Lucy konnte gut schneiden und hatte Charakter.

»Ich sehe so langweilig aus«, eröffnete Gwen das Gespräch und ließ sich in einen deutlich in die Jahre gekommenen Sessel fallen.

»Ja, ist ziemlich rausgewachsen und vielleicht etwas Farbe und Glanz. Dafür müsste aber wirklich ein Stück weg«, schlug Lucy vor.

»Sollte wieder pflegeleicht sein. Ich möchte nicht stundenlang föhnen.«

»Schon klar, aber eine Spur kürzer um die Ohren und ein leichter Mahagonifarbton und ein bisschen Gel zum Schluss, nur hier vorne«, antwortete Lucy bestimmt.

Gwen vertraute ihrer Punkfriseurin und vertiefte sich in die herumliegenden Magazine, die ausführlich über die Ehekrise zwischen Charles und Diana berichteten. Es schien kein anderes Thema zu geben. Erstaunlicherweise aber gab es in einem der Hefte unter dem Motto »Unbekanntes Polen« zwei Doppelseiten über Reisen an die Ostsee mit Empfehlungen für Hotels und Restaurants. Auch war in diesem Artikel die Rede von verlassenen Gutshöfen in Brandenburg und Polen, von denen einige von den Nachkommen ehemaliger Besitzer zurückgekauft worden waren. Die meist adeligen Idealisten, so wurde berichtet, hatten damit begonnen, die Höfe oder Schlösser ihrer Ahnen zu restaurieren.

Gwen fragte sich, wie es ihr wohl ergehen würde, wenn sie das Gutshaus zum ersten Mal sah. Würde der alte Glanz noch irgendwo zu erahnen sein? Wie würde sie es empfinden, ihrer Familiengeschichte so nahezukommen? Der Gutshof war bis zur Flucht ihres Großvaters der Ort, den alle als selbstverständlichen Mittelpunkt begriffen; er war Heimat, Sicherheit und ein Symbol für Beständigkeit. Wenn sie später jemanden hörte, der vom Gutshaus sprach, war das, als tauschte man sich über ein Lebewesen aus. Der Gutshof »litt« und seine Schönheit war »verblasst«, aber er zeigte sich immer noch »stolz« und »wehrhaft« und dennoch »verletzt«.

Marga wollte in den Siebzigerjahren unbedingt noch einmal ihr Elternhaus sehen, obgleich ihr alle davon abrieten, die schönen Erinnerungen zu gefährden, schließlich würde nichts mehr so sein, wie es war. Sie fuhr mit Robert dennoch hin. Im Dorf traf ihre Mutter wohl einen Mann, der noch bei Jakob von Stein als Stallbursche gearbeitet hatte. Er war es auch, der ihren Eltern ermöglichte, das Haus zu betreten und sich die Innenräume anzusehen, obgleich das Anwesen als Freizeitheim für linientreue Genossen und Genossinnen genutzt wurde. Ihre Mutter war mit diesem Karol in Kontakt geblieben und hatte ihm Pakete geschickt, mit Lebensmitteln, die in Polen schwer zu bekommen waren. Und nun stand das Haus wohl seit einigen Jahren leer und war vermutlich ziemlich heruntergekommen.

Gwen hatte bis vor Kurzem keinerlei emotionale Verbindung zu dieser vergangenen Zeit und zu diesem verlorenen Besitz herstellen können, aber in den letzten Wochen hatte sich dies beinahe täglich verändert. Durch die Gespräche mit Theo – die Briefe, die sie gefunden, und die Fotografien, die sie betrachtet hatte – und nicht zuletzt Ellas Aufzeichnungen waren in ihr Bilder entstanden, die sich zu imaginären Filmsequenzen aneinanderreihten. Plötzlich hatten Gesichter Namen und eine Geschichte, und diese Geschichte wirkte bis in die Gegenwart hinein. Auch sie war ein Teil davon. Diese Namen und Gesichter waren die ihrer Vorfahren, und das Mindeste, was man für sie tun konnte, war, sich für ihr Leben zu interessieren.

Gwen wurde unsanft aus ihren Gedanken gerissen, als Lucy die stark nach Ammoniak riechende Farbe auftrug. Sie fühlte sich wie aus einem Tiefschlaf gerissen und ganz benommen. Aber Lucy nahm darauf wenig Rücksicht und ging mit Tatkraft an die Arbeit.

Die Haare waren schnell geschnitten, und mit der leichten Tönung sah die Frisur schon im nassen Zustand gut aus. Der fahle, beinahe graublonde Ton war einem frischen rötlichen Braun gewichen und ließ ihre grünen Augen vorteilhaft zur Geltung kommen, wenn sie die Brille abnahm. Ja, die Brille, die müsste eigentlich auch einmal durch ein neueres Modell ersetzt werden.

Gwen verließ gut gelaunt den kleinen Laden. Sie nahm die U-Bahn in die Innenstadt, um bei Fortnum & Mason endlich den Tee zu kaufen, den sie mit nach Berlin nehmen wollte. Sie liebte das Kaufhaus. Der Gründer hatte bei Queen Anne Anfang des 18. Jahrhunderts seinen Dienst getan und dort Kerzenstummel gesammelt, die er dann weiterverkaufte. Das war so lukrativ gewesen, dass er mit dem ersparten Geld ein Lebensmittelgeschäft eröffnen konnte, das sich im Laufe der Jahre zu einem der exklusivsten Feinkosthäuser Europas entwickelte. Gwen hatte diese Geschichte immer gefallen, und es berührte sie, wenn Menschen die in ihnen liegende Kraft derart zu ihrem Vorteil aktivieren konnten. Sie dachte daran, dass Ella dies ebenfalls gelungen war, und fühlte sich inspiriert und ermutigt.

Sie bezahlte die Teedosen und nahm den Bus zurück. Zu Hause räumte sie noch ein wenig herum, wärmte das Curry von gestern auf, und gerade als sie angefangen hatte abzuspülen, klingelte das Telefon. Es war Lily, die in den Hörer brüllte.

»Lily, du musst nicht so schreien, ich verstehe dich gut, auch wenn du auf dem Kontinent bist.«

»Hör zu, Gwenny Love, es ist sehr schön hier. Wir waren im Theater am Schiffbauerdamm, weißt du, wo Brecht war. Und im Pergamonmuseum, und Phil, Lottes Enkel, hat uns sogar nach Potsdam gefahren. Na ja, den alten Glanz gibt es natürlich nirgendwo mehr. Und stell dir vor, Lotte hat ihre Stasiunterlagen einsehen können. Das darf man seit ein paar Monaten.« Lily erzählte wild durcheinander und immer noch in unveränderter Lautstärke.

»Lily«, unterbrach Gwen ihre Tante, »das kannst du mir ja erzählen, wenn ich komme. Brauchst du noch etwas?« Gwen brüllte nun ebenfalls zurück, weil sie einen Moment lang glaubte, Lily könne sie sonst nicht verstehen.

»Du schreist so. Ja, vergiss nicht, die alten Fotografien mitzunehmen, die du herausgesucht hast. Und deshalb rufe ich an: Es gibt einen Umschlag mit einem Brief von Annemie, der auf meinem Schreibtisch liegt. Ich wollte ihn mitnehmen, habe ihn aber vergessen. Bitte hol den doch, da ist eine Zeichnung drin, die wir brauchen. Und dann, bitte, pack doch die kleine Thermoskanne ein. Dann können wir unterwegs Tee trinken. Ich kann mir nicht vorstellen, dass da an jeder Ecke ein Tearoom ist. Und schau doch bitte nach den Blumen. Ach ja, und hast du an die Teedosen gedacht?«

Gwen versprach, sich um alles zu kümmern und gleich morgen in Lilys Wohnung zu gehen, um den Brief zu suchen.

Sie nahm das Glas Rotwein mit hinüber in ihr Arbeitszimmer und setzte sich auf den Boden, um die Bücher zu sortieren, die verstreut herumlagen. Dabei fiel ihr ein kleiner Band in die Hände, aus dem eine Fotografie ragte. Das Buch war von Theodor Fontane und trug eine Widmung von Ilsabé an Ella. Das Foto war an den Rändern vergilbt und zeigte die etwa zehnjährige Marga sowie eine Frau, die sie nicht kannte, und einen ihr unbekannten Jungen, der in einem Rollstuhl saß. Gwen sah auf der Rückseite, dass die Jahreszahl 1940 notiert war. Sie schenkte dem Bild keine weitere Beachtung und legte es zurück in das Buch.

Gwen sah sich im Spiegel an, die neue Frisur gefiel ihr wirklich gut, dabei fiel ihr Blick auf die Telefonnummer am Kühlschrank. Sie hatte sich schon angewöhnt, den Blick nicht mehr in die Richtung des Kühlschranks zu lenken. Als ob die Nummer und das Problem damit verschwinden würden. Das war lächerlich, fand Gwen, und je länger sie mit diesem Anruf wartete, desto schwieriger würde es werden, ein vernünftiges Gespräch zu führen. In Ilsas Alter zählte schließlich jeder Tag. Sie konnte ja an Theo sehen, wie sehr er in den letzten Monaten an Kraft verloren hatte. Nein, heute nicht, aber morgen würde sie anrufen. Irgendwie fürchtete sie sich doch ein klein wenig vor diesem Telefonat.

Aber vorher wollte sie weiterlesen, denn sie war begierig darauf zu erfahren, wie das Jahr 1918 für Ella zu Ende gegangen war. Immerhin war nun der Krieg vorbei. Sie legte sich auf ihr Bett, an dessen Kopfende Sloppy tief atmend schlief.

Reizende Gesellschaft

Am Bahnhof in Klais wurde Ella zu ihrer großen Freude von Anna abgeholt, die den Kutscher begleitet hatte. Sie fielen einander um den Hals, und Anna hatte der Freundin in zehn Minuten die wichtigsten Neuigkeiten mitgeteilt.

Paul hatte eine Karte aus Berlin geschrieben mit der vielsagenden Notiz: »Erlebe Unglaubliches, kann nicht warten, Euch alles zu erzählen.« Sie hatten keine Ahnung, mit welchen Sensationsnachrichten er sie überraschen würde. Sie wussten nur sicher, dass er dem Kaiser, den er so bewunderte, nicht mehr begegnet sein konnte.

Das Vestibül wurde gerade mit Zweigen dekoriert, sodass es überall duftete. Auch ein großer Tannenbaum war aufgestellt und mit Lametta und Silberkugeln geschmückt worden. Alfons hatte in der Küche sein strenges Regiment aufgenommen und grantelte den ganzen Tag. Der Grund war schnell auszumachen, denn es fehlte ihm seine Meisterschülerin Gundel, die noch bei ihren Eltern in Frankfurt weilte. Als er aber von Ellas Ankunft hörte, eilte er indes sofort nach oben und kredenzte eine Auswahl seiner besten, wie er sie nannte, »Winterpralinés«. Sie waren gefüllt mit einer Paste aus Rum und Mandelcreme und schmeckten köstlich. Alfons war zwar oft mürrisch und leicht reizbar, aber wenn man ihn lobte, grummelte er in sich hinein, und das klang beinahe so, als schnurrte ein Kater.

Ella bezog ihr altes Zimmer. Jemand hatte eine Vase mit Christrosen und Tannenzweigen auf den Schreibtisch gestellt und dazu Nüsse und kleine Zapfen gelegt. Das konnte nur Anna gewesen sein. Auf Ellas Bett lagen zwei Umschläge.

Sie wollte eigentlich gleich wieder nach unten gehen und später auspacken, aber so viel Zeit musste sein, und so öffnete sie ungeduldig Charlottes Brief. Sie war sehr neugierig, was ihre Freundin, die sich in den verheirateten Zahnarzt verliebt hatte, schreiben würde. Charlotte berichtete, dass Carl nun, nachdem der Krieg zu Ende war, bald wieder in seiner eigenen Praxis arbeiten dürfe und nicht mehr als Sanitätsarzt Soldaten versorgen müsse. Er habe sich inzwischen mit seiner Frau geeinigt, und einer Eheschließung mit ihr stünde daher nichts mehr im Wege. Man wolle sich demnächst verloben und gedenke, im Wonnemonat Mai zu heiraten. Ella müsse unbedingt dabei sein. Sie hatte ein Foto von sich und ihrem Carl beigelegt. Glücklich sahen die beiden aus, wie sie da nebeneinander posierten.

Ella hatte sich auf ihr Bett gesetzt und dachte nach. Es berührte sie seltsam, dass Charlotte, der sie eigentlich abgeraten hatte, auf diesen verheirateten und viel älteren Mann zu warten, nun am Ziel ihrer Wünsche zu sein schien. Während sie sich ausgerechnet in einen unerreichbaren Baron verguckt hatte, obwohl sie doch in dem jungen Korbinian den idealen Ehemann hätte finden können. Und wenn sie ehrlich zu sich selbst war, dann musste sie einsehen, dass sie zwar einen natürlichen Charme besaß, aber sonst ganz und gar nicht den Erwartungen eines Mannes aus dem Großbürgertum entsprach. Ella sah das an manchen Tagen klar und deutlich, an anderen flüchtete sie sich in Tagträume und stellte sich vor, wie sie als Begleiterin mit dem Dampfschiff von Brindisi nach Alexandria reisen würde, und zwar nicht als Fräulein Blau, sondern als Baronin Stein. An guten Tagen konnte sie über sich selbst lachen.

Ilsas Brief würde sie erst am späten Abend lesen können, denn sie wurde dringend gebraucht. Bettbezüge mussten glatt gestrichen, die Fenstersimse noch einmal abgestaubt und die Bäder überprüft werden. Nichts war so peinlich wie ein verstopfter Ablauf oder eine Badewanne mit Fleck. Silber und Messingschilder wurden geputzt und Teppiche im Schnee gewälzt und so gereinigt. In jedes Zimmer brachten die Haustöchter kleine Tannengestecke, Karaffen mit frischem Quellwasser und einen Teller Gebäck. Als Ella am Abend endlich auf ihr Zimmer kam, öffnete sie behutsam den Umschlag, der sich weich anfühlte, so als würde sich noch etwas darin befinden. Sie hatte lange nichts von ihrer Freundin gehört.

Meine liebe Ella,
bevor das Jahr zu Ende geht, möchte ich Dir noch einen Gruß schicken, der Dich hoffentlich bei bester Gesundheit erreicht.
Stell Dir vor, ich habe gelernt, Auto zu fahren, und einen Führerschein erworben. Man muss nur den eigenen Koffer packen und losfahren, vorausgesetzt, ein Automobil ist vorhanden. Niemand weiß, wer du bist und wohin es geht. Ist das nicht herrlich? Ich habe mir einen amerikanischen Ford zugelegt, und weißt Du was, Ella, die Freiheit zu reisen, wohin ich will, die nehme ich mir jetzt!
Jakob hat berichtet, dass Du seinem Lockruf erlegen bist (kleiner Scherz). Wenn Du möchtest, hole ich Dich ab, und wir fahren im Frühjahr zusammen nach Pommern.
Weihnachten verbringe ich mit meiner schrecklichen Familie am Mondsee, aber Silvester fahre ich vermutlich mit meinem Automobil nach Baden-Baden. Ich brauche einfach Abwechslung.
Und Du und Korbinian? Muss der Arme noch immer schmachten?
Schreib mir bitte nach Salzburg, ich bin dort noch bis Ende Januar. Danach fahre ich in die Schweiz, nach Arosa.

Ich vermisse Dich ein wenig.
Frohe Weihnachtstage und ein friedvolles 1919.
Sei herzlich umarmt von Deiner Ilsabé

Ilsa hatte also einen Führerschein und konnte selbst Auto fahren. Wie herrlich musste es sein, auf diese Weise zu reisen. Natürlich musste Ilsa über Ellas Verhältnis zu Korbinian spötteln, das war so ihre Art – und Ella ärgerte sich ein wenig darüber. Ilsa verstand nicht, warum Ella nicht längst eine Liebesbeziehung eingegangen war. Man musste doch nicht alles so schrecklich ernst nehmen, und ein gebrochenes Herz heilte wieder. Für sie war so vieles eine Spielerei. Warum sie nach Baden-Baden fuhr und wen sie dort treffen wollte, hatte sie leider nicht verraten. Sie würde Silvester ja sicher nicht allein verbringen. Ilsa hatte in den Umschlag ein seidenes Taschentuch mit Ellas Monogramm gelegt. Das war für ihre Verhältnisse beinahe ein Liebesbeweis. Dennoch hatte Ella gemischte Gefühle, als sie den Brief beiseitelegte. Einerseits freute sie sich über die Vertrautheit, die aus den Zeilen sprach, andererseits hatte sie nicht vor, mit der Freundin in ihrem neuen Wagen nach Pommern zu reisen. Das war gewiss äußerst bequem und so, wie sie schrieb: packen, einsteigen und losfahren – aber gerade diese Fahrt wollte sie allein unternehmen. Na ja, es waren ja noch ein paar Monate, und bei Ilsa konnte man ohnehin nie sicher sein, ob sie nicht plötzlich ihr Pläne änderte.

Die ersten Gäste trafen auf Elmau ein, und Johannes Müller begrüßte sie persönlich. Viele kannte er seit Langem. Sie waren bereits seine aufmerksamen Zuhörer, man könnte auch sagen, Jünger gewesen, als er noch im fränkischen Schloss Mainberg seine, wie er es nannte, »Pflegestätte persönlichen Lebens« unterhielt. Man hatte den Eindruck, sie wären ihm überall hin gefolgt, so sehr suchten sie seine theologisch-philosophischen Welterklärungen. Damals ahnte noch niemand, wie sehr sich der Direktor Müller einmal in seinem eigenen Weltbild verheddern würde.

Im großen Saal war der Samowar aufgestellt, und das Haus duftete nach Tannenzweigen und frischem Kaminholz. Die Atmosphäre hätte nicht gemütlich-winterlicher sein können. Die Sonnenstrahlen, die sich aus den Farben des Bergmassivs speisten, drangen in die puristischen Innenräume. Für einen vergänglichen Moment schien es, als hätte jemand die Wände mit Blattgold betupft.

Wie Ella gehört hatte, gab es bei den Müllers im erweiterten Familienkreis, zu dem auch die Angestellten zählten, als Weihnachtsessen Karpfen. Das war nicht gerade Ellas Leibspeise, ihr wären Jolas Speckknödel lieber gewesen, aber sie freute sich darauf, diesen besonderen Abend in Gesellschaft von Menschen zu verbringen, die doch alle miteinander verbunden waren, sonst hätte sie die Vorsehung nicht zur gleichen Zeit an denselben Ort geführt. Gefeiert wurde im sogenannten Müllerhaus, wo der Herr Direktor mit seiner Frau und seinen Kindern wohnte. Das große Haus war über Eck gebaut, und an der Stelle, wo das eine Haus mit dem anderen zusammentraf, hatte der Architekt einen halbrunden Turm mit einer Kuppel hineinbauen lassen, der aus dem eigentlich schlichten Anwesen sogleich etwas Erhabenes machte. Als Ella das Müllerhaus das erste Mal betrat, fühlte sie sich sogleich wohl. Der schöne Holzboden, der alte Kachelofen, die Großzügigkeit der Räume, die Schlichtheit der Möbel vermittelten eine Behaglichkeit, die in den Wintermonaten ihre besondere Atmosphäre entfachten, zudem nun auch noch der Christbaum duftete und kleine Kerzen auf den Tischen flackerten.

Es war ein nachdenkliches Weihnachtsfest, bei dem zwar die Dankbarkeit über den neuen Frieden vieles überwog, aber fast alle hatten geliebte Menschen verloren. Eine alte Welt war untergegangen, und wie die neue sein würde, dafür fehlte den meisten gerade die Fantasie. Die einzige Gewissheit schien darin zu bestehen, dass es keine mehr gab, oder wie Anna immer sagte, »nix is fix«.

Ella hatte die Fotografie einer ungewöhnlich verwegenen Bergsteigerin im Tölzer Alpenverein entdeckt und für Anna gekauft. Man sah darauf eine Frau in einer extrem steilen Bergwand, die lässig ihrem Betrachter zulächelte. Auf die Rückseite hatte Ella geschrieben:

Liebe Anna,
es gibt sie also wirklich, die Frauen, die die Steilwände in Hosen erobern. Diese Jeanne Imminck klettert im obersten Schwierigkeitsgrad. Wann wird es von Dir ein Bild im Berg geben? Ich wünsche Dir von Herzen die Erfüllung Deines Echos.
Deine Ella.
Weihnachten 1918

Auch Anna hatte sich Gedanken gemacht, womit sie Ella würde erfreuen können, und das ganze Jahr über alpenländische Pflanzen gesammelt, getrocknet und in ein kleines Album geklebt. Ella staunte über die gepressten Blüten und Blätter, deren botanische Namen Anna in Schönschrift daruntergeschrieben hatte. Wie viel Mühe und Liebe offenbarte dieses Geschenk. Auf der Innenseite des Albums stand: »Elmauer Pflanzen für meine Freundin Ella, im ersten Friedensweihnachten 1918.«

Kaum waren die Feiertage vorbei, da wurden schon die Vorbereitungen für Silvester getroffen. Alfons setzte einen Punsch an und erstellte ein ausgefallenes Menü, das mit einer Wildconsommé, gespickter Sülze, Rehgulasch, geräucherter Forelle und einer Bayrisch Creme aufwartete.

Gundel hatte Alfons eine Ansichtskarte aus Frankfurt geschickt, auf der das Opernhaus abgebildet war. Man konnte die

Inschrift »Dem Wahren Schönen Guten«, die in das Fries des Portikus gemeißelt war, gut lesen, und Gundel bezog sich darauf, als sie schrieb: »Dem Alfons gelingt das Wahre Gute, und mir ist auch nach mehr zu Mute!«

Alfons' gereizte Stimmung war schlagartig verflogen über Gundels Zeilen und die kecke Doppeldeutigkeit. Er schien zu schweben. Er hatte zwei Marzipanschweinchen geformt und die Freundinnen in seinem Überschwang zu einem Glas Schaumwein in die Küche gelockt, wo sie auf das neue Jahr anstießen, noch bevor es begonnen hatte.

Um Mitternacht prostete man sich gegenseitig zu und ließ die Gläser noch einmal klingen. Was würde dieses neue Jahr wohl an Überraschungen bereithalten? Würde Korbinian in Wien mit seinen Erkundungen der menschlichen Seele vorankommen, und wie würde es ihr auf dem Gutshof ergehen? Warum hatte Ilsa so nebulös geschrieben? Sie war doch sonst nicht so geheimnistuerisch. War sie bei Freunden oder Verwandten, in einem Hotel oder Landhaus? Ganz bestimmt war sie jedenfalls nicht allein, und ebenso sicher war, dass sie sich von allen Offerten die beste herausgesucht hatte.

Als der Arbeitsalltag nach den Feiertagen wieder begonnen hatte, übergab ihr Anna einen Brief. Auf der Vorderseite der im Umschlag liegenden Karte war ein Wappen geprägt, das sie sofort erkannte. Auf der Rückseite standen nur einige wenige Zeilen:

Verehrtes, liebes Fräulein Ella,
haben Sie vielen Dank für Ihren Brief und Ihre freundliche Zusage. Wir, meine Kinder und ich, freuen uns sehr auf Ihr Kommen. Details folgen im Laufe des Febers.
Ein gutes neues Jahr und meine verbindlichsten Grüße aus Baden-Baden, wo ich in reizender Gesellschaft bin.
Ergebenst, Ihr Jakob von Stein

Ella war enttäuscht, sie hatte sich doch ein klein wenig mehr Enthusiasmus über ihre Zusage vorgestellt und nicht zwei Zeilen, die lediglich ihre Nachricht bestätigten. Aufschlussreicher war allerdings der letzte Satz als des Rätsels Lösung. Der Baron hielt sich im mondänen Kurort Baden-Baden auf, und sie musste nicht dreimal raten, wer die »reizende Gesellschaft« war.

Paul

Im Januar traf endlich ein Schreiben von Paul ein, das an Ella und Anna gerichtet war. Sie hatten schon sehnsüchtig auf eine Nachricht gewartet.

Liebe Fräuleinchens,
bitte seht es mir nach, dass ich mich erst jetzt melde, aber es ist so viel passiert, dass ich nicht früher schreiben konnte. Von friedvoller Stille hier in Berlin keine Spur. Die Monarchie hat ausgedient und ob etwas Besseres nachkommt, muss man sehen. Auf den Straßen immer wieder Tumulte.
Aber nun habe ich gerade Pause und sitze an einem schweren Eichenschreibtisch, Ihr ahnt nicht, wo. Nur so viel, es ist wie im Kino, nur alles real. Also der Reihe nach:
Wie Ihr ja wisst, bin ich in München in den Zug nach Berlin gestiegen, und in Ulm steigt Hans zu und will auch in die Hauptstadt. Wir kommen ins Plaudern, und ich erzähle, wo ich angestellt bin und dass ich gerne einmal in einem großen Haus in Berlin arbeiten würde. Da sagt Hans doch glatt: Da solltest Du einmal meinen Cousin Kai fragen, der arbeitet in der Rezeption eines Hotels. Und nun ratet mal, in welchem Hotel? Ihr glaubt es nicht. Der Cousin von Hans arbeitet im Adlon. Natürlich nehme ich mir innerlich sofort vor, diesen Kai zu treffen.

Ein paar Tage nach meiner Ankunft habe ich mich mit Hans am Brandenburger Tor verabredet, und er hat mich tatsächlich seinem Cousin Kai vorgestellt. Kai hat dann den Chefconcierge vom Adlon kurzerhand überrumpelt und ihn gefragt, ob er mir das Hotel zeigen dürfe, nachdem er ihm erzählt hatte, ich wäre auch in einem erstklassigen Haus in Stellung. Und so durfte ich alles sehen, vom Keller bis zum Dachboden. Die Küche könnt Ihr Euch nicht vorstellen. Dem Alfons würden die Augen herausfallen. So eine hochmoderne Technik überall hat die Welt noch nicht gesehen.

Paul schrieb schwelgend von dem spektakulären Foyer, der modernen Deckenbeleuchtung, den riesigen Sesseln, den luxuriösen Zimmern, einem Weinkeller, den der Kaiser nicht gehabt hatte und der König von England nie haben würde, ganz zu schweigen von den Bädern, die mit dem neuesten Komfort ausgestattet seien und so groß wären wie die ganze Wohnung seiner Schwester.

Anna hatte es übernommen, den Brief laut vorzulesen, und Ella war so gespannt, als würde sich vor ihren Augen ein äußerst spannender Film abspielen.

Eine Woche später klingelt es bei meiner Schwester Käthe an der Tür, da wohne ich nämlich, und der Hans steht draußen und fragt, ob ich in der Rezeption einspringen könne, Kai habe ihn wissen lassen, es sei jemand krank geworden. Irgendein Katarrh, der hier die Runde macht. Und natürlich sage ich sofort »Ja« und beginne am nächsten Tag. Ich werde mit einer Adlon-Livree ausgestattet (Fotografie folgt), sehe sehr flott aus und werde sogleich in meine Aufgaben eingewiesen. Bei hochstehenden Persönlichkeiten werde ich

gebeten, die Betreuung erfahrenen Kollegen zu überlassen. Dabei sind wir Elmauer doch auch versiert darin, mit besonderen Gästen umzugehen, ich sage nur MvB.
Und so bin ich nun schon seit vier Wochen im Adlon. Ich bekomme zwar keinen Lohn, aber köstliches Essen und jede Menge Erfahrung obendrein, und von dem Trinkgeld kann ich mir sogar ein paar Groschen sparen.
Und nun der Clou: Vorletzten Montag stehe ich morgens ganz früh an der Rezeption, da schreitet ein Herr auf mich zu, Typ Generaldirektor. Mein Herz schlägt bis zum Hals. Ich weiß nicht sofort, ob er's wirklich ist. Aber er ist es. Es ist der Herr Direktor Lorenz Adlon höchstpersönlich, und er möchte wissen, wer ich bin, weil er mich noch nie im Hotel gesehen hat. Ich bin höllisch aufgeregt, aber ich reiße mich zusammen und erzähle ihm, dass ich eigentlich gerade Urlaub habe, sonst aber auf Schloss Elmau als Rezeptionist Verantwortung trage. Anschließend nehme ich meinen ganzen Mut zusammen und sage selbstbewusst, dass ich sehr gerne einmal in so ein Erstes Haus am Platz wechseln würde. Käthe sagt immer: »Wer nicht wagt, der nicht gewinnt!« Ich musste die Chance einfach ergreifen, und dabei habe ich in diesem Moment auch an unseren Tag am See gedacht, unsere Versprechen und das Echo.
Der Herr Direktor hat dann freundlich in seiner sonoren Stimme geantwortet: »Der Krieg ist vorbei, junger Mann, und die ausländischen Gäste bleiben sicher noch eine Weile aus, aber die werden schon wieder kommen. An Berlin kommt keiner vorbei. Dann brauchen wir hier exzellentes Personal. Hoffen wir, dass sich die politische Lage bald beruhigt. Melden Sie sich also, junger Mann, in einem Jahr, dann sehen wir weiter. Und nun berichten Sie mir mal von diesem Schloss Elmau und seinem berühmten Gründer.«
Und dann habe ich erzählt, wie wir hier leben und wie schön es bei uns ist. Und da hat er gefragt: »Und da wollen Sie

weg?« Und ich habe geantwortet: »Ein junger Mensch muss doch in die Großstadt und weiter auf der Leiter nach oben vorankommen. Irgendwann möchte ich Chefconcierge sein in einem Grandhotel oder vielleicht sogar Direktor.« Und da hat er mir auf die Schulter geklopft und gesagt: »Da haben Sie ja Großes vor. Sie sehen so aus, als würden Sie es noch weit bringen.«

Ella und Anna mussten beide tief Luft holen, so aufgeregt waren sie. Sie waren schwer beeindruckt, wie Paul die Gunst der Stunde ergriffen hatte. Sie gönnten ihrem Freund diese glückliche Fügung von Herzen und rekapitulierten die Ereignisse gemeinsam in den darauffolgenden Tagen. Wenn Paul nicht diesen bestimmten Zug genommen hätte, wäre er Hans nicht begegnet, dessen Cousin Kai im Adlon arbeitete. Und wenn der Mitarbeiter nicht krank geworden wäre, hätte Paul nicht an der Rezeption einspringen können und wäre vermutlich auch nicht dem Direktor begegnet, der an ihm auch noch Gefallen fand.

Ella erinnerte sich, dass Jakob von Stein ihr von einem griechischen Gott erzählt hatte, der, wenn sie es richtig erinnerte, für den perfekten Moment verantwortlich war, und diesen Gott musste Paul auf seiner Reise nach Berlin nun wirklich an seiner Seite gehabt haben. Paul schrieb zu guter Letzt, dass er sein Retourbillett für Ende Januar reserviert habe und sich sehr freue, sie alle wiederzusehen.

Paul wollte am letzten Tag des Monats zurück sein, und der Kutscher fuhr wieder einmal nach Klais. Sie hatten sich gewundert, dass Paul nicht von Berlin aus angerufen hatte, um seine Ankunft zu bestätigen, aber sie kannten ja seine Zugverbindung. Doch Paul war nicht in dem avisierten Zug gewesen, eventuell hatte er auf der Strecke einen Anschluss verpasst. Sie machten sich keine Sorgen, Paul wusste sich schon zu helfen. Aber als nach drei Tagen weder Paul noch eine Nachricht eintrafen, wurden sie unruhig. Das war so gar nicht seine Art. Anna wollte bereits im Hotel Adlon anrufen, als ein Telegramm von Pauls Schwester Käthe zugestellt wurde, in dem sie mitteilte, ihr Bruder sei schwer erkrankt und reiseunfähig. Mehr erfuhren sie nicht, aber auf dem Umschlag, in dem Paul seinen Brief an Ella und Anna geschrieben hatte, war die Berliner Adresse notiert. Sogleich setzten sich die Freundinnen zusammen und schrieben einen Brief an die Schwester mit allen Fragen, die sie hatten, verbunden mit den Genesungswünschen seiner großen Elmauer »Familie«.

Es fiel schwer, sich auf etwas anderes zu konzentrieren als auf Pauls Abwesenheit. Die Berichte über die spanische Influenza, wie man sie nannte, waren längst bis in die hintersten Berge gelangt. Und erst recht in die Elmau, denn selbst der Reichskanzler Max von Baden, auf den Paul mit dem Kürzel MvB angespielt hatte, war an diesem heftigen Blitzkatarrh ausgerechnet dann erkrankt, als die Verhandlungen mit den Kriegsgegnern in eine entscheidende Phase traten. Woher die Grippe eingeschleppt wurde, wusste man nicht, man wusste nur, dass viele, vor allem junge Menschen bereits an ihr gestorben waren. Die Soldaten hatten sich in den engen Schützengräben angesteckt und die Krankheit zurück in die Bevölkerung getragen. In den Zeitungen wurde nun zu mehr Hygiene aufgerufen, man müsse Hände schütteln vermeiden und in Anwesenheit von Erkrankten einen Mundschutz tragen oder Distanz wahren. Wie das gehen solle, wenn eine Person zu Hause zu pflegen war und welche Mittel Linderung verschafften, schrieben sie nicht.

Käthes Antwort ließ nicht lange auf sich warten. Vor Ella und Anna lagen eng beschriebene Seiten, auf denen eine verzweifelte Schwester beschrieb, wie sie um das Leben ihres Bruders kämpfte. Es hatte mit harmlosen Symptomen einer Erkältung begonnen, die sie mit heißem Honigwasser, Eukalyptus-Dampfbädern und viel Ruhe in den Griff zu bekommen glaubte, dann aber hatte sich Pauls Zustand unerwartet schnell verschlechtert. Das hohe Fieber sei auch mit Kaltwickeln nicht zu senken gewesen, und der herbeigerufene Arzt habe nicht wirklich helfen können. Paul habe Käthe noch gebeten, Anna und Ella Bescheid zu geben, dass er vermutlich nicht mehr zurückkommen würde, und sie hoffe, sie andernorts wiederzusehen. Er habe zudem Unverständliches von einem Echo gemurmelt. Dann sei er in den frühen Morgenstunden im Alter von nur dreiundzwanzig Jahren verstorben.

Wie konnten Glück und Unglück nur in so kurzer Zeit aufeinanderfolgen? Wie war es möglich, dass Paul, indem er sein Glück suchte, geradewegs seinem tragischen Schicksal entgegengelaufen war? Hätte er nur nie einen Schritt in dieses Hotel Adlon gesetzt, dann hätte er sich vielleicht nicht angesteckt. Warum war er überhaupt nach Berlin gefahren, er war doch so unschlüssig gewesen. Anna vermutete, dass er Käthe, die als Künstlerin in einem Keramikatelier arbeitete, Geld bringen und sie damit unterstützen wollte. Anna schlug Ella vor, sogleich zu antworten, damit der Brief noch mit der Nachmittagspost abgesandt werden konnte. Zwischen Lachen und Weinen erinnerten sie sich an Pauls ansteckende Fröhlichkeit, seine unnachahmliche Höflichkeit, seinen sprühenden Enthusiasmus, an seine strenge Disziplin, seinen überraschenden Weitblick, seine fundierten politischen Interessen, seine sprachliche Raffinesse und seine große Lust am Leben – und schrieben ihr all das. Sie dachten an seine hochfliegenden Träume, die er ihnen am Ferchensee offenbart hatte, aber davon erzählten sie nichts. Die Freundinnen hatten plötzlich das Gefühl, damals einen falschen Gott beschworen zu haben, denn was war das für eine Allmacht, die zwar den bestmöglichen Zeitpunkt für einen kurzen Moment zu stiften bereit war, nur um diesen dann wenig später in die denkbar größte Katastrophe münden zu lassen?

Als Ella am Abend dieses schrecklichen Tags in ihrem Bett lag, war sie zu erschöpft, um zu weinen. Sie war innerlich wund, aufgerieben und seelisch erschüttert. Sie hatte nicht gedacht, dass von einem Moment auf den nächsten alles anders sein könnte. Sie hatte noch nie einen so guten Freund verloren. Die Tage auf Elmau würden nun nie mehr so sein, wie sie gewesen waren. Es war unmöglich, in das Büro zu gehen und nicht an Paul zu denken und zu hoffen, er würde jeden Moment um die Ecke biegen und spöttelnd sagen: »Na, Fräulein Ella, heute schon zum Diktat am Nil gewesen?« Sie hatte ihn gemocht wie einen brüderlichen Freund und er sie wohl ein bisschen mehr. Manchmal, so erschien es ihr nun, war er eifersüchtig wegen ihrer Schwärmerei für den Baron. Und wenn sie tanzten, war er immer der Erste, der sie aufgefordert hatte.

Paul, der das Glück hatte, nicht eingezogen zu werden; Paul, der so lebenslustig und voller Tatendrang war; Paul, der keinen Moment daran zweifelte, dass seine Träume Wirklichkeit werden würden; ausgerechnet diesen, ihren Paul, gab es nun nicht mehr.

Die Verlobung

Am 19. Januar hätte Ella gerne mit Fräulein Schönlein auf das große Ereignis angestoßen, denn zum ersten Mal durften die Frauen wählen gehen und über die Deutsche Nationalversammlung mitbestimmen. Das Wahlalter hatte man von fünfundzwanzig auf zwanzig Jahre herabgesetzt, und die Elmauer machten sich an einem Sonntag bei Schneegraupel auf den Weg in das nächstgelegene Wahllokal, um ihre Stimme abzugeben. Ella nahm sich vor, dieses so hart erkämpfte Wahlrecht, solange sie lebte, in Anspruch zu nehmen. Noch am Abend hatte sie einen Brief an Fräulein Schönlein geschrieben; schließlich war sie es, die in Ella eine Brise politisches Bewusstsein und Kämpfergeist geweckt hatte.

Zeitschriften wie der *Simplicissimus* aber spotteten, was das Zeug hielt. Die Herren Redakteure hatten sich bereits vor dem Krieg über Künstlerinnen, die es mit ihrer Leinwand hinaus ins Freie drängte, um dort zu malen, mokiert und sie als »Malweiber« verunglimpft, auch waren sie über Studentinnen hergezogen, weil man ihrem Geschlecht wenig mehr zutraute als einem treuen Haustier. Nun also durften Frauen wählen, und nicht wenige Männer beschworen den Weltuntergang und eine vollständige Verwahrlosung der Familien, sollte es mit der Gleichberechtigung so weitergehen.

In der Zwischenzeit war Gundel zurückgekehrt, die sich gar nicht mehr zu beruhigen wusste, nachdem sie von Pauls so überraschendem Tod erfahren hatte. Immer wieder brach sie in Tränen aus. Auch sie hatte gedacht, wenn es einem gelingen würde, seine Pläne zu verwirklichen, dann Paul. Bei ihr sähe es jedenfalls nicht danach aus, ihre Lage sei verzweifelt, erzählte sie atemlos. Nach und nach erfuhren Ella und Anna, wie entsetzt Gundels Vater auf die Idee reagiert hatte, in Frankfurt ein Kaffeehaus zu eröffnen. Ungünstigerweise hatte sie erwähnt, dass Alfons sie in das Handwerk der Patisserie eingeweiht habe. Nur mit größter Mühe und der Unterstützung ihrer Mutter sei es gelungen, wenigstens die Erlaubnis für eine Rückreise nach Elmau zu erlangen, so sehr war der Vater davon überzeugt, seine Tochter sei dort schädlichen Einflüssen ausgesetzt. Auch erfuhren die Freundinnen bei dieser Gelegenheit, dass Gundel vor ihrer Abreise viel eindringlicher mit Alfons über gemeinsame berufliche Pläne gesprochen hatte, als sie bisher ahnten. Gundel war offensichtlich in dem unerschütterlichen Glauben nach Hause gefahren, ihr Vater würde begeistert die Sektkorken knallen lassen, wenn sie nun schon bald lieber Teig knetete, als Salben zu mischen.

Alfons wiederum war im siebten Himmel, als seine Gundel wieder da war. Allerdings trübte sich das Glück des Wiedersehens schnell ein, denn Gundel hatte natürlich auch ihm von dem heftigen Gewitter zu Hause erzählt und davon, dass sie nun nicht wisse, wie es weitergehen solle. Sie wüsste nur, wenn sie das nächste Mal ihr Elternhaus beträte, würde sie nicht mehr in die Elmau zurückkehren können, ohne den Bruch mit ihrem Vater heraufzubeschwören, sollte sie noch einmal das Kaffeehaus erwähnen.

Alfons wurde daraufhin sehr nachdenklich und ging einen ganzen Tag in den Berg. Dann bat er Ella um ein Gespräch. Dafür setzten sie sich auf die Bank hinter dem Haus, dort, wo die Sonne bereits früh am Morgen wärmend schien. Offensichtlich wusste Alfons nicht, wie er beginnen solle, worauf Ella ihm auf den Kopf zusagte, was sie dachte.

»Du bist verliebt. Völlig verschossen. Das merkt doch ein Blinder. Und vielleicht hat die Gundel ja auch ein Auge auf dich geworfen«, konstatierte Ella pathetisch.

»Meinst du? Ich bin doch ein alter Grantler, und die Gundel ist so ein feiner Mensch und eine so schöne Person. Was soll die denn an einem, wie ich einer bin, finden? Und ein alter Kerl bin ich auch schon.«

»Die Gundel mag dich, ich weiß auch nicht, warum«, scherzte Ella, »aber würdest du denn mit ihr nach Frankfurt gehen wollen?«

»Das wäre schwer für mich. Ich war noch nie woanders.«

Dabei sprach er schwer wie schwar aus, und das tönte noch viel schwerer als schwer.

In der folgenden Unterhaltung fand Ella dann mühsam heraus, dass Alfons sich schrecklich davor fürchtete, in eine Stadt zu ziehen, die so weit von den Bergen entfernt war. München ja, aber Frankfurt, er würde krank werden. Auf der anderen Seite wollte er mit der Gundel zusammen sein und sie heiraten. Er habe sich bis in die Fußzehen verliebt, und das sei ihm noch nie passiert. Er könne sie nicht mehr gehen lassen, ohne bis ans Lebensende unglücklich zu sein. Sie könnten zusammen in Garmisch ein Geschäft aufmachen, der Fremdenverkehr hatte in den letzten Jahrzehnten stetig zugenommen, und ein schönes Kaffeehaus müsste dort doch auch florieren.

Ella schlug Alfons vor, Gundel solle dem Vater einen Brief schreiben und ihn bitten, nach Elmau zu reisen. Anna und Ella würden bei der Formulierung des Schreibens helfen. Wenn der Vater dann erst einmal hier wäre und Alfons seine ernsthaften Absichten kundgetan habe, würde er hoffentlich sein Einverständnis zu der Verbindung geben, und dann könne man in Ruhe den nächsten Schritt überlegen. Alfons fand, das sei ein sehr guter Plan.

Die ersten warmen Sonnenstrahlen ließen den Schnee schmelzen, und Ellas zweites Frühjahr auf Elmau hatte begonnen. Wirtschaftliche Sorgen, Versorgungsengpässe und die hohe Arbeitslosigkeit führten zu einem Rückgang der Buchungen bei gleichbleibenden Kosten. Einige Haustöchter, deren Familien den finanziellen Selbstbeitrag nicht mehr leisten wollten oder konnten, mussten abreisen.

Der Versailler Vertrag wurde von allen Gästen heftig diskutiert, und insbesondere Direktor Müller fand deutliche Worte, um sein Entsetzen und seine Enttäuschung auszudrücken. Im Grunde waren die meisten nicht nur in höchstem Maße aufgebracht, sondern geradezu verbittert darüber, dass man Deutschland die Alleinschuld gab. Mit der Verpflichtung zu derart hohen Reparationszahlungen war zudem eine Erholung der Wirtschaft auf lange Zeit unmöglich. Die steigende Inflation sorgte bereits jetzt für eine Verteuerung lebensnotwendiger Produkte. Wer arm und ohne Besitz war, wurde nun noch ärmer.

In dieser Situation fragte sich Ella, wie es wohl dem Baron in letzter Zeit ergangen war und wo Ilsa sich gerade befand. Sie hatte lange nichts von ihr gehört. Dafür traf die Hochzeitseinladung von Charlotte für den Monat Mai ein. Geheiratet wurde im Standesamt, schließlich war der Bräutigam geschieden, und anschließend im Hotel Drei Mohren gefeiert. Das klang nach einem vornehmen Fest, und da Ella von Charlotte als Trauzeugin auserwählt worden war, musste sie wohl die Kosten für die Zugfahrt nach Augsburg aufbringen.

Aber was sollte sie anziehen? Sie träumte von einem neuen Kostüm, so wie sie eines in einem der Journale entdeckt hatte, die manche weiblichen Gäste mitunter zurückließen, wenn sie hinreichend in ihnen geblättert hatten. Sie hießen *Elegante Welt* oder *Die Dame*, und in ihnen gab es neben der neuesten Mode auch Berichte über die tonangebenden Familien der Gesellschaft. Ella hatte schon vor längerer Zeit dort ihr Traummodell eines Kostüms gefunden. Schmal geschnitten in einem dunkelbraunen Wollgeorgette und mit einem Revers aus Samt, das mit violetten Paspeln gesäumt war. Als sie das Heft suchte, um Anna das Kostüm zu zeigen, blätterte sie Seite um Seite um, fand das Modell aber nicht. War es doch in einem anderen Heft gewesen? Dabei hätte sie schwören können, die Illustration in diesem Magazin entdeckt zu haben. Plötzlich stockte Ella der Atem, und ein leiser Ausruf des Entsetzens entfuhr ihr, sodass Anna erschrak und auf Ellas Seite wechselte, um ihr über die Schulter sehen zu können.

Die beiden Freundinnen starrten auf die nachkolorierte Fotografie einer jungen, überaus attraktiven Frau, die in einem aufwendig gearbeiteten Abendkleid und wertvollem Schmuck posierte. Unter der Überschrift »Verlobung im Hause Isolani« wurde über die einzige Tochter der gräflichen Familie berichtet, die gerade in eine exzellente Partie, wie es in einer Mischung aus Pathos und Klatsch hieß, eingewilligt und sich verlobt hatte. Allerdings nicht mit dem Baron, sondern mit einem schwerreichen Fürsten, der mit dem gesamten europäischen Hochadel verwandt zu sein schien. Auch war in dem Bericht die Rede davon, dass der bis dato unverheiratete Fürst in allen großen Städten Europas Liegenschaften besitze und viel zu reisen gedenke. Das Paar habe zunächst aber vor, eine Villa in Mailand zu beziehen, da der opernbegeisterte Fürst die Aufführungen an der Scala nicht missen wolle. Auch wurde in dem Artikel mit anzüglichem

Spott und in Anspielung auf das Grimm'sche Märchen berichtet, dass der jungen Gräfin bisher keiner ihrer Courmacher gut genug gewesen sei. Nun aber sei der ältliche Fürst auserwählt worden, der sich, so hieß es aus wohlinformierten Kreisen, einen Erben wünsche und nun hoffentlich von keiner Erbse gestört wurde.

Das war ein Schock. Die freiheitsliebende Ilsa hatte vor, einen fünfzig Jahre älteren Mann zu ehelichen, der ihr zwar Wohlstand, ja, Reichtum bis an ihr Lebensende bieten würde, aber doch sonst vermutlich keinerlei Erfüllung.

»Was ist nur in sie gefahren?«, fragte Ella entsetzt. »Sie hat mir doch noch Anfang des Jahres geschrieben, sie wolle mit ihrem Auto um die Welt reisen, endlich frei und unabhängig sein, auf Konventionen pfeifen und vorerst auf keinen Fall heiraten.«

Irgendetwas völlig Unerwartetes musste geschehen sein. Ella beschloss, Ilsa sofort zu schreiben, rechnete aber nicht mit einer Antwort, denn Ilsa würde mit Hochzeitsvorbereitungen beschäftigt sein und keine Zeit mehr haben, ihren einfachen Freundinnen vom Land einen Brief zu schicken. Und warum hatte sie sich gegen den Baron entschieden? Das behagte Ella zwar insgeheim, aber es besorgte sie gleichzeitig auch, denn dass Ilsa hier ohne äußeren Druck gehandelt haben konnte, schien ihr ausgeschlossen.

Mittlerweile näherten sich die Osterfeiertage, und überraschend traf ein Telegramm aus Frankfurt ein, das die Anreise von Gundels Eltern bereits für das kommende Wochenende avisierte. Mit großer Nervosität erwarteten die Freunde wenige Tage später die Ankunft des Ehepaares, das in Klais abgeholt worden war.

Doktor Avenarius war ein kleiner, untersetzter Mann, der mit seinen kurzen Beinen und einem gewissen Übergewicht Schwierigkeiten hatte, in eine Kutsche hinein und aus ihr wieder hinaus zu gelangen, ohne dass es komisch aussah. Seine Frau hingegen war eine groß gewachsene und schlanke Erscheinung, die sich sichtlich Zeit ließ mit dem Aussteigen. Man sah ihrem Gesichtsausdruck an, dass sie das Temperament ihres Mannes gut kannte und manche seiner Ausbrüche lieber aus einer gewissen Distanz verfolgte. Die beiden reisten mit auffallend wenig Gepäck, so als hätten sie gar nicht die Absicht, länger als eine Nacht zu verweilen.

»O je«, raunten sich Anna und Ella zu. Wie sehr vermissten sie gerade in diesem Moment den diplomatisch stets so geschickt agierenden Paul. Nun mussten sie selbst ihr Bestes geben, um den ins Vestibül rauschenden Vater mit beruhigenden Worten vor einem Temperamentsausbruch zu bewahren. Seine Haut war gerötet, und es ließ sich unschwer erkennen, dass er bereits jetzt aufgebracht war und sich auf keinen Fall wohlfühlen wollte. Seine Gattin hingegen konnte ihre Begeisterung schwerlich verbergen. Sie waren in den letzten Jahren selten verreist, und umso intensiver wirkte alles Neue auf ihr Gemüt.

Anna schubste Ella nach vorne und sagte: »Mach du das.«

»Herr Doktor Avenarius, wie schön, dass Sie uns mit Ihrer Gattin beehren. Ihr Fräulein Tochter hat schon so viel von Ihnen erzählt«, brachte Ella in einem schauspielerischen Talent hervor, das ihr bislang selbst unbekannt geblieben war. Und weil sie von Gundel wusste, und es auch nicht zu übersehen war, dass der neue Gast gerne aß, fügte sie hinzu: »Wir haben bereits im Speisesaal für Sie gedeckt. Es gibt heute Schweinsbraten mit Knödel und dazu einen herrlich fruchtigen fränkischen Rotwein.«

»Danke, danke, aber ich möchte zuallererst meine Tochter sehen und anschließend diesen Herrn Alfons«, antwortete Herr Avenarius kurzatmig.

»Ihre Tochter lässt sich leider entschuldigen, sie kann Sie erst später begrüßen, sie musste kurzfristig in der Waschküche aushelfen, weil wir dort einen Krankheitsfall haben. Die Gundel ist ja so tüchtig, wir wüssten nicht, was wir ohne sie täten«, brachte Ella sanft lächelnd hervor.

Es war Ellas und Annas Plan, Gundels Vater erst einmal das Mittagessen und einen ordentlichen Schluck Wein vorzusetzen, sodass er entspannter wäre, wenn er seine Tochter sehen und vor allem Alfons das erste Mal begegnen würde. Seine Tochter war keineswegs in den Hauswirtschaftsräumen, vielmehr hatte sie den Befehl, in der Küche zu bleiben und dort auf weitere Instruktionen zu warten.

Anna geleitete die Herrschaften zu deren Zimmer, das mit Blick auf die Kalkgebirgskette des Wettersteins und seine kühnen Gipfelgestalten eines der am besten gelegenen war. Man wollte alles ermöglichen, damit sich die Eltern wohlfühlten. Nachdem sich das Paar frisch gemacht hatte – in der Zwischenzeit wurden Gundel und Alfons über die Ankunft informiert –, schritt der Herr Doktor mit seiner Frau im Schlepptau die große Treppe des Vestibüls hinab und staunte nicht schlecht. Er hatte nichts erwartet, und nun diese schlichte Eleganz.

Im Speisesaal nahmen Gundels Eltern so Platz, dass sie schräg gegenüber einem Dauergast zu sitzen kamen, der, als wäre es abgesprochen, bemerkte: »Na, sind die Herrschaften gerade angereist? Dann willkommen im Paradies. Da haben Sie ja den schönsten Platz entdeckt, an dem man zur Zeit in Europa sein kann. Alles so kultiviert und von vornehmer Zurückhaltung – und die Küche, vom Feinsten.«

Gundels Vater, der noch immer erregt wirkte, zeigte keine Neigung zu konversieren, zumindest war das Annas Eindruck, die das Geschehen aus geringer Entfernung beobachtete. Dafür erkannte Frau Avenarius die Chance des Moments und begann eine höfliche Unterhaltung über die Anreise und das Wetter, die durch das Servieren der Vorspeise unterbrochen wurde. Die Schwarzwurzelsuppe schmeckte vorzüglich, zumal Alfons wohlweislich einen Extraschuss Sahne hineingegeben hatte. Anschließend wurde der Schweinsbraten serviert, dessen Speckkruste golden glänzte und besonders gut gelungen war. Während Gundels Mutter um eine kleine Portion bat, verschlang ihre füllige andere Hälfte den Braten, als ob es tagelang nichts zu essen gegeben hatte. Tadelnd meinte Frau Avenarius daher: »Johann, wir müssen nicht zum Zug.«

Auch der Rotwein mundete vorzüglich, sodass Ella und Anna dachten, nun könne man Alfons zusammen mit dem Dessert auf die beiden loslassen. Sie hatten mit ihm geübt, was er bei der ersten Begegnung sagen solle. Es war ihnen zunächst völlig sinnlos erschienen, weil Alfons sich immer wieder verhedderte, zu sehr aufregte, rot anlief und am Ende fluchend »Kruzitürken« rief. Nun aber erschien er in einem frisch gestärkten weißen Kochkittel und begrüßte die neuen Gäste formvollendet in seinem feinsten »Hochbaierisch«, wie Gundel es nannte, das immer ein wenig klang, als hätte er etwas auswendig gelernt. Dann stellte er sich als der Küchenchef vor und gab gestelzt seiner Hoffnung Ausdruck, das Essen habe gemundet. Und während Herr Avenarius noch genüsslich mit dem letzten Schluck Wein den Mund ausspülte, brachte Alfons beherzt hervor, wie sehr er sich über den Besuch freue und gerne am Nachmittag mit dem Herrn Doktor allein einen kleinen Gang hinaus machen würde. Frau Avenarius, die bereits in Frankfurt vermutet hatte, neben der Kaffeehausidee gäbe es sicher auch noch einen Mann im Hintergrund, der Gundel nicht nur das Plätzchenbacken beibringen wolle, fand, das sei eine exzellente Idee.

Gundel wartete unten in der Küche, bis Ella, Anna und Alfons aufgeregt zurückkamen, denn die erste Hürde war genommen. Nun hofften sie, die gute Bergluft und das schwere Essen würden die Gallensäfte beruhigen und den zukünftigen Brautvater versöhnlich stimmen. Gegen vier Uhr am Nachmittag trafen sich die Männer auf dem Vorplatz des Hintereingangs, um von dort aus ein paar Schritte gemeinsam zu gehen. Anna, Ella, Gundel und Mutter Avenarius sahen den beiden nach und hofften inständig auf einen guten Austausch und versöhnlichen Ausgang. Die Männer hatten in ihrer impulsiven Art einen ähnlichen Charakterzug, und man konnte nicht vorhersehen, wem als Erster womöglich der Kragen platzte.

Sie wollten zum Tee wieder zurück sein, spätestens jedoch vor Anbruch der Dunkelheit. Aber um sechs Uhr waren sie immer noch nicht eingetroffen, sodass man sich Sorgen machte und insbesondere Frau Avenarius die schlimmsten Befürchtungen hegte. Vielleicht hatte es eine Rauferei gegeben und ihr Johann einen Herzinfarkt bekommen, oder beide waren vom Weg abgekommen und hatten sich verlaufen. Unterdessen war es dunkel geworden, und selbst Alfons, der zwar aus der Region kam, aber so gut wie nie seine Küche verließ, war das Gelände fremd. Die Wege waren holprig, voller Geröll und nur mit geeignetem Schuhwerk und ausreichend Tageslicht zu begehen. Vermutlich trug Herr Avenarius weder feste Schuhe, noch würde das Orientierungsvermögen von Alfons ausreichen, um sie sicher wieder ins Hotel zu bringen.

Man bat Loisl, den Kutscher, den Weg, den sie gegangen waren, entlangzureiten und nach ihnen Ausschau zu halten. Doch um sieben Uhr waren weder Kutscher noch Alfons oder der Herr Doktor zurück, sodass man beschloss, mit dem Hund nach ihnen zu suchen. Fünf junge Burschen zogen mit Laternen los. Sie mussten nur dem Hund hinterherlaufen, der sein Ziel genau zu kennen schien. Als sie eine halbe Stunde gegangen waren, bellte das Tier und wedelte aufgeregt mit dem Schwanz. Sie sahen Licht in der Hütte des Försters, und durch die beschlagenen Fenster, als sie näher traten, Feuer im Ofen, Kerzen auf dem alten Holztisch und vier Karten spielende Männer.

Vermutlich glich die Szene einem holländischen Genregemälde des 17. Jahrhunderts, das die Betrachter vor Lasterhaftigkeit und Genusssucht hätte warnen sollen. Die jungen Männer berichteten später, dass sie die einträchtige und bestens gelaunte Gruppe nur mit Mühe auflösen konnten. Alfons und Johann waren, wie sich herausstellte, unterwegs dem Förster begegnet, der sie in die Hütte auf einen kleinen Schnaps eingeladen hatte. Gegen einen Schnaps war wirklich nichts einzuwenden, befanden sie, zumal sie das Wichtigste bereits besprochen hatten und mit Erstaunen eine gegenseitige Sympathie feststellen mussten. Aus dem einen Stamperl waren dann aber mehrere geworden. Der

Förster schlug eine Runde Skat vor, und wer konnte sich dagegen schon wehren. Sie hatten die Zeit völlig vergessen, und als der Kutscher eintraf, konnte auch dieser dem vorzüglichen Branntwein nicht widerstehen.

Gegen neun Uhr waren die lustigen Männer, die sich noch immer kaum trennen wollten, von ihrem Ausflug wohlbehalten wieder zurück. Allerdings hatten sie auf dem Rückweg auf die jungen Burschen vertrauen müssen, sonst wären sie vermutlich den nächsten Abhang heruntergerollt. Frau Avenarius brachte ihren Mann schweigend sogleich aufs Zimmer, wobei sie dem netten Herrn auf der Treppe begegnete, der sie mittags so freundlich begrüßt hatte. Er blickte indigniert auf den volltrunkenen Herrn Doktor, der doch noch beim Lunch zu vornehm schien, um in eine Konversation einzuwilligen. Und nun das. Was waren das bloß für Gäste, die neuerdings ins Haus kamen?

Während Gundel die Angelegenheit sehr komisch fand, hatte Frau Avenarius damit ihre Schwierigkeiten. Ihr Gatte musste am nächsten Tag daher nicht nur seinen schweren Kopf aushalten, sondern auch den Liebesentzug seiner Frau. Aber die Mission schien dennoch gelungen, denn beide Herren ließen, nachdem sie wieder halbwegs klar denken konnten, verlauten, dass man sich geeinigt habe. Wie sich herausstellte, schlug Doktor Avenarius vor, das Paar solle sich zunächst für mindestens ein Jahr verloben, um sicherzugehen, dass nach einem Jahr noch immer eine Hochzeit von beiden gewollt war. Sollte dies der Fall sein, würde er der Verbindung nicht im Wege stehen.

Bereits am darauffolgenden Samstag war es so weit. Der Vater der zukünftigen Braut wollte keine übertriebene, aber doch eine gediegene Verlobungsfeier und griff dafür auch gerne tiefer in seine Geldbörse. Also »gönnten« Mutter und Tochter sich »eine Unvernunft« im Warenhaus Tietz, wie Frau Avenarius zufrieden und kokett konstatierte. Sie fühlte sich sichtlich wohl in einem Hauch aus feinstem Crêpe de Chine. Gundel hatte sich, praktisch, wie sie war, ein Kleid aus einem dünnen Wollstoff ausgesucht, das sich später zu verschiedenen Anlässen würde unkompliziert einsetzen lassen.

Nach dem Mittagessen hielten Ella und Anna ihre Rede, während der viel gelacht wurde. Da Alfons nicht in der Küche sein konnte, aber wohlweislich das Menü komponiert hatte, lag die gesamte Verantwortung bei seinem Souschef, der in allen Disziplinen trotz gesteigerter Nervosität brillierte. Es wurde eine köstliche Grießnockerlsuppe serviert, dann als Zwischengang ein gekonnt aufgerollter und im Ofen gebackener Aal mit gedünsteten Apfel- und Zwiebelringen und zum Hauptgang Rehgulasch mit Spätzle und Blaukraut. Zum Nachtisch wurden auf einem Silbertablett der von Gundel selbst gemachte Apfelstrudel mit Vanillesoße und ein Mokka gereicht.

Anschließend ging die kleine Gästeschar hinaus ins Freie, denn die Sonne schien, und ein Verdauungsspaziergang würde guttun, bevor es schon bald wieder Zeit für einen Tee mit Gebäck war. Der einbestellte Fotograf hatte alle Hände voll zu tun, um das beste Licht und das schönste Motiv zu finden.

Als Ella am Abend nach diesem so besonders gelungenen Fest spät ihr Zimmer betrat, fand sie zu ihrer Freude zwei Briefe vor. Einer war von Baron von Stein. Er schrieb, dass sich seine privaten Pläne überraschend in Luft aufgelöst hätten. Ella könne gerne im August anreisen und ihn anschließend auf eine Vortragsreise begleiten. Das klang nach einer sehr guten Aussicht, besonders weil sich die »privaten Pläne« zerschlagen hatten.

Der andere Brief war von Ilsabé. Aufgeregt riss Ella den Umschlag auf. Sie war überglücklich, dass die Freundin so ausführlich geantwortet hatte, aber das, was sie las, bestätigte ihre schlimmsten Vorahnungen.

Das R-Gespräch

Das waren ja wieder Neuigkeiten, dachte Gwen. Ihre Großmutter war verlobt gewesen mit einem Mann aus der Hocharistokratie. Warum war darüber nie gesprochen worden? Sie konnte sich gar nicht vorstellen, dass Ilsa in eine Ehe mit diesem ja wohl ungeliebten Aspiranten, der, wie es schien, nur an der Sicherung der eigenen Erbfolge interessiert gewesen war, eingewilligt hatte. Jakob hätte gewiss keine geschiedene Frau geheiratet. Er war doch so sehr auf seinen guten Ruf bedacht. Wer weiß, was Ellas Aufzeichnungen noch offenbaren würden.

Sie setzte sich in den Garten, wo sie die Post durchsehen wollte. Am frühen Morgen hatte es heftig geregnet, aber nun schien die Sonne, und Gwen konnte ihr Spiegelbild in der Fensterscheibe sehen. Ihre Haare glänzten, und sie gefiel sich mit der neuen Frisur. Schade, dass sie nicht verabredet war. Gwen fühlte sich gut und zum ersten Mal seit Langem wohl in der eigenen Haut. Eigentlich wäre heute ein passender Tag, um ihre Großmutter anzurufen, die einen mit ihrer Selbstsicherheit so leicht aus dem Tritt bringen konnte. Oder war das gerade die Übertragung eines Urproblems ihrer Mutter Marga, denn sie, Gwen, hatte mit ihrer Großmutter in ihrem ganzen Leben keine fünf Sätze gewechselt, zumindest kam es ihr so vor. Einmal aber hatte Ilsa zu Gwen, sie mochte etwa vierzehn gewesen sein und ziemlich unglücklich mit ihrem Äußeren, ohne erkennbaren Anlass eine Bemerkung fallen lassen: »Deine Mutter war als Backfisch auch nicht hübsch, aber das hat sich dann gegeben.« Und nun erinnerte sich Gwen an einen Satz, den sie fast vergessen und nicht verstanden hatte, der aber jetzt, in diesem Moment, in ihr wachgerufen wurde und auch jetzt plötzlich einen Sinn bekam: »Dabei gab es doch bei den Haims auch ausgesprochen fesche Frauen.« Sie erinnerte sich genau an diesen Ausdruck, »fesch«. Ilsa hatte sich verplappert, aber keiner hatte ihrer Anspielung Beachtung geschenkt, und niemand hatte hinterfragt, warum Marga oder Gwen Ähnlichkeit mit einer Linie haben sollten, mit der sie doch gar nicht verwandt waren. Ilsas Enttäuschung über das Aussehen der Enkelin hatte Gwen damals gespürt und ebenso gekränkt. Hinzu kam, dass Ilsa bei jeder Gelegenheit über Gwens Heimat spottete, womit sie Robert aus der Reserve locken wollte. Gerne betonte sie, wie gut die Engländer gärtnern und debattieren konnten, aber in einem Land, in dem selbst die Königin Wachsjacken trug, konnte man nicht viel Raffinesse erwarten. Robert hatte trocken gekontert, er würde lieber in einem Land mit Mince Pies leben als in einem Land mit köstlichen Marillenknödeln, aber ohne Rückgrat. Er spielte dabei auf den März 1938 an, als eine Viertelmillion Menschen dem Führer in Wien zujubelte und den sogenannten Anschluss feierte. Ilsa hatte damals nur gelacht und sich vermutlich amüsiert über ihre gelungene Provokation.

Es war jetzt zehn Uhr am Vormittag in Chile. Ilsa würde gefrühstückt haben. Vielleicht störte sie sie bei einer Tasse Kaffee, aber das war zu verschmerzen. Sie wählte die Nummer und hörte, wie es verzögert am anderen Ende dumpf klingelte. Eine Stimme meldete sich, jemand sprach etwas auf Spanisch. Gwen legte wieder auf. Sie wählte die Nummer erneut. Dieselbe Person nahm ab, und Gwen fragte, ob sie auch Englisch verstünde. Die höfliche Stimme gab ihr zu verstehen, sie könne zwischen Deutsch und Englisch wählen. Gwen bat nun auf Deutsch, mit ihrer Großmutter Frau Ilsabé von Isolani sprechen zu wollen.

»Ach«, bemerkte die Stimme freundlich, »das wussten wir gar

nicht, dass die Señora noch eine Enkeltochter hat.« Gwen wartete eine kleine Ewigkeit, bis sie im Hintergrund die Stimme ihrer Großmutter erkannte, die mit ihrem österreichischen Akzent lautstark wiederholte: »Na, das ist bestimmt nicht für mich, bestimmt nicht.«

»Hallo, Ilsa, hier ist Gwen aus London, störe ich dich gerade?«

»Tatsächlich, meine Enkeltochter. Ich wusste gar nicht, dass du noch lebst. Was ist passiert?«, fragte Ilsa in einer noch immer vitalen Stimme.

»Nichts ist passiert, und ich freue mich auch, dass du noch munter bist«, antwortete Gwen. »Theo sagte, man könne dich um diese Uhrzeit gut erreichen.«

»Ja, beim Bridge, aber das macht nichts. Du bist eine Abwechslung, und die gibt es hier nicht oft. Brauchst du Geld?«

»Nein, wie kommst du denn darauf?«

»Warum würdest du sonst anrufen?«

»Ich weiß, wir hatten lange keinen Kontakt. Aber ich wollte dir ein paar Dinge erzählen. Ich habe mich immer gefragt, wann der beste Moment sein würde, und heute dachte ich, ich rufe dich an.«

»Aha.«

»Ich wollte dir erzählen, dass ich nächste Woche nach Pommern fahre, mit Lily. Sie ist bereits in Berlin, und Lotte kommt auch mit, und dann noch meine beste Freundin. Wir fahren zum Gutshof. Ich war noch nie da, und ich bin gespannt, was von dem Hof übrig geblieben ist.«

»Ach du meine Güte. Warum fahrt ihr denn nicht an die Côte d'Azur? Wahrscheinlich will die gute Lily nach vergrabenen Schätzen suchen. Aber nach verlorenen Dingen soll man nicht lange ringen, heißt es doch so schön. Nehmt ihr Schaufeln mit?« Ilsa kicherte.

»Na ja, weißt du, ich habe in letzter Zeit einiges ausgegraben, auch ohne Schaufel«, entgegnete Gwen, »zum Beispiel, dass Theo nicht mein Onkel ist.«

»Was ist er denn dann?«, fragte Ilsa mit einer leichten Irritation in der Stimme.

»Das weißt du doch am besten. Er war dein Liebhaber, und er ist mein Großvater«, schob Gwen flott hinterher.

»Hat Theo dir das erzählt?«

»Nein, ich habe deinen Brief an Marga gefunden, und ich habe Theo den Brief zu lesen gegeben. Er hat es wohl immer geahnt, aber nicht gewusst. Bist du noch dran?«

»Ja.«

»Ist es in Ordnung, wenn ich mit dir darüber spreche?«

»Ja.«

»Nun, es wäre eine gute Idee, wenn du Theo anrufen und ihm selbst erzählen würdest, dass du ihn vor Urzeiten zum Vater gemacht hast. Ich glaube, das würde ihm etwas bedeuten«, schlug Gwen ziemlich bestimmt vor. »Du bist ja auch nicht mehr die Jüngste, und Theo hat in letzter Zeit ein wenig abgebaut.«

»Ist er vergesslich?«

»Nein, aber gesundheitlich nicht mehr so fit, wie er war.«

»Na gut, das sind wir alle nicht mehr.«

»Es wäre natürlich fantastisch, du könntest nach London kommen, und wir würden uns sehen und zu dritt sprechen.«

»Ach, Schatzerl, du hörst dich ja an wie eine Amerikanerin, bei denen ist auch immer alles ›great‹ und ›phantastic‹. Ich bin zu alt, und zwar für weite Reisen wie für psychologische Ferndiagnosen. Dabei würde ich nichts lieber tun als zurück nach Europa gehen. Hier, in dieser heruntergekommenen Residenz, gibt es nämlich eine skurrile Melange von verarmten deutschen Juden und stumpfsinnigen deutschen Nazis. Die meisten sind dement oder waren immer schon unerträglich. In jedem Fall ist es schrecklich, und das Geld geht auch zur Neige.«

»Warum bist du eigentlich nach Chile ausgewandert?«

»Das sind zu anstrengende Fragen, das erzähle ich dir ein andermal. Wie alt bist du jetzt, und lebst du noch in London?«, wollte Ilsa wissen, bemüht, das Thema zu wechseln.

»Ja, ich lebe noch immer in Hampstead und arbeite gerade als Familienarchäologin. Ich bin zur Zeit auf Spurensuche und habe ein ziemliches Trümmerfeld entdeckt, das ich gerade Schicht um Schicht abtrage. Dabei stoße ich hin und wieder auf Scherbenreste und versuche nun die fehlenden Stücke zu finden, um sie am Ende zu einem Gefäß zusammenzufügen.«

Das klang pathetisch, aber Gwen war dennoch über sich selbst und die Klarheit erstaunt, mit der sie ihrer Großmutter gegenüber auftrat.

»Aha, na ja, wie philosophisch, das hast du von deinem Großvater.«

»Das ist jetzt mein Urgroßvater«, korrigierte Gwen.

»Nein, ich meinte Theo. Aber erzähl mir von dir. Hast du geheiratet und Kinder, Freund, Liebhaber, Liebste?«

»Nein, kein Mann in Sicht, ich lebe mit meinem Kater und trage Schottenröcke im Winter.«

»Du Arme. Dann musst du ja sicher für dein Geld auch noch arbeiten. Das musste ich zum Glück nie. Wollt ihr über Kolberg fahren?«, fragte Ilsa völlig unvermittelt.

»Ja, das war vor allem Theos Wunsch.«

»Das denke ich mir, der gute Theo und seine Schuldgefühle. Die Haims waren feine Menschen. Man hat sie alle umgebracht, das weißt du sicher.« Ilsas Stimme hatte sich verändert, sie klang nun ruhig, ernst und beinahe weich.

»Ja, das hat Theo erzählt. Was ich noch nicht einmal ahnte und erst seit Kurzem weiß, ist, dass ich auch mit ihnen verwandt bin.«

»Na, ist doch gut, dass du es jetzt weißt«, antwortete Ilsa für ihr Alter ziemlich schnell und ebenso forsch, um dann versöhnlicher hinzuzufügen: »Ruth war eine sehr schöne Frau.«

»Ja, ich habe Fotografien von ihr gesehen. Und du hast dich immer gewundert, dass deine Tochter und deine Enkelin weder von Ruth noch von dir äußere Vorteile geerbt haben, nicht wahr?« Damit wagte sich Gwen ziemlich weit vor, aber sie wollte Ilsa ein wenig provozieren.

»So kann man es ausdrücken. Das wäre jedenfalls besser gewesen als meine inneren Werte, aber die habt ihr ja leider auch nicht geerbt. Ich bin jetzt müde, Schatzerl.«

»Das verstehe ich, Ilsa, ich rufe dich wieder an, wenn Lily und ich das Silber gefunden haben.«

»Deine Stimme hat übrigens Ähnlichkeit mit Margas. Schade, dass wir nicht früher einmal geredet haben. Du klingst ganz vernünftig, aber bitte nenn mich nicht Ilsa, sondern Großmama mit Betonung auf dem zweiten a. Irgendetwas Großbürgerliches muss es doch in dieser englischen Familie geben, in der man Wildfremde duzt.« Ilsa hatte dies sehr energisch und gar nicht mehr müde vorgebracht.

»Man muss die Konventionen kennen, um auf sie zu pfeifen, denkst du das?« Gwen war gespannt, wie ihre Großmutter auf diese Bemerkung reagieren würde.

»Das sage doch ich immer, woher hast du das?«

»Ich muss es irgendwo einmal gehört haben.« Gwen erinnerte sich genau, es in Ellas Heften gelesen zu haben, wollte dies aber nicht verraten.

»Jedenfalls hast du Humor, den hatte deine Mutter gar nicht.« Sie verabschiedete sich, und Gwen hielt noch eine Weile die Muschel an ihr Ohr und lauschte, aber das Gespräch war beendet. Ilsa hatte noch immer diesen speziellen österreichischen Charme und auch von ihrer Schärfe und Schlagfertigkeit offenbar nicht viel eingebüßt.

Während sie noch überlegte, ob sie ihre Großmama, mit Betonung auf dem zweiten a, nicht doch nach der ominösen Verlobung hätte fragen sollen, klingelte das Telefon, und eine Stimme erkundigte sich, ob sie das R-Gespräch aus Chile annehmen würde. R-Gespräche waren eine wunderbare Sache, wenn man kein Geld hatte und zu Hause anrufen wollte. Sie hatte das selbst als Studentin öfter in Anspruch genommen.

Ilsa war noch einmal am Telefon.

»Gwendolyn, trägst du wirklich Schottenröcke?«

»Rufst du deshalb noch einmal an?«

»Nein, mir ist eine wichtige Sache eingefallen. Ich weiß ja nicht, was von den Gebäuden noch steht, aber wenn du in unserem Gutshof im Haupthaus bist, dann geh hinauf auf den Dachboden, bis du ganz oben das Trippeln der Tauben auf den Ziegeln hörst. Rechts unter dem kleinen Gaubenfenster – das zum Innenhof, nicht das zum Haupttor – ist eine Stelle in der Wand, die du nicht leicht finden wirst. Ich habe sie aber mit einem Dreieck markiert. Darunter ist ein Ziegelstein. Falls du den herausnehmen kannst, siehst du einen schmalen, aber langen Hohlraum. Bitte schau doch, ob darin etwas liegt.«

»Was hast du denn da versteckt?«, fragte Gwen neugierig.

»Es ist so lange her, aber es wird schon eine Bedeutung gehabt haben. Jedenfalls haben die Nazis und die Russen das Versteck nicht entdeckt, und die Polen auch nicht.«

»Ich ruf dich wieder an, wenn ich deine Juwelen aus dem Schacht gezogen habe. Und wer weiß, was noch alles zum Vorschein kommt. Und sag mal, hast du das ernst gemeint, dass du lieber heute als morgen nach Europa zurückkommen würdest?«

»Ich möchte hier nicht sterben.« Und nach einer Pause fügte sie leise hinzu: »Ich könnte deine Hilfe in Anspruch nehmen.«

»Ich helfe dir gerne, ich weiß nur nicht genau, wie.«

»Wir haben alle unsere Rucksäcke zu tragen, und glaub mir, in meinem liegen zentnerschwere Steine, die mit jedem Jahr, das ich älter werde, an Gewicht zunehmen. Aber nun grüß den alten Theo, wenn du ihn siehst, und Lily und Lotte. Und pass auf dich auf, schön, dass du angerufen hast. Melde dich wieder, wenn du zurück bist.«

Gwen war erstaunt, welche Vertrautheit zwischen Ilsa und ihr möglich war. Sie hatte sich das Gespräch stockender, steifer, fremder vorgestellt, aber es schien doch eine gewisse Nähe zwischen ihnen zu geben. Auch hatte sie, anders als so oft in ihrem Leben, im entscheidenden Moment die richtigen Worte gefunden und höflich, aber bestimmt, ja, sogar schlagfertig geantwortet. Nun, sie musste sich nicht zu viel vormachen, ihre Großmutter war vierundneunzig Jahre alt, und Gwen konnte sich nur zu gut vorstellen, wie es Marga ergangen war, wenn diese sich den Spötteleien ihrer Mutter ausgesetzt sah. Die herrschaftlich-aristokratische Ilsabé, die ihre eigenen Eltern noch selbstverständlich gesiezt hatte, war, wenn man die Augen schloss und nur ihrer festen Stimme am Telefon lauschte, immer noch als Grande Dame vor dem geistigen Auge sichtbar. Man konnte sich vor ihr fürchten, weil sie so scharfzüngig war, aber sie war in ihrem Leben nicht nur egoistisch und verletzend gewesen, sondern auch faszinierend, geistreich, witzig und immer für ein Abenteuer zu haben.

Wo war nur das ganze Geld geblieben? Wovon hatte ihre Großmutter eigentlich gelebt? Jakobs Vermögen war während des Krieges und in den Wirren danach verloren gegangen, mit Ausnahme einiger weniger Bilder und Antiquitäten. Dennoch schien es Ilsa nie an irgendetwas gefehlt zu haben. Sie jettete nach Cannes und St. Moritz, und wie selbstverständlich besuchte sie regelmäßig ihre Freunde in New York und Kapstadt. Mit den vielen Reisen würde sie vor sich selbst weglaufen, weil sie sich allein nicht aushielt, hatte Marga gemutmaßt. Aber wovor lief sie eigentlich davon, und warum nur war ihr Rucksack so schwer? Nun aber war die Gräfin in einem Land, in dem sie nicht bleiben, und an einem Ort, an dem sie nicht sterben wollte.

Gwen fragte sich, ob es nicht ihre Pflicht wäre, ihre Großmutter zurück nach Europa zu holen, und zwar rasch, denn wenn nicht jetzt, wann dann. Womöglich könnte sie für sie einen Platz im Clara-Nehab-Haus organisieren. Ob sie Theo mit diesem Problem belasten sollte? Aber vielleicht war alles gar nicht so dramatisch, und ihre Großmutter hatte nur erreichen wollen, dass sie wieder einmal im Zentrum der Aufmerksamkeit stand.

Und was ihr Vater sagen würde, konnte sie sich ausmalen: »Lass die alte Frau am anderen Ende der Welt, wo sie keinen Schaden mehr anrichten kann, aber hol sie um Gottes willen nicht zurück.«

Gwen war in eine Familiensaga geraten, und ihr schien es, als käme ihr als zentraler Figur nun die Schlüsselrolle zu, über Verlauf und Ende dieses vor langer Zeit begonnenen Romans zu bestimmen. Sie war es, die die nächsten Kapitel schreiben würde.

Anruf von Ed

Sie hatte sich nicht getraut, Ilsa zu fragen, ob sie sich damals wirklich gegen ihren Willen verlobt hatte. Sie war ohnehin schon ziemlich direkt gewesen, aber mehr hatte sie der alten Dame nicht zumuten wollen.

Sie zog sich eine Strickjacke an und stellte den Topf mit der Tomatensuppe von gestern auf den Herd, sie fröstelte. Während sie gedankenverloren umrührte und einen Schuss von dem guten Olivenöl hineingab, dachte sie an das zweite Telefonat und dass es Ilsa so wichtig gewesen war, noch einmal anzurufen, um ihr von dem Versteck auf dem Speicherboden zu erzählen. Sie konnte sich ganz genau erinnern, wo dieses war, aber angeblich wusste sie nicht mehr, was sie dort in Sicherheit gebracht hatte. Das klang ein wenig unglaubwürdig und vorgeschoben.

Das Telefon klingelte, als sie sich gerade hingesetzt hatte, um die Suppe zu essen. Sie wollte jetzt nicht drangehen, der Anrufbeantworter würde sich einschalten. Wer konnte das sein? Zu ihrem großen Erstaunen war es Ed, der sie vor einem halben Jahr völlig überraschend verlassen hatte. Dabei war die Beziehung schon seit geraumer Zeit vorher ausgeleiert gewesen wie ein altes Gummiband. Sie hatten angefangen, sich zu langweilen, aber sie vertrauten einander, und die Langeweile und das Vertrauen waren immer noch besser als die Einsamkeit. Und so waren sie zusammengeblieben über das Haltbarkeitsdatum hinaus. Als Ed im Wanderclub dann Flores kennenlernte, schaffte er den Absprung, und Gwen stürzte ins Bodenlose. Ed lebte in dem Städtchen Kent, eine halbe Stunde vom Meer entfernt. Als sie noch Freude aneinander hatten, waren sie fast jedes Wochenende an die Küste gefahren, hatten lange Spaziergänge gemacht, frischen Fisch gekauft und dann in Eds kleiner Küche zubereitet. Besonders in den Wintermonaten war es gemütlich gewesen in seinem verwinkelten alten Haus. Irgendwann aber waren die Wochenendausflüge zu Ed für Gwen Fluchtmöglichkeiten vor sich selbst geworden. Sie hatte die Fragen verdrängt, wer sie war, wer sie sein und wie sie leben wollte. Im Grunde war sie erleichtert, als Ed den überfälligen Schritt getan hatte, aber dennoch war sie durch das jähe Ende in einer Weise mit sich selbst konfrontiert, die sie überforderte. Hinzu kam, dass Ed gerne Kinder gehabt hätte, sie aber noch nicht bereit dafür war. Nun würde sie vielleicht damit leben müssen, keine mehr zu bekommen, schließlich war sie schon bald Mitte dreißig, und so schnell würde sie sicher niemanden kennenlernen, um dann gleich eine Familie zu gründen. Sie hatte nach der Trennung das Gefühl gehabt, einen essenziellen Moment verpasst zu haben, und das hatte sie tief deprimiert. Mittlerweile aber war sie zu der Erkenntnis gelangt, dass Kinder nicht entscheidend waren für ihr Lebensglück, auch waren die Wochen der Niedergeschlagenheit schneller vergangen, als sie selbst vermuten konnte, was vermutlich auch mit Lilys Anruf zusammenhing, der dieses unglückliche Beziehungsende in den Hintergrund gedrängt hatte.

All das schoss ihr durch den Kopf, als sie seine vertraute Stimme auf dem Anrufbeantworter hörte.

»Hallo, Gwenny, hier Ed«, sagte er fröhlich, »lange nichts gehört. Ich bin nächste Woche in London und dachte, wir könnten uns sehen. Außerdem habe ich bei mir im Keller einen alten Koffer entdeckt, den wollte ich dir gerne vorbeibringen. Ich glaube, du hast ihn bei mir untergestellt, als wir das Haus deiner Eltern ausgeräumt haben. Jedenfalls ist ein Namensschildchen dran, und darauf steht Huber. Du liebst doch das alte Zeug. Er ist übrigens verschlossen. Na ja, melde dich, wenn dir danach ist.«

Ed hatte »Huber« so ausgesprochen, dass sie zunächst nicht

verstand, was er gemeint haben konnte, aber als sie die Nachricht noch einmal abhörte, verstand sie. Ein Koffer, der Josefa oder Korbinian Huber gehört haben musste.

Ed war damals mit in das Haus gefahren, in dem ihre Eltern gemeinsam gelebt hatten. Sie hatte ein paar persönliche Dinge ihrer Mutter eingepackt und Gegenstände, die Sue unbedingt loswerden wollte. Darunter musste auch der Koffer gewesen sein. Jetzt interessierte Gwen der Inhalt natürlich brennend, aber vor ihrer Abreise würde sie Ed nicht mehr sehen können, und sie war unsicher, ob sie schon bereit dafür war. Am liebsten hätte sie ihn gebeten, den Koffer bei ihrer Nachbarin abzugeben. Oder wäre das zu unhöflich? Es war ein merkwürdiger Zufall, dass er ausgerechnet jetzt anrief.

Sie spülte ihren Teller ab, räumte die Küche auf und warf anschließend einen Blick auf den Stapel Briefe und Rechnungen, die mit der Post gekommen waren. Darunter fand sich ein Schreiben mit einer Adresse aus Bad Tölz.

Liebe Gwen,
wir haben uns als Kinder einmal gesehen, aber das ist lange her.
Ich bin Schreiner hier in Bad Tölz, und die Mittermayrs haben mir erzählt, dass Sie das Haus am Tegernsee selbst vermieten und renovieren wollen. Mein Großvater, Sepp Blau, ist Ellas jüngerer Bruder, und er hat damals die Innenausbauten gemacht, nachdem Hubers ausquartiert wurden. Der Opa schreinert übrigens immer noch und lässt Sie grüßen.
Es gibt einige feuchte Stellen im Haus, die ich Ihnen gerne zeigen möchte, wenn Sie kommen. Ich habe in den letzten Jahren wiederholt Reparaturen ausgeführt, aber nun müsste doch einiges von Grund auf neu gemacht werden.
Sie können natürlich ganz frei entscheiden, mit wem Sie

arbeiten wollen. Bitte schicken Sie ein Fax, wenn Sie wissen, wann Sie anreisen, damit ich dann auch da bin. Sie finden auf der Rückseite meine Telefon- und Faxnummer und Adresse.
Ich freue mich, Sie wiederzusehen.
Viele Grüße vom See, Balthasar Blau
PS. Im Kirchsee kann man übrigens noch immer in der Mitte stehen.

Gwen konnte sich zuerst gar nicht an diesen Balthasar erinnern, aber dann fiel ihr ein, dass sie als Kind mit einem ein paar Jahre älteren Jungen zum Schwimmen an den Kirchsee geradelt war und ihm nicht glauben wollte, dass der See am Ufer tief und in der Mitte seicht war. Um es ihr zu beweisen, war er hinausgeschwommen und etwa auf der Mitte des Sees stehen geblieben. Er hatte ihr begeistert zugewinkt, sodass sie auch hinausgeschwommen war, aber sie war nicht groß genug, um an derselben Stelle stehen zu können. Sie hatten gelacht und einen fröhlichen Nachmittag verbracht und unterwegs noch irgendwo ein Eis gegessen. Ihr Deutsch war damals nicht besonders gut gewesen, und sie hatte Mühe, seinen Dialekt zu verstehen. Von seinen Freunden war er Beppo genannt worden. Und dieser Beppo schrieb ihr nun Jahrzehnte später und war, wie sich herausstellte, Ellas Großneffe.

Das Jahr schien mit Reisen verplant zu sein, aber irgendwann würde Gwen auch wieder anfangen müssen zu arbeiten. Sie war so froh, sich nicht mehr mit Abigail, dem Schaf, herumärgern zu müssen, aber was sie in Zukunft machen wollte, war ihr völlig unklar. Ihre Freundin Antje sagte immer, Wünsche würden nur in Erfüllung gehen, wenn man sie klar formulieren konnte. Sie kannte ihre Wünsche aber nicht, sie wusste noch nicht einmal, nach was sie Sehnsucht hatte.

Gwen warf einen Blick auf die Uhr. Sie musste los, um in Lilys

Wohnung den Brief mit dieser ominösen Zeichnung zu holen, von der ihre Tante gesprochen hatte.

Der Spaziergang zu Lilys Appartement und die frische Luft waren wohltuend, und sie konnte ihre Gedanken ordnen. Das Gespräch mit ihrer Großmutter hallte nach, aber der Anruf von Ed hatte sie völlig durcheinandergebracht, und sie ärgerte sich ein wenig, wie sehr diese vergangene Beziehungsgeschichte nun von ihr Besitz ergriff.

Der Koffer

Inzwischen waren die Tage bereits länger geworden, und an den Abenden schien es, als könne man den nahenden Sommer riechen. Es war diese besondere Mischung aus Blütenduft, Vogelstimmen, Licht und wahrscheinlich auch Hormonen, die die Laune von einer Minute zur nächsten derart beflügelte. Auf dem Rückweg von Lilys Wohnung, wo sie den Brief mit der Zeichnung schnell gefunden und eingesteckt hatte, fühlte Gwen sich leicht und war voller Vorfreude über die vor ihr liegende Reise. In dieser Stimmung bog sie in ihre Straße ein, als sie einen Mann vor ihrer Haustür sah. Als sie näher kam, erstarrte sie, denn sie erkannte Ed an seiner lässigen und leicht gekrümmten Haltung. Am liebsten hätte sie sich hinter dem nächsten Busch versteckt, aber Ed hatte sie schon gesehen, winkte und lief ihr freudig entgegen.

»Hallo, Gwenny, du bist sicher überrascht, aber ich war in der Gegend und dachte, ich probier's einfach mal«, meinte er gut gelaunt und nahm ihr die Tasche ab.

»Hallo, Ed«, brachte Gwen entgeistert hervor.

»Du, ich will dich gar nicht lange aufhalten, aber ich habe den Koffer mit. Du hast doch meine Nachricht gehört, oder?«

»Ja, klar.« In Gwens Kopf brach ein Chaos aus, und sie wusste nicht, welchem Gedanken sie zuerst folgen sollte. Wie würde sie ihn so schnell wie möglich wieder loswerden, und wollte sie das überhaupt?

»Wenn du möchtest, kann ich versuchen, ihn mit einem Draht zu öffnen, denn es gibt keinen Schlüssel.«

»Gute Idee«, brachte Gwen hervor, als hätte sie jemand zum Gummitwist aufgefordert. Sie schloss die Tür auf, und Ed betrat das Haus, als ob er noch immer hier ein und aus ginge. Er warf seine Jacke – es war die vertraute abgetragene Wolljacke – über den Sessel im Wohnzimmer und sah sich um.

»Hat sich nichts verändert, der Teppich ist neu, oder?«

»Ja, den habe ich mir selbst zu Weihnachten geschenkt«, antwortete Gwen und überlegte, ob sie Ed zum Essen einladen sollte. Da ihr Magen bereits knurrte, gab sie sich einen Ruck und fragte: »Hast du schon gegessen? Ich habe bei Marks and Sparks eingekauft, das würde für zwei reichen.«

Gwen warf einen Blick in den Spiegel und fand, sie sah einigermaßen frisch aus.

»Gerne«, antwortete Ed, »übrigens siehst du gut aus. Hast du die Haare anders?«

»Ja, ich war beim Friseur.«

»Bei deinem Punk in Camden?« Und bevor Gwen antworten konnte, fragte Ed weiter. »Geht es dir gut? Hast du einen Neuen?« Ed konnte manchmal so plump und direkt sein.

»Nein, ich habe nur beschlossen, mich mehr um mich selbst zu kümmern. Du kannst den Wein aufmachen.«

Ed entdeckte den schlafenden Sloppy und kraulte ihn unter dem Bauch. Das durfte sich wirklich nicht jeder trauen, dachte Gwen, aber der Kater schnurrte, als habe er nichts sehnlicher erwartet.

Sie schob die Lasagne in den Ofen, wusch den Salat und deckte den Tisch. Als Ed sich auf seinen angestammten Platz setzte, hätte man meinen können, es sei wie früher.

»Cheers«, toastete er ihr fröhlich zu, »wirklich toll, dich zu sehen. Verreist du?« Er hatte ihre Reisetasche im Arbeitszimmer entdeckt.

»Ja, ich fliege am Samstag nach Berlin und fahre dann nach Polen zum Gutshof.«

»Nicht wahr«, sagte Ed ehrlich erstaunt. »Du wolltest doch nie viel wissen über diese Zeit.«

»Stimmt, aber nachdem du mich verlassen hast, hatte ich plötzlich so viel Energie, dass ich es mit meiner eigenen Familie aufnehmen konnte«, entgegnete Gwen schlagfertig.

»Sehr schmeichelhaft«, grinste Ed, »und wie lange bleibst du?«

»Ende offen, vielleicht kaufe ich die Ruine. Nein, ist ein Scherz, nur etwa zehn Tage.«

»Und dein Job? Machst du noch die Übersetzungen?«

»Habe ich gekündigt, ich bin jetzt frei.«

Gwen war gut drauf, und Ed wusste vermutlich nicht recht, wie ihm geschah, sodass er lieber auf den Koffer zu sprechen kam, bevor Gwen ihm am Ende noch servierte, wie unsensibel er ihr damals die Geschichte mit Flores aufgetischt hatte.

»Na ja, dann interessiert dich sicher, was da drin ist.« Er deutete auf den Lederkoffer, der mitten im Zimmer stand, wie ein Gast, von dem man nicht wusste, ob man ihn bitten sollte zu bleiben. »Ich kann versuchen, ihn später zu öffnen.«

Sie aßen die Lasagne und sprachen über unverfängliche Dinge, wie die letzte Ausstellung in der Royal Academy oder die neueste Radioserie auf BBC 4. Sie hatten beide keinen Fernseher und liebten Hörspiele.

Nach dem Essen hantierte Ed mit einem Draht in dem Schnappschloss des alten Koffers herum, und Gwen überlegte, ob sie sich nach Flores erkundigen sollte. Eigentlich wollte sie wirklich nicht wissen, ob er mit dieser Frau glücklich war. Aber nicht zu fragen, wäre, wie sie fand, selbstentlarvend gewesen. Sie brachte darum so gelassen wie möglich hervor: »Und wie geht es dir und Flores?«

»Ich hab's. Ich glaube, das Schloss lässt sich öffnen. Wir wollen im Herbst heiraten. O nein, geht doch nicht auf. So ein Mist. Irgendetwas klemmt.« Ed sah sie in einer Mischung aus Verschmitztheit und gespielter Zerknirschung an.

»Ach ja, das ging ja schnell.« Gwens gute Laune und Selbstsicherheit rutschten schlagartig einen Geröllabhang herunter und blieben dort als aufgetürmter Schotterhaufen liegen. Ed war so beschäftigt, dass er nicht bemerkte, wie Gwen ins Bad ging. Sie hatte nicht gedacht, dass sie die Nachricht derart treffen würde. Als sie zurückkam, war Ed gerade dabei, den Mantel anzuziehen.

»Ich muss los, ist spät geworden. Tut mir leid, dass ich den Koffer doch nicht öffnen konnte, du musst mit dem alten Ding zu einem Schlüsseldienst. Vielen Dank fürs Essen. Wir heiraten übrigens in Chile. Du bist herzlich eingeladen. Ich bin froh, dass ich es dir jetzt persönlich sagen kann. Flores würde sich auch freuen, wenn du kommst.«

Auch das noch, dachte Gwen für sich, und quälte sich zu einem: »Danke, und warum dort?«

»Ist Flores' Heimat.«

»Ich dachte immer, sie käme aus Spanien.«

»Nein, ihre Eltern sind nach dem Militärputsch nach England geflohen.«

»Ich überleg's mir, aber vielen Dank für die Einladung und den Koffer.«

»Ruf doch mal an, wenn du zurück bist. Würde mich echt interessieren, wie es so in Polen war.«

»Ich versprech's«, brachte Gwen hervor, als wäre ihre Backe noch taub von einer Spritze beim Zahnarzt. Ed lief in seinem schlaksigen Schritt zum Auto, drehte sich noch einmal um und rief ihr zu: »Wirklich toll, was du für Pläne hast, und auch, wie du aussiehst.«

Nachdem das Motorengeräusch von Eds Auto nicht mehr zu hören war, setzte sich Gwen auf die Couch, schnappte sich Sloppy und weinte in einer Mischung aus Frustration und Selbstmitleid in sein weiches Fell. So richtig weit war sie mit der Verarbeitung ihrer in die Brüche gegangenen Beziehung ja nicht gekommen. Und dann war es ihm noch nicht einmal gelungen, das Schloss des Koffers zu knacken.

Als sie sich beruhigt hatte, schenkte sie sich ein Glas Rotwein ein und starrte auf diesen kleinen Koffer, dem die Jahre nichts hatten anhaben können, obwohl er vermutlich weit gereist war. Er war ein bisschen abgestoßen an den Ecken, aber man würde nur das Leder eincremen müssen, und schon sähe er »tadellos« aus, wie Theo so gerne sagte. Ein paar alte Aufkleber von fernen Orten wie Verona, Rom und Venedig, ja, sogar Kairo und Alexandria hafteten fest auf dem Leder. Am Griff befand sich ein kleiner Anhänger, ebenfalls in Leder eingefasst, in dessen Innenteil jemand eine Karte geschoben hatte. »Huber, Gästehaus, Bad Tölz« war fein säuberlich mit Tinte und in altdeutscher Schrift darauf geschrieben worden.

Gwen hob den Koffer hoch und schwenkte ihn vorsichtig hin und her, um zu hören, ob sich anhand des Geräuschs auf den Inhalt schließen ließ. Etwas rutschte im Inneren, aber es ließ sich nicht ausmachen, was das wohl sein mochte. Sie versuchte vergeblich, das Schloss zu öffnen. Dann besah sie sich noch einmal den Anhänger, denn es hatte sie gewundert, dass die Karte mit der Adresse in dem Etui Druckspuren aufwies, so als würde das Papier von hinten ausgebeult. Sie tastete mit den Fingern den Anhänger ab und bemerkte, dass sich zwischen Karte und Lederrücken ein Gegenstand befinden musste. Sie schob die kleine Karte heraus und entdeckte einen winzigen Schlüssel.

Das Schloss schnappte mühelos auf. Wie gut, dass Ed den Koffer nicht aufbekommen hatte und sie ihn nun in Ruhe öffnen und den Inhalt untersuchen konnte. Sie entdeckte mehrere gut eingewickelte Gegenstände, darunter etwas Leichtes, Weiches; ein zugebundenes Säckchen und einen Bund mit Schlüsseln unterschiedlicher Größe. Gwen nahm sich vor, die Schlüssel unbedingt auf ihre Reise mitzunehmen, wer weiß, wozu sie gut waren.

Vorsichtig öffnete Gwen die Verpackung, die sich so weich anfühlte. Sie zog den Inhalt heraus, und was zunächst aussah wie ein Stück Stoff, war, als sie es auseinanderfaltete, ein beinahe bodenlanger Rock und eine dazu passende Seidenbluse. Sie betrachtete den Rock und konnte sich vorstellen, wie sich der schimmernde, leichte Stoff jeder Bewegung anpasste. Neugierig löste sie als Nächstes das Band des Säckchens und zog ein Paar Schuhe heraus. Es waren knapp über die Knöchel reichende Stiefel, denen man ganz im Gegensatz zu den Kleidungsstücken ansah, dass sie viel getragen worden waren. Gwen schloss die Augen und fühlte mit der Hand das Innenleder. Es war nicht mehr weich wie ein Kuhfladen, aber es waren ohne Zweifel die Stiefelchen, mit denen Ella im Jahr 1911 das Gästehaus betreten hatte. Gwen liefen erneut die Tränen herunter. Es berührte sie, dass diese vor langer Zeit so heiß geliebten Dinge nun unvermutet bei ihr auftauchten.

Das Geschenk

Mit neuer Energie schwang sie sich aus dem Bett, joggte eine kleine Runde durch Hampstead und kaufte sich auf dem Rückweg ein ofenwarmes Croissant und die Zeitung. Der Duft von Eds Rasierwasser war verflogen. Sie beschloss, die Geschichte mit Ed endgültig abzuhaken. Sollte er doch glücklich werden mit dieser Flores, die auch noch ausgerechnet aus Chile kam.

Nachdem sie ihr kleines Frühstück genossen hatte, wollte sie den alten Koffer in ihr Arbeitszimmer tragen, um ihn dort zu verstauen, und dabei bemerkte sie, dass sich noch etwas darin befand. Sie untersuchte das Seitenfach, dem sie gestern keine Beachtung geschenkt hatte, und tatsächlich rutschte ein Gegenstand hin und her, den sie vorsichtig herausnahm. Es war ein gut erhaltenes großformatiges Modemagazin, auf dessen Titelseite in geschwungenen Lettern *Die Dame* geschrieben stand. War das nicht das Journal, in dem Ella von Ilsas Verlobung erfahren hatte? Gwen suchte ein Datum, und tatsächlich, es war Jahrgang 1919. Aufgeregt blätterte sie, bis sie die Seite mit Ilsas Porträt fand.

Ilsa wäre auch ohne Schmuck eine Schönheit gewesen, aber das prachtvolle Collier und die wertvollen Ohrgehänge ließen sie aussehen wie eine Prinzessin der Hocharistokratie. Sie überflog den Text und wollte nun zu gerne wissen, ob Ilsa tatsächlich in diese Ehe eingewilligt hatte und was in diesem wichtigen Brief stand. Gwen wurde ganz wohlig bei dem Gedanken, endlich weiterzulesen.

~

Meine liebe Ella,
Deine Nachricht hat mich in unserem Landhaus am Mondsee erreicht, und ich schreibe Dir zwischen Anproben bei aufgeregten Schneiderinnen und Auseinandersetzungen mit meinen Eltern, die plötzlich mit Geld um sich werfen, als wäre es ihr eigenes.
Was für ein Zufall, dass Dir dieses Heft in die Hände gefallen ist, und wie beruhigend, dass die Damenwelt auf Elmau auch leichtere Kost goutiert. Mir soll es recht sein, denn nun weißt Du Bescheid. Den Spott habe ich zwar verdient, aber glaub mir, ich gehe diese Verbindung nur ein, weil ich muss. Es ist so, und ich will es Dir kurz erklären, denn ich sehe Dich gerade vor mir, wie Du die Arme verschränkst und mich fragend und vorwurfsvoll zugleich ansiehst: Meine Eltern haben Kriegsanleihen in großem Stil gezeichnet, und nun sind die Wäldereien, die die Grundlage ihres Einkommens bilden, verpfändet. Mit anderen Worten: Das Geld ist perdu. Der einzige Gegenstand von Wert, der sich noch finden ließ, war ich. So bin ich, um die Familie zu retten, an diesen Fürsten abgetreten worden. Man hat versucht, mir das Geschäft als Geschenk meines Lebens zu verkaufen, schließlich werde ich, wie sie nun immer sagen, »nie mehr finanzielle Sorgen« haben und muss nicht mehr vor vielen Damen knicksen, außer vor der englischen Queen Mary. Allerdings »darf« auch ich eine Gegenleistung erbringen, es gibt nämlich einen komplizierten Vertrag, der festschreibt, dass ich einen männlichen Erben präsentieren muss. Im Falle einer Tochter steht mir lediglich ein Bruchteil des Vermögens zu, aber die Schulden der Eltern werden in

jedem Fall beglichen, und darum geht es ja. Ich hätte einfach auf Weltreise gehen sollen, aber ich habe es nicht fertiggebracht, mir meinen Herrn Papa in dieser Ausweglosigkeit vorzustellen.
Das Gute ist, dass der Fürst kein sonderliches Interesse an Frauen hat und ich daher bete, in Ruhe gelassen zu werden, wenn das Spektakel erst einmal vorbei ist. Wenn ich einem Sohn das Leben schenken sollte, bin ich so reich, Ella, dass wir zusammen mit einem Luxusdampfer nach New York fahren können. Es wird also vorerst nichts mit unserer gemeinsamen Reise nach Pommern.
Und wie geht es bei Dir weiter und Deinem Korbinian? An der Ostsee kannst Du ja nicht ewig bleiben, auch wenn der Baron zugegebenermaßen ziemlich attraktiv ist.
Die Hochzeit ist im September in Wien, bis dahin kannst du mir nach Salzburg schreiben.
Sei umarmt von Deiner Ilsabé
PS. Du musst mich übrigens nicht bedauern. Wir Töchter von Stand sind immer angeboten worden wie Konfekt.

~

Gwen legte den Brief zurück in den Umschlag. Sie hatte nie auch nur ein Familienmitglied der Isolanis kennengelernt, noch hatte ihre Mutter je von ihren Großeltern mütterlicherseits erzählt. Das war umso erstaunlicher, als Marga ja während ihrer Tölzer Jahre nicht weit von Salzburg entfernt lebte. Ilsa musste den Kontakt zu allen abgebrochen haben. Gwen las begierig in Ellas Aufzeichnungen weiter.

~

Das also war der Grund gewesen. Ilsa wollte die Familienehre und den uralten Besitz retten, und dafür musste sie nun einen so hohen Preis zahlen. Aus Sicht ihrer Familie bestand Ilsas einziges Verdienst darin, begehrenswert zu sein, und diese Schönheit war nun gegen Reichtum und einen Titel in die Waagschale geworfen worden. Es war genau, wie Ilsa geschrieben hatte: ein Geschäft. Ella war empört und wütend zugleich.

Damit war klar, dass Ilsa von nun an ein völlig anderes Leben führen würde, und dass sich die beiden Freundinnen noch einmal begegnen könnten, erschien Ella eher unwahrscheinlich. Ilsa würde bald zwischen Mailand, Paris, Wien und London hin und her pendeln, auf den großen Bällen große Auftritte haben, ihre Kinder in die Obhut von Erzieherinnen geben und mit einflussreichen Persönlichkeiten verkehren. Da würde die künftige Fürstin ihre Elmauer Freundin gewiss schnell vergessen.

Ella hing ihren Gedanken nach. Seit Ilsas Abreise und Pauls Tod hatte sich so vieles verändert. Nichts war mehr so, wie es war, und am allerwenigsten sie selbst. Wenn sie jetzt nicht aufbräche, um etwas ganz Neues zu beginnen, wann dann?

Sie überlegte, was sie tun sollte, und beschloss, den Herrn Direktor zu fragen, ob sie nicht doch bereits im Mai ihre Stellung aufgeben dürfte. Sie hatte sich überlegt, zuerst eine gewisse Zeit im Gästehaus zu verbringen, dann zu Charlottes Hochzeit zu reisen und von Augsburg aus weiter nach Berlin. In Berlin würde sie ein paar Tage bei Käthe, Pauls Schwester, wohnen können.

Als sie die überraschende Erlaubnis erhielt, schon Ende Mai Schloss Elmau verlassen zu dürfen, heiterte sich ihre Stimmung auf, dafür weinte Gundel, und auch die anderen Freundinnen und das gesamte Personal zeigten sich betroffen. Ella würde überall fehlen. Aber auch sie selbst verspürte Stunden der Wehmut und des Zwiespalts, schließlich gab es keine Garantie dafür, dass sie sich richtig entschieden hatte. Sicher war nur, dass sie gerade ihrem Herzen folgte.

Sie informierte sogleich den Baron, avisierte ihre frühere Ankunft, und mit gleicher Post gab sie einen Brief an Korbinian auf, um ihm mitzuteilen, wann sie vor ihrer Weiterreise nach

Pommern noch einmal in Bad Tölz sein wollte. Sie hoffte, dass sie sich dann sehen könnten.

Der Abschied kam am Ende doch schneller, als Ella lieb war. Wieder einmal lud der Kutscher das Gepäck ein und brachte sie zum kleinen Bahnhof nach Klais. Dieses Mal würde es keine schnelle Wiederkehr geben. Die Pferde trabten los, und es ging vorbei an blühenden Buckelwiesen und dem atemberaubenden Bergmassiv, das sich jeden Tag in einer anderen Farbe gezeigt hatte.

Ella erreichte mühelos den schnellen Zug von Partenkirchen Richtung München, dessen Streckenverlauf besonders pittoresk war und an alten Dörfern und durch das Eschenloher Moos führte. Sie passierten Murnau, und die Reisenden staunten über den Ausblick auf den Staffelsee und die Gebirgslandschaft, und während Ella so allein auf der harten Bank im Abteil saß, spürte sie, wie ihr ganzer Körper im Rhythmus ihres Herzens zu klopfen schien, sie war so aufgeregt bei dem Gedanken, auf was sie sich da wohl eingelassen hatte.

Die Wiedersehensfreude bei Jola und Josefa war indes groß, obwohl oder gerade weil sie wussten, dass ihre Ziehtochter nur ein paar Tage bleiben konnte. Ella stellte Kräutermischungen zusammen, sah nach den Tieren im Stall, sortierte die Wäsche und half beim Ausbessern. Zu dritt marschierten sie den Kalvarienberg hinauf, von wo aus man den weitesten Blick auf den Isarverlauf und in das umliegende Gebirge hatte, das bei klarem Wetter so unwirklich aussah, als hätte jemand eine Kulisse aus Papier in gebrochenen Weißtönen ausgeschnitten und in die Landschaft gestellt.

Wie immer hatten sich die beiden Frauen Gedanken gemacht, was Ella auf ihrer Reise in die Welt gebrauchen konnte, und natürlich wussten sie mittlerweile auch von ihrem Faible für feine Stoffe und Schuhe. So waren sie zu einer Schneiderin gegangen, hatten die Maße dagelassen und aus einem Wollstoff ein Kostüm schneidern lassen, das zwar weniger raffiniert war als jenes, das Ella in dem vornehmen Magazin bewundert hatte, aber dafür ließ es sich mit seinem abnehmbaren Samtkragen universell einsetzen. Ella wusste nicht, wen von beiden sie zuerst umarmen sollte.

Josefa Huber brachte als Erste gefasst hervor: »Vor acht Jahren hast du in deinen Lederstiefelchen, dem Dirndl und den großen Haarschleifen hier vor mir gestanden, und ich ahnte nicht, dass du für mich und Jola ›unser Madel‹ werden würdest. Jetzt willst du hinaus in die Welt und bis an die Ostsee, aber deine Heimat, Ella, die ist hier, und deine Familie, das sind auch wir. Es ist ein Schmerz, dass du gehst, aber wenn du zurückkommst, sind wir noch da, so Gott will. Und ich weiß, dass du zurückkommst.«

Jola hatte rot geweinte Augen und tröstete sich allein damit, dass Ella in die Nähe ihrer alten Heimat fuhr und vielleicht auch einmal Westpreußen besuchte und Kaschuben kennenlernen würde. Beide hofften sie inständig, Ella würde Ende des Jahres von »da oben« genug haben. Wer wollte schon freiwillig so weit in den Norden?

Franzi hatte angeboten, die Schwägerin abzuholen und zum Bahnhof zu begleiten, und Ella fand, das sei eine gute Idee, denn sie hätte es nicht ertragen, Jola und Frau Huber heulend am Bahnsteig zurückzulassen.

Korbinian stand wie vereinbart in München am Perron. Sie umarmten sich, und Ella gefiel es, ihn zu spüren und sein, wie er es immer nannte, »Schmeckwasser« zu riechen. Sie gaben das Gepäck zur Aufbewahrung und schlenderten Richtung Residenz. Die Stadt hatte sich nach den revolutionären Unruhen der letzten Wochen und Monate gerade ein wenig beruhigt. Im Februar war der noch amtierende Ministerpräsident des neuen Freistaats, Kurt Eisner, kaltblütig ermordet worden, nachdem man mit antisemitischer Hetze aus dem rechtsnationalen Umfeld versucht hatte, ihn bei der Landtagswahl zu verleumden. Im April sollte eine Räterepublik Bayern in eine verheißungsvolle Zukunft führen, die Revolution war aber bereits nach vier Wochen zerschlagen worden, und die politische Rechte dominierte von nun an das politische Geschehen. Zahlreiche Verhaftungen hatten stattgefunden, und vor allem linke Revolutionäre verloren ihr Leben. Die Bevölkerung war tief gespalten, die einen trauerten der Monarchie nach und einem konservativen Weltbild. Nicht wenige unter ihnen sympathisierten mit den Rechtsradikalen und deren antisemitischer Propaganda, die anderen kämpften hingegen für ein System nach russisch-kommunistischem Vorbild und strebten nach einer sozialistischen Erneuerung. Doch auf welcher Seite man auch immer stand, in den Städten wurde gehungert, viele Menschen waren arbeitslos, wohnungssuchend, invalide und verzweifelt.

Aber an diesem Tag wollten sie nicht über die aktuelle Politik nachdenken. Korbinian schlug vor, in den Hofgarten zu gehen. Das Wetter war herrlich, und er zauberte ein kleines Picknick mit ein paar Butterbrezn aus seinem Rucksack. Ella empfand Dankbarkeit ihm gegenüber, denn hätte er sie damals nicht hinaus in die Welt geschickt, wäre sie jetzt nicht auf dem Weg nach Pommern. Auch wenn er selbst inzwischen anders darüber denken mochte. Nachdem sie so eine Weile gesessen hatten und gedankenverloren auf das monumentale Armeemuseum blickten, das nach dem schrecklichen Krieg einen völlig überflüssigen Eindruck machte, überreichte Korbinian Ella ein Paket. Sie hatte sich schon gewundert, was er die ganze Zeit in einem Beutel mit sich herumschleppte.

Neugierig drehte Ella die in Papier eingeschlagene Schachtel hin und her. Es raschelte, und sie spürte, dass das Geschenk ein gewisses Gewicht hatte. Korbinian hatte sein Präsent in einen Karton gelegt, in dem vorher bereits etwas verschickt worden war. Er wollte die Spannung steigern, und tatsächlich huschte ein Hauch von Enttäuschung über Ellas Gesicht, als sie laut und langsam den Packungsaufdruck vorlas: Medizinische Kompressionsstrümpfe.

»Ja, ich dachte, das könntest du gebrauchen, wenn du so lange auf der Reise sitzen musst«, ulkte er, aber Ella verstand sofort, dass er sie auf den Arm nehmen wollte, und lachte.

»Mach schon weiter auf«, drängelte Korbinian, der sein Geschenk in zwei Leinensäckchen gelegt und diese in eine weitere Lage Papier gewickelt und mit einer dünnen Schnur zugebunden hatte.

»Aber ich pack doch für mein Leben gern aus«, gluckste Ella vor Vergnügen und begann die Knoten der Schnur zu lösen und eines der Säckchen abzutasten, um so den Inhalt zu erraten. Dabei schloss sie die Augen, und dann sagte sie: »Ich glaube es nicht.«

Ganz langsam zog sie aus dem ersten Beutel einen länglichen Gegenstand heraus. Es war ein Schuh aus braunem Wildleder mit dunkelvioletten Riemchen und einem etwa vier Zentimeter hohen Absatz. Ella war sprachlos. Woher konnte er nur so genau wissen, was ihr gefiel? Das waren Schuhe für feine Damen, die sich tagsüber mit anderen feinen Damen verabredeten. Solche Schuhe besaßen nur Frauen, die über sehr viel mehr verfügten, als sie für das tägliche Leben brauchten. Frauen mit solchen Schuhen trugen Nachmittagskleider, Pelzstolen und zu jeder Gelegenheit den passenden Hut. Und nun hatte sie, ausgerechnet sie, die Ella vom Land, solch zauberhafte Damenschuhe, die auch noch perfekt zu dem neuen Kostüm passten.

»Probier sie doch bitte an!«, rief Korbinian ungeduldig.

Ella schlüpfte in den einen und dann in den anderen Schuh, stand auf und ging so vorsichtig, als müsse sie mit den dünnen Ledersohlen über rutschiges Eis an ein entferntes Ufer gelangen.

»Und?«, fragte Korbinian ganz aufgeregt.

»Sie passen wie angegossen.« Ellas Augen strahlten.

Sie hob ihren Wollrock ein wenig hoch, sodass man die Schuhe besser sehen konnte, und präsentierte sie kokett.

»Du bist wirklich verrückt. Von solchen Schuhen habe ich immer geträumt.« Sie zog die Schuhe behutsam wieder aus, denn auf dem harten Kies wollte sie nicht mit ihnen gehen, behielt sie aber weiter in der Hand und berührte immer wieder das weiche Leder.

»Wenn du mit deinem Baron einmal verreisen solltest, falls er alles hält, was er so verspricht, dann möchte ich, dass du auf Schritt und Tritt an mich denkst.«

Ella lachte über diese doppeldeutige Anspielung. Korbinian musste ihre Entscheidung zwar akzeptieren, aber das hieß noch lange nicht, dass er »ihrem Baron« das Feld so einfach überlassen würde, und das gefiel ihr.

Es war Zeit, zurück zum Bahnhof zu gehen, denn Ella wollte den Nachmittagszug nach Augsburg nehmen. Abermals umarmten sie sich, und Korbinian hielt sie sehr lange fest. »Ich warte auf dich. Ich werde lange warten, wenn es sein muss, aber ich warte nicht für immer. Komm bitte bald zurück, und in Wien gibt es übrigens auch Schuhgeschäfte.«

Als der Zug abfuhr und Ella vom Abteil ein letztes Mal winkte, fragte sie sich, ob es eine Reise von ihm weg oder doch ihm entgegen sein würde. Hatte er nicht einmal in einer Widmung an sie diese Worte gefunden?

Ausgeplaudert

Anders als geplant, war Charlottes Hochzeit sehr viel bescheidener ausgefallen, denn auch in Augsburg waren gerade erst revoltierende Gruppen blutig niedergeschlagen worden. Carl wollte Neid und Provokation vermeiden, und so feierte das Paar nicht im besten Hotel am Platz, sondern im guten Esszimmer zu Hause. Eine kirchliche Trauung war nach Carls Scheidung ohnehin nicht mehr möglich, was Charlottes Mutter als herbe Enttäuschung empfand. Die Braut hingegen sah sehr glücklich aus in ihrem hellen Kleid. Am Abend wurde Klavier gespielt, das Paar tanzte Hochzeitswalzer, und Ella weihte ihre neuen Schuhe ein. Sie genoss es sichtlich, in diesen Wunderwerken aus Leder zu gehen, zu stehen oder einfach nur zu sitzen.

Sie freute sich darauf, mit Charlotte einige Sehenswürdigkeiten in der einstmals so reichen Fuggerstadt besichtigen zu können. Die Freundinnen waren bereits am Tag nach der Hochzeit losgezogen und erinnerten sich nun an ihre Ausbildung bei Fräulein Schönlein in München. Sie lachten, als Ella die Englischlehrerin nachmachte, die stets besonders akzentuiert gesagt hatte: »Ladies must wear gloves!« Ella hatte gar keine Handschuhe und war mit dieser Bemerkung vor allem gemeint gewesen. Das alles schien eine Ewigkeit her zu sein. Charlotte wollte genau wissen, was Ella für eine Stellung anzunehmen gedachte, und jetzt war sie es, die skeptisch die Pläne ihrer Freundin hinterfragte.

»Du kennst den nettesten Mann der Welt und lässt ihn einfach ziehen!«, rief Charlotte aus, als sie erfuhr, dass Ella nicht mit Korbinian nach Wien gehen wollte, um stattdessen bei einem Baron zu arbeiten, von dem sie letztlich wenig mehr wusste, als dass er einen Gutshof besaß und sich für Ägyptologie interessierte.

»Ausgerechnet du, die du viel nüchterner bist und alles viel klarer siehst als ich, ausgerechnet du willst die Taube auf dem Dach. Was willst du denn in Pommern auf dem Land? Gänse und Kinder hüten und hin und wieder einen Aufsatz abschreiben? Und dabei nimmst du in Kauf, dass der Korbinian in Wien eine andere kennenlernt. Ja, glaubst du denn, dass der ewig auf dich wartet?«

Charlotte hatte sich in Rage geredet, und Ella wusste nicht recht, was sie antworten sollte, am Ende aber erklärte sie beherzt: »Ich tue, was ich jetzt tun möchte. Und ich weiß, dass das alles falsch sein kann, aber gerade kann ich nicht anders. Und ich kenne Menschen, die alles richtig gemacht haben, aber dennoch nicht glücklich geworden sind.«

»Nun, ich habe auch nur glauben können, dass sich mein Carl

scheiden lässt«, lenkte Charlotte ein. Gewusst habe ich es nicht, und vernünftig war es auch nicht, sich in einen verheirateten Mann zu verlieben. Wenn alle Stricke reißen, dann kommst du zurück«, meinte Charlotte versöhnlich und umarmte die Freundin fest.

»Genau das sagt Jola auch«, antwortete Ella entschlossen, die sich durch nichts und von niemandem mehr von dieser Reise abbringen lassen würde.

Als Ella am nächsten Tag in den Zug nach Berlin stieg, dachte sie an Paul. Er war auch über Augsburg gefahren, und in Ulm war damals Hans zugestiegen, der Paul dann mit seinem Cousin in Verbindung gebracht und damit die ganze Katastrophe ausgelöst hatte. Aber vermutlich konnte Paul seinem Los gar nicht entgehen, er hätte sich auch in Garmisch anstecken können, schließlich grassierte diese Spanische Grippe überall.

Ella war mit ihrer Fahrkarte in die dritte Wagenklasse in ein Nichtraucherabteil eingestiegen. Aber ganz unverhofft hatte die Deutsche Reichsbahn ausgerechnet ihren Wagen abhängen und die Fahrgäste aus Platzmangel in den Waggon mit der zweiten Klasse bitten müssen, was sich niemand zweimal sagen ließ. Die Fahrt war lang, und Ella wollte sie nun in den bequemen Samtsitzen genießen, statt Stunden auf der harten Holzbank zuzubringen, so wie es Paul vermutlich auf der Reise nach Berlin ergangen war. Dabei hätte er sich auch ein teureres Billett leisten können, aber dann wäre er Hans nicht begegnet. Wie schicksalhaft so eine Fahrt sein konnte. Wer weiß, mit wem sie ins Gespräch käme.

Sie hatte reichlich Proviant dabei, auch für Käthe in Berlin. Ohne dass sie sie persönlich kannte, war ihr Pauls Schwester bereits sehr vertraut. Sie hatten Briefe getauscht, und der gemeinsame Schmerz hatte sie zu Freundinnen werden lassen.

Der Zug erreichte Ulm, aber zum Glück betrat niemand ihr Abteil. Die Dampflok fuhr weiter über die gebirgige Schwäbische Alb entlang der kurvenreichen Geislinger Steige. Ella war aufgestanden und presste ihren Kopf gegen das Fenster, der Höhenunterschied war beachtlich, und man hätte meinen können, es sei eine Reise durch ein alpenländisches Hochgebirge.

In Stuttgart hatte der Zug einen längeren Aufenthalt. Ella zog ihren Mantel an, nahm ihre Tasche, um bei einem der fliegenden Händler einen Becher Malzkaffee zu kaufen, den sie auf der Fensterablage im Abteil sicher deponierte. Alles hatte bisher gut geklappt, und gleich würde der Zug Richtung Berlin weiterfahren. Der Lokführer hatte bereits gepfiffen, als sie den Schaffner in Pauls Berliner Tonfall sagen hörte: »Nun aber flott, Fräulein. Der Zug wartet auch auf junge Damen nicht.«

Kurz darauf wurde die Abteiltür von einer adretten Frau schwungvoll geöffnet, die sich, mit mehreren Koffern und Hutschachteln beladen, völlig außer Atem in den Sitz fallen ließ. Ella bot an, beim Verstauen der Gepäckstücke zu helfen, und als das erledigt war, seufzte die Person erleichtert: »Gott sei Dank, nur weg.« Sie hatte die Haare unter dem Hut modisch hochgesteckt und schien von wohlproportionierter Rundlichkeit. Ihr Busen kam in dem eng geschnittenen Mieder bestens zur Geltung, dachte Ella und blickte an sich herab. Sie hatte weder so viel Busen, noch war ihr Kostüm derart figurbetont geschnitten.

»Bitte entschuldigen Sie, aber ich musste mit all dem Gepäck rennen, um den Zug zu erreichen, und bekomme eben erst wieder Luft. Ich bin Mary Pelzer und fahre bis Berlin, und Sie?« Sie sprach Mary aus, als würde es mit zwei rr geschrieben und einem kurzen i.

»Ich bin die Ella, Ella Blau, und ich fahre auch bis Berlin. Das war ja ganz schön knapp.«

»Ja, ich bin einfach zu spät los. Sie kommen hier aus der Gegend?«, fragte Mary, so wie man fragt, wenn einen die eigene Frage genauso wenig interessiert wie die Antwort des anderen.

»Nicht direkt, ich komme aus dem Voralpenland. Das ist doch hier Schwaben.«

»Ich bin noch nicht ganz bei mir, es war einfach zu aufregend heute Morgen. Berlin ist zur Zeit nicht die sicherste Stadt, fahren Sie auf Besuch?«, fragte sie weiter.

»Ja, ich bleibe ein paar Tage, und dann setze ich meine Reise fort, und Sie?«

»So mache ich es auch, ich besuche eine Tante in Potsdam, und wenn ich mich erholt habe, geht es Richtung Ostsee.«

Ella wollte nicht zu neugierig erscheinen, aber sie konnte nicht anders, als rundheraus zu fragen: »Von was müssen Sie sich denn erholen?« Dabei fand sie ebenso spannend, wohin genau sie an die Ostsee fuhr.

»Ach, das ist eine längere Geschichte.« Mary machte den Eindruck, als würde man sie nicht zweimal bitten müssen, ihre Geschichte preiszugeben, und so schilderte sie den Grund ihrer überstürzten Abreise. »Ich bin in Stellung bei einer Schneidermeisterin gewesen, die in Stuttgart das beste Atelier am Platz führt. Da ich in ihrem Haus wohnte, musste ich mein Zimmer nachts zusperren, um mich vor Zudringlichkeiten ihres Gatten zu schützen. Er hat allen Mädchen nachgestellt, am schlimmsten war es für die ganz jungen Näherinnen. Und da wollte ich einfach weg, und nun sitze ich hier mit Ihnen im Abteil. Wie gelungen.«

Ella erinnerte sich daran, dass es auch auf Elmau Fälle dieser Art gegeben hatte, aber die meisten Mädchen oder jungen Frauen trauten sich nicht, ihren Vorgesetzten davon zu erzählen, wenn männliche Gäste zudringlich wurden, so sehr schämten sie sich. Man machte ohnehin stets die Mädchen verantwortlich, und meist wurden sie auch noch beschuldigt, mit ihrem Verhalten die Männer zu Übergriffen animiert zu haben, und ohnehin sollten sie sich nicht so anstellen.

Das alles fiel ihr ein, nachdem Mary ihre Geschichte erzählt hatte. Ihr war flau geworden von der kurvenreichen Fahrt.

»Ich glaube, ich muss eine Kleinigkeit essen.«

»Gute Idee«, antwortete Mary fröhlich, legte eine alte Zeitung auf den Sitz, stieg darauf und holte einen Korb von der Hutablage. Dabei musste sie sich festhalten und zugleich den schweren Korb balancieren. Sie war mollig, aber gelenkig, fand Ella und musterte die feinen Stiefelchen aus grauem und schwarzem Leder, die an der Seite mit winzigen Knöpfen zugemacht wurden.

Während Mary ihr hart gekochtes Ei schälte, fragte sie, ob Ella auch in Stellung sei. Ella erzählte, dass sie bisher in einem Hotel als Schreibkraft gearbeitet habe, mehr wollte sie gar nicht preisgeben.

Doch Mary ließ nicht locker, sie wollte unbedingt wissen, wo genau Ella ihre neue Stellung antreten würde.

»Ich fahre nach Köslin.«

»Nach Köslin, das gibt es ja nicht. Ich wohne gar nicht so weit entfernt, in Schlawe. Und bei wem, wenn ich fragen darf?«

Ella zögerte, aber es wäre zu unhöflich gewesen, die Antwort zu verweigern, also antwortete sie: »Bei einem Privatier.«

»Und wie heißt der Glückliche?«

Ella zögerte erneut, dachte aber dann, sie müsse sich nicht so anstellen, und nannte den Namen.

»Nein, was für ein Zufall, bei Baron von Stein. Sehr attraktiver Mann«, brachte Mary impulsiv hervor und biss in ihr mitgebrachtes Butterbrot. Ella fühlte sich augenblicklich derart erleichtert, dass sie gar nicht dazu kam, sich über diesen Zufall zu wundern.

»Da bin ich ja froh, dass Sie das sagen, ich habe schon befürchtet, Sie würden mich warnen, schließlich ist auch der Baron ein Mann und alleinstehend.«

»Ja, aber der Baron ist ein Herr mit Manieren, und seine Kinder sind übrigens goldig. Seine Frau ist ja leider früh verstorben. Baron von Stein ist mit meinem Onkel bekannt. Sie sind beide im Radfahrer-Club. Es gibt zwar eine Zugverbindung von Köslin nach Schlawe, aber man kann auch mit dem Fahrrad fahren. Können Sie Fahrrad fahren?«

»Ja, mein Bruder hat es mir beigebracht, aber uns hat es auch oft hingeschmissen, also wir sind gestürzt«, korrigierte Ella ihre umgangssprachliche Ausdrucksweise.

Es stellte sich heraus, dass Mary ein paar Jahre älter war. Sie konnte gut nähen und zuschneiden und wollte später ein eigenes Atelier eröffnen, und zwar in Wien. Berlin sei einfach doch zu »proletarisch«, und in Paris und London könnte man sich ja nun nach dem verlorenen Krieg nicht mehr blicken lassen. Das klang aufregend, und Ella stellte sich vor, wie herrlich es sein müsste, den ganzen Tag Kleider und Hüte zu entwerfen. Mary widersprach und erklärte, dass die meisten Frauen kaum über die Runden kämen und sehr bescheiden lebten. Nur diejenigen, die es schafften, von der »Haute Volée« wahrgenommen zu werden, konnten auf ein Auskommen hoffen, aber doch nur, wenn sie »en vogue« blieben. Ella verstand diese französischen Wörter nicht, aber die Aussage als Ganzes. Gerade in Wien gäbe es feine Ateliers, und nicht alle dort trügen die unförmigen Reformkleider, konstatierte sie. Sie habe bereits ein halbes Jahr in der Stadt zugebracht und wollte so schnell wie möglich wieder hin. Auch die Männer seien interessanter, allerdings gäbe es ziemlich viele Juden, und einen Juden wolle sie nicht kennenlernen. Warum Mary das erwähnte, erschloss sich Ella nicht, aber ihr war aufgefallen, dass es jetzt immer häufiger Leute gab, die sich abfällig über Juden äußerten.

Ella wollte mehr über Wien erfahren, und Mary gab bereitwillig Auskunft, wunderte sich aber über das Interesse ihrer Zugbegleiterin an dieser Stadt. Daraufhin erzählte Ella von Korbinians Absicht, nach Wien zu übersiedeln. Mary wollte nun alles über diesen Korbinian wissen und ob sie verlobt seien. Ella schob ganz entgegen ihrem Naturell ihre Zurückhaltung beiseite, denn sie plauderte nie viel aus, aber nun schwärmte sie von Korbinian und seinen so besonderen Eigenschaften in einer Art und Weise, die jede weibliche Person ausgesprochen neugierig auf diesen jungen Mann gemacht hätte.

Als die beiden Frauen Hannover erreichten, hatten sie sich

bereits ihr halbes Leben erzählt und waren beim vertraulichen Du. Ella empfand es als ein gutes Zeichen, dass sie von Köslin aus nur etwa eine halbe Stunde mit dem Zug fahren müsste, um Mary zu treffen. Bis vor ein paar Stunden hatte sie niemanden gekannt, der an der Ostsee lebte, und nun traf sie ausgerechnet die Nichte eines Mannes, der mit Jakob von Stein bekannt war. Mary und Ella verabredeten sich für den übernächsten Samstag am Stettiner Bahnhof, von wo aus sie gemeinsam Richtung Ostsee weiterfahren wollten.

Der Zug fuhr dampfend in Berlin am Anhalter Bahnhof ein, und die acht Stunden Fahrt waren viel zu schnell vergangen. Ella hätte Mary gerne noch Käthe vorgestellt, aber die neue Reisebekanntschaft eilte davon, um die Regionalbahn nach Potsdam zu erreichen.

Käthe wartete bereits am Bahnsteig, und als Ella sie entdeckte, umarmte sie sie und drückte sie fest an sich. Sie hatten sich noch nie gesehen und doch sogleich erkannt. Käthe sah aus wie eine Künstlerin, die nur gerade aus ihrem Leinenkittel geschlüpft war, um ihr Atelier zu verlassen. Sie trug ein einfaches Kleid und darüber eine abgetragene Strickjacke, die Haare hatte sie vermutlich in letzter Minute nach oben gebunden. Ella fielen die gepflegten Schuhe und feinen Goldohrringe auf. Käthe hatte eine natürliche Anmut.

»Lass uns schnell hier dem Moloch entkommen, und dann erzählst du mir alles.«

Die Berliner hasteten im Eiltempo zu den Zügen und von den Zügen zu den Straßenbahnen oder Autodroschken. Es gab niemanden, der in einem normalen Tempo ging. Auf der Straße wurde es noch schlimmer, hier fuhren Automobile, Kutschen und Omnibusse und alles durcheinander. Dagegen war der Bahnhofsvorplatz in München ja ein verschlafenes Dorf.

»Wir nehmen die Elektrische, und pass gut auf deine Wertsachen auf, und versuch wegen der Grippe ein bisschen Abstand zu halten«, erklärte Käthe.

In der Straßenbahn drückte Käthe der Schaffnerin zwanzig Pfennige in die Hand und bedeutete Ella, dass sie sich um nichts kümmern müsse. Sie fuhren eine kleine Ewigkeit, bis Käthe ein Zeichen zum Ausstieg gab.

»Von hier aus können wir laufen, und dann siehst du auch gleich mehr von Berlin«, erklärte Käthe. »Was hast du nur in den Koffer gepackt?«

Käthe hatte den schweren Koffer erwischt mit dem Honigglas und den Würsten.

»Sollen wir tauschen?«

»Wir sind gleich da, und du wirst staunen, es gibt einen Aufzug im Haus.« Sie quetschten sich mit den Koffern in den winzigen Aufzug, schlossen die schmiedeeiserne Gittertür und fuhren nach oben. Es gab sogar ein Bänkchen, und endlich ging in dieser Stadt mal etwas langsam, dachte Ella.

Käthe schloss die Tür auf und zeigte auf eine schmale Kammer. »Da wohnst du. Toilette ist im Zwischengeschoss, und warmes Wasser gibt es in der Küche. Da kannst du dir auch die Hände waschen. Aber nu komm erst mal rein, und mach es dir bequem.« Käthe sprach wie Paul. »Is nich so bequem wie in eurer Elmau, aber hier in Charlottenburg is es doch sicherer als in Berlin.«

»Ich dachte, ich bin in Berlin«, meinte Ella erstaunt.

»Du bist in Berlin angekommen, aber nu biste in Charlottenburg. Das is ne eigene Stadt.«

Ella packte den Koffer mit den Lebensmitteln aus und stellte das Glas Honig, die Würste und den Speck auf den Küchentisch.

»So feine Sachen können wir uns hier schon lange nicht mehr leisten. Ich hab uns ne Suppe gekocht, da könnten wir glatt noch ne Wurst reinschneiden. Das machen wir doch zur Feier des Tages.« Käthe schnitt die Wurst genüsslich in dünne Scheiben, roch immer wieder daran und seufzte vergnügt.

In der Küche war Pauls Fotografie aufgestellt, und obgleich Käthe doch eigentlich alles über Ellas Pläne wissen wollte, sprachen sie den ganzen Abend nur von Paul. Sie erzählten sich lustige Geschichten von ihm, die sie dennoch traurig machten. Man konnte gleichzeitig lachen und trauern, aber es war leichter zu trauern, wenn man auch über einen Menschen lachen konnte, fand Käthe. Am Ende gab sich die Schwester an allem die Schuld, denn ihr Bruder sei ja nur ihretwegen nach Berlin gereist.

»Darüber habe ich auch nachgedacht«, meinte Ella ernst, »aber Paul hätte sich auch woanders anstecken können. Wir hatten sogar einen Infizierten auf Schloss Elmau. Es sind schon so viele gestorben, vor allem junge Menschen. Vermutlich kann man seiner Bestimmung nicht entgehen.«

»Vielleicht doch«, entgegnete Käthe, »das waren unglückliche Umstände, und wenn er nicht gefahren wäre, würde er noch leben. Er wollte mir unbedingt das Geld bringen für die Wohnung.«

»Ja, aber er wollte eben auch unbedingt das Hotel Adlon kennenlernen.«

Ella versuchte, Käthe, so gut es ging, zu trösten, aber es gelang ihr nur mäßig. Es war spät geworden, und sie fiel todmüde ins Bett. Charlottenburg hin oder her, sie war in Berlin, in der großen, famosen und berüchtigten Hauptstadt. Wie aufregend alles war. Bevor sie einschlief, dachte sie noch einmal an Mary. Irgendwie beschlich sie ein seltsames Gefühl. Als sie in Augsburg eingestiegen war, hatte sie sich doch vorgenommen, einer wildfremden Person nicht gleich ihr ganzes Leben zu erzählen, aber genau das hatte sie getan.

In der Küche fand Ella einen Zettel von Käthe, die bereits zu früher Stunde aufgebrochen war. Sie hatte verschiedene Arbeitsstellen, denn eine reichte längst nicht mehr, um über die Runden zu kommen. In ihrem Keramikatelier konnte sie nur noch selten ihrer Lieblingsbeschäftigung nachgehen und Schalen, Vasen oder auch Skulpturen aus Ton formen und brennen. Käthe machte einen recht gehetzten Eindruck, und es schien, als würde sie außerdem zu wenig essen.

Ella öffnete das Fenster. Es war ein milder Tag im Mai. Sie freute sich am Duft der im Hof blühenden Rosskastanie, aus deren Blüten man einen heilenden Tee herstellen konnte und Kompressen bei geschwollenen Beinen. Ihre alte Leidenschaft war entbrannt. Sie suchte ein Messer, begab sich auf den kleinen Küchenbalkon, beugte sich waghalsig über das Geländer, schnappte sich einen Zweig und schnitt einige der Kerzen ab. Für eine Tinktur würde sie reinen Alkohol kaufen und ein Schraubglas finden müssen. Auch die Rinde hatte Heilkraft, aber bevor sie unten im Hof den Stamm des Baums abschabte, wollte sie erst einmal sehen, wo sie gerade zu Besuch war. Paul hatte erzählt, wie derb Berliner Hausmeister sein konnten, und das Risiko einer solchen Begegnung musste sie ja nicht gleich am ersten Tag eingehen.

Sie wärmte den Haferbrei, den Käthe für sie übrig gelassen hatte. Anschließend zog sie sich stadtfein an, lief die Treppe hinunter und auf die Straße. An der nächsten Ecke fand sie eine Drogerie, in der sie Alkohol und Schraubgläser kaufte. Eigentlich wollte sie gleich wieder zurück in die Wohnung, aber dann zog es sie doch weiter von einer Straße und von einer Kreuzung zur nächsten, bis sie auf dem Kurfürstendamm angelangt war. Es war ein Sog, dem sie nicht widerstehen konnte. Sie entdeckte den Eingang der U-Bahn-Station Wittenbergplatz. Sie hatte noch nie in einem Zug gesessen, der unter der Erde hindurchfuhr. Aber eine solch unterirdische Bahn wollte sie doch lieber mit Käthe ausprobieren. Sie flanierte weiter und staunte über Theater, Foto- und Modeateliers, Caféhäuser, Lichtspielhäuser, eine Bar namens Kakadu und den breiten Boulevard, auf dem die Menschen mit so klaren Zielen hin und her zu laufen schienen. Immer wieder aber schreckte sie der Anblick junger Männer auf, die am Straßenrand still um Almosen baten, denn sie waren, wie es hieß, »kriegsversehrt«. Die Not war überall sichtbar. Fast alle hatten jetzt weniger Geld, und das Geld, das sie besaßen, war nur noch die Hälfte wert. Plötzlich reichten Pensionen nicht mehr zum Leben, und Ersparnisse verloren ihren Wert. Die kaiserliche Regierung hatte zu Kriegsbeginn auf Sieg gesetzt und sich, wie der Baron es nannte, ordentlich »verzockt«. Jetzt erst verstand sie, was er damit gemeint hatte. Die Herren Politiker hatten auf Pump den Krieg finanziert, und nun mussten die Menschen den Siegermächten Reparationen zahlen, die gar nicht mehr erwirtschaftet werden konnten.

Dem berühmten Kaufhaus des Westens war ein Großteil seiner Kundschaft abhandengekommen. »Nur kieken, nischt kofen«, hatte sie einen Mann sagen hören, der die Auslagen im Schaufenster bewunderte. Die Warenvielfalt der Vorkriegsjahre war längst einem übersichtlichen Sortiment gewichen. Ella genoss es dennoch, sich in diesem riesigen Einkaufstempel zu verirren. Sie hatte ihre Scheu, einfach so in ein Kaufhaus zu gehen, verloren, aber es machte nicht so viel Spaß wie mit Charlotte im Warenhaus Tietz.

Auf dem Rückweg entdeckte sie eine Landfrau, die am Straßenrand frische und getrocknete Kräuter anbot, und Ella kaufte, so viel sie tragen konnte, und machte die alte Bäuerin glücklich. Zurück in der Wohnung, brühte sie einen Pfefferminztee auf, breitete die Kräuter auf dem Balkon zum Trocknen aus und setzte die Tinktur an. Man bräuchte einen eigenen Garten, in dem Kartoffeln, Karotten und Kürbisse und am besten noch ein Apfelbaum wuchsen, dann wäre Käthe unabhängig und müsste sich nicht dauernd um das nächste Essen sorgen. Unten im Hinterhof wäre eigentlich genügend Platz für ein Beet. Es war so unklug, dass sich die Städter immer auf die Bauern verließen – Ella musste über sich selbst lachen, denn genau das Gleiche hätte auch Jola sagen können.

Als Käthe nach Hause kam, saß Ella am Küchentisch und zupfte die Blättchen der getrockneten Kräuter ab, um sie in ein Glas zu geben. Dieses beschriftete sie und klebte ein Etikett darauf. Neben ihr lag ein dickes Buch.

»Was machst du denn?«, fragte Käthe erstaunt.

»Ich stelle dir ein kleines Teesortiment zusammen, und nachher gehe ich noch in die Samenhandlung ums Eck. Stell dir vor, es gibt hier eine Sämerei, keine fünf Minuten von hier.« Ella war bester Laune, während Käthe verdutzt versuchte, das Geschehen in ihrer Wohnung, die sich innerhalb kürzester Zeit in eine Trockenkammer für Kräuter verwandelt hatte, zu verstehen.

»Aber warum soll ich Samen kaufen?«, fragte sie skeptisch und verschränkte dabei die Arme vor der Brust.

»Weil du auf deinem Balkon Tomaten ziehen kannst, Petersilie, Schnittlauch und Salbei, und das schmeckt und kostet dich nichts. Natürlich wäre es viel besser, du hättest einen Garten, aber du hast immerhin einen Balkon. Ich habe übrigens Brot gekauft, Schnittlauch ist auch da in dem Schälchen, und mit dem frischen Quark schmeckt das köstlich. Ach so, und eine Kanne Pfefferminztee steht auf dem Ofen.«

Käthe staunte und beschloss, sich Ellas guter Stimmung zu überlassen. Sie gab eine dünne Schicht Quark auf das frische Brot – das Salz war seit Längerem ausgegangen – und streute den geschnittenen Schnittlauch darüber. Es schmeckte wirklich sehr gut.

»Hast du denn auch schon was von Berlin gesehen?«, fragte sie kauend.

»Nee, nur Charlottenburg«, lachte Ella und imitierte den Berliner Tonfall. »Ich war im KaDeWe, auf dem Kurfürstendamm und habe mir eine dieser U-Bahn-Stationen angesehen, mich aber ohne dich nicht weiter hineingetraut.«

»Gut, dann machen wir das zusammen. Morgen habe ich frei, aber mir fällt gerade ein, wir könnten jetzt noch schnell bei Frau Stern unten vorbeischauen. Weißt du, das ist die alte Dame, von der Paul und ich die Wohnung gekauft haben. Sie lebt im ersten Stock. Ich habe so viel von Pauls Freundinnen und dieser Elmau erzählt.«

Als Käthe bei der Nachbarin klingelte, hatte diese sich gerade einen Gerstenkaffee aufgekocht und lud die Damen zu einer Tasse ein. Ella überreichte ein Tütchen mit getrockneten Melisseblättern und erklärte, wofür diese gut seien. Frau Stern war sichtlich angetan, zeigte dann auf ihre geschwollenen Beine und fragte: »Und dafür gibt es aber nischt, oder?«

Ella lachte, denn direkt vor der Haustür wuchs ja das perfekte Heilmittel. »Ich habe heute Morgen eine Tinktur aus Blüten der Rosskastanie angesetzt, die ist aber erst in drei Wochen fertig, dann kann Ihnen die Käthe Kompressen machen. Ich wollte auch die Rinde verarbeiten, habe mich aber nicht getraut, gleich am ersten Tag meines Besuchs den Baum anzusägen.«

»Na, Sie sind ja eine«, meinte Frau Stern beeindruckt und amüsiert, und bevor sie weiterreden konnte, fragte Ella, ob man im Innenhof ein Beet anlegen dürfe. Käthe verzog das Gesicht. Eine unbekannte Person zu fragen, ob man deren Hof umgraben könne, ging selbst ihr zu weit. Frau Stern aber imponierte diese energische junge Frau mit ihrem bayerischen Tonfall, den sie so gerne und hier oben so selten hörte.

»Wozu brauchen Sie denn ein Beet?«

»Also, ich nicht, aber für Käthe und für Sie wäre es gut. Sie hätten dann Gemüse, Kartoffeln, Karotten, Kürbisse, Salat und Kräuter.«

»Aber dafür gibt es doch jetzt die Lauben.«

»Na ja, die Lauben sind sehr begehrt, da haben wir zur Zeit wenig Chancen«, räumte Käthe ein.

»Unten im Hof ist Platz, und ausreichend Sonne ist auch da. Wir bräuchten nur einen starken Mann, der hilft, ein tiefes Loch zu graben und mit frischer Erde zu befüllen. In der Sämerei können wir alles kaufen. Das kostet nicht viel. Und dann habt ihr eigenes Gemüse.«

»Es kann doch nicht ewig so weitergehen, es muss doch wieder besser werden, jetzt, wo der Krieg endlich vorbei ist«, grummelte Käthe.

»Der Baron meint, es würde eine große Inflation geben, und dann wäre das Geld nichts mehr wert. Ist ja jetzt schon nur noch die Hälfte wert. Und was meinst du, wie teuer dann alles wird für euch Städter?«, erwiderte Ella entschieden und schubste dabei lachend die konsternierte Käthe.

Frau Stern wollte sich die Sache überlegen, schien aber nicht abgeneigt.

»Was wollen Sie denn hier in Berlin besichtigen?«, fragte sie und nippte dabei an ihrem Kaffee.

»Ich möchte mit der Untergrundbahn fahren, das stelle ich mir pfundig, also ungemein aufregend vor, so unter der Erde durch, dann würde ich gerne das Brandenburger Tor sehen, denn da in der Nähe ist ja wohl das berühmte Hotel Adlon. Paul hat so viel davon erzählt.« Ella biss sich auf die Lippen, aber als sie merkte, dass ihre Bemerkung für Käthe nicht unangenehm war, setzte sie ihre Aufzählung fort. »Dann könnten wir diese Straße ›Unter den Birken‹ bis zum königlichen Schloss entlanglaufen und schließlich in das Neue Museum gehen, wo die ägyptische Sammlung untergebracht ist.«

»›Unter den Linden‹ heißt die Straße«, bemerkte Frau Stern belustigt. »Sie haben ja einiges vor. Und wo geht es von Berlin aus hin?«

»An die Ostsee. Ich habe eine Stellung als Schreibkraft in der Nähe von Köslin.«

»Dann verstehe ich, dass Sie noch mal so richtig Berliner Stadtluft einatmen wollen, denn da oben ist ja außer viel Wind nischt los.« Frau Stern ergänzte, nachdem sie Ellas Ahnungslosigkeit bemerkt hatte: »Im Sommer, ja, da kommen Badegäste nach Kolberg, und in Stettin oder Danzig kann man es aushalten, aber Köslin ist eine Kleinstadt. Da gibt es zwei Gasthäuser, die Marienkirche, ja, und immerhin eine elektrische Straßenbahn.«

»Das macht mir nichts aus, und außerdem war ich noch nie am Meer«, sagte sie gut gelaunt. »Und auf der Hinfahrt habe ich die Mary kennengelernt, die in der Nähe wohnt, und auf dem Gutshof gibt es drei Kinder, viele Tiere und sicher jede Menge Unterhaltung. Frau Huber meint immer: Man kann nicht alles haben.« Und bei sich dachte sie an Frau Schönleins Worte, die sie so oft gehört hatte: Sicherheit ist für Langweiler.

Sie wollten sich gerade verabschieden, da nahm Frau Stern Käthe beiseite und schob sie in die Küche, während Ella unschlüssig im Flur stehen blieb. Sie konnte nur die sorgenvoll geäußerte Frage verstehen: »Wie geht es ihm?« Und Käthes Antwort: »Er weint viel.« Wie seltsam, dachte Ella.

Am nächsten Morgen brachen die beiden Frauen früh auf. Ella hatte ihre bequemsten Schuhe angezogen und freute sich auf die Fahrt mit der Untergrundbahn, in die sie am Zoologischen Garten stiegen. Käthe nahm den günstigsten Tarif in der dritten Klasse. Die Bahn sauste unter der Erde hindurch, es ruckelte, und an manchen Stellen war es so kurvig, dass man sich festhalten musste, um nicht von den rutschigen Holzbänken geschleudert zu werden. In kürzester Zeit waren sie am Leipziger Platz eingetroffen und dort ausgestiegen. Das Wetter war mild, und so bot es sich an, den Rest der Erkundungstour zu Fuß zu unternehmen.

Als sie am Brandenburger Tor ankamen, erinnerte sich Ella an Schilderungen des Barons, in denen er erzählt hatte, er habe den Maler Max Liebermann in seiner Villa am Pariser Platz besucht. Das musste also hier sein. Und da war das imposante Hotel. Gute Güte, so groß hatte sie es sich nicht vorgestellt. Ella wollte zu gerne einen Blick hineinwerfen, aber man sah ihnen auf hundert Meter an, dass sie keine Gäste waren.

»Was hältst du davon, wenn wir so tun, als würden wir eine Verabredung mit einem Gast haben?«, schlug Käthe vor.

»Aber wie willst du das denn anstellen?«

»Komm mit und sag bitte nichts«, meinte Käthe entschieden. Sie ging festen Schrittes an dem jungen Mann in Livree vorbei und direkt zur Rezeption.

»Entschuldigen Sie, aber wir warten auf den Herrn Professor Liebermann.«

»Den Maler?« Käthe nickte, und Ella fiel die Kinnlade herunter.

»Ja, genau den.«

»Der ist aber selten hier, der wohnt ja gegenüber.«

»Ach so, aber ist das nicht der Pariser Platz?«, fragte Käthe so naiv und unschuldig, dass man ihr alles glaubte.

»Nicht direkt, wir sind hier Unter den Linden 1, aber das Wohnhaus des Herrn Liebermann ist direkt rechts vom Brandenburger Tor, Hausnummer 7.«

»Vielen Dank, dann sind wir ja hier ganz verkehrt«, lächelte Käthe den freundlichen Angestellten an, der vielleicht Pauls Kollege gewesen war. »Aber dürfen wir uns denn umsehen, wo wir schon mal hier sind?«, fragte Käthe keck.

»Eigentlich nicht, aber im Moment sind ja kaum Gäste da«, und dann rief er einem Pagen grinsend zu: »Johann, führ mal die Frolleinchens kurz herum.«

Der sprach wie Paul, dachte Ella. Käthe und Ella konnten einen Blick in das Speisezimmer und die Bibliothek im ersten Stock werfen. Sie bedankten sich, nachdem sie sogar noch das Damenbad aufsuchen durften. So einen Luxus hatten sie noch nie gesehen, und sie waren sich nicht sicher, ob sie die Wasserhähne wirklich aufdrehen und die ausgelegten Leinentücher benutzen durften. Aber Käthe meinte nur, klar, dafür sei das doch alles da.

»So, nun wissen wir, wo dein Maler wohnt«, brachte Käthe als Erste hervor, als sie wieder auf der Straße standen. Ella fühlte sogleich, dass diese Bemerkung ablenken sollte, denn natürlich hatten sie beide die ganze Zeit an Paul gedacht.

»Ich hab sehr viel geweint, lass uns heute nicht traurig sein«, meinte Käthe gefasst, die Ella ansah, wie sehr sie in Gedanken bei ihrem verstorbenen Bruder war. »Ich freu mich so, dass du da bist und wir gemeinsam dort waren, wo Paul so glückliche Stunden verbracht hat.«

Ella war noch immer erstaunt über Käthes Unerschrockenheit und wie sie sich den Einlass ins Hotel erflunkert hatte. Das war eine überraschende neue Seite an ihr, die ihr aber imponierte. Ihr fiel nun wieder ein, dass auch Paul mitunter einen schmalen Grat zwischen Gerade-noch-Erlaubtem und Eigentlich-schon-Verbotenem gegangen war.

Sie liefen den Prachtboulevard entlang, der mit Linden- und Kastanienbäumen in einer Viererreihe bepflanzt war. Sie beobachteten gut und einfach gekleidete Menschen, die in Droschken, Automobilen oder zu Fuß unterwegs waren. Im Café Viktoria saßen die Gäste bereits draußen, und in der Oper wurde eine Nachmittagsvorstellung gegeben. Die Universität war am Sonntag geschlossen, aber eine Gruppe junger Männer alberte herum, und sie zogen sich die Kappen vom Kopf. Diese Stadt war so groß, dass man ein Jahr brauchen würde, um wenigstens die Hälfte gesehen zu haben, dachte Ella. Es war seltsam, vor dem riesigen Schloss zu stehen, in dem noch vor Kurzem der Kaiser mit seiner Familie gelebt hatte. Sie überquerten die Spree und gelangten zum Neuen Museum.

»Ich brauche eine Pause«, meinte Ella und schlug vor, in ein kleines Lokal zu gehen und dort eine Limonade zu trinken. Sie nahmen das Getränk mit nach draußen und setzten sich auf eine Bank. Die Sonne war so warm, dass Ella ihre Strickjacke auszog.

»Sag mal«, fragte sie, »und ich weiß, dass wir uns nicht so gut kennen, aber ich habe das Gefühl, du bist so bedrückt, und das hat nichts mit Pauls Tod zu tun.«

Käthe hatte die Angewohnheit, durch den Mund schwer auszuatmen, wenn sie aufgeregt oder beunruhigt war. Nun saß sie eine schier endlose Weile still da und schnaufte. Dann fragte Käthe in einer Mischung aus Spöttelei und Bewunderung: »Bist du Hellseherin, oder was?«

Ella tätschelte Käthes Hand und erwiderte: »Man muss schon sehr blind sein, um nicht zu merken, dass etwas nicht stimmt.«

Käthe überlegte abermals endlos scheinende Minuten, dann schien sie sich einen Ruck zu geben und erklärte: »Ich habe einen Sohn, er ist drei Jahre und heißt Hannes. Sein Vater ist im Krieg an einer Giftgasverätzung gestorben. Wir wollten heiraten, aber dazu kam es nicht mehr. Muss ich dir nicht erklären, was es heißt, ein lediges Kind zu haben. Nun ist der Kleine bei einer Frau, damit ich arbeiten gehen kann. Da gefällt es ihm aber nicht. Ich sehe ihn viel zu selten, und das ist schlimm für uns beide. Das ist die Geschichte.«

»Und Paul wusste davon?«

»Ja, er wusste alles und wollte unbedingt, dass ich eine feste Bleibe habe, sind doch jetzt so viele wohnungslos geworden.«

»Komm, lass uns ins Museum gehen, sicher gönnen uns die alten Götter eine Eingebung.« Ella fand zwar selbst, dass das recht abrupt war, aber sie konnte im Moment ohnehin nichts tun.

Der Eintritt in das Neue Museum war frei. Wie großzügig, dass man umsonst so ein imposantes Museum besuchen konnte. Im Erdgeschoss befand sich die Ägyptische Sammlung. Sie war in mehreren Räumen untergebracht. Abgüsse von Tieren und Göttern, originale Kunstwerke und detaillierte Zeichnungen von Pyramiden und Landschaften vermittelten eine derart lebendige Impression, dass man den Eindruck haben konnte, im Säulenhof eines assyrischen Tempels zu stehen oder der Grabkammer eines ägyptischen Pharaos.

Ella hatte sich einen Block mitgenommen und mit ihrem Bleistift Beobachtungen notiert. Sie war so sehr in ihrem Element, dass sie nicht merkte, wie die Zeit verging. Der Baron hatte ihr viel und überaus anschaulich erzählt, aber es war ja doch eine ganz andere und buchstäblich spürbare Erfahrung, einen Obelisken anfassen zu können oder die immense Größe der Grabkammern, die Schönheit der Objekte, die Kunstfertigkeit der Arbeiten, den Glanz des Goldes, das Können der Bauherren, Ingenieure und Mathematiker vor Tausenden von Jahren zu sehen. Käthe, die Ellas Enthusiasmus nur bedingt teilte, war froh, dass das Museum um sechzehn Uhr schloss, sonst hätte Ella am Ende noch die Nacht dort zugebracht.

»Es war ein herrlicher Tag«, meinte Ella und schlang ihre Arme um Käthe. Was hatte sie in der kurzen Zeit nicht schon alles erlebt. Als die beiden Frauen die Wohnungstür aufschlossen, waren sie erschöpft und hungrig. Ella bereitete einen Kräutertee, und Käthe kochte Kartoffeln, die Ella mit klein gehackten Kräutern bestreute. Nach dem Essen stopfte sich Käthe eine Pfeife und rauchte sie auf dem Balkon. Der süßliche Duft drang in die Küche. Ella setzte sich zu ihr auf einen Hocker.

»Was hältst du davon, wenn du in die Wohnung von Frau Stern einziehst und diese Wohnung hier vermietest? Dann kannst du dich um die alte Dame kümmern, denn mit ihren schlechten Beinen wird sie sich nicht mehr lange versorgen können. Du könntest ihr ein kleines Logisgeld zahlen, aber auch das Kind zu dir nehmen, denn du bekommst ja dann die Miete von dieser Wohnung.« Ella hatte den ganzen Nachmittag diese Idee mit sich herumgetragen, und je länger sie darüber nachdachte, desto mehr erschien ihr darin eine Lösung von Käthes Problem zu liegen.

»Aber wer sagt denn, dass sie mich mit dem Kind nimmt?«

»Fragen kostet nichts«, insistierte Ella.

Käthe überlegte und zog an ihrer Pfeife. Dann atmete sie eine Weile durch den Mund aus und sagte ernst: »Die Idee ist gut, wenn wir jemanden finden, der mietet.«

»Die beiden jungen Herren, die jetzt bei ihr wohnen, vielleicht sind die froh über eine eigene Wohnung. Scheinen ja ganz solvente Studenten zu sein nach allem, was Frau Stern erzählt hat.«

»Fragen kostet nichts«, wiederholte Käthe und fügte hinzu, indem sie Ella den Rauch lachend ins Gesicht blies: »Dir fällt wohl immer was ein, oder?«

Nachdem Käthe frühmorgens zu einer ihrer Dienststellen aufgebrochen war, fuhr Ella kreuz und quer durch die Stadt. Sie hatte herausgefunden, dass man sich Fahrräder leihen konnte, und so erkundete sie radelnd die Umgebung. Vom Naturkundemuseum bis zur Charité, von der Friedrichstraße bis zum Tiergarten, vom Charlottenburger Schloss nach Dahlem und zurück nach Hause in die Mommsenstraße. Sie benutzte die Untergrundbahn und die Hochbahn, als wäre sie in Berlin geboren, sie verfuhr sich mit dem Fahrrad und fand es herrlich, sich zu verirren. Sie entdeckte vornehme Bezirke mit herrschaftlichen Villen ebenso wie elende Arbeiterviertel, in denen hungrig aussehende, verschmutzte Kinder spielten, denen sie einen Apfel oder ein Brot überließ. Alles war hier anders, groß, modern, aber auch abgründiger als in München.

Besonders verwunderten Ella die vielen Zeitungsverkäufer. Auf Schloss Elmau war eine Zeitung stets eine so begehrte Seltenheit gewesen. Hier aber gab es an jeder Ecke einen Burschen, der irgendeine Schlagzeile in die Welt hinausposaunte, um die Boulevardblätter anzupreisen. Hin und wieder konnte sie nicht widerstehen, kaufte sich die *Berliner Morgenpost*, setzte sich auf eine Bank und staunte über die Sensationsnachrichten, die darin ausgebreitet wurden; sie las von der großen Politik und den neuesten Opern- und Theateraufführungen, bewunderte die Fotografien von Schauspielerinnen und Filmstars und studierte die ausgefallenen Werbeanzeigen, die von Bartpflegemitteln und Büstenhaltern, Zigarren, Fotoapparaten und Autoreifen bis zu

Sodaseife und Scheuermilch auch sehr vieles anpriesen, von dem Ella gar nicht gewusst hatte, dass man es brauchen konnte.

Unterdessen hatte Käthe mit Frau Stern gesprochen und diese mit den Studenten, und es kam, wie man es sich nicht hätte besser wünschen können: Die jungen Herren bekundeten ihr Interesse, in Käthes Wohnung zu ziehen, und sobald dies geschehen war, würde Käthe bei Frau Stern Logis nehmen und sich stundenweise um Haushalt und die alte Dame kümmern. Die alte Dame wiederum würde an bestimmten Tagen den kleinen Hannes übernehmen und sich darüber auch noch freuen.

Ella war aber auch in der Angelegenheit des Kräuterbeetes weitergekommen, nachdem Frau Stern nicht nur ihre Erlaubnis erteilt, sondern auch den guten Vorschlag unterbreitet hatte, ein Hochbeet anzulegen, dann müsse sie sich nicht bücken, wenn sie die Petersilie schnitt.

An ihrem letzten Abend lud Käthe die Freundin in ein Tanzlokal ein. Seit dem 31. Dezember 1918 war das Tanzverbot, das während des Krieges verhängt worden war, aufgehoben, und die Berliner ließen es krachen. Ella und Käthe gingen zuerst zum Fünf-Uhr-Tanztee, zogen dann aber weiter in ein Lokal, in dem Tango getanzt wurde. Keine von ihnen hatte damit Erfahrung, also schoben sie sich über die Tanzfläche, so gut sie es konnten, und lachten ausgelassen über ihre eigene Darbietung. Ein Herr mit Pomade im Haar und in einem eng anliegenden Abendanzug konnte den beiden nicht länger zusehen und erklärte ernst, worauf es gerade bei diesem so ausdrucksstarken Tanz ankam. Aber den Freundinnen war es egal, sie alberten wie Backfische, die zum ersten Mal ohne elterliche Aufsicht ein echtes Abenteuer erlebten. Als schließlich ein Walzer gespielt wurde, drehten sie sich, bis ihnen schwindelig wurde, und sanken dann lachend auf eine Bank.

Es war Zeit, Abschied zu nehmen. Die Woche war so schnell vergangen wie ein Sommertag am Kirchsee, und was hatte Ella nicht alles gesehen und erlebt. Die beiden Frauen waren zu Freundinnen geworden. Ohne Paul hätte Ella Käthe nicht kennengelernt und ihr auch nicht helfen können, eine Lösung für den kleinen Hannes zu finden. Es war merkwürdig, durch welche Zufälle sich weitere Entwicklungen ergaben. Aber vielleicht waren es gar keine Zufälle, sondern irgendjemand hatte einen Plan.

Käthe begleitete Ella zum Stettiner Bahnhof, wo sie sich mit Mary verabredet hatte, die in Begleitung ihrer Tante wartete. Ella fiel eine gewisse Arroganz auf, mit der Mary Käthe musterte. Käthe war das gerade Gegenteil. Sie war liebenswürdig und zugewandt, uneigennützig und gänzlich ohne Neid. Sie hätte am liebsten jeden Obdachlosen zu sich nach Hause genommen, und sie konnte über das Schicksal anderer hemmungslos weinen. Sie war einfach ein grundguter Mensch. Mary hingegen war auf eine gewisse Weise oberflächlich und womöglich sogar berechnend. Abermals beschlich Ella ein ungutes Gefühl bei dem Gedanken, dass sie dieser neuen Bekanntschaft auf der Hinfahrt so viel von sich erzählt hatte. Dieses Mal würde sie weniger von sich preisgeben, dachte sie und stieg in den Zug.

Die fehlenden Jahre

Wie liebevoll Ella Eintritts-, Post-Fahrkarten und Fotografien in die Hefte eingeklebt hatte. Auf einer vergilbten Aufnahme erkannte Gwen eine junge Frau mit einem Kind, das war gewiss Käthe mit ihrem Sohn. Ella hatte so lebendig von Berlin erzählt, dass Gwen es kaum erwarten konnte, die Stadt selbst zu erleben.

Als Gwen weiterlesen wollte, bemerkte sie, dass die Aufzeichnungen der folgenden Jahre fehlten. Sie suchte überall. Waren sie verloren gegangen, oder gab es eine Absicht, die hinter ihrem Verschwinden stand? Hatte Ella die Hefte wirklich mit der Post nach England geschickt oder sie doch eher jemandem mitgegeben, damit sie Marga persönlich ausgehändigt würden? Und wenn ja, wer konnte das gewesen sein? Marga würde sicher keine Hefte vernichtet haben. Wer aber konnte ein Interesse daran haben, bestimmte Informationen zurückzuhalten? Oder war sie gerade übertrieben misstrauisch?

Es war zu schade, dass ausgerechnet die Aufzeichnungen fehlten, in denen Ella ihre ersten Jahre auf dem Gutshof beschrieb. Aber sie könnte ja schon übermorgen Lily fragen, die doch mehr wissen müsste über diese ominöse Verlobung und auch über Ellas Ankunft in Köslin. Für die Verlobung sprach jedenfalls Ilsabés Lebensstil. Sie war nie auf das Vermögen ihres Mannes Jakob angewiesen gewesen, in den Jahren nach der Machtergreifung war es eher umgekehrt, und nach dem Krieg brauchte sie, wie es den Anschein hatte, auch nicht erst auf ein Wirtschaftswunder zu warten.

Gwen hatte Sloppy schweren Herzens in die Katzenpension gebracht, sie wollte keine Überfütterung durch die Nachbarin riskieren. Das letzte Mal gingen Monate ins Land, bis der Kater wieder sein Normalgewicht erreicht hatte. Er war so dick gewesen, dass er selbst mit Anlauf nicht mehr den Baumstamm hochklettern konnte, ohne auf halber Strecke wie ein erlegter Truthahn zu Boden zu fallen. Es hatte damals den Eindruck, als sei es ihm selbst peinlich gewesen.

Ihr Koffer war gepackt: Kartenmaterial, Reiseführer, Teebeutel, Thermoskanne, die wichtigen Briefe, Aufzeichnungen, Fotografien und Adressen waren verstaut; Reisepass, Flugtickets und umgetauschte D-Mark hatte sie in einem Lederetui griffbereit in ihrer Handtasche verwahrt.

Als das Telefon klingelte, dachte sie, es sei Lily, aber es war Theo.

»Du kommst mir zuvor, ich wollte dich heute noch anrufen.«

»Ich möchte dir alles Gute für die Reise wünschen. Hast du alles parat und auch ausreichend Tee dabei? Du kennst ja Lily.«

»Ja, ich habe mich eingedeckt.«

»Außerdem wollte ich dir sagen, das klingt jetzt eine Spur naiv, aber Lily und ich können das Geld aufbringen, um den Hof zu, wie soll ich sagen«, er suchte nach Worten, so als ob ihm etwas peinlich wäre, »zu kaufen, falls du das möchtest und das überhaupt möglich ist. Du weißt ja, ich habe keine Familie, zumindest habe ich das immer gedacht, und konnte nicht so viel ausgeben, wie ich verdient habe, also das Geld wäre da.«

»Das ist ja ein interessantes Angebot. Daran habe ich bisher keine Sekunde gedacht. Was sollen wir denn mit einem Gutshof in Polen?«

»Könnte ja sein, dass du anders darüber denkst, wenn du erst einmal dort gewesen bist. Weißt du, Häuser mit so viel Geschichte haben eine eigene Wirkung. Man kann es sich nicht vorstellen, bis man vor Ort ist und die eigene Familiengeschichte buchstäblich in den Knochen spürt.«

»Ja, das kann sein«, meinte Gwen. »Aber woher hat Lily das Geld?«

»Ich weiß nicht, sie konnte schon immer mit Zahlen umgehen. Sie hat das, was sie hatte, vermutlich gut angelegt.« Das klang nach der halben Wahrheit, wobei es stimmte, dass Lily sich in Finanzdingen auskannte.

»Kann das auch mit Ilsas Verlobung mit diesem Fürsten zusammenhängen, von der nie jemand sprach?« Gwen stellte einfach einmal eine Vermutung in den Raum. Sie hörte, wie Theo mehrmals hintereinander tief durchatmete, dann sagte er leise: »Woher weißt du davon?«

»Steht in Ellas Erinnerungen. Die Hefte, von denen ich dir erzählt habe. Außerdem habe ich ein Magazin gefunden mit einem langen Artikel über den Fürsten zu Glücksklee und ich weiß nicht was.«

»Glücksburg«, antwortete Theo blitzschnell, und Gwen hatte den Eindruck, er habe sich verplappert.

»Ach, kanntest du ihn?«

»Nein, natürlich nicht, aber was steht denn in den Heften?«, fragte er, neugierig geworden.

»Darin steht, dass Ilsa diese Verbindung eingegangen ist, um ihre Familie vor dem Ruin zu bewahren. Und an einer Stelle schreibt sie in einem Brief an Ella: ›Wenn ich ihn heirate und einen Sohn bekomme, bin ich so reich, dass wir beide im Luxusdampfer nach New York fahren können.‹ So ähnlich habe ich es jedenfalls in Erinnerung.«

»Stand da, dass sie ihn geheiratet hat?«

»Weißt du das wirklich nicht?«

»Gwenny, du stellst Fragen. Aber gut, du willst offenbar den Dingen auf den Grund gehen. Apropos, Ilsa hat mich angerufen und mir erzählt, dass ich jetzt eine Enkeltochter habe, aber das wusste ich ja schon.« Gwen glaubte, ein wenig Stolz aus dem letzten Halbsatz herauszuhören. »Aber, um deine Frage zu beantworten, sie hat den Fürsten geheiratet und eine stattliche Apanage erhalten.« Für Theo schien damit das Thema erledigt zu sein.

»In dem Brief von Ilsa an Ella steht aber, dass sie nur bei Geburt eines männlichen Erben eine hohe Abfindung bekommen würde.« Gwen ließ nicht locker. Theo aber schwieg, so, wie man schweigt, wenn man etwas verschweigen möchte. »Theo, hat sie einen solchen Erben bekommen?« Gwen erschrak über sich selbst. Sie war zu forsch und direkt, würde Laura bemerkt haben.

»Das soll sie dir selbst erzählen«, wehrte Theo ab. Er wusste doch mehr, als er gerade vorgab, der gute alte Theo, dachte Gwen.

»Sie hat einen Sohn bekommen. Ich weiß nur nicht, was aus ihm geworden ist. Vielleicht habe ich einen unbekannten Stiefgroßonkel, in dieser Familie weiß man ja nie.« Sie hörte Theos Atmung am anderen Ende der Leitung und hoffte, er würde wenigstens ein paar Einzelheiten preisgeben.

»Darling, es ist alles sehr traurig, und ich möchte dazu nichts sagen. Nicht jetzt und nicht am Telefon. Besser, wenn wir uns das nächste Mal sehen. Bitte frag Ilsa nicht danach, wenn du sie wieder anrufst. Das würde sie zu sehr aufregen. Manche Dinge sind lange her, aber wir alten Menschen sind nur körperlich alt, wir fühlen noch genauso, als wären wir jung. Unser Denken wird nicht alt und auch nicht unsere Empfindungen. Es gibt Schmerzen, die nicht vergehen. Die Zeit heilt nicht alle Wunden.«

Nun musste Gwen schlucken. Sie hatte das Gefühl, sich wie ein Elefant in Theos fragilem Gefühlsladen bewegt zu haben. Von Sensibilität und Umsicht keine Spur.

»Bitte entschuldige, Theo, ich war gerade nicht sehr einfühlsam.«

Theo ging darauf nicht ein, sondern fragte stattdessen: »Steht denn noch mehr darüber in Ellas Aufzeichnungen?«

»Das ist es ja, Theo. Sie sind nicht da. Weißt du, wem Ella die Hefte damals mitgegeben hat?«

»Daran erinnere ich mich beim besten Willen nicht.«

Na ja, mit dem besten Willen war das so eine Sache, dachte Gwen, aber sie wollte Theo nicht weiter in Verlegenheit bringen. Sie plauderten noch eine kleine Weile über unverfängliche Dinge, und Gwen versprach, als sie sich verabschiedeten, ihrer Großmutter gegenüber von all dem nichts zu erwähnen.

Seine Bemerkung zu den nie versiegenden seelischen Schmerzen beschäftigte Gwen. Sie hatte ihm in den letzten Wochen einiges zugemutet. Jetzt war Lily an der Reihe, der sie auf den Zahn fühlen wollte.

Gwen bereitete sich aus den Resten im Kühlschrank ein Nudelgericht zu und trank dazu den noch übrig gebliebenen Rotwein. Anschließend wusch sie das Geschirr ab und schob den Koffer neben die Eingangstür, damit sie am Morgen gleich reisebereit war. Sicherheitshalber stellte sie ihre beiden Wecker und ging zu Bett, konnte aber nicht einschlafen. Sie dachte immerzu an Ilsas Verbindung mit dem Fürsten, über dessen Namen Theo keine Sekunde nachdenken musste. Warum war es ihr eigentlich so abwegig erschienen, dass ihre Mutter einige Hefte vernichtet hatte? Was, wenn Marga nicht wollte, dass eine unbequeme Wahrheit ans Licht kam? Sie konnte es nicht erklären, warum sich diese Ahnung mit einer solchen Wucht in ihr ausbreitete.

Schachzüge

Nachdem Gwen im Flugzeug ihren Platz eingenommen hatte und Mittagessen und Kaffee serviert waren, schlief sie fest ein und wachte erst wieder auf, als die Stewardess sie bat, ihren Sitz senkrecht zu stellen. Sie blickte nach unten und entdeckte zahlreiche Seen und Wasserstraßen, die eingebettet waren in eine bewaldete grüne Landschaft. Sie dachte an Jakob, der so häufig in Berlin gewesen war und über den Theo erst kürzlich erzählt hatte, er habe sich im Sommer häufig mit Freunden am Griebnitzsee oder in Neufahrland getroffen, wo viele seiner Bekannten Villen besessen hätten. Von den jüdischen Freunden war einigen dann wohl die Emigration geglückt. Manche hatten allerdings zu lange gezögert und konnten sich das Unvorstellbare nicht vorstellen – wer konnte das schon? Sie wurden aus ihren enteigneten Häusern geworfen, in den Suizid getrieben oder umgebracht. Gwen hätte gerne einen Ausflug an einen dieser Seen unternommen, auch wenn von Jakobs heiler Welt der Zwanzigerjahre schon lange nichts mehr übrig war.

Lottes Enkel Phil stand wie verabredet am Ankunftsgate. Er war ein groß gewachsener, blonder junger Mann, noch keine zwanzig Jahre alt, der Gwen unschlüssig musterte. Schließlich ergriff sie die Initiative und fragte, ob er Phil sei, was er strahlend bejahte. Er verstaute den Koffer in seinem Auto, einem Golf der ersten Baureihe, und sie fuhren ins Hotel Savoy in der Fasanenstraße, wo Phil sie absetzte und anbot, sie später wieder abzuholen, um sie zu Lotte und Lily in den Ostteil der Stadt zu bringen.

Laura hatte ihre Ankunft für den frühen Nachmittag angekündigt, sie hatte also ein paar Stunden für sich allein. Sie flanierte den Ku'damm entlang und dachte daran, wie beeindruckt Ella bei ihrem ersten Aufenthalt in der großen Stadt von den Lichtspielhäusern, Cabarets und Cafés gewesen war. Vieles hatte der Krieg verschluckt oder war dem Wiederaufbau gewichen, aber das Kaufhaus des Westens stand immer noch am gleichen Platz. Irgendwo hier in der Nähe war Ella der Landfrau begegnet, die Kräuter zum Kauf angeboten hatte. Sie lief zurück Richtung Savignyplatz, besuchte eine Buchhandlung, betrachtete die Auslagen bei einem Juwelier und ließ sich dazu verleiten, in einer Boutique einen weißen Sommerrock anzuprobieren, den sie erwarb. Es war einer dieser Tage, an denen alle nach draußen drängten, um das sommerliche Wetter zu genießen. Sie blickte auf die Uhr, und es war Zeit, zurück zum Hotel zu gehen, wo sie auf Laura warten wollte, die mit dem Vierzehn-Uhr-Zug aus Leipzig ankommen würde.

Die Wiedersehensfreude war riesig, zumal sich beide so viel zu erzählen hatten. Laura stellte nur schnell ihren Koffer aufs Zimmer, dann gingen die beiden Freundinnen Richtung Ku'damm und setzten sich in das Gartencafé des nahe gelegenen Literaturhauses. Laura sprudelte vor Begeisterung über ihren Aufenthalt in Leipzig. Wie dankbar war sie für die Anregung zu dieser Reise. Sie hatte so viele Musiker kennengelernt, eine exklusive Orgelführung in der berühmten Thomaskirche erlebt und ebenda eine Bach-Kantate gehört, aufgeführt vom Leipziger Gewandhauschor. Was konnte es Erhabeneres geben für eine Bach-Enthusiastin, schwärmte sie. Nun aber sollte die Freundin erzählen, und Gwen versuchte, so knapp wie möglich die Ereignisse zusammenzufassen. Eds plötzliches Auftauchen hatte auch Laura völlig überrascht, und sie konnte kaum glauben, dass er mit dem Koffer unangemeldet vor der Tür gestanden hatte. Niemand konnte besser als Laura verstehen, welche emotionale Achterbahnfahrt diese Begegnung für Gwen bedeutet haben musste. Nachdem das Thema Ed abgehakt war, wollte Laura brennend gerne mehr über Ilsas Verlobung erfahren und ob weitere Andeutungen über ein mögliches Kind aufgetaucht waren. Lily würde doch gewiss etwas mitbekommen haben, man konnte schließlich kein Kind geheim halten. Zu schade, dass Ellas Hefte so große Lücken aufwiesen.

»Ich kann mir nicht vorstellen, dass Ella die Jahre absichtlich ausgelassen hat. Im Gegenteil, man hat den Eindruck, als wären ihre Aufzeichnungen recht komplett an meine Mutter übergeben worden. In mir ist kürzlich aber das Gefühl hochgekrochen, dass Marga ein Interesse daran gehabt haben könnte, bestimmte Informationen zurückzuhalten oder gar zu vernichten. Aber, falls ja, warum? Was denkst du?«

»Schwer zu sagen, es sei denn, man vermutet eine große Lüge, verbunden mit Scham und schlechtem Gewissen.«

»Meine Mutter ist 1930 geboren. Sie kann doch nicht in irgendeine Schuld verstrickt gewesen sein. Sie war ja selbst noch ein Kind.«

»Bestimmt wirst du auf der Reise mehr erfahren. Da hast du ungestört Zeit mit Lily, und Lotte ist ja schließlich auch dabei. Die hat doch als beste Freundin alles mitbekommen.«

Wie herrlich war das, so vertraut zu sprechen und gemeinsam Gedanken hin und her zu wenden, dachte Gwen.

»Was hältst du davon, wenn du heute Abend Lily den Brief vorliest, den Ella geschrieben hat, nachdem sie auf dem Gutshof angekommen war? Das wäre doch der perfekte Einstieg, um ein Gespräch in Gang zu bringen.«

»Den habe ich im Hotel gelassen.«

»Lass ihn uns schnell holen.« Und während sie zurück zum Hotel liefen, erzählte Gwen von Ellas Woche in Berlin und von Käthe und dem kleinen Hannes, von dem Gemüsebeet und Grete Stern und schließlich dem Kastanienbaum, aus dessen Rinde Ella eine heilende Tinktur gewonnen hatte.

»Wir haben doch noch Zeit und könnten das Haus von Käthe suchen, wenn dich das so interessiert«, schlug Laura vor. Laura konnte einfach Gedanken lesen.

Als sie in der Mommsenstraße eintrafen, verglichen sie Haus um Haus mit der Fotografie, die Gwen mitgenommen hatte. Das Eingangsportal ließ sich gut erkennen, ebenso wie ein sich anschließendes Gebäude, von dem ein schmaler Streifen sichtbar war. Sie einigten sich auf ein Haus, das es ihrer Meinung nach sein musste. Die große Tür war angelehnt, sodass die beiden Freundinnen hindurch und in den Hinterhof gehen konnten, wo ein riesiger Kastanienbaum blühte. Der Hof war teils betoniert und bot Platz für Fahrräder und Mülltonnen, aber hinter dem Baum gab es eine Grünfläche. Hier war vielleicht das Beet gewesen, aber nun war dort ein Sandkasten, in dem Spielförmchen lagen. Auf dem Balkon des dritten Stocks, da also, wo Käthe ein Pfeifchen geraucht hatte, war ein Sonnenschirm aufgespannt.

Beim Hinausgehen betrachteten sie das Messingschild mit den Namen der Bewohner. Andere Menschen wohnten nun hier, mit anderen Geschichten. Aber irgendetwas an diesem Haus zog Gwen magisch an.

Phil wartete bereits im Foyer, und Gwen war über diese Mitfahrgelegenheit froh, schließlich mussten Lilys Bestellungen, darunter Teedosen, Ingwerkekse, Früchtekuchen und mehrere Gläser der guten Wilkins-&-Sons-Orangenmarmelade, zu Lotte transportiert werden, außerdem war Phil »ein Goldstück«, wie Theo gesagt hätte. Phil geleitete die beiden Freundinnen zu seinem Auto, öffnete die Wagentür formvollendet, so als ob er der Chauffeur einer Luxuslimousine wäre, und startete dann den weithin hörbaren Motor.

»Wie geht es deiner Oma?«, fragte Gwen, die Lotte jahrelang nicht gesehen hatte.

»Immer noch topfit und pausenlos unterwegs. Sie hält jetzt Vorträge an Schulen über die Diktatur und die SED und so.«

Gwen versuchte, die Erinnerungsfragmente zusammenzusetzen, sodass sich ein Bild von Lotte ergab. Lily hatte immer wieder von ihrer besten Freundin erzählt.

Lotte war nach dem Krieg in Ostberlin geblieben und steckte dann in der DDR fest. Den beiden Frauen war es dennoch gelungen, über Jahrzehnte Kontakt zu halten. Sie hatten sich an der Charité kennengelernt, wo Lily eine Ausbildung zur Krankenschwester absolvierte und Lotte, ein paar Jahre älter, bereits arbeitete. Lily musste als Jüdin das Krankenhaus verlassen, an ein Medizinstudium war nicht mehr zu denken, aber sie fand Arbeit bei einer kleinen Druckerei in Kreuzberg, deren Besitzer für die Errungenschaften der Sowjetunion brannte und mit einem Ring von Passfälschern konspirierte. Lotte, die Ende der Zwanzigerjahre als glühende Anhängerin kommunistischer Ideen nach Moskau gegangen war, überbrachte nach der Machtergreifung in ihrer unverdächtigen Schwesterntracht hochbrisante Botschaften an im Untergrund agierende Akteure. Als die Gestapo auf sie aufmerksam wurde, musste sie fluchtartig ihre Wohnung verlassen und fand vorübergehend Unterschlupf bei einer Freundin, von der Gwen mittlerweile vermutete, dass es sich um Käthe gehandelt hatte. Sie wurde schließlich durch einen eher dummen Zufall entdeckt und verhaftet. Man versuchte, weitere Namen zu erfahren, und ihre Peiniger quetschten ihr die Finger in der Tür, aber man ließ sie laufen. Lily, die auch im Widerstand aktiv war, gelangte in letzter Minute mit gefälschten Papieren nach Schweden. Dort hielt sie ihre jüdische Identität geheim und gab sich stattdessen als politische Aktivistin aus. Es war leichter, auf diese Weise im Land geduldet zu werden. In Schweden gab es Tage, so erzählte es Lily immer wieder, an denen man die Grauen des Krieges komplett vergessen konnte, vor allem, wenn sie mit Freunden von Waxholm aus in den Schärengarten hinausfuhr und die freundlichen Menschen vor ihren roten Holzhäuschen sitzen sah. Nach dem Krieg nahm Lily Kontakt zu Theo auf und gelangte so nach England. Sie ließ Lotte über das Rote Kreuz suchen und versuchte, ihre Freundin davon zu überzeugen, zu ihr nach England zu kommen; wer wollte schon freiwillig unter so vielen Mitläufern und Nazis leben. Lotte aber glaubte an ein neues sozialistisches Deutschland, das sie unbedingt mit aufbauen musste, und so blieb sie in Berlin. Lily wiederum sprach neben Polnisch und Deutsch fließend Schwedisch und so passabel Englisch, dass sie schon bald bei einem international agierenden schwedischen Unternehmen in London anheuerte, das auf den Vertrieb von Haushaltsgeräten spezialisiert war. Ausgerechnet, wo doch Lily außer ihrem Wasserkocher kein weiteres Gerät benutzte. Sie reiste mit dem Gründer um die halbe Welt und hatte eine gute Zeit.

Phil parkte das Auto vor Lottes Haus. Schwungvoll öffnete er seinen Mitfahrerinnen abermals die Tür und geleitete sie in das Treppenhaus, das sich seit hundert Jahren nicht verändert hatte.

Gwen und Laura folgten ihm in den vierten Stock. Er drückte auf die scheppernde Klingel, und sie hörten das aufgeregt-glückliche Kreischen zweier älterer Damen, die gleichzeitig riefen: »Sie sind da, sie sind da!« Lotte riss die Tür auf, blieb einen Moment stehen, um Gwen von oben bis unten zu mustern und sie in ansteckend guter Laune und ihrem Berliner Tonfall willkommen zu heißen: »Na, nu komm rein, wir warten doch schon so gespannt auf dich. Gut siehste aus. Ist das schön, dass wir uns alle sehen.«

Gwen und Laura wurden fest umarmt und in die Wohnung geschoben, die genau so war, wie Lily sie beschrieben hatte, vollgestopft mit Büchern und verblichenen alten Biedermeiermöbeln. Die Kacheln im Bad und in der Küche stammten noch aus der Vorkriegszeit, das Holz des Dielenbodens war an einigen Stellen so verzogen, dass sich breite Zwischenräume ergaben. Im Winter mussten Briketts für den Ofen aus dem Keller hochgeschafft werden. Lotte hatte es gemütlich, komfortabel war es nicht, und schon gar nicht für eine Frau ihres Alters, aber vermutlich machte sie darum einen so fidelen Eindruck. Ihr war nie viel im Leben geschenkt worden, und offensichtlich hatte sie es dennoch verstanden, den Alltag trotz Mangelwirtschaft und anderer Sorgen zu organisieren.

Lottes grau melierte Haare waren zu einem Knoten zusammengebunden. Sie war von mittlerer Statur, schlank, aber nicht so dünn wie Lily. In ihrer dunklen Baumwollbluse mit Stehkragen, die sie über weit geschnittenen Hosen lose trug, erinnerte sie an eine russische Künstlerin aus der Zeit Puschkins. An die Bluse hatte sie eine Brosche aus goldenem Leder in der Form einer aufgefächerten Blume geheftet, die sofort auffiel. Lotte hatte klare blaue Augen, ihre Stimme klang angenehm, und ihre Ausstrahlung war einnehmend. Gwen fühlte sich in ihrer Nähe sofort wohl und wollte mehr von ihr wissen und hören. Sie wirkte in ihrer ganzen Art viel jünger, als sie war.

»Wie wunderbar, der gute Tee, mit dem mich Lily über all die

Jahre versorgt hat, abgesehen von den vielen anderen Dingen!«, rief Lotte, während sie Gwens Mitbringsel auspackte.

»Zur Feier des Tages gibt es jetzt einen Schluck Goldwasser aus Danzig. Das ist doch die beste Einstimmung auf unsere Reise an die Ostsee. Phil, hol doch bitte die Schnapsgläschen aus dem Eckschrank«, meinte Lotte gut gelaunt.

Als sie so zusammensaßen – Lotte, Lily und Phil auf dem Sofa, Gwen in einem riesigen Ohrensessel und Laura auf dem Klavierhocker –, wollte Gwen die Gunst des Moments nutzen, um zu berichten, dass sie mit Laura in der Mommsenstraße gewesen war und sie das Haus von Käthe gefunden hatten, zumindest glaubten sie das. Lily und Lotte rollten die Augen und sahen sich mit einem Blick an, der besagte: War doch eigentlich schön so zu zweit und ohne die anderen …

»Warum interessiert dich denn ausgerechnet Käthes Haus?«, fragte Lily irritiert, »und woher kennst du überhaupt Käthe? Ich will aber jetzt nicht über die alte Zeit reden. Lieber über das, was vor uns liegt. Ich freue mich so auf unsere Reise«, brachte Lily entschieden hervor, ohne auf Gwens Antwort besonderen Wert zu legen.

»Ich wollte einfach wissen, wo Ella gewohnt hat, als sie damals in Berlin Käthe besuchte, und du warst doch so eng mit Ella.« Dabei sah Gwen zu ihrer Tante.

»Wir fangen morgen mit der Vergangenheitsbewältigung an«, schlug Lily vor. »Heute trinken wir darauf, dass die Mauer gefallen ist und wir überhaupt hier lebendig und gesund beieinandersitzen können. Das hätte doch noch vor ein paar Jahren niemand gedacht.« Lily blätterte unterdessen in einem Fotoalbum und sagte: »Kuck mal, da ist sie, unsere Vergangenheit. Hier, schau!«

Sie reichte Gwen das Album, das diese mit zunehmendem Interesse betrachtete. Darin befanden sich Aufnahmen aus der Zeit von Lily und Lotte an der Charité. Die beiden waren ja auch einmal jung, dachte Gwen und lächelte. Sie musterte die beiden Frauen, die so forsch und fröhlich in die Welt blickten in ihren kurzen Hosen und wie sie von einem Segelboot winkten. Auf anderen Bildern posierten sie stolz in ihrer Schwesterntracht; sie umarmten ausgelassen zwei junge Männer, mit denen sie einen freien Sonntag verbracht hatten; sie saßen an einem Tisch in einem Restaurant und prosteten sich gut gelaunt zu. Es waren die Jahre 1931 und 1932. Die Welt stand ihnen offen, die Frauen hatten ungeahnte Möglichkeiten, und bei ihrer Herkunft und Ausbildung waren viele Wege denkbar gewesen. Doch im Januar 1933 war die Welt über Nacht eine andere geworden.

»Sind fast alle tot, die Männer sowieso«, bemerkte Lily, die beobachtet hatte, wie ihre Nichte Seite um Seite die Fotografien studierte. »Erinnerst du dich noch an Gisela und Helmi?«, rief Lily in die Küche.

»Ja!«, rief Lotte ebenso laut zurück, »die Gisela ist nach Dresden zu ihrer Mutti, kurz bevor die Bomber kamen, und die Helmi hat doch im Orchester bei den Philharmonikern Geige gespielt.«

»Ja, bis die Russen da waren. Danach hat sie das Instrument nicht mehr angerührt«, murmelte Lily leise vor sich hin.

Lotte hatte unterdessen den Sekt aufgemacht, allein das Knallen des Korkens schien bei den Damen bereits ein Wohlgefühl auszulösen. Nach dem Schnaps ging es also fröhlich weiter, dachte Gwen und beobachtete die beiden Ladys, die, wie es schien, ihre Rollen so mühelos spielten.

»So, und nun lasst uns über die Abreise sprechen«, meinte Lily, »Phil leiht uns ja sein Auto und bringt es morgen früh vorbei. Wann brechen wir denn auf?«

»Wir starten gegen zehn Uhr von hier aus, schauen uns unterwegs ein paar Kirchen und Dörfer an. Viel Platz haben wir übrigens nicht, also sparsam packen.« Dabei sah Gwen ihre Tante streng an und ergänzte: »Den großen Rollkoffer kannst du nicht mitnehmen.« Und am liebsten hätte sie noch hinzugefügt: »Aber du musst ja dieses Mal auch kein Ölbild transportieren.«

Geduld war nicht ihre Stärke, und so zog Gwen den Zettel aus ihrer Handtasche, den Theo für sie kopiert hatte, und überlegte, wie und ob sie das Thema ansprechen sollte.

»Ich mach jetzt mal Abendessen«, sagte Lily und verschwand in der Küche. Lotte wollte sofort hinterher, aber Gwen hielt sie auf.

»Das hat mir Theo gegeben, weil er denkt, dass du« – und nun sah sie Lotte direkt an – »die Buchstaben- und Nummernkombination knacken kannst, die hier notiert ist. Du seist schließlich KGB-geschult und hast das Lux überlebt. Was auch immer das heißt.« Als sich Gwen selbst sprechen hörte, fand sie, Theos Vermutung klinge furchtbar albern, aber Lotte antwortete ernst.

»Na ja, den gab es damals ja noch gar nicht. Der hieß NKWD und das mit meinen Erfahrungen ist völlig übertrieben. Außerdem wollte ich ins Lux, kam aber gar nicht mehr bis Moskau. Ihr habt doch keine Ahnung von dieser Zeit«, sagte Lotte.

Gwen ließ sich von Lottes abweisender Reaktion nicht einschüchtern und hielt ihr die Liste unter die Nase, auf der Jakob seinen Kunstwerken eine Art Code zugewiesen hatte. Lotte nahm das Blatt, und Gwen fiel auf, dass sie die Finger nicht mehr gut bewegen konnte. Sie waren fast steif.

»Dafür brauche ich ein Vergrößerungsglas. Phil, schau doch mal in der Küchenschublade vom Esstisch.«

»Darf ich auch mal sehen? Und das ist alles verschwunden?«, fragte Phil interessiert und blickte dabei seiner Großmutter über die Schulter, die die Nähe ihres Enkels sichtlich genoss, sie aber nicht konzilianter stimmte.

»Ich fürchte, ich kann dir nicht helfen«, meinte sie reserviert und gab Gwen den Zettel mit Jakobs Notizen zurück. Beinahe trotzig setzte sie sich aufs Sofa zu Lily, die neugierig aus der Küche zurück ins Wohnzimmer gelaufen war.

»Warum sind die beiden nur so sperrig«, hauchte Gwen Laura zu, die erwiderte, morgen sei auch noch ein Tag.

Gwen beschloss, Lotte und Lily im Wohnzimmer plaudern zu lassen und die Vorbereitung des Abendessens zu übernehmen. Lotte hatte Frankfurter Würstchen mit Kartoffelsalat eingekauft, und Gwen liebte dieses Essen, vor allem, wenn die Würstchen frisch waren und nicht aus der Dose kamen wie in England. Für Laura, die kein Fleisch aß, gab es Käsebrote mit Spreewalder-Gewürzgürkchen. Phil saß währenddessen am Küchentisch und starrte hochkonzentriert auf Jakobs Zettel.

Nach dem Abendessen brühte Lotte einen Kaffee auf und meinte zufrieden: »Ist für mich immer noch wie ein Wunder, dass man selbst im kleinsten Konsum zu jeder Zeit Bohnenkaffee kaufen kann.« Lotte und Lily saßen in großer Eintracht auf dem Sofa und schoben sich genüsslich Kirschpralinen in ihre verschwiegenen Münder.

Plötzlich rief Phil aus der Küche: »Oma, gibt es hier ein Schachbrett? Mir kommt es so vor, als würden die Buchstaben und Nummern Schachzüge ergeben, und die Buchstaben sind komischerweise kleingeschrieben.« Als ihm niemand Beachtung schenkte, kam er aufgeregt ins Wohnzimmer und sprudelte los: »Habt ihr gesehen, dass unter manchen Zahlen ein winziger roter Punkt ist? Wenn man die Zahlen mit den Pünktchen aneinanderreiht, ergibt sich eine zehnstellige Nummernkombination. Ich habe sie hier mal aufgeschrieben. Außerdem vermute ich, dass die fett gedruckten Großbuchstaben für ein Kürzel stehen. Die Schachzüge sind nur eine Tarnung. Versteht ihr?«

Die Konversation erstarrte. Alle beugten sich über das nun vor ihnen liegende Blatt, wobei Gwen zum ersten Mal eine Bleistiftnotiz auffiel. Jemand hatte ganz zart »Sizilianische Verteidigung« geschrieben. Gwen war zwar keine geübte Schachspielerin, aber so viel wusste sie doch, dass dies ein Begriff aus der Welt des Schachs war. Abgesehen von den weiter aufgeführten Zügen und den mit winzigen Punkten markierten Zahlen, hatte Jakob an einer Stelle die Großbuchstaben »CH SBV« notiert.

Lotte und Gwen betrachteten Phils Entschlüsselung skeptisch, aber an Lilys Gesicht ließ sich ablesen, dass sie sofort wusste, für was die Buchstaben standen und welche Bedeutung die Zahlen hatten.

Sie war nun ganz ernst geworden und schilderte, wie sie nach dem Krieg und dem Tod ihres Vaters in die Schweiz gereist war, weil sie vermutete, dass Jakob dort ein Bankkonto unterhielt. Sie wusste aber nicht, bei welcher Bank, also klapperte sie die großen und kleineren Geldhäuser ab. Naiv, wie sie sich später eingestehen musste, hatte sie gehofft, auf Unterstützung, Hilfsbereitschaft, ja, vielleicht sogar Mitgefühl zu stoßen. Das Gegenteil aber war der Fall. Lily traf auf Angestellte, deren Lächeln gefror, wenn sie erzählte, wonach sie suchte. Entweder man wollte sie mit hohen Suchgebühren abschrecken, oder es wurden Dokumente verlangt, die sie nicht vorweisen konnte. Wie sollte man Dokumente haben, wenn einem alles geraubt worden war? So war sie in der Angelegenheit erfolglos geblieben. Aber nun hatten sie, nach Jahrzehnten der Suche, eine Nummer und den Namen der Bank, denn das Kürzel SBV stand für den Schweizer Bankverein und CH für Schweiz. Das sollte doch genügen, um endlich mehr zu erfahren, zumal jetzt, da sich die US-amerikanische Politik zunehmend für verwaiste Nummernkonten ehemaliger jüdischer Besitzer in der Schweiz interessierte, schließlich ging es um Milliardenbeträge.

»Dann wissen wir ja, wohin die nächste Reise geht«, sagte Gwen. »Wir machen einen Ausflug nach Zürich und kaufen Sprüngli-Schokolade«, scherzte sie, aber Lily war nicht nach Scherzen zumute.

»Wir werden nicht in die Schweiz fahren – wir werden Charles schreiben lassen. Ein Brief von einem amerikanischen Anwalt hat sehr viel mehr Gewicht, als wenn zwei Frauen, davon eine ziemlich betagt und die andere gänzlich ahnungslos, noch mal bei diesem Bankverein vorstellig werden. Ich habe es nicht vergessen, wie sie mich abgefertigt haben und wie ich mich fühlte, als würden wir sie bestehlen.«

Charles war ein alter Freund von Lily, der sich auf Ansprüche jüdischer Opfer spezialisiert hatte. Er war ein blitzgescheiter, freundlicher, kugeliger Mann, den man in Rechtsstreitigkeiten unbedingt auf seiner Seite wissen sollte.

»Das ist eine wunderbare Idee«, pflichtete Gwen ihrer Tante bei und schluckte die Bemerkung, sie sei gänzlich ahnungslos, hinunter.

Die Schauspielerinnen

Das Gute an Phils Auto war, dass man es in Polen nicht stehlen würde, dachte Gwen, als sie es mit den Koffern und Taschen belud, von denen vier Frauen glaubten, dass sie ohne sie nicht fahren konnten. Nein, der Wasserkocher musste mit, sonst könnte man sich ja auf dem Zimmer keinen Tee zubereiten, meinte Lily entschieden. Die Nackenrolle war für Lotte unverzichtbar, Laura konnte nicht verreisen ohne ihre Yogamatte, und Gwen hatte ihre schwere Wachsjacke eingepackt, dabei war es ein milder Sommertag und der Wetterbericht für die nächsten Tage glänzend, man würde sogar mit offenem Verdeck unterwegs sein können.

Die älteren Damen saßen hinten, Laura nahm mit der Straßenkarte neben Gwen Platz. Auf ging es in die Märkische Schweiz. Das erste Ziel sollte Buckow sein, wo sie ein Sommerhaus besichtigen wollten, das als Museum zugänglich war und direkt an einem kleinen See lag.

Die Landstraßen waren vermutlich von den Römern erbaut worden, unkte Gwen, originale Feldsteine wie auf der Via Appia in Rom. Jedenfalls wurden die Damen hinten immer wieder in die Höhe geworfen – die Abstimmung zwischen Federung und Stoßdämpfer war nicht ganz ideal –, was zu gut gelauntem Gekreische veranlasste. Die Beifahrerinnen konnten den Blick in den Himmel richten und sahen in Baumkronen majestätischer Eichen, Kastanien oder Ahornbäume, die die Alleen und Chausseen säumten. Ein Kaiseradler begleitete sie für eine kurze Weile, aufgeschreckte Kraniche stoben in die Höhe, und Lotte fiel beim Anblick der Vögel ein Liebesgedicht ein, das sie laut rezitierte. Alle waren bester Dinge.

In Buckow sahen sie sich das private Haus von Bertolt Brecht und Helene Weigel an, bewunderten die große Küche der legendären Mutter Courage und verspürten sofort Hunger. Wie gut, dass Lotte die Mettwurstbrote gestrichen hatte und sie sich am See auf eine Bank setzen konnten. Laura bekam ein Käsebrot. Lily hatte Tee in die Thermoskanne gefüllt, und Gwen offerierte zum Nachtisch Schokolade.

Während Laura und Gwen ein wenig am See entlanggingen, blieben Lotte und Lily auf der Bank sitzen.

»Hast du eigentlich noch einmal von Hannes gehört? Ich habe nicht mehr an ihn gedacht, bis Gwen erzählte, dass sie das Haus in der Mommsenstraße nicht finden konnte«, begann Lily das Gespräch.

»Ich habe ihn zuletzt bei Käthes Beerdigung gesehen, da durfte ich als Rentnerin ja schon ausreisen. Er ist jetzt sicher auch schon Mitte siebzig«, meinte Lotte, »ein netter Junge, hatte immer Appetit, weißt du noch, und man konnte sich auf ihn verlassen, war mit guten Nerven gesegnet, und die brauchte er auch bei seiner Mutter.«

»Gwen weiß übrigens nichts von der Geschichte mit Ludwig. Wir haben ja alle geschworen, kein Sterbenswort zu sagen. Sie ist aber jetzt allem auf der Spur, und es hat mir einen Stich gegeben, als sie sagte, etwas würde sie zu Käthes Haus hinziehen. Was mache ich, wenn sie mich fragt? Sie wird es mir nicht verzeihen, wenn sie erfährt, was wir alles wussten.« Und nach einer kleinen Pause fügte sie hinzu: »Einschließlich ihrer Mutter.«

»Lass uns ein paar Schritte gehen«, schlug Lotte vor.

In diesem Moment bogen Laura und Gwen ums Eck. Sie waren ganz beseelt von der Schönheit der Landschaft. »Habt ihr die Reiher gesehen und den Eisvogel?«, wollte Gwen wissen, bemerkte aber sogleich, dass die beiden Damen einen nachdenklichen Eindruck machten.

»Sollen wir Kaffee trinken dort?«, schlug Laura in ihrem englischen Akzent vor. Aber Gwen drängte zur Weiterfahrt. Da Lotte während der Fahrt ein bisschen unwohl geworden war, bot Laura an, die Plätze zu tauschen.

»Das war ein schöner Ausflug. Du hast doch so gerne Theater gespielt«, begann Gwen das Gespräch.

»Ja, bevor die Nazis kamen, haben wir alles gespielt von Ibsen und Shaw, Hauptmann und Wedekind bis Büchner und Schiller, nur an kleinen Bühnen natürlich. Wir waren ja alle Laien und so jung. Herrlich war das.«

Lotte geriet in Fahrt, das Theater war ihre Leidenschaft geblieben. Gwen war darauf gefasst, dass sie jeden Moment eine Rolle deklamieren würde. Sie hatte noch immer diese kraftvolle Bühnenstimme.

»Wir haben damals natürlich auch versucht, Karten zu ergattern für die großen Häuser am Schiffbauerdamm, die Volksbühne, das Deutsche Theater, sooft es nur ging. Berlin war doch reich an Bühnen und großartigen Schauspielerinnen und Schauspielern. Am nächsten Tag haben wir dann die Kritiken von Alfred Kerr gelesen, der war gefürchtet. Den Brecht konnte er nicht leiden. Wenn der nicht emigriert wäre, wäre aus dem wahrscheinlich nichts mehr geworden«, lachte Lotte leise über ihren gelungenen Scherz.

»Weißt du noch, die Bergner in der Rolle der Fräulein Julie?«, rief sie plötzlich und drehte sich dabei nach hinten um, aber Lily war eingeschlafen. »Die Bergner war das Beste, was man damals erleben konnte.«

»Und hast du später nach dem Krieg wieder gespielt?«

»Ja, wir haben uns schnell zu einem kleinen Ensemble zusammengefunden. Einige sind aber Ende der Fünfziger in den Westen, das war traurig, und andere wurden Inoffizielle Mitarbeiter, das war noch trauriger.«

»Du hast deine Akte einsehen können, hat Lily am Telefon erwähnt.«

»Ja, stell dir vor, das kann man seit ein paar Monaten. Oh, da sind wir ja schon in Chorin. Sprechen wir später weiter, ja?«

Sie erblickten die wohl berühmteste Ruine eines märkischen Backsteinklosters, und Lotte erinnerte sich an die Musiksommer, die es hier seit den Sechzigerjahren gab, und daran, dass weder die Nazis noch die DDR-Bonzen das jährlich stattfindende Chorinfest verhindern konnten. »Die Menschen sind in Scharen hierher gepilgert. Zu den Konzerten und zu den Kirchentagen. Diese Ruine hat ihnen Kraft gegeben. Aber alles wurde beobachtet, mit wem du gesprochen, was du gesagt hast, und wehe, du warst zu kritisch und hast gemeckert, dass es noch immer an allem fehlte.«

»Verpestet ist ein ganzes Land, wo schleicht herum der Denunziant, hat der Theo immer zitiert«, tönte Lily von hinten, die wieder aufgewacht war und sich sichtlich freute, dass ihr der Reim eingefallen war.

»Ich schlage vor, wir machen eine halbe Stunde Pause«, sagte Gwen.

»Lotte und ich bleiben ein bisschen hier im Schatten sitzen, aber ihr könnt euch ja umsehen.« Laura war längst unterwegs und fotografierte, während Gwen das Gefühl beschlich, ihre Tante wollte sie so schnell wie möglich loswerden. Als sie sich umdrehte, sah sie die beiden Frauen tief in ein Gespräch versunken, Lotte schlug sich die Hand vor den Mund, und Lily zuckte die Achseln, so wie man es bei einem Eingeständnis zu tun pflegt, das einem selbst unangenehm ist.

»Gwen weiß also gar nichts, sie hat nie auch nur eine Anspielung mitbekommen?«

»Nein, nichts. Theo hat mich angerufen und mir erzählt, dass Gwen alles Mögliche vermutet, er aber nichts gesagt habe. Stell dir das mal vor. Sie tut mir ja selten leid, aber die ganze Geschichte war so furchtbar, dass ich hoffe, Ilsa hat sie vergessen.«

»Aber sie ist doch nicht dement, oder?«

»Nein, sie ist völlig klar in ihrem Heim in Chile, und da soll sie auch bleiben.«

»Dann hat sie nichts davon vergessen. Sie war immerhin die Mutter, Lily, da vergisst man nicht, was mit dem eigenen Kind geschehen ist.«

»Und was rätst du mir nun? Soll ich ihr jetzt die ganze Geschichte erzählen? Da sind wir ja bis Pommern nicht fertig!«

»Ich schlage vor, du sprichst mit ihr, wenn wir in Koszalin sind. Da lässt sich besser über die Vergangenheit reden als jetzt auf der Fahrt mit den vielen Unterbrechungen«, riet Lotte ihrer Freundin.

Lily blickte zu Boden und fuhr entrüstet fort: »Und ich habe mit meinem Reisevorschlag auch noch alles ausgelöst. Gwen hat sich bis zu meinem Anruf überhaupt nicht für die Familie interessiert. Ich konnte ja nicht ahnen, dass sie wie Miss Marple nach Indizien sucht und keinen Stein auf dem anderen lässt. Am liebsten würde sie in die Unterwelt steigen, um auch noch ihre Ahnen zum Sprechen zu bringen.« Hier musste Lily selbst schmunzeln.

»Na ja, es sind ja doch einige noch am Leben, die etwas wissen.«

»Wen meinst du?«

»Abgesehen von uns: Ilsa und Theo, der Hannes lebt noch, und wer weiß, sicher gibt es in Bayern noch jemanden.«

»O je, da will sie auch hin. Sie hat doch das Haus am See geerbt, und die alte Mieterin ist gestorben, und nun möchte sie demnächst mit Robert dort nach dem Rechten sehen.«

»Siehst du, es kommt alles ans Licht. Früher oder später. Man hätte ihr spätestens nach Margas Tod von der Tragödie erzählen sollen.«

Lily sah aus wie ein Schulmädchen, das man beim Abschreiben ertappt und anschließend getadelt hat, das sich aber nicht wegen des Vergehens schämt, sondern darüber sauer ist, dass sie sich hat erwischen lassen.

»Über was die beiden sich wohl so angeregt austauschen?«, wollte Gwen zu gerne wissen.

»Die haben es faustdick hinter den Ohren«, lachte Laura, »aber wir werden sie schon noch zum Reden bringen.«

»Jedenfalls sind sie großartige Schauspielerinnen, und zwar in jedem Fach: Tragödie und Lustspiel«, entgegnete Gwen.

Die losgelassene Hand

Sie hatten sich immer wieder verfahren, aber am Ende doch die kleine Stettiner Pension gefunden, die in einer ruhigen Straße fußläufig zur Altstadt lag. Nicht preisverdächtig, aber sauber, wie Lotte treffend bemerkte. Sie stellten ihre Taschen aufs Zimmer, um dann gemeinsam in der Nähe ein Restaurant zu suchen. Alle waren müde und hungrig, und so wurde während des Essens nicht viel gesprochen. Lily machte einen besonders ruhebedürftigen Eindruck. Sie gingen zeitig zu Bett und verabredeten sich zum Frühstück am nächsten Tag.

Gwen hatte unruhig geschlafen, und ein merkwürdiger Traum wirkte noch nach, als sie längst aufgewacht war. Sie hatte von einer Frau und zwei Kindern unterschiedlichen Alters geträumt, die sich an der Hand hielten und vor dem Eingang des Hauses in der Mommsenstraße standen. Das kleinere Kind war sie, und sie sollte auf einen älteren Jungen aufpassen, aber sie ließ seine Hand los, und der Junge wurde von einem starken Wind mitgerissen. Sie lief ihm hinterher und versuchte seine Hand zu fassen, aber er verschwand im Nichts. Sie spürte, dass das schlimm war und der Junge nicht wiederkommen würde. Sie wachte verstört auf. Wer war dieser Junge, und warum war er verschwunden?

Gwen schenkte Träumen seit jeher große Beachtung, denn sie hatte häufig erlebt, wie ihr Unterbewusstsein sie mit Vorgängen konfrontierte, die bei genauem Hinsehen der Schlüssel zu einer unbequemen Erkenntnis sein konnten. Hatte Hermann Hesse nicht gesagt: »Niemand träumt, was ihn nichts angeht«? Und so fragte sie sich, warum das Bild von dem verschwundenen Jungen in dieser Intensität in ihr entstanden war.

Laura war bereits aufgestanden und putzte sich die Zähne. Gwen erzählte noch leicht benommen von der nächtlichen Szene in dem Haus in der Mommsenstraße.

»Ich glaube nicht, dass du es warst in dem Traum«, sagte Laura. »Also, natürlich warst du es, aber du hast an der Stelle einer anderen Person gestanden, so meine ich. Hat deine Mutter einmal von einem älteren Jungen erzählt?«

»Nein, nur von dem kleinen Anton, der im Rahmen der Kinderlandverschickung nach Tölz ins Gästehaus kam.«

»Wir sollten versuchen, mehr von Lotte zu erfahren, sie war ja eng mit Käthe«, bemerkte Laura und schlüpfte in ihr bretonisches Baumwollshirt mit den blauen Streifen.

»Ilsa hat in ihrem Brief an Marga, du weißt schon, der Brief, in dem sie auch zugibt, dass Theo Margas Vater ist, eine Andeutung gemacht, die man als Hinweis auf eine große Belastung verstehen kann, und auch mir gegenüber sprach sie von einer ›zentnerschweren‹ Erinnerung, und Theo machte eine ähnliche Bemerkung. Also, alles spricht dafür, dass etwas Schlimmes passiert ist. Vielleicht ist sogar jemand verschwunden. Jemand, über den nie wieder gesprochen wurde«, sinnierte Gwen.

Sie hatte eigentlich eine Runde laufen wollen, aber nun war es vor dem Frühstück zu spät geworden. Sie duschte, und während das heiße Wasser über ihren Körper lief, musste sie unerwartet weinen. Noch immer spürte sie, wie sich die Hand des Jungen aus ihrer Hand gelöst hatte und wie er verschwunden war. Lotte und Lily saßen schon unten. Lily war gerade dabei, getrocknete Pflaumen aus einer verklebten Plastiktüte zu fingern, sie hatte oft auf Reisen Probleme mit der Verdauung, während Lotte die polnische Streichwurst probierte. Eine freundliche Frau erschien und fragte, ob Laura und Gwen ein gekochtes Ei wollten. Lily übersetzte fröhlich und schien bester Laune zu sein. Von Erschöpfung keine Spur, sie war ausgesprochen fidel und hatte bereits konkrete Pläne, was sie sich anschauen wollte. Sie war als Kind oft in Stettin gewesen, aber seit ihrer Flucht nicht mehr. Die Bombardierungen während der letzten Kriegsjahre hatten in der Stadt und am Hafen immense Schäden angerichtet. Vieles würde es also nicht mehr geben, aber einiges war erhalten oder wieder aufgebaut worden.

»Papa ist oft in das Stadtmuseum gegangen, es hing dort ein van Gogh. Ich würde gerne mit euch ins Museum.«

Damit waren alle einverstanden. Laura wollte zu Fuß gehen oder die Straßenbahn nehmen, um möglichst viel von Stettin zu sehen. Lotte fand das eine reizvolle Idee, und da Gwen und Lily sich einig darin waren, lieber mit dem Auto zu fahren und oben auf der Hakenterrasse ein Café zu suchen, trennten sich die Freundinnen und bildeten zwei Paare. Lily freute sich sichtlich auf die Fahrt mit ihrer Nichte, und Gwen überlegte, wie sie mit ihrer Tante ins Gespräch kommen konnte.

Aber bevor Gwen einen Einfall hatte, holte Lily einen Stapel alter Umschläge aus ihrer Handtasche und sagte: »Ich habe die Briefe mitgenommen, die Papa mir geschrieben hat, weil ich sie dir zu lesen geben wollte. Sie haben auf wundersame Weise den Krieg überstanden. Ella hat damals eine Schachtel mit meinen Privatsachen eingepackt, die noch im Gutshof geblieben war, und hat sie in Tölz für mich aufbewahrt. Du findest auch einige Briefe, die mir Papa später noch von Haifa nach London geschrieben hat.«

Die Existenz der Briefe war eine Überraschung, ebenso wie die Information, dass es Berichte von Jakob aus dem Exil gab. Bisher hatte Gwen wenig über Jakobs Aufenthalt in Palästina erfahren.

»Ich habe auch einen Brief gefunden, den Papa mir im Jahr 1924 aus Stettin geschickt hat. Er war damals in Begleitung von Ella.«

Gwen parkte das Auto auf dem breiten Boulevard. Sie hatten

ein Restaurant ausfindig gemacht, in dem die Professoren der Marine-Universität zu Mittag aßen. Bis Laura und Lotte kamen, würde es noch dauern, und so beschlossen sie, einen Kaffee zu trinken. Man hatte wirklich einen herrlichen Blick.

Lily zog den Brief aus einem verblichenen Umschlag, der einmal hellblau gewesen sein musste, und gab ihn Gwen. Jakob hatte das Papier des Hotels benutzt. Seine gestochen feine Handschrift mit markanten Unterlängen war gut zu lesen.

Stettin, 19. Mai 1924

Meine liebe Zippi,
Versprechen müssen gehalten werden, und so schicke ich Dir nicht nur eine Postkarte des vornehmen Hotels Preußenhof, in dem ich mit Fräulein Ella abgestiegen bin, sondern auch eine Postkarte von dem Dampfboot, mit dem wir gestern einen Ausflug in das beschauliche Gotzlow gemacht haben. Ich habe wieder einmal ganz dem Baedeker vertraut und bin nicht enttäuscht worden.
Der Besuch des Stadt-Museums ist mir, wie Du weißt, stets eine Freude, und Fräulein Ella hat ebenfalls die Bilder bewundert. Die Stettiner Kaufleute haben großzügig Geld gegeben, damit eine so gute Sammlung erworben werden konnte, und nun findet sich von Frans Hals und van Gogh bis zu Slevogt und Feuerbach sehr viel erste Qualität.
Das nächste Mal fahren wir gemeinsam, meine liebe Tochter, und dann lade ich Dich auf eine Tasse Schokolade in das Caféhaus Monopol ein, wo es ganz vorzügliche Zuckerkrapfen gibt.
Nun habe ich aber noch eine große Bitte, abgesehen davon, dass Du Deine Lateinvokabeln lernen und dem Italienischlehrer ein ruhiges Wochenende gönnen solltest: Bitte sei nett zu unserem Gast. Die Fürstin hat eine schwere Zeit hinter sich und kommt gerade ein wenig zur Ruhe. Sie ist es völlig

zu Recht gewohnt, dass man ihre Wünsche erfüllt, was Du nicht tun musst, wenn es Dir gar nicht möglich sein sollte, aber vielleicht kannst Du es ja dennoch versuchen. Sie ist übrigens eine gute Schachspielerin, und es wäre doch eine Idee, Du könntest sie für eine Partie gewinnen, und dann, wie Du es stets so gerne tust, schachmatt setzen, falls Dir das gelingt.
Übermorgen sind wir schon in Berlin und bleiben dort ein paar Tage. Dann fahren wir zu dem Kongress der Ägyptologen nach Leipzig. In einer Woche sind wir wieder retour. Bleib bis dahin schön brav.
Sei in Liebe umarmt von Deinem Papa
PS. Ella schickt dir eine feste Umarmung.

Gwen stellte sich ihren (Ur-)Großvater vor, wie er gut gelaunt in der Hotellobby an seine zehnjährige Tochter schrieb. Vermutlich hatte er sich gerade eine Zigarre angesteckt und einen Whiskey bestellt und wollte die Zeit nutzen, bis »Fräulein Ella«, für den Abend umgekleidet, erschien, um mit ihm zu dinieren. Es war ein liebevoller Brief, aber doch nicht weiter interessant, wäre da nicht der Hinweis auf Ilsas »schwere Zeit« gewesen.

»Hast du Ilsa denn ordentlich gequält als junges Mädchen?« Diese Frage würde Lily, die ein eigensinniges Mädchen gewesen war, sicher gefallen.

»Nun ja, schon, hin und wieder«, gab Lily fast ein wenig geschmeichelt zu, um sich dann an eine besondere Begebenheit zu erinnern. »Wir sind einmal mit ihr zum Schwimmen gefahren und haben vorher absichtlich ihren Badeanzug wieder ausgepackt. Henry und ich haben dann vom Wasser aus gewartet und beobachtet, wie sie überall suchte, und uns gebogen vor Lachen. Wir wollten ihr den Spaß verderben. Aber, was soll ich dir sagen, sie hat sich bis auf die Unterwäsche ausgezogen und ist ins Wasser. Es war ihr völlig egal, was die anderen dachten.« Lily lächelte verschmitzt und schien sich gerade lebhaft an die Szene zu erinnern. »Sie war sehr anstrengend and so demanding. Das kannst du dir ja vorstellen. Sie war eine verzogene höhere Tochter, die uns das Gefühl gab, eine großartigere Gesellschaft als die ihre könne es für uns gar nicht geben.«

»Und warum war sie so erschöpft?«

»Ich glaube, das war die Zeit, nachdem ihr erster Mann gerade gestorben war. Er war ja schon recht betagt«, meinte Lily ausweichend.

»Dein Vater nannte dich Zippi. Wie kam das denn?«

»Ach, das weißt du gar nicht. Ich hatte einen kleinen Hund, den ich Zippeli rief, und so nannte mich Papa manchmal Zippi oder Zippeli. Ich mochte es, wenn er das tat, denn dann war er meist sehr entspannt.«

»Erzähl mir doch noch ein bisschen über diesen ersten Mann. Das war ja eine arrangierte Ehe. Sie sollte die Dynastie sichern, und dafür wurde sie finanziell bestens gestellt, nicht wahr?«

Ein junger Mann brachte den Kaffee und einen süßen Krapfen, und Lily versank sofort in Kindheitserinnerungen.

»Oh, die habe ich als Kind geliebt und dann immer die verklebten Zuckerfinger einzeln abgeschleckt. Lovely.« Es war erstaunlich, wie viel Appetit Lily entwickeln konnte, obgleich sie doch so mager war.

»Bei uns gab es eine Landwirtschaft und kein Schlossleben«, nahm Lily von selbst den Faden wieder auf. »Papa pflegte den Kontakt zum Landadel, aber das waren auch alles bodenständige Menschen, die Puttkamers, Bismarcks und Thaddens, und die Frauen haben eher beim Schlachten mitgeholfen, als sich für die Opernsaison in Paris zu interessieren. Ilsa aber war schnell gelangweilt, sie hielt sich selbst nicht aus. Sie hatte ja das Auto, aber auch Danzig und Stettin waren ihr bald zu öde. In ihrem österreichischen Tonfall nannte sie es ›fad‹, und das ›fad‹ sprach sie aus, als hätte es viele aaas und hhhhs.« Gwen lachte über Lilys komödiantisches Talent und wie lautmalerisch sie dieses kurze

Wort in Szene gesetzt hatte. Sie steckte Lily mit ihrem Lachen an.

Nach einer kleinen Weile fragte Gwen weiter. »Ella wird nicht begeistert gewesen sein, als Ilsa plötzlich auf dem Hof auftauchte. Sie waren doch auch Konkurrentinnen, oder wie siehst du das?«

»Da hast du recht. Ich glaube, wenn Ilsa nicht Zuflucht bei Papa und Ella gesucht hätte, dann hätte Papa am Ende Ella geheiratet. Ich habe das damals jedenfalls inständig gehofft. Das habe ich dir doch schon erzählt. Sollen wir uns noch so einen Krapfen teilen?« Lilys Augen leuchteten.

»Und glaubst du, dass sich die beiden auf Reisen nähergekommen sind?«

»Nun, ich war nicht dabei. Ella war ja sehr verliebt in Papa, und Papa wirkte immer gelöst in ihrer Gegenwart, aber bei ihm war es wohl eher freundschaftlich.«

Lily hatte sich ihren naturfarbenen Lippenstift nachgezogen, dann öffnete sie ihre Handtasche und schob die Briefe über den Tisch. »Gwenny, die geben dir auch keine Antworten. Ich weiß, dass du viel wissen willst, aber hast du schon mal einen Wasserkocher entkalkt, der noch nie entkalkt wurde?« Gwen war gespannt, was das jetzt mit den Briefen und ihren Fragen zu tun haben konnte. »Was ich damit sagen will, da musst du auch warten, bis sich die Kalkschichten lösen. Auf einmal geht das nicht. So ist das auch bei mir und Theo – und Ilsa sowieso. Wir sind nicht verkalkt, aber alt, und manche unserer Erinnerungen sind, wie soll ich es sagen …«, sie überlegte einen Moment, »sie sind wie verkrustet. Wir wollen nicht daran rühren. Das würde einfach zu sehr schmerzen, verstehst du?« Lily legte ihre magere Hand auf Gwens, drückte sie fest und sagte dann: »Aber ich verspreche dir, ich werde dir alles erzählen.« Sie machte abermals eine kleine Pause und fügte dann hinzu: »Nur nicht jetzt.«

Die älteren Damen wünschten nach der Besichtigungstour, ins Hotel gebracht zu werden, damit sie sich ausruhen konnten.

Laura hatte Gwen etwas Wichtiges zu erzählen. Sie fanden ein kleines Studentencafé, und die Freundin sprudelte los: »Ich bin doch heute Morgen mit Lotte unterwegs gewesen – mein Deutsch ist nicht so gut, also hoffentlich habe ich alles richtig verstanden. Ich habe Lotte gefragt, ob sie Ilsa kannte, und sie hat dies bejaht und erzählt, Ilsa sei regelmäßig in Berlin gewesen, damit habe ich gar nicht gerechnet. Ich wollte nur unverfänglich mit Lotte ins Gespräch kommen, aber dann wollte ich natürlich wissen, warum Ilsa so oft in Berlin war.« Laura presste die Scheibe Zitrone langsam aus, legte sie auf ein Tellerchen und rührte dann den Tee mit dem Löffel um. Sie musste sich einen Moment sammeln, um die komplizierten Zusammenhänge zu rekapitulieren. »Aber nun kommt das Interessanteste: Ich habe gefragt, ob sie Ilsa denn dann in Berlin auch öfter gesehen habe, und sie sagte doch tatsächlich: ›Ja klar, ich habe doch eine Zeit lang bei Käthe gewohnt.‹«

»Was hat denn Käthe plötzlich mit Ilsa zu tun?«

»Genau das ist die Frage. Denn danach reagierte sie ziemlich schroff und meinte nur: ›Berlin war doch die Stadt, wo sich alle dauernd trafen. Da war nichts weiter dabei. Sonst musst du Lily fragen.‹«

»Sie ist ja sehr diplomatisch in ihren Antworten. Hm. Dann wissen wir also, dass Ilsa oft in Berlin war, dort Lotte über Lily kennengelernt hat ebenso wie Käthe, in deren Wohnung sie mehrfach war. Merkwürdig. Sie konnte Käthes Bekanntschaft doch nur über Ella gemacht haben, aber Käthe entsprach ja gar nicht ihrer Vorstellung von Umgang. Das ist wirklich seltsam, denn Lotte und Lily wohnten erst zehn Jahre später bei Käthe. Das würde bedeuten, dass Ilsa Käthe über einen langen Zeitraum und möglicherweise schon Mitte der Zwanzigerjahre getroffen hat.«

»Stell dir vor, Lily hat mir heute Morgen einen Brief von Jakob gezeigt, und zwar aus dem Jahr 1924, da war Ilsa gerade auf dem Gutshof angekommen. Er erwähnt, dass es ihr nicht besonders gut ging, es muss also kurz zuvor etwas passiert sein, das sie derart erschöpft hat und verzweifeln ließ, dass sie Zuflucht bei Ella suchte.« Gwen zupfte aufgeregt am Ärmel ihres Pullovers fuhr dann aber konzentriert mit ihrer Analyse fort: »Lily hat auch erzählt, Ilsa sei nicht, wie ursprünglich geplant, ein paar Wochen, sondern viel länger geblieben, und dadurch haben sich Jakob und sie wieder angenähert, vermute ich. Alles sehr verworren. In jedem Fall frage ich mich, wo ihr kleines Kind die ganze Zeit über war, so sie eines hatte. Vielleicht gibt es doch keinen verschwundenen Sohn.«

»Es war bestimmt reichlich Personal da, aber dennoch würde man ein Kleinkind nicht derart lange allein lassen. Wir müssen noch einige Steinchen finden, damit sich ein Bild ergibt. Aber dein Traum deutet darauf hin, dass es im Umfeld von Käthe etwas gibt, worüber niemand reden will.«

»Ja, es ist mir ein Rätsel, warum meine Großmutter zu Käthe Kontakt hatte, so regelmäßig und so lange.«

Gwen suchte die Zloty in ihrem Geldbeutel, um zu bezahlen. Sie überlegte kurz, wie viel Trinkgeld sie geben sollte, und entschied sich dann, großzügig zu sein. Die jungen Frauen konnten sicher jeden Penny gebrauchen.

»Übrigens hat mir Lily heute Morgen, nachdem sie zwei riesige Zuckerkrapfen verdrückt hatte, versprochen, alles zu erzählen.«

»Ach wirklich, das ist ja großartig.«

»Könnte man meinen, aber sie hat leider noch hinzugefügt: ›Nur nicht jetzt.‹ Was auch immer das heißen soll, und sie hat ihre Erinnerungen mit einem verkalkten Wasserkocher verglichen.«

»Das klingt wiederum wenig verheißungsvoll«, stellte Laura nüchtern fest.

Die Freundinnen liefen zurück zu der Pension und fanden Lily und Lotte bester Laune im Frühstücksraum. Lily rief vergnügt, sie kämen genau richtig, denn Pawel würde in ein paar Minuten das Essen servieren. Wie auf Kommando erschien ein kräftiger Mann, um die fünfzig Jahre alt, der eine Schüssel mit Kartoffelsuppe brachte. Es stellte sich heraus, dass Lily am Nachmittag mit ihm ins Gespräch gekommen war und erfahren hatte, dass er ursprünglich aus der Nähe von Slupsk, dem früheren Stolp, also auch aus Pommern kam, in Danzig Koch gelernt hatte und sich nun mit seiner Frau einen Lebenstraum erfüllte, indem sie gemeinsam ein altes Haus renoviert und zu einer Pension umgebaut hatten. Lily hatte ihn gefragt, ob er nicht ein traditionell pommersches Abendessen zubereiten könne, sie würde auch mit englischen Pfund bezahlen. Das war typisch Lily, das Großbürgerliche in ihr brach doch immer wieder durch.

Pawel ließ sich das nicht zweimal sagen und verschwand mit seiner Frau, um, wie sich später herausstellte, den Wochenmarkt leer zu kaufen. Am frühen Abend war das Menü fertig. Marinierte Heringe, Schmorgurken, diverse Brotaufstriche und Gemüsebeilagen, Huhn mit Rosinen, Zander im Speckmantel und zum Nachtisch Birnen in weißer Soße wurden unter Entzückungsjubel der kleinen Damenreisegruppe aufgetragen.

Das Abendessen war ein voller Erfolg, und auch die älteren Damen schlüpften später nicht mehr ganz nüchtern in ihre Schlafanzüge. Es war doch jedes Mal wieder erstaunlich, welch zentrale Bedeutung für Lily das Essen hatte. Vermutlich steckte hinter Lilys Lust, ausgiebig zu tafeln, aber auch die Absicht, nicht über unangenehme Dinge sprechen zu müssen.

Lily erschien nicht zum Frühstück. Sie habe einen Migräneanfall, und an Aufstehen sei nicht zu denken, erklärte Lotte. Das warf die Planung zwar durcheinander, aber bis Kolberg waren es weniger als zwei Stunden, sodass eine Abreise am Nachmittag noch immer möglich sei, resümierte Gwen die Lage.

Lotte bot an, sich um Lily zu kümmern, damit die beiden Freundinnen etwas allein unternehmen konnten, aber Gwen verspürte keine große Lust, erneut die Stadt zu erkunden, zumal es angefangen hatte zu nieseln. Laura hingegen wollte sich das historische Viertel genauer ansehen. Sie hauchte Gwen im Vorübergehen zu: »Vielleicht erzählt dir Lotte mehr als mir. Viel Glück.«

Gwen hatte vorgehabt, sich gemütlich auf ihr Bett zu legen und Jakobs Briefe zu lesen, aber das Zimmer war bereits an neue Gäste vermietet und sollte gereinigt werden. Es blieb ihr also nichts anderes übrig, als sich auf einen der harten Stühle im Frühstücksraum zu setzen. Da Lily verdunkelt liegen musste, begab sich auch Lotte nach unten, und so saßen die beiden Frauen an dem Tisch, an dem gestern noch das fröhliche Gelage stattgefunden hatte. Lotte hatte ihren Krimi mitgebracht, schien aber nicht abgeneigt, sich zu unterhalten.

»Was hältst du davon, wenn ich frage, ob sie uns noch einen Kaffee machen?«, schlug Gwen vor.

»Das wäre fabelhaft, mit einem Schuss Milch bitte.«

Lotte benutzte wie Theo das Wort »fabelhaft«, und Gwen spürte, wie sie ein warmes Gefühl durchströmte, als sie an Theo dachte. Sie musste ihn unbedingt von unterwegs anrufen.

Pawel hatte unterdes erfahren, dass Lily mit starken Kopfschmerzen auf ihrem Zimmer lag. Ihn schien die Sorge zu quälen, ihre Unpässlichkeit stünde in Zusammenhang mit den gestrigen Ausschweifungen. »Dabei hat Frau Lily nicht getrunken so viele Schnapschen.« Gewiss war er ein Kaschube, mutmaßte Gwen sofort und musste an Jola denken.

Sie überlegte, wie sie Lotte in ein Gespräch verwickeln konnte, ohne dass diese auf die Idee kam, ausgefragt zu werden. Aber sie war in derartigen Manövern nicht sehr fantasievoll, und so fragte sie geradeheraus: »Kanntest du eigentlich Ella?«

»Ja, ich habe sie ein paarmal gesehen, sie war ja eng befreundet mit Käthe und so eine Art Patentante von Hannes.«

»Was ist denn aus dem Hannes geworden?«

»Der Hannes hat den Krieg überlebt, geheiratet und zwei Töchter bekommen, die sind ein bisschen älter als du.«

»Wann hast du Käthe denn zuletzt gesehen?«

»Nach dem Bau der Mauer nicht mehr.«

»Käthe ging es doch wirtschaftlich so schlecht, das habe ich in Ellas Heften gelesen. Wie hat sie denn die Kriegsjahre überstanden?«

»Sie wurde von Ilsa unterstützt.«

»Wieso das denn?«, wollte Gwen wissen, bemüht darum, sich ihre Erregung nicht anmerken zu lassen, aber Lotte war sogleich bewusst geworden, dass sie das besser nicht gesagt hätte.

»Ich weiß nicht, wahrscheinlich, weil Ilsa so reich war und Ella sie vermutlich darum gebeten hatte.«

»Sag mal, Lotte, kann es sein, dass es hier etwas gibt, über das niemand reden will? Ihr redet ständig um den heißen Pudding herum. Das nervt.«

Lotte schnaufte, holte tief Luft und legte los: »Es heißt Brei, nicht Pudding. Und kannst du dir vorstellen, was wir in dieser ersten Hälfte des Jahrhunderts alles erlebt haben? Du lebst jetzt schon fast fünfunddreißig Jahre im Frieden, aber wir haben zwei Kriege, Geldentwertung, Wirtschaftskrisen, Flucht und Verrat in einer Fülle erlebt, die ihr euch gar nicht vorstellen könnt. Unsere Freunde sind verschwunden in Lagern. Und als der Krieg vorbei war, waren wir so alt wie du jetzt. Da kann man nicht mehr an sein altes Leben anknüpfen. Verstehst du?«

Lotte redete mit einer Empörung, als hätte Gwen gerade das Schicksal einer ganzen Generation in Zweifel gezogen.

»Lotte, bitte beruhige dich. Ich möchte nur wissen, was los ist in meiner Familie. Irgendetwas Schreckliches ist passiert, es gibt eine Schuld, die nicht nur Lily, Ilsa und Theo verbindet, sondern auch meine Mutter ihr Leben lang fest im Griff hatte. Und das alles wiederum hat auch mein Leben beeinflusst. Es wäre schön gewesen, wenn ich meine Mutter besser verstanden hätte. Vielleicht wäre sie dann nämlich nicht ins Gebirge gegangen bei einem angekündigten Wetterumschwung«, konterte Gwen, bemüht, halbwegs ruhig zu bleiben.

Pawel brachte Kaffee und Zuckerkrapfen. Sein plötzliches Erscheinen war eine wohltuende Unterbrechung. Er berichtete, dass leider nur noch das eine Zimmer frei wäre, in dem Lily gerade lag. Gwen und Laura konnten also keine weitere Nacht bleiben. Falls Frau Lily heute nicht mehr abreisen könne, würde er sie und Frau Lotte mit dem Auto an einem der nächsten Tage nach Koszalin bringen können.

»Das ist ein wunderbarer Vorschlag«, antwortete Lotte blitzschnell. »Dann könnt ihr in Ruhe vorausfahren, und Lily und ich kommen nach.«

»Aber ich wollte doch mit Lily nach Kolberg.«

»Dann fährst du jetzt allein mit Laura, und wir fahren auf dem Rückweg noch mal alle zusammen«, meinte Lotte entschieden. Sie hatte sich beruhigt und schnitt genüsslich den Krapfen in kleine Scheiben. Für diese Generation war Nahrung doch die beste Therapie, dachte Gwen.

»Lotte, ich wollte dich nicht ärgern oder infrage stellen, was ihr erlebt habt. Und gerade Lilys Wohlergehen liegt mir sehr am Herzen. Aber weißt du, ich habe erst kürzlich erfahren, dass mein Onkel Theo in Wahrheit mein Großvater ist und ich somit verwandt bin mit der Kolberger Familie, deren Schicksal du kennst. Aber das ist ja längst nicht alles: Meine Mutter hat sich allem Anschein nach umgebracht, und meine Großmutter erzählte mir noch letzte Woche, eine zentnerschwere Bürde laste auf ihr. Theo wiederum schweigt dazu wie ein Grab, dabei weiß er vermutlich alles. Da mache ich mir natürlich meine Gedanken.«

Gwen hatte das Gefühl, wenn sie jetzt weitersprach, würde sie anfangen zu weinen. Aber ihre unbeabsichtigte sentimentale Volte zeigte Wirkung.

»Gwen, das weiß ich doch alles, ich will nur Lily schonen«, erwiderte Lotte sanft. »Deine Tante muss dir das, was sie weiß, selbst erzählen, und sie ist noch nicht so weit. Gib ihr Zeit, dann kann sie, wenn ihr in der alten Heimat seid, loslassen. Schließlich wollte sie ja mit dir hierher.«

Gwen sah ein, dass Lilys Migräneattacke womöglich eine glückliche Fügung sei. Sie würde allein sein, wenn sie sich im Gutshof der Atmosphäre verlassener Räume ungestört aussetzte, und nichts würde überlagert werden von Lilys Erinnerungen. Sie würde allein den Fußboden betreten, auf dem ihre Onkel und Tanten gespielt hatten; sie würde aus den Fenstern sehen und sich vorstellen, welche Gedanken Jakob, Ruth, Ella oder Ilsa begleitet haben mochten, als sie aus dem gleichen Fenster sahen. Sie würde in sich hineinfühlen und dabei spüren können, ob es noch eine Kraft gab, die die Bewohner einst dem Haus übertragen hatten und die noch immer ungebrochen wirksam war.

Ellas Brief

Gwen und Laura beschlossen, direkt nach Koszalin zu fahren, auch um nicht zu spät in der privaten Unterkunft einzutreffen. Gwen saß auf dem Beifahrersitz und rekapitulierte unermüdlich, was sie bisher herausgefunden hatten. Sie war nicht mehr zu bremsen, vermutlich auch, weil sich eine zusätzliche Nervosität breitgemacht hatte, je näher sie ihrem Ziel kamen. Sie hoffte, dass der schon so lange verlassene Gutshof keine zu große Enttäuschung sein möge.

Sie mussten einige Male fragen, um das Dorf zu finden, das früher Rötzenhagen und nun Boleszewo hieß. Doch schließlich hatten sie die kleine Pension entdeckt. Auf ihr Klopfen hin kam eine Frau die Treppe herunter und rief aufgeregt etwas auf Polnisch. Sie öffnete die Tür und zog sich dabei die Schürze aus. Vor ihnen stand eine rundliche Person und hieß sie in einem starken Akzent warmherzig willkommen. In der Zwischenzeit war eine jüngere Frau im Türrahmen erschienen, die ebenfalls bester

Laune war. Gwen und Laura blieben einen Moment verdutzt stehen, so viel Frohsinn hatten sie nicht erwartet, und bevor sie ein Wort sagen konnten, stürzten sich die Frauen auf sie, um mit dem Gepäck zu helfen.

Mutter Emilia und Tochter Zofia hatten zwei Zimmer für Gäste eingerichtet und ein Bad angebaut. Sie waren beide zu alt, um die Welt zu erkunden, fanden sie, also mussten sie die Welt davon überzeugen, nach Boleszewo zu reisen, und nun schienen ihre Wünsche auch schon in Erfüllung zu gehen, denn es waren soeben zwei Engländerinnen angekommen. Wenn das kein gutes Omen war.

Es war ein langer Tag gewesen, und die Freundinnen waren froh, als sie auf ihrem Zimmer ihre Sachen auspacken konnten und nicht mehr reden mussten. Gwen dachte darüber nach, wie es wohl Ella ergangen war, als sie hier in diesem so ganz anderen Landstrich ankam. Wie war sie mit der Mentalität, dem Klima, der Sprache, den fremden Bräuchen zurechtgekommen? Laura sortierte ihre Filmrollen, und Gwen wollte endlich den Brief lesen, den Ella nach der Ankunft auf dem Gutshof geschrieben hatte. Sie suchte den Umschlag und faltete die Seiten vorsichtig auseinander. Ella hatte dünnes Papier benutzt, eine Art Durchschlagpapier, damit der Brief nicht zu schwer und die postalische Zustellung nicht zu viel kosten würde.

Köslin, im Juli 1919

Liebe Josefa, liebe Jola,
nun bin ich schon einige Wochen hier, und außer der Postkarte, dass ich gut angekommen bin, habt Ihr noch kein Lebenszeichen von mir bekommen. Ich weiß gar nicht, wo ich beginnen soll, denn es sind so viele Eindrücke, die mich überwältigt haben.
Ich fange mit den Kindern an. Die Kleinste ist Lily, sie ist sechs Jahre alt und ein Wildfang, aber dann auch wieder

anschmiegsam und anhänglich. Ich muss ihr jeden Abend aus ihren Nesthäkchen-Bänden vorlesen. Sie hat ganz lange, dünne Zöpfe und ist überhaupt sehr dünn, aber in ihrem Matrosenkleid sieht sie goldig aus. Von ihren Brüdern lässt sie sich nicht tretzen und auch von den anderen Kindern nicht, die auf den Hof kommen. Seit ein paar Tagen versucht sie mir das Schachspielen beizubringen und freut sich diebisch, wenn ich wieder einen Zug nicht vorausgesehen habe und verliere.

Die Brüder Heinrich und Theo sind zwei und acht Jahre älter. Beide sind Bücherwürmer, und sie lesen mir griechische Sagen vor und erklären mir dann, wer die antiken Götter sind. Sie sind sehr gute Schüler. Wahrscheinlich wissen sie schon viel mehr als ihre Lehrer. Der Theo schreibt Latein und Griechisch, und die Kinder lernen bei einem privaten Lehrer auch noch Italienisch.

Wenn der Baron nicht da ist, sitzen sie jeden Tag bei mir im Kontor, und ich muss sie manchmal verscheuchen, damit ich die Diktate, oder was sonst noch zu tun ist, in Ruhe erledigen kann. Wenn ich etwas nicht verstehe, frage ich Theo, der in allem so kundig ist. Den Kindern fehlt es an nichts, sie haben wirklich alles. Sie haben nur keine Mutter, und ich merke, wie sie sich freuen, wenn ich sie umarme, und vor allem die kleine Lily geht mir nicht von der Seite.

Der Baron ist kurz nach meiner Ankunft, er hat mich übrigens in seinem kommoden Automobil abholen lassen, nach Dresden abgereist. Er ist überhaupt viel unterwegs. Heute Dresden, morgen Danzig, übermorgen Berlin. Aber er hat mir noch persönlich das Haus gezeigt und später die Trude, das Dienstmädchen, mein Zimmer, das in einem Nebengebäude ist mit einem sehr angenehmen Blick in den Park. Ich habe es gemütlich, aber eben leider keine Jola, die neben mir unter dem Dach wohnt.

Ich will einmal versuchen, das Haus zu beschreiben, das überaus stilvoll ist. Bevor man zum Hof kommt, muss man erst eine Allee entlangfahren und dann noch eine kurze Strecke durch einen Wald, aber die Straße gehört schon zum Anwesen und auch die Felder, die man rundherum sieht. Wenn man vor dem Gutshof steht und bei der großen Eingangstüre hereinkommt, die dürfen übrigens die Dienstboten nicht benutzen, sondern nur Familie und Gäste, dann befindet man sich in einer Halle, die beinahe bis zum ersten Stock mit dunklem Holz getäfelt ist. Das sieht ein bisschen düster aus. Es gibt einen riesigen Kamin, der im Winter sicher herrlich prasselt. Auf dem Kamin steht in Plattdeutsch:
Nord un Süd = De Welt is wied
Ost un West = To Hus is best.
Das ist eine Mundart wie Bairisch, nur eben aus dem Norden.
An den Seitenwänden im Foyer gibt es schmale Fenster, die mit Blumenmustern bemalt sind, jedenfalls sieht es so aus. Von diesem Foyer gehen dann große Zimmer ab, sogenannte Salons. Es gibt viele Bögen und auch die Türrahmen sind abgerundet. Der Boden ist mit Fliesen ausgelegt, die ein Muster haben, und darauf liegt ein Teppich. Es gibt eine Bibliothek mit Leitern, denn die Regale sind hoch. In der Mitte stehen ein Globus und ein großer Tisch. In einem Regal befindet sich ausschließlich Literatur über Ägypten und den Orient. An der Wand hängen Zeichnungen von ägyptischen Pyramiden und Städten wie Kairo oder Alexandria. Heinrich und Theo haben mir alles erklärt. Wahrscheinlich würde ein langes Leben nicht reichen, um die Bücher alle zu lesen. Wenn mich ein Buch interessiert, darf ich es ausleihen. Dann gibt es natürlich ein Esszimmer mit einem riesig langen Tisch und schweren Möbeln, in dem aber nur gegessen wird, wenn Besuch kommt oder der Baron

im Haus ist. Mit den Kindern esse ich in einem kleineren Zimmer, das wohl einmal als Musikzimmer gedacht war. Hier stehen sehr feine Möbel, die sind hell und aus Nussbaum und haben einen schwarzen Rand. Die Lily wusste, dass sie der Papa hat aus Wien kommen lassen, zusammen mit einem Sofa irgendeiner besonderen Werkstätte. Am schönsten aber ist der grüne Salon. Die Kinder sollen hier nicht sitzen, aber es ist ihr Lieblingszimmer, und ich kann es ihnen nicht verdenken. Die Wände sind in einem frischen Grün gestrichen, und die Vorhänge aus einem leichten Seidenstoff passen farblich dazu. Dann gibt es noch ein Herrenzimmer, das nach Zigarrenrauch riecht und in dem sich der Baron gerne aufhält, wenn er Freunde zu Besuch hat und dann mit ihnen Karten spielt.

Eine große Treppe mit einem geschnitzten Geländer führt nach oben. Hier sind die Schlafräume sowie ein Spielzimmer und ein sogenanntes Damenzimmer – das frühere Zimmer der Baronin – und noch weitere Räume für Gäste. Überall hängen Gemälde, manche sind recht modern und bunt, und andere sind so genau gemalt, dass man meinen könnte, es seien Fotografien.

Geht man dann noch ein Stockwerk nach oben, ist man bei den Dienstmädchen und der Köchin, die in recht einfachen Kammern schlafen.

Mit den Kindern war ich auch schon auf dem Dachboden, denn sie lieben es, dort Verstecken zu spielen. Sie haben eine kleine Türe entdeckt, die hinunter ins Haus führt, und das ist jetzt ihre Geheimtüre. Sie schreiben Nachrichten auf Zettelchen, die sie zusammenfalten und verstecken, und wer sie findet, darf sich etwas wünschen. Von dort oben hat man einen Blick ins Weite, aber was soll ich Euch sagen, Berge gibt es einfach keine, egal, in welche Richtung man schaut. Dafür ist es nicht weit zum Meer, aber davon erzähle ich später.

Die Menschen auf dem Hof sind freundlich, viele sprechen platt, und ich verstehe kein Wort, und sie lachen, wenn sie mich hören, und wenn ich frage, ob sie Semmeln haben oder wo das Tragl ist. Aber dann lache ich auch, und so kommen wir zurecht. Sie haben schnell gemerkt, dass ich mich im Stall auskenne und sogar melken kann, und seither sehen sie in mir keine Stadtmamsell mehr. Hinter dem Gutshaus sind die Pferdeställe, denn der Baron reitet gerne, und die Lily hat ein Pony. Die Ställe sind mit Schilf gedeckt, das gibt es hier oben oft.

Die Köchin wird »Nückenliese« oder »Nücki« genannt, das bedeutet wohl so was wie schrullige Liese, und das ist sie auch ein wenig, aber da ich für den Baron in Stellung bin, macht sie (fast) alles, wenn ich sie um einen Gefallen bitte. Das Essen ist recht anders als bei uns. Die essen hier sogar rohen Fisch, einen Hering, der heißt Matjes, dazu gibt es Pellkartoffeln. Es gibt überhaupt sehr viel Kartoffeln hier, und alle werden satt. Das Beste ist die rote Grütze mit Vanillesoße oder Nückis Pudding. Ich schicke euch das Rezept von der Grütze, denn die können wir auch aus unseren Kirschen machen.

Ich esse mit den Kindern im Haupthaus und die Mägde und Knechte in einer Stube neben der Küche. Wenn der Baron im Haus weilt, isst er meist mit den Kindern allein, und dann setze ich mich in die Stube neben der Küche, aber nicht an den Tisch mit den Mägden oder Knechten, sondern mit den Privatlehrern der Kinder. Das wollte die Nücki so, sie meinte, man müsse von oben nach unten Ordnung halten. Lustig ist der Italienischlehrer, der Giovanni (das spricht man Tschowanni), er hat ein Temperament, das Euch gefallen würde. Wenn er erregt ist, ruft er laut »Madonna ragazzi« und reißt die Arme hoch. Wir müssen dann schallend lachen.

So, und nun mache ich eine Pause und schreibe morgen weiter. Ich muss jetzt Lily vorlesen, dann Theo Lateinvokabeln abfragen und mir unbedingt noch die Schnecken ansehen, die Heinrich bei dem gestrigen Regen eingesammelt hat.

Jetzt hat es doch ein paar Tage gedauert, bis ich weiterschreiben konnte. Wir haben warmes Sommerwetter, und die Kinder sind heute zum Teich hinunter, in dem sie auch schwimmen gehen oder mit dem Boot fahren, aber nur, wenn der Theo mit dabei ist. Wir haben bereits Ausflüge mit dem Fahrrad in die Umgebung unternommen. Ich habe hier sehr viele Vögel entdeckt, die ich noch nie gesehen habe, zum Beispiel Störche und Kiebitze. Die Blumen und Pflanzen muss ich mir noch genauer anschauen, aber hier oben wächst einiges, das ich zum ersten Mal sehe, vor allem Gräser wie das Rohr-, Bürsten- oder Hirsengras. In der Bibliothek habe ich ein sehr altes Buch gefunden über die Flora in Pommern. Wenn ich Zeit habe, lese ich darin. Einmal hat uns der Chauffeur, der nette Herr Knüvel, ans Meer gefahren. Wir haben eine Decke mitgenommen und Proviant, und Ihr könnt es Euch nicht vorstellen, das Meer ist unendlich. Es gibt keinen Horizont, es gibt nur Weite. Die Wellen waren an diesem Tag wohl nicht stark. Dennoch brausten sie an und wurden sanfter, wenn sie das Ufer erreichten. Ich hätte stundenlang zusehen können, wie das Wasser angespült und dann wieder zurückgezogen wird. An manchen Tagen sind die Wellen wohl so kräftig, dass sie einen guten Schwimmer mitreißen können, aber das habe ich noch nicht erlebt. Wir waren alle baden, obwohl es kalt war, aber nicht kälter als die Isar. Am Ufer liegt weicher, weißer Sand, aus dem die Kinder Burgen bauen, die Lily mit Muscheln verziert. Ich habe zum ersten Mal Krebse gesehen, die übrigens ihr Haus verlassen, wenn sie größer werden. Nun muss ich Schluss machen, denn gestern ist der Baron zurückgekommen, und ich muss jetzt gleich zum Diktat. Ich schreibe wieder, bitte schreibt mir auch. Es geht mir gut,

aber Ihr fehlt mir. Wie geht es der Franzi, ist das Kind schon da? Was gibt es Neues vom Korbinian, hat er schon eine Wohnung in Wien? Dann soll er mir doch die Adresse schicken, damit ich ihm schreiben kann. Grüßt mir alle, und die Berge!
Seid umarmt von Eurer Ella

Gwen legte den Brief beiseite. Das klang nicht so, als hätte Ella vorgehabt, schnell wieder zurückzukommen, und am Ende war sie ja viel länger geblieben als ursprünglich gedacht. Hierfür musste es gute Gründe gegeben haben, und die Liebe zu ihrem Großvater war nur ein Grund; ein anderes Motiv bestand vermutlich darin, dass sie die Kinder so schnell ins Herz geschlossen hatte und umgekehrt die Kinder sie.

Gwen war froh, den Brief noch vor der Ankunft im Gutshof gelesen zu haben. Das Anwesen war zwar von Zerstörungen verschont geblieben, auch weil die russische Kommandantur dort ihr Hauptquartier bezogen hatte, aber sie ahnte, man würde dennoch Fantasie brauchen, um sich vornehme Räume vorzustellen oder gar eine Bibliothek. Was war nur mit den vielen Büchern geschehen? Vermutlich hatte man sie in den Jahren der Not als Brennmaterial benutzt.

Gwen bemerkte, dass etwas von ihr abgefallen war. Sie spürte, dass sie mit dem schweren Erbe würde umgehen können, egal, was noch alles auf sie zukam. Ellas Briefe und Aufzeichnungen waren geschrieben worden, damit sie sie fand. Ihre Aufgabe war es nun, die Erinnerungen der anderen wie eine Muschelsammlerin aufzuheben, um sie behüten zu können. Der Gutshof war nur eine Hülle, wie ein toter Körper, dessen Seele sich verflüchtigt hatte. Es war nicht mehr wichtig, in welchem Zustand er sich befand, wichtig waren ganz andere Dinge.

Das Versteck

Am nächsten Morgen erwachte Gwen mit einem Gedanken, der in quälenden Schleifen durch ihren Halbschlaf gegeistert und durch die Lektüre des Briefs ausgelöst worden war. Sie hatte daran denken müssen, wie Ella sie noch am Tag von Margas Beerdigung in den Arm genommen und vorgeschlagen hatte, sie solle sie doch einmal länger besuchen, dann könnten sie in Ruhe sprechen. Damals hatte Gwen gar kein Verlangen verspürt, nach Bayern zu reisen, und auch als Ella ihr einmal am Telefon gesagt hatte, dass Marga sich für etwas verantwortlich gefühlt habe, für das sie nichts könne, war sie letztlich verschlossen geblieben. In ihrer Trauer wollte Gwen den Schmerz über den Tod ihrer Mutter nur verdrängen, sie hatte nicht weinen können und schon gar nicht darüber sprechen. Ella hatte das akzeptiert, zumindest dem Anschein nach. Irgendwann schlug Robert vor, Ella zu besuchen. Er mochte sie sehr, und im Unterschied zu seiner Tochter war ihm bewusst, dass man wichtige Dinge nicht aufschieben durfte. Und tatsächlich war Ella dann in jenem Sommer überraschend gestorben, und es war ihr noch nicht einmal mehr möglich gewesen, zu ihrer Beerdigung anzureisen, denn sie war gerade in Indien, als sie Roberts Telegramm erhielt. Vielleicht war sie aufgrund dieses damaligen Versäumnisses, das sie mit den Jahren mehr und mehr gequält hatte, bereit gewesen, nun diese Reise mit Lily ohne Verzögerung anzutreten. Sie hatte angefangen zu verstehen, dass sich das Leben von heute auf morgen ändern konnte, und sich Gespräche oder Begegnungen nicht zu x-beliebigen Zeiten wiederholen ließen.

Mit einem bedauernden Gefühl schob Gwen den Gedanken beiseite und stand auf, um eine Runde laufen zu gehen. Es war windig und kühler als am Vortag, aber die Sonne schien. Sie lief vorbei an kleinen und größeren Höfen, die zum Teil noch landwirtschaftlich genutzt wurden. Eine alte Frau erschrak, sicher sah man hier selten eine Joggerin, die freiwillig früh am Morgen durch das Dorf sprintete. Gwen entdeckte eine mittelalterliche Backsteinkirche von schlichter Einfachheit. Das alte Schulhaus stand verloren da, aber es schien genutzt zu werden, nur nicht mehr als Schule. Im Dorf gab es sogar eine Zugverbindung, die in Betrieb war. Der alte Bahnhof glich einem Miniaturmodell aus einem Märklin-Katalog. Gwen dachte daran, dass viele deutsche Familien einst aus anderen Teilen des Landes in der Hoffnung hierher gekommen waren, fruchtbare Erde vorzufinden, von der es sich besser leben ließ als in der alten Heimat. Jola hatte davon doch Ella erzählt.

Zurück in der Unterkunft, duftete es nach frischem Kaffee. Sie duschte, zog sich rasch an und erschien zum Frühstück, wo Laura schon auf sie wartete. Genüsslich klopfte sie ihr Ei auf, als sie Emilia aufgeregt ans Telefon rief.

»Gwen, bist du es?« Es war Lotte.

»Ja, ist etwas passiert?«

»Nein, Lily geht es besser, aber sie muss noch den Tag über ruhen. Pawel fährt uns morgen, sodass wir um die Mittagszeit da sind. Ich soll dich von ihr grüßen, und du sollst dir keine Gedanken machen. Ach so, und Lily hat noch gesagt, die Nücki habe immer einen Schlüssel zwischen Holzbalken und Mauerwerk geschoben. Sie sagt selbst, es sei unwahrscheinlich, dass er da noch liegt, aber du könntest ja nachschauen.«

»Und wo da genau?«

»Über der Küchentür natürlich«, antwortete Lotte ungeduldig, als verstehe sich das von selbst. Gwen war erleichtert, dass es Lily besser ging und sie bereits neue Aufträge erteilen konnte.

Wenig später saßen die beiden Freundinnen im Auto in Richtung Gutshof. Nach einer halben Stunde Fahrt entdeckten sie zwei alte Grenzsteine, die möglicherweise die Einfahrt auf jene Straße markierten, von der Ella in ihrem Brief berichtet hatte.

Tatsächlich zeichnete sich die Silhouette des Gutshofs bereits aus einiger Entfernung ab, und Gwens innere Anspannung wuchs. Als sie näher kamen, sah sie, dass Fenster zugenagelt waren und das Gebäude einen verlassenen Eindruck machte. Sie parkten das Auto abseits auf einem kleineren Weg, damit man es nicht gleich bemerkte. Sie stieg bedächtig aus dem Auto aus, so als müssten sich Körper und Geist erst langsam an das gewöhnen, was ihnen bevorstand. Ebenso zögerlich näherten sie sich dem großen Eingangsportal, das durch eine neue Tür ersetzt worden war, die so gar nicht zu dem über hundert Jahre alten Haus passte, aber nach dem Krieg gab es Wichtigeres als Denkmalschutz. Von der gepflegten Anlage und der Kiesauffahrt war nicht mehr viel zu erkennen, dennoch musste sich jemand um die Rosen gekümmert haben, die an einer Hauswand üppig blühten, und dieser jemand hatte vermutlich auch das Laub zusammengefegt, denn es lag säuberlich auf einem Haufen. Gwen und Laura beschlossen, sich das Anwesen zunächst von außen anzusehen, um sich einen ersten Eindruck zu verschaffen. Es würde schwer sein, in das Gebäude einzudringen, denn durch die Fenster konnte man nicht einsteigen, sie waren entweder vernagelt oder durch schmiedeeiserne Gitter geschützt.

Wenn das der Haupteingang war, dann waren die rückseitigen Gebäude vermutlich die Stallanlagen, und dann musste gegenüber von diesen der hofseitige Eingang zur Küche gewesen sein.

Durch ein stark verschmutztes Fenster blickte Gwen in einen stockdunklen Raum, konnte aber einen großen Spülstein wahrnehmen. Das war eindeutig die Küche. Sie holte den Schlüsselbund hervor, den sie in dem alten Koffer gefunden und eingepackt hatte, und probierte jeden einzelnen Schlüssel, selbst dann, wenn sie gleich wusste, dass er nicht in das Schloss passen konnte. Das Ganze wiederholte sie, bis sie Gewissheit hatte, dass sich die Tür nicht öffnen ließ. Um herauszufinden, ob es nicht doch irgendwo eine Möglichkeit gab, in das Haus zu gelangen, beschlossen die Freundinnen, getrennt voneinander noch einmal langsam um das Gutshaus herumzugehen.

Plötzlich rief Laura aufgeregt: »Komm doch mal, hier ist noch eine Tür!« Laura stand vor einem flacheren Gebäude, an dessen Hinterfront verrottetes Brennholz gestapelt war. »Schau mal, hier hinter dem Holz …«

Und tatsächlich, nachdem sie die Scheite zur Seite geräumt hatten, entdeckten sie die Umrisse einer Tür. Das Türblatt war mit einer so dicken Schicht aus Staub und Dreck bedeckt, dass man es nicht sofort hatte erkennen können. Gwen hielt noch immer den Schlüsselbund in der Hand, bereits der zweite Schlüssel passte, und die Tür ließ sich bewegen. Vorsichtig hoben sie sie ein wenig an und zogen sie gleichzeitig zu sich. Als die Öffnung groß genug war, schlüpften beide hinein und befanden sich in einem leeren Raum, dessen Boden mit Fliesen ausgelegt war. Es war staubig, und es roch modrig. An einer Seite war ein Regal in der Wand verankert, in dem ein verlassenes Wespennest lag. Eine Glühbirne baumelte von der Decke. An der Stirnseite befand sich eine Treppe.

Oben war es hell, und es drang ausreichend Licht durch die nicht mit Brettern zugenagelten Öffnungen. Gwen erkannte die abgerundeten Fenster, zwischen denen sich Jakobs Schreibtisch befunden hatte. Sie stellte sich vor, wie in der Mitte des Raums der schwere Eichenschreibtisch und dahinter der Drehstuhl aus Leder gestanden hatten. Jakob hatte in angemessener Höhe das Liebermann-Gemälde und weitere Bilder aufgehängt, sodass die nüchternen Büromöbel einen charmanten Kontrast zu den Kunstwerken ergaben. Auf einigen Fotografien hatte Gwen das Arbeitszimmer meist nur aus einem Blickwinkel sehen können. Ellas Schreibtisch, so erinnerte sie sich, war quer zur Raumtiefe aufgestellt, was Jakob und Ella die Möglichkeit gab, sich anzusehen, wenn sie gemeinsam im Kontor arbeiteten. Gewiss hatte es auch noch eine kleine Sitzgruppe mit Fauteuils und einem runden Tisch gegeben, an dem man einen Kaffee trinken oder die Zeitung lesen konnte. An diesem Tisch hatten vermutlich auch die Kinder gesessen, Hausaufgaben gemacht oder gemalt, wenn sie Ella wieder einmal nicht von der Seite weichen wollten.

Gwen bemerkte, dass von Jakobs Arbeitszimmer aus ein Gang hinüber in das Haupthaus führte. Er war nicht zu übersehen. Man musste drei Stufen nach oben gehen, und schon war man an der Stelle, die die beiden Häuser verband: den komfortablen Gutshof und das funktionale Kontor. Bei Regen konnte Ella also über die brückenartige Konstruktion gehen, an deren Ende sich zwei Eingänge befanden, von denen einer den Zugang zu den Zimmern im ersten Stock ermöglichte. Beide Türen waren verschlossen, aber hier passte einer der Schlüssel, um die zweite Tür zu öffnen, durch die man, wie Gwen vermutete, in das Treppenhaus der Dienstboten gelangen konnte. Und tatsächlich führte eine schmale Stiege nach oben. Auf dieser zweiten Etage unter dem Dach befanden sich die früheren Kammern der Dienstmädchen und der Köchin, von denen Ella in ihrem Brief berichtet hatte.

Neugierig gingen Gwen und Laura an den Räumen vorbei, auf der anderen Seite des Flurs führte eine weitere Personaltreppe hinunter in das Haupthaus. Gwen konnte es nicht fassen, denn auf diese Weise würde es ihnen möglich sein, das Haupthaus vom Dach kommend zu betreten.

»Lass uns zuerst weiter nach oben gehen, bevor jemand kommt und uns noch erwischt. Ich möchte so gerne nach dem Versteck suchen, von dem Ilsa mir erzählt hat, ich habe ihre Beschreibung notiert.« Gwen flüsterte beinahe, so aufregend fand sie alles.

Es war düster, staubig und so, wie man sich einen ungemütlichen Dachboden vorstellt. Gwen betrachtete die Gauben, von denen es mehrere gab, aber keine war zum Innenhof ausgerichtet. Die Freundinnen suchten mit der Taschenlampe, ob sie bei den ovalen Fenstern, die es zahlreich gab, eine Markierung oder irgendetwas finden würden, was auf einen dahinterliegenden Hohlraum deuten konnte. Einmal bildeten sie sich ein, im Mauerwerk ein Zeichen entdeckt zu haben, ein anderes Mal schöpften sie vergebliche Hoffnung, als sie einen losen Ziegelstein herauszogen. Sie verbrachten eine schier endlose Zeit auf dem zugigen Speicher, bis Laura drängte, sich das Haus anzusehen, bevor sie jemand entdeckte, und Gwen willigte enttäuscht ein.

Vom ersten Stock konnte man nach unten in die Halle sehen, und Gwen war berührt, als sie die intakte Holztäfelung, den großen Kamin, die alten Bodenfliesen, ja, sogar die bleiverglasten Fenster mit den verspielten Blumenornamenten sah. Alles war vollständig erhalten geblieben und genau so, wie Ella es beschrieben hatte. Im Salon ließ sich sogar noch ein Rest der grünen Wandfarbe aufspüren, und die Regale in der Bibliothek wirkten derart fest verankert, als ob sie all die Jahre über nur darauf gewartet hatten, ihrer ursprünglichen Bestimmung erneut zugeführt zu werden. Über dem Kamin in der Halle hatte Jakob einst das Porträt seiner Frau Ilsa so geschickt gehängt, dass es von beinahe allen Winkeln des Raumes sichtbar war. Wie so vieles andere, blieb auch dieses Bild verschwunden.

Noch immer ging von dem Raum eine besondere Atmosphäre aus: Hier hatten standes- und selbstbewusste Menschen gelebt. Gwen malte sich aus, wie mit Ilsa in den Zwanzigerjahren jemand einzog, der auf dem Höhepunkt der Zeit war. Sie war so modern und weltoffen wie das Jahrzehnt. In einem ihrer gerade herabhängenden Couturekleider, die für ihren schlanken Körper wie geschaffen schienen, war sie die breite Treppe heruntergeschritten und von den auf sie wartenden Gästen in ihrer unübertroffenen Extravaganz bewundert worden. Sicherlich spielte jemand gerade am Flügel Chopin, oder Jakob hatte eine Schallplatte auf das Grammofon gelegt. Sie konnte sich aber auch vorstellen, wie anders Ella die Stufen – vermutlich in ihren geliebten Stiefeletten – hinauf- und hinuntergelaufen und mit den Kindern im Haus herumgetobt war. Mit Ella war, als sie den Hof verließ, die Wärme aus- und mit Ilsa die Kühle eingezogen.

Nachdem Laura im Haus jedes Detail fotografiert hatte, beschlossen sie, sich nach draußen zu begeben. Sie gingen den Weg zurück, den sie gekommen waren, schlichen durch die Tür, sperrten sie ab und schoben die Holzscheite davor.

Die Freundinnen setzten sich in einiger Entfernung auf einen Baumstamm und betrachteten das Gebäude. Gwen fiel auf, dass sich an einer Stelle unter den Gauben Tauben tummelten. Ilsa hatte Tauben erwähnt, und das war ihr so seltsam vorgekommen. Wie konnte sie annehmen, dass man das Trippeln der Tauben noch immer an derselben Stelle würde hören können wie vor über fünfzig Jahren? Aber so, wie Gwen es gerade beobachtete, versammelten sich die Vögel tatsächlich nur an einer bestimmten Stelle. Vielleicht hatten sie dort immer schon genistet. Das Fenster ging aber nicht zum Innenhof. Gwen wollte Laura gerade vorschlagen, noch einmal in das Haus zu gehen, um sich erneut umzusehen, da kam ein Mann angeradelt, der sie auf Polnisch ansprach. Gwen antwortete auf Deutsch in der Hoffnung, er würde sie verstehen.

Er sah sie an und rief aufgeregt in seinem starken Akzent: »Stein, Stein, Jakob Stein!«

Gwen verschlug es kurz die Sprache: »Ich bin die Enkelin«, brachte sie dann hervor.

Da lief der Mann auf sie zu und umfasste ihre Hände und sagte: »Ich bin Marek, Sohn von Karol.« Das war ja ein Zufall, ausgerechnet der Sohn von jenem Karol, dem Marga Pakete geschickt hatte, tauchte nun so unvermittelt auf.

Marek deutete auf das Hauptportal, zog einen Schlüssel heraus und bat die beiden Besucherinnen einzutreten. Sie konnten ja nicht sagen, dass sie bereits eingebrochen waren. Er erzählte, dass er sich um die Pflanzen kümmerte, die Rosen schnitt, das Laub harkte und nach dem Haus sah. Er wusste, wo die alten Bakelit-Lichtschalter waren; er schloss ihnen ein Badezimmer auf, in dem eine Zinkwanne stand, die alten Armaturen und die Fliesen erhalten geblieben waren; er nahm sie mit zu den Kammern der Dienstmädchen und hinüber in das Kontor. Dann gab er ihnen zu verstehen, sie sollten sich in Ruhe umsehen, er würde nachher wiederkommen und abschließen.

Gwen lief, so schnell sie konnte, hinauf auf den Dachboden und suchte mit Laura die Stelle, an der sie die Tauben bemerkt hatte. Sie lauschten, bis sie das Trippeln der Vögel auf dem Dach hören konnten. Sie untersuchten alles ganz genau, und an einer Stelle war bei genauem Hinsehen tatsächlich einmal ein Fenster gewesen. Die Umrisse ließen sich erkennen, und Gwen klopfte die Stelle ab. Als sie mit den Händen dagegendrückte, schwand der Widerstand, und sie entdeckte eine Öffnung. Jemand hatte die Gaube, in der das Glas kaputtgegangen war, mit Stroh zugestopft und anschließend mit einem klebrigen Belag bestrichen, der mit den Jahren so dunkel geworden war wie das Mauerwerk. Wenn sich hier also das Fenster befand, dann musste in dem Wandvorsprung links der Hohlraum sein, den Ilsa beschrieben hatte. Laura leuchtete die Stelle aus und entdeckte eine Markierung, die in die Wand geritzt worden war und die nur wahrnahm, wer von ihr wusste. Sie hielt die Taschenlampe, während Gwen mit den Fingerkuppen die Wand nach einem losen Stein abtastete. An einer Stelle ließ sich ein Ziegel bewegen, und Gwen konnte ihn mühelos herausziehen. Sie holte ihre Handschuhe aus dem Rucksack, die sie wohlweislich mitgenommen hatte, drehte sich zu Laura um und sagte erwartungsvoll: »Hier ist es. Das ist das Versteck. Wir haben es gefunden.« Laura konnte vor Aufregung die Lampe kaum halten.

Gwen musste ihren Unterarm bis zum Ellbogen in das Loch schieben, bis sie zu dem Punkt kam, an dem die Mauer einen Knick machte und sich ein weiterer Vorsprung ergab. Sie hoffte, dass sie nicht von einem Tier gebissen wurde, und an mögliche Spinnen durfte sie erst gar nicht denken. Plötzlich erspürte sie einen Gegenstand. Sie versuchte, ihn Zentimeter für Zentimeter Richtung Öffnung zu bewegen. Schließlich hatte sie ihn so weit herausgezogen, dass sie ihn mit beiden Händen greifen konnte.

Sie hielt eine Blechkiste in den Händen, die auf den ersten Blick zwar schmutzig und rostig war, aber sonst völlig unversehrt schien. Sie tastete noch einmal alles ab, und als sie nichts Weiteres fand, schob sie den Ziegelstein zurück und verstaute den Fund in ihrem Rucksack. Gwen zitterte, und Laura liefen die Tränen herunter. Niemand konnte auch nur ahnen, welcher Inhalt sich in dieser Schatulle verbergen würde, aber dass er eine Bedeutung hatte, spürte Gwen am ganzen Körper. Ihr lief ein Schauer über den Rücken, und ihre Hände waren mit einem Mal eiskalt.

Marek rief von unten, und sie eilten die Treppe hinab.

Der feine Faden

Gwen brannte darauf, so schnell wie möglich mit Laura zurück in die Pension zu fahren, um sich den Inhalt des Kistchens anzusehen, das ohne Werkzeug nicht zu öffnen war. Doch sie würde Geduld haben müssen, denn Marek hatte höflich und ein wenig scheu gefragt, ob sie noch zu ihm nach Hause kommen wollten, seine Frau würde sich freuen. Es wäre unhöflich gewesen, diese Einladung auszuschlagen, und so folgten sie im Schritttempo seinem Fahrrad, bemüht, den Schlaglöchern auszuweichen. Er hatte einen kleinen Feldweg gewählt, und die Abkürzung gab Gwen die Gelegenheit, ein Gefühl für die Landschaft zu entwickeln, die den Gutshof umgab. Die sandige Erde war ideal für den Anbau von Kartoffeln, der in der gesamten Region seit Jahrhunderten betrieben wurde. Ihre Mutter hatte oft gesagt, es gebe in England keine Kartoffeln, die auch nur annähernd so gut schmeckten wie die, die sie damals in Pommern gegessen hatte.

Mareks Frau Danuta verschwand sogleich in der Küche, um ein »Kaffeechen« zu kochen. Sie deckte den Tisch und stellte einen Rührkuchen mit Sauerkirschen auf ein selbst gehäkeltes Deckchen. Es schien, als habe sie mit Besuch gerechnet, und sie war aufgeregt, sie in die gute Stube zu bitten. Nannte man nicht so auf Deutsch jene Zimmer, in die man sich nur zu besonderen Anlässen begab? Gwen war diese merkwürdige Redewendung gerade eingefallen, und als sie den Kuchen sah, kam ihr das Wort Weichseln in den Sinn, so wie ihre Mutter zu Aprikosen Marillen und zu Puderzucker Staubzucker gesagt hatte. Gwen und Marga hatten Deutsch miteinander gesprochen, und die von Ilsa vererbten Wörter waren auf diese Weise auch in ihren Wortschatz übergegangen.

Gwen fiel wieder ein, dass sie es als Kind gar nicht mochte, in der Öffentlichkeit Deutsch zu sprechen. Ein ums andere Mal hatte sie bei Schulfesten die Abneigung einer Kriegsgeneration zu spüren bekommen, die sich mokiert zeigte, dass ihr Vater ausgerechnet eine Deutsche heiraten musste. Als ob es nicht genug »nice English girls« gegeben hätte. Letztlich waren auch die Eltern ihres Vaters Robert alles andere als begeistert über die Wahl des Sohnes. Gwen hatte begonnen, sich für die Herkunft ihrer Mutter zu schämen, und darauf bestanden, sich ausschließlich auf Englisch mit ihr zu unterhalten, wenn sie das Haus verließen. Aber auch das war verkrampft, da ihre Mutter einen Akzent hatte und sich an diesem sofort erkennen ließ, woher sie kam.

»Ihre Mutter war so lustiges Kind«, riss Marek sie aus ihren Gedanken. »Wir haben immer viel zusammen gelacht, aber ist ja so früh gestorben.« Danuta schnitt den Kuchen in gleich große Stücke, und Gwen versuchte sich ihre Mutter als lachendes Kind vorzustellen, aber es gelang ihr nicht.

»Kommt Frau Lily später?«, erkundigte sich Danuta, und Gwen grübelte, woher die beiden von Lilys Reiseplänen wussten, aber noch bevor sie die verspätete Ankunft ihrer Tante erklären konnte, hatte Danuta die Antwort auf ihre eigene Frage parat.

»Frau Lily hat uns geschrieben, dass sie mit Ihnen anreist. Sie wollte Ihnen alte Heimat zeigen. Wir haben ihr Foto geschickt und informiert, dass nun alles leer steht und Marek noch immer nach dem Haus sieht. Haben Sie bemerkt die Rosen?«

»Ja, die Rosen sind mir gleich aufgefallen«, und tatsächlich hatte Gwen den fachgerechten Rückschnitt bewundert.

»Lebt Baronin noch?«, fragte Marek, und Gwen musste einen Moment überlegen, bevor ihr klar wurde, dass er Ilsa meinte.

»Ja, es geht ihr gut, sie lebt jetzt in Chile.«

»Hat sie es nirgendwo ausgehalten, auch nicht auf dem Hof. Sie mochte nicht den Wind, nicht den Stallgeruch, nicht die Sprache. Aber sie war auch mutige Frau und konnte so schnell Auto fahren, dass es Knüvel schlecht wurde.« Er lächelte, als er die Anekdote zum Besten gab, und Gwen konnte sich sehr gut vorstellen, wie sich der Chauffeur krampfhaft festhielt, während Ilsa über die holprigen Straßen bretterte und die Kurven bevorzugt mit erhöhter Geschwindigkeit nahm.

Marek drängte es, davon zu erzählen, wie sein Vater mit sechzehn Jahren als Knecht auf den Hof kam, Stallbursche war und dann verantwortlich wurde für das Gestüt.

Gwen, deren Gedanken sich schwer vom vermuteten Inhalt der Blechkiste lösen konnten, hörte nur mit halbem Ohr zu und fragte dann recht unvermittelt, ob er eine Vorstellung davon habe, was Ella eingepackt und nach Bayern mitgenommen haben könnte, als sie mit ihrer Mutter abreiste. Die Frage erschien Gwen selbst reichlich naiv, denn Marek war damals noch ein Kind; woher sollte er wissen, was in das Auto geladen worden war.

»Sehr gute Frage«, meinte er anerkennend, »denn Vater hat immer wieder erzählt, weil er sich so gewundert hat, dass sie musste so viele Akten aus dem Kontor mitnehmen.«

Wie seltsam, dachte Gwen, dass Ella die sperrigen Ordner nach Bayern transportieren wollte statt mehr von der edlen Wäsche, den wertvollen Bildern oder den böhmischen Kristallgläsern, von denen Lily noch ein einziges aufbewahrte, das sie aber aus Sorge, die Putzfrau könnte es zerbrechen, unter Verschluss hielt. Wo waren diese Unterlagen nur geblieben, wenn Ella sie sicher bis nach Bayern bringen konnte?

Danuta bot ein weiteres Stück des von den Früchten durchtränkten Rührkuchens an, aber Gwen und Laura erklärten, sie müssten aufbrechen. Gwen war bereits dabei, in das Auto einzusteigen, da machte Marek eine Bemerkung: »Deine Mutter, als sie abreiste, musste ich versprechen, mich um Pony zu kümmern. Sie hat mir Fahrrad geschenkt und sehr geweint«, und dann fügte er noch hinzu: »Für Marga war der Hof wie drittes Kind, das man sich selbst überlassen hat, hat sie mir später gesagt.«

Gwen konnte sich des Eindrucks nicht erwehren, die ganze Welt wisse mehr über ihre Familie als sie selbst. Wie sehr ihre Mutter ihrer verlorenen Kindheit nachtrauerte, hatte diese nie erwähnt. Sie hatten selten über die pommerschen Jahre gesprochen. Marga hatte ihre Erinnerungen an einem Ort verstaut, den außer Ella niemand kannte. Wahrscheinlich hatte sie nur mit ihr ihren Schmerz teilen können. Sie erfasste eine Ahnung, wie unbeschwert und glücklich die ersten Jahre ihrer Mutter auf dem Gutshof gewesen waren. Sie konnte es sich nun bildlich vorstellen, wie Marga mit ihrem Pony auf dem Feldweg geritten war; wie sie versucht hatte, die Hasen in den Arm zu nehmen, ohne dass sie ihr entwischten; wie sie mit Marek am Ufer des kleinen Sees spielte und die beiden barfuß auf ihren Schlammfüßen nach Hause liefen in der Hoffnung, in der Küche eine Schleckerei stibitzen zu können, wenn die strenge Nückenliese mal nicht genau hinsah.

Es schien, als seien die früheren Bewohner durch einen feinen Faden miteinander verbunden, und dieser feine Faden war niemals abgerissen. Die Existenz des Fadens hatte vielmehr die Voraussetzung dafür geschaffen, dass das »dritte Kind« doch nie ganz sich selbst überlassen worden war, schließlich kümmerte sich Marek um Haus und Garten. Die Frage war: Wer war eigentlich das erste Kind, und was war mit ihm geschehen?

Gwen und Laura waren froh, in ihre Zimmer zu gelangen, ohne auf ihre Gastgeberinnen zu treffen, die sie vermutlich in ein Gespräch verwickelt hätten. Laura rieb sich die Hände, weil sie vor Erwartung brannte, den Inhalt der »Blackbox«, wie sie den Fund scherzhaft nannte, ans Licht zu holen, und Gwen ließ sie gewähren. Die Freundin prüfte die Lage und entschied, mit ihrem Taschenmesser würde sie den Deckel sicher öffnen können, aber genau in dem Moment, in dem sie damit beginnen wollte, klopfte Emilia, um ihr mitzuteilen, dass Frau Lily angerufen habe, es ginge ihr gut, aber sie solle sich bei einem Theo melden. Was war bloß so eilig, dass er sie so dringend sprechen musste, und konnte es wahr sein, dass sie nun schon fast einen Tag ausgehalten hatte und noch immer nicht wusste, was sich in dem Kästchen befand?

Gwen bat, das Telefon benutzen zu dürfen, und meldete ein R-Gespräch an. Es dauerte keine Minute, und Theo nahm ab.

»Theo, hier ist Gwen, ist etwas passiert?«

»Hallo, Darling, wie geht es dir? Wie schön, dass du dich meldest.«

»Theo, ist alles in Ordnung?«

»Ja, im Prinzip ja, aber das erzähle ich gleich. Ich bin so neugierig zu erfahren, wie das Haus aussieht, der Garten. Gibt es den kleinen See noch? Gefällt es dir?« Theos Stimme klang freudig erregt. Vermutlich hatte er es vor Neugierde einfach nicht mehr ausgehalten, und es gab überhaupt keinen dringlichen Grund für einen Rückruf. Gwen entspannte sich und erzählte voller Begeisterung, wie sie in das Haus eingedrungen waren, wie viel noch intakt war – von den Bodenfliesen, dem blühenden Rosenstrauch bis zu den Glasfenstern – und schließlich von ihrem erstaunlichen Fund auf dem Speicherboden.

»Woher wusstest du denn von dem Versteck?«, fragte Theo irritiert.

»Ilsa hat es mir erzählt. Wir mussten eine Weile suchen, weil sie sich in der Himmelsrichtung vertan hatte, aber dann haben wir doch wirklich ein Metallkistchen aus dem Hohlraum gezogen.«

»Und was ist darin?«

»Ich komme nicht dazu, es zu öffnen. Wir waren noch bei Marek und Danuta eingeladen, und ich bin gerade erst wieder in Boleszewo eingetroffen.«

»Da wart ihr also oben auf dem Dachboden, wo wir Kinder so gerne Verstecken gespielt und kleine geheime Nachrichten hinterlassen haben«, unterbrach Theo sie begeistert, ohne auf die Begegnung mit Marek einzugehen.

»Ich weiß von den Zettelchen«, ließ sich Gwen von seiner Begeisterung hinreißen.

»Habe ich das schon einmal erzählt?«

»Nein, es stand in einem Brief von Ella, den sie an Josefa und Jola geschrieben hat, nachdem sie gerade hier angekommen war. Ich habe ihn auf die Reise mitgenommen. Sie schreibt darin viel von euch.«

»Musst du mir vorlesen, wenn wir uns demnächst sehen.« Plötzlich schien sich Theo daran zu erinnern, dass er dringend eine ganz andere Nachricht loswerden wollte. »Also, hör zu, es ist etwas Erstaunliches passiert, und deshalb wollte ich mit dir sprechen. Nach dem ersten Schreck bin ich froh über die Entwicklung, obwohl noch niemand weiß, ob es ein Lustspiel wird oder eine Tragödie – das nennt man im Drama übrigens Peripetie, also diesen plötzlichen Umschlag.« Gwen verstand kein Wort, Theos Stimme klang jetzt völlig überdreht. »Darling, halt dich fest, Ilsabé hat einen Flug nach Heathrow gebucht. Sie hat mir ein Telegramm geschickt und mich danach kurz angerufen und gefragt, ob ich ihr im Randolph ein Zimmer reservieren kann. Da möchte sie erst einmal bleiben, bis sie entschieden hat, wo sie wohnen kann.«

»Wann genau kommt sie denn?«, fragte Gwen betont ruhig, so als müsste sie Zeit gewinnen, dabei war ihr sofort klar geworden, dass Ilsa im fernen Chile einen Dominostein umgeworfen hatte mit weitreichenden Konsequenzen am anderen Ende der Welt.

»Samstag in einer Woche. Ich lasse sie abholen, sie hat sicher Gepäck. Dein Anruf hat sie wohl zu dem Entschluss inspiriert. Sie hat gesagt, sie habe nicht gewusst, dass sie eine vernünftige Enkelin habe, und die wolle sie jetzt sehen. Das ist doch nett von ihr, oder?«

»Tatsächlich?« Gwen spürte eine leichte Panik, und ihre Gedanken rasten. Sie sah Ilsa bereits in einem schwarzen Londoner Taxi vor ihrem Haus in Hampstead vorfahren und den Fahrer bitten, ein Dutzend Koffer in ihrem Wohnzimmer abzuladen. Als Nächstes gab sie Sloppy einen Tritt und ließ sich auf dem Sofa nieder, um ein Glas Champagner zu bestellen. Gwens Fantasie drohte wie ein Milchtopf auf einer zu heiß gestellten Herdplatte überzuquellen. Vielleicht würde Ilsa es sich noch anders überlegen und nicht fliegen wollen, oder ihr Konto wäre nicht gedeckt oder ihr Pass abgelaufen oder sie würde vorher an einem Herzschlag sterben. Gwen wusste, dass all das nicht passieren würde, und sie versuchte sich zu beruhigen.

»Bist du noch dran?«, fragte Theo.

»Ja schon, aber wie lange will sie denn bleiben?«, fragte Gwen, als hätte man sie gerade aufgefordert, ihre Lieblingspralinen mit Abigail zu teilen.

»Darling, in ihrem Alter bleibt man für immer.«

Gwens Geisteskraft hinkte noch eine ganze Weile der soeben vernommenen Nachricht hinterher. Gott sei Dank konnte sie alles mit Laura besprechen. Aber so viel war jetzt schon klar: Ihre Großmutter hatte mit ihren über neunzig Jahren wieder einmal selbst entschieden. Sie hatte nicht gewartet, bis ihr jemand ein Angebot machte, sie nach England zurückzuholen. Sie hatte keine Lust mehr gehabt, in diesem Heim zu bleiben, und kurzerhand einen Flug gebucht. Sie wollte nicht in diesem fernen Land sterben, aber erst recht keinen Tag mehr dort leben.

Gwen eilte zurück auf ihr Zimmer, ließ sich auf ihr Bett fallen und erzählte atemlos und ebenso konfus, was der Grund von Theos Anruf gewesen war.

»Also der Reihe nach. Deine Großmutter verlässt fluchtartig ihre Seniorenresidenz. Sie kommt bereits nächste Woche in Heathrow an und hat keinen Rückflug gebucht?« Laura versuchte, die Freundin zu beruhigen und gleichzeitig zu verstehen, wie in wenigen Minuten ein derart großes Chaos ausgelöst werden konnte.

»Ja, so ist es.« Es schien unfassbar, dass die unbequeme alte Dame in Lichtgeschwindigkeit ihre Abreise geplant hatte und sich gefühlt bereits im Landeanflug befand. Gwen hatte doch erst kürzlich, und nach Jahren des Schweigens, Kontakt zu ihrer Großmama (mit Betonung auf dem zweiten a) aufgenommen und war nun »out of the blue« damit konfrontiert, dass sich diese plötzlich derart nach ihrer Enkelin sehnte, dass sie bereit war, mit vierundneunzig Jahren ein neues Leben zu beginnen. Wirklich unfassbar, dachte Gwen, und Laura blickte in das noch immer entgeisterte Gesicht ihrer Freundin.

»Dass sie erst mal im Randolph wohnt, klingt nach einer guten Lösung. Sie hätte sich auch bei dir einquartieren können.«

»Ja, daran habe ich sofort gedacht«, antwortete Gwen mit einer leisen Panik in der Stimme. »Stell dir nur das mal vor, aber im Hotel kann sie natürlich auch nicht ewig bleiben, und schon gar nicht im Randolph – und noch weniger, wenn sie wirklich bankrott ist.«

»Das kann ich mir bei deiner Großmutter nicht vorstellen. Aber wie eigenartig, dass du ausgerechnet in dem Moment von ihren Plänen erfährst, in dem wir gerade die Schatulle öffnen wollten, die sie ja schließlich versteckt hat.«

Gwen seufzte tief. Sie hatte bisher keine ruhige Minute gehabt, um zu verstehen, was sie gesehen, gehört und empfunden hatte.

Wochenlang war sie mit nichts anderem beschäftigt gewesen als mit der Vorbereitung dieser Reise und der alles überlagernden Frage, wie es für sie wohl wäre, wenn sie den Gutshof zum ersten Mal betreten, die Räume mit ihren eigenen Augen sehen, den Duft der Felder riechen und den Wind der Ostsee spüren würde. Und nun war es endlich so weit, aber sie kam nicht dazu, sich diesen Empfindungen zu überlassen, stattdessen jagte ein Ereignis das nächste. Die Energie, die sie noch vor einer halben Stunde in solchem Übermaß gespürt hatte, war verpufft.

Gwen schob die Schatulle von sich und sagte: »Ich brauche jetzt erst mal einen Drink, aber wer serviert uns den jetzt?«

»Immer dabei.« Laura wühlte in ihrem Koffer, zog eine kleine Flasche Whiskey heraus und hielt sie Gwen zusammen mit einer Tüte Salt-and-Vinegar-Chips triumphierend unter die Nase.

»Cheers, my dear! Stoßen wir an auf diese deine so besondere Reise.«

Während die Freundinnen wie Internatsschülerinnen auf ihrem Bett saßen und den Whiskey aus Zahnputzgläsern tranken, ließen sie den Tag Revue passieren. Wie aufregend war es gewesen, das Haus in dem Gefühl des Unerlaubten zu entdecken. Sie freuten sich noch immer, dass sie die verborgene Tür gefunden hatten. Sie tauschten ihre Beobachtungen aus und bemerkten, dass jede von ihnen etwas gesehen hatte, das der anderen entgangen war. So hatte Laura bemerkt, dass in der Küche auf einem Holzbalken Striche eingeritzt waren, so wie man es gewöhnlich tat, wenn man das Wachstum eines Kindes erinnern wollte. Gwen war das nicht aufgefallen, aber sie hatte den Spruch auf dem Kaminsims entdeckt, der unter einer Schicht aus Schmutz kaum sichtbar war, es sei denn, man wusste davon. Sie betrachtete das Anwesen und die Räume nun nicht nur mit ihren eigenen, sondern auch mit Ellas Augen. Sie sah, was diese gesehen hatte, auch wenn vieles nicht mehr vorhanden war. Langsam sortierten sich ihre Gedanken, und die Freude über das Erlebte stellte sich erneut ein.

»So, und nun müssen wir doch endlich das Kistchen aufmachen«, sagte Laura und machte sich erneut ans Werk.

Laura hatte gerade eine Stelle gefunden, an der sich die Messerspitze unter den Deckel schieben ließ, als Zofia von unten rief, das Essen sei fertig. O nein, nicht jetzt, stöhnte Gwen, die glaubte, aus Nervosität keinen Bissen hinunterzubekommen, und sich ärgerte, die Halbpension gebucht zu haben. Laura war es gelungen, die verrostete Unterseite des Deckelrands ein wenig zu lockern. Sie ging dabei so umsichtig vor wie ein Juwelier, der ein wertvolles Objekt in Augenschein nahm. Nach einer kurzen Weile meinte sie entschlossen: »Wenn wir zurückkommen, muss ich nur noch einmal den Rand ringsherum ein kleines bisschen dehnen, und dann lässt sich das Wunderkistchen öffnen, aber ich fürchte, wir müssen jetzt zum Essen hinunter.«

Es gab Matjes mit Pellkartoffeln, und die beiden Wirtinnen freuten sich über den Appetit der jungen Frauen. Die dampfenden Erdäpfel wärmten von innen und beruhigten gleichzeitig. Dennoch fühlte sich Gwen wie die berühmte Katze auf dem heißen Blechdach, sie konnte kaum still sitzen, aber es wäre unhöflich gewesen, nach dem Essen sofort aufzustehen. Zofia und Emilia wollten schließlich genau wissen, was sie tagsüber in dem alten Haus erlebt hatten. Als die Teller abgeräumt waren, bedankten sie sich und gaben vor, noch etwas vorbereiten zu müssen und daher leider kein Schnapschen mehr trinken zu können. Zofia und Emilia schienen sich bereits auf einen weiteren Abend in Gesellschaft der netten Engländerinnen gefreut zu haben, aber Gwen vertröstete sie auf morgen, da würden ja Lily und Lotte anreisen, und das wäre in jedem Fall ein Grund für einen starken Schnaps.

Die beiden Freundinnen atmeten auf, als sie die Tür ihres Zimmers hinter sich zuzogen. Jetzt würde hoffentlich niemand mehr stören. Laura schob ihren Stuhl ganz nah an den kleinen Tisch, um sich stabil abstützen zu können. Sie setzte das Messer erneut dort an, wo sich vorhin ein kleiner Zwischenraum ergeben hatte. Geschickt führte sie es unter der Oberfläche des Deckelrands um die abgerundeten Ecken herum, sodass sich der Deckel tatsächlich bewegen und schließlich abheben ließ. Gwens Herz zog sich zusammen.

Sie legte die Fundstücke auf den Tisch. Winzige Insekten fanden sich wie absichtsvoll verstreut auf dem Boden der Schatulle. Ihre Köpfe, die sich von den Körpern gelöst hatten, glichen kleinen schwarzen Perlen. Vorsichtig nahm sie das Tuch ab, mit dem ein sich weich anfühlender Gegenstand eingepackt worden war. Es war ein Kuscheltier, dessen Fell unberührt wirkte. Sie erinnerte sich an ihren eigenen Teddybären und wie sie ihn eines Tages während eines Besuchs auf dem Land vergessen hatte. Sie hatte den Verlust zu Hause bemerkt und war verzweifelt bei dem Gedanken gewesen, der Teddybär müsse nun allein bleiben. Marga versprach, man würde das Kuscheltier in ein weiches Paket legen und mit der Post schicken, und so geschah es. Überglücklich hatte Gwen den Teddybären eine unendlich lange Woche später aus dem Karton genommen und ihn gebeten, ihr doch zu erzählen, wie es so ohne sie gewesen war.

Gwen setzte das Stofftier aufrecht hin – seine Arme und Beine ließen sich noch immer mühelos bewegen – und entdeckte die berühmte Marke in seinem Ohr.

Anschließend betrachtete sie das Leinenbeutelchen, öffnete die Schleife und zog ein Paar Kinderschuhe heraus. Die Schuhe waren wenig getragen worden, und das Kind, dem sie einst gehörten, hatte sicherlich mehr als nur ein Paar besessen. Das weiche Leder war steif geworden, als hätte man es in Harz gegossen. Gwen und Laura sprachen nicht, sie schauten berührt auf die Gegenstände, die symbolischer kaum hätten sein können. Man brauchte nicht viel Fantasie, um zu erkennen, dass in diesem mit einem bestickten Taschentuch ausgelegten Kistchen Erinnerungen an ein Kind aufbewahrt worden waren. Was gab es Innigeres als die ersten Laufschuhe und das erste Kuscheltier.

Das Samtetui wirkte unberührt und inmitten der Kindersachen seltsam fremd. Ein raffinierter Verschluss klemmte, und sie mussten erst herausfinden, auf welche Weise er aufsprang. Im Inneren des fein verarbeiteten Etuis war Platz ausgespart worden für exakt die Gegenstände, die in diesen Mulden aufbewahrt werden sollten. In den Vertiefungen lagen ein antikes Diamantcollier, die dazu passenden Ohrgehänge und eine Brosche. Gwen nahm die Stücke staunend und vorsichtig heraus und hielt sie gegen das Licht. Das war der Schmuck, den Ilsa anlässlich ihrer Verlobung getragen hatte und mit dem sie für die Zeitschrift *Die Dame* fotografiert worden war. Warum hatte Ilsa den wertvollen Schmuck nicht an sich genommen oder in der Schweiz in einem Safe deponiert? Warum hatte sie den Verlobungsschmuck mit den anderen Gegenständen in diesem seltsamen Versteck aufbewahrt?

In einem Umschlag befanden sich Fotografien, darunter die eines etwa zweijährigen Kindes. Es war ein Junge, der Ilsas markante Augen geerbt hatte. Er hielt den Teddybären im Arm, den sie gerade gefunden hatten. Auf der Rückseite war mit dünnem Bleistift geschrieben: Ludwig 1923. Eine weitere Aufnahme zeigte das Kind auf dem Arm seiner Mama. Auf dieser Fotografie trug es die Lederschuhe und einen Matrosenanzug, wie es damals üblich war. Das Bild war früher als das andere entstanden. Ilsa war ganz im Stil der neuen Epoche gekleidet, in einem lose herabfallenden Kleid, Seidenstrümpfen und hochmodischen Schuhen. Die Haare hatte sie sich zu einem Bob auf Kinnlänge schneiden lassen, und eine lange Perlenkette fiel lässig über ihren flachen Busen bis hinunter zu ihren Hüften. Ihre Haltung wirkte unnatürlich, gestellt, steif, und Gwen dachte in einem ersten Impuls, jemand habe ihr das Kind wie ein Accessoire auf den Schoß gesetzt.

Nun war es also Gewissheit: Ilsas erstes Kind war ein vermutlich im Jahr 1921 geborener Junge, der auf diesen Bildern zwar keinen vergnügten, aber zumindest einen gesunden Eindruck machte. Das Unglück, das Lily erwähnt hatte, musste geschehen sein, nachdem die Aufnahmen entstanden waren, in jedem Fall aber im Kleinkindalter. Nach dem Krieg hatte niemand, wirklich niemand mehr ein Wort über den Jungen verloren. Er war doch immerhin Margas Halbbruder gewesen. Ob sie voneinander wussten? Und wenn ja, warum hatte auch Marga Ludwig nie erwähnt? Möglicherweise hatte Ella in ihren Aufzeichnungen über ihn berichtet. Wollte Ella das Unaussprechliche aussprechen, Klarheit schaffen, etwas bereinigen, oder war auch sie Teil dieses Schweigekomplotts?

Der richtige Moment

Der Inhalt des Kistchens ging Gwen nicht mehr aus dem Kopf.

Die Kinderschuhe und der Teddybär hatten ihr im wahrsten Sinne des Wortes vor Augen geführt, dass nicht verlorene Kunstwerke, wie so lange gedacht und kolportiert, die Familienmitglieder angeblich entzweit hatten, es waren viel tiefer liegende Verluste. Die verschwundenen Kunstwerke erschienen Gwen wie Ablenkungsmanöver. Versäumnisse wurden relativiert, indem man andere beschuldigte, etwas genommen zu haben, statt sich damit zu beschäftigen, dass ihnen allen etwas genommen worden war und sie dafür keine Schuld traf. Oder doch? Konnte man auch schuldlos in eine Schuld verstrickt werden?

Das Kind, dessen Schuhe sie in Händen hielt, war Ludwig gewesen, Margas Halbbruder. Was war nur mit ihm geschehen? Sein Schicksal lastete zentnerschwer im Rucksack ihrer Großmutter. Hatte sich Ilsa nicht so ähnlich ausgedrückt? Ilsa hätte in diesem ersten Telefonat, das sie nach Jahren des Schweigens führten, weder diese Bemerkung machen noch von dem Versteck erzählen müssen. Man konnte es nicht anders verstehen, aber ihre Großmutter wollte, dass Gwen das Kistchen finden und der Inhalt zum Vorschein kommen würde. Ilsa suchte Klärung, und aus diesem Grund hatte sie den Flug gebucht. Sie war an einem Punkt angelangt, an dem sie es mit sich selbst nicht mehr aushielt. Ihre Kraft reichte nicht mehr, um die Last aus ihrem Rucksack zu hieven. All das war ausgelöst worden durch Gwens Anruf, auf den ihre Großmutter so viele Jahre geradezu gewartet zu haben schien, und jetzt galt es, keine Zeit mehr zu verlieren. Gwen wiederum begriff die Dimension der noch zu bewältigenden Aufgaben, und sie war entschlossen, ihrer Großmama, so sie dies wollte, zu helfen, die schwere Bürde loszuwerden.

Lily und Lotte trafen wie angekündigt gegen Mittag ein und stellten nur eilig die Koffer in ihre Zimmer, denn Lily drängte zur Weiterfahrt. Gwens Einwand, sie könnten doch erst in Ruhe ankommen, wies ihre Tante energisch ab.

Als Pawel mit den Damen am Gutshof vorfuhr und parkte, beobachteten Gwen und Laura, wie Pawel eine riesige Schaufel und eine aufklappbare Trittleiter auspackte. Lily bestimmte, er solle die Leiter vor die Eingangstür zur Küche stellen, darauf steigen und nachsehen, ob sich hinten links, oberhalb des Balkens, ein Schlüssel fände. Es war dort, wo auch Gwen bereits vergeblich gesucht hatte. Aber im Unterschied zu ihr war Pawel erfolgreich und übergab Lily den verrosteten Schlüssel.

»Siehst du, wusst ich's doch. Auf Nücki ist einfach immer Verlass gewesen.« Sie schloss die Tür auf, drehte den Lichtschalter an und öffnete die Fenster, ganz so, als ob sie nur ein paar Wochen in Ferien gewesen war und nun das Haus gelüftet werden müsse.

»Gut, das haben wir geschafft, und hier halt mal.« Lily ging wieder nach draußen, zog einen Zettel aus ihrer Tasche, drückte ihn Gwen in die Hand und deutete auf eine Zeichnung. Dann erging der Befehl an Pawel, sich an eine bestimmte Position zu begeben, die sie aber sogleich korrigierte. Er sollte jetzt einen Schritt vor, dann wieder einen zurück, wieder einen nach vorne und schließlich zur Seite gehen, bis er die richtige Position eingenommen hatte. Nun forderte Lily Pawel entschlossen auf, an der Stelle, an der er gerade stand, zu graben. Gwen und Laura sahen sich ungläubig an und schmunzelten über Lilys Entschlossenheit, das alte Silber, oder was auch immer vor Jahrzehnten in die Erde versenkt worden war, suchen zu lassen.

Während Pawel sich abmühte, den Vorgarten umzugraben, wurde Gwen damit beauftragt, zusammen mit Lotte und Laura im Stall nach etwas Ausschau zu halten, das als Tischplatte umfunktioniert werden könne. Gwen hatte Mühe, mit Lilys Tempo mitzuhalten, und recht überzeugend erschien ihr der Aktionismus der Tante auch nicht. Wie konnte man nur derart viel Energie aus dem Stand heraus entwickeln.

Tatsächlich fanden sie eine ausrangierte, staubige und uralte Holztür – die Griffe waren längst abgeschraubt –, die sie über den gemauerten Brunnenrand legen konnten. Das war zwar wackelig, aber Lily zeigte sich zufrieden. Die älteren Damen verfolgten offenbar einen Plan, denn während Pawel noch immer die steinharte Erde lockerte, holten Lily und Lotte einen Korb und ein Bettlaken aus dem Auto.

»Tischlein deck dich!«, zwitscherte Lily aufgekratzt. Die Sonne warf ihre versöhnlichen Strahlen auf das Geschehen unter ihr, und Lily schien fest entschlossen, ein Picknick im Freien zu veranstalten. Von gekochten Eiern über Gurken, Streichwurst und frisches Brot war alles da, sogar eine Flasche naturtrüber Apfelsaft. Die kleine Gruppe versammelte sich stehend um die wackelige Tischkonstruktion, wobei Pawel ein paar morsche Sitzgelegenheiten für Frau Lily und Frau Lotte entdeckt und herbeigeschleppt hatte.

Lily ließ sich gerade von Gwen ein hart gekochtes Ei reichen, da hörten sie die Bremsen eines Fahrrads auf dem Kiesweg. Marek bog um die Ecke und wurde sogleich von Lily mit Freudenjubel begrüßt. Da sie Polnisch sprach, verstand Gwen kein Wort, aber anhand der Gesten doch so viel, dass Marek auf einen anderen Platz deutete als jenen, an dem Pawel gegraben hatte. Lily schien getrieben, sie hatte sich nicht einen Moment gegönnt, um innezuhalten und zu verstehen, wo sie nach all den Jahrzehnten war. Gwen konnte es kaum ertragen, wie alle mit Lilys Aufträgen beschäftigt wurden. Das war eine ihrer Spezialitäten, und sie bestimmte auf diese Weise die Handlungen. Gwen wusste, wie es sich anfühlt, wenn die Seele den Ereignissen hinterherhinkt, und so erging es ihrer Tante vielleicht gerade.

»Lily, lass das Silber ruhen, wo es liegt. Es interessiert mich nicht, und du brauchst auch kein Silber mehr«, hauchte Gwen ihrer Tante zu, indem sie sich zu ihr hinunterbückte.

Lily blickte sie an, als fühlte sie sich ertappt. Nach einem erstaunlichen Moment der Stille sagte sie, und es klang beinahe erleichtert: »Du hast ja recht, ich habe nur all die Jahre gedacht, ich müsste suchen und retten, was uns doch einmal gehört hat.«

Gwen setzte sich ganz nah zu Lily und sagte leise: »Lass uns die Erinnerung an Menschen mit zurücknehmen. Das genügt.«

»Ja, das wäre vermutlich sinnvoller«, meinte Lily trocken, um dann erstaunlich selbstkritisch fortzufahren: »Weißt du, ich bin so nervös und überdreht, und deswegen hatte ich auch den Migräneanfall. Es ist für mich gerade schwer, hier zu sein, denn hier bin ich geboren, hier ist meine Mutter gestorben, von hier ist mein Vater vertrieben worden, hier habe ich die Kolberger Familie zuletzt gesehen, hier war ich ein glückliches Kind, hierher kam Ella und wurde meine Vertraute, hier wurde deine Mutter geboren, und auch sie war hier ein glückliches Kind. Ich versuche mir manchmal vorzustellen, wie unser Leben ohne die Nazis und den Krieg verlaufen wäre. Vielleicht hätte ich Hans geheiratet, aber der ist im Krieg gefallen.«

Von Hans hatte Gwen noch nie gehört. Sie hatte Lily aber auch nie danach gefragt, ob sie als junge Frau eine Liebesbeziehung gehabt hatte. Oder doch? Lily hatte damals ziemlich allgemein geantwortet, aus ihrem Leben seien die Männer nach und nach verschwunden.

»Danke, dass du mitgefahren bist«, sagte Lily und fasste dabei Gwens Hand. Für Lily war das eine seltene emotionale Geste, die sie sich auf dieser Reise nun schon zweimal erlaubt hatte.

Tante und Nichte beobachteten das Treiben an der Tafel, als würden sie nicht dazugehören, und tatsächlich waren sie für einen Augenblick in einer anderen Welt gewesen. Sie hatten sich für einen kurzen Moment ganz nah miteinander verbunden gefühlt, und Gwen spürte, dass nun die Zeit gekommen war, um offen miteinander zu reden. Zumindest hoffte sie das.

Die Picknickgesellschaft löste sich auf, und Gwen bat Laura, mit Lotte zurück in die Unterkunft zu fahren. Sie wollte mit Lily allein sein. Pawel verabschiedete sich, als wären sie uralte Freunde, dabei kannten sie sich doch erst seit ein paar Tagen. Er packte Schaufel und Trittleiter in sein Auto und rief Lily noch etwas zu, was wie ein Scherz klang, denn Lily lachte. Auch Marek wollte nun los und meinte, er würde später alles zuschließen. Dann schwang er sich auf sein Rad, und Lily und Gwen waren allein.

Sie setzten sich auf eine Bank hinter dem Haus und schwiegen eine Weile. Ein Specht hämmerte, und durch das trockene Laub wühlte sich ein Tier. Lily schlug vor, ein paar Schritte zum Teich hinunter zu gehen, wo sie als Kinder so gerne gespielt hatten. Man konnte noch den einstigen Kiesweg erkennen, auch wenn nur noch wenige Steinchen den Verlauf säumten. Der Park war verwildert, aber nicht ungepflegt. Der kleine See lag beinahe unberührt da, lediglich einige Enten zogen ihre Bahnen. Es musste viel geregnet haben, denn das Ufer wirkte wie frisch gewaschen. Gwen konnte winzige Fische erkennen, die sich in Schwärmen fortbewegten und bei der kleinsten Irritation blitzartig die Richtung wechselten. Lily setzte sich auf einen Baumstamm, und Gwen fand einen Stein, auf dem es sich aushalten ließ.

»Wir sind ja recht frei erzogen worden«, begann Lily das Gespräch, »und Papa war häufig unterwegs, da konnten wir tun, wozu wir Lust hatten. Wir haben hier im Schlamm gespielt, sind von einem alten Kahn aus ins Wasser gesprungen, haben nach einem vermeintlichen Schatz getaucht. Es war eine unbeschwerte

Zeit. Manchmal kamen die Kolberger Cousins und Cousinen, und das war immer lustig.«

»Ich habe eine Fotografie entdeckt von dir und deinem Kindermädchen.«

»Das war die Dada, die hat irgendwann geheiratet und ist weggezogen. Zusätzlich hatten wir ein englisches Fräulein, das aber mit Kriegsbeginn nach Hause wollte. Und dann kam ja im Sommer 1919 die Ella, da war ich sechs Jahre alt. Ich weiß das noch ganz genau, weil ich in der Woche Geburtstag hatte, und als die Ella kam, dachte ich, die darf aber jetzt nie mehr weg.« Lily schmunzelte und stand auf. »Komm, ich möchte dir die Räume zeigen.«

»Erzähl mir von Ella. Ich bedauere es so sehr, dass ich sie nicht öfter getroffen und nach all dem gefragt habe, was mich heute interessiert.«

»Genau deshalb wollte ich mit dir hierher. Es gibt für alles einen Zeitpunkt, den man zu oft versäumt.«

»Was hast du denn versäumt?«

»Wir haben versäumt, uns mehr um Papa zu kümmern. Wir hätten ihn nicht allein nach Palästina gehen lassen sollen. Mit seinen Beziehungen hätte er auch nach England emigrieren können. Theo hat versucht, ihn abzuhalten, aber er liebte ja die arabische Welt. Das war nur nicht so günstig in einer Umgebung, in der die Araber gerade wenig Begeisterung zeigten für die in Scharen ankommenden Juden.«

»Aber ihr habt es versucht, und dann muss man akzeptieren, wenn Menschen ihren eigenen Weg gehen wollen.«

»Muss man das? Und welches ist schon ›der eigene Weg‹ im Krieg? Papa hat den Holocaust überlebt, um dann 1948 während der Unruhen umzukommen. Das nennt man Ironie des Schicksals.« Lily war sehr nachdenklich geworden und klang ein bisschen wie Theo. »Hast du akzeptiert, dass deine Mutter allein in die Berge ging, obwohl man sie davor warnte?«, fragte sie überraschend direkt.

»Nun, ich bin gerade dabei, wenigstens zu verstehen, warum sie sich etwas angetan hat, falls das der Fall war. Ich glaube, es gibt Menschen, für die bereits der Gedanke an den Tod eine Möglichkeit ist, sich dem Leben zu entziehen, ohne sich dafür umzubringen. Es genügt, die Lebensfreude zu verlieren und den Faden, der einen am Leben hält, ich will nicht sagen abzuschneiden, das wäre zu aktiv, aber preiszugeben. Und ich glaube, für Jakob, für Ruth und für Mummy war es ab einem bestimmten und tragischen Zeitpunkt so. Und sie alle verbindet dadurch, bei aller Unterschiedlichkeit des Sterbens, etwas miteinander.«

»Was denn?«

»Sie konnten alle drei ihr Leben nicht leben.«

»Ach, schau mal, da, die Striche, die hat der Knüvel eingeritzt, um zu markieren, wie ich gewachsen bin, und dahinter hat er ein Datum geschrieben!«, rief Lily unvermittelt. Sichtlich gerührt deutete sie auf den Balken, der Laura gleich aufgefallen war.

Sie gingen weiter und blieben kurz in der Halle stehen, in der der große Kamin unversehrt die Jahrzehnte überdauert hatte. Lily lief plötzlich aufgeregt in das einstmals grüne Zimmer und sagte: »Und hier hing ein sehr schönes Porträt meiner Mutter, das leider verschwunden ist. Ilsa hat es kurz nach der Hochzeit mit Papa aus dem Kaminzimmer abhängen lassen und es dann aber immerhin gnädig hier im Musikzimmer geduldet.«

»Und Ella war da schon weg?«

Sie setzten sich auf den Holzboden, auf den die Sonne wärmend schien, und Lily erzählte weiter.

»Ella ist abgereist, nachdem Papa Ilsa einen Heiratsantrag gemacht hatte. Man hat immer behauptet, sie sei überstürzt abgefahren, aber das hätte Ellas Wesen gar nicht entsprochen. Sie hat sich alles genau überlegt. Wir haben hier zusammen auf dem Sofa gesessen, sie hat ihren Arm um mich gelegt und mir erklärt, dass sie nicht bleiben könne und einen neuen Abschnitt in ihrem Leben beginnen wolle. Sie hat mir versprochen, regelmäßig zu schreiben, und das hat sie auch getan. Ich war sehr traurig, und einmal habe ich es nicht mehr ohne sie ausgehalten, und da hat sie Papa telegrafiert und vorgeschlagen, mich nach Frankfurt reisen zu lassen, wo sie doch dann wohnte.«

»Das habe ich gar nicht gewusst, was hat sie denn in Frankfurt gemacht?«

»Sie hat da in einer Apotheke angefangen.«

Ob Ella wohl bei Gundels Vater eine Anstellung gefunden hatte, dachte Gwen und musste plötzlich lachen, als ihr die Geschichte einfiel, wie der vornehme Herr Apotheker betrunken zurück nach Schloss Elmau getorkelt war. Lily sah ihre Nichte erstaunt an, und Gwen erzählte, wie anschaulich und komisch Ella von Gundels Vater, dem Herrn Avenarius, berichtet hatte.

»Genauso hieß der. Der Name wäre mir nie mehr eingefallen. Seine Frau war einen Kopf größer als er und die Ruhe selbst. Er war ein wenig cholerisch. Das war damals meine erste Zugreise ganz allein. In Frankfurt hat mich Ella am Bahnsteig abgeholt. Sie hat ein paar Tage freibekommen, und wir waren in dem Opernhaus, das im Krieg zerstört wurde und das sie doch tatsächlich wiederaufgebaut haben. Wir sind auch nach Wiesbaden gefahren und haben sogar auf dem Rhein eine Schifffahrt unternommen.«

»Wie ging es Ella denn damals, war sie nicht sehr traurig, nachdem ihre Träume ja doch irgendwie geplatzt waren?«

»Darüber habe ich viel nachgedacht. Aber das kann ich jetzt nicht ohne eine Tasse Tee erzählen. Bitte schau doch mal, ob draußen noch die Thermoskanne steht. Ist zwar nicht mehr frisch, aber hoffentlich noch heiß.«

Gwen lief nach draußen, wo noch immer die umfunktionierte Tür auf dem Brunnen lag, und tatsächlich standen dort Lilys Thermoskanne sowie eine Tasche mit einer Blechdose, einem Fläschchen Milch und Plastikbechern. Gwen packte die Kanne in die Tüte, zog das Laken von der Tür und nahm alles mit in das grüne Zimmer, wo sie das Tuch auf dem Boden ausbreitete, den Tee einschenkte und die kalte Milch in den Becher hinzugab. In der Blechdose entdeckte sie die guten Ingwerkekse. Es waren sogar die mit Schokoladenüberzug.

»Schon viel besser«, schnaufte Lily zufrieden, die erstaunlich gelenkig auf dem harten Boden ausharren konnte.

»Wo waren wir, ach ja, bei Papa und Ella. Zu deiner ersten Frage: Ella war wohl eine Zeit lang unglücklich in Frankfurt, aber nicht lange, meine ich. Na ja, ich war ohnehin noch zu jung, um mit ihr als Freundin zu sprechen. Aber ich habe es gespürt. Später einmal hat sie zu mir gesagt, sie habe gedacht, Korbinian würde ewig auf sie warten, dann kam aber der Punkt, an dem sie sich eingestehen musste, dass der eine Mann, also Jakob, sie nicht heiraten wollte, und der andere Mann, also Korbinian, sie nicht mehr heiraten wollte. Ich glaube, das war eine schwere Zeit, denn sie war plötzlich allein und ganz ohne Familie.«

Gwen wusste nicht, welchen Faden sie zuerst aufnehmen sollte, denn im Grunde interessierte sie gerade alles. Irgendwann mussten sich Ella und Korbinian ja wiederbegegnet sein, aber wann, wie und wo, und warum Korbinian nicht mehr auf sie hatte warten wollen, ausgerechnet jetzt, wo Ella doch endlich zu ihm hätte zurückkehren können?

Lily war aufgestanden und hatte sich an das Fenster gestellt, sodass die Sonne auf ihr weich gewelltes Haar schien. Sie streckte ihren Rücken durch, dehnte Arme und Beine, bewegte abwechselnd die Schultern, und Gwen hätte sich nicht gewundert, wenn sie als Nächstes einen Kopfstand gewagt hätte. »Dehnung ist gut, machst du doch sicher auch immer«, meinte sie und beugte sich dabei vornüber, um mit den Fingerspitzen den Boden zu berühren.

Nach ihrer Turnübung bat sie Gwen, mit ihr in den ersten Stock hinaufzugehen. Als sie von der Balustrade nach unten sahen und den herrschaftlichen Raum auf sich wirken ließen, meinte sie elegisch: »Kannst du dir ausmalen, wie feierlich es an Weihnachten hier aussah? Wir sind als Kinder am nächsten Tag ganz früh aufgestanden, und die Halle hat nach Tanne gerochen, denn auch die Geländer waren mit Zweigen dekoriert, die dufteten. Unter dem Baum lagen noch unsere Geschenke vom Vorabend. Papa hatte angeordnet, dass der Ofen, da stand ein schöner Kachelofen, der wahrscheinlich zerstört oder abtransportiert wurde, ganz früh angeheizt werden sollte, damit wir es warm haben würden.«

Lily marschierte mit Gwen von Zimmer zu Zimmer und berichtete, wer wo gewohnt hatte und wie die Räume eingerichtet gewesen waren. In einem Raum hielt sie inne.

»Hier ist Mama gestorben. Ich war noch zu klein, aber ich erinnere mich, wie man mir später erzählte, dass alle dauernd weinten, und am schlimmsten war es wohl, meine kleinen Brüder weinend zu sehen.«

Gwen stellte sich die Szene vor: die Trauer der Kinder, Jakobs Verzweiflung und das Kommen und Gehen aufgelöster Verwandter. Als Jakob dann Erholung und Abwechslung suchte, aber an weite Reisen ins Ausland während des Ersten Krieges nicht mehr zu denken war, hatte ihm jemand den Aufenthalt auf Schloss Elmau empfohlen, und so war er nach Oberbayern gelangt, wo das Schicksal seinen Lauf nahm.

Als sie die Kammer von Nücki passierten, fiel Lily ein, wie die Köchin einmal volltrunken in der Silvesternacht zusammen mit dem italienischen Hauslehrer Giovanni das Vogelhäuschen als Abschussrampe für eine Feuerwerksrakete nutzen wollte, dann aber zusammen mit der Rakete das Vogelhäuschen in hohem Bogen davon und in den Hühnerstall schoss. Lily lachte schallend, und es liefen ihr die Tränen herunter, als sie die Anekdote zum Besten gab. Erst am nächsten Tag habe man das Ausmaß der Verwüstung im Hühnerstall bemerkt, und bei einer »Befragung« des Personals sei Nücki damit herausgerückt, dass sie zwar irgendwie beteiligt gewesen war, sich aber nicht mehr recht erinnern könne.

Gwen lachte und war dankbar für diesen Moment der Leichtigkeit. Sie gingen weiter nach oben auf den Dachboden, und

Gwen überlegte, ob sie das Kistchen erwähnen sollte. Oben angelangt, ließ sich das Gurren der Tauben vernehmen.

»Ach, das ist ja wie in Kindertagen. Die Ringeltauben sind geblieben, eine Generation ist auf die nächste gefolgt. Ist das nicht lovely?« Lily war entzückt.

»Lily, hier habe ich eine Schatulle herausgezogen, die Ilsa versteckt hat.« Gwen zeigte auf die Markierung und die darunter liegende Öffnung, die sie gestern entdeckt hatte. »Ich wollte dir von dem Inhalt erzählen.«

Lily ging darauf nicht ein und sagte stattdessen: »Lass uns wieder nach unten gehen, mir ist kalt. Wir waren als Kinder gerne hier oben. Wenn das Wetter schlecht war, hat die Waschfrau hier die Wäsche aufgehängt, und wir haben uns dann zwischen den riesigen Betttüchern versteckt und dabei die Silhouette des anderen gesehen und uns in Gruselgeschichten hineinfantasiert. Theo hat sich einmal von hinten angeschlichen, ohne dass ihn Heinrich oder ich bemerkt hatten. Wir sind zu Tode erschrocken, und ich bin danach weinend zu Nücki gelaufen, die mich mit einem Stück Schokolade getröstet hat.«

Sie gingen wieder nach draußen und setzten sich auf die Bank. Die Sonne war gewandert, und der Sitzplatz lag jetzt im Schatten.

»Lily, was ist mit Ilsas Kind passiert, wo war dieses Kind die ganze Zeit?«, drängte Gwen, die befürchtete, Lily würde wieder einmal abschweifen und einem tieferen Gespräch aus dem Weg gehen.

»Du kannst Ilsa ja nächste Woche selbst fragen. Aber gut, ich will dir ein paar Dinge erzählen«, meinte Lily gnädig, die sich gar nicht darüber zu wundern schien, dass Gwen überhaupt von einem Kind wusste.

»Der Ludwig war nach einem Unfall behindert, er konnte nicht mehr allein gehen, nicht mehr allein essen und nicht mehr verständlich sprechen. Ilsa war völlig verzweifelt und wollte das Kind nicht bei irgendwelchen Gouvernanten in der Familie ihres verstorbenen Mannes lassen und auch nicht bei ihrer eigenen

Familie. Sie konnte ja mit keinem ihrer Verwandten etwas anfangen. In diesem Zustand kam sie damals auf den Hof. Das war etwa 24 oder so. Sie wusste nicht, wohin, und konnte sich offenbar nur von Ella Hilfe vorstellen. Sie hat eine zuverlässige Betreuung für den kleinen Ludwig gesucht, und Ella, praktisch wie immer, schlug vor, dass Käthe sich kümmern könnte, die stets in Geldnot war und auch noch so zentral in Berlin lebte.«

»Und warum hat niemand mehr über den Jungen gesprochen? Warum wurde er totgeschwiegen von euch allen?« Gwens Stimme hatte nun einen vorwurfsvollen Ton bekommen, obgleich sie das doch unbedingt vermeiden wollte. Schließlich war Lily nicht allein verantwortlich für das kollektive Schweigen in ihrer Familie. »Wie kommt es, dass selbst meine eigene Mutter nie von ihm erzählte? Und weißt du, was auch seltsam ist?« Gwen wartete Lilys Reaktion erst gar nicht ab und redete aufgebracht weiter: »Ellas Aufzeichnungen, in denen von Ludwig die Rede hätte sein können, sind verschwunden. Ausgerechnet diese Jahre fehlen.«

Lily blieb gelassen: »Ich kann dir nur so viel sagen, dass Marga, also deine Mutter, auch Ilsas Kind ist, daher soll dir Ilsa die ganze Wahrheit erzählen. Ich möchte ihr da nicht vorgreifen, es betrifft ihr Leben. Und was mit den Aufzeichnungen passiert ist, weiß ich nicht.«

»Was hat denn Marga damit zu tun, dass Ludwig verschwunden ist?«

»Gwenny Darling, sehr viel.«

Über die Grenze

In dem Moment, in dem Gwen weiterfragen wollte, hörten sie ein Auto. Lily sprang sofort auf. »Es ist Laura, sie kommt uns abholen.« Lily legte rasch den Schlüssel zurück in die Küche und lief zum Wagen. An eine Fortsetzung der Unterredung war vorerst nicht mehr zu denken.

»Hattet ihr eine gute Zeit?«, wollte Laura wissen, die allerdings schon an Gwens Gesicht ablesen konnte, dass etwas nicht ganz glatt gelaufen war.

»Ja, herrlich, ich habe Gwenny so viel von früher erzählt. Aber bitte fragt mich jetzt nichts mehr. Ich möchte nur noch einen Kaffee, anschließend ein kleines Abendessen und dann ein Bett.« Lily seufzte und rutschte mit dem Sitz zurück, um es sich bequem zu machen und vermutlich auf der Heimfahrt in aller Seelenruhe zu dösen. Aber dann fiel ihr noch eine Kleinigkeit ein: »Ach so, und Marek hat Lotte und mich für morgen zum Abendessen eingeladen, euch natürlich auch, aber ich habe gesagt, ihr hättet schon andere Pläne. Das war sicher in eurem Sinne, es wäre doch auch zu viel gewesen für Danuta, plötzlich vier Frauen zum Essen. Und vorher möchte er uns die Umgebung zeigen, aber mit euch. Ich habe ihm gesagt, wir fahren dann mit zwei Autos, das ist viel angenehmer.«

Lily hatte an alles gedacht, um weiteren Gesprächen aus dem Weg zu gehen. Wenn Gwen die Lage nüchtern beurteilte, war sie keinen Schritt vorangekommen.

»Dann wissen wir jetzt aber doch immerhin, dass der kleine Ludwig schwer verunglückt ist und auf Dauerpflege angewiesen war«, kommentierte Laura Gwens Resümee der Gespräche mit ihrer Tante, als sie später allein im Zimmer saßen.

»Ich muss wahrscheinlich wirklich abwarten, bis ich Ilsa nächste Woche sehe, aber wenn die genauso mauert, gebe ich auf. Sollen die doch selig werden als verkalkte Wasserkocher mit ihren ganzen Verdrängungen«, schnaubte Gwen und musste dabei lachen. Sie legte sich aufs Bett und dachte nach. Die Gespräche mit Lily waren berührend und gleichzeitig anstrengend gewesen, auch zog der Gutshof Energie ab. Sie waren nicht in irgendeinem Haus gewesen, sondern an jenem besonderen Ort, der wie kein anderer aufgeladen war mit belastenden Erlebnissen, aber auch schönen Erinnerungen. Lilys letzte Bemerkung hatte Gwen aufgewühlt. Was mochte sie damit gemeint haben?

Nach einer Weile erinnerte Laura ihre Freundin sanft daran, dass es schon bald Zeit war, zum Abendessen nach unten zu gehen.

Zofia und Emilia hatten bereits draußen gedeckt und Kannen mit Wasser und Sirup auf den Tisch gestellt. Gwen gab einen Schuss des Holundersirups in ihr Glas und mischte ihn mit Wasser. Sie spürte eine Unruhe in sich, weil sich etwas in ihr als Erkenntnis verfestigt hatte, das sie unbedingt klären wollte, und da traf es sich gut, dass Lotte gerade allein im Garten stand und rauchte.

»Möchtest du auch einen Schuss Sirup in dein Wasser?«, fragte Gwen.

»Gerne, aber nicht zu viel. Und war deine Tante gesprächig?«, wollte Lotte wissen und blies dabei den Qualm an Gwens Gesicht vorbei.

»Ja und nein. Sie hat viel von früher erzählt, aber sie redet nicht über das, was ich eigentlich erfahren möchte, und dann hat sie heute Nachmittag eine Bemerkung gemacht, die ich gar nicht verstanden habe.«

»Was hat sie denn gesagt?«

»Sie hat gemeint – vielleicht habe ich es auch falsch aufgefasst –, meine Mutter habe etwas mit dem Verschwinden von Ilsas behindertem Sohn zu tun.«

»Aber dann hat sie dir doch erzählt, dass Ilsa einen Sohn mit einer Erkrankung hatte, oder wusstest du das?«

»Ja, das hat sie angedeutet, aber wann und warum er erkrankt ist, weiß ich nicht.«

»Hast du sie gefragt?«

»Nein oder doch, sie meinte, sie wolle Ilsa nicht vorgreifen, das sei schließlich ihr Kind gewesen.«

»Dann müssen wir das so akzeptieren.«

»Und was weißt du?«

»Sagen wir so, ich möchte Lily nicht vorgreifen.«

»Genau das ist es, ich komme nicht weiter, und wenn ja, dann sind es zwei Schritte vor und zwei bis drei zurück.« Gwen beschloss, jetzt mit ihrer Vermutung herauszurücken und Lotte intensiver zu befragen. »Wie lange wohnst du eigentlich schon in deiner Wohnung?«

»Ewig, seit Jahrzehnten. Warum fragst du?«

Gwen schob Lotte zu den beiden Stühlen, die verstreut im Garten standen, sodass sie sich nebeneinandersetzen konnten. »In dem kleinen Album gibt es ein Foto mit dir und Lily in deinem Zimmer, nicht wahr?«

»Das kann schon sein.«

»Ihr steht beide so, dass man ein Stück von einem Rahmen sieht. Ich habe den Rahmen nämlich sofort erkannt, aber das Gemälde hängt nicht mehr in deinem Lesezimmer.«

Lotte schaute ihr Gegenüber nun konsterniert an, und Gwen vermutete, dass Lotte gerade dämmerte, dass sie ohne Lilys Hilfe aus dieser Falle nicht mehr herauskommen würde.

»Ich hänge immer gerne meine Bilder um, erst kürzlich habe ich die Kollwitz abgehängt, also eine Kopie. Du hast sicher den schwarzen Rand bemerkt. Phil müsste alles mal streichen. Was für ein Bild meinst du denn?«, fragte sie nach Gwens Empfinden reichlich naiv.

»Ich spreche von dem Liebermann-Gemälde, das bei dir in der Wohnung hing.«

Gwen hörte sich an, wie eine übereifrige Ermittlerin, und Lotte erschien ihr zunehmend nervös.

»Nein, Gwenny, da irrst du dich gewaltig. So ein wertvolles Bild hätte ich in nie aufhängen können, und warum sollte ich auch?«

Die beiden konnten ausgerechnet jetzt nicht mehr weitersprechen, weil wieder einmal das Essen serviert und damit das Gespräch unterbrochen wurde. Noch vor ein paar Monaten wäre Gwen der Rahmen gar nicht aufgefallen, aber nun gab es für sie keinen Zweifel mehr: Jakobs Lieblingsbild hing einmal in Lottes Zimmer, und von dort war es in den Westen gelangt und dann im Rollkoffer nach Köln. Gwen war sich ganz sicher. Sie wusste nur noch nicht, wann das alles passiert war.

Nach dem Abendessen setzten sich Lotte und Lily an das andere Ende des Gartens. Natürlich würde Lotte ihrer alten Freundin von dem Gespräch erzählen, und sie würden einen Plan schmieden, um wieder irgendetwas zu vertuschen. Als die Seniorinnen zurückkamen, sahen sie so unschuldig aus, als hätten sie sich über Strickmaschen ausgetauscht, und Gwen wappnete sich innerlich.

»Hör mal, Gwenny Darling«, begann Lily sanft, als würde sie mit einer Person sprechen, die geistig nicht mehr ganz auf der Höhe war, »du hast dich da verrannt. Das ist nicht weiter schlimm, du bist angespannt mit der ganzen Reisevorbereitung, das war viel für dich die letzten Wochen«, meinte Lily verständnisvoll, um dann deutlich strenger fortzufahren, »aber glaubst du ernsthaft, Lotte würde so ein Bild während des Kriegs und dann auch noch nach dem Krieg für alle sichtbar bei sich aufgehängt haben?«

Lily wartete Gwens Reaktion ab, aber als keine kam, fuhr sie ziemlich energisch fort.

»Das Foto, das du gesehen hast, ist bei mir in meiner Kreuzberger Wohnung aufgenommen worden. Das muss '39 gewesen sein. Der Liebermann hing nie bei Lotte, warum auch.«

»Weißt du, der Liebermann wurde in der DDR verehrt, und nach ihm ist auch die Akademie der Künste benannt. Da hätte ich doch nicht so einfach ein solches Bild in meiner sehr bescheidenen Behausung präsentieren können«, meinte Lotte eilfertig.

Gwen war sich so sicher gewesen, aber nun zerbröselte ihre Theorie wie eine von der Sonne ausgetrocknete Sandburg. Lotte und Lily blickten Gwen wohlwollend an.

»Das ist aber doch noch nicht alles«, meinte Lily, die einen ziemlich langen Moment überlegen musste, ob sie die Fortsetzung erzählen wollte oder lieber nicht. Sie blickte Lotte fragend an.

Lotte nickte und sagte: »Kannste erzählen. Is ja wirklich keine Schande.«

Gwen bat Laura dazuzukommen, die beim Abräumen geholfen hatte. Es würde ihr guttun, in diesem Moment jemand an ihrer Seite zu wissen.

»Gut, also die ganze Wahrheit. Du liegst nämlich nicht ganz falsch mit deiner Vermutung. Ja, Lotte hat das Bild lange bei sich gehabt. Aber anders, als du denkst. Es ist eine längere Geschichte«, begann Lily. »Nach den Pogromen wurde es ungemütlich, und da habe ich meine Wohnung aufgegeben und bin vorübergehend zu Ilsa gezogen, die Jakobs Appartement in der Fasanenstraße übernommen hatte, aber da konnte ich auch nicht bleiben, wurde alles zu gefährlich. Ich musste immerzu irgendwo unterschlüpfen. Da konnte man nur eine Tasche mit dabeihaben, aber kein Bild unterm Arm durch Berlin schleppen, und so bat ich Lotte, den Liebermann aufzubewahren.«

»Du hättest das Bild doch auch Ilsa geben können, die war nicht gefährdet«, hakte Gwen nach.

»Ach Ilsa, nee. Ilsa hielt uns für sentimental. Sie hing an nichts. Sie hat pausenlos Dinge verschenkt und wieder neue gekauft. Und dann war sie immer woanders – und von Papa geschieden. Wirklich, keine gute Idee«, antwortete Lily gereizt.

»Wir haben das Bild, bevor ich nach Schweden geflüchtet bin, eingewickelt, sorgsam in eine Holzkiste gelegt und die zugenagelt. Und da Lottes Haus nicht bombardiert worden war, hat das Bild den Krieg ohne Schaden überstanden.«

Lily nahm sich erneut von dem Sirupwasser.

»Das schmeckt wie früher. Die Nücki hat auch immer Sirup und Säfte gemacht von dem frisch geernteten Obst. Und Papa hat darauf bestanden, dass wir am Abend einen Segen sprachen auf die, wie es hieß, Erstlingsfrüchte. Das war ein schöner Brauch, den er von Mama übernommen hatte, denn auf diese Weise sind wir uns dessen bewusst geworden, was gerade reif war. Wir gingen ja nicht zum nächsten Sainsbury's und haben eingekauft. Aber das wollte ich gar nicht erzählen.«

Lily nahm noch einen Schluck von diesem »Kindheitssirup«.

»Na ja, und nach dem Krieg waren wir damit beschäftigt, unsere Familien und Freunde zu suchen. Wir haben doch inständig gehofft, dass sie noch leben würden. Alle hatten Suchmeldungen abgesetzt. Als ich dann in England war, haben Theo und ich uns in London an die Wiener Library gewandt.«

Gwen wusste, dass dies eine der wichtigsten Anlaufstellen für überlebende Juden war. »Wir haben nicht mehr an Bilder, Bücher, Möbel gedacht, sondern nur noch an unsere Liebsten. Irgendwann haben wir wenigstens erfahren, in welchen Lagern sie umgekommen sind.«

Gwen spürte, dass sie das große Ganze nicht gesehen hatte, sondern wieder einmal nur einen Ausschnitt, der aber der Realität nicht gerecht wurde, nicht dieser Realität gerecht werden konnte. Lilys Generation war nur zu begreifen, so viel hatte sie mittlerweile verstanden, wenn man bereit war, Ursachen zu ergründen und in Grauschattierungen zu denken. Die Ursachen aber waren vielfältig und so widersprüchlich wie die Menschen. Darum gab es auch keine einfachen Antworten und schon gar keine in Schwarz und Weiß. Während Gwen diesem Gedanken nachhing, hatte Lotte das Wort ergriffen.

»Und dann hat mir Lily viele Jahre später von Henry und seiner schweren Erkrankung erzählt und dass es Medikamente geben würde, die aber sehr teuer seien, und auch davon, dass er blöderweise seine Wohnung verschenkt hatte. Und da ist mir der Liebermann wieder eingefallen. So seltsam es klingt, so war es.«

»Natürlich hätte Theo auch geholfen«, unterbrach Lily ihre Freundin eifrig, »aber Theo hat damals schon deiner Mutter das Geld gegeben, damit sie mit Robert ihr Haus kaufen konnten, als du dann geboren wurdest. Und darum wollte ich ihn nicht fragen.«

Gwen nahm ihrer Tante die Erklärung nicht ganz ab, dazwischen lagen Jahrzehnte, wollte aber durch eine Nachfrage nicht riskieren, dass das Gespräch in eine andere Richtung driftete.

Lotte nickte zustimmend, obwohl sie damit sicher nichts zu

tun gehabt hatte, und fuhr mit ihrem Bericht fort. »Und jetzt haben wir überlegt, wie wir den Liebermann rüber in den Westen schaffen könnten, und da hatte ich eine Idee.«

Und nun berichtete Lotte sichtlich beeindruckt von sich selbst, wie sie ihre Nachbarin, Frau Mäuslein, eine Hobbymalerin, gebeten hatte, ein Sonnenblumenbild in Öl zu malen. Diese hatte sich begeistert und geschmeichelt ans Werk gemacht, und als das Bild fertig und getrocknet war, montierte Lotte den alten Rahmen ab, legte eine Folie auf das wertvolle Bild und darauf Frau Mäusleins Sonnenblumen. Anschließend gab sie das Bild zurück in den alten Rahmen und wickelte es in Packpapier ein.

Nach Lottes Schilderung übernahm nun Lily das Wort und sprudelte aufgeregt weiter. »Und zuerst dachten wir, Lotte sollte damit über die Grenze, aber die DDR-Bonzen haben ihre eigenen Bürger doch so schikaniert, ausgefragt und lange warten lassen. Das wollte ich nicht und schon gar nicht, dass Lotte etwas passiert. Das war anders für Reisende aus dem Westen und noch mal ganz anders, wenn man einen britischen Pass hatte. Ich bin also mit der S-Bahn über die Grenze an der Friedrichstraße, habe Lotte besucht und bin mit dem Bild zurück. Ich musste das Paket dann zwar auspacken, ziemlich viele und dämliche Fragen beantworten, aber das war's.«

Lotte und Lily konnte man ansehen, wie stolz sie noch immer auf dieses Meisterstück waren. Vor ihrem inneren Auge sah Gwen ihre Tante in einem Trenchcoat mit hochgestelltem Kragen lässig ihren Pass zeigen und in einer Mischung aus freundlicher Naivität und schnoddriger Chuzpe die Fragen der Grenzer beantworten.

»Wir waren natürlich auch keine Anfängerinnen«, brachte Lily selbstzufrieden hervor.

Gwen rechnete nach und stellte fest, dass die Aktion kurz vor dem Fall der Mauer stattgefunden haben musste. Nur drei Monate später hätten die Damen mit dem Bild einfach ins Auto steigen und damit über die Grenze fahren können.

»Und dann hast du das Bild nach Köln gebracht und versteigert, nicht wahr?«

»Woher weißt du das denn?«, fragte Lily erstaunt.

»Deine Nachbarin Jane wusste nicht nur, wo und wann du deinen Rollkoffer gekauft hast, sondern auch, dass du vor nicht allzu langer Zeit in einer deutschen Stadt gewesen warst, und zwar mit Henry. Von dort hast du ihr nämlich einen Duft mitgebracht. Und nun rat mal, welche Stadt das nur sein konnte?«

»Aber wie kamt ihr denn auf den Koffer zu sprechen?«

»Das weiß ich auch nicht mehr, aber ich habe bei dir auf dem Couchtisch den Auktionskatalog mit der Abbildung des Liebermann darin entdeckt und mich natürlich gewundert, dass du ausgerechnet im Jahr der Auktion in Köln warst und warum auch noch mit deinem in Paris lebenden Bruder.«

»Und hast du Theo von deiner Vermutung berichtet?« Lily klang nun nervös.

»Nein, natürlich nicht. Aber warum hast du ihm denn nichts von der Versteigerung erzählt?«

»Doch, ich glaube schon, dass ich das getan habe. Bin nicht sicher, womöglich hat er es auch bloß nicht mehr erinnert.«

»Nun, dann habt ihr doch das zumindest geklärt«, wiegelte Lotte ab und gähnte auffällig.

»Noch nicht ganz«, erklärte Lily ruhig. »Ich habe das Bild all die Jahre natürlich nie wirklich vergessen. Man vergisst so einen Gegenstand nicht. Es war ja nicht irgendein Bild, es war Papas Lieblingsbild.«

Es war dunkel geworden, und Zofia hatte eine Petroleumlampe zusammen mit einer Kanne Pfefferminztee auf den Tisch gestellt. In ein paar Tagen würde Vollmond sein, aber der Mond erleuchtete bereits jetzt den Garten und warf ein warmes Licht auf das alte Gebäude, das, wie alles hier, seine ganz eigene Vergangenheit hatte. Und während die vier Frauen in Zofia und Emilias Garten in Hinterpommern saßen, Pfefferminztee tranken und Zigarettchen rauchten, erzählte Lily die Geschichte zu Ende.

Sie berichtete, wie wichtig es Jakob gewesen war, das Bild nach seiner Flucht in Sicherheit zu wissen. Sie hatte ihm nach Palästina geschrieben, dass sie es mit nach Berlin hatte nehmen können, und ihm dann nach dem Krieg noch mitgeteilt, dass Lottes Wohnung nicht bombardiert worden war und das Bild den Krieg überstanden hatte, und Lotte Gott sei Dank auch. Das hatte ihn beruhigt, aber er drängte sie, es so schnell wie möglich abzuholen und nach London zu bringen. Lily aber konnte das Bild nicht bei Lotte abholen. Sie war blockiert, geradezu gelähmt. Das Bild stand für alles, was sie verloren hatten: für Herkunft und Heimat, Wohlstand und Besitz, Recht und Würde, Kunst und Kultur. Das alles war unter der Diktatur vernichtet worden. Lily hatte niemandem von dem Verbleib des Gemäldes erzählen können und Albträume bekommen. In sich wiederholenden Endlosschleifen scheiterte sie daran, das Bild nach Hause zu bringen. Es gab Träume, in denen sie die Kiste, in die sie das Gemälde gelegt hatten, öffnete, aber der Inhalt war vermodert und fiel in sich zusammen wie zarter, grüner Schimmel. Einmal träumte sie, sie habe das Bild in einen tiefen Schacht fallen lassen und es dort nicht mehr herausholen können. Ein anderes Mal hatte sie ihren weinenden Vater gesehen, der vergeblich versuchte, das Bild von der Wand abzunehmen, aber es wollte ihm nicht gelingen. Da war ihr klar geworden, dass die Träume sinnbildlich für das Schicksal des Vaters standen, dem sie nicht hatten helfen können. Sie mussten das Bild allein zurücklassen, so wie Lily und ihre Geschwister gezwungen waren, ihren Vater allein ins Exil schicken. Mit dem Bild war die Frage untrennbar verbunden, ob sie genug getan hatten, um Jakob zu retten. Was war eigentlich der Plural von Schuld?

Lotte und Lily hatten irgendwann nicht mehr über das Gemälde gesprochen. Lily wusste, wo es war, und das genügte ihr. Und dann wurde ja auch noch die Mauer gebaut, und man konnte nicht mehr so einfach Dinge vom Osten in den Westen bringen, und schon gar keine großformatigen Kunstgegenstände. Erst als Henry erkrankte und schnell viel Geld für die kostspielige Behandlung benötigt wurde, fand Lily die Kraft, sich diesem Teil der Vergangenheit zu stellen. Und so habe alles seinen Lauf genommen, wobei sie ihrem Bruder zunächst nichts erzählen wollte, denn er würde aufs Heftigste gegen einen Verkauf protestiert haben.

Plötzlich musste Lily kichern.

»Henry war doch der absolute Kunstkenner mit dem unbestechlichsten und kompromisslosesten Auge, und als wir in Köln waren, da habe ich das Bild aus dem Packpapier genommen, und Henry hat auf die fröhlichen Sonnenblumen gestarrt und wusste nichts zu sagen. Ich habe ihm erzählt, es hätte mir so gut gefallen, dass ich es einfach kaufen musste. Ich habe mich schlapp gelacht, als ich sein Gesicht sah, aber dann habe ich den Rahmen vom Bild gelöst, die Sonnenblumen herausgenommen, und der Liebermann kam zum Vorschein. Und da haben wir beide, der todkranke Heinrich und ich, in diesem Hotelzimmer mit Blick auf den Dom gesessen, das Bild betrachtet, an unseren so einsam gestorbenen Papa gedacht und geweint.«

Als Gwen abends im Bett lag und über das soeben Gehörte nachdachte, fand sie, Lily habe sich weder bereichert noch jemandem geschadet. Im Gegenteil. Indem Lily das Bild verkaufte, wollte sie für die Genesung des schwer kranken Heinrich sorgen, das wäre in Jakobs Sinn gewesen. Lily hätte den anderen Geschwistern früher vom Verbleib des Gemäldes erzählen können, aber das war ihr offenbar nicht möglich gewesen, und so hatte sie dafür gesorgt, dass es allen gleichermaßen fehlte.

Die Stecklinge

Die gemeinsame Zeit in Polen ging zu Ende, und Lily und Laura beschlossen, noch in Berlin zu bleiben. Gwen hätte daran auch große Freude gehabt, aber sie wollte Theo nicht alleinlassen, wenn die alte Dame anreiste.

Sie saß im Flugzeug von Berlin zurück nach London und blickte auf die Tasche, in der sich die Stecklinge des Rosenstrauchs befanden, die Marek ihr noch mitgegeben hatte, und dachte an die letzten Tage.

Laura und sie waren allein ans Meer gefahren und hatten in einem malerischen Küstenort direkt am Fischereihafen zu Abend gegessen. Sie hatten die Schuhe ausgezogen und waren barfuß am Strand entlanggegangen, und Gwen hatte ihrer Freundin aus Ellas Brief jene Stelle vorgelesen, in der Ella ihren ersten Besuch am Meer beschrieb.

Am nächsten Tag dann war die kleine Reisegruppe mit Marek aufgebrochen, um noch weitere Sehenswürdigkeiten in Hinterpommern zu erkunden. Von Stolp (Slupsk) aus waren sie zu der Stadt Bütow (Bytów) an die kaschubische Seenplatte gefahren. Gwen hatte von Jola und ihrem geliebten Haserl erzählt und davon, wie wichtig es Jola gewesen war, Ella möge ihre Heimat besuchen. Lily erinnerte sich daran, dass Knüvel einmal Ella und die Kinder, also Theo, Heinrich und sie selbst, in ein ziemlich weit entferntes Dorf in Westpreußen gefahren habe. Sie wusste nicht mehr, wo das war, aber dass Jolas Eltern aus einem Haus gelaufen seien, als Ella nach ihnen gefragt hatte. Sie hatten dableiben müssen zum Essen und waren erst sehr spät nach Hause zurückgekommen. Lily war sehr stolz auf sich gewesen, da sie am besten Polnisch sprach und übersetzen durfte. Gwen hatte diese Schilderung erfreut, denn es bedeutete, dass Ella tatsächlich das Versprechen eingelöst und Jolas Heimat besucht hatte.

Sie waren ans Meer gefahren, Marek hatte von Wanderdünen und heftigen Sandstürmen berichtet und ihr Augenmerk auf die

Vielzahl an Vögeln gelenkt, die sich in dieser unberührten Natur heimisch fühlten. Er erzählte von dem kleinen Dorf Warbelow (Warblewo), in dem im 19. Jahrhundert ein berühmter Ornithologe gelebt und auch ein Vogelkundemuseum begründet hatte. Das Dorf war 1945 von der Roten Armee besetzt und beinahe die gesamte Bevölkerung in die Sowjetunion verschleppt worden. Jedes Dorf hatte eine ähnliche und doch andere Geschichte. Aber welche Dörfer und Städtchen sie auch immer besuchten, der Krieg begleitete sie.

Marek hatte sie über schwer zugängliche Feldwege gelotst und ihnen verlassene Herrenhäuser gezeigt. Von manchen standen nur noch die Fassaden, und dort, wo Fenstergläser gewesen waren, starrten ihnen dunkle Höhlen entgegen, so als hätte man sie ihrer Augen beraubt. In einigen dieser Häuser war Lily mit ihrem Vater in den Zwanzigerjahren zu Besuch gewesen. Mit dem Automobil schien es ja plötzlich keine großen Distanzen mehr zu geben, und was einmal einen Tagesausflug bedeutet hatte, war mit dem Auto in weniger als einer Stunde zu erreichen. Ilsabé fuhr gerne auf einen türkischen Mokka zu irgendwelchen Bekannten und liebte es, wenn sie die Anzeige auf dem Tachometer ausreizen konnte und der Zeiger zitterte. Immer wieder waren verschüttete Erinnerungen aus Lily herausgebrochen, so als wollten sie sagen: Endlich dürfen wir raus aus dieser Dunkelkammer.

Lily und Gwen waren allein nach Kolberg gefahren und hatten das ehemalige Wohnhaus der Familie Haim gesucht, von dem Theo wusste, dass es noch existierte. Es war ein schmales Haus, einen Steinwurf entfernt von der gotischen Marienkirche. Lily hatte das Haus sofort entdeckt und eine Fotografie dabei, die alle Haims vor dem Kolonialwarenladen zeigte. Es war das gleiche Bild, das auch Theo besaß.

Anschließend waren sie an den Strand gegangen, wo sich Ruth vermutlich heimlich mit Rachel getroffen hatte. Die See war an diesem Tag ungewöhnlich stürmisch. Böen peitschten die Wellen auf, die in einem schlammigen Grau an den Strand brausten, als würde sie eine große Wut antreiben. Gwen und Lily hielten sich an der Hand, während sie im Wechsel die Namen lasen. Keines der siebenunddreißig Familienmitglieder hatte ein Grab. Nur Ruth war nach christlichem Ritual auf dem protestantischen Friedhof beerdigt worden, aber auch ihr Grab war verschwunden. Theo hatte die Namen alle ermittelt und auch Fotografien gesucht und zugeordnet. Er hatte sich nicht damit abfinden wollen, dass die Erinnerung an die Familie ausgelöscht werden sollte.

Lily und Gwen hatten nicht mehr über Ludwig gesprochen und auch nicht mehr über die Schatulle, die Gwen auf dem Speicherboden entdeckt hatte. Gwen hatte akzeptiert, dass dies Ilsas und nicht Lilys Geschichte war. Stattdessen sprachen sie über Ella, und Gwen erfuhr, dass Ella in der näheren Umgebung damals eine Freundin gehabt hatte, mit der sie viel unternahm und die sehr gut Rad fahren konnte. Gwen wollte wissen, ob diese Freundin zufällig Mary Pelzer geheißen hatte, und Lily bestätigte dies erstaunt. Daraufhin erzählte Gwen von der Begegnung der beiden Frauen im Zug. Lily erinnerte sich, dass diese Mary nach Wien gegangen war, um dort als Schneiderin zu arbeiten. Sie sei aber »eine berechnende Kuh« gewesen, wie Lily sich ausdrückte.

Am letzten Abend hatten sie noch einmal die alte Tür auf den Brunnen gelegt und ein Abschiedsessen veranstaltet, zu dem Marek und Danuta, Zofia und Emilia eingeladen waren. Pawel traf kurze Zeit später ein, er hatte bei Zofia angerufen, um zu fragen, ob er vorbeikommen könne, denn er sei wieder einmal in Slupsk. So feierten sie vor der Kulisse des alten Gutshofs das Leben und das Überleben, stießen auf die Zukunft an und auf ein Europa ohne Grenzen und den Frieden. Gwen schämte sich ein wenig, wenn sie daran dachte, mit welchen Vorurteilen sie nach Polen gereist war und auf welch großzügige, offene, interessierte und herzliche Menschen sie getroffen war.

Es wurde viel von der Vergangenheit gesprochen, und Lily und Marek überboten sich in lustigen und traurigen Geschichten, die sie selbst erlebt hatten oder die ihnen erzählt worden waren. Marek erinnerte sich an einen Vorfall, von dem sein Vater Karol zu Hause voller Bewunderung berichtet hatte. Annemie und Fritz, die den Hof selbst dann nicht verlassen wollten, als die Rote Armee nur noch wenige Kilometer entfernt war, hatten die Kapitulation auf dem Hof erlebt und auch die Vergewaltigungen der Frauen in den umliegenden Dörfern. Im Herrenhaus war noch bis vor ein paar Wochen jedes Bett mehrfach belegt, denn in den Jahren zuvor waren Flüchtlinge aus dem weit entfernten Ruhrgebiet gekommen, um Zuflucht vor den heftigen Bombenangriffen zu suchen. Aber am Ende tauschten sie nur die eine gegen eine andere Hölle.

Auf dem Hof war dann die russische Kommandantur einquartiert. Eines Tages, so berichtete Marek, waren viele Soldaten zusammengekommen, um ein Schwein zu schlachten. Man war immer besonders nervös, wenn Soldaten so zahlreich zusammenkamen, um zu trinken und zu essen, und verbarg die Mädchen und Frauen in Schränken und Scheunen. Ein russischer Offizier hatte das Schlachtmesser zurück in seinen Stiefel stecken wollen, wobei er sich aber die Hauptschlagader derart schwer verletzte, dass er zu verbluten drohte. Seine Kameraden waren völlig hilflos, aber Annemie, die gelernte Charité-Krankenschwester, verarztete den heftig Blutenden derart geschickt, dass die Soldaten nicht nur alles taten, was sie ihnen auftrug, sondern ihr nach der erfolgreichen Rettungsaktion auch noch ein paar Stücke von dem frischen Schweinefleisch überließen, woran sonst noch nicht einmal zu denken gewesen wäre.

Was Marek über die Monate und Jahre nach Kriegsende zu erzählen wusste, war, von dieser Geschichte abgesehen, ausnahmslos schrecklich – und allen Anwesenden war bewusst, dass es die Deutschen waren, die den Krieg ausgelöst hatten.

In Berlin hatte Phil seinen alten Golf in Empfang genommen und Lily hatte ihm einen Umschlag in die Hand gedrückt als Dankeschön. Vermutlich konnte er sich davon ein neues Auto kaufen, so wie er strahlte, als er in das Kuvert schielte. Gwen lud Phil nach London ein, er könne bei ihr wohnen und die Stadt erkunden, einen Sprachkurs machen oder auch studieren, sie habe Platz genug. Sie wunderte sich selbst über diese Einladung, die für sie noch vor ein paar Monaten undenkbar gewesen wäre, aber die Reise hatte sie freier und leichter gemacht.

Der Abschied von Lotte fiel ihr schwer. Gwen hatte die Gelegenheit gehabt, Lotte noch einmal nach ihrer Stasiakte zu fragen, und dabei erfahren, dass die gesamte Korrespondenz mit Lily und anderen Westkontakten minutiös aufgelistet war. Man hatte Briefe geöffnet und Lotte abhören und überwachen lassen. Frau Mäuslein, die so gut Sonnenblumen malen konnte und mit der Lotte so oft ein Schwätzchen hielt, hatte jeden Besuch, der ins Haus kam, gemeldet. Aber Gwen und Lotte lachten auch, vor allem, als sie in Lottes Lesezimmer auf den schwarzen Rand aus Ruß blickten, der geblieben war, als diese den Käthe-Kollwitz-Druck abgehängt hatte. In dieser Wohnung also hatten die beiden Freundinnen konspiriert und den Plan, den Liebermann über die Grenze zu schmuggeln, in allen Details entworfen. Zwei verwegene ältere Damen, die sich ihr Leben lang nichts hatten gefallen lassen, und wehe, wer sie unterschätzte.

Sie waren im Landeanflug auf Heathrow, und es war ein merkwürdiges Gefühl, als die Maschine den heimatlichen Boden berührte. Gwen hatte den Eindruck, als sei sie monatelang weg gewesen. In ihrem Handgepäck befand sich nicht nur Ilsas wertvoller Schmuck, sondern auch der von Phil entschlüsselte Code des Schweizer Banksafes. Es war doch einiges passiert.

Sie nahm die U-Bahn und fand Platz in einem Waggon, in dem, das konnte kein Zufall sein, wieder das Plakat mit dem Gedicht von Elizabeth Bishop in der Wölbung klebte, das sie schon auf dem Hinweg zum Flughafen bemerkt hatte. Nun hatte sie die Muße, es noch einmal in Ruhe zu lesen. Das Gedicht hatte sie zuvor schon berührt, aber nun, nach dieser Reise, mischte sich in die Wehmut die Gewissheit, dass es neben dem Schmerz auch Kraftvolles gab. Sie hatte den tiefen Eindruck gewonnen, dem Verlust bereits etwas entgegengesetzt zu haben, sie war ihm nicht ausgeliefert. Ihr ferner Onkel Theo hatte sich in einen liebevollen, vertrauten Menschen verwandelt, sie hatte ihre Großmama wiedergefunden, sie hatte die Heimat ihrer Vorfahren entdeckt, sie hatte ihre Mutter besser verstehen gelernt, und sie hatte teilhaben dürfen an Ellas Geschichte. Aber vor allem hatte sie sich selbst neu mit der Welt verbunden.

Die enttäuschte Hoffnung

Am nächsten Tag pflanzte Gwen die Stecklinge in kleine Töpfe. Sie war gespannt, ob die Rosen gedeihen würden. Was für eine besondere Aufmerksamkeit von Marek, ihr die Pflänzchen mitzugeben. Sie hätte alles Mögliche erledigen müssen, aber ihr fehlte die Lust, jetzt Wäsche zu waschen oder Rechnungen zu bezahlen, und so ging sie in ihr Arbeitszimmer und kramte in der Schachtel, in der sich Ellas Aufzeichnungen befunden hatten. Sie war ganz sehnsüchtig geworden nach dieser Zeitreise. Sie blätterte die verbliebenen und noch ungelesenen Hefte durch und fand eines, auf dessen Vorderseite eine Postkarte der Loggia dei Lanzi klebte. Es trug eine Aufschrift in weißer Tinte »Köslin und Florenz 1923–1925«. Sie stellte den Tee auf das Stövchen und suchte nach den Ingwerkeksen mit Schokoladenüberzug. Ach, wie gut, dass sie noch vor ihrer Abreise eine ganz neue Packung gekauft hatte. Niemand würde sie stören, sie könnte einfach in Ruhe in Ellas Aufzeichnungen lesen, ihren geliebten Earl Grey trinken und, wenn sie wollte, die ganze Packung Kekse allein aufessen.

~

Der Baron gehörte zu jener privilegierten Schicht, die Anfang der Zwanzigerjahre unter der galoppierenden Geldentwertung weit weniger zu leiden hatte als der Rest der Bevölkerung. Zum einen hatte er immer mit einer großen Inflation gerechnet, denn man konnte Geld nicht so einfach »nachdrucken« – bis Kriegsende war die Menge des in Umlauf gebrachten Geldes verfünffacht worden –, zum anderen bot seine Landwirtschaft jene Waren, die dringend gebraucht wurden, und obendrein hatte er auch noch Anteile an Firmen im Ausland. Die von Steins zählten also zu den Glücklichen, die sich Reisen ins Ausland leisten konnten, und so fuhr die ganze Familie 1923, gemeinsam mit Ella, im Auto von Köslin nach Berlin, verbrachte dort zwei Tage in der Wohnung in der Fasanenstraße, fuhr dann mit dem Zug nach München weiter, wo sie in dem kleinen Hotel Marienbad unweit des Karolinenplatzes abstiegen, um am nächsten Tag ihre Reise über Mailand und Bologna nach Florenz fortzusetzen.

Ella hatte in München Fräulein Schönlein getroffen, die kaum glauben konnte, welch vorzügliche Stellung ihrer ehemaligen doch eher mittelmäßigen Schülerin angeboten worden war. Besonders entzückt war sie jedoch davon, dass sich ihr Zögling nicht auf eine frühe Ehe eingelassen hatte, denn nur so, betonte sie, könne »die Frau die Welt entdecken«. Ella war sich ob dieser Theorie nicht ganz sicher, denn sie konnte sich durchaus beides vorstellen, vor allem mit dem Baron als Reisebegleitung.

Jakob hatte aus erzieherischen Gründen nirgendwo das erste Hotel am Platz gebucht und auch in Italien Zimmer in Pensionen und nicht in den Grandhotels reservieren lassen. Der Baedeker vermerkte hierzu, dass diese zwar bescheidener seien, aber durchaus empfehlenswert und häufig von Damen geführt. Und so logierten sie denn auch in Florenz bei Signora Balestri an der Piazza Mentana, ein paar Schritte entfernt von dem Fluss Arno. Jakob bestellte einen privaten Reiseführer, der zwar des Deutschen mächtig war, den Kindern sollte er aber Vorträge über Land und Leute auf Italienisch halten, schließlich lernten sie ja zu Hause bei Giovanni die Landessprache und sprachen bereits ganz ordentlich. Enrico war ein glühender Erzähler, und Heinrich und Theo konnten nicht genug bekommen von seinen Berichten über die Medici, die als Fürsten, Kunstmäzene, Päpste und Intriganten die Zeitläufte bestimmten. Heinrich war zudem so fasziniert von der Gemäldegalerie der Uffizien, dass er mitunter bereits am frühen Morgen allein dorthin ging. Lily konnte den Enthusiasmus ihrer Brüder nur bedingt teilen und wollte stattdessen mit dem Ruderboot fahren oder testen, wer am schnellsten die 414 Stufen des Glockenturms am Dom hochlaufen konnte. Natürlich gewann sie das Rennen, denn allen anderen ging es allein darum, überhaupt nach oben zu gelangen, egal wie. Die schmale Lily aber schlängelte sich an den schwer schnaufenden Besuchern vorbei und lief mit ihren flinken Beinen die Treppe hoch. Da stand sie dann in lässiger Pose, so als würde sie schon eine ganze Weile auf die anderen warten.

Jakob wiederum ging mit Ella in das Ägyptische Museum und interessierte sich vor allem für die Statuen im Göttersaal. Florenz war ein einziges Freilichtmuseum, fand Ella, man konnte einfach durch die Straßen schlendern. Das ist mein Land, dachte sie, alles hier hat eine selbstverständliche Bellezza, die Menschen haben beste Laune, und Oleander und Olivenbäume blühen, als gäbe es keinen Winter.

Leider fanden sie die Villa Castello in Florenz geschlossen vor, sodass Ella die Agrumensammlung der Medici nicht besichtigen konnte. Zu gerne hätte sie einmal Pomeranzen oder Pampelmusen in die Hand genommen. Hoffentlich würde sich irgendwann eine nochmalige Gelegenheit ergeben, aber zumindest auf dem Markt kauften sie Orangen und Zitronen, zuvor durfte sie sie aufgeschnitten probieren. Lily verzog das Gesicht, als sie später die sauren Früchte kostete, worauf der Baron ihr Zucker über die Orangenstückchen streute und sie sie genüsslich in ihren kleinen Mund schob.

An einem Tag schlug Jakob unerwartet vor, einen Ausflug nur mit Ella zu unternehmen. Zunächst flanierten sie durch die Stadt – Jakob wollte Ella verwöhnen und erstand einen Florentiner

Strohhut mit roten Bändern, den sie sogleich aufsetzen musste, sowie ein paar leichte Sommerschuhe aus Leinen. In einer Auslage fiel Jakob außerdem ein himbeerfarbener Rock aus Batist auf, zu dem er auch noch die passende Seidenbluse erwarb. Alles für Ella. Man schlug die feine Ware in dünnes Papier ein und legte sie in taubenblaue Schachteln, auf denen das Wappen des florentinischen Traditionsunternehmens prangte. Sie fuhren mit der Droschke in die Pension zurück, gaben die Schachteln dort ab und liefen dann zu Fuß am Fluss entlang. Jakob folgte einer Empfehlung für eine Trattoria, die noch nicht von Touristen entdeckt worden war, und dort aßen sie zu Abend und überließen dem Koch, was er für sie zubereiten wollte. Ella hatte noch nie Artischocken oder Fenchel probiert, noch nie das kratzige Olivenöl gekostet, an dem sie sich sofort verschluckte, noch nie mit Spinat und Ricotta gefüllte Pfannkuchen gegessen und noch nie an einem romantischeren Platz einen fruchtigeren Rotwein getrunken. Sie unterhielten sich bestens, zumal Ella einige lustige Geschichten aus dem Leben der Kinder erzählte, die den Baron amüsierten. Er war ja doch viel auf Reisen und bekam den Alltag seiner Sprösslinge selten genug mit.

Jakob hatte dem Wein mehr als sonst zugesprochen, und nach dem Dessert, einer Creme mit frisch passierten Erdbeeren und Mandelgebäck, äußerte er: »Fräulein Ella, ich kann Ihnen nicht sagen, wie froh es mich macht, dass Sie so ernsthaft und engagiert für mich tätig sind, mit den Kindern so gut auskommen und sich, wie mir scheint, sogar an der rauen Ostsee wohlfühlen. In so kurzer Zeit sind Sie für mich unverzichtbar geworden.« Dabei nahm er Ellas Hand und sah ihr, wie ihr schien, tief in die Augen.

Ella wusste nicht, was sie darauf antworten sollte, sie hatte ebenfalls einen leichten Schwips, und so sagte sie Gott sei Dank nicht, was sie gerne erwidert hätte, und Jakob ergriff abermals das Wort: »Fräulein Ella, könnten Sie sich denn vorstellen, meine …«, und Ella stellte sich vor, wie er diesen Satz nun vervollständigen würde, aber stattdessen nahm der so gut begonnene Anfang eine andere Wendung, denn Jakob ergänzte: »... ägyptische Sammlung eigenständiger zu betreuen?«

»Ach so, ja«, meinte Ella gedehnt, »gerne, was meinen Sie denn damit?«

»Nun, ich möchte, dass Sie bei uns auf dem Hof bleiben, Sie sind ja bereits Teil der Familie. Ich gedenke, irgendwann wieder zu heiraten, und es wäre für mich beruhigend, wenn Sie den Kindern weiterhin Sicherheit und Geborgenheit geben würden.«

Vielleicht war das ein versteckter Heiratsantrag?, dachte Ella. Noch immer lag die Hand des Barons auf der ihren, und nun war sie es, die seine Hand drückte. Sie wusste darauf nichts zu sagen, und so rief Jakob ganz lässig »Ci fa il conto«, bezahlte wenig später und bestellte eine Pferdekutsche, um mit Ella durch das nächtliche Florenz zu fahren. Was für ein Mann!, dachte Ella. In dieser lauen Sommernacht und unter der Einwirkung des Brunello wirkte die Schönheit der Kulisse wie ein Herzensbeschleuniger. Im Überschwang küsste der Baron Ella auf den Mund.

In der Pension angekommen, deutete Jakob einen Handkuss an – mehr leider nicht. Sein Zimmer war am anderen Ende des Ganges, und Ella hätte der kleine Umweg an diesem Abend nichts ausgemacht. So schlief sie allein, aber dennoch in dem Gefühl ein, dass etwas Wunderbares geschehen war. Am nächsten Morgen indes war sie sich nicht mehr ganz so sicher, und auch nicht, ob sie sich den Kuss auf den Mund am Ende eingebildet hatte, und die Äußerung, sie möge sich um die Kinder kümmern, wirklich eine tiefere Bedeutung gehabt haben konnte.

Der Baron jedenfalls war freundlich wie immer, erschien ihr aber eine Spur reservierter und nicht wie ein Mann, der letzte Nacht einen Antrag an seine Herzallerliebste übermittelt hatte. Leider war dergleichen, wie die nächtliche Kutschfahrt oder ein Abendessen zu zweit, nicht wiederholt worden.

Als sie aus Italien zurück und wieder auf dem Gutshof waren, weihte der Baron Ella in seine Sammlung historischer Fotografien ein, die Ausgrabungsstätten und ägyptische Grabbeigaben zeigten. Darunter waren auch Glasnegative, die neu geordnet, beschriftet und verwahrt werden sollten. Einige der Aufnahmen waren besonders wertvoll, erklärte Jakob, zeigten sie doch Artefakte, die unter ungeklärten Umständen verschwunden waren. Es gab Sammler, die hohe Summen für gut erhaltene Fundstücke zahlten und sie auf diese Weise illegal erwarben, und nun waren die Fotografien der einzige Beweis für ihre Existenz.

Der Baron war bis zum Jahresende viel unterwegs. Er musste zu einer Schau landwirtschaftlicher Maschinen, die seit dem verlorenen Krieg nicht mehr in Danzig, sondern im pommerschen Stettin stattfand. Seine beiden Söhne Theo und Heinrich waren »künstlerisch disponiert« und interessierten sich, wie sie sagten, »nicht die Bohne« für die Landwirtschaft. Irgendwann müsste er das Landgut verkaufen, aber bis dahin war noch Zeit, und wer wusste schon, was das Leben noch mit ihm vorhatte. Einmal ließ er Ella an seinem heimlichen Wunsch teilhaben, seinen Wohnsitz nach Kairo zu verlegen, schließlich müsse man ja nicht dort sterben, wo man geboren sei.

Im Frühjahr des Jahres 1924 erreichte Ella ein Brief von Ilsa. Ihre Verzweiflung sprach aus jeder Zeile. Sie wusste in ihrer Not nicht wohin, und Ella lud sie nach Rücksprache mit Jakob auf den Gutshof ein.

Mit Ilsas Eintreffen veränderte sich die Stimmung von einem Tag auf den nächsten. Jakob war zunächst sehr verhalten, schließlich hatte er nicht vergessen, wie ihn Ilsa vor ein paar Jahren wie ein Fisch aus dem Wasser geangelt hatte, um ihn dann aber nicht, wie insgeheim erhofft, zu verspeisen, sondern an der Angel vertrocknen zu lassen. Doch sein Unmut war schnell verflogen. Er war von Ilsas plötzlicher Verletzlichkeit derart gefangen, dass er sie nicht nur ersuchte, länger zu bleiben, sondern ihr auch noch alles verzieh und schließlich sogar abermals um sie zu werben begann. Ella beobachtete die Wandlung mit einem sich täglich steigernden Unmut, dem sie aber nichts entgegenzusetzen wusste.

Ilsa war nun schon ein dreiviertel Jahr auf dem Hof, da bat der Baron Ella an einem regnerischen Tag zu einem Gespräch. Sie setzten sich im Kontor an den runden Tisch in die kleinen gepolsterten Fauteuils aus dunkelgrauem Samt, der Regen prasselte auf das Dach, und es hätte nicht trübseliger sein können. Der Baron steckte sich – entgegen seiner Gewohnheit um diese Uhrzeit – eine Zigarre an und erklärte Ella nun ein wenig umständlich, dass er vorhabe, in den nächsten Monaten viel zu verreisen, und zwar mit Ilsabé.

Ella verstand nicht gleich, und als sie ihn verdutzt ansah, meinte er erklärend: »Nun, Fräulein Ella, ich gedenke Fürstin Ilsabé zu heiraten. Ich habe ihr einen Antrag gemacht, und sie hat ihn angenommen.«

Ella hatte dies kommen sehen, ja, müssen, aber es zu hören war etwas ganz anderes. Und nun sagte sie, was sie am liebsten schon in Florenz hätte sagen wollen, sich aber nicht getraut hatte. Sie musste nicht lange überlegen. Die Worte und Sätze lagen blitzschnell und greifbar wie in einem nur lose geschnürten Paket vor ihr, und so äußerte Ella mit fester Stimme: »Ich weiß, ich bin aus keiner guten Familie, und ich kann auch kein Französisch, und ich weiß vieles nicht, aber ich kann leidlich Italienisch durch den Giovanni und sogar ein wenig Englisch und Klavier. Sie haben mir gelernt, was eine Inflation ist und wo man sein Geld anlegen soll. Ich weiß fast alles über ägyptische Gottheiten, Hieroglyphen und Grabstätten, und ich bewundere Sie seit der ersten Begegnung auf Schloss Elmau. Aber was doch viel wichtiger ist, ich mag Ihre Kinder, und Ihre Kinder mögen mich.«

Über das Gesicht des Barons huschte ein Lächeln, denn so oft hatte er versucht ihr darzulegen, dass man nicht »gelernt«, sondern in diesem Zusammenhang »gelehrt« sagte, aber das Fräulein Ella wollte sich diese bayrische Ausdrucksweise einfach nicht abgewöhnen.

Ella machte eine kurze Pause und blickte dem Baron dabei in die Augen. Sie würde es sagen müssen, auch wenn sie sich blamierte, aber wenn sie es nicht wagte, würde es sie vielleicht ein Leben lang reuen. Also holte sie tief Luft und überließ sich ihren Worten: »Es wird für Sie keine Überraschung sein, aber ich bin gerne in Ihrer Nähe, und ich habe auch das Gefühl, dass Sie es sind. Wir teilen so viele Interessen, und wir könnten sehr gut zusammenleben. Wir passen zusammen.« Dann holte sie noch einmal tief Luft und sagte entschlossen: »Heiraten Sie lieber mich.«

Der Baron war derart verblüfft, dass er nicht wusste, wie er reagieren sollte, aber es blieben ihm nicht nur die Worte weg, er war auch in seiner Gewissheit, das Richtige zu tun, indem er Ilsa heiratete, plötzlich verunsichert. Wie konnte man nur so direkt und geradeheraus sagen, was man dachte und fühlte? Wie verbogen und verlogen kam er sich in diesem Moment vor, als diese Ella vor ihm stand und ihm ihr Herz anbot. Er fühlte sich angezogen von Ilsabés Attraktivität und verwechselte dies vermutlich mit Liebe, dies ahnte er nun. Sie waren sich damals, Silvester 1918, in Baden-Baden nähergekommen, ja, aber wenn er ehrlich zu sich selbst war, musste er sich eingestehen, dass ihn Ilsa zwar ebenfalls als Mann attraktiv fand, aber Liebe? Nein, Liebe war es nicht. Ilsabé liebte niemanden, sie war eine Spielerin, die alle Möglichkeiten ausreizte. Sie brauchte die Anerkennung der Männer und genoss es, wenn sie sie aus den aufgestellten Fallen befreite, um sie gleich wieder in die nächste Falle zu locken. Aber das Spiel langweilte sie auch schnell, und sie suchte neue Abenteuer. Dem Baron war nicht entgangen, wie sie mit dem blonden, groß gewachsenen und muskulösen Otto herumflirtete. Ella hingegen verehrte ihn nicht nur, sie liebte ihn wahrscheinlich sogar und seine drei Kinder liebten sie.

Der Baron kannte die Momente, in denen man sich sofort eines Fehlers bewusst wurde und sehenden Auges dennoch eine falsche Entscheidung traf. So war es ihm also vermutlich damals ergangen. Aber er konnte nicht anders.

Ella war schnell klar geworden, dass sie an Jakobs Entschluss nichts würde ändern können. Sie konnte mit niemandem über ihre große Enttäuschung sprechen und ihren tiefen Schmerz. Mary, mit der sie sich öfter getroffen hatte, um mit ihr ans Meer zu fahren oder in Köslin eine Limonade zu trinken, war bereits vor längerer Zeit nach Wien abgereist. Nicht dass sie beste Freundinnen geworden wären, aber Ella hatte außer ihr niemand in ihrem Alter; Jola wiederum hatte Ella beständig ermutigt, doch endlich nach Bad Tölz zurückzukehren, sie war der festen Überzeugung, sie würde an der Ostsee Luftschlösser bauen. Einmal hatte sie ihr sogar geschrieben, sie wolle doch bestimmt keine alte pommersche Jungfrau werden, aber als auch das nicht fruchtete, hatte sie schließlich auf Ermahnungen verzichtet; und was war mit Korbinian? Gerade ihn konnte Ella schlecht um Rat bitten, zumal auch er im letzten Jahr nur noch selten und recht unverbindlich von sich hatte hören lassen.

Nach der Hochzeit würde sie den Gutshof verlassen, so viel stand fest, aber wohin sollte sie gehen? Wie konnte sie nur so viele Jahre grundlos gehofft haben? Andererseits hatte sie auch gut gelebt und viel erlebt, und das Objekt ihrer Verehrung hatte sie an so vielem überaus großzügig teilhaben lassen. Sie war gereist, sie war sogar zusammen mit dem Baron in Paris gewesen, sie waren auf den Eiffelturm gestiegen, sie hatten Stunden im Louvre verbracht, eine Messe in Notre-Dame besucht und in einem Café mit zwei chinesischen Figuren, sie wusste nicht mehr, wie es hieß, ein Gabelfrühstück eingenommen. In dieser Prachtstadt hatte sie sich einen Traum erfüllt und von ihren Ersparnissen Unterwäsche aus zartrosa Satin mit Spitze gekauft. Sie war allein durch das Kaufhaus Bon Marché geschlendert, das ihr noch exquisiter vorkam als das Tietz. Sie war sich vorgekommen wie eine verheiratete Frau aus gutbürgerlichen Verhältnissen. Sie hatte sich etwas vorgemacht, aber die Lebenslüge war schön gewesen. Alles, wovon sie auf Elmau geträumt hatte, war in Erfüllung gegangen. Alles, bis auf den Mann.

Jakob versuchte, Ella davon abzuhalten, die Familie zu verlassen. Er hatte nicht im Entferntesten geahnt, wie sehr Ella ihre private Zukunft mit ihm von ihrem Aufenthalt auf dem Gutshof abhängig gemacht hatte. Ja, er hätte sich denken können, dass so eine junge Frau nicht ewig seine Privatsekretärin würde bleiben wollen, aber dann hatte er den Gedanken wieder beiseitegeschoben, denn Ella schien sich ja rundum wohlzufühlen. Er hatte sich aber auch eingestehen müssen, dass er in Florenz eine Spur zu weit gegangen war und sich gelegentlich zu kokett verhielt. Auf der anderen Seite wusste Ella zu kontern, und ein kleiner Flirt schien sie nicht gerade in moralische Nöte zu stürzen. Nun aber schlichen Heinrich und Lily deprimiert durchs Haus. Vor allem Lily war tieftraurig, die in ihrer direkten Art ihrem Vater deutlich zu verstehen gab, Ella wäre ihr lieber gewesen als diese Gräfin, die schneller, als man glauben konnte, das Porträt ihrer Mutter Ruth aus der großen Halle in den grünen Salon hatte hängen lassen.

Auch Ilsabé drang darauf, Ella möge ihre Entscheidung revidieren, mit dem Argument, sie seien sowieso die meiste Zeit unterwegs, und es würde ihr doch nun wirklich an nichts fehlen. Sie verstand ihren Schmerz nicht, im Gegenteil. An einem Abend bemerkte sie: »Du hast aber nicht ernsthaft geglaubt, Jakob würde dich heiraten, oder? Nicht, dass ich ihn dir nicht gönnte, ihr würdet gut zusammenpassen, womöglich sogar besser als wir, aber Jakob ist doch recht gefangen in diesen gesellschaftlichen Dingen.« Und dann fügte sie noch hinzu, sie solle endlich »ihren« Korbinian »aus der Verbannung holen«.

Aber das war es ja gerade, denn zu allem Unglück war auch noch ein Brief von Korbinian eingetroffen, in dem er von seiner Einsamkeit schrieb, seiner Enttäuschung, seinem langen Warten auf Ella, seinem Hoffen und seiner letztlich unerwidert gebliebenen Liebe. Es stimmte, er hatte in den letzten Jahren immer wieder konkrete Vorschläge gemacht, wo Ella in Wien arbeiten, sich verwirklichen, dazulernen könne, und erklärt, warum er noch dableiben müsse. Einmal hatten sie sich in Berlin gesehen und ein weiteres Mal in Prag, wo der Baron Ella zu einem Vortrag mitgenommen hatte. Es war ein herzliches Wiedersehen gewesen, aber Ella war so begeistert von dem, was ihr auf Reisen und auf dem Gutshof geboten wurde, dass sie jedes Mal wiederholte, sie würde noch ein paar Monate bleiben wollen, auch der Kinder wegen. Dabei hätte sie doch bemerken müssen, wie unglücklich Korbinian war, wie sehr er sie vermisste und wie haltlos ihre Ausflüchte klangen. Sie aber war mehr denn je in den Baron verliebt und genoss es, mit ihm unterwegs zu sein oder mit ihm über seine ägyptologische Forschung zu fachsimpeln. Sie konnte jetzt nicht zurück, aber sie konnte es auch nicht sagen. So hatte sie »ihren Korbinian«, den sie doch auch auf ihre Weise liebte, vertröstet, bis aus den ursprünglich geplanten Monaten fast sechs Jahre geworden waren.

Die ersten Seiten seines Briefes klangen so, als würde Korbinian Ella ein allerletztes Ultimatum einräumen, und ihre Aufregung steigerte sich mit jeder Zeile. Aber auf Seite drei teilte er ihr mit, dass er nun lange, zu lange, gewartet und daher beschlossen habe, sich zu verloben, und zwar mit Mary Pelzer, die sich reizend um ihn bemühe.

Das zog Ella den Boden unter den Füßen weg, und sie stürzte in ein solches Loch, dass Ilsabé in ihrer Sorge Frau Huber telegrafierte, deren Adresse sie noch aus Elmauer Tagen besaß und in einem kleinen Porzellandöschen aufbewahrte. Josefa Huber wiederum zögerte nicht lange und bedrängte Jola, sofort zu Ella zu reisen und nach ihr zu sehen. Sie käme ja schließlich »von da oben«. Jola packte daraufhin ihr Köfferchen und setzte sich in den nächsten Zug. Dabei saß sie leise in sich hineinschluchzend im Zugabteil, als sie die ersten Halteziele an der Ostsee erreichten – zuerst aus Sorge um Ella und dann vor Heimweh, das so viele Jahrzehnte unterdrückt worden war.

Sie fand ein »Haufchen Elend« vor und versuchte in langen

Spaziergängen, Ellas Lebensmut zu reanimieren. Ihre Anwesenheit war die beste Arznei, denn die beiden sah man nun sogar hin und wieder lachend auf der Bank vor der Küche sitzen. Ausgerechnet Mary Pelzer, brachte Ella atemlos hervor, weil sie sich darüber maßlos ärgerte, dieser Person derart von Korbinian vorgeschwärmt zu haben.

Ella hatte Korbinian verloren, so wie Jakob Ella und Ella Jakob. Und die beiden Frauen, Mary und Ilsabé, hatten Männer bekommen, die sie zwar nicht liebten, aber gerade gut gebrauchen konnten und auch noch, und das war das Bitterste, durch sie kennengelernt hatten.

Ella wollte nicht mit Jola zurück nach Bad Tölz fahren, und so beschloss Jola, ihre kaschubische Verwandtschaft in Westpreußen zu besuchen. Wie hätte Ella ihr auch klarmachen sollen, dass sie das Gästehaus geradezu fürchtete, würde es sie doch nur noch unbarmherziger an ihre Versäumnisse erinnern.

Nachdem Ella ihre einstige Elmauer Zimmerbewohnerin Gundel von ihrem Wunsch, Pommern zu verlassen, unterrichtet hatte – wobei diese die genaueren Umstände nicht kannte, sie sich aber denken konnte –, ermutigte die Freundin sie, Gundels Vater zu schreiben, und Herr Avenarius begrüßte Ellas Anfrage, nach Frankfurt zu kommen, um in seiner Apotheke zu arbeiten. Gundel war mittlerweile glücklich mit Alfons verheiratet, Mutter der Zwillinge Julchen und Lisa geworden und stolze Geschäftsführerin des Kaffeehauses Wetterstein in dem Marktflecken Partenkirchen am Fuß der Zugspitze. Sie hatte, so fand Ella, alles richtig gemacht, ganz im Gegensatz zu ihr.

Nücki heulte Rotz und Wasser, schmierte Brote und fluchte wie Jola, nur auf Plattdeutsch, vor sich hin über diese Idee, aus dem schönen Pommern in eine Stadt zu ziehen, die Ella noch nicht einmal kannte. Giovanni schenkte Ella zum Abschied eine Holzgondel, die er einmal in Venedig erstanden hatte und die, wie er überzeugt war, Glück brachte. Ilsa, der Baron und die Kinder Lily und Heinrich waren bereits eine Woche zuvor in Richtung Budapest aufgebrochen und zum Glück nicht da, als Ella zum letzten Mal zu Knüvel ins Auto stieg, der sie nach Köslin zum Bahnhof brachte.

Es regnete die ganze Fahrt über, und im Zugabteil war es klamm und ungemütlich. In Berlin stand Käthe am Bahnsteig und schloss eine verzagte Ella in die Arme. Zu allem Überfluss schlug die Freundin auch noch vor, am kommenden Tag die Ägyptische Sammlung zu besuchen, weil sie dachte, es würde die Niedergeschlagenheit lindern, aber Ella wollte von den Ägyptern nichts mehr wissen und brach in Tränen aus. Einzig der Blick auf das Gemüsebeet und die sich darin rekelnden Pflanzen erfreuten sie.

Käthes Leben hatte sich von Grund auf verändert, denn sie kümmerte sich nicht nur um die betagte Frau Stern und ihren Sohn Hannes, sie hatte kürzlich zudem einen Jungen aufgenommen, dessen Betreuung sie stark beanspruchte. So reiste Ella nach nur zwei Tagen nach Frankfurt weiter, wo sie über Frau Avenarius eine möblierte Unterkunft im Westend in fußläufiger Nähe zur Apotheke fand.

Als Ella ihre Koffer auspackte und ihre Sachen lustlos in den nach Mottenpulver riechenden Schrank legte, nahm sie auch die in Papier eingeschlagene Florentiner Spitze heraus, von der Jakob ihr so viel von dem Ballen hatte abschneiden lassen, dass sie sich daraus ein Kleid mit einem Jäckchen hätte anfertigen lassen können. Sie ließ ihre Handinnenfläche über den Stoff gleiten, und die Erinnerungen waren mit einer ungeheuren Wucht in ihr aufgestiegen. Am liebsten hätte sie den Stoff aus dem Fenster gepfeffert oder der nächstbesten Arbeiterfrau mit besten Empfehlungen in die Hand gedrückt. Niemals würde sie sich daraus ein Kleid machen lassen. So viel stand fest.

~

Gwen legte das Heft beiseite und dachte über das Gelesene nach. Ella hatte mit keinem Wort erwähnt, warum Ilsa unglücklich gewesen war. Dafür hatte sie zwar eine Anspielung auf Käthe und das von ihr betreute Kind gemacht, aber nicht erklärt, warum diese den Jungen aufgenommen hatte. Das musste doch der Ludwig gewesen sein, dachte Gwen, über den Ella an dieser Stelle aber nicht mehr schrieb.

Der Malerfreund

Herr Avenarius war bereits nach ein paar Tagen im Bilde, wie geschickt Ella sich verhielt und welches Wissen sie mitbrachte. Von ihrer Leidenschaft für Heilpflanzen hatte er über seine Tochter noch während seines unvergesslichen ersten Besuchs auf Schloss Elmau gehört. Er schlug Ella daher vor, das Teeangebot zu erweitern und dieses »mit Verve an den Mann zu bringen«, dabei waren es doch vor allem die Frauen, die das preisgünstige Sortiment, Beratung inklusive, schätzten.

Nach der Währungsreform 1923 und einer Neuregelung der Reparationszahlungen erlebte das Deutsche Reich zwar eine Phase des wirtschaftlichen Aufschwungs, dennoch konnte sich die Mehrheit der Bevölkerung noch immer nicht das Notwendigste leisten.

Ella hatte darum die Erlaubnis erhalten, sich mit Frauen-Wohlfahrtsverbänden in Verbindung zu setzen, die sie zu Vorträgen einluden. Sie referierte, wie mit einfachen Mitteln Kopfschmerzen, Erkältungskrankheiten oder Bluthochdruck zu behandeln waren ebenso wie die zahlreichen »Frauenmalaisen«. Sie forderte ihre Zuhörerinnen auf, Gemüse und Kräuter anzupflanzen, um unabhängiger, aber auch selbstsicherer in der Behandlung zu werden. Sie bläute den Frauen geradezu ein: »Salbei, Pfefferminz und Baldrian kosten nichts, wirken aber.« Die Frauen, die sie hier traf, musste sie nicht auffordern, auf ihr Gewicht zu achten, sie waren alle dünn, und sie hätte ihnen gerne einen Kartoffeleintopf à la Nücki gegönnt.

Herr Avenarius wiederum hatte wenig Interesse daran, dass sich in die bürgerliche Kundschaft jetzt vermehrt Arbeiterinnen mischten. Er war der Meinung, Ella sei doch recht »sozial«. Er sprach es aber aus, als hätte er eine Klammer auf der Nase, und was er eigentlich befürchtete und ausdrücken wollte, war, Ella sei am Ende »eine Rote«. Ella hielt ihrem Chef daraufhin einen Vortrag über die Ursachen der Inflation und ihrer Profiteure, die es nämlich durchaus gab, und darüber, dass vor allem die Frauen die Leidtragenden waren. Herr Avenarius schluckte merklich, verstand nun aber besser, wie in der Großindustrie mit dem entwerteten Geld Schulden zurückgezahlt wurden, die sich so in nichts auflösten, ja, wie sogar weitere Kredite aufgenommen werden konnten und man sich ganz legal ein Vermögen durch Spekulation aufbauen konnte. Woher sie das denn alles wisse, fragte er erstaunt. »Vom Baron«, war Ellas kurze Antwort.

Seit einiger Zeit stellte Ella nicht nur wieder Salben her, wie damals im Gästehaus, sondern auch Liköre, Magenbitter und Honigschnäpse. Auf alle Flaschen wurde ein Ella-Etikett geklebt, sodass das Sortiment bald von Ellas Wunderlikören bis Wundertees reichte. Ella war das eigentlich zu viel der Aufmerksamkeit, aber Herr Avenarius wollte der Konkurrenz einen Schritt voraus sein, und das war er auch, denn in seine Apotheke pilgerten längst nicht mehr nur die Frauen und Männer aus der unmittelbaren Umgebung.

In jeder freien Minute ging Ella in den Palmengarten und bestaunte tropische Pflanzen, setzte sich auf eine Bank in einem der riesigen Gewächshäuser, beobachtete die exotischen Singvögel, berührte die gigantischen Palmenzweige, bewunderte Bromelien und Kakteen und hoffte, sie möge als alleinstehende Frau von niemandem angesprochen werden. Sie wollte einfach nur ihre Ruhe.

Eines Tages aber saß ein Mann auf »ihrer« Bank, auf der Platz genug für zwei gewesen wäre, hätte er nicht alle möglichen Gegenstände neben sich verstreut hingelegt, darunter Pinseltuben, eine Terpentinflasche, Lappen. Vor sich hatte er eine Staffelei postiert mit einer auf Holz gespannten Leinwand mittlerer Größe. In der einen Hand hielt er einen Pinsel und in der anderen eine Palette. Er schien sehr konzentriert, und Ella war unschlüssig, ob sie an ihm vorbei- oder zurückgehen sollte. Sie wollte diesen interessant wirkenden Gast nicht anstarren, konnte aber auch nicht widerstehen, auf die Leinwand zu schielen. Er bemerkte sie, wandte sich zu ihr um und sagte: »Gestatten, dass ich nicht aufstehe, aber der Lichteinfall ist gerade perfekt.« Er hatte eine angenehme Stimme und, wie Ella fand, ein charmantes Lächeln.

»Bitte bleiben Sie ruhig sitzen. Ich wollte Sie nicht stören. Ich wollte nur sehen, ob der Kaktus blüht.« Dabei deutete sie auf eine der Sukkulenten, die von Knospen übersät war. »Und was beobachten Sie?«, fragte Ella keck.

»Ich beobachte das Licht auf den Blättern und wie sich das Grün verändert. Kommen Sie einmal hierher auf meine Seite, da sehen Sie, wie das Grün changiert. An manchen Stellen ist es so hell und klar wie durchsichtiges Glas, dann ist es milchig und opak und dann wieder tiefdunkel und beinahe schwarz. Sehen Sie?«

Ella blickte auf die Leinwand, auf der sich überlappende Palmenblätter skizzenhaft angedeutet waren. Einige der Blätter waren bereits ausgemalt, andere nur in ihren Umrissen zu erkennen.

»Ich bin übrigens der August, August Golong, Kunstmaler im Städelschen Kunstinstitut.«

»Ich bin Ella Blau und noch nicht so lange in Frankfurt. In diesem Institut war ich noch nicht.«

»Dann müssen Sie es sich unbedingt anschauen. Ein feines Museum mit einer Meisterklasse, und dort unterrichte ich Malerei.«

»Von Bildern verstehe ich nicht so viel, obwohl ich in München in fast allen Museen war.«

Ella dachte an die Besuche in den Pinakotheken mit Charlotte und wie der Baron ihr von Liebermann und den Impressionisten vorgeschwärmt hatte. Er hatte ihr auch erklärt, dass diese das Licht neu entdeckt hätten, indem sie in der freien Natur malten, und in Florenz war sie schließlich auch gewesen.

»Kommen Sie aus München?«

»Eigentlich von noch weiter südlich aus dem Voralpenland, aber ich arbeite jetzt in einer Apotheke hier in Frankfurt und studiere für mein Leben gerne Pflanzen, vor allem Heilpflanzen.«

»Dann könnten Sie mit mir doch Ihr Wissen über dieses stachlige Gewächs hier teilen«, August deutete auf eine große Agave, »und ich zeige Ihnen die Sammlung im Städel.«

So kam es, dass Ella sich mit August Golong traf und mit ihm ins Museum ging und er mit ihr in die Gewächshäuser des Palmengartens. Er zeigte ihr die Gemälde im Städel und erklärte, was Ella niemals entdeckt hätte. Sie erfuhr, wann die Perspektive die Malerei revolutioniert hatte; sie staunte über versteckte Botschaften in holländischen Genregemälden; sie erfuhr von wichtigen Mittelachsen. Als sie vor einem Gemälde von Botticelli standen, erzählte Ella stolz, dass sie bereits die Uffizien in Florenz besucht hatte. August war beeindruckt, denn bis Italien war er noch nicht gekommen.

Irgendwann wurde es fast zur Routine, dass er sie von der Apotheke abholte. Er bewohnte eine großzügig geschnittene Wohnung in der Schweizer Straße, die auf der anderen Seite des Mains und damit fußläufig zum Städelschen Kunstinstitut lag. Er feierte gerne, und eine Welt unangepasster Persönlichkeiten traf sich bei ihm. Ella lernte Malerinnen, Künstler, Bildhauer kennen, die sich mitunter heftige Debatten darüber lieferten, ob Kunst politisch sein durfte oder sogar musste. Das erinnerte Ella an die Frauenrechtlerinnen in Schwabing, aber die Welt hatte sich doch erheblich modernisiert in den letzten fünfzehn Jahren. Verkehr, Mode, Einstellungen, ja, man sah sogar Damen, die auf der Straße rauchten. Seit zehn Jahren durften Frauen nun schon zur Wahl gehen, und in dieser Zeit waren ihre Röcke mit jedem Jahr ein paar Zentimeter kürzer geworden.

August interessierte die Politik wenig, er wollte, wie er sagte, einfach nur malen. Jemanden zu malen bedeute, in sein Innerstes zu sehen. Man müsse die Seele in den Augen finden.

Er war stolzer Besitzer eines Motorrades mit Beiwagen, mit dem er Ella zu Spritztouren in den Vordertaunus, den Odenwald oder an den Rhein einlud. Ella war glücklich über die Zerstreuung und fand zunehmend Gefallen an ihrem Malerfreund, der ihr, ohne dass sie danach gefragt hätte, zu verstehen gab, dass er keinerlei Neigung verspürte, eine Ehe einzugehen. Dennoch tauschten sie irgendwann auch Zärtlichkeiten aus. Ella fragte sich, ob Jakob auf diese Weise auch Ilsabé berühren würde, und das gab ihr einen Stich.

Die Frage, welche Beziehung Korbinian mit Mary Pelzer unterhielt, erledigte sich überraschend schnell, denn die Verlobung wurde von Korbinian gelöst, ohne dass er hierfür die Gründe genannt hätte. Ella empfand die Trennung als Genugtuung. Einerseits, weil Mary doch eine recht dämliche Person war, andererseits ärgerte sie sich aber noch immer über sich selbst, schließlich war sie selbst so dämlich gewesen und hatte Mary erst auf Korbinian aufmerksam gemacht. Seit einiger Zeit schrieben sich Ella und Korbinian nun wieder, und so wusste Ella nicht nur von der Trennung, sondern auch, dass Korbinian Wien verlassen hatte und nach München gezogen war, um eine Praxis für seelische Erkrankungen und Allgemeinmedizin zu eröffnen. Die Hoffnung, Ella würde zu ihm nach München kommen, äußerte er aber nicht mehr.

Ella genoss unterdessen die Stunden mit August, der allerdings nicht nur sie traf. Er war ein gefragter Porträtmaler und malte besonders bereitwillig die Konterfeis feiner Mädchen und Damen der Frankfurter Gesellschaft. Gelegentlich nahm er Ella in sein Atelier mit und zeigte ihr Entwürfe und abgeschlossene Arbeiten. Es kam vor, dass er Verabredungen nicht einhalten konnte oder wollte, und als Ella einmal beleidigt reagierte, hatte er ihr sehr freundlich, aber auch ebenso bestimmt zu verstehen gegeben, dass er seine Freiheit über alles stellte. Gut, dachte Ella, es war immer noch besser, von einem interessanten Mann betrogen zu werden, als noch nicht einmal jemanden zu kennen, der sie betrog. Jola hätte sich ob dieser Lebensphilosophie die Haare gerauft.

Einmal bat August Ella, sich auf seinen wackeligen Hocker zu setzen, den er immer mit sich trug. Er hatte diesen im Gewächshaus vor einer Kulisse exotischer Pflanzen hin und her geschoben, bis der Winkel passte. Immer wieder musste sie einzelne Positionen ändern, die Hand ein paar Millimeter nach rechts, das Gesicht nach links, den Oberkörper gerade, die Füße versetzt. Es dauerte ewig, bis sie so saß, wie es ihm passte. Dann fertigte er eine Skizze an.

Keine Gutenachtgeschichte

Ella war also einem Mann begegnet, in den sie sich verlieben konnte. Was wohl aus diesem August Golong geworden war, wie er wohl ausgesehen hatte und warum die Beziehung zu Ende gegangen war? Zu schade, dass es nirgendwo eine Fotografie von ihm gab.

Mit der Post kam ein Schreiben der Agentur für Übersetzer, deren Mitglied sie war. Mit der großen Zukunftsfrage, in welche Richtung sie beruflich aufbrechen wollte, würde sie sich demnächst beschäftigen müssen, im Moment verspürte sie jedenfalls noch keine Lust, einen neuen Auftrag anzunehmen. Die Agentur verwies auf das Angebot einer Schreibwerkstatt, in der ein Lehrgang in Biografieschreiben angeboten wurde. Dafür könnte sie sich doch einfach anmelden und ein Seminar belegen, dachte Gwen, und der Gedanke heiterte sie auf. Das würde sie im schlimmsten Fall die vierzig Pfund Gebühr und die Fahrt nach Yorkshire kosten, und dort oben war sie schon lange nicht mehr gewesen, dabei war York ein entzückendes Städtchen. Der Kurs und der Austausch mit Gleichgesinnten würden ihr guttun, und bis September war sie sicherlich auch mit dem Haus am See weiter und hatte hoffentlich ihre Großmutter irgendwo untergebracht. Sie füllte die beiliegende Karte aus, legte einen Scheck dazu und gab beides in einen Umschlag, den sie später zur Post bringen wollte.

Gwen wusste, dass ihr Vater darauf brannte, zu erfahren, wie es ihr auf der Reise ergangen war. Als sie ihn nicht gleich erreichte, hinterließ sie eine Nachricht auf dem Anrufbeantworter. Wenig später rief er zurück.

»Gwenny Darling, ich hab so viel an dich gedacht. Wie war die Reise in die Vergangenheit?«

Nachdem sie den Zustand des Gutshofs und die Ausflüge ans Meer ausgiebig beschrieben hatte, erzählte sie von der Schmuggelaktion des Liebermann-Gemäldes, die Robert über die Maßen amüsierte. Am Ende ihres Berichts teilte sie ihrem verblüfften Vater nonchalant mit, dass Ilsabé quasi im Anflug war.

»Man sollte sofort den Luftraum abriegeln«, meinte er halb im Scherz, aber noch erschreckender fand Robert die Vorstellung, sie könne bleiben und sich in Gwens Leben »einnisten«.

»Aber Daddy, sie wird demnächst fünfundneunzig Jahre alt, und ich sehe mittlerweile ein paar Dinge anders.«

Gwen erzählte ihrem Vater nun vom Inhalt der Schatulle, die sie auf dem Dachboden entdeckt hatte, und wie sehr sie der Fund noch immer aufwühlte.

»Was wusste Mummy von Ilsas Kind aus der ersten Ehe?«

Robert schwieg.

»Bist du noch in der Leitung?«

»Ja, bin ich«, brachte Robert dumpf hervor.

»Und was sagst du dazu?«

»Deine Mutter hat darüber nicht sprechen wollen, aber sie wusste, dass Ilsa ein Kind aus dieser Verbindung hatte.«

»Das weiß ich mittlerweile auch, den Ludwig, aber ich merke doch, du weißt mehr.«

»Das ist so kompliziert, und es hat so viel Unglück hinterlassen.«

»Du bist doch sonst nicht so verschlossen, kannst du dir erklären, warum Lily herausgerutscht ist, Mummy hätte etwas mit seinem Verschwinden zu tun?«

»Das hat sie gesagt?« Robert klang jetzt aufgebracht.

»Sie hat eine Andeutung in die Richtung gemacht. Ganz genau so hat sie es vielleicht nicht formuliert.«

»Hör zu, Darling, ich habe auch erst nach Mummys Tod so nach und nach entdeckt, was sie mir alles nicht erzählen wollte. Und das ist nicht amüsant.«

»Wie meinst du das?«

»Ich habe mit einer Frau zusammengelebt, die ich gar nicht kannte. Das ist mir in den letzten Jahren klar geworden.«

»Und was heißt das genau?«

»Das heißt, dass Marga erst sehr spät erfahren hat, wer ihr Halbbruder war, und als sie es erfuhr, hat sie niemanden einweihen wollen, und so war es auch mit Ilsas Briefen. Sie hat mich nicht ins Vertrauen gezogen und gesagt: ›Meine Mutter hat mir gerade knallhart serviert, wer eigentlich mein Vater ist.‹ Sie hat alles in sich hineingefressen. Die Details soll dir deine einfühlsame Großmutter erzählen. Das strengt mich zu sehr an. Tempi passati.«

»Ich verstehe. Lily und Lotte wollten auch nicht darüber sprechen, ebenso wenig wie Theo. Muss ja eine ziemliche Horrorgeschichte sein.«

»Es ist keine Gutenachtgeschichte.«

Sie würde also mit Ilsa über dieses düstere Kapitel sprechen müssen, denn es war, wie Lily, Lotte und nun ihr Vater bemerkt hatten, in erster Linie ihre Geschichte. Aber aus dieser Last war eine Schuld entstanden, und die hatte sich offenbar wie ein Virus übertragen und andere infiziert, ohne dass diese davon etwas ahnten. Gwen gehörte dazu, und, ja, sogar Robert. Wie auch immer, es blieb spannend. Nur, warum um alles ein solches Geheimnis gemacht wurde, erschloss sich ihr einfach nicht. Was wäre denn so schlimm gewesen, wenn Marga erfahren hätte, dass der hilfebedürftige Sohn ihr Halbbruder war?

Gwen spürte, wie sehr sie sich nach einer Auflösung des verworrenen Knotens sehnte. Sie wollte nicht mehr dauernd über die Lügen und Verstrickungen der Vergangenheit nachdenken. Sie wollte das Häuschen renovieren, unbefangen in den Bergen wandern können, im Herbst die Schreibwerkstatt besuchen und die Italienreise mit Laura nachholen. Sie wollte endlich ihre eigene Zukunft planen.

Aber jetzt musste sie die nächste Etappe in Angriff nehmen und nach Oxford fahren, um ihre Großeltern zu treffen. Wie seltsam das anmutete, sich die beiden als Paar vorzustellen.

Ein falsches Wort

Theo hatte in seinem alten College sein Arbeitszimmer behalten, eine besondere Großzügigkeit der Universität Oxford, denn sie räumte den emeritierten »Dons«, wie die Fellows und Tutoren hier hießen, noch immer allerlei Privilegien ein. Dazu gehörte auch die Möglichkeit des täglichen Mittagessens im College, die Theo gerne nutzte, vor allem wenn Debbie nicht vorgekocht hatte.

Er erwartete Gwen bereits in seinem zum Hof hin gelegenen Zimmer, das mit den antiken englischen Möbeln gemütlich eingerichtet war. Auch waren die Wände erst kürzlich in einem zarten Ockergelb gestrichen und die Vorhänge erneuert worden. Auf dem Dielenboden lag ein alter Kelimteppich, den Theo von einer Reise nach Persien zurück nach England gebracht hatte.

Er hatte sich eine dieser schicken Kaffeebereiter aus Dänemark gekauft, in die man gemahlenen Kaffee gab, heißes Wasser aufgoss und nach einer Weile mit einem Pressfilter das Ganze nach unten drückte.

»Seit ich diese Kanne habe, kann sogar ich guten Kaffee kochen«, meinte er zufrieden und bot Gwen eine Tasse an. »Lass uns doch noch kurz hierbleiben und dann rüber zum Essen gehen. Wer weiß, ob wir dort Ruhe haben. Ich habe übrigens für heute Abend den Tisch im Randolph für uns drei reserviert, und dann sehen wir weiter«, erklärte Theo sein Vorhaben.

»Und ich habe noch am Flughafen angerufen, die Maschine ist wohl pünktlich abgeflogen«, sagte Gwen.

»Das hast du gut gemacht, und im Randolph wissen sie Bescheid, dass sie mich im College anrufen sollen, falls sie sich meldet.«

»Wir werden sicher nicht so viel am ersten Abend ansprechen können, aber wir müssen natürlich überlegen, wo sie unterkommen kann, falls sie wirklich bleiben möchte. Ich habe an das Clara-Nehab-Haus gedacht, da wäre sie gut versorgt, aber die nehmen keine alten katholischen Damen, die sich von ihren jüdischen Männern haben scheiden lassen.«

»Sie war doch evangelisch. Sie musste doch für Jakob konvertieren«, protestierte Theo.

»Ach so, na ja, ist ja auch egal. Ich glaube, wir müssen für sie entweder eine Wohnung finden oder einen Platz in einem Heim. Und dann wäre es gut, wenn sie uns verrät, wie viel Geld sie noch hat.«

»Wir sollten sehen, was sie selbst will. Sie ist ja doch sehr willensstark, weißt du.«

»Zum Glück ist sie nicht dement. Weißt du denn, wo ihre ganzen Möbel sind? Hat sie die eingelagert, verkauft, verschenkt? Sie bewohnte doch ein riesiges Haus.«

»Darling, das weiß ich nicht, aber entweder sie verschifft das Zeug hierher, oder es bleibt dort, denn wir brauchen es sicher nicht.«

Das war eine ziemlich pragmatische Sichtweise, die Theo da gerade offenbarte.

»Also dann warten wir mal ab. Gut möglich, dass sie uns auch aus Nizza anruft, um mitzuteilen, sie wolle an der Côte d'Azur ihren Lebensabend verbringen. Jedenfalls habe ich in dem Versteck in Pommern ihren Verlobungsschmuck gefunden. Davon kann sie sich erst einmal eine Suite im Ritz leisten.«

»Erzähl mir doch bitte von deiner Reise, ich bin ja so gespannt«, bat Theo, der weder Details über Ilsas Schmuck noch ihren künftigen Aufenthalt erfahren wollte. Und so ließ Gwen ihn in allen Einzelheiten an ihrer Reise nach Pommern teilhaben: von ihrer Ankunft in Berlin und dem netten Phil; den Treffen in Lottes Wohnung; ihrer Suche nach dem Haus in der Mommsenstraße und dem seltsamen Gefühl, das sie mit dieser Adresse verband – an dieser Stelle huschte, wie Gwen es schien, ein Schatten über Theos Gesicht –, bis zu Phils überraschender Entschlüsselung des Codes, die Theo begeisterte und ebenso erstaunte.

»Warum bin ich darauf nicht selbst gekommen? Wir haben doch so häufig Schach gespielt, Papa und ich, und alle möglichen Eröffnungen ausprobiert, natürlich auch die ›Sizilianische Verteidigung‹. Ich muss blind gewesen sein, dabei habe ich so oft auf den Zettel gestarrt und weder die Pünktchen unter den Ziffern entdeckt noch die versteckten Schachzüge gesehen. Das muss ich mir noch einmal betrachten.«

Theo grübelte und schien in seinem Gedächtnis nach einem Anhaltspunkt zu suchen. Hatte sein Vater damals nicht doch eine Bemerkung gemacht, als er ihm den Zettel in Triest in die Hand drückte? Hatte er sie in der Aufregung nicht gehört oder gar vergessen?

Gwen bemerkte nicht, dass Theo mit seinen Gedanken ganz woanders war. Erst als sie von Lilys Appetit erzählte und wie diese in Stettin die Zuckerkrapfen verschlungen und das pommersche Abendessen mit Pawel organisiert hatte, war er wieder anwesend und schmunzelte. Er nahm das Stichwort gerne auf und schlug vor, zum Essen hinüber in das andere Gebäude zu gehen.

Der Senior Common Room war mit altehrwürdigen Möbeln aus der Regency-Epoche ausgestattet, und an den Wänden hingen in Öl gemalte Konterfeis von Herren in ihren Talaren und Doktorhüten. Es waren ausschließlich Männer, die sich um das College und die Wissenschaft in den letzten Jahrhunderten verdient gemacht hatten. Seit geraumer Zeit gab es nun aber schon die Bereitschaft, mehr Frauen zu berufen. Es würde allerdings noch Jahrzehnte dauern, bis sich ihre Porträts unter die der Männer mischten, mutmaßte Gwen, und sie erinnerte sich daran, dass sie zum ersten Jahrgang von Frauen gehört hatte, die damals an ihrem College zugelassen worden waren, und wie seltsam sich das für alle angefühlt hatte. Theo war ihrem Blick zur Bildergalerie gefolgt, und als könne er ihre Gedanken lesen, sagte er: »Ich hatte in meinem Leben immer mit klugen Frauen zu tun und habe nie verstanden, wieso man Mädchen von Bildung ausschließen sollte. Wenn ich an Ella denke und wie sie in so kurzer Zeit so viel gelernt hat. Sie hätte leicht studieren können. Als sie uns verließ, wusste sie so viel über Papas ägyptologische Studien, sie hätte eigene Vorträge halten können.«

»Ich habe in ihren Aufzeichnungen gelesen, wie sie in München bei einem Fräulein Schönlein Maschine schreiben lernte und wie diese für das Frauenwahlrecht gekämpft hatte.«

»Ach, die Schönlein, die haben wir, glaube ich, einmal getroffen. Ich weiß nur nicht mehr, warum.«

»Da wart ihr zusammen auf dem Weg nach Florenz und habt im Hotel Marienbad übernachtet.«

»Tatsächlich. Was du alles weißt. Aber nun erzähl endlich, wie du den Gutshof vorgefunden hast.«

Theo zeigte sich über jedes Detail, das Gwen beschrieb, so begeistert, dass sich die anderen Mittagsgäste über den alten Professor Stein wunderten, der nicht gerade bekannt war für seine emotionalen Ausbrüche. Nun aber rief er immer wieder vor Entzücken aus: »Ach nein«, »wie schön«, »das gibt es doch gar nicht«, »sogar Knüvels Striche«, »so ein Zufall, der Marek«. Es imponierte ihm, wie sie in das Haus eingedrungen waren, und als Gwen auch noch zum Besten gab, Lily habe Pawel nach dem vermeintlich versteckten Silber graben lassen, gluckste der trockene Theo vor Vergnügen.

»Sie hatte sogar eine Zeichnung von Annemie dabei, die ich noch extra in ihrer Wohnung holen musste.«

»Das ist doch Lily, wie sie leibt und lebt. Dabei gab es nicht mehr so viel zu vergraben bei Kriegsende. Da hatten sich alle schon bedient«, und dann fügte er nachdenklich hinzu: »Wie gut, dass sich das nun so gefügt hat und du das Haus gesehen hast und jetzt auch noch deine Großmutter anreist, die du ja eigentlich gar nicht kennst. Du wolltest doch Ordnung in das Familienchaos bringen, hast du es nicht so genannt?«

»Ich wollte die Schuld verstehen, Theo. Es gibt auf so vielen Ebenen das Gefühl von Schuld.«

»Wie meinst du das?«

»Ich verstehe nicht, warum ihr alle nicht über diesen Jungen sprechen konntet oder wolltet.«

»Das weißt du also auch. Du meinst den Ludwig, nicht wahr? Du kannst dir sicher nicht vorstellen, in welcher seelischen Verfassung sich Ilsa befand. Sie war ab 1933 mit einem Mann verheiratet, der sich als ›guter Deutscher‹ fühlte und der nun aus allen Ämtern gejagt wurde; sie hatte ein schwerbehindertes Kind, das die Nazis als ›unwert‹ betrachteten und das damit ebenfalls gefährdet war, und ihr zweites Kind wurde mit den Nürnberger Gesetzen 1935 zu einem minderwertigen Mischling. Ihre österreichische Familie frohlockte über ›den Anschluss‹, während der Gutshof quasi konfisziert wurde. Jedes falsche Wort konnte einen damals Kopf und Kragen kosten, und Ilsa war nicht gerade auf den Mund gefallen. Sie wollte einfach nicht über das Kind sprechen, und sie wollte auch nicht, dass Marga etwas wusste und es dann womöglich ausplapperte. Sie sagte immer: ›Wer nichts weiß, kann nichts verraten.‹«

»Ehrlich gesagt, fehlt mir da trotzdem ein Verbindungsstück. Es muss noch einen anderen Grund geben, da bin ich mir ziemlich sicher, denn nach dem Krieg gab es gar keinen Anlass mehr, spätestens da hätte man doch über Ludwig sprechen können. Warum hat Ella eigentlich geschwiegen? Nicht ein Wort in den Heften, wobei die, in denen sich Hinweise befinden könnten, ohnehin fehlen.«

Theo zögerte, schließlich sagte er: »Es wird dich überraschen, aber es war Ella, die uns geradezu beschworen hat, Marga nichts zu erzählen. Warum, weiß ich auch nicht so genau.«

Theo war müde geworden. Er bestand darauf, allein mit dem Bus nach Hause zu fahren, um sich ein Stündchen im eigenen Bett auszuruhen.

Gwen hätte jetzt zu gerne Laura angerufen, um ihr von diesem Gespräch zu berichten, aber sie war noch auf dem Kontinent unterwegs. Warum war es Ella bloß so wichtig gewesen, Marga die Wahrheit vorzuenthalten?

Während Theo sein Mittagsschläfchen hielt, beschloss Gwen, in Ellas Heften weiterzulesen. Sie hatte den Schlüssel zu Theos Arbeitszimmer, wo sie es sich auf dem Sofa bequem machte und begierig erfahren wollte, was aus August und Ella geworden war.

Die Erkrankung

Frau Avenarius zeigte sich alles andere als begeistert von Ellas Bekanntschaft und meinte, ein Künstler könne keine Sicherheit bieten, da könne er noch so viele Meisterklassen unterrichten. Außerdem habe sie das eine oder andere Gerücht vernommen über diesen »Malerfreund«. Dabei hörte sie sich an wie eine Mischung aus Jola und Charlotte. Ella wusste, dass August nicht der Mann fürs Leben war, aber jetzt und für den Augenblick war er der ideale Begleiter.

Eines Abends im Spätsommer holte er sie ab und lud sie zum Essen in eine gepflegte Apfelweingaststätte auf dem Römerberg ein. Ella fragte sich, warum er sie unter der Woche ausführte. Ohne Umschweife begann er: »Ella, stell dir vor, ich habe eine Zusage für Rom erhalten.« August hatte sich um ein Stipendium an der dortigen Kunstakademie bemüht, sich aber keine großen Hoffnungen gemacht.

»Das ist ja eine Überraschung«, bemühte sich Ella zu sagen. Damit hatte sie nicht gerechnet. »Für wie lange denn?«

»Für ein Jahr. Ein ganzes Jahr in Rom. Ich weiß, dass das für dich nicht so leicht wird, aber wir haben uns doch immer die Freiheit versprochen und du kannst mich außerdem besuchen.«

Nicht so leicht, der hatte gut reden, dachte Ella und hätte am liebsten losgeheult. Schon wieder machte sich einer davon. Drei Männer in nur ein paar Jahren.

»Ja, schon, aber was soll ich hier allein in Frankfurt? Ich kann doch nicht bei meinen Kräutertees versauern. Dabei freue ich mich für dich. Was gibt es Großartigeres, als ein Jahr in der Ewigen Stadt leben zu dürfen.« Das mit der Ewigen Stadt hatte der Baron einmal erwähnt.

Ella versuchte zu lächeln. Sie vermisste ihn schon jetzt. August roch nach Terpentin und Ölfarbe, mit ein paar Strichen gelang es ihm, den Charakter einer Person darzustellen, und ja, er war ein Künstler, aber ohne ihn würde es todlangweilig werden, daran konnte auch die Arbeit in der Apotheke nichts ändern.

»Das ist für dich.« August schob einen in Papier eingewickelten Gegenstand über den Tisch. Ella, die so gerne Geschenke öffnete, wusste, dass dies ein Abschiedsgeschenk war, und nun liefen ihr doch die Tränen herunter. Sie packte es aus, aber nicht in ansteckender Vorfreude wie damals, als Korbinian ihr die Schuhe überreicht hatte, sondern in einer fast lähmenden Wehmut. Es war ein in Öl gemaltes Bild. Eine Frau saß in einem Wollkostüm unter Palmen auf einem einfachen Hocker. Sie trug feine Riemchenschuhe. Auf dem Boden lagen Zweige von Salbei, Thymian, Rosmarin und Lavendel, so als hätte die Frau, die dem Betrachter selbstbewusst und direkt in die Augen sah, diese gerade abgelegt. Am unteren Bildrand stolzierte ein Papagei.

Kurz nach Augusts Abreise krachte in New York die Börse zusammen und löste eine Weltwirtschaftskrise aus, die in ihrer Dynamik alle früheren Krisen in den Schatten stellte. Traditionsfirmen und solide Banken kollabierten und ließen innerhalb kürzester Zeit die Arbeitslosigkeit nach oben schnellen. Ella versuchte zu verstehen, was passiert war, sie konnte ja nun nicht mehr den Baron fragen, aber sie verstand doch so viel, dass in New York sehr viele Aktien verkauft worden waren, denn alle wollten von dem Boom, der seit ein paar Jahren schnelles Geld versprach, an der Börse profitieren, auch die Kleinanleger, aber nicht alle Aktien seien das wert gewesen, was sie hätten wert sein müssen. Spekulanten hatten das Ganze zusätzlich angeheizt, und irgendwann war der Kessel zu heiß geworden und geplatzt. Es waren wieder einmal diejenigen, die nicht genug kriegen konnten, dachte Ella, die darüber rätselte, ob sie nicht doch eine Sozialistin war. Das konnte man von ihrer alten Freundin und Schwägerin Franzi jedenfalls nicht behaupten, denn sie hatte begeistert geschrieben, der Gustl sei jetzt Parteimitglied geworden und würde nach München fahren, um die Reden eines gewissen Adolf Hitler zu hören.

Das Jahr 1929 ging mit einer Silvesterveranstaltung im Frankfurter Opernhaus zu Ende, zu der das Ehepaar Avenarius eingeladen hatte. Es war den beiden nicht entgangen, dass Ellas Stimmung unter dem Verlust dieses Herrn Golong »in ein Kellerloch gerauscht« war, wie Frau Avenarius es ausdrückte. Es wurde die Operette *Das Land des Lächelns* von Franz Lehár gegeben, und im Anschluss an die Aufführung tranken sie ein Glas Sekt aus dem Rheingau und stießen auf das neue Jahr an. Ella war nicht nach Lächeln zumute, aber die Musik und die ganze Geschäftigkeit drumherum taten ihr dennoch gut.

Unterdessen schrieb August einen langen Brief, der gespickt war mit Skizzen von Gebäuden, Kunstwerken, Brunnen und Gärten, damit sich Ella alles besser vorstellen konnte. Ob sie sich doch noch einmal wiedersehen würden?

Ella hielt nun immer häufiger Vorträge für Frauenvereine, die meist in kalten und zugigen Räumen stattfanden. Bei einer dieser Veranstaltungen erkältete sie sich so schwer, dass sie mit einer Bronchitis darniederlag, die eine Lungenentzündung auslöste. Als der Arzt frische Luft in den Bergen als aussichtsreichste Therapie empfahl, rief Ella im Gästehaus an, worauf Jola wieder einmal in höchster Sorge angereist kam. Ellas bleiches Gesicht und ein erheblicher Gewichtsverlust alarmierten Jola derart, dass Herr Avenarius einen Skatbruder und Automobilbesitzer bat, die

Damen nach Bayern zu chauffieren, natürlich gegen Bezahlung. Ella protestierte, die Fahrt kostete schließlich ein Vermögen, aber Jola ließ nichts gelten. Diese ganze Herumreiserei habe nur Unglück gebracht, polterte sie, und jetzt solle sie endlich nach Hause und zur Ruhe kommen. So wurden Ellas Sachen zusammengepackt und das Zimmer gekündigt. Auch dies erledigte Jola in einer Weise, die die Einwände ihrer Wirtin verpuffen ließen. So war die Zeit in Frankfurt schneller als gedacht zu Ende gegangen, und Ella spürte trotz aller körperlichen Schwäche eine Vorfreude und große Dankbarkeit, wieder im Gästehaus Aufnahme zu finden.

Frau Huber hatte umgebaut, und dort, wo einmal die Praxis ihres Mannes gewesen war, eine weitere Wohnung anbauen lassen. Sie hatte die Hoffnung nicht aufgegeben, Korbinian würde heiraten und mit seiner Familie einmal dort einziehen. Den Traum von Ella als Schwiegertochter hatte sie indes längst begraben, dennoch freute sie sich auf ihre Rückkehr. Sie durfte in die neu eingerichtete Wohnung ziehen, weil das praktischer war, und zudem waren die Fenster größer, sodass Ella im Bett liegend die gute Luft einatmen konnte. Korbinian reiste aus München an, um die Kranke zu besuchen. Dass sie sich ausgerechnet unter diesen Umständen wiedersahen, fanden beide seltsam, aber irgendwie hatte es auch etwas Gutes, denn sie mussten nicht über die Vergangenheit oder Zukunft sprechen, es ging nur um heilende Tees, Schwitzkuren, Luftbäder und Jolas »Huhnsuppchen«.

Da Ella nicht viel sprechen, aber gerne zuhören wollte, bat sie Korbinian, von seiner Arbeit zu erzählen und seinen Erfahrungen in der Psychoanalyse. Mitunter ertappte sie sich selbst, wenn er von Gesprächen berichtete und den sich wiederholenden Mustern, in denen sich Patienten wie in Spinnennetzen verfingen. Waren nicht alle Menschen gefangen in bestimmten Handlungsweisen, die sie erst dann ändern konnten, wenn sie sich darüber bewusst geworden waren, fragte sie sich. Manchmal schlief sie ein, nicht weil Korbinians Ausführungen sie langweilten, sondern weil sie zu erschöpft war. Dabei genoss sie es, seine warme und vertraute Stimme zu hören. Vermutlich genoss er es auch, dass sie endlich einmal nicht fortkonnte, sondern im Bett liegen bleiben und ihm zuhören musste.

Jola und Josefa kümmerten sich rührend, und sobald es wärmer wurde, hüllten sie Ella in warme Decken und platzierten sie windgeschützt auf der sonnigsten Seite des Hauses in einen bequemen Stuhl.

Es wurde April, und Ilsa erfuhr von Lily, dass Ella erkrankt und wieder in Bad Tölz sei. Nun schrieb Ilsa zum ersten Mal nach langer Zeit und berichtete von Nücki und Knüvel, dem Wetter und der Kartoffelernte, wie erwachsen Lily geworden war und von Jakobs neuesten Forschungsvorhaben. Ella fragte sich, was mit ihrer alten Freundin geschehen sei, dass sie sich die Zeit nahm, derart ausführlich aus ihrem Leben zu berichten. Am Ende des Briefes aber stand in einem schlichten Satz die eigentliche Botschaft, die sie wohl einbetten wollte in watteweiche Füllwörter. Ahnte sie doch vermutlich, dass der Inhalt Ella treffen könnte? Sie sei schwanger, hieß es knapp, und die Niederkunft für Mai geplant.

Korbinian hatte sich ein Auto gekauft, mit dem er am Wochenende von München hinaus aufs Land fuhr. Als es seiner Patientin besser ging, machten sie Ausflüge an den Kirchsee und picknickten am Ufer. Irgendwann erzählte Ella von dem Baron und dass sie einer falschen Vorstellung aufgesessen war. Korbinian wiederum brachte umständlich hervor, welche Vorzüge Mary Pelzer in seinen damaligen Augen gehabt hatte. Ella verstand zunächst kein Wort. Sie erklärte es sich dann aber so, dass ihm die weichen Rundungen von Mary gefallen hatten und er Liebe mit Lust verwechselt haben musste. Korbinian hörte ihr zu und nickte stumm. Ella konnte komplizierte Dinge stets so einfach auf den Punkt bringen.

In der Weltwirtschaftskrise suchten die Menschen keinen Seelendoktor mehr, obgleich sie gerade den hätten gut gebrauchen können. Sie gingen überhaupt nur noch dann zum Arzt, wenn es unbedingt sein musste. Es wurde wieder jeder Pfennig umgedreht. Die kurzen Jahre der wirtschaftlichen Erholung waren vorbei. Unter diesen veränderten Umständen beschloss Korbinian, seine Praxis in München aufzugeben, sich die Miete zu sparen und in den früheren Behandlungsräumen seines Vaters sein Wissen als »Arzt für Gesundheitsprobleme aller Art« anzubieten. Wenn sich die Lage beruhigt haben würde, könnte er ja wieder tageweise als Psychoanalytiker tätig sein. Das war aber nicht der einzige Grund für seinen Wegzug gewesen, der andere lag in der sich verändernden politischen Atmosphäre, die die Landeshauptstadt zu einem Zentrum der neuen radikal-rechten Bewegung gemacht hatte. Eine aufgeheizte Stimmung grassierte, und immer wieder war es zu brutalen Übergriffen der selbst ernannten Sturmabteilung auf politische Gegner und jüdische Bürger gekommen. Der wachsenden Unzufriedenheit, Massenarbeitslosigkeit und Verelendung hatte die Weimarer Demokratie nach dem Börsenkrach wenig entgegenzusetzen.

Korbinian konnte es sich zunächst nicht eingestehen, aber es gab noch einen dritten Grund, warum er die Verlegung der Praxis vorantrieb, er wollte mehr Zeit mit Ella verbringen. Sie hatten ihre vertrauten Gespräche wiederaufgenommen, und er verstand, dass sie an dem weltgewandten Baron mehr Interesse fand als an einem oberbayrischen Landei, das außer Wien nicht viel von der Welt gesehen hatte. Der Schmerz, von Ella getrennt zu sein, hatte ihn damals fast zerrissen, auch weil er nichts dagegen tun konnte. Einzig seine Arbeit und die Beschäftigung mit den seelischen Nöten anderer halfen ihm über die Tage, aber die Nächte blieben einsam. Mary Pelzer war wie ein aufgedrehter Kreisel in sein Leben gerauscht, und sie waren zusammen im Prater gewesen und beim Heurigen. Sie hatte ihn verführt, und er hatte geglaubt, sich im Gegenzug mit ihr verloben zu müssen.

Dann aber war ihm aufgefallen, dass sie nicht nur ihn als, wie sie es nannte, »Galant« hatte. Aber viel weniger erträglich war ihm irgendwann ihr schwirrendes Lachen geworden, das sich wie eine dicke Rußschicht auf jedes ernste Gespräch gelegt und dieses erstickt hatte.

Korbinian verspürte nun, da Ella wieder da war, einen Überschwang an Lebenslust, und er war wild entschlossen, mehr von der Welt zu sehen. Man musste ja nicht gleich ins Ausland, wenn die schönste Landschaft direkt vor der Haustür lag. Er hatte darum Karten bei den Salzburger Festspielen bestellt und wollte mit Ella den *Jedermann* von Hugo von Hofmannsthal sehen. Er war dem Schriftsteller ein paarmal in Wien begegnet; nicht dass man sich näher gekannt hätte, aber man hatte doch den einen oder anderen kleinen Braunen im Café Central eingenommen.

Die Reiseroute sah einen Aufenthalt am Chiemsee vor, wo sie mit dem Dampfboot hinüber auf die Fraueninsel fahren und auf Herrenchiemsee das Ludwig-Schloss besichtigen wollten. Für Salzburg war er der Empfehlung des Baedekers gefolgt und hatte zwei Zimmer im Hotel Traube in der Linzer Gasse reserviert.

Ella freute sich über die gelungene Idee, und sie besaß zum Glück auch die passende Garderobe für den Abend. Noch in Frankfurt war sie im Kaufhaus Schneider fündig geworden und hatte ein schlichtes, aber geschmackvolles Kleid nebst einem Paar schwarzer Schuhe erworben, als sie damals etwas für den Silvesterabend mit Gundels Eltern gesucht hatte. Das Kleid war an einer Stelle durch den Lichteinfall im Schaufenster ein klein wenig ausgeblichen, aber das konnte nur bemerken, wer davon wusste. Man hatte den Preis reduzieren müssen, und nur deshalb konnte sie sich ein so teures Stück überhaupt leisten.

Noch aufgeregter als die Verreisenden waren Jola und Josefa, die inständig auf eine Annäherung der beiden hofften und sich beherrschen mussten, in ihrer vorauseilenden Euphorie nicht seltsam auffällig zu wirken. Josefa hätte Ella gerne ihre edle Kette mit dem passenden Ohrschmuck geliehen und Jola die ungetragenen Glacéhandschuhe, aber beide verzichteten schweren Herzens.

Ella und Korbinian nächtigten in Prien am Chiemsee im Strandhotel, selbstverständlich in getrennten Zimmern. Am nächsten Tag fuhren sie über Berchtesgaden nach Salzburg, wo sie sich neben all den anderen Sehenswürdigkeiten vor allem das Mozarthaus ansehen wollten. Die Hausbesichtigung einschließlich eines kleinen Konzertes dauerte eine Stunde und kostete 1,20 Schilling.

Max Reinhardt führte Regie, und der weit über die Landesgrenzen bekannte Alexander Moissi brillierte in der Rolle des Jedermann. Ella war begeistert, sie hatte noch nie ein so gewaltiges Theaterstück vor einer derart beeindruckenden Kulisse erlebt, und der wuchtige barocke Dom wirkte unter freiem Himmel noch imposanter.

Nach der *Jedermann*-Aufführung waren sie in den Stiftskeller gegangen, der sich laut Baedeker bei allen »Ständen« großer Beliebtheit erfreute. Das war trefflich beschrieben, denn es war voll, laut, rauchig, und der Tisch, den man ihnen zugewiesen hatte, war auch noch mitten im Saal platziert, sodass sich die Gäste vorbeidrängten. Ella bemerkte, dass Korbinian Hemmungen verspürte, ihre Hand zu nehmen. Sie spürte, dass eigentlich sie an der Reihe war, sich ihm anzunähern, aber das Gasthaus glich einem überfüllten Bahnsteig, und plötzlich war die ganze romantische Stimmung dahin. Es war einfach nicht der Moment. Morgen, dachte Ella, morgen würden sie ja den *Rosenkavalier* im Festspielhaus sehen und danach in einem kleineren Lokal zu Abend speisen. Morgen würde sie seine Hand nehmen.

Am nächsten Morgen überprüfte Ella noch einmal ihr Kleid, es musste nicht aufgebügelt werden. Die Aufführung würde am frühen Abend beginnen, sie wollten daher um drei Uhr zurück im Hotel sein, um sich ausruhen und in Ruhe umkleiden zu können. Sie trug die Haare nun schon seit geraumer Zeit kürzer und wollte sie sich vor dem Mittagessen noch einmal legen lassen. Der Friseur spannte ihr ein hauchdünnes Netz um den Kopf, damit die Frisur bis zum Abend in Form bliebe.

Nach dem Friseurbesuch flanierten sie die Getreidegasse entlang, wo Ella in einem Laden einen Lodenhut für Korbinian kaufte, der ihm im Schaufenster aufgefallen war. Er setzte Ella den Hut übermütig auf, und Ella dachte an den Baron, als dieser ihr in Florenz den Strohhut geschenkt und die Bänder unter ihrem Kinn zugebunden hatte. Damals hatte sie diese Geste überglücklich gemacht, aber nun kam sie ihr wie ein oberflächliches Spiel vor. Es war nicht um sie gegangen, sie war nur zufällig da und füllte die Lücke, die entstanden war, nachdem Ilsabé es sich anders überlegt hatte. Wie anders waren Korbinians Gefühle ihr gegenüber immer gewesen. Sie waren zu jeder Zeit tief und ehrlich. Schon seit Längerem spürte sie, wie sich ihre eigenen Empfindungen ihm gegenüber verändert hatten und wie sie sich vorstellen konnte, ihn nicht mehr nur als »guten Freund« zu wollen.

Statt eines Mittagessens gönnten sie sich ein Stück Torte im berühmten Café Tomaselli zusammen mit einer Mélange und sahen von der Terrasse aus den flanierenden Gästen und geschäftigen Einheimischen zu. Gegen halb vier Uhr waren sie zurück im Hotel, und Ella legte sich aufs Bett und schlief ein. Als sie erwachte, war es höchste Zeit, sich umzuziehen. Damals, als sie mit dem Baron auf einer Vortragsreise in Paris gewesen war, hatte sie sich ein Puderdöschen gekauft und einen dieser ganz neuartigen herauszudrehenden Lippenstifte. Sie war stolz auf diese Luxusutensilien, die kleinen Kunstgegenständen glichen. Der Lippenstift befand sich in einer goldenen Metallhülle und steckte in einem Etui aus Samt, in das ein kleiner Spiegel eingearbeitet war. Das Puderdöschen war aus Horn und mit Strasssteinen besetzt, ein kleiner Druckknopf ließ es aufspringen. Sie hatte beobachtet, wie sich die vornehmen Damen ihre Lippen nachzogen oder Rouge auf die Wangen legten. Man durfte auf keinen Fall übertreiben, aber ein bisschen Rouge und Lippenfarbe war doch erlaubt, fand sie.

Vor dem Festspielhaus hatte sich bereits die feine Gesellschaft eingefunden. Die Damen trugen üppige Pelzstolen, lange Satinhandschuhe und reichlich Schmuck. Ella dachte an Ilsabé, die so viel von Salzburg erzählt hatte, und wie gut sie zu dieser auserwählten Gesellschaft passen würde. Just in diesem Moment sah sie eine Limousine vorfahren, deren Fahrer sogleich heraussprang, um die Tür zu öffnen. Eine Frau, die sofort alle Blicke auf sich zog, stieg langsam aus. Sie trug ein mit Pailletten aufwendig besticktes, bodenlanges Kleid, hatte lässig eine Samtstola über den Arm gelegt und hielt ein glitzerndes Abendtäschchen am Handgelenk. Ein weiterer Herr half ihr beim Aussteigen, der von großer Gestalt und ebenfalls eleganter Erscheinung war. Ella blieb das Herz stehen, und Korbinian, der bemerkt hatte, dass etwas nicht stimmte, war ihrem Blick gefolgt und hatte in derselben Sekunde das außergewöhnliche Paar entdeckt. Er konnte es eigentlich nicht wissen, aber dennoch war ihm sogleich klar: Baron und Baronin von Stein waren soeben eingetroffen.

Im Glück

Ella überlegte einen kurzen Moment, ob sie wegsehen und Ilsa gar nicht begrüßen sollte. Mit einem Mal fühlte sie sich unwohl inmitten der vornehmen Gesellschaft. Vor ein paar Minuten noch hatten ihr die feinen Besucher und besser gekleideten Damen nichts ausgemacht, im Gegenteil, sie erfreute sich an deren Anblick, aber jetzt irritierte sie alles. Plötzlich hatte sie sogar das Gefühl, als würde sie angestarrt, weil die ausgeblichene Stelle im Stoff sichtbar war und die Gäste dächten: »Ach, die Arme konnte sich keine bessere Abendgarderobe leisten.«

Ob Korbinian die vielen Knöpfe am Rücken auch alle zugemacht hatte? Sie musste ihn darum bitten, denn das Zimmermädchen war im Hotel unauffindbar gewesen, und sie selbst kam nicht bis ganz nach oben. Das wäre ja doch sehr peinlich, ein schlampig zugeknöpftes Kleid. Sie betrachtete Korbinians geliehenen Frack, der ihr nun abgetragener erschien, als er in Wirklichkeit war. Ella erschrak über sich selbst. Was interessierten sie denn seit Neuestem die Gedanken anderer Leute?

In unmittelbarer Nähe zu Ella und Korbinian stand ein Paar, dem Ilsabés Ankunft nicht entgangen war. Die Isolanis schien in Salzburg und Umgebung ein jeder zu kennen, und obgleich der Adel mit dem Untergang des Habsburger Reichs abgeschafft worden war, so hatte in Österreich niemand ein Interesse, auf die schönen Titel zu verzichten.

»Schau doch, da ist die Fürstin«, rempelte eine voluminöse Dame mit einem riesigen Pelz ihren Mann unfein an.

»Ich dachte, sie sei jetzt nur noch eine Baronin«, spöttelte der Gemahl.

»Wer so weit oben war, kann auch wieder nach unten heiraten«, unkte die Frau und fügte mit zusammengekniffenen Lippen flüsternd hinzu, »er soll ja sogar mosaisch gewesen sein, der Herr Baron.«

Sie überbetonte »Baron«, so als ob einer wie dieser gar kein echter Baron sein oder werden konnte.

»Ach, der bedauerliche alte Graf. Erst der gefallene Sohn und nun auch noch das.«

Ella hoffte noch immer, der Kelch möge an ihr vorübergehen, und schob Korbinian sanft in eine andere Richtung. Aber Korbinian widerstand ihrem Druck und sagte stattdessen: »Lass sie uns begrüßen. Das sind sie doch, nicht wahr?« Er nahm Ellas Hand, und bevor sie protestieren konnte, zog er sie dorthin, wo Jakob und Ilsa noch immer von Bekannten umringt waren. Während Jakob in ein Gespräch vertieft war, verabschiedete sich Ilsa von ihrem Gegenüber und drehte sich nun so um, dass sie Ella sofort sah und sogleich erkannte. Sie war sichtlich überrascht und konnte es zunächst gar nicht fassen. »Ella, bist du es wirklich? Ich kann gar nicht glauben, dich hier zu sehen.«

»Ja, das ist allerdings eine Überraschung. Darf ich dir Korbinian Huber vorstellen?«

»Oh, welche Freude, ich habe ja doch schon einiges von Ihnen gehört und sogar gelesen.« Dabei zwinkerte sie Ella zu, die inständig hoffte, Ilsa würde nicht eine ihrer gnadenlos direkten Bemerkungen machen.

»Nun«, entgegnete Korbinian lässig, »ich habe zwar noch nichts von Ihnen gelesen, aber doch auch schon einiges von Ihnen gehört.«

Ilsa zupfte Jakob an seinem Jackett, damit er sich ihr zuwandte, was er auch sofort tat. Er trug, anders als die meisten Gäste, keinen Frack, sondern ein dunkles Sakko, dessen Revers in glänzendem Seidensatin eingefasst waren. Auf der raffiniert geschnittenen Hose wiederholten sich die Satineinfassungen, die an der Außenseite als schimmernde Bänder entlangliefen. Da der Anzug auf Figur gearbeitet und der Baron noch immer von schlanker Statur war, sah er darin aus wie ein echter »Mann von Welt«, wie Paul zu sagen pflegte.

»Stell dir nur vor, wer hier ist? Unsere Ella mit Herrn Huber.« Dabei legte sie in das »Herr Huber« eine leichte Ironie.

»Ach wirklich.« Jakob deutete einen Handkuss an, und wie so oft zuvor, sah er Ella dabei direkt in die Augen und sagte: »Wie charmant, Sie hier zu sehen. Sie sehen reizend aus.« Und dann fuhr er, seiner Frau zugewandt, fort: »Ich habe alles absagen wollen, denn meine liebe Frau ist doch erst kürzlich von einem zauberhaften Mädchen entbunden worden, aber …«

»Das spielt doch jetzt keine Rolle«, unterbrach Ilsa ihren Mann. »Was macht ihr nach der Aufführung? Wollt ihr nicht mitkommen? Wir treffen uns alle bei Reinhardts im Schloss.«

Ilsa war in ihrer überdrehten Mir-gehört-die Welt-Stimmung, aber bevor Ella antworten konnte, stürzte eine Dame in großer Abendrobe und auffälligem Ohrgehänge auf Ilsa zu, umarmte sie und drehte sie so zu sich herum, dass Ilsa nun mit dem Rücken zu Ella zu stehen kam. »Ilsabé, lass dich ansehen, und komm herüber zu uns«, dabei deutete sie auf eine festlich gekleidete Gruppe und zog sie weg. Der Dame war es wohl ein Rätsel, wie Ilsa so lange mit diesen doch eher einfachen Leuten plaudern konnte. Ein Gong ertönte, Ilsa drehte sich rasch zu Ella um und fragte: »Also, wo sehen wir uns?«

»Heute Abend sind wir leider nicht abkömmlich, und wir fahren morgen früh weiter an den Mondsee und dann zurück nach Tölz«, ergriff Korbinian das Wort.

»Ach, das trifft sich doch wunderbar. Dann am Vormittag in unserem Landhaus, wir sind direkt am See.«

Der Gong ertönte erneut.

»Bitte, Ella, kommt doch vorbei, jeder kennt die Villa Isolani. Also morgen, sagen wir ab elf Uhr? Reden Sie ihr zu!«, rief Ilsa nun schon aus einiger Entfernung.

Korbinian nahm Ellas Hand und sagte: »Ist doch gut, dass wir ihnen begegnet sind und sie für mich nicht ewig Geister aus einer fernen Idealwelt bleiben müssen. Der Baron sieht sympathisch und sehr nobel aus, und die Baronesse …«, er musste einen Moment überlegen, »die ist allerdings ein Teufelsbraten.«

Ella lachte. Dafür liebte sie Korbinian, er konnte schnell hinter die Fassade blicken und ließ sich nicht beeindrucken.

»Dabei hat sie doch die Erscheinung eines Goldengels.«

»Ja, aber wie einer, der andere die Himmelsleiter hinunterschubst, ohne das geringste Bedauern dabei zu verspüren.«

Ella war innerlich aufgewühlt, aber sie sah ein, dass es keinen Anlass gab, sich in Gegenwart von Ilsa und den anderen vornehmen Gästen unsicher zu fühlen. Im Grunde war es gar nicht um ihr Äußeres gegangen, sondern um ihre innere Befindlichkeit. Sie hatte sich davor gefürchtet, die Begegnung mit Ilsa an der Seite Jakobs würde erneut Gefühle hervorbringen, von denen sie geglaubt hatte, sie habe sie überwunden. Aber es gelang ihr, Ilsa und Jakob aus einer Distanz heraus zu sehen, sodass die beiden ihr wie zwei Schauspieler in einem extra für sie verfassten Stück erschienen, nur dass sie nichts von ihren Rollen wussten.

Die Anspannung fiel von ihr ab, und sie überließ sich der Musik. Sie war nicht nur ganz berückt von den Walzerklängen, sondern auch von den Stimmen der Sängerinnen. Das Triofinale am Schluss war herzergreifend. Sie hatte in letzter Zeit so selten Musik gehört, und nun erinnerte sie sich an das erste Konzert auf Schloss Elmau und wie es nur die Musik vermochte, die Seele so unmittelbar zu berühren.

Korbinian hatte einen Ecktisch im Hotel Österreichischer Hof reserviert, denn er wollte seine Begleitung nach der Aufführung »gepflegt« ausführen, und das frühere L'Hôtel d'Autriche genoss einen exzellenten Ruf. Am Tisch nebenan unterhielt man sich über die Sopranstimme der Lotte Lehmann als Feldmarschallin und pries den Bass des Herrn Mayr in der Rolle des Baron Ochs, und gleich nebenan gab es eine lebhafte Diskussion um das Libretto, das doch der Hugo von Hofmannsthal geschrieben hatte, den Ella ja bereits vom *Jedermann* kannte, zumindest aus dem Programmheft. Hier saßen offenkundig Kenner.

Der Kellner brachte einen leichten Veltliner und empfahl eine Consommé mit Frittaten als Vorspeise, das Wiener Kalbsschnitzel oder den Tafelspitz zum Hauptgang und zum Nachtisch Palatschinken mit Marillenmarmelade oder die berühmten Salzburger Nockerln. Ella musste unweigerlich an Alfons denken und daran, wie sehr sie sich darauf freute, ihn und Gundel, aber auch Anna einmal wiederzusehen.

Korbinian und Ella tauschten sich über die Opernaufführung aus ebenso wie über das seltsam zufällige Zusammentreffen mit Jakob und Ilsa. Es war vor allem Korbinian zu verdanken, dass die Begegnung nicht unangenehm steif verlaufen war, denn er war es, der sich so gar nicht beeindrucken ließ von irgendwelchem äußerlichen Gehabe. Er blieb immer er selbst.

»Wie war das für dich, als du Ilsa bemerkt hast?«, wollte Korbinian wissen.

»Alles Mögliche zusammen. Ich bin erschrocken, habe mich gefreut, und zugleich kann ich ihr aufgesetztes Getue nicht ausstehen. Sie kam mir außerdem gehetzt vor, und dass sie so kurz nach der Geburt ihres Kindes schon wieder so weit verreist, ist auch kein gutes Zeichen.«

»Und wie war es mit dem Baron?« Eine leichte Eifersucht konnte Korbinian nicht verbergen.

Das hatte sich Ella selbst gefragt. Sie fand ihn noch immer sehr attraktiv, aber in dem Moment, als er den Kuss auf ihren Handrücken gehaucht hatte, war ihr wieder einmal bewusst geworden, dass er sie stets nur in ihrer Funktion, und nur in dieser, wahrnehmen wollte. Sie war seine lebende Schreibmaschine, seine Bürovorsteherin, seine Kinderbetreuerin, sein ägyptologisches Gedächtnis gewesen, mehr nicht. Und sie hatte die Funktion mit der Person verwechselt und geglaubt, seine Anerkennung und Wertschätzung würde ihr als Frau gelten. Der Baron aber war ein Genussmensch, der das schöne Leben und glamouröse Frauen liebte, und dazu passte niemand besser als Ilsabé. Ilsa war ein einziger Rausch, sie war eine Droge, und wenn sie nicht da war, spürte man ihr Fehlen wie einen schmerzhaften Entzug. Das war es, was Jakob an ihr faszinierte.

»Ich habe mich selbst belogen und geglaubt, Teil dieser Gesellschaft zu sein. Es hat mir gefallen, in teuren Hotels abzusteigen, sich ein bisschen Luxus leisten zu können. Ich habe nie dazugehört, es war völlig gspinnert, wie deine Mutter sagen würde, so zu denken. Ich habe Ilsa und den Baron bewundert, dabei sind gerade sie gefangen in ihren Konventionen. Sie denken, sie sind frei, weil sie mit dem Auto überallhin fahren können und so viel Geld haben, aber sie sind es nicht. Es sieht nur alles von außen so perfekt aus.«

»Und du, meine liebe Ella, bist, wie du bist, gerade auch wegen deiner Herkunft, und das passt zu dem, was ich dich heute

Abend fragen wollte.« Korbinian brachte mit einer Handbewegung seine Haare durcheinander, die er so sorgfältig gekämmt hatte, und versuchte dann vergeblich, seine schief sitzende Fliege zurechtzurücken. Er war nicht nervös, aber es drängte ihn, etwas Wichtiges loszuwerden.

»Liebste Ella, als du damals mit dreizehn Jahren bei uns aufgekreuzt bist, mit deinen langen Zöpfen, deinen Lederstiefelchen, auf die du so stolz warst, und in deinem Sonntagsdirndl, habe ich mir gedacht, wenn die achtzehn ist, dann heirate ich dich. Das ist mir nicht gelungen«, lächelte Korbinian und drückte ihre Hände fester, »du hast mich ziemlich lange warten lassen, aber du bist noch immer die Liebe meines Lebens. Könntest du dir denn jetzt vorstellen, mich zu heiraten?«

Korbinian hatte noch nie Sätze solcher Tragweite gesprochen, und nun, da sie in der Welt waren, fühlte sich alles andere vergleichsweise leicht an. Er lehnte sich zurück und sah Ella in einer Mischung aus Verliebtheit und Bewunderung an, so wie er es immer getan hatte. Ella durchströmte ein Gefühl der Wärme und des Glücks. Sie hatte es für möglich gehalten, dass sich Korbinian ihr gegenüber auf dieser Reise erklären würde. Dann hatte sie es aber auch wieder verworfen. Insgeheim hatte sie es aber doch mit jedem Tag mehr erhofft.

Als sie in Pommern der Realität ins Auge sehen musste und sie sich nach Augusts Abreise nach Rom so elendig einsam in Frankfurt fühlte und schließlich krank in ihrem Bett lag, war ihr bewusst geworden, wie tief sie das Gefühl, Korbinian verloren zu haben, quälte und wie sehr sie diesen Verlust körperlich spürte. Es war ein Schmerz, dem sie sich nicht entziehen konnte, er überkam sie ohne Ankündigung, manchmal bereits früh am Morgen.

Ella war in Gedanken versunken während Korbinian noch immer auf ihre Antwort wartete. Sie dachte an die Schuhe, die er ihr einmal geschenkt hatte, an seine Briefe und die vielen Aufmerksamkeiten, die er ihr hatte zukommen lassen; sie dachte daran, wie selbstverständlich ihr seine Liebe erschienen war. Sie dachte an ihre Ankunft im Gästehaus, als sie, aus Frankfurt kommend, völlig ermattet aufgenommen worden war und wie sie einen veränderten Korbinian erlebt hatte. Wie herrlich war es gewesen, wenn er ihr vorgelesen oder ihr von seiner Arbeit erzählt hatte, wie sehr liebte sie seine Stimme.

»Ja, ich würde sehr gerne deine Frau werden«, sagte Ella ruhig, so, wie man etwas sagt, wenn man sich dessen sehr sicher ist, und bevor Ella weitersprechen konnte, küsste Korbinian sie auf den Mund. Er zog ein kleines Schächtelchen hervor und überreichte es ihr mit sichtlicher Vorfreude.

»Für mich?«

»Ja, klar für dich.«

Ella öffnete das Schächtelchen und fand einen Ring darin. Es war ein schlichter Goldring mit einem kleinen Stein.

»Dann sind wir jetzt verlobt?«

»Ja, jetzt kommst du mir nicht mehr aus.«

Als sie spät in der Nacht das Hotel betraten, musste Ella Korbinian bitten, in ihr Zimmer zu kommen, um ihr zu helfen, die kleinen Knöpfchen des Kleides am Rücken wieder aufzumachen. Es hatte sich irgendwie von selbst ergeben, dass er ihr beim Auskleiden half und ein Handgriff zum nächsten führte, bis die beiden in dem recht schmalen Bett landeten, das für diese Nacht aber völlig ausreichend war.

Am Mondsee

Nachdem sie sich von dem netten Concierge im Hotel verabschiedet hatten, beschlossen sie, einen kurzen Abstecher zum Landhaus der Isolanis zu machen. Es war tatsächlich leicht zu finden und hätte nicht schöner in unmittelbarer Nähe zum See gelegen sein können, ein hübsches Jahrhundertwendehaus in alpenländischem Stil, hellgelb gestrichen, mit dunkelgrünen Fensterläden, holzverkleideten Giebeln und Balkonen, von denen aus man einen herrlichen Blick auf den See und die Drachenwand haben würde. Als sie klingelten, öffnete ein junges Mädchen, das sich vergnügt als Clara vorstellte und die Gäste bat, im Garten Platz zu nehmen. Sie sei eine Cousine von Ilsabé und glaube, dass diese mit Jakob in der Stadt geblieben war und sicher später noch käme. Ella beschlich das Gefühl, Ilsa könne die Verabredung vergessen haben.

Als sie nach einer Dreiviertelstunde gehen wollten, tauchte plötzlich ein junger Mann in kurzen Hosen auf, mit einem Handtuch über der Schulter, sichtlich entschlossen, ins Wasser springen zu wollen. Für einen Moment erschrak er, als er die Gäste sah, doch dann kam er näher und rief staunend: »Das glaube ich jetzt nicht, das kann doch gar nicht sein, bist du es wirklich?«

Es war Theo.

»Was machst du denn hier?« Ella konnte den Zufall kaum fassen. Sie hatte Theo zuletzt auf Ilsas Hochzeit gesehen.

»Das Gleiche kann ich dich fragen,« Dabei blickte er fragend auf Korbinian, den ihm Ella sogleich vorstellte.

»Ilsa steht nie so früh auf. Du musst es ihr nachsehen«, meinte Theo entschuldigend.

»Nun, dafür haben wir ja dich getroffen.«

Theo und Korbinian verstanden sich auf Anhieb, und Theo erzählte lachend, dass er und sein Bruder Heinrich beschlossen hatten, »Fräulein Ella« zu heiraten, und zwar beide zusammen. Sie wollten sie sich teilen.

»Da kommt ihr zu spät«, meinte Korbinian und genoss sichtlich den Moment und Theos verwunderten Blick, »denn wir haben uns gestern verlobt. Das Fräulein Ella ist vergeben.«

»Ich gratuliere, und wie ich mich für euch freue. Ach, Ella, es ist gut, dass du jetzt dein eigenes Leben lebst. Es war so traurig, vor allem für Lily, als du damals abgereist bist, aber du konntest doch nicht bei uns da oben an der Ostsee versauern«, brachte Theo altklug hervor.

»Du bist der Erste, der davon erfährt.« Ella zeigte vergnügt auf ihren Verlobungsring.

Korbinian wollte wissen, wie es sich in England studieren ließ, und Theo berichtete begeistert von Oxford, wo er Menschen aus der ganzen Welt traf. Seine Freunde kamen aus Bombay, Boston, Saigon oder Paris. Allerdings sei der Anfang schwer gewesen, denn die Deutschen waren vielen verhasst nach dem Großen Krieg. Aber nun sei er akzeptiert, und wenn es nach ihm ginge, würde er nicht mehr zurückgehen.

Das Dienstmädchen brachte eine Karaffe mit Wasser und erkundigte sich, ob die Herrschaften einen Kaffee wollten. Theo saß noch immer in seiner Badehose mit dem Handtuch über der Schulter da und meinte, er müsse jetzt schnell eine Runde schwimmen. Sie sahen ihm zu, wie er in den See sprang, untertauchte und nach ein paar Zügen ans Ufer schwamm. Er lief über die Wiese und rief ihnen zu, er sei in einer Sekunde zurück. Noch während er zum Haus sprintete, trocknete er sich ab. Er machte einen glücklichen, ja, verliebten Eindruck, fand Ella, und darum drängte es sie auch zu erfahren, ob er eine Freundin habe.

»Nein«, erwiderte er und errötete leicht.

»Und was machst du hier in Salzburg?«

»Ich wollte Papa sehen, und ich werde Ilsabé kommende Woche zurück nach Köslin begleiten, dann darf ich auch einmal ihr schnelles Auto fahren.«

»Und der Baron bleibt noch da?«

»Papa muss noch geschäftlich an den Comer See, und es ist nicht gut, wenn die Kleine so lange allein ist.«

»Wie lange bleibt denn der Baron am Comer See?«

»Eine Woche.«

Seltsam, dachte Ella, die eine Woche hätte Ilsa doch noch mit ihrem Mann verbringen können, aber was wusste sie schon von kleinen Kindern.

»Wie heißt sie denn, und hast du sie schon gesehen?«

»Sie heißt Margarete, aus dem Griechischen, die Perle.«

Ella fand, dass dies ein reizender Name für ein kleines Mädchen sei, und sicher würde sie auch einmal so schön wie ihre Mama werden.

Ilsas Ankunft

Gwen schreckte auf, als das Telefon klingelte. Theo war noch nicht zurück, und so nahm sie den Hörer ab. Es meldete sich der Rezeptionist vom Randolph, der das Eintreffen des Gastes für Professor Stein ankündigte.

Zu gerne hätte sie weitergelesen, aber sie musste jetzt wohl ins Hotel hinüber und ihre Großmutter begrüßen. Ellas Verlobung, an die auch sie nicht mehr geglaubt hatte, obwohl sie doch wusste, dass die beiden ein Paar geworden waren, beglückte sie. Wie merkwürdig sich alles gefügt hatte und dass die beiden ausgerechnet bei dieser Aufführung in Salzburg Ilsa und Jakob trafen. Gwen konnte sich genau vorstellen, wie Ilsa aus dem Automobil wohlinszeniert ausgestiegen war und wie ein Raunen die Gäste in dem Gefühl verband, Ilsabés Existenz würde der eigenen Anwesenheit Glanz verleihen und sie alle auf ein imaginäres Podest heben.

Ilsa hatte sich nicht am Mondsee blicken lassen, dafür war Theo da. Klar, dachte Gwen, und Jakob ahnte nichts. Aber nun war Ilsabé hier in Oxford, zweiundsiebzig Jahre später.

Gwen stellte sich am Empfang vor und bat, ihre Großmutter vom Hotelapparat aus anrufen zu dürfen. Der nette junge Mann warf seiner Kollegin einen mehrdeutigen Blick zu und bemerkte: »Ach, die ›Duchess‹ ist Ihre Großmutter. Ja, sie ist gut angekommen. Die Gepäckstücke sind bereits aufs Zimmer gebracht worden. Ihre Großmutter hat nach einem Masseur gefragt, und wir bemühen uns, aber so schnell ist es leider nicht möglich. Wir haben hier im Hause keine Behandlungsräume. Einen Coiffeur haben wir bedauerlicherweise auch nicht, aber wir können Ihnen diesen Salon empfehlen.« Dabei schob er Gwen eine Visitenkarte zu. »Bleibt es bei neunzehn Uhr heute für das Abendessen?«

Gwen bestätigte den Termin und war nicht im Geringsten überrascht über diesen eindrucksvollen Auftritt ihrer Großmutter. Amüsiert wählte sie vom Hoteltelefon aus ihre Nummer.

»Hallo, Großmama, wie schön, dass du da bist. Soll ich dir beim Auspacken helfen?«

»Ja, komm doch bitte gleich hoch«, und noch bevor Gwen irgendetwas sagen oder fragen konnte, hatte Ilsa aufgelegt.

Sie ging hinauf, klopfte an die Tür, und von drinnen rief eine Stimme: »Gleich!« Sie hörte Schritte und das dumpfe Geräusch eines Stocks.

»Die haben hier immer noch keine Hähne, in denen das Wasser gemischt aus der Leitung kommt. Entweder man verbrennt sich, oder es ist eiskalt. Wo ist Theo? Aber komm erst mal rein.«

Gwen begrüßte ihre Großmutter mit einem Küsschen links und rechts, was diese geschehen ließ. Sie trug ein figurbetontes Strickensemble, das ihr vorzüglich stand, denn sie war noch immer schlank und groß. Sie konnte nicht gut gehen, aber sonst wirkte sie eher wie eine Frau Mitte siebzig, die sich ihr Leben lang eine Kosmetikerin hatte leisten können, inklusive Maniküre, denn ihre Fingernägel waren perfekt lackiert.

»Hör zu, Schatzerl, eine Freude, dass wir uns sehen.« Sie hatte diesen leichten österreichisch-cremigen Klang, der Gwen bereits am Telefon aufgefallen war. »Bitte hilf mir doch beim Auspacken. Aber nur den Koffer da. Ich will mich dann noch ein bisserl hinlegen. Bin ja nicht mehr die Jüngste.«

Gwen packte Ilsas Kleidungsstücke aus und legte sie in den Schrank. Es waren ausnahmslos schöne Teile, von der Wäsche bis zur Oberbekleidung. In diesem Moment fiel ihr Ella ein und wie diese Ilsas Garderobe bewundert hatte. Sie überlegte sich, ob sie ihrer Großmutter bei Gelegenheit erzählen sollte, dass sie im Besitz des Chiffonrocks und der Bluse war, die Ilsa der Freundin damals überlassen hatte.

»Haben Sie dir gesagt, wann der Masseur kommt? Meine Knochen sind alt. Am besten, ich würde weiter nach Italien fahren. Was hältst du von einer Reise nach Abano, dort gibt es diese Schlammbehandlungen, wenn ich schon einmal wieder in Europa bin. Du hast doch Zeit, oder?«

Ihre Großmutter war keine halbe Stunde da und plante bereits eine Reise nach Italien. Sie verstand es einfach meisterhaft, sich um sich selbst zu kümmern.

»Hier in diesem Hotel möchte ich jedenfalls nicht sterben. Ach, und bitte frag doch nach einer Suite. Theo hat es sicher gut gemeint, aber hier ist nur Platz für die Koffer.« Das war komplett übertrieben, fand Gwen, die Ilsas Ansprüche irritierten.

»Ist, glaube ich, ziemlich teuer, so eine Suite.«

»Das kann sein, aber es hilft nichts. Hier in diesem Zimmer halte ich es nicht aus.«

»Und bevor wir Italien planen, wollen wir nicht erst einmal schauen, wo du am besten auf Dauer wohnen kannst?« Viel zu rational, Gwen bemerkte sofort, dass sie so ihrer Großmutter nicht begegnen konnte. Im Grunde musste man sie bestätigen und dann einen anderen Weg einschlagen.

»Doch, aber das wird ja nicht so schwer sein, und ich bin zum Glück völlig unkompliziert. Auf der Fahrt hierher habe ich nur Schilder gesehen ›For Sale‹.«

Es stimmte, die Preise waren gerade im Keller und die Wirtschaft auf einem Tiefpunkt, aber dass Ilsa von sich dachte, sie sei unkompliziert, fand Gwen ausgesprochen komisch.

»Im Hotel werden sie ja wohl einen Masseur auftreiben, und ich möchte bitte keine Frauenhände auf meinem Rücken.«

Puh, das ging ja gut los.

»Der Concierge kümmert sich bereits, ich frage aber noch

einmal nach, auch wegen der Suite, und zum Friseur können wir morgen zusammen gehen. Dann lasse ich dich jetzt ein wenig ruhen. Wir haben für neunzehn Uhr unten einen Tisch bestellt. Wenn Theo und ich früher da sind, nehmen wie einen kleinen Drink.«

»Das ist das erste Vernünftige, von dem ich heute höre. Danke für deine Hilfe, Schatzerl.«

Gwen hatte ihr Zimmer im Hotel bezogen und sich rücklings auf das Bett fallen lassen. Das war also ihre Großmutter, »die Gräfin«, die noch immer von einem imaginären Hofstaat umgeben war. Wie gelang ihr das nur, andere so selbstverständlich für sich einzuspannen? Und gut hatte sie ausgesehen, wie ein in die Jahre gekommenes *Vogue*-Model. Vermutlich lag in einer gewissen Rücksichtslosigkeit das Geheimnis altersloser Schönheit.

Gwen überlegte, was sie zum Abendessen anziehen sollte. Mit glamourösen Teilen konnte sie nicht aufwarten, und so wählte sie eine schwarze Hose und eine helle Bluse, damit konnte man nichts falsch machen. Und sie hatte ihren bestickten Paschminaschal eingepackt, mit dem sich jedes Kleidungsstück veredeln ließ; diesen warf sie sich über nur eine Schulter.

Als Gwen nach unten kam, turtelten Theo und Ilsa bereits um die Wette, eine Flasche Champagner im Eiskühler. Ilsa hatte einen pinkfarbenen Lippenstift, passend zu ihrem Twinset, ausgesucht und trug recht auffällige Clips am Ohr. Ihre Haut war gebräunt und übersät von kleinen Altersflecken. Ihre Fingernägel glänzten perfekt lackiert, und ein Hauch von Miss Dior umwehte ihr Erscheinen.

»Salute, ihr Lieben, ganz herrlich, euch lebend wiederzusehen. Das habe ich nicht für möglich gehalten. Ich hoffe, ich habe euch nicht zu sehr erschreckt mit meiner plötzlichen Anreise«, meinte Ilsa vermeintlich bescheiden, »aber in meinem Alter darf man nichts mehr aufschieben. Gwendolyn, hast du in dem Versteck den Schmuck gefunden?«, fragte Ilsa und sprach weiter, ohne die

Antwort abzuwarten, »ich möchte ihn gerne verkaufen.« Nach den anderen Gegenständen fragte sie nicht.

»Wir könnten ihn bei Christie's schätzen lassen. Ich habe dort eine Freundin, Antje«, empfahl Gwen und fühlte sich dabei wie eine Streberin, die wieder einmal die beste Antwort parat hatte. Sie hätte doch auch sagen können: »Den habe ich versetzt, verliehen; ach so, der war echt?« Irgendetwas Lustiges, aber ihr war nichts eingefallen. Das Tempo ihrer Großmutter verunsicherte sie.

Ilsa hatte die ersten Direktiven ausgesprochen, und Gwen war sich sicher, weitere würden alsbald folgen.

»Hast du schon eine Idee, wo du wohnen möchtest?«, bohrte Gwen nach, der diese Frage am dringlichsten erschien.

»Ich werde ja nicht jünger, und ihr wollt mich sicher nicht aufnehmen.« Ilsa machte eine Pause, um die Reaktion der anderen abzuwarten, denn sie wusste natürlich, dass weder Theo noch Gwen begeistert »doch, ich« ausrufen würden. Theo fiel tatsächlich herein und presste zögerlich heraus: »Du kannst schon bei mir bleiben, aber es ist eher unbequem und ein Junggesellenhaushalt.« Ilsa lachte und tätschelte seine Hand.

»Keine Sorge, Theolein.« Theo blickte ertappt in sein Glas. »Der Vorteil am Heim sind die Bridgepartner und dass man sich um nichts kümmern muss. Am liebsten würde ich nach Österreich, da ist die Küche gut, aber da werden jetzt die alten Nazis versorgt, und davon hatte ich in Chile schon genug.«

»Ich kenne ein persönlich geführtes Haus in London, nicht so weit von mir entfernt, eigentlich ideal, aber da weiß ich nicht, ob sie dich aufnehmen können.«

»Warum, ist es voll?«

»Nein, man muss jüdisch sein oder mit einem Juden verheiratet gewesen sein. Die Frauen dort sind fast alle Witwen.«

»Ach herrje, wie man's macht, ist es verkehrt. Entweder man ist mit einem Juden verheiratet und bekommt ein Problem, oder man ist nicht mit einem Juden verheiratet, dann hat man auch ein Problem. Können wir uns das trotzdem anschauen, Schatzerl?«

»Ja, wir könnten das mit dem Besuch bei Christie's verbinden.«

»Wundervoll. Morgen will ich mich noch ausruhen und zum Friseur, aber dann bin ich frei.«

Ilsa schien sich mit Fragen, was andere Menschen so vorhatten, nicht aufzuhalten. Es war selbstverständlich, dass sich alle in ihren Dienst stellten, und sie nahm gewiss auch noch an, dass alle über diese Gunst, die ihnen damit zuteil wurde, über die Maßen beglückt seien.

Sie wechselten in den großen Salon hinüber und nahmen an dem für sie reservierten Tisch Platz. Ilsa studierte die Speisekarte und bestellte Jakobsmuscheln und anschließend eine Fenchelsuppe mit Lachsstreifen. Sie aß nicht viel, aber dafür, wie es den Anschein hatte, gut, während Theo und Gwen schon wieder ziemlich Appetit verspürten und sich für die geräucherte Makrele mit Ofenkartoffeln entschieden.

Ilsa brannte darauf zu erfahren, was ihre Enkelin auf der Reise nach Pommern erlebt hatte. Auch erkundigte sie sich nach Lotte, Lily und sogar Laura. Gwen freute das Interesse ihrer Großmutter, die über Details genau Bescheid wissen wollte und immer wieder nachfragte. Als Gwen am Ende ihrer Schilderung angekommen war, erwähnte sie Mareks Bemerkung, Marga habe den Hof zurückkaufen wollen, da er ihr wie das vernachlässigte dritte Kind erschienen sei.

Gwen hatte für einen Moment das Gefühl, mit dieser Bemerkung zu weit gegangen zu sein, denn damit war ja die Verbindung zu dem von Ilsa erzwungenen Abschied hergestellt, aber Ilsa meinte nur lakonisch: »Schatzerl, das weiß ich. Sie hat den Hof geliebt, und als Ella sie abholte, brach eine Welt für sie zusammen. Das hat sie mir Hunderte Male vorgeworfen, aber ich hatte damals noch andere Sorgen.«

»Welche denn?«, fragte Gwen und kam sich ziemlich blöd vor. In dieser Zeit hatten ja alle Sorgen.

»Das kannst du dir doch denken. Ich hatte mich um das erste Kind zu kümmern«, brachte Ilsa pathetisch hervor. Ilsa ging ganz selbstverständlich davon aus, dass Gwen von Ludwig wusste.

»Das müssen wir ja nicht jetzt an unserem ersten Abend besprechen«, brachte Theo so vorsichtig hervor, als würde sein Atem ausreichen, das ganze Hotel in Brand zu setzen.

Aber Ilsa antwortete gelassen und ebenso entschieden: »Doch, Theo, deswegen bin ich hier. Gwendolyn soll alles erfahren.« Und dann fügte sie aufgekratzt hinzu und nahm dabei ihr Champagnerglas, um Theo zuzuprosten: »Liebling, lass uns versuchen, gemeinsam in die Hölle zu kommen, wenn es schon nicht hier mit uns ebenerdig geklappt hat.« Man musste sie bewundern, Ilsa beherrschte die Klaviatur von Lakonie über Ironie zu Sarkasmus ganz meisterhaft.

Sie holte den Zigarettenhalter aus ihrer Abendtasche, rief den Kellner, damit er ihr Feuer gab, und nahm einen kräftigen Zug.

Es wurde ein langer Abend, aber anders als gedacht, sprachen sie dann doch über alles Mögliche, nur nicht über Ilsas schweren Rucksack. Gwen gelang es, sich diesbezüglich zu entspannen, sie wusste ja jetzt, dass sich nichts erzwingen ließ, und sie hatten in den nächsten Wochen und Monaten reichlich Zeit, um die Vergangenheit aus der Versenkung zu holen. Vielleicht ergab sich auch am morgigen Abend eine Gelegenheit, wenn sie allein mit ihrer Großmutter zum Essen ging.

Ilsa tauchte gegen Mittag auf, trank einen Kaffee, so wie sie es gewiss in ihrer Jugend auch schon getan hatte, nur dass es solch köstliche kleine Braune nicht in England gab. Auf dem Programm standen der Friseurbesuch und ein Bummel durch die Stadt.

Gemeinsam gingen Großmutter und Enkeltochter langsamen Schrittes die High Street hinunter, zum besten Friseur »in town«. Gwen staunte über sich selbst, wie sie da Arm in Arm ihre Großmama durch Oxford steuerte. Noch vor ein paar Monaten hätte sie das für völlig abwegig gehalten. Als sie an der Bodleian Library vorbeikamen, erinnerte sich Ilsa erstaunlicherweise an ihre Tochter.

»Sie war, glaube ich, ganz glücklich, als sie hier arbeitete. Ihr Englisch war ja nicht so gut, aber sie war in Sprachen ohnehin nicht so begabt.«

»Sie konnte fließend Italienisch«, protestierte Gwen.

»Ach ja.«

»Und weißt du, wer ihr diese Italienliebe vererbt hat?«

»Ich kann es mir denken. Die gute Ella mit ihrem Spleen.«

»Hast du Marga eigentlich gestillt?«

»Wie kommst du um Himmels willen darauf?«

»Das fällt mir gerade ein, denn du bist unmittelbar nach ihrer Geburt zu den Salzburger Festspielen gefahren und hast das Baby alleingelassen.«

»Ist das jetzt ein Vorwurf?«

»Hast du sie gestillt?«

»Damals hat man das anders gesehen als heute, wo Frauen im Bus ihren Kindern die Brust geben, ob man das nun sehen will oder nicht. Sie ist aber nicht verhungert, falls du das meinst.«

»Fährst du Bus?«

Ilsa blickte erstaunt zu ihrer Enkeltochter, und dann mussten sie beide lachen. Es war das erste Mal, dass sie zusammen frei heraus lachten.

Während sich Ilsa die Haare waschen und legen ließ, blätterte Gwen die Klatschhefte durch und las den letzten Tratsch über das Königshaus.

Sie spazierten zurück ins Hotel, und Gwen fiel auf, dass Ilsa sich gut in der Stadt auskannte.

»Warst du oft hier?«

»Bis Kriegsbeginn hin und wieder.«

»Und nach dem Krieg?«

»Da konnte niemand mehr an sein altes Leben anknüpfen.«

»Warum hast du Theo nicht erzählt, dass Marga seine Tochter ist?«

»Du kennst doch Theo jetzt auch schon ein paar Jährchen. Die Verantwortung hätte ihn erdrückt. Und Marga war ja ohnehin schon immer leidend, da wollte ich ihr nicht auch noch die ganze Geschichte zumuten.«

»Bis zu einem bestimmten Zeitpunkt, nicht wahr?«

»Ja, aber da war deine Mutter nun wirklich schon alt genug für die Wahrheit.«

»Du meinst, die Lügen verlieren an Kraft mit den Jahren?«, hätte Gwen gerne gesagt, sagte es aber nicht.

Ilsa war müde geworden und wollte sich hinlegen. Als sie im Hotel ankamen, rief in diesem Augenblick Theo überraschend bei der Rezeption an und bat Gwen, doch schnell in sein Arbeitszimmer zu kommen. Er klang aufgeregt.

Remis

»Darling, stell dir vor, mir ist wieder eingefallen, was es mit Papas Bemerkung auf sich hat.«

»Welche Bemerkung?« Gwen verstand gar nichts.

»Na die, die er mit Bleistift auf den Zettel schrieb. Auf den Zettel, auf dem er doch die Kunstwerke notiert hat.« Theo war fast ein wenig ungeduldig geworden.

»Ach so, ja, der Zettel mit dem Code.«

»Genau. Ich hatte es völlig vergessen, aber Papa und ich haben in Triest eine Partie Schach gespielt, um uns abzulenken. Am Abend, bevor er auf das Schiff ging«, ergänzte Theo, da Gwen ihn abermals ahnungslos ansah. »Wir haben sehr lange gespielt, und unser Spiel endete seltsamerweise mit einem Remis. Es blieben zwei Könige übrig. Er hat damals zu mir gesagt: ›So ist das nun mit uns zwei Königen auf einem Feld, kümmer du dich um die

Dame.‹ Das habe ich an diesem Abend nicht verstanden. Heute aber weiß ich, was er mir *sub rosa* sagen wollte.«

Theo fand mitunter Gefallen an diesem altmodischen Vokabular, das Gwen in der Regel nicht verstand.

»Er hatte, das weiß ich jetzt, Kenntnis von meinem Verhältnis mit Ilsabé, und er hat mir auf seinem Weg ins Exil die Fürsorge für Ilsabé übertragen, weil er nichts mehr für sie tun konnte. Er wollte vermutlich, dass ich, als sein Sohn, mit seinem Segen an seine Stelle trat. Das ist mir jetzt erst klar geworden!«

»Was heißt eigentlich *sub rosa*?«

»Durch die Blume oder unter dem Siegel der Verschwiegenheit.«

Es leuchtete ein, dass Jakob nicht verborgen geblieben sein konnte, wie verliebt sein ältester Sohn in seine eigene Frau war, und Ilsabé hatte sich vermutlich auch nicht sonderlich diskret verhalten, wenn sie Theo in England besuchte, mutmaßte Gwen.

»Na ja, ihr seid ja auch zu zweit von Salzburg zurück nach Pommern gefahren und habt Jakob allein an den Comer See reisen lassen. Das steht zumindest in Ellas Aufzeichnungen.«

»Ach wirklich, wann soll das denn gewesen sein?«

»Kann ich dir genau sagen. 1930, während der Salzburger Festspiele.«

»Das hatte ich völlig vergessen, aber jetzt, wo du es sagst. Das war am Mondsee, auf dem Landsitz der Isolanis.«

»Marga war gerade geboren, und Ella hatte sich mit Korbinian verlobt, und du warst der Erste, der es erfahren hat.«

»Good heavens, ja, die beiden waren so glücklich. Es ist merkwürdig, dass du das Zusammentreffen erwähnst. Ich hatte es völlig verdrängt, aber das war damals eine schwierige Zeit für mich, denn ich fühlte mich sehr schuldig gegenüber Papa.«

»Ella wusste ja nichts von euch beiden, insofern gibt es in den Heften auch keine Indiskretionen. Leider, die würde ich natürlich besonders gerne lesen«, versuchte Gwen einen Scherz, aber Theo blieb ernst.

»Wir haben Papa betrogen und belogen, und ja, ich erinnere mich jetzt, Papa war enttäuscht, dass Ilsa ihn nicht nach Italien begleiten wollte, und er hat ihr geglaubt, sie wolle zurück zu ihrer kleinen Tochter. Dabei hätte er sich eigentlich wundern müssen, dass sie vorher nicht die lange Reise nach Salzburg gescheut hatte und damit die Trennung von dem Baby. Vielleicht hat er damals schon etwas geahnt. Mich hat mein Egoismus jedenfalls ein Leben lang gequält.«

»Ich kann mir vorstellen, dass das schwer für dich war, aber jetzt weißt du ja zumindest, dass Jakob dir verziehen hat. Das ist doch ein sehr versöhnlicher Gedanke, und so hat eben jeder seine eigene Schuld.«

Das war ein bisschen abrupt, aber Gwen wollte unbedingt noch eine andere Sache ansprechen.

»Sag mal, dieser Code, den Phil geknackt hat, glaubst du, es gibt einen Banksafe mit einem unverhofften Vermögen?«

»Das glaube ich nicht. Ich kann mir eher vorstellen, dass Papa dort Dinge verwahren wollte, die nur für ihn von Relevanz waren.«

»Zum Beispiel?«

»Seine ägyptische Sammlung, seine Forschung, seine Aufsätze.«

»Ella hat seine Aufsätze mitgenommen.«

»Steht das auch in diesen ominösen Aufzeichnungen?«

»Nein, das hat mir Marek erzählt. Ella ist demnach mit Knüvel vollgeladen mit Aktenordnern sicher in Bayern angekommen. Aber wo sind die jetzt?«

»Dann müsste Ella sie ja aufbewahrt haben.«

»Genau, aber warum hat sie niemandem davon erzählt? Auch nicht Marga. Ich würde am liebsten mit Ilsa nach Bad Tölz fahren und Anton besuchen. Er wohnt ja noch im Gästehaus, und vielleicht weiß er, wo die Sammlung hingekommen ist.«

»Das geht nicht. Ilsa kann jetzt nicht wieder verreisen«, begann Theo stockend.

»Warum denn nicht?«

»Ich habe mir das gut überlegt. Ich möchte Ilsa heiraten.«

»Um Himmels willen. Warum denn das?«, rief Gwen alarmiert.

»Damit sie in diesem guten Altenheim aufgenommen wird.«

»Theo, das ist viel zu früh. Wir finden einen Platz für sie, versprochen. Auf der anderen Seite hält diese Ehe sicher bis zum Lebensende.« Gwen stellte sich Ilsabé in einem weißen Hosenanzug mit Schlapphut vor und fing an zu lachen.

»Früher hätte ich mich vermutlich auch nicht dazu entschlossen«, meinte Theo und grinste dabei.

Die Hochzeit

Am Nachmittag traf das strahlende Paar zu Hause ein, und Jola und Josefa konnten sehen, dass ein Wunder geschehen war. Die beiden Frauen hatten allerdings auch sehr viele Stoßgebete zum heiligen Valentin geschickt.

Josefa Huber erfasste ein Weinkrampf, der nicht aufhören wollte und mit dem sie Jola ansteckte, die das Geschirrtuch ergriff und hineinschnäuzte. Man hätte meinen können, es sei jemand gestorben, und so sprach Korbinian ein Machtwort, schließlich sei das doch ein Grund zur Freude. Die beiden Frauen beruhigten sich nur langsam, es war, als hätte sich ein ganzer Staudamm an Tränen entladen. Josefa verschwand wortlos und kam nach einer Weile wieder. Sie überreichte Ella ein flaches, in Satin eingeschlagenes Etui, in dem sie die edle Kette und die Ohrringe aus Granat aufbewahrte, die ihr einst ihr seliger Mann zum Hochzeitstag geschenkt hatte. Nun musste Ella weinen, und Korbinians Beherrschung war ebenfalls dahin.

Wo sie denn heiraten und wie sie überhaupt feiern wollten? Ob Ella schon eine Vorstellung von ihrem Kleid habe? Plötzlich waren alle in eine Planung vertieft, die sie erheiterte und beglückte. Was gab es Schöneres, als eine Hochzeit vorzubereiten. Korbinian wollte sogleich das Aufgebot bestellen, denn, so meinte er bestimmt, er habe eine Idee für eine Hochzeitsreise, und die müsse noch im Spätsommer angetreten werden. Mehr wollte er nicht verraten.

Und tatsächlich waren nur etwa sechs Wochen seit Korbinians Antrag vergangen, als die beiden in der kleinen barocken Kreuzkirche auf dem Kalvarienberg den Bund fürs Leben schlossen. Wie oft hatten sie von hier oben hinunter ins Tal gesehen, und wie oft hatte Korbinian den Tag herbeigewünscht, Ella möge seine Frau werden.

Ella hatte sich gegen ein dunkles Trachtengewand mit heller Schürze entschieden, wie es auf dem Land immer noch üblich war. Sie ließ sich stattdessen ein cremefarbenes, schmales, langes Kleid schneidern, wie es die Frauen in der Stadt trugen. Jola hatte ihr aus Myrte ein Kränzchen für das Haar gebunden und kleine Röschen hineingeflochten, und auf ihrem Dekolleté und an ihren Ohren leuchtete der Granatschmuck von Josefa Huber.

Sie hatten zu einer großen Kaffeetafel im Garten und später zum gesetzten Abendessen im Gästehaus eingeladen, wobei Frau Huber nur »gute Leut« im Haus haben wollte, wie sie betonte, und keine Radikalen. Am liebsten hätte sie Ellas Bruder von der Liste gestrichen, aber Ella befürchtete, dass dann auch ihre alte Freundin Franzi nicht würde kommen dürfen. Franzi und Gustl hatten unterdessen drei goldige Töchter, alle mit roten Locken und fröhlichen, sommersprossigen Gesichtern – ein strammer Stammhalter war noch nicht in Sicht.

Im großen Speisezimmer war eine lange Tafel gedeckt und mit Blumengirlanden geschmückt worden. Franzis Vater hatte wieder einmal einen Braten spendiert und Alfons die Hochzeitstorte gebacken, die im Automobil von Garmisch nach Tölz geschafft werden musste, wobei Gundel die Aufgabe zufiel, den Wagen zu chauffieren. Alfons war zu nervös für eine Führerscheinprüfung gewesen, und er hatte es daher Gundel überlassen, sich diesem »Gefrett«, wie er die Prüfung nannte, zu unterziehen. Gundel hatte nicht gezögert, denn das Auto war aus ihrer Sicht das Beste, was es für Frauen geben konnte, und so war sie es, die nun im Besitz der Fahrerlaubnis war und sich über jeden Ausflug freute.

Auf der Rückbank saßen die sehr aufgeweckten Zwillinge Julchen und Lisa, die die Hochzeitstorte auf ihrem Schoß halten und die Kurven ausbalancieren musste. Diese Fahrt habe, wie Alfons später eingestand, die Ehe auf die Probe gestellt, denn eine Sahnetorte sei eben nicht das Gleiche wie ein hart gewordener Karamell. Gundel sei ohne jedes Gefühl die kurvenreiche Strecke gefahren, und die Zwillinge hatten sich auch noch einen Spaß daraus gemacht, ihrem Papa damit zu drohen, schon mal die erste Lage abzuschlecken und das Brautpaar aus Marzipan zu verspeisen. Sie hatten die ganze Fahrt über herumgealbert, während ihr Vater bleich am Zielort aus dem Wagen gestiegen war. Am Ende war aber alles gut gegangen und die Torte unter frohlockender Begeisterung angeschnitten worden.

Jola war mit der Gesamtorganisation betraut, und sie wachte wie ein Feldwebel auf die Einhaltung ihrer sorgfältigen Planung. Der Brautvater hatte angeboten, auf dem Hackbrett zu spielen, begleitet von Ellas Schulfreundinnen, die mit ihren klaren Stimmen Gstanzl zum Besten geben wollten. Korbinian und Ella machten sich auf allerlei Spott gefasst, schließlich waren sie in ihrem Alter schon reichlich alt für eine erste Eheschließung. Ellas Mutter, die nicht mehr geglaubt hatte, dass ihre verlorene Tochter noch einmal zurück nach Bayern kommen und dort auch noch heiraten würde, hatte Reime verfasst und darüber gedichtet, wie am Ende doch noch die wundersame Heilpflanze der Liebe wirksam geworden war.

Josefa und Jola hatten mit Ellas jüngeren Brüdern ein Theaterstück einstudiert, in dem Seppi und Jola das Brautpaar verkörperten, was schon ohne Worte komisch war, mit der korpulenten und nicht mehr ganz jungen Jola und dem spindeldürren, langen und blutjungen Seppi. Josefa hatte die Rolle der »Zeit« übernommen, die wiederum durch Ellas jüngsten Bruder Franz angezeigt wurde, und zwar, indem dieser mit einer Jahreszahl auf einem Pappdeckel über die Bühne laufen musste. Man fing mit dem

Jahr 1911 an, als Ella zum ersten Mal das Gästehaus betreten hatte – und jedes Mal, wenn die »Zeit« auftrat und Ella fragte, wie es denn mit ihrer Entscheidung so stehe, musste Jola alias Ella gedehnt sagen: »Mei, i brauch no a bissel«, und Seppi alias Korbinian antwortete: »I schaff's nimmer!« Das Gelächter war bereits groß, als der Plakatträger das Jahr 1918 präsentierte, aber ab 1925 gab es kein Halten mehr, zumal Seppi in der Rolle eines vom Warten völlig zermürbten Korbinian brillierte. Als endlich das Schild mit der Zahl 1930 hereingetragen wurde, jubelte und bog sich die Hochzeitsgesellschaft vor Lachen, und jetzt erst durfte Jola in ihrem kaschubischen Bayrisch die erlösenden Worte sprechen: »Dos is aba gschwind ganga, wos moanst, Korbinian?«, und Seppi antwortete: »Gschwind wie der Wind – die neunzehn Jahr.« Dann umarmten sich Jola und Seppi, steckten sich gegenseitig einen großen Ring an den Finger und verbeugten sich unter tosendem Applaus.

Es war eine Riesengaudi gewesen, und zum Politisieren gab es zur Erleichterung Josefa Hubers keine Gelegenheit, und das, obgleich nur eine Woche zuvor die NSDAP mit zweistelligen Zuwächsen als stärkste Kraft hinter der SPD aus den Reichstagswahlen hervorgegangen war.

Die Hochzeitler hatten am nächsten Tag ausgeschlafen und nach dem Frühstück die Geschenke ausgepackt. Von Topflappen und Daunendecken über eine in Öl gemalte Gebirgslandschaft bis zu einem Buch über den Ehestand war alles dabei. Jola hatte Ella Bettwäsche geschenkt und schon gleich, praktisch, wie sie war, das neue Monogramm EH einsticken lassen. Anna hatte Ella in einem Brief geschrieben, dass sie nun für eine Höhenwanderung ausgebildet sei und sie demnächst einmal mitnehmen wolle. Charlotte musste absagen, sie erwartete das vierte Kind.

Korbinian wollte über die Hochzeitsreise nur so viel verraten, dass Ella spätsommerliche Kleidung einpacken solle. Am Bahnhof in München bestiegen sie ein Schlafwagenabteil in der zweiten Klasse. Ein Bahnangestellter half, die Koffer zu verstauen. Ella konnte nicht erahnen, wohin es ging. Aus der Anzeige am Bahnhof war nur ersichtlich, dass der Zug über Innsbruck fuhr. Nun, es ging jedenfalls in den Süden.

Patiencen und Wahrheiten

Ella und Korbinian waren am Ende also doch noch ein Paar geworden, und wohin es auf Hochzeitsreise ging, ließ sich bei Ellas Italienliebe denken. Gwen legte das Heft beiseite und grübelte, wie sie Theo davon abbringen könnte, Ilsabé zu heiraten.

Sie rief ihre Großmutter an und fragte, ob sie ihr beim Anziehen helfen sollte, was diese entrüstet ablehnte. Sie solle lieber schon mal an der Bar einen Gin Tonic für sie bestellen.

Gwen hatte in einem indischen Restaurant reserviert, das sie von früher kannte und in dem sie mit Theo öfter gewesen war. Nachdem der gestrige Abend keine weiteren Erkenntnisse gebracht hatte, wollte sie einen neuen Versuch starten und bat um einen ruhigen Tisch. Es gab so viele Fragen, die nur Ilsa beantworten konnte, aber sie durfte nichts überstürzen. Und dann hatte Gwen eine Idee.

Ilsa wirkte entspannt und sah blendend aus.

»Ich habe ewig nicht Indisch gespeist«, eröffnete sie gut gelaunt das Gespräch. »Bestell du doch für mich, ich esse alles und habe Appetit.«

Mintu, der Besitzer, erkannte Gwen sogleich und freute sich über das Wiedersehen. Die Küche war ausgezeichnet und seine Dals die besten in ganz Oxfordshire.

»Und du hast also keinen Freund?«, fragte Ilsa, noch bevor das Mineralwasser auf dem Tisch stand.

Das war ja ein super Auftakt, dachte Gwen, die über alles sprechen wollte, nur nicht über Ed.

»Nein, zur Zeit nicht. Wir haben uns vor einer Weile getrennt.«

»Und warum?«

»Weil wir uns nichts mehr zu sagen hatten. Es war trotzdem schwer.«

»Ich habe meine besten Jahre mit einer Frau verbracht. Nicht, dass das eine Empfehlung sein soll für dich, aber nach meinen Erfahrungen hat man ab einem bestimmten Alter nicht mehr so viel Spaß mit Männern.«

»Vermutlich bin ich noch nicht so weit. Aber sag mal, legst du gerne Patiencen?«

Ilsa nickte und überprüfte mit ihrer linken Hand das Volumen der frisch frisierten Haare.

»Gut, dann bestellen wir, und bis das Essen kommt, spielen wir eine Runde.«

Ilsa verfolgte erstaunt, wie Gwen unterschiedlich große Karten, die nichts mit Spielkarten gemein hatten, mit der Rückseite auf den Tisch legte. Auf manchen stand in einer geschwungenen Schrift: »Fotografisches Atelier« und »Die Platten werden aufbewahrt«. Diese waren deutlich älter und die Pappen stärker als die anderen aus eher leichtem Papier, einige darunter hatten einen gezackten Rand. Gwen musste nicht lange nachdenken, sie wusste genau, wohin sie welche Karte legen wollte. Nachdem alle verteilt waren, begann sie den Vorgang zu erklären:

»Als Lily mich angerufen hat vor ein paar Monaten, war ich ahnungslos. Ich hatte nicht die leiseste Vorstellung, was in der Familie alles verschwiegen wurde und noch immer verschwiegen wird, aber dann kam doch einiges in Gang. Hierdurch zum Beispiel.«

Gwen drehte die ersten beiden Karten um. Auf einer Fotografie waren Ruth und ihre Schwester Rachel zu sehen. Auf der anderen Aufnahme, die ebenfalls im späten 19. Jahrhundert entstanden war, zeigte sich die gesamte Kolberger Familie vor dem Kolonialwarenladen, den Mammele betrieben hatte.

»Dieses Foto von Ruth und ihrer Schwester Rachel war ein Türöffner, denn ich habe mich in Rachel selbst gesehen. Wir haben frappierende Ähnlichkeit. Findest du nicht auch?«

»Doch, wo du es jetzt sagst.« Ilsa hatte ihre Brille aus dem Etui genommen und betrachtete das Foto.

»Kurz darauf habe ich deinen Brief an Marga zufällig entdeckt. Er steckte in einem Umschlag einer Krankenversicherung. Darin teilst du ihr ziemlich direkt mit, Theo sei ihr Vater. Ich kann nur erahnen, was für ein emotionales Erdbeben das in Mummy ausgelöst haben muss, wenn es mich schon umgehauen hat. Ihr Halbbruder war jetzt plötzlich der Vater, und der Vater der Opa. Und selbst für mich ist das noch immer schwer vorstellbar, dass mein alter Onkel Theo nun mein Grandpa sein soll.«

Dann drehte sie die nächsten Karten um, die Theo, Heinrich und Lily ebenso wie Jakob zeigten. Auf dem Foto mit Jakob ließ sich im Hintergrund das Liebermann-Gemälde erkennen.

»Jakob ist dadurch Margas Großvater, aber viel entscheidender ist«, und nun deutete sie auf das Familienbild der Kolberger, »dass all diese Menschen auf dem Foto mit Marga und mir verwandt sind, nur wussten wir es nicht. Das erklärt auch meine Ähnlichkeit mit Rachel, sie ist die Schwester meiner Urgroßmutter. Und sie alle sind mit Ausnahme von Ruth umgebracht worden.«

»Das waren gute Menschen. Ich habe lange nicht an sie gedacht«, meinte Ilsa nachdenklich und betrachtete auch diese Fotografie genauer.

»Marga hatte ja wohl ein enges Verhältnis zu Mammele. Das weiß ich von Theo, der sich daran erinnerte, dass du die kleine Marga einmal in Kolberg gelassen hast, als du mit Jakob nach Ägypten gereist bist. Dann ist die Familie aber aus Margas Leben verschwunden, und ich wusste noch nicht einmal von ihrer Existenz.«

»Das war mir entfallen, aber es stimmt, ich habe Jakob zu Ausgrabungen begleitet und Marga nach Kolberg gebracht. Das war eine sehr interessante Reise. Ich bin sogar auf einem Kamel geritten.«

Ilsa drohte abzuschweifen, aber als Gwen die nächste Karte hervorholte, war sie wieder ganz aufmerksam. Gwen schob das Foto neben das Jakobs.

»Und nun kommst du 1924 auf den pommerschen Hof, dank deiner Freundin Ella.« Gwen drehte Ellas Fotografie in der darunterliegenden Reihe um. »Und zwar, weil du ein Problem hast. Über dieses Problem gibt es in Ellas Aufzeichnung eine Anspielung. Doch ohne dieses Journal wäre ich nie auf die Fährte gekommen.« Gwen zog das Magazin *Die Dame* aus ihrer Tasche und legte es auf den Tisch.

»Das gibt es noch? Wer hat das denn aufbewahrt?« Ilsa fing an, darin zu blättern. Mintu hatte in der Zwischenzeit den Wein gebracht.

»Ich fand das Heft in einem alten Koffer aus Ellas Besitz. Und weil ich den Artikel über dich gelesen habe und du in einem Brief an Ella schreibst, wenn du einen männlichen Erben bekämst, würdest du so viel Geld haben, dass du mit ihr nach New York reisen könntest, wurde ich mir immer sicherer, dass du einen Sohn aus erster Ehe haben musstest, denn du hast ja doch sehr aufwendig gelebt.«

Ilsa lächelte an dieser Stelle selbstzufrieden und betrachtete ihre Brillantringe.

»Aber ich stieß auf eine Wand des Schweigens. Weder Theo, Lily, Lotte noch Robert wollten auch nur ein Wörtchen sagen. Lily war sogar regelrecht empört, weil ich sie so gelöchert habe. Erst nach und nach habe ich herausbekommen, dass es tatsächlich ein Kind gab.«

Gwen drehte nun die Fotografie von Käthe um.

»Und hier kommt Käthe ins Spiel. Auf unserer Reise nach Pommern hat Lotte erzählt, dass sie dich oft bei Käthe angetroffen hat, und das hat mich stutzig gemacht. Ihr ist auch rausgerutscht, dass du Käthe finanziell unterstützt hast, und ich habe mich gefragt, warum. Ich hatte damals die Vermutung, dass dies mit deinem Sohn zu tun haben könnte. Dann habe ich dich angerufen, und du hast mir von dem Kistchen im Versteck erzählt. Hätte ich dich nicht vor meiner Reise angerufen, hätte ich nicht erfahren, was ich jetzt weiß. Du musst also geahnt haben, dass ich deine Hilfe brauchte, und du wolltest auch, dass ich etwas fand. Und tatsächlich, in der Schachtel war unter anderem dies hier in einem Umschlag aufbewahrt.« Gwen legte die Fotografie des kleinen Ludwig auf den Tisch und schob die von Marga daneben. »Das sind die beiden Halbgeschwister, die nichts voneinander wussten, nicht wahr?«

Ilsabé nickte stumm und betrachtete die Fotografie, die sie mit ihrem zweijährigen Sohn auf dem Schoß zeigte. Es ließ sich nicht erahnen, was ihr in diesem Moment durch den Kopf ging.

»Und nun komme ich nicht weiter. Ich weiß nur, dass Ludwig irgendwann verschwand und verschwiegen wurde. Und weißt du, was ganz seltsam ist?«

Mintu kam mit den heißen Tellern und mehreren Stövchen, auf denen in kleinen Töpfen verschiedene Gerichte warm gehalten wurden. Er tauchte den Löffel in die Schüssel, drehte ihn bedächtig und gab dann den mit Reis gefüllten Löffel kunstvoll auf den Teller.

Gwen hatte die Fotografien ans andere Ende des Tisches geschoben, und Mintu, der einen, wie er glaubte, diskreten Blick darauf warf, meinte: »Oh, große schöne Familie. Bei uns sind alle weit weg.«

»Das ist nicht das Schlechteste«, meinte Ilsa und nahm einen Schluck, wobei sie dabei das Gesicht verzog und Gwen zuflüsterte: »Den Wein kann man nicht trinken.«

»Wir sind ja auch nicht in der Steiermark«, flüsterte Gwen zurück.

»Du wolltest doch gerade etwas erzählen, bevor wir unterbrochen wurden.«

»Stimmt, ich wollte dir von einem Traum erzählen, aber ich will doch zuerst dich hören.«

»Lass uns essen, Schatzerl, dann rauche ich ein Zigarettchen, und dann gehe ich in den Beichtstuhl, ja?«

Ilsabé wünschte nach dem Essen, das ausgezeichnet geschmeckt hatte, an die frische Luft zu gehen, wo sie sich mit Gwens Hilfe eine Zigarette gönnte. Sie stand, auf ihren Stock gestützt, eine ganze Weile so da und sagte nichts. Sie schien sehr in Gedanken versunken. Nach ein paar Minuten gingen sie wieder hinein, und Ilsa nahm erneut das Foto ihres kleinen Sohnes zur Hand, und nun war sie es, die anfing zu erzählen.

»Ludwig war etwa drei Jahre alt, als er mit mir im Park umherlief. Unterwegs traf ich eine Hausangestellte und fing mit ihr zu plaudern an, und dabei bemerkte ich nicht, wie das Kind allein hinunter zum Teich lief. Dort fiel es in das seichte Wasser. Kleine Kinder drehen sich nicht um, sie können sich nicht allein aufrichten, sie verlieren völlig die Orientierung«, erklärte Ilsa das damalige Geschehen. »Ich habe das Kind zwar aus dem Wasser ziehen können, aber es war schon zu spät. Ich habe Jahre nicht glauben wollen, dass wenige Minuten genügen sollten, eine derartige Katastrophe auszulösen.«

Ilsa betrachtete ihre gepflegten Hände und tupfte sich den Mund mit der gestärkten Stoffserviette ab.

»Das Unglück wäre nicht passiert, wenn ich aufgepasst hätte.« Es klang, als wäre Ilsa während einer Verhandlung von dem vorsitzenden Richter aufgefordert worden, ein Geständnis abzulegen, und als würde sie dieser Aufforderung fast ein wenig voreilig nachkommen. »Dann habe ich das kranke Kind nicht in ein Heim geben wollen; wo gab es schon gute Heime damals, ein wirkliches Zuhause hatte ich selbst nicht, und so bat ich Ella um Hilfe. Ella hatte die Idee, mit Käthe zu sprechen, und die nahm den Jungen dann auf. Zuerst sollte es nur vorübergehend sein, aber Ludwig fühlte sich dort wohl, und so wuchs er mit Hannes auf. Ich habe alle gebeten, nicht mehr nach Ludwig zu fragen. Die

Fragerei und das blöde Mitleid gingen mir auf die Nerven. Als Marga dann zu Ella nach Tölz übersiedelt war, wusste sie nichts. Sie war genug belastet, und der Moment, ihr von ihrem Halbbruder zu erzählen, war verstrichen. Aber dann hat sie vermutlich eine Unterredung zwischen Käthe und Ella am Telefon belauscht und wurde misstrauisch.«

Einmal, so erzählte Ilsabé weiter, habe Käthe bei Ella angerufen und ihr berichtet, jemand habe in Berlin vor der Tür gestanden und sich nach Ludwigs Befinden erkundigt. Er habe ihr angeboten, ihn in ein Heim auf dem Land mitzunehmen, wo er besser aufgehoben sei. Das klang gut, aber Käthe war alarmiert, denn sie hatte gehört, dass Menschen mit einer Behinderung kurze Zeit nachdem sie in ein solches Heim gekommen waren, überraschend verstorben waren. Ella hatte Käthe daraufhin vorgeschlagen, sie solle doch mit Ludwig nach Tölz kommen, man würde gemeinsam einen Weg finden. Dieser sollte so aussehen, dass Käthe nach den strapaziösen Jahren erst einmal Erholung im Gästehaus fand und Ilsa Möglichkeiten sondierte, den Jungen im Haus am Mondsee unterzubringen.

»Der Junge war ja jetzt schon ein junger Mann, nicht wahr?«, unterbrach Gwen nachdenklich, die begriff, dass Ludwig um ein Haar der NS-Euthanasie zum Opfer gefallen wäre. Wieder einmal hatte Käthe geistesgegenwärtig gehandelt, aber welche Kraft musste das gekostet haben. Wie gerne hätte sie diese Käthe kennengelernt.

»Ja, aber er sah viel jünger aus. Na ja, und so kam es, dass ich nach Berlin fuhr und die beiden abholte.«

»Käthe und Ludwig in deinem Auto, und Hannes?«

»Hannes war bereits Soldat. Das war kurz nach Kriegsausbruch '39. Mit dem Zug war es mir zu gefährlich, ich hatte sogar ein Benzindeputat. Das verdankte ich Otto, der war in der Partei und hatte diverse Ehrenämter, und darum durfte ich auch das Auto behalten. Ist doch bei Kriegsausbruch alles konfisziert worden.«

Ilsa klang aufgekratzt, und Gwen berührte es merkwürdig, wie selbstverständlich ihre Großmutter, die sich ja von ihrem jüdischen Ehemann hatte scheiden lassen, angeblich um ihre »halbjüdische« Tochter zu retten, diese Privilegien in Anspruch nahm. Aber sie wollte da jetzt nicht weiter insistieren.

»Und wie war das für Marga, als der Berliner Junge plötzlich auftauchte?«

»Ich habe das gar nicht bemerkt, aber Jola hat mir später berichtet, wie aufmerksam Marga alles registrierte. Sie hatte das Gefühl, nie so gefüttert oder gestreichelt worden zu sein, und einmal hätte ich sogar Ludwigs Gesicht mit einem warmen Waschlappen abgewischt. Das hat sie Josefa entrüstet mitgeteilt. Seltsam, nicht, was einem so in Erinnerung bleibt?«

Gwen fiel plötzlich ein, dass ihre Mutter ihr, als sie noch sehr klein war und noch nicht so gut mit dem Löffel essen konnte, das Gesicht ebenfalls mit einem warmen Lappen abgewischt hatte. Robert hatte Filmaufnahmen gemacht, wie sie im Hochstühlchen saß und ihren Brei bekam. Sie hatte gezappelt und gejuxt, und ihre Mutter hatte ihr liebevoll einen Löffel nach dem anderen in ihren hungrigen Mund geschoben, sie am Ende sauber gemacht und mit einem Schwung aus dem Stuhl gehoben. Ja, was einem so in Erinnerung blieb.

»Hast du Marga denn in den Arm genommen, getröstet, berührt?«

Diese Frage musste Ilsabé doch recht bürgerlich vorkommen, denn sie überlegte sehr lange, bevor sie antwortete.

»Unsere Mutter hätte uns auch nie gewaschen. Wir sind immer nur sauber und wohlriechend präsentiert worden. Heute legen ja die Eltern ihre Kinder mitten ins Bett und schlafen drum herum.« Ilsa verzog das Gesicht, aber es ließ sich nicht genau ausmachen, ob ihr Missfallen erneut dem Wein galt oder der Vorstellung von kleinen Kindern im eigenen Bett.

»Kein Vorwurf. Wie lange warst du denn damals im Gästehaus?«

»Lange genug, um in Marga diese überflüssige Eifersucht hochkochen zu lassen. Sie war extrem schwierig. Sie suchte meine Nähe, und dann stieß sie mich fort.«

Kein Wunder, schoss es Gwen durch den Kopf.

»Ich bin damals oft an den Mondsee. Das kennst du gar nicht, unser Landhaus direkt am Wasser, da konnte ich mich wunderbar erholen. In Tölz war es ja doch recht fad.«

Gwen konnte sich genau vorstellen, wie Ilsa in ihrem schnittigen Auto nach Österreich fuhr, in Salzburg Tennis spielte, Konzerte besuchte und froh war, sich nicht um den Alltag ihrer schwierigen Kinder kümmern zu müssen.

»Ich weiß, was du denkst«, sagte Ilsa unvermittelt.

»Und, was denke ich?«

»Dass ich mich davongestohlen und nur an mich gedacht habe. Dass ich opportunistisch war, aber dafür schäme ich mich nicht. Ich habe meine beiden Kinder bestmöglich untergebracht, und mehr konnte man von mir wirklich nicht verlangen.«

»Gibt es denn eine Sache, für die du dich schämst?« Gwen fiel ein, dass sich Marga auch für irgendetwas in Bezug auf Ilsa geschämt hatte, und Theo hatte sich ebenfalls geschämt. Neben der Schuld gab es ganz schön viel Scham.

Mintu brachte eine Mangocreme als Dessert.

Auf Gwens Frage wollte sie nicht eingehen.

»Du möchtest doch erfahren, was passiert ist. Ich weiß ja nur, was man mir später erzählt hat, denn ich war an diesem Tag gar nicht da. Marga wollte mit Sepp in die Berge, und sie haben Ludwig mitgenommen. Es waren noch ein paar weitere Kinder dabei, so genau weiß ich es nicht mehr, jedenfalls sind sie einen Steilhang hinauf. Allein hätte Marga den Rollstuhl gar nicht schieben können, aber gemeinsam haben sie das irgendwie geschafft. Das ging alles gut, solange der Weg trocken war, aber es hat angefangen zu regnen, zuerst nur ein bisschen, und dann gab es einen Wolkenbruch. Und da wollte Marga wieder zurück, und dann ist das Unglück passiert.«

»Welches Unglück?«

»Die Kinder konnten den Rollstuhl nicht halten, und er ist den Abhang hinunter und hat sich überschlagen.«

»Und wo war Sepp?«

»Sepp hat die Kinder nur abgesetzt und wollte sie später abholen, und als er zurückkam, konnte er nur noch den schwer verletzten Ludwig bergen. Er hat ihn dann im Auto zu Korbinian gebracht, aber dort ist er ein paar Stunden später gestorben. Er war schon tot, als ich ankam. Es war schrecklich.«

»Und Marga hat das alles mit ansehen müssen? Wie furchtbar, warum hat nie jemand davon erzählt?« Gwen war außer sich. Ilsa drohte nun auch, ihre Beherrschtheit zu verlieren, sie presste die Lippen aufeinander, und ihre langen Finger zitterten.

Das war ja ein Brocken, der da vor ihre Füße gerollt kam. Hatte sie das gerade richtig verstanden: Ihre Mutter hatte die Idee zu einem Ausflug gehabt, der tödlich endete? Das hatte Lily also gemeint, als sie andeutete, Marga habe etwas mit dem Verschwinden Ludwigs zu tun. Aber es war doch ein tragischer Unfall gewesen. Wie kam sie bloß dazu, es so auszudrücken? Gwen ärgerte sich über Lily, die so oft übertrieb, aber dann fiel ihr plötzlich wieder der seltsame Traum ein, von dem sie Ilsa vorhin erzählen wollte.

»Ich hatte auf der Reise nach Pommern einen Traum, wirklich einen ganz merkwürdigen Traum, und ich habe seine Bedeutung jetzt, in diesem Moment, erst verstanden. Darin hat sich ein Kind aus meiner Hand gelöst und ist verschwunden. Das hat mich sehr mitgenommen, geradezu verstört, und ich habe mich gefragt, wer das Kind gewesen ist. Jetzt weiß ich es, aber wie kann man von etwas träumen, von dem man nichts weiß?«

»Ella wollte damals unter keinen Umständen, dass Marga erfuhr, wer Ludwig war. Sie meinte, der Verlust ihres Zuhauses würde sie schon genug erdrücken, und sie hatte sich gerade ein wenig beruhigt und eingelebt. Aber ich konnte irgendwann die moralischen Predigten meiner Tochter nicht mehr ertragen, und da habe ich ihr eben die Wahrheit serviert. Da war sie natürlich schon erwachsen, wie du weißt. Das war sicher nicht besonders einfühlsam. Ja, aber *ich* sollte ja immer an allem schuld sein, dabei hatte *deine* Mutter einen Alkoholiker geheiratet, der lieber Whiskey trank, als mit ihr um die Welt zu reisen. Da wird man schon mal depressiv.«

Gwen musste schlucken, aber diese Aussage konnte sie so nicht stehen lassen, zumal dieses »deine Mutter« auch noch so vorwurfsvoll von Ilsa vorgebracht worden war.

»Also, mit Robert hat das Ganze gar nichts zu tun, denn es gab ja nicht nur den Unfall. Du hast deiner Tochter …«, Gwen überbetonte »deiner Tochter«, »entweder nichts erzählt oder zu viel. Die Geschichte mit Theo hättest du ihr früher zumuten können, und du hättest ihr auch nicht einreden sollen, sie dürfe nicht mehr über ihren Papa, also Jakob, sprechen.«

»Sei doch nicht gleich beleidigt.«

»Und Robert hat selbst genug ausgehalten. Erst beim letzten Telefonat hat er mir erzählt, wie wenig er über seine Frau wusste, weil sie alles mit sich ausmachen wollte.«

Gwen hätte sich gerne noch ein wenig länger über Ilsas Bemerkung geärgert, und am liebsten hätte sie ihrer Großmutter ins Gesicht geschleudert, dass sie sich für all das schämen sollte, aber sie wollte die unglaubliche Geschichte, die ihr gerade präsentiert worden war, in allen Facetten verstehen und musste daher den alten Faden wiederaufnehmen.

»Also, damit ich das richtig kapiere, du hast Marga erst Jahrzehnte nach dem Unfall erzählt, dass Ludwig ihr Halbbruder war, und sie hatte vorher keine Ahnung?«

»Vermutlich war es so, ja, und kurz nach diesem sehr unerfreulichen Telefonat ist sie zu Ella gefahren. Und dann habe ich auch mein zweites Kind verloren.«

Dort war Marga in die Berge gegangen und verunglückt, das war alles bekannt, aber das musste nichts mit Ludwigs Tod zu tun gehabt haben.

»Ella hat mir heftige Vorwürfe gemacht, sie ist regelrecht aus der Haut gefahren, und ihre ganze aufgestaute Wut hat sich entladen.«

Welche aufgestaute Wut?, dachte Gwen, aber hier konnte sie jetzt nicht nachbohren.

»Sie hat mir Egoismus und Gefühllosigkeit vorgeworfen. Und zwar völlig zu Recht, aber ich war auch eifersüchtig auf Ella, die immer alles wusste, richtig machte und die meine Tochter ganz anders lieben konnte, von Jakob ganz zu schweigen. Aber hinterher ist man schlauer.«

Das war eine ungewöhnlich selbstreflektierende Überlegung Ilsas. Dass ihre Großmutter auf Ella eifersüchtig gewesen war, hatte Gwen nie bedacht, sie glaubte, diese Empfindung sei stets von Ella ausgegangen. Aber es leuchtete ein, dass Ella umgeben war von echten Gefühlen und diese auch zurückgeben konnte, während Ilsa in einer Scheinwelt lebte, in der es in erster Linie um Prestige, Besitz und die Erfüllung der eigenen Bedürfnisse ging.

»Wie auch immer. Es war jedenfalls wirklich nicht besonders sensibel von dir, Marga diese Nachricht so unvermittelt aufs Brot zu schmieren, so sagt man doch auf Deutsch, aber Marga hatte ja die Idee zu dem Ausflug. Wir können die Schuld ruhig großzügig verteilen, wir haben ja ausreichend davon«, meinte Gwen nun ironisch. »Und vermutlich hat sie dich deswegen ihr Leben lang nicht ertragen, weil sie dir gegenüber ebenfalls voller höchst widersprüchlicher Gefühle war. Sie hat dich geliebt und dich gleichzeitig verantwortlich gemacht für ihr eigenes schweres Leben, denn wenn du diesen Sohn nicht gehabt hättest, wäre ihr dieser Unfall erspart geblieben. So hat sie ihre Schuld in Vorwürfe verwandelt, von denen einige berechtigt waren, aber eben nicht alle.«

»Du klingst ja jetzt wie eine Schülerin von Freud.«

»Es war eine Spurensuche, und ich bin noch immer nicht ganz am Ende. Irgendein Steinchen fehlt noch, aber ich bin froh, dass ich jetzt wenigstens die Chronik dieses Desasters kenne. Ich habe von klein auf gespürt, dass Mum bedrückt war, aber ich wusste nicht genau, warum. Ich dachte, es läge daran, dass ihr Vater von heute auf morgen nicht mehr da war, und an dem Verlust ihrer pommerschen Heimat, aber der Unfall hat ihr sicher besonders zugesetzt. Sie musste das ja alles mit ansehen. Und für Psychoanalysen ist es auch in deinem Alter übrigens noch nicht zu spät. – Was hältst du davon, wenn wir zusammen nach Bad Tölz fahren und Marga und Ludwig besuchen?«, fragte sie mit fester Stimme.

Ilsa hatte sich aufgerichtet, ihren Klappspiegel aus der Handtasche genommen, die Lippen nachgezogen und die Nase gepudert. Sie sah verletzlich aus, und ihr Übermut, von dem sie so viel und ihre Tochter so wenig hatte, war für den Moment wie weggeblasen.

»Ach, das ist eine feine Idee, Schatzerl, das machen wir«, antwortete sie sanft.

Dann nahm sie Gwens Hand, führte sie zu ihrer Wange, sodass Gwen die weiche, dünne Haut spüren konnte, und weinte.

Voralpenland

Der Regen kehrt nicht mehr nach oben zurück, sagte Lily gerne, wenn es um Dinge ging, die sich nicht ändern ließen. Die Vergangenheit konnte nicht korrigiert werden, und Gwen sehnte sich danach, ihr Leben endlich selbst zu gestalten.

Sie hatte mit Theo und Ilsabé am nächsten Tag zu Mittag gegessen und ihnen erklärt, sie wolle bereits nach London aufbrechen, um Vorbereitungen für die Reise nach Bad Tölz zu treffen. Zudem wollte Gwen Abstand gewinnen und eine Weile für sich sein. Theo und Ilsa waren sich sogleich einig darin, bestens ohne die Enkeltochter auszukommen. Es hatte sogar den Anschein, als wären sie ebenfalls froh, endlich allein zu sein.

Einiges Kopfzerbrechen bereitete Gwen die Frage, was, wenn sie jetzt erneut verreiste, mit Sloppy geschehen solle. Sie konnte ihn nicht nach Hause holen und dann gleich wieder abgeben. Dafür war er einfach zu sensibel.

Aber manche Probleme lösten sich von selbst. Phil hatte auf dem Anrufbeantworter eine Nachricht hinterlassen und aufgeregt berichtet, er habe ein Praktikum in London ergattert, und er würde gerne das Angebot annehmen und bei ihr wohnen. Gwen hatte einen Moment überlegt, ob sie den jungen Mann, der noch nie in England gewesen war, während ihrer Abwesenheit allein im Haus lassen konnte, aber dann fiel ihr ein, dass sie ihm freie Kost und Logis im Gegenzug für die Katerbetreuung anbieten könnte, er würde schon zurechtkommen, und Lily war ja auch noch da. Phil war begeistert, als sie ihre Idee am Telefon präsentierte.

Bereits am nächsten Tag holte sie Sloppy aus der Katzenpension ab und setzte ihn, als wäre er aus Biskuitporzellan, in sein Körbchen, aber das beleidigte Tier verschwand sogleich und ließ sich erst wieder blicken, als die Tüte mit den extra feinen Leckerlis raschelte.

Ihre Freundin Antje hatte einen Termin im Auktionshaus vereinbart, und Gwen war erleichtert, die Preziosen ihrer Großmutter endlich sicher zu deponieren und nicht alle paar Sekunden auf den Reißverschluss ihrer Handtasche zu starren, aus Angst, jemand habe sie unbemerkt ausgeraubt. Der Experte für Juwelen, Mr Webb, gehörte zu jener Sorte Menschen, die es unter Archivaren und Bibliothekaren häufiger gab und die nicht an ihrem lebenden Gegenüber Interesse fanden, sondern an dem toten Gegenstand ihres Fachgebiets. Er sah durch Gwen hindurch, und nachdem er mit seiner Speziallupe Stein um Stein betrachtet hatte, meinte er schließlich vollständig hingerissen: »Ein sehr exquisites und seltenes Ensemble. Exzellenter Schliff der Smaragde und der Diamanten, herausragende Brillanz. Ganz wunderbar, wirklich einzigartig.« Dabei schenkte er Gwen einen gnädigen Blick, und seine Stimme überschlug sich fast, als er den Schätzwert preisgab.

Gwen bat ihn, die Summe zu wiederholen, aber sie hatte sich nicht verhört. Davon konnte die Suite im Randolph für die nächste Zeit auf alle Fälle bezahlt werden.

Wieder zu Hause, rief sie in der Elmau an und reservierte Zimmer mit der Option auf Verlängerung des Aufenthalts. Ilsa und Gwen hatten vereinbart, dass sie zuerst dorthin reisen würden, sodass Gwen, während sie ihre Großmutter im Hotel gut versorgt wusste, sich um das Haus am See kümmern konnte. Sie würde Robert informieren, dass sich ihre Pläne geändert hatten. Er würde nicht unglücklich sein, die Reise nach Frankreich, auf die es ihm doch vor allem angekommen war, noch einmal zu verschieben, und das kleine Haus am See hatte ihn nicht mehr wirklich interessiert.

In Margas altem Adressbuch fand sich die Telefonnummer von Anton, den sie zuletzt auf der Beerdigung ihrer Mutter gesehen hatte. Er freute sich, wie ihr schien, aufrichtig, als sie anrief. Er hatte bereits über Balthasar von ihren Plänen gehört. Als sie erwähnte, sie würde mit Ilsa anreisen, hatte er lediglich ein »hm« verlauten lassen, und erst als sie ergänzte, ihre Großmutter während ihres Aufenthaltes in der Elmau unterzubringen, bot Anton an, Gwen könne sehr gerne bei ihm wohnen, das Haus sei groß genug. Gwen scheute sich eigentlich davor, bei Menschen zu übernachten, die sie nicht gut kannte, aber Anton gehörte zu dem kleinen Kreis vertrauter Freunde ihrer Mutter, und so nahm sie die Einladung gerne an.

Lily war unterdessen aus Berlin zurück und brannte darauf, zu erfahren, wie es mit Ilsa gewesen war. Um ihre Tante nicht aufzuregen, ließ Gwen Theos Hochzeitspläne unerwähnt und erzählte auch sonst nicht alles. Lily fand die Idee, mit dem, wie sie sich ausdrückte, »unberechenbaren Giftzahn« nach Bayern zu reisen, völlig übertrieben. Auch schien es sie zu beunruhigen, dass Gwen vorhatte, den alten Sepp zu besuchen und zu befragen. Man sollte doch die »ollen Kamellen« in Frieden lassen. Das sagte ausgerechnet Lily, die die Ausgrabungen mit so viel Nachdruck angestoßen, aber dann auch ebenso behindert hatte.

Phil stand eine Woche nach ihrem Telefonat mit seinem klapprigen Auto vor der Tür und bezog das Gästezimmer. Gwen zeigte ihm, mit was und mit wie viel Sloppys Fressnapf zu füllen war, und erklärte, dass ein Kater grundsätzlich nur tat, worauf er selbst Lust hatte. Aber schneller als erwartet eroberte Phil Sloppys Herz, der einfach eine Schwäche für Männer zu haben schien.

An einem freien Nachmittag telefonierte Gwen mit Laura, um ihr ausgiebig zu berichten, was Ilsa über den Unfall erzählt hatte und dass es Gwen so schwerfiel nachzuvollziehen, warum Marga darüber nie mit jemandem hatte sprechen wollen; es wäre doch eine Entlastung gewesen, meinte sie, schließlich sei sie ja ein argloses Kind gewesen.

»Wer weiß, ob wir schon alles wissen«, antwortete Laura prompt, die sich mit Gwens Spurensuche noch immer zu hundert Prozent identifizierte.

Als alles organisiert war, wurde für den Tag der Abreise ein Fahrer bestellt, der Ilsa bequem von Oxford nach Heathrow chauffierte, wo sie ihre Enkeltochter in Empfang nahm. Gwen hatte auf Theos Anraten selbstverständlich die Kategorie gebucht, in der es die »prickelnden Getränke« gab.

Nach zwei Stunden landeten sie in München. Der Pilot verkündete »Kaiserwetter«. Gwen hatte für Ilsa einen Rollstuhl reserviert, sodass sie die langen Gänge gefahren werden konnte. Das widersprach zwar Ilsas Selbstbild von ewiger Jugend, aber sie ließ es geschehen. Ziel war der Mietwagenservice. Dort präsentierte Gwen ihre Reservierungsbestätigung, und eine Dame in einem grellen Kostüm zeigte ein Foto der verfügbaren Modelle. Ilsa, die bis dahin dankbar und wortlos alles mitgemacht hatte, war von einer Sekunde zur nächsten hellwach und äußerte in ihrem Bestimmertonfall, dass sie in einem solchen Auto nicht fahren könne.

»Aber wir brauchen keinen großen Wagen«, meinte Gwen irritiert.

»Groß nicht, aber schnell. Man fährt ja Auto nicht nur, um anzukommen. Welche Zweisitzer haben Sie denn so?«

Die Dame schaute zuerst Ilsa an, dann Gwen, bevor sie die Fotoliste mit den Sportwagen aus einer Schublade zog.

»Wir haben einen Porsche Turbo und ein BMW Coupé-Cabriolet. Beide nagelneu«, deutete sie auf zwei schnittige Modelle.

»Wir nehmen das Cabrio und fahren bei dem Wetter offen, nicht wahr, Schatzerl, das findest du doch auch.«

Ilsa schob ihre Kreditkarte über den Tisch und nahm die Schlüssel an sich.

»Du willst aber nicht selbst fahren, oder?«

»Warum nicht? Hier gibt es doch kein Tempolimit.«

»Und dein Führerschein?«

»Voilà!« Ilsa zog ihren internationalen Führerschein aus ihrer Krokogeldbörse und hielt ihn Gwen unter die Nase.

Die nette Dame von der Vermietung war beeindruckt von Ilsas sportlicher Entschlossenheit, die sich auch darin ausdrückte, dass sie sich schon einmal ihren Seidenschal um den Kopf schlang, so wie man es aus Filmen mit Grace Kelly kannte.

Gwen bemerkte an der Art, wie ihre Großmutter in den Sitz rutschte, Armaturen und Gangschaltung prüfte, sogleich, dass sie einmal eine routinierte Fahrerin flotter Wagen gewesen war. Hoffentlich traf das noch immer zu, aber bevor sie darüber einen weiteren Gedanken verlieren konnte, hatte Ilsa das Auto vom Parkplatz auf die Autobahn gelenkt und bereits ordentlich aufs Pedal gedrückt. An eine Unterhaltung war nicht mehr zu denken. Nach schier endlosen dreißig Minuten, in denen Gwen sich unter ihrem Sitz festkrallte, fuhr Ilsa auf den Seitenstreifen und meinte: »Ich bin nicht mehr so in Form. Übernimmst du, Schatzerl?« Nicht auszudenken, was es bedeutet haben mochte, wenn sie in Form gewesen wäre, dachte ihre Enkeltochter.

Ilsa war bei Gwens Tempo sofort eingeschlafen, und Gwen wollte sie nicht wecken, als sie auf die kleine Mautstraße einbogen und das Kranzbacher Schlösschen verwunschen auftauchte. Ella hatte doch geschrieben, eine Engländerin habe es für sich erbauen lassen, diese sei dann aber wegen des Kriegsbeginns 1914 dort nie eingezogen. Noch so ein eigenwilliges Haus, das verlassen wurde. Später war es ein Erholungsheim für Kinder geworden. Sie begegneten Radfahrern und Wanderern, passierten den Wald, dann kam die Lichtung, und danach tauchte das seltsame Anwesen, Schloss Elmau, unvermittelt auf. Es war immer wieder überraschend, wie es da plötzlich in seiner imposanten Entschlossenheit sichtbar wurde. Als sie vor der Einfahrt zu stehen kamen und Gwen den Motor abstellte, schlug Ilsa die Augen auf.

Da sich niemand blicken ließ, lief Gwen zur Rezeption und bat um Hilfe mit dem Gepäck. Dann ging sie zurück zum Auto, um Ilsa beim Aussteigen zu helfen. Der Sportwagen lag naturgemäß tief, und so dauerte es, bis Ilsas lange Beine sicher auf dem Boden standen.

Wie eine Königin, die nach Jahren im Exil in ihre herrschaftlichen Gemächer zurückkehrt, betrat sie das Vestibül.

»Hatten Sie eine angenehme Anreise?«, erkundigte sich eine junge Frau höflich, um dann noch die unbedachte Frage anzuschließen, ob sie bereits Gäste auf Schloss Elmau gewesen seien.

»Haben Sie keine Karteikarten?«, antwortete Ilsa aufgebracht. »Man muss doch vorbereitet sein, wer anreist. 1936 wussten Sie das zumindest ganz genau.«

»Großmama, setz dich einen Moment in das Sofa hier, ich mach das schon.«

Was war bloß in Ilsa gefahren? Ilsa ließ sich zum Sofa führen und flüsterte: »Ich habe nicht vergessen, wie sie uns hier behandelt haben.«

»Das besprechen wir gleich«, beschwichtigte Gwen.

Ilsas Zimmer bot einen herrlichen Ausblick auf das Karwendelgebirge. Man müsste die Luft in Beuteln einpacken und mit nach London nehmen, dachte Gwen, als sie das Fenster öffnete und tief einatmete. Sie half ihrer Großmutter beim Auspacken und überredete sie, sich vor dem Abendessen noch einen Moment hinzulegen. Der Höhenunterschied, die lange Reise, die Aufregung – man sah der alten Dame die Ermüdung an. Unterdessen bezog Gwen ihr kleines Zimmer, das auf derselben Etage lag und einfach, aber mit Möbeln von Qualität, wie Lily bemerkt hätte, eingerichtet war.

Nach einer Stunde klopfte sie an Ilsas Tür, und als keine Antwort kam, ging sie hinein und fand ihre Großmama tief schlafend und leise schnarchend im Bett. Sie weckte sie sanft und flüsterte: »Du musst dich umziehen, sonst verpasst du die Quadrille.« Ihre Großmutter lächelte müde.

»Ich hab dir etwas zum Anziehen rausgelegt.«

Ilsa stand langsam auf, ging ins Bad, um sich die Haare zu kämmen, und fand, als sie zurück ins Zimmer kam, auf dem Sessel den Chiffonrock und die Bluse liegen.

»Das kommt mir bekannt vor, aber von mir ist es nicht.«

»Doch, hat einmal dir gehört, und dann hast du Ella den Rock und die Bluse überlassen, damals, als du so unerwartet zu deinem Bruder wolltest, der doch im Krieg verletzt wurde.«

Ilsa berührte den Stoff und schloss die Augen. »Ich erinnere mich. Ich musste schnell zu Albert, um ihn noch lebend wiederzusehen.«

»Du bist mit Jakob nach Salzburg gefahren. Ella hat ausführlich darüber geschrieben, und ich glaube, du hast ihr mit dem Rock und der Bluse einen Wunsch erfüllt, von dem sie noch nicht einmal selbst wusste, dass sie ihn hatte.«

»Wie meinst du das?«

»Alles, was für dich selbstverständlich war, war für sie unerreichbar. Dass sie es als einfaches Landmädel zur Sekretärin in die Elmau schaffte, war ja ein Wunder, aber dauernd fehlte ihr etwas, was für euch Mädchen aus gutem Haus nicht der Rede wert war. Josefa hat sie mit Wäsche versorgt, Jola hat für sie gestrickt, ihre Mutter hat ihr ein paar Kleidungsstücke genäht, Winterschuhe hatte sie von einer verstorbenen Tante geerbt, aber an einen Chiffonrock und eine Seidenbluse war nicht zu denken. Es war, wie sie gesagt hätte, ›außerhalb der Möglichkeiten‹.«

»Das habe ich mir so nie überlegt, aber stimmt vermutlich«, murmelte Ilsa und nahm das Missoni-Ensemble aus dem Schrank.

»Was ist 1936 passiert? Warum hast du vorhin so gereizt reagiert, als dich die junge Frau an der Rezeption fragte, ob du schon einmal hier gewesen bist?« Gwen hatte um einen ruhigen Tisch gebeten, an dem sie allein sitzen konnten, denn noch immer war es üblich, sich mit anderen Gästen den Tisch zu teilen. Ilsa hatte Jahrzehnte keine Grießnockerlsuppe mehr gegessen und freute sich auf die Bachforelle und die Quarkspeise mit Beeren.

»Das ist neu hier mit den Quälgeistern, oder?« Ilsa blickte leidend auf eine Gruppe von Kindern, die gerade durch den Saal flitzten. »Weißt du, ein Hauch Strenge hat noch niemandem geschadet.«

»Du kannst sie ja nachher mit deinem Stock verprügeln. Aber was war 1936?«

Ilsa schüttelte den Kopf und sah den Saaltöchtern zu.

»So eine war ich auch einmal. Wir wollten alle nur einen reichen jungen Mann, aber es gab nur alte reiche Männer, die jungen waren fast alle tot.«

»Bis auf Jakob.«

»Er war auch schon über vierzig. Hier an diesem Tisch saß er, als ich ihn zum ersten Mal sah. Hier hat alles begonnen.« Ilsa deutete auf den großen Tisch in der Mitte des Raums. »Er ist mir sofort aufgefallen, er war so charmant, gut aussehend, vital. Aber man vergisst doch auch viel.«

»Lily sagt, ihr seid die Generation der verkalkten Wasserkocher. Funktionieren noch, aber die Kalkschichten lassen sich nicht mehr so leicht lösen. So ähnlich hat sie sich ausgedrückt. Und ohne Ella hättest du Jakob gar nicht entdeckt, nicht wahr?«

»Kann schon sein, aber verkalkt bin ich nicht, und ich kann dir auch noch genau sagen, was 1936 passiert ist«, antwortete Ilsa pikiert. »Da fanden in Partenkirchen nämlich die Olympischen Winterspiele statt, und weil Jakob so vernarrt war in den Wintersport, überlegten wir, in die Elmau zu fahren und von dort aus Ausflüge zu unternehmen. Lily hat uns dringend abgeraten, da wimmle es nur so von Nazifunktionären, meinte sie, aber Jakob war sich sicher, dass nichts passieren könne an einem Ort, an dem sich Sportler aus der ganzen Welt trafen. Später haben wir erfahren, dass sie für die ausländische Presse die Schilder ›Juden unerwünscht‹ während der Spiele abgenommen und danach sofort wieder angebracht haben. Sie wollten der Welt zeigen, wie friedlich, sportlich und organisiert sie sind. Da haben sie sogar ›Mischlinge‹ zugelassen, weil sonst die Amerikaner die Spiele boykottiert hätten. Jakob war da bereits von allen seinen Ehrenämtern zurückgetreten, in die ihn seine guten Freunde, diese Anschmeißer, oft gedrängt hatten.«

Ilsas bittere Ironie war nicht zu überhören, als sie von den »guten Freunden« sprach.

»Sie haben ihm nahegelegt, ›aus der Schusslinie zu gehen‹, bis sich alles beruhigt habe. Sollte natürlich nur zu seinem Besten sein.« Ilsa lachte bitter. »Dabei konnten sie nicht abwarten, auf die Posten nachzurücken, die die Juden aufgeben mussten. Das war ja überall so. In den Krankenhäusern haben sie die fähigsten Ärzte durch ahnungslose Stümper ersetzt, und in den Museen, Konzerthäusern – ach, in der ganzen Kultur – stieg die Mittelmäßigkeit auf und blieb. Die Guten sind doch alle weg, solange sie noch konnten.« Sie klang erregt. »Jakob wollte eigentlich damals schon auswandern, aber dann war da der Hof, die alten Eltern, und überhaupt konnte man es sich nicht so schlimm vorstellen, wie es wurde.«

»Und was ist dann passiert?«

»Wir sind also spät am Abend in der Elmau angekommen, ich hatte eine Suite bestellt auf meinen Namen. Am Empfang bat uns der Concierge in sein Büro und sagte, man würde sich durch meine Anwesenheit sehr geehrt fühlen, aber der Herr von Stein sei unerwünscht. Ich habe zuerst gedacht, der hat einen depperten Humor, aber der meinte es ernst.«

Ilsa hatte sich ganz aufrecht hingesetzt, und ihr schmales Gesicht wirkte plötzlich kantig und hart, als sie mit ihrer Schilderung fortfuhr: »Ich habe dann ganz leise zu ihm gesagt: ›Für Sie immer noch Baron, Baron von Stein, und wir haben hier reserviert, und wir werden hier auch zusammen nächtigen. Außerdem möchte ich sofort Herrn Doktor Müller sprechen.‹«

»Und dann?«

»Dann hat dieser aufgebürstelte Lackaffe erklärt, der Herr Direktor sei abwesend, und er könne uns lediglich – und nur kulanzhalber – eine Nacht offerieren. Ich weiß es noch wie heute. Eine Nacht.«

»Nimm einen Schluck Wasser.« Ilsa hatte ein stark gerötetes Gesicht und war sehr aufgebracht.

»Ich habe ihm jedenfalls sehr deutlich zu verstehen gegeben, er solle uns besser unverzüglich die Zimmer zeigen.«

»Hast du ihm gedroht?«

»Ich bin aufgestanden, habe gesagt, ich würde jetzt ins Kaminzimmer gehen und in allen mir zur Verfügung stehenden Sprachen, es waren ja doch einige ausländische Gäste da, Folgendes kundtun: ›Es gibt hier sehr viele Ratten im Hotel.‹«

»Nein, das hast du nicht gesagt.« Gwen war beeindruckt.

»Ich war wild entschlossen, aber er hat telefoniert, und wir sind, siehe da, auf unsere Suite geleitet worden.«

Gwen konnte sich die Szene genau vorstellen. Jeder halbwegs scharfsichtige Mensch bemerkte sofort, dass die Baroness Unstimmigkeiten nicht fürchtete, sie im Gegenteil mitunter aus einer Laune heraus sogar provozierte.

»Was hat Jakob denn dazu gesagt?« Nach allem, was Gwen über ihn gehört hatte, war er stets bemüht um Harmonie.

»Jakob wollte sofort abreisen, er war wie vom Donner gerührt. Er wollte natürlich auch nicht, dass ich im Kaminzimmer den Aufstand probte. Aber ein paar Monate später hat er zugegeben, dass ihm die Idee mit den Ratten sehr imponiert habe. Jakob war ein so guter Mensch, und er war sich so sicher, dass in der Elmau die Welt noch in Ordnung sei.«

»Das hätte ich auch gedacht. Der Johannes Müller hat doch den Hitlergruß im Hotel untersagt. Das habe ich zumindest gehört und nur aus diesem Grund sind Robert und Marga nach dem Krieg überhaupt hierhergefahren.«

»Das stimmte und stimmte nicht. Der gute Müller ist ein glühender Hitler-Anhänger gewesen. Die Menschen wollten sich nicht vorstellen, dass der Hitler macht, was er ankündigte. Und weißt du, damals gab es so viele Widersprüche. Ich hatte eine Nachbarin, die hat sich empört, als sie hörte, dass ihr jüdischer Arzt sie nicht mehr behandeln durfte, sie fand es aber völlig in Ordnung, als man eine jüdische Familie aus der Wohnung unter ihr warf. Es gab Nazis, die Violinsonaten von Beethoven spielten und ganz gerührt waren von der Musik und von sich selbst und die kurz darauf den Abtransport von unschuldigen Menschen befahlen. Ich kann dir viele solcher Geschichten erzählen.«

Gwen staunte. Margas und Roberts Schilderungen hatten oft den Eindruck erweckt, Ilsa sei es stets nur um ihr eigenes Wohlbefinden gegangen und sie habe das Leid anderer kaum bemerkt. Das schien aber gar nicht zuzutreffen, und hier im Hotel hatte sie 1936 Courage bewiesen, sich nicht einschüchtern lassen und zu ihrem Mann gehalten.

»Und seid ihr dann dageblieben?«

»Ja, das sind wir, und niemand hat uns belästigt. Jakob war allerdings nervös, und obwohl er so gerne das Skispringen gesehen hätte, wollte er sich nicht unter die Massen mischen. Er ist mit der Anna auf Skitouren gegangen, und ich hatte Karten für den Paarlauf. Die Österreicher sind haarscharf am Gold vorbei.«

»Mit der Anna, die Bergführerin werden wollte?«

»Ja, sie hat einmal hier im Hotel gearbeitet. Ella kannte sie auch gut. Die waren ganz eng. Die Anna hatte vor nichts Angst – weder vor den steilsten Abhängen noch vor den Nazis.«

»Wie seltsam. Auf der Herfahrt habe ich mich gefragt, was wohl aus ihr geworden ist. Lebt sie noch?«

»Das weiß ich nicht, Schatzerl, sie war ein paar Jahre jünger als ich, aber das macht ab neunzig nicht mehr so einen großen Unterschied.«

»Und warum war sie so mutig?«

»Die Anna war das, was man damals eine ›Judenschlepperin‹ genannt hat. Sie hat Flüchtlinge über die grüne Grenze zuerst nach Österreich und später auch in die Schweiz gebracht. Sie hat mir nach dem Krieg erzählt, dass ihre Haare in einer einzigen Nacht grau wurden. Wir haben jedenfalls im Krieg einiges zusammen durchgestanden.«

»Wie hieß die Anna denn mit Nachnamen?«

Ilsa musste nicht lange überlegen. »Sonnweber, Anna Sonnweber. Möchtest du, dass ich mit ihr eine Kletterpartie in der Steilwand unternehme? Lustige Vorstellung, wir zwei Alten. Das wäre zumindest ein aufregender Tod.«

Ilsas Humor war doch immer wieder überraschend makaber.

Am nächsten Vormittag unternahmen Großmutter und Enkeltochter eine Tour durch das Hotel. Sie verbrachten eine Lesestunde in der Bibliothek, nahmen einen Kaffee im Salon und besuchten den Tanzsaal. Im Tanzsaal erinnerte sich Ilsabé daran, wie sie die Quadrille getanzt hatte und wie einige der Mittänzer sich die Schrittfolge partout nicht merken konnten und jemand mit strenger Stimme ermahnte: »Eins, zwei, drei und drehen und jetzt grüßen und nun den Platz wechseln.« Ilsa und Gwen lachten.

Einiges war modernisiert worden, aber der überwiegende Teil des Hauses war unverändert geblieben. Sie gelangten sogar in jenes Stockwerk, auf dem das Zimmer lag, das Ilsa mit Ella geteilt hatte. Ilsa kannte sich gut aus, denn sie war ja nicht nur Saaltochter gewesen, sondern hatte zusammen mit Jakob bis zu jenem Ereignis 1936 jedes Jahr längere Aufenthalte in diesem von beiden so hoch geschätzten Hotel verbracht. Im Sommer waren sie nach Salzburg gefahren, um den Festspielen beizuwohnen oder um mit Freunden im Mondsee zu baden und im Winter den Berg hinunterzuwedeln. Vielleicht war es Jakob in diesen unbeschwerten Momenten gelungen auszublenden, wie sich die Welt in Deutschland nicht erst seit der Machtergreifung im Januar 1933 verändert hatte. Das *Kösliner Lokalblatt* hatte bereits Monate zuvor einen Artikel veröffentlicht, in dem süffisant darüber berichtet worden war, der ›Jude von Stein habe sich eine österreichische Aristokratin geleistet‹ – so als ob Juden vor keinem Kauf zurückschreckten, auch nicht davor, adelige Frauen zu erwerben –, und ein Ägyptologe hatte wenig später in einer Fachzeitschrift die provokante Frage gestellt, ob die Wissenschaft wirklich derart viele Juden brauche, und Jakobs Namen zusammen mit dem des berühmten Georg Steindorff als Beispiel genannt. Das hatte Jakob tief gekränkt, und er war nur noch verreist, wenn er den Aufenthaltsort gut kannte oder die Menschen, die ihn dort umgeben würden.

Nach dem Mittagessen verabschiedete sich Ilsa erneut für eine Ruhepause, um ein »Dodo«, wie sie es nannte, zu machen. Gwen beschloss, zum Ferchensee zu radeln und auf dem Weg Ausschau nach dem Marterl zu halten. Sie erinnerte sich an das, was Ella geschrieben und wie sehr Anna damals darauf bestanden hatte, dass sie einen kurzen Moment innehalten sollten. Es gab keine dämonischen Mächte, die derart straften. Oder doch?

Der See lag unberührt da. Das von Bäumen gesäumte Ufer, das flache Wasser, in dem Schilf und Gräser wuchsen; das Farbenspiel des Seespiegels von hellstem Blau bis Schwarz und die nur von Tiergeräuschen unterbrochene Stille. Seit Jahrhunderten hatte sich an diesem Anblick nichts geändert. Gwen setzte sich nahe ans Wasser und überlegte, für welches Echowort sie sich wohl entscheiden würde. Was war ihr eigentlich wichtig? Welchen großen Wunsch verspürte sie? Noch immer hatte sie keine Klarheit, wie sie beruflich weitermachen wollte. Wenn sie ihre Großmutter versorgt wusste und das Haus am See renoviert war, was dann? Sie war frei, sie konnte tun und lassen, was sie wollte. Das Einzige, was ihr wirklich fehlte, war die Liebe. Vielleicht würde sie gar niemanden mehr kennenlernen und für immer mit Sloppy allein bleiben. Dann würde Phil sie versorgen müssen, wenn sie alt, grau und vereinsamt war. Sie begann sich ein wenig leidzutun.

Gwen und Ilsa trafen sich vor dem Abendessen auf einen Drink im Kaminzimmer, dem einzigen Raum, in dem Rauchen erlaubt war und in dem zwei Herren riesige Zigarren qualmten. Ilsa hatte sich einen Gin Tonic gegönnt, und Gwen wusste mal wieder nicht, was sie außer Port bestellen sollte. »Nimm einen Cynar!«, rief Ilsa von ihrem Sessel hinüber, in den sie tief hineingesunken war. »Mit Zitrone und Eis, und sie sollen die guten Oliven servieren und nicht die billigen Chips.«

Gwen hauchte dem Barkeeper zu, er solle bitte auch die Chips bringen, und er hauchte zurück, dass diese nicht billig seien. Als sie sich wieder neben Ilsa setzte, schwenkte diese genüsslich ihren Drink und schlug völlig überraschend vor, doch ihre Cousine Clara anzurufen und sie im Haus am Mondsee zu besuchen, jetzt, wo sie ohnehin in der Nähe waren. »Das ist doch ein schöner Plan«, meinte Ilsa und schob sich eine Olive in den Mund.

»Gute Idee, ich war ja noch nie am Mondsee. Ist sicher ganz herrlich da. Dann lass uns doch morgen früh gleich anrufen. Wir müssen zeitig aufstehen, ich will um die Mittagszeit bei Anton sein.« Gwen versuchte, ihre gern lang ausschlafende Großmutter darauf vorzubereiten, dass sie am frühen Vormittag losfahren wollte.

»Weck mich, wenn ich noch lebe.«

»Und wenn nicht?«

»Dann musst du mich fein anziehen und schminken.«

»Versprochen, aber jetzt noch nicht.«

Als Gwen am nächsten Morgen zu ihrer Großmutter ins Zimmer ging, schlief diese so fest, dass sie tatsächlich an ihrer Atmung überprüfte, ob Ilsa noch lebte. Doch das tat sie eindeutig, denn beim Aufwachen beschwerte sie sich sogleich darüber, geweckt zu werden.

»Es ist neun Uhr. Ich habe schon gefrühstückt, aber wir wollen doch noch bei deiner Cousine anrufen«, erklärte Gwen geduldig.

»Such mir den weißen Rock und die hellblaue Bluse. Nein, nicht die, die da«, bestimmte Ilsa und schlurfte ins Bad.

Sie wählten vom Zimmerapparat die Nummer, die in Ilsas Adressbüchlein stand.

»Bei Isolani«, meldete sich eine Frau mit einer forschen Stimme.

»Hier ist Gwen Farleigh, ich bin die Enkeltochter von Ilsabé Isolani und würde gerne mit Clara sprechen.«

»Ach, das ist ja eine Überraschung. Ich gehe schnell die Gräfin holen. Das dauert einen Moment.« Gwen hörte, wie sich Schritte entfernten und Stimmen lauter wurden.

»Isolani. Wer ist da?«

»Gwen, ich bin die …«, aber bevor Gwen den Satz zu Ende sprechen konnte, rief jemand aufgeregt: »Die Gwenny, ja, Schatzerl, warum rufst du denn an?« Clara sprach genau wie Ilsa, nur in sehr freundlich.

»Wir sind in der Elmau, also Großmama und ich, und wir bleiben ein wenig in der Gegend und würden auf einen Besuch vorbeikommen, nicht heute, aber nächste Woche, wenn das passt?«

»Warum habt ihr denn nicht Bescheid gegeben? Kommt vorbei. So eine Überraschung. Ich bin nicht mehr viel unterwegs. Ilsabinchen kann doch auch hier wohnen.«

Gwen musste lachen, als sie den Spitznamen hörte. Man musste schon sehr lange verwandt sein mit der guten Ilsabé, um sich eine solche Vertrautheit leisten zu dürfen. Sie übergab Ilsa den Hörer, und ganz offensichtlich genossen die beiden Cousinen den Austausch. Sie ließen sich zu ironischen Bemerkungen und gewagten Witzen hinreißen, und Ilsa lachte schallend wie nie.

»Clara hört sich ja reizend an, und sie spricht wie du«, sagte Gwen, nachdem ihre Großmutter aufgelegt hatte.

»Ja, ist doch ein Vorteil, wenn man länger keinen Kontakt hat. Dann ist wieder alles so frisch«, meinte Ilsa zufrieden und schlüpfte in das Jäckchen ihres Kaschmirtwinsets.

Balthasar

Gwen hatte die Karte neben sich ausgeklappt und beschlossen, die Mautstraße zu nehmen, die direkt von Klais nach Bad Tölz führte. Sie blickte auf die Zugspitze, die Kalkschroffen des Karwendel- und Wettersteingebirges und die imposante Benediktenwand. Kiefernwälder führten entlang der flachen Isarauen. Das Flussbett aus Geröll mutete wie eine Mondlandschaft an und stand in starkem Kontrast zu der üppigen Vegetation des Waldes. Der große Speichersee, den sie weit unter sich erblickte, wirkte dagegen abweisend in seinem kalten Petrolblau, und doch hatte er zugleich etwas Majestätisches. Unerwartet plötzlich endete die verwunschene Mautstrecke, und es war, als würde sie einen Märchenwald passiert haben.

Sie war durchdrungen von Vorfreude und Aufregung. Sie

würde bei Anton im Gästehaus wohnen und Ellas Bruder Sepp sprechen können. Sie würde Balthasar wiedersehen, der immer so nett geschrieben hatte. Wie er wohl aussah?

Sie traf um die Mittagszeit in Bad Tölz ein. Gwen hatte sich einmal verfahren, dann aber das Haus problemlos gefunden. »Dr. Anton Winterling« stand auf dem Messingschild und darunter: »Umberto Pastinacchio«. Lily hatte erzählt, dass Anton mit einem Mann zusammenlebte, und noch leise hinzugefügt »wie Henry«, als hätte Gwen noch nie von Homosexualität gehört.

Sie klingelte, und die Tür sprang auf.

Anton stand da in einer grasgrünen Sommerhose und einem kornblumenblauen Hemd und strahlte. Seine Füße steckten in Espadrilles, die an der Fersenseite heruntergetreten waren, und für Gwen umgab ihn ein Hauch französisches Flair. Der »kleine Anton« war nun ein Mann Ende fünfzig mit grauen Haaren, groß gewachsen und schlank. Umberto musste um einiges jünger sein. Er hatte volles, dunkles Haar, war mittelgroß und auf eine wohlproportionierte Weise rundlich.

»Welche Freude, dich zu sehen. Was für ein tolles Auto. Ihr kennt euch nicht, oder? Das ist Umberto. Wie war deine Reise? Wie lange warst du nicht hier? Wie geht es Robert?«

Gwen fühlte sich erstaunlich herzlich aufgenommen und wusste nicht, auf welche Frage sie zuerst antworten sollte.

»Komm, wir gehen in den Garten. Wir haben hier erst seit ein paar Tagen Sommer. Es hat so viel geregnet«, brachte Anton gut gelaunt hervor.

Gwen sah, dass der Tisch auf der Terrasse gedeckt war.

»Was für ein herrliches Blumenbeet«, begeisterte sie sich für dieses bunte Glück aus Rittersporn, Rosen, Lavendel, Katzenminze und Wicken.

»Das ist noch Josefas Bauerngarten. Wir haben ihn nur neu umzäunt, damit die Schnecken nicht alles fressen, und ihre Lieblingsblumen nachgepflanzt, aber sonst nichts verändert. Und da drüben ist Ellas Kräuterparadies.« Er deutete auf ein mit Buchsbäumchen eingefasstes Beet, in dem Petersilie, Thymian, Salbei, Rosmarin und Schnittlauch wuchsen.

»Aber eine Ziege und eine Kuh habt ihr nicht mehr?«

»Nein, wir haben sogar den Hühnerstall aufgegeben«, erwiderte Umberto beschwingt und schnitt von der Petersilie eine Handvoll ab.

»Wir dachten, wir nehmen ein kleines Mittagessen auf der Terrasse, aber vorher hast du noch die freie Zimmerwahl: geräumig, modern und mit eigenem Garten, oder klein, unter dem Dach, aber mit Aussicht und in Ellas alter Kammer?« Anton hatte Gwens Koffer in der Hand und wartete auf ihre Entscheidung.

»Klingt beides verlockend, ich nehme Ellas Dachzimmer.«

Bei einer köstlichen italienischen Pasta und einem leichten Rotwein berichtete Gwen, warum sie mit ihrer als kapriziös geltenden Großmutter die weite Reise auf sich genommen hatte. Anton hatte nämlich nach ihrem Beweggrund gefragt und sie dabei vieldeutig angesehen. Und so erzählte sie von Lily, die ihre Suche nach den Familienwurzeln angestoßen hatte, und dass sie mit Lily, Lotte und Laura nach Polen gefahren war und wie sich ein Puzzleteilchen an das andere fügte, sie aber doch auch gegen eine zuweilen unerklärliche Wand des Schweigens geprallt war. Anton und Umberto hatten interessiert zugehört und allerhand über die Reise nach Pommern wissen wollen. Dann sprachen sie über andere Dinge, und Gwen erfuhr, dass Umberto aus einer italienischen Familie kam, die in Istrien beheimatet gewesen war. Seit seiner Kindheit lebte er in Deutschland, aber das Kochen hatte er von seiner Nonna gelernt, und immer, wenn er sie in dem kleinen Bergdorf Montona besuchte, zeigte sie ihm, wie ein echter Sugo schmeckte.

»So hat meine Mutter auch gekocht. Nudeln mit frischen Tomaten, Olivenöl, Petersilie und basta. Basilikum gab es noch nicht bei uns.« Gwen rollte die Nudeln gekonnt mit der Gabel auf. Ihrer Mutter war es wichtig gewesen, dass sie beim Spaghettiessen keinen Löffel benutzte, was Robert aber stets ignorierte. Er beging sogar, wenn Vater und Tochter allein waren, die Todsünde, die Nudeln klein zu schneiden, sodass er sie auf seinen Löffel schaufeln konnte. Gwen musste schmunzeln, als sie daran dachte.

»Marga hat mich immer bekniet, Olivenöl aus Italien mitzubringen«, erinnerte sich Anton, und Gwen fiel ein, dass sich ihre Mutter keinen schlimmeren Tag vorstellen konnte als den, an dem das Olivenöl ausgehen würde.

Dann sagte sie: »Als ich klein war, gab es in England Olivenöl nur in der Drogerie in winzigen Fläschchen, und zwar nicht zum Essen, sondern für die Reinigung der Ohren.«

Umberto musste lautstark lachen. »Dann war deine Mutter ja eine echte Pionierin, dass sie mit dem Ohrenöl gekocht hat«, meinte er anerkennend und nun lachte auch Gwen.

»Das war sie. Sie war ihrer Zeit weit voraus«, ergänzte Anton, »und sie passte irgendwie gar nicht nach England, zumindest nicht in das Nachkriegsengland.«

Gwen stimmte dem zu: Marga war fremd geblieben, heimatlos, unverstanden, ganz im Unterschied zu Theo und Lily, die mit den Jahren immer englischer geworden waren. Und was war eigentlich mit Ilsa? Wo passte sie hin? Überallhin, nur nicht auf die Insel, das wurde ihr in diesem Moment sonnenklar. Es war unmöglich, sie dort in einem Altersheim unterzubringen. Sie war durch und durch »kontinental«.

»Was hast du am Nachmittag vor?«, fragte Umberto, und Anton schlug vor: »Leg dich in die Sonne, und fühl dich bitte wie zu Hause. Heute Abend kommt übrigens Beppo zum Essen, das ist dir doch recht?«

»Natürlich, ich freue mich.«

Gwen hatte sich den Weg zum Friedhof beschreiben lassen, denn sie hätte ihn nicht mehr gefunden. Auf dem Weg dorthin ließ sie das Gespräch mit Anton Revue passieren. Es hatte beinahe so geklungen, als fühle er sich verpflichtet, Marga zu verteidigen. Ob ihre Mutter sich ihm gegenüber darüber beklagt hatte, wie fremd sie sich in England fühlte, wie sehr sie die Berge und die Nähe zu Italien vermisste und wie wenig man auf der Insel vom Essen verstand? Vielleicht hatte sie sich mit ihm ja darüber und über anderes ausgetauscht.

Sie brauchte einen Moment, um sich zu orientieren. Als sie das Grab gefunden hatte, suchte sie eine dieser grünen Steckvasen und stellte die Freilandrosen hinein, die sie in der Friedhofsgärtnerei gekauft hatte. Was für ein kurzes Leben, in dem dennoch so viel passiert war. Die Auflösung der Familie durch die Bedrohung der Nazis, der Abschied von Pommern und der Neuanfang in Bayern, die stets abwesende Mutter, der Krieg und dann der Unfall; der Umzug in ein ihr fremdes Land, die Ehe mit Robert und schließlich und zu allem Überfluss noch die vielen Lügen, die sie schützen sollten und alles nur noch schlimmer machten. War da überhaupt Platz gewesen für Glück? Hatte Marga ihre Tochter lieben können?

»Mensch, Mummy, was ist nur damals passiert?«

Sie lief zurück zum Gästehaus, packte ihre Reisetasche aus und legte sich auf das bequeme Bett in Ellas altem Dachstübchen. Hier hatte sie also als junges Mädchen gelebt und in Josefas Flanellnachthemden geschlafen und von Korbinian geträumt und später von Jakob. Gleich gegenüber lag Jolas früheres Zimmer. Anton und Umberto hatten die Räume in hellen Farben gestrichen und mit alten Weichholzmöbeln gemütlich eingerichtet. Auf der Kommode standen eine Karaffe mit frischem Trinkwasser und eine Vase mit Wiesenblumen.

Sie schlief ein, und als sie aus einem tiefen Traum erwachte, war es bereits früher Abend. Sie zog sich rasch um, benutzte dezent Wimperntusche und den hellen Lippenstift. Sie ertappte sich dabei, dass sie Balthasar gefallen wollte, obgleich sie nicht die geringste Vorstellung hatte, ob er ihr gefallen würde. Sie nahm die große Teedose von Fortnum & Mason aus ihrer Reisetasche und ging die Treppe hinunter.

»Du kommst genau richtig, du könntest mir ein bisschen helfen. Oh, vielen Dank, wir lieben englischen Tee.« Umberto nahm die Dose und stellte sie auf den Holztisch im Wohnzimmer. Gwen folgte ihm in eine moderne Küche, in der Josefas altes Jugendstil-Sideboard wunderbar zur Geltung kam.

»Es gibt Rucola mit Pilzen und frischem Parmesan als Vorspeise und dann Backhendl mit Kartoffelsalat. Wir dachten, das bekommst du in London bestimmt nicht so oft. Du könntest den Salat waschen.«

Umberto trocknete sich die Hände an seiner fleckigen Schürze. Er wirkte entspannt und zufrieden. Wahrscheinlich führten die beiden ein glückliches Leben, dachte Gwen, aber man konnte von außen nicht in Beziehungen hineinsehen. So vieles sah harmonisch aus und war es nicht. Auch die Freunde ihrer Eltern hatten geglaubt, Robert und Marga seien ein Traumpaar. Sein Intellekt und ihre Kochkünste, das genügte damals, um sich eine ideale Ehe vorzustellen. Ein Alkoholproblem bei Männern galt zudem als Kavaliersdelikt, und Stimmungsschwankungen bei Frauen wurden in eine Schublade gepackt, auf die Freud einstmals »Hysterie« geschrieben hatte.

»Das ist ja eine ziemliche Herausforderung für mich, den Salat zu waschen«, erwiderte Gwen fröhlich und spürte, wie die Schwere wich, die sie seit dem Besuch auf dem Friedhof so intensiv gespürt hatte.

Umberto legte leichten Jazz auf und servierte ihr ein Glas kühlen Weißwein. Sie wollte wissen, was er beruflich machte, und er erzählte, dass er als Fotograf arbeite.

»Und was machst du?«

»Gute Frage. Ich kann es dir nicht sagen. Ich war Übersetzerin, aber das will ich nicht mehr sein. Die letzten Monate habe ich versucht, in die Abgründe meiner Familie hinabzusteigen. Das war ein Fulltime-Job, und ich bin noch immer nicht am Ende dieser Reise.« Sie lächelte und drehte das Glas, sodass sich die Eiswürfel darin im Kreis bewegten. »Im Herbst besuche ich eine Schreibwerkstatt. Ich will es einmal mit dem Schreiben probieren. Stoff genug gibt es. Ich brauche gar nichts zu erfinden. Ist alles da.«

Umbertos herzhaftes Lachen war ansteckend. Gwen sah ihm zu, wie er die Panade für das Backhendl vorbereitete und dabei gekonnt ein Ei über den Semmelbröseln aufschlug.

»Versuch es! Ich war früher im Finanzressort einer Bank, habe aber immer fotografiert. Dann bin ich für ein Jahr ausgestiegen, um zu sehen, ob ich es schaffe. Ich hab's einfach probiert, und nun bin ich schon seit zehn Jahren Fotograf und kann davon leben. Du könntest den Tisch drüben decken.«

Gwen sah sich im Wohnzimmer um. Wie großzügig die ausladende Fensterfront wirkte, die den Raum in ein helles Licht tauchte. Das war es, was Josefa damals beabsichtigte: Sie wollte, dass ihre Gäste sich wie im Freien fühlten. Sie war so weitsichtig gewesen. Plötzlich entdeckte Gwen das Bildnis einer jungen Frau. Sie betrachtete es und schien ganz gebannt zu sein, als Anton ins Zimmer kam.

»Wir wissen leider nicht, von wem das Gemälde ist, und die Signatur können wir auch nicht entziffern«, erklärte Anton und füllte die Gläser mit Mineralwasser.

Gwen musste nicht überlegen, sie erkannte das Bild, obwohl sie es zum ersten Mal sah.

»Es ist Ella, gemalt von ihrem damaligen Freund, August Golong, entstanden etwa 1929 im Frankfurter Palmengarten. Am Boden liegen, wie versehentlich hingestreut, Ellas Lieblingskräuter, und die Schuhe, die sie trägt, hat sie von Korbinian geschenkt bekommen, kurz bevor sie nach Pommern aufgebrochen ist.«

»Wow. Woher weißt du das?« Gwen erzählte von den Heften

und auch, dass einige leider fehlten, Ella aber über ihre Frankfurter Jahre recht ausführlich geschrieben hatte.

»Ohne ihre Aufzeichnungen würde ich so vieles noch nicht einmal ahnen, aber nun stelle ich fest, wie eng alles miteinander verflochten ist und wie sehr Ellas und Ilsas Lebenswege sich immer wieder kreuzten. Wenn August damals nicht nach Italien gegangen wäre, wäre Ella vermutlich nie mehr nach Bad Tölz zurück, sondern in Frankfurt geblieben, und wer weiß, was dann aus meiner Mutter geworden wäre.«

Eine einzige scheinbar unbedeutende Entscheidung konnte das Leben so vieler Menschen beeinflussen. Vielleicht wäre dann aber auch nie der Unfall passiert, und ihre Mutter hätte ein glücklicheres Leben gehabt. Da war sie wieder die Frage, ob man seinem Schicksal entgehen konnte.

Es klingelte. Das musste Balthasar sein.

»Die kleine Gwenny, aber heute könntest du im Kirchsee in der Mitte stehen.« Er lachte und umarmte sie, er hatte sie einfach geduzt, als würden sie sich ewig schon kennen, und das stimmte ja sogar. Er stellte ein Marmeladenglas auf den Tisch, das er als Geschenk mitgebracht hatte.

»Ich bin ein paar entscheidende Zentimeter gewachsen«, grinste Gwen und musterte ihn. Er war groß, kräftig und trug eine legere Baumwollhose und ein nicht besonders sorgfältig gebügeltes Hemd. Sein hellbraunes Haar wellte sich leicht. Er hatte eine gesunde Gesichtsfarbe, und Gwen fand ihn sofort sympathisch.

»Wie geht es denn deinem Opa? Ich wollte ihn gerne besuchen«, fragte sie spontan.

»Den haut so schnell nix um, er schreinert immer noch. Und er möchte dich sehen, jetzt, wo du endlich da bist. Aber erzähl, wo hast du Oma Ilsa gelassen?«, fragte Balthasar frech und sah sie dabei direkt an.

»Großmama, bitte. Das Wort Oma gibt es für sie nicht, und Ilsa schon gar nicht. Sie ist jetzt in der Elmau, spielt Bridge, raucht ihre Zigarettchen und trinkt am Abend einen Gin Tonic oder Cynar. Sie ist bester Dinge, wenn sie morgens ausschlafen kann und dann ein kleiner Brauner auf sie wartet. Was ihre Gelassenheit angeht, so ist sie für mich beinahe ein Vorbild geworden.«

»Dass du dir das zugetraut hast und die weite Fahrt«, warf Anton ein.

»Ich mag sie, und ich habe in den letzten Monaten verstanden, dass es keine einfachen Antworten gibt bei dieser Generation. Irgendwie hat da jeder seine eigene Wahrheit.«

Anton und Balthasar wussten nicht recht, was sie darauf sagen sollten, und daher kam ihnen die Unterbrechung gelegen, als Umberto um Hilfe aus der Küche rief. Anton eilte hinaus, und Gwen blieb mit Balthasar auf der Terrasse stehen.

»Wir haben uns gedacht, dass es keine leichte Reise für dich ist. Das wäre es ohne Ilsa schon nicht gewesen. Wir werden dich jedenfalls in allem unterstützen. Ich empfehle mich als dein Chauffeur, Umberto ist dein Koch und Anton dein Leibarzt.«

Gwen lachte und war überrascht, dass Anton, Umberto und Balthasar sich Gedanken über sie gemacht hatten. Sie schienen zu ahnen, dass sie nicht gekommen war, um lediglich das Haus am See zu renovieren.

Umberto brachte die dampfenden Backhendl und eine Schüssel mit Blattsalat, über den er lässig die frisch gehackten Kräuter aus dem Garten verteilte. Sie stießen mit einem Glas österreichischen Veltliner auf Gwen an, wobei Anton den Finger in die Wunde legte: »So schade, dass du nicht mehr Zeit mit Ella verbracht hast. Ich glaube, sie hätte gerne mit dir geredet.«

»Was meinst du, wie oft ich mir das heute vorwerfe? Aber ich konnte nicht früher. Ich hatte immer das Gefühl, hinter jedem Busch lauert Gefahr.«

Anton wechselte das Thema und fragte Balthasar: »Wie geht es der Kathi?«

»Sehr gut, danke, wir planen gerade eine Reise im September, mit dem Zelt nach Südfrankreich.«

»Wir möchten auch noch mal in die Sonne, am liebsten nach Zypern«, offenbarte Umberto seine und Antons Reisepläne, und es entspann sich ein Gespräch über die attraktivsten Urlaubsziele. Gwen hatte sich gefangen und berichtete, dass sie eigentlich mit ihrer besten Freundin an die Amalfiküste reisen wollte, aber nun erst einen Platz für ihre Großmama finden müsse, damit diese versorgt war.

»Manchmal ergeben sich die Dinge von selbst, habe ich festgestellt, wir machen uns zu oft einen Kopf«, sagte Balthasar.

Das musste wieder eine Redewendung sein, die sie nicht kannte. Nach dem Backhendl wurde eine Bayrisch Creme serviert, die auf der Zunge zerging.

»Schade, dass Alfons die nicht probieren kann«, bemerkte Gwen.

»Wer ist denn der Alfons?«, wollten nun die anderen wissen.

»Er war Koch auf der Elmau, als die Ella da während des Ersten Weltkriegs gearbeitet hat, und er hat das Kunststück fertiggebracht, trotz Rationierungen feinste Gerichte zuzubereiten. Er war ein echter Künstler. Dann hat er die Gundel geheiratet, und sie haben ein Caféhaus in Garmisch eröffnet. Was aus ihnen geworden ist, weiß ich nicht.«

»Wie kurios, dass du das erwähnst«, griff Anton das Thema auf, »die Ella hat nämlich auch eine sehr gute Bayrisch Creme gemacht, und zwar immer, wenn jemand Geburtstag hatte. Der Korbinian aß sie so gerne. Ich meine mich jetzt sogar dunkel zu erinnern, dass sie von einem Alfons erzählt hat.«

Gewiss hatte Ella von ihren Elmauer Freunden berichtet, und vermutlich war sie mit Gundel in Kontakt geblieben, ebenso wie mit Anna. Gwen überlegte, ob sie wohl herausfinden würde, was aus den Freunden geworden war und wie sie den Krieg überstanden hatten. Sie hätte gerne von dem Echo erzählt, aber es erschien ihr am Ende doch wie ein Geheimnisverrat. Stattdessen fragte sie nach Korbinian und wie er nach Ellas Tod zurechtgekommen war.

»Es war schwer für ihn, und er ist ja auch kurz darauf gestorben, aber wir hatten noch eine gute Zeit zusammen, noch bis zum Schluss hat er mir sehr geholfen. Er war ein so leidenschaftlicher Arzt und ›Seelendoktor‹, wie er sich selbst nannte, und kannte seine Patienten wie sonst niemand.«

Es war spät geworden, und sie halfen alle zusammen beim Abräumen.

»Morgen hole ich dich ab. Ich muss in der Früh noch was erledigen. Ich hab die Schlüssel vom Haus, und pack Badezeug ein«, verabschiedete sich Balthasar und küsste sie auf die Wange. Konnte es sein, dass sie am liebsten sogleich mit diesem Mann aufgebrochen wäre. Er wirkte so zupackend und war dabei noch einfühlsam, und ja, sogar witzig. Wer wohl diese Kathi war?

Tomatenbrote

»Immer für eine Überraschung gut, die Lady«, meinte Balthasar bewundernd, als er erfuhr, dass Ilsa darauf bestanden hatte, den Sportwagen zu mieten, weil sie nicht in die Golfklasse einsteigen wollte. »Wir müssen aber leider mit meinem alten Lieferwagen vorliebnehmen.«

Gerne, dachte Gwen, die Ewigkeiten nicht mehr allein mit einem attraktiven Mann ihrer Generation unterwegs gewesen war. Schade eigentlich, dass die Fahrt nicht länger dauerte, es war nur eine knappe halbe Stunde an den Tegernsee.

»Wie kommt es eigentlich, dass du Balthasar heißt? So hieß doch auch Jolas Mann.«

»Du kannst mich Beppo nennen, so nennen sie mich alle hier. Wie das kommt? Durch die Jola, die hat meinem Vater als kleinem Buben immer eine Kleinigkeit zugesteckt. Das war in einer Zeit, wo es wenig gab, aber die Jola war eine Seele von Mensch und hätte wohl selbst gerne Kinder gehabt. Mein Vater wusste natürlich auch von ihrem geliebten Haserl, und so habe ich nicht nur die Lederhose von ihm geerbt, sondern auch seinen Namen.«

»Und passt dir die Lederhose?«, feixte Gwen.

»Ich werde sie dir nicht vorführen.«

»Schade.«

Gwen hatte vergessen, wie versteckt das Haus lag, und eigentlich auch, wie es aussah. Die Fensterläden waren einmal blau gewesen, aber nun blätterte die Farbe ab, und sie waren mehr grau als blau. An einer Seite wuchs der Efeu bis hinauf unters Dach, und wilder Wein hatte Besitz genommen von der seeseitigen Fassade. Es gab ein Erd- und ein Dachgeschoss, und man konnte von außen erahnen, dass die Zimmer unterm Dach zwar gemütlich, aber klein waren. Ein Garten umgab das Haus, in dem Rosenbüsche blühten und wilde Blumen, Gräser und Unkraut zahlreiche Insekten anlockten.

Balthasar führte sie am Haus vorbei auf den Steg, wo sie ihre Schuhe auszogen und sich in die Sonne setzten. Auf der anderen Seite des Ufers sah man Kinder in kleinen Jollen segeln, Sommergäste badeten. Gwen ging vorsichtig die glitschigen Stufen der Holztreppe hinunter, um zu testen, wie kalt das Wasser war. Balthasar begutachtete indessen den Steg und notierte, was repariert werden musste. Dann schlug er vor, nach drinnen zu gehen.

»Man muss streichen, die Böden abschleifen und Bad und Küche neu machen. Und einige Fensterrahmen sind morsch. Ist was zu tun, aber die Substanz ist gut. Ich würde auch einen Holzofen anschaffen, oder du baust eine neue Heizung ein. Kommt darauf an, was du investieren möchtest. Und das Treppengeländer muss man ablaugen.«

Balthasar deutete auf das geschwungene Geländer, dem irgendjemand einen dunklen Anstrich verpasst hatte. Er klang nun sehr geschäftsmäßig, machte sich Notizen, fertigte Zeichnungen an und schrieb auf, wenn Gwen einen Wunsch äußerte. Sie öffneten die Fenster und gingen die schmale Treppe hinauf in den ersten Stock.

»Die Einbauten sind alle vom Opa«, meinte Balthasar mit dem zufriedenen Blick eines Schreiners. »Er hat sie auf Maß gearbeitet, da sind noch die Stockbetten für die Kinder«, deutete er auf Margas und Antons ehemaliges Kinderzimmer, »das Klohäusl war übrigens im Garten.«

»Ich weiß.« Marga hatte der kleinen Gwen immer wieder erzählen müssen, dass sie sich, wenn es dunkel wurde, nicht mehr allein nach draußen traute und Jola bat, vor der Tür auf sie zu warten. Der Klositz sei aus schwerem Holz gewesen, und man habe nie genau gewusst, welches Tier gerade raschelte. Dabei habe sie weniger Angst vor den Spinnen gehabt, die immer in den Ecken lauerten, sondern eher vor den Schlangen, von denen Jola behauptete, sie seien völlig harmlos. Gwen hatte sich gegruselt, aber die Schilderung sehr spannend gefunden und besonders gerne gehört, wenn sie selbst in ihrem wohlig-warmen Schaumbad lag.

Sie gingen die Treppe hinunter und standen in einer Wohnküche mit Kamin. Gwen deutete auf eine Wand, die, wie ihr schien, seltsam herausragte und blind verkleidet war.

»Die kann man doch sicher wegnehmen, dann hätte ich da Platz, um eine Kommode hinzustellen.«

»Gute Idee«, bestätigte Balthasar. »Vielleicht sind da aber Rohre, sonst macht dieser Vorsprung eigentlich keinen Sinn. Aber was sollen das für Rohre sein? Das muss ich den Opa fragen.« Er klopfte gegen das Holzpaneel, und es klang hohl.

Als sie alles geprüft und vermessen hatten, beschlossen sie, an diesem herrlichen Sommertag baden zu gehen. Gwen setzte sich auf eine Sprosse der Treppe und ließ die Füße im Wasser baumeln, während Balthasar einen Kopfsprung wagte und hinauskraulte. Er wirkte durchtrainiert. Sportlich war sie auch, nur dass er im Unterschied zu ihr am ganzen Körper sonnengebräunt war und sie bleich wie ein gepudertes Quarkteilchen. Ihre Mutter hatte immer gesagt, sie solle doch Luft an ihre Haut lassen, aber Engländer zogen sich nicht gerne aus. Sie trugen zwar sommers wie winters kurze Hosen, aber der Wunsch, braun zu werden, war ihnen völlig fremd. »Käsig« hatte ihre Mutter bemerkt, jetzt fiel es ihr wieder ein, sie seien in England alle »käsig«. Marga hingegen verwandelte sich nach zwei Tagen am Strand in eine Italienerin, und einen Sonnenbrand bekam sie auch nie.

»Komm rein, es ist herrlich!«, riss Balthasar sie aus ihren Gedanken. Das Wasser war kalt, und sie hatte ihn mit ein paar Zügen erreicht. »Hier kannst du nicht stehen«, lachte er.

»Ich gehe nicht unter«, antwortete Gwen und schwamm an ihm vorbei weiter hinaus. Sie dachte daran, wie ihre Mutter ihr das Schwimmen beigebracht und wie sie ihr vertraut hatte, dass sie sie nicht loslassen würde. Sie hatte sie auch nicht losgelassen, zumindest nicht damals im Schwimmbad. Danach hatten sie sich auf die kratzige Wolldecke gesetzt, die für alle Fälle im Auto lag, und Gwen durfte sich ein Eis für ein paar Pennys holen. Marga hatte Gurkensandwiches vorbereitet, aber sie schmeckten nie so wie bei den Eltern ihrer englischen Schulfreundinnen, weil ihre Mutter nicht das labbrige Weißbrot nahm, sondern selbst gebackenes Vollkornbrot.

Gwen schwamm zum Ufer zurück und freute sich über diese plötzliche Erinnerung. So viel Schweres hatte das Schöne erstickt, und sie hatte lange keinen Zugriff mehr gehabt auf die glücklichen Momente mit ihrer Mutter.

Sie legten ihre Handtücher auf den Steg und trockneten sich in der Sonne.

»Was wirst du mit dem Haus machen?«, fragte Balthasar.

»Ich würde gerne jedes Jahr ein paar Wochen Urlaub hier verbringen. Ich habe das Gefühl, meiner Mutter so nah zu sein wie sonst nie. Ich möchte herausfinden, was ich mit meinem eigenen Leben anfangen will.«

»Lass uns mal nach Sonnenaufgang hoch in den Berg, da sehen die Probleme unten im Tal schon ganz anders aus.«

Ein solches Angebot hätte sie noch vor ein paar Wochen weit von sich gewiesen. Das Letzte, was sie sich vorstellen wollte, war eine Wanderung im Voralpenland, dort, wo die Katastrophen lauerten, aber aus Balthasars Mund klang dieser Vorschlag verlockend.

»Ja, das machen wir. Ich habe sogar Wanderschuhe mit.«

»Versprochen? Wir müssen übrigens noch die Fliesen aussuchen. Wenn du willst, dann hole ich dich morgen wieder ab.«

Balthasar wusste, wo sich was finden ließ, und Gwen war beglückt, dass er sie begleiten wollte. Er hatte einen guten Blick und Erfahrung im Umgang mit Materialien und Preisen.

»Weißt du eigentlich von Ellas Leidenschaft für Schuhe? Es fällt mir gerade ein.«

»Nein, erzähl. Das ist mir nie aufgefallen.«

»Ella hat als kleines Mädchen Lederstiefelchen geschenkt bekommen von Franzis Vater, und mit diesen Schuhen hat sie den Schritt in die Welt gewagt, im wahrsten Sinne. Sie ist von zu Hause fort in diesen Stiefelchen, die ihr ganzer Stolz waren, hat sich bei Josefa Huber vorgestellt, Korbinian kennengelernt und natürlich Jola, und so hat alles begonnen.«

»Woher weißt du das?«

»Das steht in ihren Heften und natürlich auch, wie sie Ilsa auf Schloss Elmau kennengelernt hat. Ilsa hat Ella ihre Tanzschuhe dagelassen, als sie von Elmau abreisen musste. Auf Elmau wurde doch immer getanzt.« Balthasar hörte zwar gebannt zu, schien aber nicht immer folgen zu können. »Korbinian hat ihr, bevor sie nach Pommern aufgebrochen ist, ein paar elegante Riemchenschuhe geschenkt. Damals hat man doch an der Kleidung sofort sehen können, aus welchem Milieu jemand kam, und Ella wusste das. Na ja, was rede ich.«

»Der Opa Sepp hat oft erzählt, wie arm sie waren und dass die Ella keine Magd werden wollte und auch keine Bäuerin. Er hat immer voller Respekt von seiner Schwester geredet, weil die es so weit gebracht hat, obwohl sie so früh die Schule verlassen musste. Sie hat richtig aufgeheiratet, indem sie die Frau eines Arztes wurde. Aber sie hat das andere nie spüren lassen.«

Es war wunderbar, dass sie über eine Person sprechen konnten, der sie beide verbunden gewesen waren. Balthasar noch mehr, denn er hatte sie viel häufiger gesehen als Gwen.

»Weißt du, dass ich auf dem alten Hof wohne, also dem Hof der Blaus? Ich kann zwar nicht so gut kochen wie der Umberto, aber dafür mache ich die besten Tomatenbrote. Hast du Lust, mit zu mir zu kommen?«

Klar hatte sie Lust. Balthasar lebte also in Ellas Elternhaus. Er parkte das Auto in der Einfahrt. Man hatte einen Blick auf einen Wald und auf eine Weide, auf der noch immer Kühe grasten, nur waren es jetzt die des Nachbarn. Es roch nach Land. Balthasar führte sie durch die Werkstatt, die von seinem Opa Sepp im alten Heuschober eingerichtet worden war, denn Sepp hatte den Hof von seinen Eltern übernommen, nachdem keines der Geschwister Interesse an dem einfachen Bauernhaus gezeigt hatte. Es duftete nach frisch geschnittenem Holz. Halb fertige Regale, abgelaugte Möbel, eine fertige Eckbank standen in dem großen Raum. An die Wand waren Zeichnungen und Grundrisse gepinnt, auf einem Tisch lagen Auftragsbücher.

Sie gingen hinüber in das Wohnhaus, in dem ein großer Holztisch stand, den Sepp aus altem Holz getischlert hatte. Gwen entdeckte Fotos von einer gut aussehenden Frau und einem Kind.

»Ist das deine Freundin?«, fragte sie und hoffte, Balthasar würde ihre Aufregung nicht bemerken.

»Das ist meine Schwester, die Claudia, und das ist die Kathi, meine Tochter.«

»Bist du verheiratet?«

»Ich bin geschieden. Was hältst du vorweg von Ziegenkäse und gerösteten Brotscheiben?«

»Das hört sich köstlich an.« In Gwen breitete sich ein Wohlgefühl aus, denn es hatte den Anschein, als sei ihr charmanter Gastgeber Single.

»Und was ist mit dir? Bist du verheiratet, hast du einen Freund?«

»Ich lebe mit meinem Kater zusammen. Nicht besonders aufregend«, erwiderte Gwen.

Während sie Tomatenbrote und Ziegenkäse aßen und anschließend bei Kerzenlicht im Garten sitzen blieben, erzählten sie einander ihr Leben. Wie vertraut ihr dieser Mann war. Gwen erfuhr zu ihrer großen Überraschung, dass Balthasar ein Jahr in einem Kibbuz verbracht hatte, und zwar, weil er von Ella darin bestärkt worden war, an diesem Programm der Versöhnung teilzunehmen.

»Wie kam sie denn auf die Idee?«

»Sie hatte Freunde in Israel, und sie war öfter da.«

»Erstaunlich. Und wo hat sie die Freunde kennengelernt? Als Deutsche jüdische Freunde zu haben war doch alles andere als eine Selbstverständlichkeit für diese Generation.«

»Ich glaube, über deinen Großvater.«

»Theo?«

»Nein, Jakob.«

»Das ist seit Kurzem mein Urgroßvater.« Gwen wollte nicht zu ausführlich die ganze Theo-Ilsa-Jakob-Geschichte erzählen, denn es interessierte sie brennend, wieso Ella nach dem Krieg Kontakt zu Freunden von Jakob haben konnte, aber natürlich kam sie nicht umhin, Balthasar in die neue Familienordnung einzuweihen.

»Ob Marga einmal in Israel war?«, dachte Gwen laut nach.

»Ja, natürlich, sie ist mit Ella gefahren.«

»Wie seltsam, ich war noch nie da.« Gwen kam aus dem Staunen nicht mehr heraus. Da musste sie ins oberbayerische Voralpenland reisen, um zu erfahren, dass ihre Mutter nie auch nur ein Wort über diese Reise hatte fallen lassen.

»Ich wollte eigentlich im Herbst wieder hin. Ist gerade eine gute Zeit, und vielleicht gelingt den Israelis und den Palästinensern doch der Frieden. Das mit dem Baustopp in den besetzten Gebieten ist ja ein Anfang. Komm doch mit.«

Gwen hatte nicht erwartet, dass Balthasar an so vielem interessiert war, und ganz im Unterschied zu ihr kannte er sogar das Land, in dem Jakob Zuflucht gefunden hatte. Sie überlegte, ob sie sich eine Reise mit Balthasar in den Nahen Osten vorstellen konnte. Früher hätte sie sofort Gründe gefunden, sich auf ein solches Abenteuer nicht einzulassen, weil immer anderes zu tun war, was sich nicht verschieben ließ, aber seit einiger Zeit spürte sie, dass sich die Dinge nicht beliebig wiederholen ließen.

»Wenn du fährst, komme ich mit, nur Anfang Oktober mache ich einen Schreibkurs, aber dann kann ich los«, sagte Gwen so, als ob sie keine Sekunde darüber hätte nachdenken müssen. Sie war gerade über sich selbst hinausgewachsen, fand sie.

Es war spät geworden, und Balthasar brachte sie zurück ins Gästehaus. Als sie sich verabschiedeten, schien es ihr, als würde er sie länger festhalten wollen.

Nur nett?

Gwen schwebte hinaus, um eine Runde zu joggen. Die Sonne schien so erhaben wie nie, und das Leben war eine einzige glockenhelle Komposition in reinstem Dur. Zurück im Gästehaus, traf sie Anton in der Küche, der gerade Kaffee machte und sich nach ihrem gestrigen Tag erkundigte. Sie erzählte, was sie unternommen hatten, und Anton kommentierte nüchtern: »Der Beppo ist wirklich immer so nett und hilfsbereit zu allen, deswegen mag ihn auch ein jeder hier.«

Diese Aussage nahm Gwen etwas von ihrer Schwerelosigkeit, weil sie das Gefühl überkam, sie habe sich alles eingebildet, so wie Ella damals mit dem Baron, und am Ende sei Balthasar einfach nur »nett« zu ihr gewesen, aber mehr eben nicht. Aber bevor sie diese Unsicherheit weiter quälen konnte, schob ihr Anton einen Zettel zu und sagte: »Deine Großmama hat gestern anrufen lassen und diese Telefonnummer durchgegeben, unter der sie ab heute erreichbar ist.«

Ach je, sie hatte ja völlig vergessen, sich nach Ilsa zu erkundigen. Sie starrte auf den Zettel.

»Du musst dir sicher keine Gedanken machen. Das ist eine Nummer in Österreich, ruf doch gleich mal an, dann weißt du Bescheid«, beruhigte Anton.

Es war Claras Nummer, jetzt erinnerte sie sich, als sie die Vorwahl sah. Hoffentlich war nichts passiert. Sie tippte die Nummer und ließ es eine Weile klingeln, schließlich nahm Clara ab.

»Hallo, Gwen, ja ja, hast du die Nachricht bekommen? Ilsa ist jetzt hier bei mir am Mondsee. Ich habe sie besucht und dann gleich mitgenommen. Was soll sie denn allein in dem großen Hotel? Sie ist doch bei mir viel besser versorgt.«

Kaum zwei Tage allein, hatte Ilsa bereits alle Pläne über den Haufen geworfen.

»Kann sie denn ein paar Tage bei dir bleiben?«

»Sicher, Schatzerl, ich bin doch bestens versorgt. Die Ludmila ist da. Wir sind ja keine Pflegefälle, und dann kommt noch die Schwester von der Ludmila und kocht. Also nicht jeden Tag. Die ist nämlich Köchin.«

»Das klingt ja ideal.«

»Ja ja, das ist es, und stell dir vor, ich bin in einer ganz famosen Runde fröhlicher Damen. Wir spielen zusammen Bridge, da passt Ilsabé glänzend. Also, ganz ehrlich, Schatzerl, wenn es dem Ilsabinchen hier gut gefällt, dann wäre es doch wirklich schlau, sie würde hierbleiben. Was soll sie denn in England? Sie hat mir erzählt von irgendeinem Haus, das nur Juden nimmt. Sie kann doch jetzt nicht noch konvertieren. Das musst du dir aus dem Kopf schlagen.«

Das war wieder einmal so ein Fall, wo sie widerlegen musste, was sie gar nicht gesagt hatte, dachte Gwen, die auf Claras Kommentar nicht eingehen wollte und stattdessen meinte: »Das können wir ja alles besprechen, wenn ich komme. Jedenfalls bin ich froh, dass es euch zusammen so gut geht. Sie schläft wahrscheinlich noch?«

»Sie braucht ihren Schlaf, Schatzerl, war ja doch ein ziemlich aufregendes Leben.«

So konnte man es auch sehen.

Was für eine Überraschung, das »Ilsabinchen« würde bei ihrer Cousine bleiben können und ausgerechnet dort ein neues Zuhause finden, wo sie als Kind und junge Frau so viel Zeit verbracht hatte. Der Kreis schloss sich. Außerdem würde Theo seine Liebste dann vermutlich nicht mehr heiraten, es sei denn, er hatte vor, mit in das Haus am Mondsee einzuziehen, aber das hielt sie für ausgeschlossen.

»Alles in Ordnung?«, fragte Anton, der aus dem Zimmer gegangen war und Gwen nun grübelnd sitzen sah.

»Oh, danke, und viel besser als gedacht.« Gwen erzählte von der neuesten Entwicklung. Hoffentlich war es nicht zu schön, um wahr zu sein. Ihre Großmutter war für Überraschungen gut, und sie konnte nur beten, dass sie es am Mondsee länger aushielt als in der Elmau.

Gwen hatte ihren hellen Sommerrock angezogen, die taillierte, kurzärmelige Bluse und die Stoffschuhe. Den cremefarbenen Pullover band sie sich lässig um. Ihre neue Sonnenbrille setzte sie sich ins Haar, und abgesehen von ihren weißen Beinen, fand sie, dass sie nicht schlecht aussah. Wie gut, dass sie sich vor ein paar Monaten einen neuen Look verordnet hatte.

Sie frühstückten draußen auf der Veranda, und Umberto hatte ihr ein köstliches Müsli zubereitet mit frischem Landjoghurt und Blaubeeren. Gwen dachte an Josefa, Jola und Ella, die hier die Sommergäste verwöhnt hatten. Im Handumdrehen könnte man das Haus wieder in eine Pension verwandeln, Umberto würde den perfekten Koch abgeben. Und Balthasar könnte die Zimmer einrichten. Sie überlegte, was er wohl für ein Gemüt hatte. Er schien keine Langeweile zu kennen. Er liebte die Natur, und wann immer er konnte, ging er schwimmen, wandern und im Winter zum Skilaufen. Er kümmerte sich um seine Tochter, holte sie von der Schule ab und unternahm Ausflüge mit ihr. Auch für seinen Opa hatte er Zeit. Er war feinfühlig, begeisterungsfähig und offen für Entdeckungen. Seine Arbeit und der Austausch mit Kunden schienen ihm eine Freude zu sein. Wenn er über Hölzer, ihre Beschaffenheit und ihre Maserungen sprach, kam es Gwen so vor, als würde er Kunstwerke beschreiben. Er machte den Eindruck, als ruhe er in sich selbst.

Sie hatte kein Kind und keinen Beruf und war trotzdem angespannt. In Zukunft würde sie mehr nach Lily und Theo schauen müssen, sie war schließlich die einzige Verwandte. Diese Besuche waren oft mit einer gewissen Anstrengung verbunden, während hier alles so harmonisch zu gelingen schien. Vermutlich, weil das Leben auf dem Land weniger hektisch war und alle nah beieinander wohnten, oder auch einfach, weil Balthasar seine Familie mochte. Marga hingegen war in einer Umgebung des Misstrauens aufgewachsen, und Gwen durchschaute erst langsam, welche Empfindungen sie von ihrer Mutter übernommen hatte.

Beppo hupte, und Gwen lief hinaus zur Tür. Er begrüßte Anton und küsste sie auf die Wange. Das Angebot, noch schnell einen Espresso zu trinken, lehnte er ab, denn sie hatten ein strammes Programm. Fliesen und Farben mussten ausgesucht werden, und er wollte mit Gwen zu einem Ofenbauer fahren.

Sie war gespannt, ob Balthasar »nur nett« oder »besonders nett« zu ihr sein würde. Sie erzählte ihm die Neuigkeit, dass Ilsa möglicherweise einen Ort für ihren Lebensabend gefunden hatte, der passender nicht sein konnte.

»Sehr klug von deiner Großmama, so weitsichtig zu handeln.« Dabei legte er die Betonung auf das zweite a, wie er es von Gwen gehört hatte, wenn sie leicht ironisch über ihre Großmutter sprach. »Dann musst du ja wohl öfter nach der alten Dame schauen und hierherkommen.«

Das klang jetzt nicht nach allgemeiner Nettigkeit, sondern zeigte doch ein eindeutiges Interesse an ihr. Oder nicht?

Wo auch immer sie hinkamen, alle schienen sich zu freuen, wenn sie »den Beppo« sahen, und Gwen hatte das Gefühl, dass sie die Frauen fast ein wenig neidisch musterten. Nachdem sie Farben und Fliesen ausgesucht und sich für einen hellen Boden aus Kiefernholz entschieden hatten, machten sie sich auf den Weg, wo der Ofenbauer seine Werkstatt hatte. Unterwegs hielten sie bei einem Kloster, setzten sich in den Biergarten der gegenüberliegenden Gaststätte und bestellten eine Brotzeit. Der Himmel war, wie es sich gehörte, weiß-blau, das Bier kühl und die Brezn knusprig. Es war ein Tag wie aus einer Broschüre des Fremdenverkehrsvereins.

»Ich habe heute Nacht daran gedacht, dass ich gar nicht weiß, wie Jola nach dem Krieg so gelebt hat, dabei besitze ich nun ihr Haus, und vielleicht wäre das nicht in ihrem Sinn gewesen.«

»Die Jola wäre doch begeistert, wenn sie wüsste, dass wir ihr Haserl-Häuserl wieder schön machen. Sie hat nach dem Krieg keinen Streit mit den Bäuerinnen ausgelassen und ordentlich zurückgeschimpft, wenn sie zum Markt ging«, lachte Balthasar. »Und was das Haus anbelangt, so hat sie zusammen mit Ella entschieden, es deiner Mutter zu schenken, damit Marga einen Grund haben würde, immer hierher zurückzukommen. Das hat dann leider nicht so geklappt, aber alles hatte seinen Sinn, wie man sieht, denn sonst wärst du jetzt nicht hier. Und gestorben ist sie übrigens so entschieden, wie sie gelebt hat. Sie hat eine Grippe bekommen und gesagt, sie wolle zum Haserl, und ein paar Tage später war sie tot.«

»Was ist denn aus den ganzen privaten Sachen geworden, also Jolas Fotografien und Briefen? Hat das jemand geerbt?«

»Gute Frage, aber keine Ahnung. Warum interessiert dich das?«

»Mich beschäftigt eigentlich mehr, wo bestimmte Dinge sind, die Ella aus Pommern mitgenommen hat.«

»Zum Beispiel?«

»Ach, nicht so wichtig.« Gwen wollte Balthasar nicht mit etwas belasten, über das er nichts wissen konnte.

»Und Anton?«

»Den habe ich natürlich als Erstes gefragt, aber er meinte, Ella habe die letzten Lebensjahre so viel aussortiert; ich kann mir aber nicht vorstellen, dass sie Briefe oder Jakobs Forschungsarbeiten weggeschmissen hätte.«

»Wir können den Opa Sepp fragen, der war ja so eng mit seiner Schwester.«

»Danke, dass du das alles mit mir machst. Ich weiß nicht, wie ich das ohne dich geschafft hätte.«

»Na ja, so ganz uneigennützig ist das nicht«, brachte Balthasar hervor, und Gwen blickte ihn erschrocken an. »Nein, keine Sorge, ich bin nur gerne mit dir unterwegs.«

Das klang eindeutig nicht nach »normal nett«.

Das Schicksalsjahr

Balthasar musste zu einem Kunden, und Gwen überlegte, wie sich der Tag ohne ihn herumbringen ließe, zumal es auch noch regnete. Vielleicht könnte sie dennoch baden, die Luft war zwar kühl, aber die Temperatur des Sees würde noch immer angenehm sein. Sie beschloss, in das kleine Haus am See zu fahren.

Sie füllte heißes Wasser in ihre Thermoskanne, schmierte sich ein paar Brote, packte ein Kissen ein, nahm Badeanzug und Handtuch mit und fuhr los. Nach ein paar Metern fiel ihr ein, dass sie etwas vergessen hatte. Sie kehrte um, lief in ihr Zimmer, suchte das Heft in ihrem Koffer, das sie zum Schutz in eine Folie gegeben hatte, und ging damit die Treppe hinunter und zurück zum Auto.

Unterwegs dachte sie daran, wie oft sie diese Strecke nun bereits mit Balthasar gefahren war und wie sehr sie sich auf das Wiedersehen mit ihm heute Abend freute. Es war ein so unerwartetes Geschenk des Himmels, dass sie so vieles mit ihm teilen konnte. Wenn man sich ihre Familiengeschichte als Film vorstellte, so würde er die gesamte Besetzung kennen und selbst eine Rolle darin spielen. Sie hoffte inständig, dass nicht irgendwo noch ein Brief auftauchte, der ihre Verwandtschaft offenbarte. Man konnte ja nie wissen in ihrer Familie.

Es regnete, und die Berggipfel waren wolkenverhangen. Die Kühe auf den Weiden hatten Schutz unter dem Laub der Bäume gesucht und lagen eng aneinandergeschmiegt. Einige Spaziergänger in wetterfester Kleidung gingen am See entlang, der verlassen und abweisend wirkte. Wollte sie wirklich hier allein in diesem klammen Haus den Tag verbringen? Sie fand Streichhölzer und alte Zeitungen, die sie auf das Holz im Kamin legte und es anzündete. Sie nahm die Thermosflasche aus ihrem Rucksack und goss heißes Wasser auf den Teebeutel. Mit einer Tasse Tee sah die Welt gleich ein bisschen rosiger aus. Ihr Vater erzählte gern, wie seine Mutter während des Krieges als freiwillige Erntehelferin geschuftet hatte und als Städterin oft so erschöpft war, dass die Landfrauen zu ihr sagten: »Have a cup of tea, darling«, und wie sie aus diesen Teepausen stets die Kraft geschöpft hatte, um weiterzumachen. Robert verstieg sich sogar zu der These, dass man in England keinen Kommunismus bräuchte, weil der Tee alle gleich machte. Lediglich an der Frage, ob man die Milch zuerst eingoss, schieden sich die Geister.

Gwen setzte sich auf den Boden und schob sich das mitgebrachte Kissen in den Rücken. Sie hatte gehofft, mehr über die Hochzeitsreise zu erfahren, zu der Korbinian und Ella 1930 aufgebrochen waren, aber das Heft, das sie mitgenommen hatte, trug in weißer Tinte die Aufschrift: »1938 Pommern und Bad Tölz«.

~

Ende April 1938 traf ein Brief von Jakob von Stein ein, für den Ella in den letzten Jahren immer wieder Abschriften erledigt hatte, auch wenn für seine Aufsätze längst keine Publikationsmöglichkeit mehr bestand. Ella hatte den Eindruck, der Austausch mit ihr, sie war ja fast eine Expertin in Fragen des alten Ägypten geworden, bedeutete ihm deshalb so viel, da ihm der Zugang zu seiner geliebten akademischen Forschung verwehrt wurde. Nun aber bewegte ihn ein ganz anderes Thema. Er schrieb, dass er die Zusage bekommen habe, nach Palästina auswandern zu dürfen. Er habe dies einem Cousin seiner verstorbenen Frau Ruth zu verdanken, der sich früh in der zionistischen Bewegung engagiert hatte. Die Immigrationsquote sei durch das britische Mandat drastisch gesenkt worden, und bevor es gar nicht mehr möglich sei, Deutschland zu verlassen, wolle er in den nächsten Monaten nach Haifa übersiedeln. Es falle ihm naturgemäß schwer, aber es wäre gewiss das Beste, um sich und Marga zu schützen. Man sehe ja gerade, was in Österreich vor sich gehe. Seine Sorge sprach aus jeder Zeile, auch, weil er sich aus Gründen der Vorsicht – Briefe wurden geöffnet – an einigen Stellen in Andeutungen ergehen musste, die Ella noch viel stärker beunruhigten. Er bat sie, so es ihr irgendwie möglich sei, vor seiner Abreise in etwa drei Monaten doch noch einmal auf den Hof zu kommen. Er wisse um die Mühe, aber er würde selbstredend für alle Unannehmlichkeiten aufkommen. Warum Ella so dringend gebraucht wurde, schrieb er nicht.

Ella und Korbinian entschieden nach einigen Tagen des Überlegens, gemeinsam über Berlin nach Köslin zu reisen, dann aber traf ein Brief von Ilsabé ein, der wieder einmal alles über den Haufen warf. Ilsa fragte Ella ohne Umschweife, ob sie Marga für eine gewisse Zeit zu sich nehmen könne. Alles sei im Umbruch, das Kind müsse in eine »andere Umgebung«, sie selbst wolle klarerweise nicht auf dem Hof bleiben, und sie, Ella, habe ja keine Kinder, und wenn sie jetzt ohnehin schon den weiten Weg auf sich nehme, könne sie doch die Kleine gleich mitnehmen. Ilsa konnte sich wie keine andere im Ton vergreifen. Sie verstand es einfach, einen Gefallen, den man ihr tat, in eine Selbstverständlichkeit umzudeuten, für die sie sich daher noch nicht einmal bedanken musste.

Ella ärgerte sich über diese »herrische Art«, und ihre Antwort an Ilsa fiel entsprechend kühl aus, was an dieser vermutlich vorbeirauschte, denn Ella bestätigte, das Kind mit nach Bayern nehmen zu wollen, und nur darauf war es Ilsa angekommen. Da Korbinian auf ein Zusammentreffen mit Ilsabé verzichten konnte und Ella befürchtete, Jola würde gleich in der Kaschubei bleiben, wenn sie jetzt mitreiste, fuhr sie allein.

Ella hatte die inzwischen achtjährige Marga noch nie gesehen, und während der Zugreise, die sie im August antrat, machte sie sich Gedanken darüber, wie man das Herz eines Kindes gewinnen könne.

Jakob holte Ella im Wagen vom Bahnhof ab, und auf der kurzen Fahrt berichtete er, dass er in wenigen Tagen nach Triest aufbrechen würde und er über die Maßen beruhigt sei, dass sie sich um das Kind kümmern werde. Auch vor Marga wolle man die Abreise geheim halten und ihr später sagen, der Papa sei im Ausland und käme in ein paar Monaten zurück. Man dürfe die Kleine jetzt nicht mit der Wahrheit belasten.

Als Ella nach so vielen Jahren zum ersten Mal wieder die Allee entlangfuhr und den Gutshof erblickte, mischten sich in die Freude auch die Erinnerungen an tränenreiche Nächte, in denen ihr damals klar geworden war, dass sie einen Mann liebte, der ihre Gefühle nicht erwiderte.

Nücki war, als sie Motorengeräusche hörte, wie ein junges Reh aus der Küche gesprungen, dabei war sie nicht nur vierzehn Jahre älter geworden, sondern auch ebenso viele Kilo schwerer. Sie drückte Ella mit einem spitzen Entzückensschrei an ihren üppigen Busen und wollte sie gar nicht mehr loslassen. Dann steuerte Knüvel um die Ecke, der Ellas Hände ergriff und vor Rührung kaum sprechen konnte. Er habe so gehofft, dass man sich noch einmal wiedersehe. Gegenüber vom Hauseingang, im Schatten eines Baumes, entdeckte Ella indes ein Mädchen, das ihre Ankunft genau beobachtete. Jakob rief es, und Marga kam herbei. Sie machte einen wohlerzogenen Knicks, sah ernst aus und sagte außer »Guten Tag« kein weiteres Wort.

»Sie wird schon noch auftauen. Ella, bitte ruhen Sie sich aus, und seien Sie doch dann so gütig, zum Tee ins Kontor zu kommen. Ilsabé weilt noch in Berlin, und es ist erst in ein paar Tagen mit ihr zu rechnen. Es gibt so viel zu besprechen.«

Jakob wirkte gehetzt, und Ella war aufgefallen, dass an seiner Weste ein Knopf fehlte. Das wäre früher nie passiert. Der Baron war stets auf ein, wie er es nannte, »impekables« Aussehen bedacht, aber das Personal hatte sich mit ein paar Ausnahmen verabschiedet und wollte oder durfte nicht mehr in einem Haushalt arbeiten, der als jüdisch deklariert worden war.

Marga war den beiden gefolgt, und Ella fragte sie, ob sie ihr wohl zeigen würde, welches Zimmer man ihr zugedacht habe. Marga nickte stumm und ging voraus. Ella blieb einen Moment im Treppenhaus stehen, als sie das große Porträt von Ilsabé über dem Kamin erblickte. Sie fragte sich, was Ilsa das alles bedeutet hatte: die Ehe mit Jakob, das gemeinsame Kind, die vielen Reisen und das Ansehen, das Jakob zumindest bis 1933 genossen hatte. Und wie sie sich wohl fühlte, jetzt, wo sie dabei war, Jakob auszumustern wie ein abgetragenes Hemd. Die Tochter wurde auch gleich mit abgeschoben, und der Hof interessierte sowieso nicht.

»Das ist die Mama«, erklärte Marga und zeigte auf Ilsas Bild in der Halle. »Da wohnen Sie«, deutete das Kind auf Lilys ehemaliges Zimmer.

»Ich heiße Ella, und du kannst mich duzen.«

»Das gehört sich nicht.«

»Doch, ich erlaube es dir. Oder ich sage Sie zu dir.«

»Das ist doch etwas ganz anderes«, meinte Marga amüsiert.

»Nun, ich habe Ihnen ein Geschenk mitgebracht«, brachte Ella ernst hervor, und Marga starrte sie einen Moment verblüfft an und prustete dann los.

»Was denn?«

»Dafür müssen Sie sich umdrehen, meine Liebe.« Sie ließ Marga absichtlich ein paar lange Minuten warten, in denen sie so tat, als würde sie das Geschenk im Koffer nicht finden.

»Vermutlich habe ich es vergessen.«

Marga trat von einem Bein auf das andere und konnte es kaum abwarten, sich endlich umzudrehen.

»Dauert es noch sehr lange?«, fragte sie aufgeregt.

»Hier ist es doch.« Ella versteckte das eingewickelte Geschenk hinter ihrem Rücken und raschelte damit. Sie wollte die Kleine so schnell nicht gehen lassen.

»Sie müssen bitte erst erraten, was es sein könnte.«

»Eine Puppe. Ich bekomme immer eine Puppe.«

»Nein, ganz falsch.«

»Ein Spiel?«

»Auch völlig falsch, aber man kann damit spielen.«

Marga überlegte und wollte dann Größe und Farbe wissen, und schließlich fragte sie, ob es ein Tier sein könne. Sie würde Tiere nämlich sehr gerne mögen, vor allem Pferde und Hasen.

»Erraten, aber welches? Es ist jedenfalls kein Pferd und kein Hase.«

So ging es eine ganze Weile weiter, bis Ella ihr das Paket überreichte und sagte: »Sie haben es sich verdient, Sie können es jetzt auspacken.«

Jakob kam in dem Moment die Treppe hoch, als er seine Tochter lachend in Ellas Zimmer fand. Sie war gerade dabei, das Geschenk vorsichtig aufzumachen und den flauschigen Teddybären herauszuholen, den Ella zusammen mit Josefa in München erstanden hatte.

»Das ist Dicky«, meinte Ella und freute sich mindestens so wie die Kleine. Marga hatte den Teddybären sofort an sich gedrückt und ein »danke« gehaucht. Dann war sie mit ihm die Treppe hinuntergehüpft und hatte noch juchzend gerufen: »Du kannst mich übrigens auch duzen.«

Jakob verstand gar nichts und konnte nur noch verwundert bemerken: »So habe ich sie lange nicht gesehen.«

Wir kommen zurecht, dachte Ella und verzieh Ilsabé in diesem Moment alles.

~

So konnte nur Ella handeln und schenken, dachte Gwen, die sich an den Teddybären genau erinnerte. Er hatte im Zimmer ihrer Mutter einen festen Platz auf deren Kommode gehabt und war so selbstverständlich Margas Bär geblieben. Gwen hatte fast Ehrfurcht vor diesem Dicky gehabt, der nun schon seit Jahren ein völlig unbeachtetes Dasein in einer Schachtel in ihrem Schrank in Hampstead fristete.

Der Baron kam sofort zur Sache, als sich Ella im Kontor in die Samtfauteils sinken ließ. Auf dem runden Tisch standen ein von Nücki gebackener Rührkuchen, ein kleines Kännchen mit Milch und die alte Zuckerschale. Es war wie früher, dachte Ella, und doch war nichts mehr so wie damals.

»Ella, darf ich noch immer Ella sagen?«, fragte er verunsichert, aber er konnte es sich nicht vorstellen, das Fräulein Blau nun als Frau Huber anzusprechen.

»Ja, unbedingt, bitte Ella.«

»Könnten Sie sich dazu entschließen, unter diesen veränderten Umständen mir die Ehre zu erweisen, mich ebenfalls bei meinem Vornamen zu nennen?«

»Sehr gerne, Herr Baron, äh, Jakob. Das wird eine Umstellung.«

»Nun, ich wollte, dass Sie hierherkommen, um Sie zu bitten, meine wichtigsten Forschungsarbeiten und die Glasnegative mit nach Bayern zu nehmen. Hier ist schon lange nichts mehr sicher, und es gibt Kollegen in Leipzig und Berlin, die gerne hätten, was ich habe. Ilsabé hat einmal einen dieser eilfertigen Kunsthistoriker eigenhändig vor die Tür gesetzt, der sich angeblich nur meine Sammlung ›ansehen‹ wollte. Man muss sich das vorstellen, die haben sich an der Universität mit Humanismus beschäftigt, und jetzt plündern sie unsere Haushalte wie Strauchdiebe.«

Ella blickte auf das Liebermann-Gemälde, das noch immer über Jakob von Steins Schreibtisch hing.

»Den werden Sie bestimmt nicht mitnehmen, und wissen Sie, was der alte Liebermann gesagt hat?«

Ella schüttelte stumm den Kopf. »Er hat gesagt, er habe sein ganzes Leben lang gedacht, Deutscher zu sein, und so geht es mir auch. Das habe ich auch gedacht.«

»Bitte, nehmen Sie doch eine Tasse Tee«, schlug Ella vor, die den aufgebrachten Baron beruhigen wollte und dabei auf die Weste und den fehlenden Knopf starrte.

»Ich habe mit Knüvel ausgemacht, dass er Sie und Marga mit dem Automobil nach Bayern fährt. Die Glasplatten sind alle bereits verpackt, und von den Forschungen sind diese Aufsätze am wichtigsten.« Jakob deutete auf eine Reihe mit Ordnern, die auf dem großen Tisch, an dem sie früher so oft zusammen gearbeitet hatten, deponiert waren.

»Dann lassen Sie uns nachher gleich alles in mein Zimmer bringen.«

»Warum nicht.« Jakob war wieder einmal verblüfft von Ellas zupackender Art. Er zögerte einen Moment, ging dann zu seinem Schreibtisch und holte aus einer Schublade ein Kästchen aus Holz hervor.

»Ella, das ist das Wertvollste, was ich besitze. Bitte nehmen Sie dies an sich. Ich wollte sie Lily geben, aber die ist, wie wir alle, bedroht, und Heinrich hat sich bei Herrn Mussolini auch nicht den sichersten Ort ausgesucht. Ich treffe zwar Theo in Triest, aber es ist mir zu gefährlich, sie auf der Zugreise mitzunehmen.«

Er öffnete die Kiste, als wäre sie aus Glas, und nahm die in Holzwolle und Leinen gewickelte Figur einer Katze heraus. Ella kannte diese Katzengöttin. Ihr fiel der Name nicht gleich ein, Bastet hieß sie, ja, die als Gottheit der Liebe und Fruchtbarkeit und der Schwangeren verehrt wurde. Die könnte sie gut in ihrer Nähe gebrauchen. Schließlich hatten sie und Korbinian bisher vergeblich versucht, ein Kind zu bekommen. Sie wusste auch um ihren Wert und um ihre große emotionale Bedeutung für ihren Besitzer.

»Bei uns wird niemand etwas vermuten, und Sie wissen, dass ich Obacht gebe.« Sie war sehr berührt, aber ihr wollte nichts Tröstliches oder Beschwichtigendes einfallen. Was sollte man zu einem Menschen sagen, der dabei war, alles zu verlieren?

»Es wird Krieg geben, liebe Ella, aber die Menschen können auf Dauer diesem Verbrecherregime nicht auf den Leim gehen. Hitler rüstet das Land auf, und die Engländer und Franzosen schauen zu, so als hätten sie den Großen Krieg verloren und nicht wir.« Jakob standen Schweißperlen auf der Stirn, und sein Gesicht war durch die Empörung gerötet, so hatte ihn Ella noch nie gesehen. Sie konnte und wollte sich einen Krieg nicht vorstellen, aber Hitler hatte deutlich gemacht, sollte er das Sudetenland nicht bekommen, würde er es sich nehmen, und nicht nur das.

»Theo hat mir geschrieben, wie groß die Angst in England vor einem erneuten Krieg ist. Die Regierung wird Zugeständnisse machen und Hitler damit stärken. Die Briten sind kriegsmüde, aber die Nazis bereiten sich seit Jahren auf Krieg vor.« Er machte eine Pause, zog die Augenbrauen hoch und schnaufte so tief, als befürchte er, auch das würde demnächst untersagt sein. »Nun, was ich eigentlich sagen wollte: Bitte versuchen Sie, die Skulptur in die Schweiz zu bringen. Hier sind Adresse und Nummern meiner Bank notiert, ebenso wie die wichtigsten Namen im Ägyptischen Museum, aber die kennen Sie ja alle.« Jakob überreichte Ella einen Umschlag und weitere Unterlagen. »Ich bitte Sie, niemandem davon zu erzählen. Das ist zwischen uns beiden.«

»Selbstverständlich«, sagte Ella, »ich werde alles in Sicherheit bringen, bis Sie hoffentlich bald wieder da sind.« Sie glaubte allerdings selbst nicht daran, dass dies so bald der Fall sein würde.

»Wenn der Spuk vorbei ist, komme ich zurück, liebe Ella.«

Der Baron hatte ein Stück Kandiszucker in seine Tasse fallen lassen, und Ella dachte daran, wie sich hier in diesem Raum ihre Illusionen in Luft aufgelöst hatten.

»An was denken Sie, Ella?« Er musste wohl bemerkt haben, wie sie mit ihren Gedanken abgeschweift war.

»Tatsächlich denke ich an eine Unterredung mit Ihnen.«

»Über was haben wir uns denn damals ausgetauscht?« Er klang nun ruhiger und hatte sich bequem hingesetzt.

»Ich habe Ihnen einen Heiratsantrag gemacht.« Sie sah den Baron selbstbewusst an und musste plötzlich lachen, so absonderlich erschien ihr diese Szene nun in der Rückschau. »Verrückt, nicht?«

Jakob zündete sich eine Zigarre an und paffte den Rauch in die Luft. Er hatte keine Ahnung, wie sehr dieser Moment dem von damals glich.

»Verrückt war, dass ich stattdessen Ilsabé geheiratet habe und nun vor den Trümmern meiner Existenz stehe. Meine Frau hat sich scheiden lassen, damit Marga geschützt ist. Dafür muss ich ins Exil, und auch die Kleine verliert ihr Zuhause. Unsere Ehe wurde rückabgewickelt, verstehen Sie, und Baronin von Stein verwandelt sich in Gräfin Isolani. Außerdem wird einem Bilderbucharier namens Otto Stramm, er heißt wirklich so, die Vaterschaft über meine Tochter untergejubelt. Das nenne ich verrückt. Aber ich hoffe, Sie, liebe Ella, sind glücklich geworden?«

»Ich war lange ohne Orientierung, aber ja, mir geht es jetzt gut.« Ella überlegte, ob es in Ordnung war, einen Mann zu lieben und gleichzeitig einen anderen zu verehren? Und wen liebte und wen verehrte sie eigentlich? War sie glücklich? Sie führte ein gutes Leben mit Korbinian, aber so viel hatte sie doch vom Leben verstanden: Glücklich zu sein war eine Momentaufnahme, die man nur, wenn man Glück hatte, als solche begriff.

Ella und Jakob brachten die Ordner und die wertvolle Figur in ihr Zimmer, und Ella verstaute sie unter einer Wolldecke in ihrem Schrank.

Seit April waren Juden und mit Juden verheiratete »arische« Ehepartner aufgefordert, ihre gesamte Habe zu deklarieren, so sie fünftausend Reichsmark überstieg. Damit wussten Finanzbeamte genau, wonach sie bei wohlhabenden Familien suchen mussten, und nun tauchten sie unangemeldet mit ihren Listen auf und forderten die Herausgabe von Automobilen, Gemälden, Musikinstrumenten, Schmuck. Ilsa hatte auch darum die Scheidung vorangetrieben, um Wertgegenstände in das Haus am Mondsee transferieren zu können. Zumindest war das eines ihrer Argumente gewesen, die sie nach dem Krieg vorbrachte.

»Herr Baron, ich meine Jakob, würden Sie bitte Ihre Weste ausziehen?«, fragte Ella den verblüfften Baron, als er in ihrem kleinen Zimmer zwischen Bett und Schrank stand.

»Ich weiß nicht«, antwortete der Baron irritiert.

»Ich möchte den fehlenden Knopf annähen, so können Sie nicht herumlaufen.« Jakob lachte schallend, so wie er es vermutlich lange nicht getan hatte.

Ein paar Tage nach Ellas Ankunft stieg Ilsa aus ihrem schnittigen Sportwagen, warf ihr Blouson und die Handschuhe in einen Sessel in der Halle. Sie fand es außerordentlich schwierig, dass man kein Dienstmädchen mehr herumkommandieren konnte, und sie erwartete wenigstens, dass Jakob, Marga und Ella augenblicklich aus ihren Zimmern laufen und sie freudig begrüßen würden, aber niemand kam. Sie waren nämlich am Teich, und als sie sie suchen ging und am Ufer entdeckte, glaubte sie ihren Augen nicht, denn Jakob spielte mit Marga im Wasser, während Ella im Badeanzug auf einer Decke saß, auf dem ein Picknick zubereitet war. Marga kicherte unentwegt, und als sie ihre Mutter sah, rief sie aufgeregt und bewegte ihre Arme dabei wie ein Flügel schlagender Pinguin im Wasser:

»Mama, wir machen ein echtes Picknick auf der Decke, und der Papa ist untergetaucht, und die Ella war das Krokodil.«

Ilsa begrüßte Ella distanziert, obwohl sie sich Jahre nicht gesehen hatten, und fügte ironisch und gleichzeitig beleidigt hinzu: »Ist ja eine wahre Familienidylle hier. Da will ich nicht stören.«

»Du störst nicht. Du kannst auch das Krokodil sein«, meinte Ella, die auf Ilsas kapriziöses Getue nicht eingehen wollte, während Marga vor Vergnügen gluckste und rief: »Ja, Mama, komm ins Wasser, und sei du das Krokodil.«

»Wir sehen uns später.« Ilsa rauschte davon und blieb bis zum Abendessen verschwunden. Die Gräfin, die stets ordentlich austeilte, konnte nicht einstecken.

Marga ließ sich indes von Ella abtrocknen und fest in eine Decke wickeln, dann verspeisten sie den Kuchen ohne Besteck und spielten: »Ich seh' etwas, was du nicht siehst.« Jakob legte in einem Rausch des Glücks, der sie an diesem Nachmittag verband, seinen Arm um Ella und sagte in seiner nassen Badehose: »In meinem nächsten Leben heirate ich dich.«

Später beim Gutenachtsagen meinte Marga, das sei der schönste Tag in ihrem ganzen Leben gewesen.

Danach wich das Glück der Anspannung. Ella tat ihr Bestes, um Marga abzulenken, die aber nur zu genau bemerkte, wie sehr ihr Vater von einer großen Bedrücktheit umgeben war. Am frühen Morgen waren der Baron und seine geschiedene Gattin startklar. Knüvel hatte den Auftrag, sie bis nach Breslau zu chauffieren, von wo aus sie mit dem Zug über die Tschechoslowakei, Österreich und Slowenien nach Triest fahren wollten. Marga hatte sich am Abend vorher von ihrem geliebten Papa verabschieden müssen, weil man, so die Begründung, fast noch in der Nacht aufbrechen müsse. Marga hatte sich daraufhin einen Wecker gestellt, der kurz nach Sonnenaufgang klingelte, und geschlagene zwei Stunden gewartet, bis ihre Eltern das Haus verließen. Sie hatte an der Reaktion der anderen ablesen können, dass dies kein Abschied wie jeder andere war.

Ilsa rief von Triest aus im Gutshof an und übermittelte an Ella die Nachricht: »Die Qualität der Seide in Como ist ausgezeichnet«, was so viel bedeuten sollte wie: Alles hat geklappt, und Jakob ist mit dem Schiff nach Palästina unterwegs.

Zwei Tage später wurde das Auto abermals für eine Reise vollgeladen. Nücki verstand überhaupt nicht, warum Ella die sperrigen

Büroordner mitnehmen wollte, wo man doch ganz andere Dinge hätte einpacken können. Annemie und Fritz versprachen Marga, sich um Pony, Hasen und Hühner zu kümmern, die unter Tränen darum bettelte, die Tiere nicht zurücklassen zu müssen. Der kleine Marek stand am Wegrand und vergrub sein Gesicht in das Fell des Hofhundes. Tröstlich schien nur, dass er Besitzer von Margas rotem Fahrrad geworden war. Marga winkte vom Auto aus und rief, sie sollten alle bald zu Besuch kommen.

Aber aus den Plänen wurde nichts, denn zuerst musste die Ernte eingefahren werden, und im Frühjahr darauf fehlte ein Ersatzteil für das Auto, ohne das Knüvel eine so weite Reise nicht verantworten wollte. Und als es im Herbst endlich so weit war und Nücki, Knüvel, Fritz und Annemie ihre Köfferchen gepackt hatten, überfiel die deutsche Wehrmacht Polen, und der Zweite Weltkrieg brach aus.

Porträt auf grüner Wandfarbe

Gwen legte das Heft zur Seite und überlegte, wie schnell sich das Leben doch ändern konnte. Im Guten wie im Schlechten. Man bereitete sich auf eine Reise vor, aber Unvorhergesehenes kam dazwischen – von heute auf morgen war alles anders. Man sollte einfach weniger planen und mehr leben, mehr wagen und weniger grübeln.

Wenn sie über die Aufzeichnungen nachdachte, fand sie es verwunderlich, dass Ella all die Jahre über gewusst hatte, wo Jakobs wertvolle Figur und seine wissenschaftlichen Arbeiten geblieben waren. Sie hatte sie ja vermutlich sogar selbst in die Schweiz gebracht und niemandem ein Wort verraten, und Marga hatte die Hefte später doch auch gelesen und wusste daher, dass kein Familienmitglied zu Unrecht etwas genommen hatte. Sie hatte aber noch nicht einmal mit Theo darüber gesprochen, und denkbar war, dass sie es sogar ganz gut fand, als ihre Tante und die Onkel Ilsa verdächtigten. Möglich war auch, dass Ella tatsächlich nichts von dem Streit der Geschwister mitbekommen hatte, schließlich war nach dem Krieg der Kontakt zu Lily und Henry abgebrochen, und gewiss gab es andere Probleme, als Theo Bericht zu erstatten, wo eine ägyptische Skulptur aufbewahrt wurde.

Das musste sie mit Laura besprechen, sie brauchte den psychologischen Scharfsinn ihrer Freundin, denn so, wie es aussah, hätte Ella den Streit auflösen können, wollte dies aber nicht.

Gwen versuchte sich zu erinnern, was ihr Robert über die Zeit während des Dritten Reichs erzählt hatte. Er interessierte sich für Geschichte, und es war ihm wichtig, dass besonders seine Tochter historische Zusammenhänge verstand, die die jüngste Vergangenheit und damit das Schicksal der eigenen Familie betrafen. Es drängte ihn zu begreifen, wie ein kultiviertes Land wie Deutschland sich blitzartig in eine brutale Diktatur hatte verwandeln können. Doch er las nicht nur viel, er führte auch Gespräche mit Emigranten in England oder während seiner Aufenthalte in Deutschland mit Deutschen. Da er ein geschickter Fragensteller war, wurden ihm erstaunliche Details erzählt, die oft in Abgründe blicken ließen. Häufig aber traf er auch auf Menschen, die keine Veranlassung sahen, sich für irgendetwas zu schämen, und immer wieder hörte er den Satz: »Es muss doch mal gut sein.«

Ella und Korbinian hatten ihm einmal berichtet, dass der Bad Tölzer Stadtrat keineswegs rebellierte, als dort eine Junkerschule für Offiziersanwärter der Waffen-SS gebaut werden sollte. Man versprach sich, im Gegenteil, eine gewinnbringende Aufmerksamkeit für den Ort. Dass später dort auch Häftlinge aus Dachau eingesperrt wurden und Zwangsarbeit leisten mussten, störte nur wenige, denn die gesamte Opposition im Isarwinkel war im wahrsten Sinne des Wortes mundtot gemacht worden. Die ohnehin kleine jüdische Gemeinde hatte man drangsaliert, zur Aufgabe ihrer Geschäfte oder in die Emigration gezwungen. Wer zu lange zögerte, wie die Familie Sandbank, die eine Schneiderei betrieb, oder die Hellmanns, die ein rituelles Hotel im Kurbezirk führten, wurde in Lagern ermordet oder in den Selbstmord getrieben. Auch Jola war eingeschüchtert und als »Polackin« beschimpft worden, sodass sie sich eine Zeit lang mit dem Gedanken trug, in ihre Heimat zurückzukehren, aber davon wollte im Gästehaus niemand ein Wort hören, und so blieb Jola, wagte sich aber nicht mehr ohne Ella oder Josefa auf den Wochenmarkt.

Nach dem Krieg wollte keiner von dem Grauen gewusst haben, und ohnehin hatte man ja nur ausgeführt, was von den Parteibonzen verlangt worden war. Gustl hingegen blieb seiner Gesinnung treu und wurde von einem amerikanischen Militärgericht verurteilt. Er ging für ein paar Jahre ins Gefängnis, was sich als Segen für seine Familie erwies. Seine sommersprossigen Töchter genossen die neue Freiheit und tanzten mit GIs, dass die Dielen wackelten, und Sohn Siegfried verkaufte den Amis für Zigaretten und Büchsenfleisch die Nazimemorabilien seines Vaters. Als Gustl entlassen wurde und wieder zu Hause einzog, waren die Orden verscherbelt und die Töchter ausgezogen. Franzi hatte für sich und ihren Sohn unter dem Dach eine eigene Wohnung eingerichtet, zu der nur sie den Schlüssel besaßen. Wenn ihr Mann nicht betrunken war, suchte er sein Leben nach Hinweisen darauf ab, das eigene Scheitern umzudeuten. Hin und wieder traf er sich im Wirtshaus mit unverbesserlichen Gleichgesinnten, die sich in Endsieg-Fantasien ergingen und in ihrer Umnebelung die Weltherrschaft antraten. Die große Mehrheit des besiegten Landes aber drehte sich wie ein dünnes Stofffähnchen im Wind, und es war erstaunlich, wie viele Deutsche schon immer in Opposition zum Regime gestanden hatten.

Gwen musste nun auch an Ilsa denken, die sich bei Kriegsende am Mondsee aufgehalten hatte. Niemand war in der Region auf Bombergeschwader eingestellt gewesen, aber im letzten Kriegsjahr wurde nicht nur die Innenstadt von Salzburg schwer getroffen, sondern auch kleinere Örtchen im Umkreis. Die Kuppel des Doms, vor dessen Kulisse der *Jedermann* in Friedenszeiten aufgeführt worden war, war eingestürzt und das berühmte Mozarthaus schwer beschädigt. Die Isolanis aber hatten Glück, und Ilsabé konnte schon bald wieder in großer Robe die Salzburger Festspiele besuchen.

Bad Tölz war als Lazarettstadt verschont geblieben, und die US-Armee hatte sich mit Kriegsende in der ehemaligen Junkerschule und in Privathäusern einquartiert, darunter eben auch dem Huber'schen Gästehaus. Allerdings kam Ella nun sehr zugute, dass sie bei Fräulein Schönlein ein wenig Englisch gelernt hatte, das sie als Übersetzerin »fürs Grobe«, wie sie es selbst nannte, anbringen konnte. Sie durfte ihr Fahrrad behalten und erhielt auch sonst einige Privilegien und Lebensmittel, mit denen sich prächtig tauschen ließ. Ella war nun zusammen mit Josefa im Gästehaus, wo sie gemeinsam den Haushalt für die Amerikaner führten und zu deren Begeisterung für sie kochten. Jola hingegen versorgte Korbinian und die Kinder im kleinen Haus am See, so gut es ging. Sie fluchte, wenn wieder einmal zu wenig zu essen da war, und jubelte, wenn Ella mit einem Stück Speck oder Käse ums Eck bog. Da Korbinians Auto konfisziert worden war, wurde viel geradelt. Auf den Nachkriegsfotos ließ sich unschwer erkennen, wie sehr Jola und die einst propere Frau Huber, aber auch alle anderen, an Gewicht verloren hatten.

Das Glasnegativ

Gwens Blick fiel auf die Stelle, an der die von Balthasar vermutete Verkleidung der Rohre war. Eine Holzleiste hatte sich gelöst, und Gwen überlegte, ob sie sie ab- oder festschrauben sollte. Man würde sie ohnehin ersetzen müssen. Sie drückte leicht gegen das Holzpaneel, das augenblicklich nachgab. Als sie es näher untersuchte, stellte sie fest, dass es oben und unten in einer verdeckten Schiene steckte. Sie suchte den Werkzeugkasten und schraubte die untere Holzleiste ab, anschließend versuchte sie das Holzelement zu schieben, aber es bewegte sich keinen Millimeter. Sie überlegte schon, die Aktion abzubrechen, da gab das Paneel ein paar Zentimeter nach und dann wieder ein paar Zentimeter, bis Gwen Bretter erblickte. Sie war augenblicklich hellwach, und es gelang ihr, die verkleidete Wand vollständig zur Seite zu schieben. Hier sollten keine Rohre verdeckt werden, so viel stand fest. Das etwa zwanzig Zentimeter tiefe Regal war aber zu ihrer Enttäuschung leer. Lediglich eine Schicht aus Staub und heruntergerieseltem Mörtel mischte sich mit toten Insekten. Gwen ging Reihe für Reihe durch, und ganz oben in der Ecke fand sie etwas, das sich in dem Raum zwischen Brett und Wand verkeilt hatte. Sie versuchte, den Gegenstand an der Spitze herauszuziehen, und hielt wenige Sekunden später ein Quadrat aus Glas in den Händen. Als sie das Negativ ins Licht hielt, erblickte sie eine Pyramide. Kein Zweifel, hier war Jakobs Sammlung einmal untergebracht worden, aber wo war diese jetzt?

Balthasar, der Gwen zum Abendessen abholen wollte, fand Gwen auf einem Stuhl stehend vor. Sie erklärte aufgeregt, was sie gefunden hatte, und Balthasar inspizierte neugierig das geheime Regal.

»Ich vermute, sie hat Jakobs Sammlung hier versteckt, als die Amis das Gästehaus besetzten, und später, bevor die Zenzi hier einzog, hat sie dann alles wieder abgeholt. Oder sie hat sie hier zwischengelagert und dann in die Schweiz gebracht«, überlegte Gwen aufgeregt.

»Der Opa weiß sicher mehr. Er ist der Einzige, der uns da helfen kann, aber es sieht wirklich so aus, als hätte Ella hier ein Geheimdepot gehabt.«

Gwen hoffte nun, dass sie Sepp bald treffen würde, er war die letzte Zeit unpässlich gewesen, oder dass Lily eine Auskunft über den Safe in der Schweiz erhalten hatte. Sie war nachdenklich geworden, aber sie wollte sich den Abend nicht mit ihrer Grübelei verderben.

»An was denkst du?«, fragte Balthasar.

»Ich finde ein Puzzlestückchen, aber das bringt mich nicht weiter, und Ella und meine Mutter verschwiegen viel mehr, als ich dachte.«

»Ella wollte für deine Mutter nur ihr Bestes«, sagte er beschwichtigend.

»Das ist ja Teil des Problems. Was ist das Beste? Aber ja, ich weiß. Nur, warum hat niemand eine Ahnung, wo Jakobs Sammlung ist?«

Gwen spürte, wie sie in ein Stimmungstief zu fallen drohte. Sie war sauer auf Lily, Ella, ihre Mutter und die ganze Mischpoke, wie Theo immer sagte. Die Freilegung der Familiengeheimnisse verschlang so viel Energie. Dabei saß neben ihr der netteste Mann, den sie sich wünschen konnte.

»Es tut mir echt leid, aber die Geschichte zieht mich manchmal runter. Alles ist vermint. Du kannst dir nicht vorstellen, was ich in den letzten Monaten herausgefunden habe. Mein Onkel Theo ist mein Großvater, hab ich dir ja schon erzählt, und darum habe ich auch eine riesige jüdische Familie, die nur leider komplett von den Nazis umgebracht wurde; meine Großmutter Ilsabé hat mit dem Sohn ihres Mannes Jakob geschlafen, und darum wusste meine Mutter nicht, wer in Wahrheit ihr Vater war, und wurde mit einem Schweigebann belegt; meine Tante Lily hat ein verschollenes Gemälde aus Familienbesitz von Ostberlin in den Westen geschmuggelt, um für ihren an Aids erkrankten Bruder Heinrich die Medizin bezahlen zu können. Sie hat nur bedauerlicherweise vergessen, der Familie zu erzählen, dass sie die ganze Zeit wusste, wo der Liebermann war, den alle vermisst haben; Ludwig wird verschwiegen, und Jahrzehnte später bricht meine Mutter als geübte Bergsteigerin zu einer Wanderung auf und kommt nicht wieder zurück. Habe ich noch ein Detail vergessen?«

Balthasar schob Gwen auf die Eckbank und legte den Arm um sie. »Ja, das ist zugegebenermaßen eine Menge, aber sieh es mal so: Es sind doch auch viele unerwartete und gute Dinge passiert. Mit dem Haus am See kannst du jetzt machen, was du willst. In jedem Fall wird es ein kleines Schmuckstück. Hier war immer ein friedlicher Ort, nur Schönheit, Natur, Ruhe.« Er drückte sie fest an sich.

»Und dann hast du für deine Großmutter einen Platz gefunden, wo sie versorgt ist, das hat dich doch auch beschäftigt. Die Sammlung kann ja nicht verschwunden sein, und wenn ja, macht dich das wirklich unglücklich?«

»Stimmt«, murmelte Gwen, die am liebsten den ganzen Abend so in Balthasars Armen verbracht hätte.

»Du hast auch gesagt, du seist deiner Mutter nähergekommen. Die meisten gehen doch durchs Leben und wissen nicht, was in ihren Familien geschehen ist, oder sie wissen es, aber sie wollen nicht hinsehen. Und daran, dass Menschen etwas verschweigen, kannst du nichts ändern, aber wie die Zukunft für dich sein wird, das bestimmst allein du.«

Balthasar hatte den letzten Satz mit so viel optimistischer Lebenslust ausgesprochen, dass sich Gwens Stimmung nicht nur augenblicklich besserte, ihr schoss zudem durch den Kopf, dass die Zukunft vielleicht gerade neben ihr saß. Sie spürte den Stoff seines Baumwollhemds und wie sich seine Brust beim Atmen hob und senkte, und sie spürte ihre eigene Sehnsucht, ihn zu berühren und von ihm berührt zu werden. Er nahm ihr Gesicht in seine großen Hände und küsste sie ganz zart auf den Mund. Die zarten verwandelten sich in leidenschaftliche Küsse, und Gwen wurde in ein fernes Land getragen, dessen Boden sie vorher noch nie betreten hatte. Jedenfalls flogen die beiden Liebenden wie Kraniche in großem Bogen von einem Leben in ein anderes Leben und vergaßen dabei Zeit und Raum.

Als Gwen spät in der Nacht im Gästehaus ankam, schlich sie in ihr Zimmer, um nicht bemerkt zu werden. Sie zog sich aus, stellte das Wasser in der Dusche an, und als es heiß genug war, betrat sie die Kabine. Balthasars Geruch vermischte sich mit ihrem im Wasserdampf, und sie atmete diesen Duft tief in dem Bewusstsein ein, dass sich etwas für immer verändert hatte.

Am nächsten Tag telefonierte Gwen mit Ilsa, die in der gleichen Geschwindigkeit wie ihre Cousine Clara loslegte, sodass sie sich fragte, ob Reden ohne Pause doch ansteckend war. In jedem Fall, das war das Praktische an diesen Monologen, wurde keine Antwort erwartet.

»Schatzerl, das ist wunderbar, dass du endlich anrufst. Geht es dir gut? Was hast du gemacht? Wen hast du getroffen? Mir ist eingefallen, dass ich im September einen runden Geburtstag habe.«

»Wirst du etwa schon 100?«

»Wie charmant. Nein, aber 5 mal 19«, konterte Ilsa schlagfertig.

»Chapeau, du bist ja eine flotte Rechnerin. Und diesen Fünfundneunzigsten möchtest du groß feiern?«

»Ja, und ich habe auch schon eine fabelhafte Idee.« O je, dachte Gwen.

»Lass hören.«

»Ich möchte in die Elmau einladen, die haben da doch ganz angenehme Räumlichkeiten.«

»Und an wen hast du so gedacht?«

»An alle, die noch leben, also an Theo und Lily, dann Anton und seinen schwulen Freund; Clara und die Bridgedamen, eh klar. Du könntest doch auch deine Freundin Laura fragen und Lotte. Ihr hattet es ja so schön auf der Reise. Marek wird nicht kommen mit seiner Frau, und dein Vater würde mich sicher am liebsten vergiften.« Ilsa musste über ihren eigenen Witz lachen.

Tatsächlich hatte Robert sich so verbissen in seine Wut gegenüber Ilsa, dass Gwen wenig Möglichkeiten der Befriedung sah, aber die Idee mit der Elmau war gut.

»Nicht gerade günstig, aber wirklich ein toller Vorschlag.«

»Du tönst wie deine Mutter, die hatte auch immer Bedenken, aber du wirst staunen, ich kann es mir nämlich leisten, Schatzerl. Das Auktionshaus hat ein Fax geschickt. Der Schmuck ist zu einem sehr angenehmen Preis verkauft worden. Komm doch diese Woche auf einen Sprung vorbei. Muss ja schon a bisserl was hermachen das Fest.«

»Woher wussten sie denn, wo du bist?«

»Wer?«

»Na Christie's.«

»Ich habe in London angerufen, man kann das ja nicht so laufen lassen. Und was machst du eigentlich den ganzen Tag?«

»Ich warte auf einen Lottogewinn und verbrauche meine Ersparnisse, kümmere mich ansonsten um das Haus und fahre mit Balthasar in der Gegend umher.«

»Aha, ist das der Schreiner vom Land? Ist er fesch? Aber so ein Schreiner bleibt ein Schreiner, das sieht man ja am Sepp. Na ja, das musst du wissen«, preschte Ilsabé vor, dabei hatte Gwen mit keinem Wort erwähnt, dass sie in Balthasar verliebt war. Gwen versprach, sich Gedanken zu dem Fest zu machen und ihre Großmama in den nächsten Tagen zu besuchen. Dafür musste sie aber in guter Form sein, sonst würde sie die Energie ihrer Großmutter überfordern. Vielleicht nahm sie Balthasar mit, dann konnten die beiden alten Damen hinterher ausführlich tratschen.

Sie rief Theo von einer Telefonzelle an. Im Unterschied zu Ilsa war er an ihren Antworten und Ausführungen interessiert und konnte sich stets auch alles merken, was ihm seine Enkeltochter erzählte. Über Ilsas Tagesablauf wusste er ebenfalls bestens Bescheid, sie telefonierten regelmäßig, und so war er auch im Bilde, was die Geburtstagsplanung anbelangte. Immer wieder betonte er, wie glücklich er war, dass Ilsa ein derart schönes Zuhause gefunden hatte.

»Von uns kann keiner mehr an den Ort der Kindheit zurück. Wir sind die Vertriebenen, egal, welchen Pass wir haben«, meinte Theo, und man hörte die Wehmut in seiner Stimme.

Wiedersehen mit Sepp

Sepp hatte sich unterdessen gesundheitlich erholt, sodass einem Treffen bei Balthasar nichts mehr im Wege stand. Er hatte den Tisch gedeckt, Kaffee gekocht und Kuchen gekauft. Gwen hatte Sepp zuletzt bei der Beerdigung ihrer Mutter gesehen, aber es war eine flüchtige Begegnung gewesen.

»Du hast jetzt mehr Ähnlichkeit mit Marga«, meinte er, und es liefen ihm sogleich die Tränen über seine von winzigen Äderchen überzogenen Wangen. Vor ihr stand ein weißhaariger, mittelgroßer und schmaler Mann, etwa so alt wie Theo, der Gwen herzlich drückte. Seine Finger waren feingliedrig, und er war von zarterer Statur als sein Enkel. Gwen überlegte, ob Sepp von seinem Vater, der doch so musikalisch gewesen war, die schönen Hände geerbt hatte.

»Du weißt sicher, dass deine Mutter sehr oft bei uns war, also bei der Rosa und mir«, fing er sogleich an zu erzählen. »Sie hat sich in die Werkstatt gesetzt, und ich habe dann für ihr Puppenhaus ein Möbelchen gezimmert. Und wenn ich im Wald Holz holen fuhr, wollte sie immer mit. Und die Rosa hat für die Puppen dann noch genäht und mit einer Erzgeduld Margas Fragen beantwortet.«

Sepp hatte wieder Tränen in den Augen, und Gwen beschloss, ihm zu sagen, wie wenig sie von und über ihre Mutter wusste.

»Es wird dich überraschen, aber meine Mutter hat über diese Zeit einfach so gut wie nichts erzählt. Ich erinnere mich an einen Puppenschrank, mit dem ich auch gespielt habe, aber ich hatte keine Ahnung, dass du ihn geschreinert hast. Für meinen Vater und für mich ist es sehr schmerzhaft, dass sie uns nicht hat teilhaben lassen an ihren Erinnerungen. Sie hat uns nichts anvertrauen können.«

Sepp sah sie an und schien sofort zu verstehen, was sie meinte, dann stand er auf und holte aus einem Einkaufsbeutel ein Fotoalbum heraus. »Das habe ich für dich mitgebracht«, meinte er in seiner brüchigen und warmen Stimme und blätterte die erste Seite auf. »Schau mal, das ist die kleine Marga«, kommentierte er die vergilbten Fotografien. Man sah ein etwa achtjähriges Mädchen mit einer Schleife im Haar, das mit baumelnden Beinen auf dem Tisch in der Werkstatt saß. Auf weiteren Aufnahmen winkte sie aus Sepps Lieferwagen, sie stand in einem gepunkteten Sommerkleidchen mit Ella und Korbinian auf der Marktstraße, sie alberte mit Anton am Ufer des Kirchsees herum, ein junger Mann spielte mit ihr Federball. »Das ist der Leo, Beppos Vater, den hatte sie auch gern, aber der Leo musste gleich '39 in den Krieg, und da war die Marga für die Rosa und mich ein Segen. Sie hat uns abgelenkt.«

»Ich kenne nicht eine dieser Aufnahmen«, bemerkte Gwen und blätterte in dem Album.

»Es hat ihr an nichts gefehlt bei Ella und Korbinian, in dem großen Haus und mit Jola und Josefa, und eben auch mit uns.«

Könnte man meinen, dachte Gwen.

Es war der Moment, um Sepp danach zu fragen, was damals im Berg geschehen war. Gwen erzählte, was Ilsa ihr berichtet hatte, denn sie wollte herausfinden, ob Sepps Erinnerungen abwichen und sie Wichtiges erfahren würde. Sepp erzählte nun, dass er oft mit der kleinen Marga allein in den Wald gegangen war und sie diese Ausflüge sehr geliebt hatte. Auch an diesem Tag wollte er sie und zwei ihrer Freundinnen mitnehmen, wenn er seinen Försterfreund, den Maxl, besuchte. Aber Ella hatte unerwartet etwas für Korbinian zu erledigen und daher niemanden, der auf Ludwig aufpassen konnte, denn Käthe war mit Jola und Josefa unterwegs gewesen. Ella schlug also vor, Sepp solle doch Ludwig mitnehmen. In seinen Lieferwagen passte der Rollstuhl mühelos hinein, und der Bub fuhr gerne Auto. Als Marga das hörte, wurde sie wütend und weinte, weil sie schon wieder Rücksicht auf diesen Ludwig nehmen musste, aber die Freundinnen beruhigten sie, und so brachen sie auf. Es sah nach Regen aus, daher wollte Sepp die Kinder dort absetzen, wo ein überdachter Rastplatz war und sie ein Picknick machen konnten. Sie hatten Brote und Äpfel dabei, und Marga kannte die Stelle sehr gut. So sei er also den steilen Weg hochgefahren und habe gesagt, sie sollten alle hier auf ihn warten. Ludwigs Rollstuhl hatten sie an den Tisch geschoben, und die Kinder hatten sich auf die Bank gesetzt und sich gefreut. Sepp wollte in einer Stunde wieder zurück sein. Er hatte selbst nicht mit einem so heftigen Gewitter gerechnet, sonst wäre er bei den Kindern geblieben. Wenig später hatte es angefangen zu blitzen und zu donnern, und Ludwig sei wohl von einer Panikattacke erfasst worden und kaum zu beruhigen gewesen. Marga habe daraufhin den Rollstuhl mit Ludwig aus dem Unterstand herausgeschoben, um, wie sie später meinte, Sepp entgegenzugehen. Dabei hatten sich Ludwigs Angst und Aufregung nur noch gesteigert. Marga konnte aber auch nicht mehr zurück zum Unterstand, weil ihr und den anderen die Kraft fehlte; so sei die Katastrophe nicht mehr zu verhindern gewesen.

Sepp hatte mit schwerer Stimme erzählt. Er hätte die Kinder keinen Augenblick alleinlassen sollen, wiederholte er, aber er hätte doch nicht im Traum gedacht, dass Marga den schweren Rollstuhl bei dem Gewitter aus der sicheren Schutzhütte hinausziehen würde, um ihm entgegenzugehen. Die Freundinnen hätten versucht, sie davon abzuhalten, aber sie sei nicht zu bremsen gewesen. Dabei war Marga stets ein sehr vernünftiges Kind, das nie etwas Unüberlegtes machte. Und so sei dieser arme Ludwig zu Tode gekommen.

Ilsa, so überlegte Gwen, hatte nicht mitbekommen, wie sauer Marga über Ludwigs Teilnahme an diesem Ausflug gewesen war, sie war ja gar nicht da. Und in dieser aufgeladenen Stimmung war ihre Mutter aufgebrochen. Für Gwen verdichtete sich damit eine Vermutung, die sie seit Längerem hatte.

Sepp war durch seine eigene Schilderung stark berührt, und Gwen wollte daher das Thema in eine andere Richtung lenken, nachdem sie Sepp ihr Mitgefühl ausgedrückt hatte.

»Sag mal, war es möglich, während des Krieges so ohne Weiteres in die Schweiz zu fahren?«

»Ja, freilich. Die Ella und ich sind manchmal zusammen mit dem Maxl gefahren.« Sepp benutzte gerne das Wort »freilich«, das er mit einem rollenden r aussprach. Seine Stimme klang nun wieder fest.

»Der Maxl hatte eine Sondergenehmigung und durfte sein Auto behalten, und die Grenzer kannten uns. Da hat schon mal einer dem anderen einen Gefallen getan.«

»Zum Beispiel?«

»Für eine Zechbauer-Zigarre haben sich einige Türen geöffnet«, meinte Sepp zufrieden.

»Aber daran hätten die Grenzer kein Interesse gehabt, oder?« Gwen nahm das Glasnegativ aus ihrer Tasche und zeigte es Sepp.

Sepp hielt das Negativ gegen das Licht, so wie es Gwen auch sofort getan hatte.

»Ja, die Ella, was hat sie alles erzählt über Ägypten. Sie war so gelehrig. Und den Herrn von Stein hat sie ja sehr verehrt.« Er machte eine Pause und atmete tief, so als müsste er dem Herrn von Stein seine Ehrerbietung erweisen. »Sie hat den Korbinian so lange gedrängelt, bis er mit ihr nach Kairo geflogen ist. Im Flugzeug. Die Ella war die Erste, die von uns im Flugzeug gereist ist.«

»Wart ihr denn auch irgendwann zufällig in Zürich bei einer Bank?« Gwen musste vermeiden, dass Sepp bei den Pharaonen und Königspyramiden landete und sie am Ende selbst vergaß, was sie eigentlich erfahren wollte.

»Ja, freilich. Die Ella kannte da einen Angestellten.«

»Würdest du dich noch an den Namen der Bank erinnern? War es zufällig der Schweizer Bankverein?«

»Das ist so lange her. Es war eine große Bank, wie ein Hotel so groß, und wir haben oft Schokolade gekauft, eine solche Qualität gab es bei uns nicht, und schon gar nicht im Krieg.«

Gwen bemerkte, dass sie Sepp nicht überfordern und ihn nicht mit ihren Fragen löchern durfte. Sie dachte an Theo und wie sehr ihn die Erinnerung erschöpft hatte. Was sie hingegen unbedingt herausfinden wollte, war die Frage nach Ellas privaten Dingen, denn sie hoffte, dass darunter auch ein Hinweis auf Jakobs Sammlung sein würde.

»Sepp, wer hat denn nach Ellas Tod ihre persönlichen Sachen aufbewahrt? Weißt du das?«

Sepp bat Balthasar um eine weitere Tasse Kaffee, in die er zwei Löffel Zucker und einen kleinen Schuss Sahne gab. Dann schob er sich ein Stück Mohnstrudel in den Mund und wandte sich Gwen zu.

»Hast du Anton schon gefragt?«

»Ja, aber der meint, die Sachen seien an dich gegangen, und zwar noch zu Lebzeiten von der Ella.«

»Es kann sein, dass sie mir einmal etwas gegeben hat. Da muss ich nachdenken. Hast du den Dachboden ausgeräumt, als du hier renoviert hast?«, erkundigte er sich bei seinem Enkel.

»Ja, schon, und einiges ist auf dem Sperrmüll gelandet, aber nur das alte Glump.«

»Was ist Glump?«, fragte Gwen, und die beiden Männer lachten.

»Zeug, das man nicht mehr braucht. Wir benutzen das Wort aber auch, wenn etwas von schlechter Qualität ist«, erklärte Balthasar. »Wir können doch hochschauen. Ich hab die Leiter ausgebessert, und oben gibt es jetzt sogar Licht. Was meinst du denn, was da sein könnte?«

»Ich habe das Köfferchen ja völlig vergessen!«, rief Sepp plötzlich aus.

Sie stiegen nacheinander die Leiter auf den Dachboden hoch, und Gwen erinnerte sich an das Abenteuer auf dem Gutshof und wie sie mit Laura das Versteck gefunden hatte. Diesmal mussten sie nicht lange suchen, denn Sepp entdeckte sogleich einen merkwürdig aussehenden Koffer, der durch seine relativ tiefe Grundfläche und Höhe sowie einen gewölbten Deckel auffiel. Balthasar trug das Köfferchen die Treppe herunter, das sich nicht von der Seite, sondern von oben öffnen ließ, wie ein Arztkoffer oder der Koffer eines Vertreters, um die zu verkaufenden Gegenstände sofort sichtbar und geordnet zu präsentieren. Obenauf lag eine Art Tablett, eingefasst in Stoff, auf das man Gegenstände hatte stellen können, ohne dass sie umgefallen wären. Die integrierten Griffe ermöglichten eine mühelose Herausnahme.

Gwen erkannte die Schreibhefte, die Ella für ihre Aufzeichnungen verwendet hatte, aber sie waren unbenutzt; sie fand Fotografien in Silberrahmen, Fotoalben und eine Papiermappe mit Unterlagen, auf die Ella notiert hatte: WICHTIG!; sie entdeckte mit Bändern zusammengebundene Briefe, darunter die mit Jakob und dem Ägyptischen Museum geführte Korrespondenz. Manches ließ sich nur mit Mühe entziffern, aber eine Handschrift erkannte sie sogleich. Es war die ihrer Mutter.

Gwens Anspannung war für alle spürbar, als sie das Bündel herausnahm und auf die Umschläge starrte. Balthasar schlug vor, Sepp nach Hause zu begleiten, während sie so ungestört den Inhalt erkunden solle. Er schob ihr einen bequemen Sessel hin, machte die Stehlampe an, brachte ihr Kuchen und Tee, küsste sie und sagte: »Ich bin so in zwei Stunden zurück.« Gwen nahm das Angebot, allein zu sein, dankbar an.

Margas Weg

Die Briefe von Marga waren nach Datum sortiert, und so befand sich der, den ihre Mutter nur einen Tag vor ihrem Tod geschrieben hatte, obenauf. Gwen ging nervös zum Fenster, von wo aus sie hinunter in den Hof sehen konnte, in dem Ella als kleines Mädchen herumgehüpft war, ebenso wie ihre Mutter, und nun war es die kleine Kathi. Und hier, in diesem Haus, hatte Sepp den persönlichen Nachlass seiner Schwester aufbewahrt und ihn auf dem Dachboden vergessen, so wie Robert vergessen hatte, seiner Tochter die Kiste mit Margas Erinnerungen zu geben. Vielleicht aber war gar nichts je vergessen, sondern nur sich selbst überlassen worden. Man packte schmerzhafte Erinnerungen in Kisten, Kästchen, Koffer und erlag der Illusion, sie seien verschwunden. Aber alles war und blieb da und wartete nur darauf, entdeckt zu werden.

Sie nahm den Brief aus dem Umschlag, konnte sehen, wo und

wann die Briefmarke abgestempelt worden war, und begann zu lesen.

20. Oktober 1978

Liebste Ellamammi,
Du weißt, dass ich es weiß, und ich weiß, was Du weißt. Wir müssen uns nichts vormachen. Du hast mich schützen wollen, und so viele Jahre ist es Dir beinahe gelungen, mich glauben zu lassen, dass der Unfall nicht so war, wie ich ihn selbst erlebt habe. Du hast mein Erleben durch Deine Liebe verschwinden lassen wollen, und es gab lange Phasen, in denen ich mir selbst nicht mehr glaubte, sondern nur zu gerne deiner Version gefolgt bin. Aber es gab auch viele dunkle Tage, in denen mir die unerbittliche Wahrheit wie ein Gespenst nachts erschienen ist, und in diesen dunklen Stunden habe ich Ludwigs Schreie gehört und meine eigene Verzweiflung, aber auch Wut und Eifersucht gespürt.
Du weißt, dass ich Ludwig nicht mitnehmen wollte und enttäuscht war, nicht mit Sepp allein den Ausflug unternehmen zu dürfen. Ich war wütend, und es hat keinen Grund gegeben, Ludwig aus dem sicheren Unterstand herauszuschieben. Er hat geweint, weil er sich so vor dem Donner fürchtete. Ich aber konnte sein Weinen und die Rufe nach Ilsa nicht ertragen und habe nichts so sehr gewollt, wie ihn loszuwerden, denn dass er ein besonderes Verhältnis zu Ilsa hatte, war vom ersten Moment an klar. Sie hat ihm gegenüber eine Zärtlichkeit gezeigt, natürlich nur, wenn sie sich allein glaubte, die mich damals tief ins Herz getroffen hat. Dabei hatte ich doch Dich, aber der Verrat der eigenen Mutter kann nichts aufwiegen, selbst Deine Liebe konnte es nicht. Ich habe den Rollstuhl losgelassen, liebste Ellamammi, und Du weißt es, weil ich es Dir noch am Abend verzweifelt

gestanden habe. Du hast mich sofort getröstet und mir ausreden wollen, dass es so war, aber wir sind nicht immer gute Menschen. Ja, ich war ein Kind, aber selbst Kinder in diesem Alter wissen, was sie tun. Ich wusste es. Die Konsequenzen konnte ich nicht vorhersehen, und es ist in einem Affekt geschehen, zumindest gab mir diese Vorstellung, wie in einer Art Trance gehandelt zu haben, zuweilen etwas Trost.
Du hast dann nach dem Unfall Ilsa (und natürlich auch die anderen) geradezu darauf eingeschworen, niemandem zu sagen, wer Ludwig war, denn Du ahntest, dass mich diese Wahrheit völlig aus dem Gleichgewicht bringen würde. So habe ich bemerkt, dass es noch mehr gibt, das nicht stimmt. Neben all dem anderen, was nie stimmte. Wenn ich heute darüber nachdenke, dann bestand das große Unglück darin, dass Ilsa mir nicht viel früher von diesem ihrem Kind erzählt hat. Hätte sie es getan, wäre ich ganz natürlich mit dem Wissen, einen Halbbruder zu haben, aufgewachsen. Und so habt ihr alle geschwiegen, und Ilsa wusste die ganze Zeit, welchen Trumpf sie mir gegenüber in der Hand hielt. Sie hat ja in solchen Kategorien durchaus gedacht, und ich habe sie so lange provoziert, bis sie endlich die Wahrheit und ihre Wut herausschleudern musste.
Ich halte es ihr zugute, dass sie nicht ahnte, was dies bei mir auslösen würde, zumal sie nicht wusste, was damals wirklich geschehen war, und ich halte es ihr auch zugute, dass sie selbst schwer belastet war, auch wenn sie immer so tat, als wären seelische Nöte vermeidbare menschliche Schwächen.
Nun aber bin ich froh über die Klarheit und das Ende der Lügen.
Liebste Ellamammi, ich bin und bleibe trotzdem schuld an dem Tod eines Menschen, und da hilft kein Trost. Ich kann mir selbst nicht mehr entkommen, ich muss mich täglich

aushalten, aber das Eigengewicht ist in den letzten Jahren zu schwer geworden. Ich kann zudem weder Gwen eine liebevolle Mutter sein noch Robert eine ihn erfüllende Frau. Ich kann noch nicht einmal mit ihnen reden über das, was mich so tief unglücklich macht. Du, und ein wenig auch Anton, seid die Einzigen, die verstehen, ohne dass ich viel sagen muss. Ich kann nicht länger versuchen, den schweren Stein den Berg hinaufzurollen, auf dass er oben liegen bleibt. Ich kann ihn noch nicht einmal bewegen, er liegt seit Jahrzehnten unbeweglich da und versperrt eine Tür, die hinausführen könnte in die Befreiung.

Vielleicht kannst Du, wenn es sich natürlich ergibt, mit Gwen sprechen, ich habe es nicht vermocht. Sicher findest Du die Worte, um ihr zu erklären, warum ich mich nicht habe öffnen können und sie dennoch sehr liebe. Sie weiß nichts von Ludwig, nichts von Theo und letztlich leider auch nichts von mir. Ich wünsche ihr, dass sie ihr Echo findet, mir war dies nicht vergönnt, und ich wünsche mir, dass sie manchmal an mich denkt.

Ich werde wandern gehen, liebste Ellamammi, und dort, oberhalb der Baumgrenze und nahe dem Himmel, an Euch alle dankbar denken.

In Liebe, Deine Marga

Gwen legte den Brief beiseite und sehnte sich nach Sloppys weichem Fell, in das sie so gerne hineingeweint hätte. Es war so, wie sie vermutet hatte, und es war eine schreckliche Gewissheit: Ihre Mutter hatte den Rollstuhl absichtlich losgelassen. Dies war das Verbindungsstück, das sie die ganze Zeit gesucht hatte. Es war kein »normaler« Unfall gewesen, und nachdem Ella von Marga erfahren hatte, was an jenem Tag im Gebirge wirklich geschehen war, wollte sie ihre geliebte Ziehtochter vor sich selbst schützen. Darum hatte sie alle dazu verdonnert, über Ludwig zu schweigen, und sich mit Ilsa überworfen, als diese gegen die Abmachung Marga mitteilte, wer Ludwig gewesen war.

Endlich kannte Gwen die Ursache für Wut, Trauer, Furcht und Depression, die sich in Margas Augen an manchen Tagen in unterschiedlichen Nuancen spiegelten. Endlich auch spürte sie, dass nicht sie, wie sie als Kind angenommen hatte, der Grund der Enttäuschung im Leben ihrer Mutter gewesen war.

Die Schenkung

Gwen hatte nicht vorgehabt, länger als drei Wochen in Bayern zu bleiben, wobei sie natürlich nicht hatte vorhersehen können, dass sie sich verlieben würde. Ihren Rückflug wollte sie dennoch nicht stornieren und nach Phil und Sloppy sehen, obgleich das bedeutete, sich von Balthasar zu trennen. Er brachte sie zum Flughafen. Sie waren so verliebt, dass ihnen die Fantasie dafür fehlte, sich vorzustellen, wie sie die Zeit überstehen sollten, dabei würde Gwen ja spätestens zu Ilsas Geburtstag zurück sein.

In Hampstead fand sie Haus, Garten, Kater und Phil in einem guten Allgemeinzustand vor. Zumindest auf den ersten Blick. Denn der Hortensienstrauch war eindeutig erst kürzlich eingepflanzt worden, Phil hatte ihn vermutlich vertrocknen lassen und kurzerhand ersetzt. Als er zögerlich fragte, ob er noch länger bleiben dürfe, sein Praktikum sei in ein Volontariat verwandelt worden, sagte Gwen trotzdem sofort zu, denn sie würde die nächsten Monate viel verreisen und einen Katzensitter, dem sich Sloppy bedingungslos unterordnete, vielleicht war es auch umgekehrt, dringend brauchen. Zu ihrer Überraschung hatte Theo mit Phil Verbindung aufgenommen, wohl weil er sich erinnerte, selbst einmal ein junger Kerl in einer fremden Stadt gewesen zu sein, und außerdem war er noch immer schwer beeindruckt davon, dass Phil den Code geknackt hatte. Phil war nach Oxford gereist, und die beiden hatten sofort das Schachbrett herausgeholt und so lange gespielt, bis der letzte Zug zurück nach London verpasst war und Phil übernachten musste. Daraus war bereits eine kleine Routine geworden, denn Theo hatte Debbie angewiesen, das Gästezimmer aufzuräumen, sodass Phil, wann immer er wollte, über einen, wie Theo es nannte, »kommoden« Schlafplatz verfügen konnte.

Lily hatte bereits drei Nachrichten auf dem Anrufbeantworter hinterlassen, obwohl sie wusste, dass Gwen noch gar nicht zurück sein konnte. Sie verabredeten sich in ihrem gemeinsamen Lieblingscafé, wo sich Lily in ihren Lieblingssessel fallen ließ und zur Feier des Tages statt der Ingwerkekse eine riesige Portion Trifle bestellte, dessen Biskuit im Alkohol ersoff.

»Was ist denn mit dir los?«, fragte Gwen überrascht.

»Ich bin so aufgeregt, weil du sicher so viel zu erzählen hast.«

»Du fängst an«, bat Gwen, was sich Lily nicht zweimal sagen ließ.

»Also hör zu, ich hab doch den Charles eingeschaltet, du weißt schon, aus New York, und da haben die in der Bank in Zürich plötzlich sofort reagiert, und siehe da, es gibt ein Nummernkonto, das Jakobs Namen zugeordnet werden konnte.«

»Jetzt bin ich gespannt.«

»Ja, es ist leider nicht so aufregend, und Geld ist auch keines da.«

»Ich ahne, was ihr gefunden habt: die Aufsätze.«

Lily blieb der Mund offen stehen.

»Woher weißt du das? Lauter vergilbte Seiten, alle abgetippt von unserer Ella. Das interessiert wirklich niemanden mehr. Ich habe gedacht, wir finden endlich die Figur, die Papa so viel bedeutet hat. Aber keine Spur.«

»Nun, da kann ich dir weiterhelfen.«

»Du?«

»Ja, ich, und du wirst staunen.«

Gwen erzählte, was sie in Ellas Aufzeichnungen gelesen hatte und wie wichtig es Jakob gewesen war, dass Ella 1938 noch einmal zu ihm auf den Hof kam, wo er ihr die Figur und seine gesamte Sammlung anvertraute. Aus dem Exil hatte er Ella dann aus Haifa geschrieben und sie gebeten, die Glasnegative und die Figur nach dem Krieg einem Kurator namens Achmed-Bey im Ägyptischen Museum in Kairo zu übergeben, falls er nicht lebend zurück nach Deutschland käme.

Auch die Korrespondenz zwischen Ella und dem Ägyptischen Museum in Kairo, die sich in dem Köfferchen erhalten hatte, entpuppte sich als aufschlussreich. Danach war Ella mit Korbinian 1955, ein Jahr vor der Sueskrise, in den Nahen Osten gereist. In Kairo hatte sie sich dann mit jenem Kurator getroffen und diesem im Namen von Jakob von Stein eine Schenkung übergeben, die dort mit großer Wertschätzung angenommen worden war.

»Einfach so eine Schenkung?«, fragte ausgerechnet Lily entrüstet. »Da hätte sie doch uns erst mal fragen sollen.«

»Das habe ich mir auch zuerst gedacht, aber ich habe Jakobs Briefe aus Palästina an Ella gelesen. Es sind nicht viele, man konnte nach Kriegsbeginn ja nicht mehr so einfach Post hin und her schicken, aber sie enthalten genaue Anweisungen. Ganz ehrlich, Jakob war völlig klar, dass nur sie exakt in seinem Sinne handeln würde.«

Lily brachte in einer Mischung aus Trotz und Beleidigtsein hervor, dass Ella doch von der Suche der Geschwister gewusst haben musste.

»Du bist aber jetzt nicht postum eingeschnappt, oder? Und sie wusste es eben offenbar doch nicht, und ihr habt euch nie für Jakobs Ägyptologie interessiert. Weder du noch Theo, ja, noch nicht einmal Henry. Und selbst wenn, Ella hätte nicht anders handeln können. Mir ist so sonnenklar geworden, auf welch berührende Weise Ella Jakob ihr Leben lang verbunden blieb. Sie hat seine Glasnegative zuerst in einem von Sepp gezimmerten geheimen Regal im kleinen Haus am See versteckt und sie dann nach und nach in die Schweiz geschmuggelt – ebenso seine Aufsätze. Das war hochgradig gefährlich, denn es handelte sich um jüdischen Besitz, wie du weißt. Sie wollte, dass noch alles komplett vorhanden ist, wenn Jakob aus dem Exil zurückkommt. Und als er dann so unerwartet starb, nahm sie in den Fünfzigerjahren Kontakt zu seinen Freunden in Israel auf, weil sie wissen wollte, wo er starb. Und sie ist übrigens auch mehrfach nach Israel gereist, sogar mit Marga, aber das wirst du ja wissen. Und dann hat sie die Glasnegative und die Figur aus der Schweiz abgeholt und ist zu einer Reise nach Ägypten aufgebrochen. Vermutlich hatte sie in ihrem Handgepäck die wertvolle Figur und Korbinian in seinem Köfferchen die Negative. Da staunst du, was? Die gute Ella. Ich muss sagen, ihr seid doch alle geborene Schmuggler.«

Lily fühlte sich nicht angesprochen.

»Und was hast du sonst noch herausgefunden?«, fragte sie noch immer leicht beleidigt.

»Nichts, was ihr nicht alle gewusst habt. Oder doch ein bisschen mehr, aber das bleibt jetzt bei mir. Finito, der Fall ist abgeschlossen, aber ohne dich, meine liebe Tante, wäre ich nie auf diese Entdeckungsreise gegangen. Danke für deine Beharrlichkeit.«

Gwen bestellte sich einen Cappuccino und rührte versonnen im Milchschaum, und Lily war vermutlich erleichtert darüber, dass ihre Nichte ihr nicht vorwarf, in all den Jahren so wenig erzählt und dafür so viel verschwiegen zu haben.

»Und hast du jemanden kennengelernt?« Lily hatte diesen siebten Sinn, und ihre angeborene Neugierde half ihr stets, die Dinge auf den Punkt zu bringen, zumindest, wenn sie wollte.

»Wie kommst du darauf?«

»Du siehst anders aus, deine Augen strahlen.«

»Eins a ermittelt, meine liebe Lily. Er heißt Balthasar und ist Sepps Enkel und Ellas Großneffe.«

»Ging ja ziemlich schnell, und ist er groß und kräftig? Aber du willst jetzt nicht nach Deutschland ziehen?« Lily sah nun aus, als hätte sie auf eine Nacktschnecke gebissen.

»What a difference a day makes, sagst du doch immer. Nein,

ich werde nicht umziehen, aber mehr Zeit in meinem schnuckeligen Haus am See verbringen. Das werde ich, und ja, er ist groß und kräftig, schlicht und einfach – eben ein echter Schreiner«, sagte Gwen mit einem kleinen Seitenhieb auf ihre zuweilen versnobte Tante.

»Und Sloppy?«

»Wird versorgt von Phil.«

»Aha. Du könntest noch ein Kind bekommen.«

»Lily!«

»Das wird man doch sagen dürfen.«

Gwen hatte Laura angerufen, und die beiden Freundinnen konnten es beide nicht erwarten, sich endlich wiederzusehen. Sie fuhren hinaus aufs Land Richtung Swaffham und setzten sich in den Garten eines Pubs. Es gab so viel zu besprechen. Es sprudelte aus Gwen heraus. Laura studierte die Fotografie, die Gwen ihr zeigte, und befand, dass Balthasar männlich und doch auch sensibel wirkte. Sie kicherten wie zwei Teenager.

»Wie seltsam, dass du ausgerechnet an diesem Ort eine neue Liebe triffst.«

»Ja, das ist es. Auf der Suche nach der verlorenen Zeit und Wahrheit begegne ich einem Mann, dessen Familie mit meiner Mutter so eng verbunden ist. Wirklich sehr merkwürdig, und weißt du was, ich hatte die ganze Zeit das Gefühl, Ella und Marga hätten ihre Finger im Spiel. Sie wollten, dass ich endlich glücklich werde. Wer weiß, was die da oben alles veranstalten, und nicht auszudenken, wenn bald Ilsa dazukommt.« Laura prustete vor Lachen.

Dann wurde es ernster, denn Gwen erzählte auch von Margas letztem Brief, den sie seither so oft gelesen hatte, aber als sie ihn nun für Laura übersetzte, bemerkte sie erst, wie entschieden ihre Mutter gewesen sein musste, als sie ihn schrieb.

»Es tut mir so leid, dass deine Mutter mit solch einer Gewissensqual leben musste. Und die einzige Person, die sie verstanden hätte, wäre ausgerechnet Ilsa gewesen, denn die schleppte doch auch einiges mit sich herum.«

»Die eine Schuld relativiert die andere nicht. Sie haben sich gegenseitig nicht erlösen können, und in gewisser Weise hassten sie sich sogar für das, was die eine der anderen angetan hat, aber sie waren eben auch Mutter und Tochter, und darum liebten sie sich vermutlich auch. Ganz sicher bin ich mir da aber nicht.«

»Und hast du die verschwundenen Hefte entdeckt?«

»Nein, nicht ein einziges. Ich glaube, Ella hat nur eine Auswahl an Marga gegeben. Sie wollte ja nicht, dass sie die Wahrheit kennt, aber selbst ohne diese Hefte bin ich der Geschichte auf die Spur gekommen. Vielleicht ist es meiner Mutter wie mir ergangen, und sie wusste Bescheid, noch bevor Ilsa ihr mitteilte, wer Ludwig war.«

»Du meinst, sie war gar nicht überrascht, als Ilsa ihr von Ludwig schrieb?«

»Genau, der Schock kam in Form der Bestätigung. Bis zu diesem Punkt konnte sie sich selbst belügen, ab dann ging es nicht mehr.«

»Und Lily?«

»Lily und Theo wussten sicher nicht alles, aber doch sehr viel. Darum war es Lily ja auch so unangenehm, als ich mehr und mehr herausgefunden habe. Ich habe mich natürlich auch gefragt, warum sie Jahre nach Margas Tod nicht einmal den Versuch unternommen hat, mir von Ludwig zu erzählen.«

»Wenn man einen bestimmten Moment verpasst hat, ist es schwer. Und dann richtet man sich ein und arrangiert sich mit den Halbwahrheiten, und irgendwann verschwindet die Notwendigkeit, die Wahrheit zu sagen.«

So wird es gewesen sein, dachte Gwen.

An einem anderen Tag traf sich Gwen mit Theo im British Museum, dort, wo er ihr ein paar Monate zuvor von der Kolberger

Familie erzählt hatte. Es schien eine Ewigkeit her zu sein. Er drückte ihr gut gelaunt einige Umschläge in die Hand, die für Ilsa eingetroffen waren, sie hatte als Nachsendeadresse Theos College angegeben. Unter der Post befand sich auch eine Karte mit der Ankunft von Ilsas Container aus Chile. Das hatte Gwen gerade noch gefehlt, aber so schnell brachte sie nichts mehr aus der Fassung. Eventuell konnte man den Inhalt auch in einen Umzugswagen verladen und alles direkt an den Mondsee schicken. Ihr war klar, dass das nicht ging, denn Ilsa bräuchte so vieles nicht mehr. Gwen würde also irgendwann den Inhalt aussortieren müssen, ob sie wollte oder nicht.

Sie erzählte Theo zunächst nichts von Margas Brief, sondern nur etwas lapidar, dass sie die Antworten auf ihre Fragen gefunden hatte. Aber Theo spürte, dass es da noch mehr gab, und Gwen war nun selbst in der Bredouille, ihm entweder die Wahrheit zuzumuten oder sie zu verschweigen. Sie entschied sich für die Zumutung.

»Marga hat einen Brief an Ella geschrieben, einen Tag bevor sie starb. Du kannst ihn lesen, wenn du möchtest. Keine ganz einfache Lektüre.«

»Natürlich möchte ich ihn lesen. Sie war meine Tochter. Ich möchte verstehen, warum sie sich das Leben genommen hat.«

»Bist du davon immer ausgegangen?«

»Ja, Darling, denn sie war nirgendwo so trittsicher wie in den Bergen.«

Sollte sie Robert gegenüber den Brief erwähnen? Sie rief ihren Vater an und erzählte, so wie ihr die Dinge gerade einfielen, alles durcheinander, von Ellas Reisen nach Israel und Ägypten, von dem geheimen Regal und den Renovierungsarbeiten im kleinen Haus am See, von Anton und Umberto und von Sepp, von Lilys Enttäuschung über die Aufsätze in Jakobs Schweizer Bank und zum Schluss davon, dass es in ihrem Leben einen neuen Mann gab, den er kennenlernen könne, falls er Lust habe, mit Sue zu

Ilsas Geburtstag in die Elmau zu fahren. Robert sagte, er würde sofort kommen und sich den Burschen anschauen und ihn auf »Herz und Nieren« prüfen, aber nur, wenn die Gräfin wieder sicher auf dem Mond wäre.

Den Brief ließ sie unerwähnt.

Das Fest

Am Flughafen in München wartete Balthasar und wirbelte Gwen durch die Luft, als sie die Ankunftshalle betrat. Sie fuhren in das kleine Haus am See. Gwen war so gespannt zu sehen, wie weit die Renovierungsarbeiten gediehen waren. Als sie die Haustür aufschlossen, interessierten sie sich aber weniger für die neuen Kacheln im Bad, sondern eher dafür, wie sie am schnellsten aus den Kleidern kamen. Es gab kein Halten mehr, und die beiden liebten sich auf dem frisch verlegten Dielenboden. Anschließend sprangen sie nackt in den kalten See und jauchzten vor Vergnügen. Das Leben konnte so großartig sein, dachte Gwen, die derlei Ausgelassenheit mit einem Mann noch nie erlebt hatte. Sie duschten in der nagelneuen Badewanne und genossen es, die Haut des anderen zu spüren und zu riechen. Balthasar holte den Futon und die Decke aus dem Auto, und sie schliefen ineinander gerollt glückselig ein.

Ilsa hatte sich gewünscht, dass Gwen mit ihr nach Salzburg zum Einkaufen fahren würde, sie könne schließlich nicht in den »alten Fetzen« ihren Geburtstag in einem Schloss feiern. Sie schlenderten durch die Stadt und tranken Kaffee im Tomaselli. In den Geschäften, in denen die Salzburger Gesellschaft einkaufte, fanden sie reichlich Auswahl, aber Ilsa blieb für ihre Verhältnisse zurückhaltend, denn sie könne die Kleider ja ohnehin nicht mehr »auftragen«. Als ob sie je eines ihrer Prachtstücke »aufgetragen« hatte.

»Warum hattest du denn kein Kind mit Jakob?«

»Du willst eigentlich wissen, ob ich Sex mit ihm hatte, nicht wahr, Schatzerl?«

»Nein, so direkt nicht. Aber hattest du denn Sex mit ihm?«

»Bestimmt, man hatte damals, glaube ich, mehr davon als heute. Scheidungen waren verpönt, aber Affären waren eine sehr übliche Sache, weißt du.« Ilsa war offensichtlich eine Spezialistin auf dem Gebiet.

An einem anderen Tag besuchten Ilsa und Gwen zuerst Margas und später Ludwigs Grab, wobei sie seines nur mit Mühe finden konnten. Auch legten sie Blumen auf die Ruhestätten von Ella, Korbinian und Josefa. Jola hatte sich an anderer Stelle zu Haserl gebettet.

»Wo möchtest du denn liegen? Hier oder bei den Isolanis in Salzburg?«, fragte Gwen ihre Großmutter, die sich vermutlich jetzt erst langsam damit abfand, dass nicht nur die anderen sterblich waren.

»Bis vor Kurzem hätte ich gesagt, ich lege mich zu den Isolanis, aber wenn du jetzt öfter hier bist, dann ist es hier ja viel praktischer für dich.«

»Das ist sehr umsichtig von dir. Du gehst aber nicht davon aus, dass ich jeden Tag Blumen gieße und Erika nachpflanze?«

»Erika sind scheußlich.«

»Ich werde einen prachtvollen Rosenbusch pflanzen. Bleibt die Frage des Friedhofs«, forschte Gwen nach.

»Ich lege mich zu Ludwig.«

»Du bist doch damals für Jakob konvertiert.«

»Ja, aber die Katholiken sind immer froh, wenn jemand zurückkommt. Die sind flexibel.«

»Gut, dann haben wir das auch geregelt. Komm, ich zeig dir das kleine Haus am See, und wie schön es schon geworden ist.«

Gwen hatte den Sportwagen gegen einen Mini eingetauscht, in den Ilsas Beine nur doppelt gefaltet zu passen schienen. Ihre Großmama verkniff sich aber tapfer das Meckern. Als sie am See ankamen und sie sich in mehreren Etappen aus dem Auto geschält hatte, ging sie langsamen Schrittes mit ihrem Stock auf den Steg und blickte schweigend über den See. Ob sie wusste, dass hier Ludwig einmal glückliche Stunden verbracht hatte und es von ihm ein Foto gab mit Käthe und Ella?

»Der Ludwig liebte es, baden zu gehen. Die Käthe hat ihn hier am See durch das Wasser gezogen. In Berlin ist sie im Sommer mit Hannes und Ludwig an den Wannsee, bis es zu gefährlich wurde. Du weißt schon. Ich habe der Käthe übrigens den Renoir geschenkt, weil sie ganz vernarrt in das Bild war. Ich glaube, ich habe ihr nicht erzählt, dass er nicht echt ist.«

»Woher weißt du, dass er nicht echt war?«

»Vielleicht war er auch echt. Ist aber egal, was die Käthe gemacht hat, war unbezahlbar.«

Gwen atmete tief ein und aus. Lily hatte den Liebermann versteigert, Ella die seltene Antiquität persönlich ins Ägyptische Museum nach Kairo gebracht, und Ilsa verschenkte das wertvollste Kunstwerk, das je im Besitz der Familie gewesen war. Warum sollte Jakob eine Kopie gekauft haben?

»Wie willst du das Haus eigentlich einrichten? Nimm doch meine Möbel, die ich von Chile habe extra nach London verschiffen lassen. Ich brauche sie nicht mehr. Du kannst doch auch mal ein Stück von den Isolanis annehmen.«

»Ist das ein Vorwurf?«

»Ja«, lächelte Ilsa, »es geht doch nur noch um Ella und Jakob. Das Traumpaar über den Tod hinaus.«

»Das ist aber jetzt ein bisschen sarkastisch.«

»Spott ist ein Ablenkungsmanöver, Schatzerl, und kann ein Trost sein.«

»Das sagt Robert auch.«

»Du bist mein Trost, Schatzerl.« Sie nahm Gwen in ihre dünnen Arme und sagte: »Danke, dass ich hier ein Grab haben werde. Ist mir egal, was du darauf pflanzt. Und in der Elmau lassen wir es noch mal krachen. Aber bitte keine langen Reden.«

Die Gäste waren zum vereinbarten Tag munter auf Schloss Elmau eingetroffen. Laura und Lily hatten die lange Fahrt auch deshalb so gut überstanden, weil Theo sie in Metz in ein Sterne-Restaurant einluden, wo sie Austern schlürften und Hummersuppe aßen. Er hatte sich zu der philosophischen Weisheit verstiegen, er habe lange genug nicht gelebt.

Balthasar war mit seinem gereinigten und gesaugten Lieferwagen nach Salzburg gefahren, um Clara und Ilsa einzusammeln, die es entzückte, von einem, wie sie meinten, kräftigen Naturburschen mitgenommen zu werden. Sie wollten beide unbedingt auf dem Beifahrersitz Platz nehmen.

Umberto hatte Lotte am Flughafen abgeholt, die aber unsicher war, ob sie sich in einem derart kapitalistischen Tempel wie der Elmau wohlfühlen könne, ließ sich aber dann doch recht schnell überzeugen.

Die Bridgedamen Marianne, Gertrud, Irene und Almut, zwischen fünfundsiebzig und fünfundneunzig Jahre alt, hatten sich einen Kleinbus gemietet, der von der Jüngsten sogleich auf die falsche Autobahn gesteuert worden war, weshalb die Gruppe mit Verspätung eintraf. Sie waren zudem mit reichlich Gepäck in der Eingangshalle gesichtet worden.

Sepp, der in Umbertos Auto zusammen mit Lotte saß, war bemüht, Hochdeutsch zu sprechen, damit Lotte, die zu Semmeln seltsamerweise Schrippen sagte, ihn verstand.

Gwen hatte bereits am Tag zuvor eingecheckt, um die letzten Fragen mit dem Concierge zu klären, der wie Paul eilfertig und zuvorkommend an der sofortigen Lösung von Problemen Gefallen fand. Er hatte auch das Mikrofon organisiert, damit die Sängerin Nina, eine Freundin von Umberto und Anton, an dem Abend ein kleines Repertoire an Chansons zum Besten geben konnte.

Gwen hatte sich den Kopf zerbrochen, womit sie Ilsa eine

Freude machen konnte, in deren Alter nur noch menschliche Begegnungen zählten. Ihr war eingefallen, dass Anna ja noch immer in Garmisch-Partenkirchen leben könnte und es einen Versuch wert sei, sie zu kontaktieren. Ihre Nummer stand im Telefonbuch, und so rief sie sie einfach an. Anna war sofort bereit, sich mit Gwen zu treffen. Sie wusste sogar, wer sie war. Ihr braun gebranntes Gesicht war mit kleinen Fältchen überzogen, das Gwen an einen fein plissierten Stoff erinnerte. Sie hatte schneeweißes, kurz geschnittenes Haar, machte einen ausgesprochen fidelen Eindruck und ging noch immer »in den Berg«, wie sie es nannte, nur nicht mehr ganz so hoch hinauf. Ilsa habe sie Jahrzehnte nicht gesehen, aber während des Krieges viel mit ihr zu tun gehabt.

»Du wirst doch wissen, dass deine Großmutter während der deutschen Besatzung in Paris gewesen ist. Unsere Geschichte wäre ein eigenes Buch. Sie hat ganz schön etwas riskiert, und wir sind ja nicht mehr die Jüngsten. Komm doch mal vorbei. Ich habe einiges aufbewahrt – unsere Generation hat viel erlebt, weißt du. Und dann können wir auch über die Ella reden. Sie war meine beste Freundin. Die hat ja sehr gelitten, als deine Mutter starb. Das war so ein Blödsinn, bei dem Wetter da hinaufzugehen.« Sie musterte Gwen, und als diese nicht reagierte, fügte sie hinzu: »Marga und ich sind ein paarmal zusammen geklettert. Durch das Höllental auf die Zugspitze. Sie war sehr erfahren, weißt du.«

»Ja, ich weiß«, erwiderte Gwen.

Ilsa hatte um ein frühes Abendessen gebeten, und so versammelte sich die Gesellschaft bereits um fünf Uhr zu einem Glas Champagner auf der Terrasse. Das Wettersteingebirge leuchtete in zartem Rosa und hellem Gelbgold, die Septembersonne schien kraftvoll und wie bestellt zur Feier des Tages.

Die Gäste hatten sich auf unterschiedliche Weise fein gemacht. So trug Theo seinen uralten Smoking mit Kummerbund und Fliege; Sepp die Hirschlederhose und ein weißes Trachtenhemd; Lotte einen Gehrock aus weinrotem Samt mit einem bestickten

Satinstehkragen; Umberto ein dunkelblaues Jackett mit heller Hose und einen englischen Strohhut; Anton seinen, wie er meinte, besten Blazer aus Paris; Lily einen Jerseyanzug in bleu-marine, den sie direkt bei Coco Chanel in ihrem Laden in Deauville hätte gekauft haben können; Balthasar war in helle Leinenhosen und ein sandfarbenes Hemd geschlüpft, das er extra aufgebügelt hatte. Laura sah in ihrem schwarzen, wadenlangen Kleid attraktiv aus, und Gwen hatte sich für einen raffinierten Seidenwickelrock entschieden, der in Blautürkis schimmerte.

Ilsa erschien in einem bodenlangen, bunt gemusterten Kleid, dazu trug die Jubilarin auffällige Clips und einen passenden Lippenstift. Die Haare waren frisch frisiert, der Masseur hatte ihren Rücken geschmeidig geknetet und die Kosmetikerin ein zartes Make-up auf ihr Gesicht gelegt – sie sah blendend aus.

Als es langsam kühl wurde, defilierte Ilsa vorbei an den anderen in den festlich gedeckten Speisesalon. Vielleicht war es sogar derselbe, in dem Gundel ihre Verlobung mit Alfons vor über siebzig Jahren gefeiert hatte. Auf die lange Tafel waren gestärkte Tücher und Servietten, weißes Geschirr, geschliffene Weingläser und Besteck aus Hotelsilber gelegt worden. Gwen hatte sich einfache Bauernblumen als Tischdekoration gewünscht. Sie hatte die Namen der Gäste mit einem silbernen Stift auf Tischkärtchen geschrieben. Alles sah festlich, aber nicht zu steif aus.

Nach der Vorspeise, einem Salatbouquet mit Jakobsmuscheln, berührte Theo mit seinem Messer das Weinglas, um auf Ilsas Rede aufmerksam zu machen. Gwen saß neben Balthasar, der ihre Hand hielt.

»Meine Lieben,

ich mache es kurz. Es ist schön, dass Ihr da seid und mit mir feiert.

Gwendolyn hat mich vor ein paar Monaten angerufen, da war ich schon halb tot und mir sicher, ich würde sterben, ohne dass es jemand von euch bemerkt oder gar bedauert hätte.

Dann habe ich mich aber aufgerafft, denn ich wollte noch einmal meine Enkelin sehen und auch meinen alten, lieben Theo. Ich habe meine Möbel in einen Container packen lassen, einen Flug gebucht, und hier bin ich: zu neuem Leben erwacht, aber keine Sorge, ich will es mit dem langen Leben nicht übertreiben.

Ich möchte mich bei dir, liebe Gwendolyn, bedanken, dass du ausgerechnet mich gerettet hast, und auch bei dir, lieber Theo, dem einzigen Menschen, der mir je das Gefühl gab, liebenswert zu sein. Merci, liebe Clara, dass du mich in unserem Haus am Mondsee selbstlos aufgenommen hast.

Bedanken möchte ich mich auch bei Lily, dass sie mir als Kind nicht die Bremsschläuche meines Autos durchgeschnitten hat.

Anna – du bist die größte Überraschung. Was haben wir zusammen angestellt. Davon haben die jungen Leute ja keine Ahnung.

Und nun möchte ich mit euch feiern und die Stunden genießen.

Zum Wohl.«

Sie hob ihr Glas und prostete ihrer Gästeschar zu. Als sich alle gesetzt hatten, stand sie noch einmal auf. Sie hatte das nun Folgende mit Gwen abgesprochen, und Gwen musste dieses Mal das Glas zum Klingen bringen.

»Ich habe noch etwas vergessen«, hauchte Ilsa.

Alle hörten augenblicklich auf zu sprechen.

»Wie es der Zufall manchmal so will, habe ich in meinem Nazi-Altenheim in Chile eine Spur aufnehmen können und erfahren, wo einige Bilder aus Jakobs Besitz sein könnten. Es ist eine sehr lange Geschichte, aber ein Gemälde habe ich zurückbekommen, auch weil es keinen Wert für den Besitzer hatte, dem es zugefallen war.«

Ilsa machte ein Zeichen, und Gwen trug einen verhüllten Gegenstand herein. Gwen zog das Tuch ab, und sichtbar wurde das Bildnis einer ernsten und noch jungen Frau.

»Es ist für dich, liebe Lily. Ich kann die Zeit nicht zurückdrehen, aber ich habe verstanden, was es heißt, verletzt zu werden.«

Lily erhob sich langsam und betrachtete schweigend das Bild. Theo gesellte sich zu ihr und nahm seine Schwester in die Arme, sie baten Gwen in die Mitte. Lily schluchzte, Theo schnäuzte sich laut in sein riesiges Taschentuch, und Gwen hatte Mühe, nicht auch loszuheulen. Es war das Gemälde, das einst im grünen Zimmer gehangen hatte. Es war Ruths Porträt.

»So, und nun aber genug geheult – jetzt wird gefeiert«, dröhnte Ilsas strenge Stimme. Und dann ging auch schon die Tür auf, und der Hauptgang, ein rosa Lammfilet mit Schupfnudeln und Spitzkohlgemüse, wurde serviert und dazu ein reifer Barolo gereicht.

Theo hielt eine launige und doch auch ernste Rede, in der ihm das Kunststück gelang, sich in Andeutungen zu ergehen, die von allen verstanden wurden, ohne dass er Konkretes hätte preisgeben müssen. Er war eben ein Meister des »Durch-die-Blume-Sprechens«.

Zum Nachtisch hatte sich Ilsa rote Grütze mit Vanillesoße gewünscht, weil sie die an Nücki erinnerte. Kleine Mokkas wurden serviert, und nachdem die Haustöchter abgeräumt hatten, ertönte Ninas tiefe Soulstimme, die *Happy Birthday* anstimmte, gefolgt von Hildegard Knefs *Für mich soll's rote Rosen regnen*. Ilsa schien im siebten Himmel angekommen zu sein, so seligentspannt blickte sie auf eine Runde von Menschen, die zwar alle außer Laura nicht singen konnten, ihr dafür aber wohlgesinnt entgegenlächelten.

Die beiden Abenteurerinnen Ilsa und Anna konnten an diesem Abend nicht mehr voneinander lassen, so viel schienen sie gemeinsam erlebt zu haben, das sie nun aus der Erinnerungsversenkung holen wollten. Gwen nahm sich vor, Ilsa bei nächster Gelegenheit auf den Zahn zu fühlen, was es mit der Zeit in Paris auf sich gehabt hatte. Lotte rauchte indes einen Zigarillo und tuschelte mit Lily. Sie sahen aus, als würden sie gerade die nächste Schmuggelaktion planen. Laura spielte vierhändig mit einem der

Musiker Klavier, während Theo mit Sepp in ein Gespräch vertieft war.

Lily hatte sich später am Abend bei Ilsa für ihre falschen Anschuldigungen entschuldigt, ohne zu erwähnen, dass Lotte jahrzehntelang auf dem Liebermann gefrühstückt hatte, der unter ihrer Küchenbank vor sich hin staubte. Ilsa wiederum bat Lily um Verzeihung, hatte sie doch damals Ruths Porträt ziemlich unsensibel abhängen und im grünen Salon, wo es weniger zur Geltung kam, wieder aufhängen lassen.

Die Musik lud zum Tanzen ein, und die alten Damen und Herren bewegten sich wie in Zeitlupe. Lotte tanzte mit Anna noch ziemlich flott; Sepp hingegen bemühte sich, mit Laura Schritt zu halten, genoss aber sichtlich die Nähe zu einer jungen Frau; die Bridgedamen stürzten sich auf Balthasar, Umberto und Anton und gackerten dabei wie junge Hühner; Lily und Clara harmonierten weniger, weil Clara pausenlos redete und nicht auf die Schrittfolge achtete, sodass Lily versuchte, mit Lotte zu tauschen. Theo und Ilsa blieben sitzen, und es brauchte erstaunlich wenig Fantasie, um sich die beiden als junges Liebespaar vorzustellen.

Gwen ließ sich auf einen Stuhl fallen und beobachtete das Geschehen. Wie wundersam sich alles gefügt hatte. Sie fühlte sich wie in einem seltsamen Film, für den andere das Drehbuch geschrieben hatten. Nun aber war sie keine Figur mehr, die unvorbereitet in einzelne Szenen hineinstolperte und dann nicht wusste, wie sie sich verhalten sollte. Sie staunte, wie in wenigen Monaten ihr ganzes Leben auf den Kopf gestellt worden war. Oder hatte sie sich selbst einmal um 360 Grad gedreht? Ohne dass sie dafür eine Absicht oder einen Plan gehabt hatte, war ihr so vieles gelungen, und dass nun alle wieder miteinander sprachen und sogar Worte der Versöhnung fanden, war, wie Balthasar bemerkt hatte, doch vor allem ihr Verdienst. Sie war dafür bereit gewesen, sich auf diese Reise zu begeben und verschiedensten Spuren unvoreingenommen zu folgen. Sie war es, die irgendwann die Regie übernommen und den Ausgang mitbestimmt hatte.

Am nächsten Morgen wachte Gwen früh auf, Balthasar lag tief atmend neben ihr. Sie küsste ihn wach, und er ließ es wohlig geschehen. Sie wollte mit ihm aufbrechen, solange die meisten Gäste noch schliefen. Sie zogen sich an und schlichen leise aus ihrem Zimmer. Gwen hatte zwei Fahrräder organisiert. Vögel stießen Warnlaute aus, als sie durch den Wald vorbei an dem rauschenden Bach fuhren. Die Oberfläche des Sees war so glatt, als hätte jemand ein transparentes Tuch aus Spiegelfäden gespannt. Sie suchten den Ort, an dem das fünffache Echo entstehen konnte, und standen andächtig da, wo einmal Paul, Anna, Gundel und Ella ihre Wünsche über den See gerufen hatten.

Balthasar und Gwen hielten sich fest an der Hand. Gwen rief als Erste ihr Wort, dessen Widerhall sich mit dem Balthasars vermischte, sodass es zu einem einzigen Wortklang verschmolz. Sie wollten beide das Gleiche.

Epilog

Der Verlag hatte vorgeschlagen, die Buchpräsentation und Lesung bei Foyle's zu veranstalten. Warum nicht, schließlich war diese Buchhandlung einmal ihre erste berufliche Wirkungsstätte gewesen. Robert und Sue, Lily, Theo, Antje und Laura, Phil und Lotte, Debbie, ja, sogar Anton und Umberto hatten zugesagt sowie der gesamte Italienischsprachkurs.

Peter, der vor fast zwei Jahren die Schreibwerkstatt geleitet hatte, hatte sich mit Frau und Sohn angemeldet. Es kam nicht alle Tage vor, dass eine seiner Schülerinnen einen Verlagsvertrag angeboten bekam.

Gwen erinnerte sich genau, wie Peter die Kursteilnehmer am ersten Tag fragte, ob sie über etwas Bestimmtes schreiben wollten, und wie sie ihm antwortete, es sei so viel geschehen, dass sie nicht wüsste, wo und wie sie beginnen könne. Sie sei völlig blockiert. Sie hatte Stunden vor einem leeren Blatt gesessen.

Als Gwen nach dem Geburtstagsfest wieder in England eingetroffen war, musste sie den von Ilsa verschifften Container ausräumen. Gott sei Dank hatten Balthasar und Phil ihr geholfen, einen Großteil der Couturekleider in Charity Shops zu bringen; natürlich war die Besitzerin vorher um Einverständnis gebeten worden. Die Möbel wurden direkt in einen Umzugswagen verladen, der sie in das kleine Haus am See bringen sollte. Ilsas private Erinnerungen wurden in einer Kommodenschublade entdeckt, ebenso wie eine Sammlung ausgefallenen Modeschmucks aus den Sechzigerjahren. Gwen sah auf den ersten Blick, dass unter den Dokumenten Überraschungen lauern würden. Ihre Großmama hatte Gwen gebeten, diesen Nachlass an sich zu nehmen; sie beschloss aber, die Sichtung auf die Wintermonate zu verschieben. Sie musste sich zuvor noch von der gerade durchlebten Familiensaga erholen.

Antje rief freudig an, um ihr zu berichten, was sie herausgefunden hatte. Es war unglaublich, aber der Renoir sei in den Siebzigerjahren in die Auktion gegeben worden, übrigens mit wasserdichter Provenienz. Ein Hannes Metzler aus Berlin habe das Bild versteigert. Na bravo, dachte Gwen, er war also doch echt gewesen.

Zu ihrer Überraschung entdeckte sie unter den Briefen auch ein Schreiben von Abigail, die ihr einen neuen Auftrag geradezu aufdrängen wollte, so als habe es Gwens Kündigung nie gegeben. Sie hatte nicht vor, darauf zu antworten.

Ed hatte die Hochzeitseinladung geschickt und handschriftliche Zeilen hinzugefügt. Er würde sich sehr freuen, wenn sie käme. Sie könnten doch Freunde bleiben. Könnten sie, wollte sie aber nicht, entschied Gwen.

Anfang Oktober war sie dann völlig erschöpft nach York aufgebrochen. Sie wollte den Schreibkurs schon absagen, aber Balthasar hatte auf sie eingeredet, sodass sie am Ende gefahren war. Die anderen Teilnehmer im Schreibkurs kamen mit teils ausgearbeiteten Exposés und sehr konkreten Fragen an Peter. Einige hatten bereits veröffentlicht oder regionale Preise gewonnen. Gwen beschlich ihre alte Unsicherheit. Sie fühlte sich am falschen Ort zur falschen Zeit. Dann aber war sie am dritten Abend allein in ein Restaurant gegangen, in dem die sizilianische Mamma kochte und der von seinen Produkten begeisterte Padrone die Köstlichkeiten servierte. Er zeigte ihr stolz die Zitronen, die er erst vor ein paar Tagen aus Sizilien in seinem Koffer mit nach England zurückgebracht hatte. Sie hatten eine dicke, narbige Schale und dufteten. Er schenkte Gwen eine Frucht, die sie mit in ihr Zimmer nahm. Noch in dieser Nacht fing sie an zu schreiben.

Auch als der Schreibkurs längst beendet war, hatte sie nicht mehr aufgehört zu schreiben, und nachdem sie von einer erholsamen, aber auch tief emotionalen Reise aus Israel zurückgekommen war, wo sie Jakobs Spuren gesucht und gefunden hatte, zog sie über den Herbst und Winter in das kleine Haus am See. Dort schrieb sie unablässig weiter, während Balthasar sie bekochte, verwöhnte, liebte.

Ein Jahr später war in London die kleine Ruth Eleonora Liliane Laura Margaret geboren worden, in die ihr Papa und ihre Halbschwester Kathi sofort vernarrt waren, ebenso wie Robert, Theo, Lily, Sepp, Anton und Umberto. Ilsa gratulierte zwar, meinte aber leicht verschnupft, man hätte bei den vielen Namen ja auch noch ihren hinzufügen können. Es sei ja schon schlimm genug, dass das Kind weder Blau noch Isolani, sondern ausgerechnet Farleigh heißen müsse. Typisch Ilsa, dachte Gwen.

Und nun, zwei Jahre nachdem sie den ersten Satz geschrieben hatte, lag das fertige Buch gedruckt vor ihr.

Gwen setzte sich an den Tisch, auf dem das Mikrofon aufgebaut war und ein Glas Wasser stand. Sie blickte in den gefüllten Saal und hoffte, vor allem Lily möge ihr nachsehen, was sie über sie zu Papier gebracht hatte.

Gwen war gebeten worden, einige Stellen aus dem Buch zu lesen und anschließend in einem Gespräch über die Entstehungsgeschichte zu sprechen.

Sie musste nicht lange nachdenken, denn sie erinnerte sich noch genau an jenen Anruf, mit dem ihre Tante sie auf jene wunderliche, schmerzhafte und doch so versöhnliche Reise geschickt hatte. Es war ein verregneter Tag im April gewesen, Gwen kam gerade vom Laufen durch den Park zurück, als das Telefon klingelte.

»Hallo, Gwenny Love, hier ist Lily. Störe ich dich?«

Danksagung

Meine Mutter wird mir in ihrer Eleganz, ihrem ihrer Zeit weit vorauseilenden Sexappeal, ihrer ausgeprägten Liebe zu Kochkunst und Tischkultur und ihrer pragmatischen Art, Probleme zu lösen, ein unerreichtes Vorbild bleiben. Sie war eine sehr besondere Mischung aus Josefa Huber, Ella und Jola, mit einer guten Prise Ilsabé und einem Hauch Lily.

Mein früh verstorbener Vater besaß eine wunderbare Bibliothek und Sammlung von Baedekern, die er in allen Teilen der Welt in staubigen Antiquariaten suchte und die mich während des Schreibens inspirierten. Ebenso verdanke ich ihm ein Frauenbild, das meinen Widerstand weckte.

Fredi und Ilse erreichten als sehr junge Menschen das sie rettende Exil in England. Jahrzehnte später haben sie mir in feinen Anmerkungen ein wachsendes Verständnis für Verluste und Schuld mit auf den Weg gegeben, das mich bis heute und in mein Schreiben hinein begleitet.

Die Familien Sandmann und Hippe sind aus Westpreußen und Pommern vertrieben worden. Ich danke meinem Mann, mit dem ich mehrfach dorthin und in das heutige Polen gereist bin, dass er dieses Fluchtkapitel mit mir geteilt hat und dass er meine extensiven Schreibphasen mit köstlichem Essen, Vorfreude und Liebe begleitet hat.

Ein großes Glück und ebensolches Vergnügen ist der tiefe und vielseitige Austausch mit meinem Sohn Philipp, mit dem ich die

Liebe zu England und Italien teile, und der mir mit seinem seismographischen Gespür ein wichtiger Ratgeber und Vertrauter ist. Auf die Heldenreise, lieber Philipp, die Liebe und das Leben!

Bedanken möchte ich mich auch bei denen, die mich mit Inspirationen und Zeit während des Schreibens beschenkt und bereichert haben: Carolin Klemenz und Claudia Quittenbaum für einen frühen Blick; meiner Freundin Inge Haselsteiner für schöne und vertraute Gespräche in schwerer Zeit; Christa Beiling für Rat und großes (Markt-)Wissen; Anne Stukenborg für Vertrauen, Vor- und Mitfreude.

Besonders danke ich Eva Römer, mit der mich nun schon seit vielen Jahren eine ungewöhnliche Arbeits-Freundschaft verbindet und mit der ich den engsten Austausch während des Schreibens hatte. Sie fühlte sich meinen Figuren so verbunden, dass sie mich darin bestärkte, bestimmte Passagen auf keinen Fall zu streichen – und zumindest eine Figur verdankt ihr, dass sie bis zum Schluss des Romans überlebt hat. Es war eine intensive, höchst inspirierende Zeit, die mir immer viel bedeuten wird.

Ich danke Senta Berger für das feinfühlige Interesse an meinem Buch.

Karin Graf rief mich in dem Moment an, als ich gerade auf der Suche nach einer Agentin war. Natürlich konnte das kein Zufall sein. Ich danke ihr, dass sie mich mit Freude an- und aufgenommen hat. So wurde Felicitas von Lovenberg meine Verlegerin, deren Differenziertheit und Begeisterungsfähigkeit eine seltene Mischung bilden. Danke, liebe Felicitas! Dein wunderbares Piper-Team (ein besonderer Dank an Anne Scharf) war stets professionell, aufgeschlossen und ebenso guter Dinge.

Und zu guter Letzt bin ich dankbar für das freie Land, in dem ich lebe, und für einen Beruf, der mir die Möglichkeit gab und gibt, mich mit ermutigenden und außergewöhnlichen Lebensgeschichten und vor allem Frauenbiografien zu beschäftigen. Daraus schöpfe ich.